U1012370

文／白／对／照

# 太平廣記

十三

〔北宋〕李昉 等 编纂
谦德书院 译

團结出版社

**图书在版编目（CIP）数据**

文白对照太平广记 / (北宋) 李昉等编纂；谦德书院译. -- 北京：团结出版社, 2022.10

ISBN 978-7-5126-9290-9

Ⅰ. ①文… Ⅱ. ①李… ②谦… Ⅲ. ①笔记小说—小说集—中国—北宋②《太平广记》—译文 Ⅳ. ①I242.1

中国版本图书馆CIP数据核字(2022)第001044号

---

**出版**：团结出版社

（北京市东城区东皇城根南街84号 邮编：100006）

**电话**：（010）65228880 65244790（传真）

**网址**：www.tjpress.com

**Email**：65244790@163.com

**经销**：全国新华书店

**印刷**：北京天宇万达印刷有限公司

---

**开本**：145×210 1/32

**印张**：286.75

**字数**：8200千字

**版次**：2022年10月 第1版

**印次**：2022年10月 第1次印刷

---

**书号**：978-7-5126-9290-9

**定价**：880.00元（全十四册）

# 目 录

## 卷第四百三十七　畜兽四



## 卷第四百三十八　畜兽五

## 卷第四百四十一　畜兽八



## 卷第四百四十二　畜兽九

**卷第四百四十三　畜兽十**



**卷第四百四十四　畜兽十一**

## 卷第四百四十五　畜兽十二



## 卷第四百四十六　畜兽十三



## 卷第四百四十七　狐一

## 卷第四百四十八 狐二



## 卷第四百四十九 狐三



## 卷第四百五十 狐四



## 卷第四百五十一 狐五

## 卷第四百五十二　狐六



## 卷第四百五十三　狐七



## 卷第四百五十四　狐八



## 卷第四百五十五　狐九



## 卷第四百五十六　蛇一

## 卷第四百五十七　蛇二

## 卷第四百五十八　蛇三



## 卷第四百五十九　蛇四

### 卷第四百六十 禽鸟一



### 卷第四百六十一 禽鸟二

## 卷第四百六十二　禽鸟三

**卷第四百六十三 禽鸟四**

**卷第四百六十四　水族一**

卷第四百三十五——卷第四百六十四

# 卷第四百三十五　畜兽二



## 马

马、虏中护兰马，五白马也，亦曰玉面谌真马，十三岁马也。以十三岁已下，可以留种。马八尺，戎马八尺，田马七尺，驽马六尺。瓜州饲马以蒉草，沙州以茨萁，凉州以勃突浑，蜀以稗草。以萝卜根饲马，马肥。安北饲马以沙蓬狼针。大食国出解人语马。悉怛国怛干国出好马。马四岁两齿，至二十岁，齿尽平。体名有输鼠外凫、乌头龙、翅虎口。猪槽饲马，石灰泥槽，汗而系门，三事落驹。回毛在颈，白马黑毛，鞍下腋下回毛。左胁白毛，左右后足白，白马四足黑，目下横毛。黄马白喙，旋毛在吻，后汗沟上通尾本，目赤睫乱及反睫。白马黑目，目白却视，并不可骑。夜眼名附蝉，户肝名县烽，亦曰鸡舌。绿秩方言，以地黄甘草啖，五十岁生三驹。（出《酉阳杂俎》）

吐火罗国波讪山阳，石壁上有一孔，恒有马尿流出，至七月平旦，石崖间有石阁道，便不见。至此日，厌哒人取草马，置池边与集，生驹皆汗血，日行千里。今名无数颇梨，随西域中浴，须臾即回。

《图记》云：吐火罗国北，有屋数颇梨山，即宋云所云“波讪山者”也。南崖穴中，神马粪流出。商胡曹波比亲见焉。（出《洽

# 马

马、胡人中的护兰马，是五白马，也叫玉面马。想要成为真马，需要十三岁往上的马。十三岁以下的马，可以留种。普通马八尺，战马八尺，田马七尺，驽马六尺。瓜州饲养马匹用槟草，沙州用茨萁，凉州用勃突浑，四川用稗草。以萝卜根饲养，马比较肥。安北饲养马匹用沙蓬狼针。大食国出产可以听人话的马。悉怛国怛干国出产良马。马四年两齿，到二十年，牙齿完全平坦。体名有输鼠外凫、乌头龙、翅虎口。凡是用猪槽喂马，用石灰泥涂抹马槽，马身上有汗拴系在门口，皆会使马流产。回毛在脖子上，白马黑毛，鞍下腋下皆有回毛。左腋白毛，左、右后足都是白毛，白马四只脚黑，眼睛下生横毛，黄马白色嘴巴，旋毛在嘴上，后汗沟上通尾本，眼睛睫毛凌乱还有反睫毛，白马黑眼睛，眼睛是白的能看到，不可以骑。夜晚眼名附蝉，户肝名县烽火，也说鸡舌。根据不可查询的方言，以地黄甘草喂食，五十年可以生三个马驹。（出《酉阳杂俎》）

吐火罗国波讪山阳石壁上有一个孔，经常有马尿流出来，到七月清晨，石崖上有石栈道，就不见了。到这一天，厌达人取母马，在池塘边集合，生下的马驹都是汗血宝马，可日行千里。现在叫无数颇梨，然后去西域洗浴，一会儿就回来。

《图记》说：吐火罗国北边有房屋数颇梨山，即宋朝所说波讪山的原因。南面的山崖洞穴中，神马粪流出来。商胡曹波比亲眼看见了。

闻记》)

浴马港，疏水流也。汉时，常有马数百匹出其中。马形皆小，似巴滇马，遂名其孔为马穴。初得此马，乘出沔水上浴之，遂名其处曰“浴马溉”。沔顿宿，今名骑亭。三国时，陆逊攻襄阳，又值此穴中有马十匹，逊载还建业。(出《洽闻记》)

汉章帝时，蜀郡王阜为益州太守，治化尤异。神马四匹，出滇池河中。

唐武德五年三月，景谷县治西，水有龙马，身长八九尺，龙形，有鳞甲，横文五色，龙身马首，顶有二角，白色，口衔一物，长可三四尺。凌波回顾，百余步而没。(出《洽闻记》)

西陵北，陆行三十里，有石穴名马穴，常有白马出此穴。人逐之，潜行出汉中。汉中人失马，亦出此穴，相去数千里。今马穴山在峡州夷陵。(出《洽闻记》)

## 周穆王八骏

周穆王即位三十二年，巡行天下，驭八龙之马。一名绝地，足不践土；二名翻羽，行越飞禽；三名奔霄，夜行万里；四名越影，逐日而行；五名逾辉，毛色炳耀；六名超光，一形十影；七名腾雾，乘云而趋；八名挟翼，身有肉翅。遍而驾焉，按辔徐行，以巡天下之域。穆王神智远谋，使辙迹遍于四海。故绝地之物，不期而自报。(出《王子年拾遗记》)

## 汉文帝九逸

汉文帝自代还，有良马九匹，皆天下之骏。一名浮云，二名赤电，三名绝群，四名逸骠，五名紫燕骝，六名绿螭骢，七名龙子，

（出《洽闻记》）

浴马港，水流稀疏的地方。汉朝时，在这里出生了几百匹马。马体形都小，像巴滇马，于是叫他们为马洞。刚开始得到这种马，是乘着沔水上洗澡的时候，于是把这地方叫浴马溉。沔水旁边可以住宿，现在叫骑亭。三国时期，陆逊进攻襄阳，又碰上这洞穴里有十匹马，陆逊载着它们回到建业。（出《洽闻记》）

汉章帝时期，蜀郡王阜为益州太守，政绩优异。有四匹神马，从滇池水中而生。

唐武德五年三月，景谷县县城西部，水里有龙马，身高八尺，龙形，有鳞甲，横花纹五色，龙身马头，顶上有两个角，白颜色，口中衔着东西，长三四尺。凌波间回头，一百多步就消失不见了。（出《洽闻记》）

西陵北陆行三十里，有个石穴名马穴山，常有白马从这个洞穴出生。人们去追赶，马偷偷溜出汉中。汉中人丢失了马匹，也是从这个洞穴，两地相距几千里。现在马穴山在峡州夷陵。（出《洽闻记》）

## 周穆王八骏

周穆王在位三十二年，巡视天下，驾乘八龙的马。第一个名叫绝地，行走时脚不踩地；第二个名叫翻羽，行走时比飞禽更快；第三个叫奔霄，夜晚可以行军万里；第四个叫越影，每天都要行走；第五个叫逾辉，毛色光泽闪耀；第六个叫超光，一个形状可以变化十个影子；第七个叫腾雾，可以乘云而行；第八个叫挟翼，身上有肉翅。周穆王将它们全部当作坐骑，套上缰绳慢慢行走，用来巡视天下之域。周穆王素有神智足智多谋，驾车巡视的足迹遍及四海。所以极险恶地方的东西，不用查问就会汇报上来。（出《王子年拾遗记》）

## 汉文帝九逸

汉文帝从代王封地回来，有九匹良驹，全是天下最好的骏马。一名浮云，二名赤电，三名绝群，四名逸骠，五名紫燕骝，六名绿螭骢，

八名鳞驹，九名绝尘，号名九逸。有来宣能御马，代王号为王良焉。（出《西京杂记》）

## 隋文帝狮子骢

隋文皇帝时，大宛国献千里马，鬃曳地，号狮子骢。上置之马群，陆梁，人莫能制。上令并群驱来，谓左右曰："谁能驭之？"郎将裴仁基曰："臣能制之。"遂攘袂向前，去十余步，踊身腾上。一手撮耳，一手抠目，马战不敢动，乃鞴乘之。朝发西京，暮至东洛，后隋末不知所在。唐文武圣皇帝敕天下访之，同州刺史宇文士及访得其马，老于朝邑市面家，挽硙，骏尾焦秃，皮肉穿穴，及见之悲泣。帝自出长乐坡，马到新丰，向西鸣跃。帝得之甚喜，齿口并平。饲以钟乳，仍生五驹，皆千里足也。后不知所在。（出《朝野佥载》）

## 唐玄宗龙马

海岱之间，出玄黄石，或云："茹之可以长生。"玄宗皇帝尝命临淄守，每岁采而贡焉。开元二十七年，江夏李邕为临淄守。是岁秋，因入山采玄黄石，忽遇一翁，质甚妙，而丰度明秀，髭髯极丰。衣褐衣，自道左出，叩李邕马。且告曰："君侯躬自采药，岂不为延圣主之寿乎？"曰："然。"翁曰："圣主当获龙马，则享国万岁，无劳采药耳。"邕曰："龙马安在？"答曰："当在齐鲁之郊。若获之，即是太平之符，虽麟凤龟龙，不足以并其瑞。"邕方命驾以后乘，遽亡见矣。邕大异之，顾谓从事曰："得非神人乎？"即命

七名龙子，八名麟驹，九名绝尘，九匹马号称九逸。有来宣能御马，代王称为王良。（出《西京杂记》）

## 隋文帝狮子骢

在隋文帝时期，大宛国献上千里马，鬃毛摇曳着垂在地上，被称为狮子骢。皇上将它放在马群之中，马很狂躁，没有人能够制服。皇上下令放一群马全部冲过来，对身边的人说："谁能驾驭它？"有一个叫裴仁基的郎将说："我能制服它。"于是就挽起袖子上前，离马十余步远的地方，突然腾身上马，一只手抓住它的耳朵，一只手按住它的眼睛，那匹马战战兢兢不敢乱动，就把鞍辔等套在马身上骑上了它。早晨从长安出发，晚上就到了洛阳，后来到了隋朝末年没人知道马的去向。唐太宗李世民命令天下人寻找，同州刺史宇文士及找到了这匹马，已经老了，在城里一卖面人家里，被主人用来拉磨，马的尾巴焦秃，皮肉上都有了腐烂的小洞，宇文士及见到这种样子哭了。皇帝亲自从长乐坡出来迎马，马到了新丰，向西面鸣叫跳跃。皇帝得到它很高兴，但此时的马已经很老了，牙齿都没了。用钟乳石的粉末喂养，仍然生下了五匹小马，全是千里马。再后来就不知它们的去向。（出《朝野佥载》）

## 唐玄宗龙马

渤海至泰山之间出产玄黄石，有人说吃了后可以长生。唐玄宗皇帝曾命令临淄太守每年采集上贡。唐玄宗开元二十七年，江夏人李邕为临淄太守。这一年秋天，听令进山采玄黄石，忽然遇到一个老头，看起来十分奇妙，面容丰润明秀，胡须丰富，穿着粗布衣服，从路的左边出来，敲了敲李邕的马。告诉他说："您亲自采药，难道不是为了延长圣明君主的寿命吗？"回答说："是的。"老头说："圣明的君主应当获得龙马，这样才能享受万寿无疆，不必采草药了。"李邕说："龙马在哪里？"老头回答说："当在齐鲁之地的郊外。如果获得，这就是太平的征兆，虽然有麟、凤、龟、龙，都不足以及龙马的吉兆。"

其吏王乾贞者，求龙马于齐鲁之间。至开元二十九年夏五月，乾真果得马于北海郡民马会恩之家。其色骓毛，两胁有鳞甲，鬃尾若龙之鬐鬣，嘶鸣真虡笛之音，日驰三百里。乾真讯其所自，会恩曰："吾独有牝马，常浴于淄水，遂有胎而产。因以龙子呼之。"乾真即白于邕，邕甚喜，以表其事献之。上大悦，诏内闲厩异其刍豢，命画工图其状，用颁示中外。（出《宣室志》）

## 代宗九花虬

代宗命御马九花虬并紫玉鞭辔，以赐郭子仪。子仪固让久之。上曰："此马高大，称卿仪质，不必让也。"子仪身长六尺八寸。九花虬，即范阳节度使李怀仙所贡也，额高九尺，毛拳如鳞，头颈鬃鬣，真虬龙也。每一嘶，即群马耸耳，以身被九花，故号九花虬。上往日东幸，观猎于田，不觉日暮。忽顾谓侍臣曰："行宫去此几里？"奏曰："四十里。"上令速鞭，恐碍夜。而九花虬缓缓然，如三五里而已，侍从奔骤，无有及者。（出《杜阳编》）

## 德宗神智骢

德宗西幸，有二马，一号神智骢，一号如意骝，皆如上意，故常谓之功臣。耳中有毛，引之一尺。《马经》云："耳中有毛者，日行千里。"一日花柳方春，上游幸诸苑。侍者进瑞鞭，指二骢语近臣曰："昔朕西幸，有二骏，谓之二绝。今获此鞭，可谓三绝。"遂命酒饮之。因吟曰："鸳鸯赭白齿新齐，晚日花开散碧蹄。玉勒李邕随即命令驾乘出发，老人忽然不见了。李邕感觉很惊讶，顾盼后对随从说：“他是不是神仙？”随即命令他的军官王乾贞，在齐鲁一带寻找龙马。到了开元二十九年五月，王乾贞果然在北海郡百姓马会恩的家中找到龙马。马的颜色是杂色毛，两胁有鳞甲，鬃尾像龙的尾巴，嘶叫的声音就像笛子一样，可以日行三百里。王乾贞询问关于它的信息，马会恩说：“我只有母马，经常沐浴在淄水中，这样就会有胎而生。通常将它们称为龙子。”于是王乾贞告诉李邕，李邕很高兴，以上表他对这件事的奉献，皇上非常高兴，诏令内外闲厩用不同的肉食豢养，命令画工画下马的样子，用来让国内外了解此马。（出《宣室志》）

## 代宗九花虬

代宗下令将九花虬和紫玉鞭都赏赐下去，给郭子仪。郭子仪坚决推让了很久。皇上说：“这匹马高大威猛，和你的气质十分相符，不必谦让。”郭子仪身高六尺八寸。九花虬，就是范阳节度使李怀仙上贡的马匹，额头高九尺，身上的毛发像龙鳞毛，头颈鬃鬣，就像真的龙一样。每一声嘶吼，就像群马嘶吼入耳，身上有九种花色，所以称为九花虬。皇上之前向东视察，查看田地打猎情况，不觉天色已晚。忽然回头对身边的侍臣说：“行宫离这里还有几里路？”上奏说：“四十里。”皇上命令快速前进，害怕晚上到不了。而九花虬慢慢地前进，就像走了三五里就到了，侍从在后面一直追赶，没有人可以赶到。（出《杜阳编》）

## 德宗神智骢

德宗向西巡行，有两匹马，一匹马叫神智骢，另一匹马叫如意骝，很得皇上的心意，所以皇上常说它们是功臣。马的耳朵里有毛，往里差不多一尺的距离。《马经》说：“耳朵里有毛的马，皆能日行千里。”一天花柳正春，皇上巡游各个别院。侍者送来瑞鞭，指两个良驹对近臣说：“过去我去西边巡行，有两匹良驹，称为二绝。现在

斗回初喷沫，金鞭欲下不成嘶。”即中书舍人韩翃诗也。（出《杜阳编》）

德宗幸梁洋，唯御骓马，号曰望云骓，驾还，饲以一品料。暇日牵而视之，必长鸣四顾，若感恩之状。后老死飞龙厩中，贵戚画为图。（出《国史补》）

## 曹洪

魏曹洪，武帝从弟，家盈产业，骏马成群。武帝讨董卓，夜行失马，洪以其所乘马曰白鹤，与武帝乘。此马走，唯觉耳中风声，脚似不践地。至深水，洪不能得渡。武帝引首上马，共济深水，行数百里，瞬息而至。下视马足，毛皆不湿，帝衣犹沾濡。时人谓乘风行也，为一代神骏。谚云：“凭空虚跃，曹家白鹤。”（出王子年《拾遗记》）

## 司马休之

晋司马休之为荆州，宋公遣使围之。休之未觉，常所乘马，养于床前，忽连鸣不食，注目视鞍。休之试鞴之，即不动。鞴讫还坐，马又惊跳，如此者数四。骑马即骤出门，奔驰数里，休之顾望，已有使至矣。遂去而获免。（出《渚宫故事》）

## 慕容廆

慕容廆初有赭白马，常自乘之。既为石虎所围，力弱，分将危陷，弃众将逃。以此马奔而鞴之，马见鞍，辄蹄啮不得近，乃止。

获得这鞭子,可以说得到三绝了。”于是命人上酒饮用。然后吟咏道:“骘骜赭白齿新齐。晚日花开散碧蹄。玉勒斗回初喷沫,金鞭欲下不成嘶。”这是中书舍人韩翃写的诗。(出《杜阳编》)

德宗宠幸梁洋,只让他驾乘骓马,号称望云骓,皇帝骑马返回,喂养的都是一品料。过段时间牵过来看一看,马一定长鸣四处张望,做感恩的样子。后来老死在飞龙厩中,皇亲贵族将它画成挂画。(出《国史补》)

## 曹 洪

魏国曹洪,武帝堂弟,家产盈满,骏马成群。武帝讨伐董卓,夜间行进丢失了马匹,曹洪自己乘的马叫作白鹤,他与武帝共乘。这匹马跑起来,只能感觉到耳中风声,脚不踩地似的。到深水处,曹洪不能渡过。武帝率先上马,一起渡过深水,行军数百里,转眼间就到。下来看马的足蹄,毛都没有湿,武帝穿的衣服都沾湿了。人们都说皇帝是乘着风走了,此马为一代神骏。俗话说:“凭空虚跃,曹家白鹤。”(出王子年《拾遗记》)

## 司马休之

东晋时,司马休之任荆州刺史,刘裕派遣使者去杀害他。司马休之对此并未察觉,但他经常骑的马,一直养在床前,忽然连声鸣叫,不吃粮草,两眼注视着马鞍。司马休之试着把马鞍放到它的背上,它就不再躁动。马鞍备好后,司马休之回去坐下,马又惊跳起来,这样反复了几次。于是司马休之骑上马,这匹马立刻奔驰出门,奔跑出去几十公里,司马休之向远处望去,此时使者已经赶到,他因为及时离去而得以免难。(出《渚宫故事》)

## 慕容廆

慕容廆最开始得到红色白马,经常自己骑乘。后来出去被石虎包围,力量差距过大,手下的将领陷入危险,抛弃众人逃跑。想骑着

俄而邺使至，石虎国有难，虎旋归。至是时，马年四十九岁矣。（出《广古今五行记》）

## 秦叔宝

唐秦叔宝所乘马，号忽雷驳，尝饮以酒。每于月明中试，能竖越三领黑毡。及胡公卒，嘶鸣不食而死。（出《酉阳杂俎》）

## 张纳之

德州刺史张纳之，一白马，其色如练。父雄为数州刺史，常乘。雄薨，子敬之为考功郎中，改寿州刺史，又乘此马。敬之薨，弟纳之，从给事中相府司马改德州刺史，入为国子祭酒，出为常州刺史。至今犹在，计八十余，极肥健，行骤，脚不散。（出《朝野佥载》）

## 宋 察

广平宋察娶同郡游昌女。察，先代胡人也，归汉三世矣。忽生一子，深目而高鼻。察疑其非嗣，将不举。须臾，赤草马生一白驹。察悟曰："我家先有白马，种绝已二十五年，今又复生。吾曾祖貌胡，今此子复其先也。"遂养之。故曰白马活胡儿，此其谓也。（出《朝野佥载》）

## 舞 马

玄宗尝命教舞马四百蹄，分为左右。各有部，目为某宠某家骄。时塞外亦有善马来贡者，上俾之教习，无不曲尽其妙。因命衣以文绣，络以金银，饰其鬃鬣，间杂珠玉。其曲谓之《倾杯乐》者这匹马逃奔安装马鞍，马见到马鞍，就撕咬着不能接近，于是停止，不久后邺都使者到达，石虎国遇到劫难，老虎回到自己国家去了。到这时，马已经四十九岁了。（出《广古今五行记》）

## 秦叔宝

唐朝秦叔宝骑乘的马，叫忽雷驳，这匹马经常要喝酒。每次月夜下测试，能奋力跨越三顶黑毡房。等到秦叔宝将军去世后，这马也不吃不喝，悲伤地嘶鸣不已，不久也死去了。（出《酉阳杂俎》）

## 张纳之

德州刺史张纳之，有一匹白马，它的颜色就像白绢。父亲张雄为数州刺史，常乘此马出去。张雄去世，儿子敬之为考功郎中，改寿州刺史，又骑着这匹马。敬之死去，他的弟弟张纳之，从给事中府司马改德州刺史，入朝任国子祭酒，出任常州刺史。这匹马至今仍在，已经八十多岁，极肥健，快速行进，脚都不分散。（出《朝野佥载》）

## 宋蔡

广平宋蔡娶了同郡游昌的女儿。宋蔡的祖先是胡人，归顺汉人有三代之久。宋蔡妻子生下一个儿子，眼睛深邃且鼻梁高挺。宋蔡怀疑这不是自己的孩子，想要扔掉他。过了一会，红色母马生了一匹白色马驹。宋蔡醒悟了说："我家之前有过白色的马匹，这种颜色的马已经绝种二十五年，现在又重新出现。我家祖先相貌是胡人，现在剩下的孩子应该是有祖先的血统。"于是养下这个孩子。世人称白马救活了胡人的儿子，就是这个意思。（出《朝野佥载》）

## 舞马

唐玄宗曾经让人训练了四百匹会跳舞的马，分成左右两队。分别有名字，叫作某宠某家骄。当时塞外进贡了一匹好马，都被训练成了舞马，能够跟着曲调节拍跳舞十分奇妙。唐玄宗命人给这些舞马数十回，奋首鼓尾，纵横应节。又施三层板床，乘马而上，旋转如飞。或命壮士举一榻，马舞于榻上，乐工数人立左右前后，皆衣淡黄衫，文玉带，必求少年而姿貌美秀者，每千秋节，命舞于勤政楼下。其后上既幸蜀，舞马亦散在人间。禄山常睹其舞而心爱之。自是因以数匹置于范阳。其后转为田承嗣所得，不之知也，杂之战马，置之外栈。忽一日，军中享士，乐作，马舞不能已，厮养皆谓其为妖，拥彗以击之。马谓其舞不中节，抑扬顿挫，犹存故态。厩吏遽以马怪白。承嗣命棰之，甚酷，马舞甚整，而鞭挞愈加，竟毙于枥下。时人亦有知其舞马者，惧暴而终不敢言。（出《明皇杂录》）

## 续坤

咸通乾符中，京师医者续坤颇得秦医和之术，评脉知吉凶休咎，至于得失，皆可预言。适有燕中奏事大将暴得风疾，服医药而愈，所酬帛甚多，仍以边马一匹留赠。马之骨相甚奇，然步骤多蹶。虽制以衔勒，加之鞭策，而款段之性，竟莫能改。坤以浪费刍粟，托人以贱价卖之。求骏者才试，还复如此，累月不售。邻伍有王生，货易于中贵之门，颇甚贫窭，忽诣坤云："有青州监军将发，须鞍马备行李。亦知驰骋非骏，但欲置于牵控之间。"坤直以无用之畜付焉，亦不约鬻马之价。自此经旬不至，谓其脱略亡逸。一旦复来，所直且逾十万。坤既获善价，因以十千遗之。俄见王生，易衣装，致仆马，至于妻孥服饰，亦皆鲜洁。或曰："王生卖马，金帛兼资，计三四百万。"坤甚惊，试询其事，王生初不备说。坤曰：

配上带着刺绣的衣服，再装饰马鬃，笼头用金银制成，镶上玉石珠宝。喝酒的时候就欣赏舞马跳舞，因此心情愉快喝醉了好多回。有时候又搭上三层板床，皇上亲自骑马旋转走上去，旋转得就像飞起来。有时候又让有力气的士兵共同举起一块大板子，让马在上面跳舞，乐工站在前后左右奏乐。乐工全穿着淡黄色的衣衫，配着玉带，要挑选容貌好看的少年。唐玄宗每年过生日，都要在勤政楼下看舞马表演。安史之乱后唐玄宗逃难到了四川，舞马也遗落在民间。安禄山以前看到过舞马表演十分喜欢。因此弄了几十匹马放在范阳。后来被田承嗣得到，他不知道这是舞马，将它们夹杂在战马中间，拴在外面马棚里。忽然有一天，军队慰劳士兵，喝酒奏乐。舞马听到音乐跳起舞来，喂马的人都怀疑是妖物作祟，用扫帚去打它们。舞马以为是自己跳得不合节拍，和着抑扬顿挫的节律更加努力表演。马棚小吏报告了长官，田承嗣命令用力打，打得十分严重，舞马跳得更加整齐，马跳得整齐就打得更凶，最后竟然打死了。当时有知道这是舞马的，但是畏惧田承嗣的残暴不敢出声。（出《明皇杂录》）

## 续　坤

咸通乾符年间，京城有个叫坤颇的医生医术了得，他可以通过把脉预知祸福，就连得到失去，都可以提前预测。当时有个燕中奏事大将患了中风，坤颇医生给他服药治好了，大将赠送给他很多财物，还额外送他一匹马，这匹马骨相清奇，高大俊朗，毛色润泽，但是有个缺点就是跑不快。给马加上嚼子，用鞭子使劲打也是一样跑不动，一点都不悔改。医生因为照顾它浪费很多草料，想托人低价卖掉。买马的人骑着试了试，都因为马跑不快放弃购买，过了好几个月也没卖掉。医生有个邻居叫王生，经常在豪门贵族间奔走买卖东西，不过家里很穷也没挣到钱，忽然有天王生对坤颇医生说：“有个监军要到青州去，想要买匹马托行李。马不用跑得多快，只要能在掌控中牵着走就可以了。”医生觉得这匹马不怎么值钱，也没约好价格就让王生牵走了。王生走后十多天都没回来，医生以为他拐着马逃跑了。突然某天王生回来了，说把马卖了十万钱。坤颇医生得到十万钱很高兴，

“某以无用之物，获价颇多，但未知驽劣之材，何以至此？”云：“初致马于青社监军，举足如有羁绊。及将还，途遇小马坊中使，因遗留试。信宿而往，不复见焉，密询左右。数日前，魏博进一马，毛骨大小与此同，圣人常乘打毬，骏异未有偶。御厩有马，毛色相类者，咸有其对。将到日，方遣调习步骤，萦转如风，今则进御数朝，所赐之物甚厚。”其后王生因大索起价，遂以四百万酬之。是以物逢时亦有数，不遇其主，则驽骥莫分。乃知耕莘野，筑傅岩，未遇良途，奚异于此？（出《剧谈录》）

## 杨翁佛别鸟语

汉广陵杨翁佛听鸟兽之音，乘蹇驴之野，田间有放眇马，相遇，鸣声相闻。翁佛谓其御者：“彼放马目眇。”其御曰：“何以知之？”曰：“骂此辕中马曰蹇，此马亦骂之曰眇。”其御不信，使往视之，目果眇焉。（出《论衡》）

## 季南

季南乘赤马行，逢人乘白马。白马先鸣，赤马应之。南谓从者曰：“白马言，汝南见一黄马，左目盲，是吾子，可令快行相及也。”须臾，果逢黄盲马，白马先鸣，盲马应之。（出《抱朴子》）

送给王生十千钱作为感谢。没过多久，他看到王生换了新衣服，还买了仆人和马，妻子和儿女也都换了新衣服。有人告诉他："王生卖马得到的钱物，加起来能有三四百万。"医生十分惊讶，就去找王生问这件事。起初王生不愿意说。医生道："我觉得没有用的东西，能卖十万钱已经很开心了，现在只是想知道，这匹马是因为什么这么值钱？"王生回答说："刚开始把马牵到监军那边，监军也因为它实在太慢被嫌弃了。回来的时候，偶遇到宫中管马的官员，那个官员说把马带走试验一下。过了一天，也没送回来，我偷偷问了下身边的人，几天前，魏博节度使上贡进献皇上一匹马，和这匹马的样子大小很像。皇上很喜欢经常骑着打马球。宫廷里没有和那匹马大小毛色相匹配的马。昨天那个官员试验了一下这匹马，刚试了下这匹马的脚步习惯，萦转如风，竟然非常合适打马球，今天已经进献给皇上，得到的赏赐十分丰厚。"王生知道这件事后便坐地起价，于是以四百万成交。所以说，马匹要遇到合适的主人才有合适的作用，没有合适的主人，就没办法分清驽马和良驹。这才知道耕莘野，在傅岩，没有遇到好的发展途径，区别就在这里。（出《剧谈录》）

## 杨翁佛别鸟语

汉广陵杨翁佛可以听到鸟的声音，骑跛蹇驽弱的驴子在野外，田间有人放瞎马，两人相遇，鸣叫声相闻。杨翁佛对驾车的人说，他们放的马双目失明看不到。他的车夫说："你是怎么知道的？"杨翁佛说："这头驴子骂这匹马是瞎的，这匹马也骂它太过渺小。"他的车夫不相信，派人去看这匹马，眼睛真是瞎的。（出《论衡》）

## 季南

季南骑乘赤色马匹前进，碰到有人骑着白马。白马先鸣叫，赤马随后响应。季南对随从的人说："白马说，你在南边要是看见一匹黄马，左眼失明，是我的儿子，可以让它快速行进我们会合。"过了一会儿，果然遇到黄色的瞎马，白马先鸣，黄色的瞎马随后回答。（出《抱朴子》）

## 赵固

晋赵固所乘马忽死，因问郭璞，璞曰：“可遣数十人，持竹竿东行三十里，有山陵林树，便搅打之，当有一物出，急抱将归。”于是如璞言，果得一物似猴。入门，见死马，跳梁，走往死马头，嘘吸其鼻，马即能起，亦不见猴。（出《搜神记》）

## 韩晞

唐韩晞常知永丰仓。有一马，乘来日久，遇过客有一蜀马，啮颇甚。晞令取来，系于庭树。晞谓客曰：“此小马，岂能如此？但亦痛治耳。”晞市圉人善骑调恶马，即令召之，遣取鞭辔。此马努目，斜睨于晞。忽然掣缰走上阶，跑晞落床，屈膝于地，将啮之。时晞所乘马系在别柱，见此，亦掣断缰，来啮此马。遂啮数口，方得免。众买此马，杀而食之。晞自后弥爱其马焉。（出《原化记》）

## 江东客马

顷岁，江东有一客，常乘一马，颇有至性。客常于饮处醉甚，独乘马至半路，沉醉，从马上倚着一树而睡，久不动，直至五更。客奴寻觅，方始扶策，而马当时倒地，久乃能起，病十余日方愈。此人无何，以马卖与宣州馆家。经二年，客后得一职，奉使至宣州。知马在焉，请乘此马。此马索视良久，知本主也。既乘，遂跃此人于地，践啮颇甚，众救乃免。意恨其卖己也。（出《原化记》）

## 赵固

晋代赵固骑的马突然死了，就去请教郭璞，郭璞说：“你可以派几十个人，拿着竹竿向东行三十里，看见山林陵园里的树，就乱打一通，这时候会出来一个怪物，赶紧将它抓回家。”于是赵固按照郭璞的话去做，果然得到一个样子像猴的动物。他将这东西带回家，刚进门，这怪物一看见死掉的马匹，就跳上房梁，走到死马的前面，对着死马的鼻子又是吹气又是吸气的，马随即站了起来，像猴的怪物也不见了。（出《搜神记》）

## 韩晞

唐朝韩晞在永丰仓做官。他有一匹马，已经骑了很长的时间。某天有个客人说自己有匹四川马，很暴躁经常咬人。韩晞让他将马牵来，拴在院子里的树上。随后他对客人说：“这么小的一匹马，怎么这么暴烈？我给你帮你调教一下。”随后韩晞找了一个善于驯马的马夫，派人将他找来，马夫找鞭子和笼头的时候。这匹川马斜着眼睛瞪韩晞。忽然挣断缰绳跑上台阶，用前腿把他刨倒，然后跪下来准备咬下去。当时韩晞的坐骑也拴在院子里另一根柱子上。看到主人被咬，韩晞的马也挣断缰绳，跑过来和那匹川马搏斗。连咬川马好几口，韩晞才得以脱身。之后众人把那匹川马买下来，杀掉分了肉吃。自此之后韩晞更爱惜自己的坐骑了。（出《原化记》）

## 江东客马

过去，江东有个人，他经常骑一匹马，这匹马非常有灵性。有一天此人喝得大醉，独自骑马到了半路，他醉得不省人事，在马背上抱着一棵树睡着了，马一直站着不动，直到五更天。仆人来找，主人被扶下马后，马累得倒在地上，很久才能站起来，这之后马病了十多天才痊愈。不久后这个人没有办法，就把马卖到宣州某家。两年后，此人得到一个官职，去宣州公干出差。知道自己的马在这里，就请求再骑一次。这匹马看了他好一会才认出是自己的老主人，等他骑上马，

## 陈 璋

淮南统军陈璋加平章事，拜命于朝。李昪时执政，谓璋曰："吾将诣公贺，且求一女婿于公家。公其先归，吾将至。"璋驰一赤马而去。中路，马蹶而坠。顷之，昪至，璋扶疾而出。昪坐少选即去。璋召马数之曰："吾以今日拜官，又议亲事，尔乃以是而坠我。畜生！"不忍即杀，使牵去，勿与刍秣，饿杀之。是夕，圉人窃具刍粟，马视之而已，达旦不食。如是累日，圉人以告，璋复召语之曰："尔既知罪，吾赦尔。"马跳跃而去。是夕，乃饮讫如故。璋后出镇宣城，罢归而薨。旬月，马亦悲鸣而死。（出《稽神录》）

就把他掀翻在地，又踢又咬，此人幸好被众人救起。这匹马应该是怨恨主人卖了它。（出《原化记》）

## 陈　璋

淮南统军陈璋升官后，去朝廷拜见。当时李升身居要职，他对陈璋说："我正要去祝贺你升迁，还想将我的女儿嫁给你的儿子。你先回家，我马上就去你家。"陈璋骑着一匹赤马往回走。走到了半路突然马失前蹄，把他摔落马下。没有一会，李升来了，陈璋只好带伤接待，李升坐了一会就离开了。陈璋数落自己的马道："我今天拜见上司，还要商议儿子的亲事，你居然把我摔下来受伤，真是禽兽！"虽然嘴上这样说，还是没忍心杀掉，于是让马夫牵到马棚，不要喂任何草料，将它饿死就行。当天晚上，马夫偷着喂食材料，马只是看了看而已，一晚上都没吃。就这样过了好几天，马夫禀报了主人。陈璋又对这匹马说："既然你已经知罪，那我就饶了你吧！"马表现得十分高兴，当天晚上就开始进食。后来陈璋镇守宣城，罢官归来后去世。过了十多天，这匹马也悲鸣着死了。（出《稽神录》）

# 卷第四百三十六　畜兽三



## 马

### 卢从事

岭南从事卢传素寓居江陵。元和中，常有人遗一黑驹，初甚蹇劣，传素豢养历三五年，稍益肥骏。传素未从事时，家贫薄，矻矻乘之，甚劳苦。然未常有衔橛之失，传素颇爱之。一旦，传素因省其槽枥，偶戏之曰："马子得健否？"黑驹忽人语曰："丈人万福。"传素惊怖却走，黑驹又曰："阿马虽畜生身，有故须晓言，非是变怪，乞丈人少留。"传素曰："尔畜生也，忽人语，必有冤抑之事，可尽言也。"

黑驹复曰："阿马是丈人亲表甥，常州无锡县贺兰坊玄小家通儿者也。丈人不省贞元十二年，使通儿往海陵卖一别墅，得钱一百贯，时通儿年少无行，被朋友相引狭邪处，破用此钱略尽。此

# 马

## 卢从事

唐朝时，岭南从事卢传素寓居于江陵（现今湖北荆州）。唐宪宗元和年间时，有人送给卢传素一匹小黑马，这匹小黑马起初非常瘦弱，在被卢传素喂养了三五年后，渐渐变得肥壮起来。卢传素还没有担任岭南从事时，家中很贫困，所以常常驱使小黑马，小黑马很是劳苦。然而小黑马却很温驯，从来没有掉马嚼子的时候，所以卢传素很喜欢这匹小黑马。有一天，卢传素因前往马厩查看小黑马时，偶然调戏小黑马说道："马儿子你身体健壮吗？"小黑马突然开口说出了人话，说道："丈人万福（意思是对长辈问安）。"卢传素闻言被吓得掉头就要跑开。小黑马又说道："我虽然是畜生的身体，但是因特殊原因能说人话，而不是妖怪。请丈人稍稍停留。"卢传素说道："你是畜生，却忽然说出人语，一定是有冤屈之事，你可以都对我说出来。"

小黑马又说道："我是您的亲表甥啊，我家住在常州无锡县（今江苏无锡市）贺兰坊，名叫通儿。不知道您记不记得贞元十二年（796年），您让我去海陵县（今江苏泰州海陵区）卖掉一处别墅，卖时丈人在远，无奈通儿何。其年通儿病死，冥间了了，为丈人征债甚急。平等王谓通儿曰：‘尔须见世偿他钱，若复作人身，待长大则不及矣。当须暂作畜生身，十数年间，方可偿也。’通儿遂被驱出畜生道，不觉在江陵群马中，即阿马今身是也。阿马在丈人槽枥，于兹五六年。其心省然，常与丈人偿债。所以竭尽驽蹇，不敢居有过之地，亦知丈人怜爱至厚，阿马非无恋主之心，然记佣五年，马畜生之寿已尽。后五日，当发黑汗而死，请丈人速将阿马货卖。明日午时，丈人自乘阿马出东棚门，至市西北角赤板门边，当有一胡军将，问丈人买此马者。丈人但索十万，其人必酬七十千，便可速就之。”言事讫，又曰：“兼有一篇，留别丈人。乃骧首朗吟曰：‘既食丈人粟，又饱丈人刍。今日相偿了，永离三恶途。’”

遂奋迅数遍，嘶鸣龁草如初。传素更与之言，终不复语。其所言表甥姓字，盗用钱数年月，一无所差。传素深感其事。明日，试乘至市角，果有胡将军恳求市。传素微验之，因贱其估六十缗。军将曰：“郎君此马，直七十千已上。请以七十千市之，亦不以试水草也。”传素载其缗归。四日，复过其家，见胡军将曰：“嘻，七十缗马夜来饱发黑汗毙矣。”（出《河东记》）

## 韦有柔

建安县令韦有柔，家奴执辔，年二十余，病死。有柔门客善得了一百贯钱。当时通儿年少顽劣，被朋友引诱到了妓院，将卖别墅得来的钱几乎花光了。这时您在远方，对我无可奈何。当年通儿虽病死了，但这些事在阴间记录得很清楚，阴间判官着急为您收债。平等王因此对我说：'你需要转生去偿还欠他的钱，如果让你转生做人，等你长大后就来不及偿还他了。你应当暂时转生为畜生，这样十多年的时间就能将债偿还完。'于是我被送往了畜生道，不知不觉中出现在了江陵的群马中，现在的这马身模样便是我的今生。我的马身在您的槽枥中，到现在已经五六年了。我心中明白，我这是在向您偿债，所以我总是在竭尽我庸劣的能力，不敢让自己犯有一点过失；我也知道您对我非常地怜爱，并不是我没有恋主之心，但是我还债已五年了，这马身的寿命已尽。五天后，这马身便会流出黑汗而死，请您赶快将我这马身卖掉。明天午时，您便只管乘坐我这马身从东棚门出发，前往集市西北角的赤板门边，应当会有一个胡军将，向您询问购买我这马身。您只管索要十万钱，那人必定会出七万，您便可以马上成交。"说完这事后，小黑马又说："我这还有一首诗，便送给您作为告别赠言吧。"于是便抬头朗声吟诵道："既食丈人粟，又饱丈人刍。今日相偿了，永离三恶途。"

吟诵完便精神抖擞地快速奔跑了几圈，然后又像往常一样嘶叫吃草。卢传素再与小黑马说话，小黑马始终没有开口说话。小黑马所说的表甥的姓、字，以及盗用的钱数与年月时间，没有一丝差错。卢传素被此事深深震撼。第二天，卢传素试着乘坐着小黑马来到集市的西北角，果然有个胡将军向他恳求购买小黑马。卢传素想暗中验证一下，因此故意贱卖估价六十缗钱，胡军将说道："你的这匹马，值七万以上。请求以七万卖给我，也不用再试水草了。"卢传素带着卖马的钱回到了家。四天后，再次经过他家，见胡军将说道："嘻，那匹发七十缗钱买的黑马昨天夜里流了很多黑色汗水死了。"（出《河东记》）

## 韦有柔

建安县令韦有柔，有个已为他驾驭了二十多年马车的家奴，病持咒者，忽梦其奴云："我不幸而死，尚欠郎君四十五千。地下所由，令更作畜生以偿债。我求作马，兼为异色，今已定也。"其明年，马生一白驹而黑目，皆奴之态也。后数岁，马可直百余千，有柔深叹其言不验。顷之，裴宽为采访使，以有柔为判官。裴宽见白马，求市之。问其价直，有柔但求三十千，宽因受之。有柔曰："此奴尚欠十五千，当应更来。"数日后，宽谓有柔曰："马是好马，前者付钱，深恨太贱。"乃复以十五千还有柔。其事遂验。（出《广异记》）

## 吴宗嗣

军使吴宗嗣者，尝有父吏某从之贷钱二十万，月计利息。一年后，不复肯还，求索不可得。宗嗣怒，召而数之曰："我前世负汝钱，我今还矣。汝负我，当作驴马还我。"因焚券而遣之。逾年，宗嗣独坐厅事，忽见吏白衣而至，曰："某来还债。"宗嗣曰："已焚券，何为复来？"吏不答，径自入厩中。俄而厩人报马生白驹。使诣吏舍问之，云："翌日已死矣。"驹长卖之，正得吏所欠钱。（出《稽神录》）

## 孙汉威

江南神武军使孙汉威，厩中有马，遇夜，辄尾上放光，状若死了。韦有柔的门客中有个精通念咒的人，忽然梦到了那个家奴对他说道："我不幸而死，但还欠郎君的四十五千钱。在进入地府后，令我再转生为畜生来偿还债务。我请求转生为马，并且是异色的马，现在已经确定下来了　。"第二年，有一匹马生下了一头白色的马驹，而眼睛为黑色，就与那家奴的神态一样。几年后，马驹已能值一百多千钱，韦有柔为此深深感叹梦中家奴的话不灵验。没过多久，裴宽担任了采访使，任命韦有柔为判官。裴宽见了白色马驹，便请求将白马驹卖给他。他向韦有柔询问白马驹的价格，韦有柔只要求给三十千，裴宽因此接受了。韦有柔说道："这奴才还欠我十五千，当应会再来。"几天后，裴宽对韦有柔说："这匹马是匹好马，上次给的钱，实在是太少了。"于是又给了韦有柔十五千钱。韦有柔门客做的梦最终应验了。（出《广异记》）

## 吴宗嗣

有个叫吴宗嗣的军使，曾经有个府吏向他借钱借了二十万，商定按月计算利息。一年后到期了，但那个府吏却不愿意偿还，吴宗嗣想法索求也没能要回借款。吴宗嗣因此很生气，将那个府吏招来后责怪说："我前世欠你的钱，现在已经还了。现在你欠我的钱，应当做驴做马来还我。"因此便将借据烧毁并让那个府吏走了。又过了一年，吴宗嗣独坐厅里办公事，忽然看见那个府吏身穿白衣而至，并对他说，"我来还债的！"吴宗嗣回答道："我已经将借据烧毁了，为什么还来还钱？"那个府吏没有回答，而是径自走入马厩中。一会儿，管理马厩的人便报告说有马生下了一头白驹。吴宗嗣让人到那个府吏的家中打听府吏的下落，得到的答复是："他第二天便已死了。"当白驹长大被卖掉后，得到的钱居然和那个府吏所欠吴宗嗣的钱恰好相等。（出《稽神录》）

## 孙汉威

江南神武军使孙汉威，其马厩中有一匹马，一到夜里，尾巴上便

散火，惊群马，皆嘶鸣。汉威以为妖，仗剑斩之。数月，除卢州刺史。（出《稽神录》）

## 于 远

邺中富人于远者，性奢逸而复好良马，居第华丽，服玩鲜洁，拟于公侯之家也，常养良马数十匹。忽一日，有人市中鬻一良马，奇毛异骨，人争观之。远闻之，酬以百金。及马至厩中，有一老姥扣门请一观。远问之曰："马者，骏逸也，豪侠少年好之，宜哉，老母奚观？"老母曰："我失一良马，十年游天下，访之不得。每遇良马，必永日观之，未尝见一如我所失之马也。何阻一观，不以为惠。"远因延入从容，出其马以示之。老母一见其马，因怒变色，回观远而言曰："我马也。"远曰："老母之马，奚人卖？昔日何得之？何失之？"

老母曰："为我昔日遇北邙山神为物伤目，化身以求我，我以名药疗之，目愈，遂以此马赐我。我得此马，唯不乘之上天。乘之游四海之外，八荒之内，只如百里也。我常乘东过扶桑，有一人遮其途而问我此马焉。及夜，至西竺国，忽失此马。我自失此马已来，十年不息。遍天下，皆不知我访此马也。去年今日，流沙见一小儿，言有一异马如飞，倏然东去矣。我既知自东方，疑此马在中华，必有常人收得此马者。我故不远万里而来此，今果得之。我今当还君百金，马须还我。"

会发出亮光，其状就像是尾巴散火一样。其他的马群受到惊吓，都嘶叫了起来。孙汉威以为这马成妖了，于是提着剑便将那马斩了。几个月后，他便调任为卢州刺史。（出《稽神录》）

## 于远

邺中有个叫于远的富人，喜欢奢华的生活，而且还喜欢好马。他的住所华丽，服饰鲜艳整洁，可以和王侯贵族之家相比拟，家里曾养几十匹好马。忽然有一天，有人在市场上出售一匹好马，这匹马骨骼毛色都很出众，人们争相围观。于远听说后，便用百两银子将其买下了。当他把马牵到马棚里的时候，有一位老太太前来敲门请求让她看一看。于远便问她道：“马是非常俊逸的，豪侠少年都喜欢，这没有什么问题。老夫人为什么想看呢？”老太太说道：“我丢失了一匹好马，十年来周游天下也没找到。每次听说哪里有好马，必定前往观看，但都不是我丢失的马。何必阻止我看看呢，又没有什么好处！”于远神情从容地请她进了马棚，牵来那匹马让老太太观看。老太太一看到这匹马，因为生气而变了脸色，回头对着于远说道：“这正是我的马！”于远问道：“老夫人的马怎么会被人卖掉？以前是怎么得到的，又是怎么丢失的？”

老太太说道：“这是很久之前，我曾遇到北邙山神被东西伤了眼睛，化身前来求我为他医治，我用名药为他治好了眼睛，于是他便将这匹马作为酬劳送给了我。我得到它后，除了没有骑着它上天，我骑着它游历了天下，六合八荒之内，不管多远，就如同只有百里一般。我经常骑着它去往东边的扶桑，途中有个人拦住了我并问起了这匹马。当天晚上，我到天竺国的时候，这匹马就丢失了。自从这匹马丢失后，十年内我走遍了世界，未曾停歇过，人们都不知道我是在寻找这匹马。去年的今天，我在流沙河听一个小孩儿说，他看到一匹马像飞一样，“唰”地一下就跑向了东边。我就知道它去了东边，因此怀疑它到了中土大地，必定会有平常人抓捕到这匹马。所以我不远万里来到了这里，今天果然找到了。我现在就把那一百两银子还给你，这匹马必须还给我。”

远性癖好良马，又闻此马之异，深吝惜之。乃拜老母，乞且暂留，以玩赏数日。老母怒曰："君若留此马，必有祸发。"远因亦怒老母之极言，遂令家僮十余人，共守此马，遣出老母。其家果火，尽焚其宅财宝。远仍见姥入宅，自跃上此马而灭。（出《潇湘录》）

## 张 全

益州刺史张全养一骏马，甚保惜之，唯自乘跨，张全左右皆不敢轻跨。每令二人晓夕以专饲饮。忽一日，其马化为一妇人，美丽奇绝，立于厩中，左右遽白张公。张公乃亲至察视。其妇人前拜而言曰："妾本是燕中妇人，因癖好骏马，每睹之，必叹美其骏逸。后数年，忽自醉倒，俄化成骏马一匹。遂奔跃出，随意南走，近将千里，被一人收之，以至于君厩中，幸君保惜。今偶自追恨为一畜，泪下入地。被地神上奏于帝，遂有命再还旧质，思往事如梦觉。"张公大惊异之，安存于家。经十余载，其妇人忽尔求还乡。张公未允之间，妇人仰天，号叫自扑，身忽却化为骏马，奔突而出，不知所之。（出《潇湘记》）

## 王 武

京洛富人王武者性苟且，能媚于豪贵，忽知有人货骏马，遂急令人多与金帛，于众中争得之。其马白色，如一团美玉。其鬃尾赤如朱，皆言千里足也。又疑是龙驹，驰骤之驶，非常马得及。王武将以献大将军薛公，乃广设以金鞍玉勒，间之珠翠，方伺其便于远生性就喜欢好马，又听说这匹马如此神奇，所以非常不愿意舍弃，于是请求老太太，让她宽限一些时日，以便自己玩赏几天。老太太发怒道：“你如果要留下这马，一定会有祸事发生。”于远也因为老太太的话而发怒，于是就让十多个仆人一起守着这匹马。送走老太太后，他家果然失火了，烧掉了房子以及很多财物。于远又看到那个老太太到来，跳上马背连人带马消失后火也就灭掉了。（出《潇湘录》）

## 张全

益州刺史张全养了一匹骏马，对它非常爱惜，除了他自己能骑外，其余的人都不敢轻易骑。他还安排了两个人早晚伺候这匹马的吃喝。忽然有一天，这匹马变成了一个妇人，超乎寻常的漂亮，站立在马棚里。于是手下的人赶紧将这事报告给了张全。张全亲自来到马棚查看，那妇人上前拜倒说道：“我本是燕中的一妇人，因为平生喜欢骏马，每次看到骏马都会在心中赞叹马儿的神骏飘逸。几年后的一天，我自己忽然醉倒了，一下就变成了一匹骏马。于是我跑了出来，随意向南奔驰了将近千里，被一个人捕获，以至于辗转来到了您这里。很幸运得到了您的爱惜。现在我偶尔会因为变成了畜生而悔恨，眼泪渗入了地下，被土地神上报给了天帝，于是下令让我恢复了原形。回想变成马的这些年，就像做梦一般！”张刺史听后非常惊讶，于是将这妇人安置在家里。十多年后，这名妇人忽然要求回家。在张刺史没答应前，这名妇人仰天大叫，号叫着倒在地上，身体忽然就变成了一匹骏马，奔跑着冲出了门去，不知去了哪里。（出《潇湘记》）

## 王武

京城洛阳的富人王武生性喜欢钻营，并善于取悦豪门贵族。一天他忽然听说有人在出售一匹好马，于是急忙让仆人多给一些钱，在众多买家中将马抢着买了下来。这是一匹白马，全身就像一团美玉，而尾巴和鬃毛是红色的，大家都说这是一匹千里马，又有人怀

达意也。其马忽于厩中大嘶一声后化为一泥塑之马立焉。武大惊讶，遂焚毁之。（出《大唐奇事》）

## 韦玭

京兆韦玭，小逍遥公之裔，世居孟州汜水县庄。性不喜书，好驰骋田弋。马有蹄啮不可羁勒者，则市之。咸通末，因来汜水，饮于市，酣歌之际，忽有鬻白马者曰："此极驵骏。"玭乘之于衢，曰："善，可著鞭矣。"遂市之。日晏乘归，御之铁鞭。一仆以他马从。既登东原，绝驰十余里，仆不能及。复遗铁鞭，马逸不能止。迅越榛莽沟畎，而玭酒困力疲，度必难禁矣。马方骤逼大桑下，玭遂跃上高枝中，以为无害矣。马突过数十步，复来桑下，瞑目长鸣，仰视玭而长鸣躩地。少顷，啮桑木本，柿落如掌。卧即或龁草于十步五步内，旋复来啮不已，桑本将半焉。玭惧其桑之颠也，遥望其左数步外有井。伺马之休于茂草，乃跳下，疾走投井中，才至底，马亦随入，玭与马俱殒焉。（出《三水小牍》）

疑是一匹龙驹。试骑时，这马果然跑得很快，并非一般的马所能及。王武准备将这匹马献给大将军薛公，于是便给它配置了金马鞍、玉辔头，又装饰上珠宝。正当一切都准备好了，只等机会进献的时候，这匹马忽然在马棚里大叫一声，然后变成了一匹泥马立在那。王武大吃一惊，就将泥马烧毁了。（出《大唐奇事》）

## 韦玭

京城中有个叫韦玭的，是小逍遥公韦氏家族的后人，世代居住在孟州汜水县的一处山庄。韦玭生性不喜欢读书，却喜欢骑马狩猎。凡是遇到那些喜欢用蹄子踢人、用嘴咬人的烈马，他就会让人买来。咸通末年的一天，韦玭因前往汜水，在市集上喝酒，喝得正高兴时，忽然碰上了一个售卖白马的人，对他说道："这是一匹强壮的骏马。"于是他在街道上试驾了一番，之后说道："很好！可以着鞭了。"便买下了这匹白马。天色晚后他骑着这匹马回家，用铁鞭抽打白马。有个仆人跟着他的马。踏上东原的地界后，白马风驰电掣般狂奔了十多里，仆人没能追上，加上韦玭的鞭子也丢了，白马发疯似的狂奔着无法停下来。一路上飞快地跨过了一丛丛灌木，越过了一条条小沟，而这时韦玭已是酒困力疲，他料想自己是肯定难以控制这马了。这时正好白马奔驰着从一棵桑树下经过，韦玭急中生智，猛地从马鞍上跳到了高高的桑树枝上，他以为自己总算没事了。没想到狂奔的白马向前冲出几十步后，又回头来到了桑树下，瞪着马眼长嘶一声，抬头看着韦玭并长嘶着用脚蹶地。不久后开始啃咬起桑树的树干来，咬下的碎木片、树皮就像手掌一般大小。白马啃累了便躺下歇息一会，或是在十步五步之内吃点草，然后又再接着不停地啃，很快桑树干便被啃掉了一半。韦玭担心桑树会倒，远远看见在他左方几步远的地方有一口枯井。他趁着白马在深草中休息的时候，突然跳下树，快步跑了过去跳入了枯井中。他才刚到井底，白马便也紧跟着跳了进来，结果韦玭与白马双双身亡。（出《三水小牍》）

# 骆驼

## 明 驼

明驼千里脚，多误作鸣字。驼卧，腹不贴地，屈足漏明，则行千里。（出《酉阳杂俎》）

## 知水脉

燉煌西，渡流沙，往外国，济沙千余里，无水。时有伏流处，人不能知。骆驼知水脉，过其处辄不行，以足踏地。人于其所踏处掘之，辄得水。（出《博物志》）

## 风脚驼

于阗国有小鹿，角细而长，与驼交，生子曰“风脚驼”。日行七百里，其疾如吹。（出《洽闻记》）

## 两脚驼

悒怛国治乌浒河南，本汉大月氏地。刘璠《梁典》云：出两脚骆驼。（原缺出处，明抄本、陈校本作出《洽闻记》）

## 白骆驼

哥舒翰常镇于青海，路既遥远，遣使常乘白骆驼以奏事，日驰五百里。（出《明皇杂录》）

# 骆驼

## 明驼

明驼是一种能日行千里的骆驼，其“明”字让很多人误以为是“鸣”字。明驼躺下睡觉时，腹部不会贴在地上。如果屈起来的足部和小腿中间有缝隙能通光，这样的明驼能日行千里。（出《酉阳杂俎》）

## 知水脉

敦煌往西，穿过流沙前往外国，横渡沙漠一千多里都没有水流。偶尔有暗流的地方，没人能知晓。骆驼能知晓水脉所在，经过有水的地方时便会停滞不前，用脚踏地。人在骆驼踩踏的地方挖掘，就能找到水。（出《博物志》）

## 风脚驼

在于阗国有一种小鹿，其角细而长，与骆驼交配，生下的叫风脚驼。风脚驼能日行七百里，其速度就像刮风一般。（出《洽闻记》）

## 两脚驼

悒怛国统治着乌浒河以南的地方，原本为汉代时大月氏的地界。刘番在《梁典》中记载说：“这里出产两脚骆驼。”（原缺出处，明抄本、陈校本作出《洽闻记》）

## 白骆驼

哥舒翰曾镇守青海，从这前往朝廷的路途非常遥远，所以他派遣的使者常常是乘坐着白骆驼前往朝廷汇报事情。白骆驼能日行五百里。（出《明皇杂录》）

# 骡

## 白骡

唐玄宗将登泰山，益州进白骡至，洁朗丰润，权奇伟异。上遂亲乘之。柔习安便，不知登降之劳也。告成礼毕，复乘而下。才及山址，上休息未久，有司言白骡无疾而殪。上叹异久之，谥之曰“白骡将军”。命有司具槥椟，垒石为墓。墓在封禅坛北数里，至今存焉。（出《开天传信记》）

## 推磨骡

临洛市中百姓，有推磨盲骡无故死，因卖之。屠者剖腹中，得二石，大如合拳，紫色赤斑，莹润可爱。（出《酉阳杂俎》）

# 驴

## 僧朗

晋僧朗住金榆山，及卒，所乘驴上山失之。时有人见者，乃金驴矣。樵者往往听其鸣响。土人言：“金驴一鸣，天下太平。”（出《酉阳杂俎》）

## 厌达国

西域厌达国，有寺户以数头驴运粮上山，无人驱逐，自能往返，寅发午至，不差晷刻。（出《酉阳杂俎》）

# 骡

## 白 骡

唐玄宗准备前往泰山时，益州进献的白骡到了。其白骡全身丰润，皮毛光亮，显得奇谲非凡，卓异出众。于是唐玄宗亲自骑了白骡前往。白骡既温顺又让人安逸舒适，竟然没有感知到登山下山的劳累。在封禅大礼宣告完成后，唐玄宗又乘坐着白骡下山。才到山脚下，唐玄宗刚休息没多久，就有人报告说白骡无疾而死了。唐玄宗为此赞叹诧异了很久，并赐谥号为“白骡将军”，命令有关人员准备了小棺材，用石头为其垒起了一座墓。墓地在封禅祭坛以北的数里之外，至今还存在。（出《开天传信记》）

## 推磨骡

临洛集市上有个百姓，家中有头推磨的瞎眼骡子无故死了，因此将骡子的尸体卖了。屠夫剖开骡子的肚子，在其腹中得到了两块石头，大如拳头，为紫色并有红斑，莹润可爱。（出《酉阳杂俎》）

# 驴

## 僧 朗

晋朝时的僧朗住在金榆山，当他去世后，他所骑乘的驴便上山消失了。后有人发现了那头驴，已变成了金驴，打柴的人经常能听到它的鸣叫。当地人传说：“只要金驴一叫，天下便会太平　。”（出《酉阳杂俎》）

## 厌达国

西域的厌达国，有个为佛寺服役的民户用几头驴运载粮上山，没有人驱使这些驴，这些驴却能自己往返，寅时出发午时到达，没有出过差错。（出《酉阳杂俎》）

## 村人供僧

世有村人供于僧者，祈其密言。僧绐之曰：“驴。”其人遂日夕念之。经数岁，照水，见青毛驴附于背。凡有疾病魅鬼，其人至其所立愈。后知其诈，咒效亦歇。（出《酉阳杂俎》）

## 张 高

长安张高者转货于市，资累巨万，有一驴，育之久矣。唐元和十二年秋八月，高死，十三日，妻命其子和乘往近郊，营饭僧之具。出里门，驴不复行，击之即卧。乘而鞭之，驴忽顾和曰：“汝何击我？”和曰：“我家用钱二万以致汝，汝不行，安得不击也？”和甚惊。驴又曰：“钱二万不说，父骑我二十余年，吾今告汝，人道兽道之倚伏，若车轮然，未始有定。吾前生负汝父力，故为驴酬之。无何，汝饲吾丰。昨夜汝父就吾筭，侵汝钱一缗半矣。汝父常骑我，我固不辞。吾不负汝，汝不当骑我。汝强骑我，我亦骑汝。汝我交骑，何劫能止？以吾之肌肤，不啻直二万钱也。只负汝一缗半，出门货之，人酬尔。然而无的取者，以他人不负吾钱也。麸行王胡子负吾二缗，吾不负其力，取其缗半还汝，半缗充口食，以终驴限耳。”和牵归，以告其母。母泣曰：“郎骑汝年深，固甚劳苦。缗半钱何足惜，将舍债丰秣而长生乎？”驴摆头。又曰：“卖而取钱乎？”乃点头。遽令货之，人酬不过缗半，且无必取者。牵入西市麸行，逢一人，长而胡者。乃与缗半易，问之，其姓曰王。自是连雨，数日乃晴。和觇之，驴已死矣，王竟不得骑，又不负之验也。和东邻有金吾郎将张达，其妻，李之出也。余尝造焉，云见驴言之夕，遂闻其事。且以戒贪昧者，故备书之。（出《续玄怪录》）

## 村人供僧

曾有个供养僧人的村民，祈请僧人教他一个咒语。僧人教了他一个咒语说："驴。"于是村民日夜诵念。念了几年后，村民对着水面照自己的样子，发现有一头青毛驴附在自己背上，凡是身患疾病或被魅鬼附身的人，一到村民的家中疾病便马上好了。后来知道他有欺诈行为后，咒语便失效了。（出《酉阳杂俎》）

## 张高

唐朝时长安有个叫张高的人在市场上倒卖货物，积累了数目极大的资产。他有一头驴，养了很久。唐元和十二年（公元817年）八月，张高死了。十三天后，张高的妻子让儿子张和骑着那头驴前往城外，准备给和尚施舍的斋食。结果张和刚把驴牵出城门，驴就不肯走了，打它的话驴便躺下来。于是张和骑上驴用鞭子抽它，驴却回头看着张和说道："你为什么打我？"张和说："我家当年花了二万钱将你买回来，你现在却不肯走，我为什么不打你？"说完后才惊讶这驴怎么会说话！驴又说道："先不说二万钱！你父亲骑了我二十年。我现在告诉你，人道和兽道是可以相互转化的，就像轮子转一样，不是固定不变的。我前生在力气活上亏欠了你父亲，所以变成驴子来还债。不过，你给我的口粮倒是很充裕。昨晚你父亲来找我算了一下，跟你父亲的账已经了结，我还欠你一缗半钱。你父亲经常骑我，我当然不能推辞。但我不欠你的，你就不该骑我。你如果强行骑我，来生我也会骑你，这样你我轮来换去的，何时能了结呢？以我现在的身价，不只值二万钱。我只欠你一缗半，你将我卖了，人家也会付钱给你。然而没有人会来买我，因为人家不欠我的钱。开麸行的王胡子欠我二缗钱，我没欠他的力气活，用其中的一缗半还你的债，半缗算我的口粮钱。我作为驴子的这一生也便可以结束了。"听完这番话，张和牵着驴子回家，将这事告诉了母亲。母亲哭着说道："我家郎君骑了你那么久，你一定很辛苦劳累了吧。一缗半钱实在不足为道，债就免了，我们为你提供充足的草料，让你能轻松过日子长生可以吗？"驴

## 东市人

开成初，东市百姓丧父，骑驴市凶具，行百步，驴忽语曰：“我姓白名元通，负君家力已足，勿复骑我。南市卖麸家，欠我钱五千四百文，我又负君钱数，亦如之。今可卖我。”其人惊异，即牵往。旋访主卖之。驴甚壮，报价只及五千。及诣麸行，乃得五千四百文，因卖之。两宿而死。（出《酉阳杂俎》）

## 贺世伯

北齐时，曲安贺世伯年余六十，家有小驴，未经调习，使儿乘之，二儿更亦被扑。世伯嗤之曰：“儜劣小子，诚无堪。我虽年老，不须鞴鞍，犹能控制。”遂即踯上。驴惊迅跳走，世伯荒忙跳下，仅得免扑。其夜在堂内，与所亲宴聚。世伯欲睡，忽然惊起，以手掩额。家人怪问，云：“吾梦调此驴，以杖击之，误打吾额。今痛热子摇了摇头。母亲又说道："你是想将自己卖了取钱吗？"驴子点了点头。于是母亲让人将驴子拉去卖掉，虽然要价只是一缗半钱，但是却没人敢要。直到驴子被牵到了西市的麸行，遇到一个身教高大且长着络腮胡子的人，才花了一缗半钱将驴子买了下来。问过之后，才知道这人姓王，正是王胡子。这之后，接下来的日子连续下雨，几天之后才天晴。于是张和跑去看望这头驴子，结果驴子已经死了。王胡子最终也没能骑上这驴，驴子不再给人骑的话得到了验证。张和家东边的邻居住着右金吾郎将张达，他妻子是李氏族人。我曾经造访过她，她说在驴说话的当天晚上，便听说了这件事。为了警戒那些暗中进行欺骗的人，所以将它记了下来。（出《续玄怪录》）

## 东市人

唐朝开成初年，东市有个老百姓的父亲去世了，于是他便骑着驴去集市上购买葬礼要用的东西。走了一百多步时，骑着的驴突然开口说话了："我姓白，名叫元通，欠您家的苦力债已经差不多还清了，请不要再骑我了。南市有个卖麸的店铺，那个店铺的老板欠我五千四百文钱，而我欠您家的钱也是这么多。现在可以将我卖了用来还债。"这个百姓非常诧异驴突然开口说话，于是从驴背上跳下来牵着它走，并且一路上询问他人要不要买驴。这头驴非常强壮，但是一路上所问报价最高的才五千钱。走到卖麸的店铺时，店铺老板才出到了五千四百钱，于是这个百姓将这头驴卖给了他。过了两个晚上这头驴就死了。（出《酉阳杂俎》）

## 贺世伯

北齐时，有个住在曲安的贺世伯年纪已经六十多岁了。他家中养有一头小驴，还没有调驯训练，便让儿子骑乘，两个儿子都被小驴颠扑到了地上。贺世伯便嘲笑他们说："差劲的小子，确实是太不堪了。我虽然已经年老了，但也不需要马鞍，还能够操控它。"于是立即蹬踢而上。小驴受到惊吓，迅速跳起来跑开了。贺世伯慌忙跳下，幸好

如汤，肿大如梨。”往看其驴，在他村外。其人因病而死。（出《广古今五行记》）

## 王 甲

隋大业中，洛人有姓王者，常持五戒，时言未然之事，闾里敬信之。一旦，忽谓人曰：“今当有人牵驴一头送来。”至日午，果有一人牵驴一头送来，涕泣说言，早丧父，其母寡，养一男一女。女嫁而母亡，二十年矣。寒食日，持酒食祭墓，此人乘驴而往。墓在伊水东，欲渡伊水，驴不肯行。鞭其头面伤，流血。既至墓所，放驴而祭，俄失其驴。其日，妹在兄家，忽见其母入来，头面流血，形容毁悴，号泣告女：“我生时，避汝兄送米五斗与汝，坐得此罪。报受驴身，偿汝兄五年矣。今日欲渡伊水，水深，畏之，汝兄鞭挞我，头面尽破，仍期还家更苦打我。我走来告汝，吾今偿债垂毕，何太非理相苦也。”言讫出门，寻之不见，唯见驴头面流血，如母伤状，女抱以号泣。兄回，怪而问之。女以状告。于是兄妹抱持恸哭，驴亦涕泣皆流，不食水草。兄妹跪请。若是母者，愿为食草。驴即为食，既而复止。兄妹莫如之何，遂备刍粟，送王五戒处。后死，兄妹收葬焉。（出《法苑珠林》）

没有摔倒。当天晚上，贺世伯在堂内设宴与亲友聚会。贺世伯想睡觉时，忽然惊得跳了起来，用手捂着额头。家人感到奇怪便问他，他说："我梦见在调驯这头小驴时，我用以杖击打它，却误打到了自己的额头。现在我的额头又痛又像开水一样发热，肿大得就像一个梨子。"说完起身前去查看小驴，却发现小驴已在别的村外去了。后来贺世伯也因发病而死。（出《广古今五行记》）

## 王甲

隋朝大业年间，有个姓王的洛阳人经常持守着佛教的五戒，不时说一些还没有发生的事，乡里的人对他都很尊重和信任。一天早上，他忽然对人说道："今天应当有人会牵来一头驴送我。"到了正午时，果然有人牵来一头驴送给他，并痛哭流涕地诉说了自己的经历：这人早年丧父，母亲守了寡，养育有一男一女；妹妹出嫁后母亲便去世了，至今已二十年了。寒食日时，妹妹带着酒水食物前往墓地祭祀，而这人也骑着驴前去扫墓。今年，妹妹于寒食节之日回家。洛阳的习俗是，寒食日要持酒及食物去祭拜祖墓，于是这人就骑了家里的驴子去扫墓。墓地在伊水的东边，当他准备渡过伊水时，驴子却不肯前行。于是他就用鞭子打驴的头脸，驴子因受伤而流血了。后来总算到了墓地，于是他就放驴去吃草，自己则扫墓祭祀。不久，驴子却不见了。当天，妹妹一个人在哥哥的家里，忽然见到亡故的母亲进屋子来了，她的头与脸上都在流血，看起来十分憔悴。她哭着告诉女儿说："我活着的时候，避开你的哥哥偷偷地送了五斗米给你，也因此犯了过错，受到了驴身的罪报，还你哥哥的债已经五年了。今天你哥哥要渡伊水，因为水深我害怕，你哥哥便拿鞭子抽打我，使我的头和脸都被他打伤了，他还说回家后要再狠狠地打我。我特意来告诉你，我现在欠他的债已经快还完了，何必要再如此无理地让我吃苦呢。"说完母亲便出门走了，女儿怎么找也找不到，只见到驴子的头上脸上流着血，与母亲受伤的样子一样，于是她就抱着驴子大哭起来。哥哥回来后，见状觉得很是怪异，连忙追问原因，妹妹便将事情讲给哥哥听。于是兄妹二人抱着驴子大哭起来，驴子也流

## 汤安仁

唐京兆汤安仁家富，素事慈门寺僧，以义宁元年，忽有客寄其家停止。客盗他驴，于家杀之，以驴皮遗安仁。至贞观三年，安仁遂见一人于路，谓安仁曰："追汝使明日至，汝当死也。"安仁惧，径至慈门寺，坐佛殿中，经宿不出。明日，果有三骑并步卒数十人，皆兵仗人寺。遥见安仁，呼汤安仁。不应而念诵愈专。鬼相谓曰："昨日不即取，今修福如此，何由可得？"因相与去。留一人守之，守之者谓安仁曰："君往日杀驴，驴今诉君。使我等来摄君耳。终须共对，不去何益。"安仁遥答曰："往日他盗自杀驴，但以皮与我耳。非我杀，何为见追？诸君还，为我语驴，我本不杀汝，然今又为汝追福，于汝有利，当舍我也。"此人许诺，曰："驴若不许，我明日更来，如其许者，不来矣。"言毕而出。明日遂不来。安仁于是为驴追福，举家持戒菜食云尔。卢文砺说之，安仁今见在。（出《法苑珠林》）

下了眼泪，而且不饮不食。兄妹俩跪下来请求说："如果您真是我们的母亲，就请您吃草证明。"驴子听后便马上吃起草来，然后又不再进食。兄妹俩没有办法，只好准备了粟豆等粮食，将驴子送到了王五戒这儿，驴子才又饮食。后来驴子死了，兄妹俩将它收去埋葬了。（出《法苑珠林》）

## 汤安仁

唐朝的京兆尹汤安仁家中富裕，一向侍奉着慈门寺的僧众。隋恭帝义宁元年时，忽然有个从远方来的客人，寄住在了汤安仁的家中。这个客人偷了别人家的驴，在汤家宰杀了，临走前他将驴皮赠给了汤安仁。到了唐贞观三年时，有一天，汤安仁在路上偶然遇见了一个人，那人对他说："追捕你的使者明天就会到达，你就要死了。"汤安仁听后非常恐惧，于是径直到了慈门寺，坐在佛殿中诵经，整夜都没有出来。第二天，果然有三个骑士带领着数十个步兵，都带着兵器进入了寺里，远远看到了汤安仁，便叫唤他，但他没有应答，而是更专注地念佛诵经。那些鬼使见状说道："昨天没有立即抓捕他，今天他精诚诵经修福，怎么能抓得到呢？"因而相继离去，只留下一人看守。看守之人对汤安仁说："先生从前杀了驴，驴今天控告你，因而派我们来抓捕你。你终究逃脱不掉，必须前去对质，你不去对你有何益处呢？"汤安仁在大殿内远远答道："驴是往日别人偷来在我家宰杀的，他只是将驴皮送给了我而已，并非我所杀，为何要追拿我呢？请众位回去，代我转告于驴，从前确实不是我杀的你，但我今天会为你修福念经超度，这对你有利，理当放过我才对。"那鬼使应诺说："驴如果不同意，我明天会再来；驴如果同意了，我就不来了。"说罢转身离去。第二天最终没有再来，于是汤安仁为驴礼诵经忏悔回向，从此全家都持戒素食。这段故事是卢文励述说的，汤安仁还健在。（出《法苑珠林》）

## 王薰

天宝初，有王薰者，居长安延寿里中。常一夕，有三数辈挈食，会薰所居。既饭食，烛前忽有巨臂出烛影下。薰与诸友且惧，相与观之，其臂色黑，而有毛甚多。未几，影外有语曰："君有会，不能一见呼耶？愿得少肉置掌中。"薰莫测其由，即与之，其臂遂引去。少顷，又伸其臂曰："幸君与我肉，今食且尽，愿君更赐之。"薰又置肉于掌中，已而又去。于是相与谋曰："此必怪也，伺其再来，当断其臂。"顷之果来，找剑斩之。臂既堕，其身亦远。俯而视之，乃一驴足，血流满地。明日，因以血踪寻之，直入里中民家，即以事问民，民曰："家养一驴，且二十年矣。夜失一足，有似刃而断者焉。方骇之。"薰具言其事，即杀而食之。（出《宣室志》）

# 王薰

唐朝天宝初年，有位名叫王薰的人住在长安的延寿里。曾有一天晚上，一些朋友相约到王薰家会餐。进餐时，烛火前的阴影中突然伸出了一只大手臂，王薰与朋友都被吓住了，一起看向那手臂，只见那手臂为黑色，而且长满了黑黑的绒毛。没过多久，灯火的暗处便有人开口说话了："你们举行宴会，难道不能邀请我参加吗？能不能拿一点肉放在我手上？一点就好。"王薰不知道那手臂是谁，想干什么，不过还是把肉片放在那只手上，那只手臂于是退了回去。没过多久，那只手臂又伸了出来，并催促道："谢谢你给我肉，现在我已经吃完了，希望您能再给我一些。"王薰又拿了一些肉放在那只手中，那只手臂又迅速地缩了回去。于是王薰与大家商议道："这一定是妖怪。要是这只手再伸出来，我们立刻将这手臂砍下来。"不久，那只手臂果然又再伸了出来。王薰拔出剑，一剑就把那手臂砍断了。手臂掉到了地上，而其身体也远远逃开了。王薰他们俯下身子，仔细观察那只被砍断的手臂，发现那原来是一只驴脚，鲜血流了一地。第二天早上，王薰循着血迹一路寻找，发现那血迹一直进入了一户民宅中。王薰向屋主打听驴子的下落，屋主听后说道："我家养有一头驴子，已经有二十年了。昨天晚上，它却少了一只脚，好像是被剑刃砍断的。我还正在奇怪这事。"王薰将昨晚的事情告诉了屋主人，于是屋主人便将那头驴杀了吃掉了。（出《宣室志》）

# 卷第四百三十七　畜兽四



## 犬上

### 华　隆

晋泰兴二年，吴人华隆好弋猎，畜一犬，号曰“的尾”，每将自随。隆后至江边，被一大蛇围绕周身。犬遂咋蛇死焉，而华隆僵仆无所知矣。犬彷徨嗥吠，往复路间。家人怪其如此，因随犬往。隆闷绝委地，载归家，二日乃苏。隆未苏之间，犬终不食。自此爱惜，如同于亲戚焉。（出《幽明录》）

### 杨　生

晋太和中，广陵人杨生者畜一犬，怜惜甚至，常以自随。后生饮醉，卧于荒草之中。时方冬燎原，风势极盛。犬乃周匝嗥吠，生都不觉。犬乃就水自濡，还即卧于草上。如此数四，周旋跬步，草皆沾湿，火至免焚。尔后生因暗行堕井，犬又嗥吠至晓。有人经过，路人怪其如是，因就视之，见生在焉。遂求出己，许以厚报，其人欲请此犬为酬。生曰：“此狗曾活我于已死，即不依命，余可任君所须也。”路人迟疑未答。犬乃引领视井，生知其意，乃许

# 犬上

## 华　隆

东晋泰兴二年，吴地有个叫华隆的人，喜好射猎，于是他就喂养了一条猎狗，取名为“的尾”，每次出去打猎都带在身边。后来有一次华隆来到一处江边，被一条大蛇缠住了全身，最后这条大蛇被的尾咬死了，而华隆全身僵硬地倒在了地上，失去了知觉。的尾在他身边彷徨着转来转去不停地吠叫，又时不时在江边与家之间的路上来回奔跑。家人发现了的尾的奇怪举止，很是疑惑，于是便随的尾前行到了江边。他们发现了华隆蜷缩在地，于是急忙用车将他拉了回家，两天后才苏醒过来。在华隆还没有苏醒的这段时间，的尾始终不肯吃东西。华隆知道这件事之后，从此对的尾爱护有加，就像是对待自己的亲戚朋友一般。（出《幽明录》）

## 杨　生

东晋太和年间，广陵人杨生养了一条狗，并对这条狗非常怜惜，经常带着这条狗一起出行。后来有一次杨生喝醉了，醉倒在一处水洼旁边的荒草丛中。当时正好是冬天，野火燃了起来，而风势非常猛。杨生的狗急得对着他不停地大叫，但是杨生却一点反应都没有。于是狗便跑到水洼中，将自己弄湿，然后转身回来躺到杨生周围的草地上将草弄湿。像这样反复了几次，杨生周边不远的地方，草上都沾了水，因此火没能烧起来。之后杨生又有一次因为晚上赶路，不小心掉进了枯井中，他的狗便在井旁一直叫到了天亮。这时有路人经过，

焉。既而出之，系之而去。却后五日，犬夜走还。（出《记闻》）

## 崔仲文

安帝义熙年，谯县崔仲文与会稽石和俱为刘府君抚吏。仲文养一犬，以猎麋鹿，无不得也。和甚爱之，乃以丁奴易之，仲文不与。和及仲文入山猎，至草中，杀仲文，欲取其犬，犬啮和，守其主尸，爬地覆之。后诸军出猎，见犬守尸。人识其主，因还启刘抚军。石和假还，至府门，犬便往牵衣号吠。人复白抚军，曰："此人必杀犬主。"因录之，抚军拷问，果得其实，遂杀石和。（出《广古今五行记》）

## 张 然

会稽张然滞役，有少妇无子，唯与一奴守舍，奴遂与妇通。然素养一犬，名乌龙，常以自随。后归，奴欲谋杀然，盛作饮食，妇语然："与君当大别离，君可强啖。"奴已张弓拔矢，须然食毕。然涕泣不能食，以肉及饭掷狗，祝曰："养汝经年，吾当将死。汝能救我否？"狗得食不啖，唯注睛视奴。然拍膝大唤曰："乌龙。"狗应路人奇怪狗为什么会一直不停地叫，因此靠近了往井中看，发现了杨生在里面。于是杨生求路人救自己，并且许诺给路人丰厚的报酬。路人却想让杨生将他的狗给自己作为救他的报酬。杨生说道：“这条狗曾将我从必死之地中救出，请恕我不能给你。除了这个条件，其他的随便你提。”路人听后犹豫不决。于是狗伸出头看向井里对杨生使眼色，杨生明白了狗的意思，于是答应了路人的要求。路人将杨生救了出来，并将狗拴住带着离开了。离开后的第五天，杨生的狗在晚上逃了回来。（出《记闻》）

## 崔仲文

东晋安帝义熙年间，谯县的崔仲文与会稽的石和都是刘抚军的下属官员。崔仲文养了一条狗，用来猎捕麋鹿，从没有失过手。石和非常喜爱崔仲文的这条狗，于是想用成年的男仆与崔仲文交换，但崔仲文不愿意。一次石和与崔仲文一起进山打猎，当到达一处草丛处时，石和将崔仲文杀害了，想夺取崔仲文的狗。狗见状扑咬了石和，守护着主人的尸体，并刨开地面将主人尸体掩埋了起来。后来众多军士一起出猎，看到了狗守护着一具尸体。有人认识狗的主人，因此回到官府向刘抚军禀告了情况。石和假装不知情回府了，但刚到府门口，狗便上前咬住他的衣服嗥叫起来。有人又将这事告诉了刘抚军，并说：“这人必定是杀害狗主人的凶手。”刘抚军因此让人将石和抓了起来，他亲自拷问，果然得知了事情的真相，于是诛杀了石和。（出《广古今五行记》）

## 张　然

会稽的张然长期在外做事，年轻的妻子留在家中。两人没有孩子，只有一个奴仆与年轻的妻子在家守屋，奴仆与妻子有了私情。张然养了一条狗，取名叫乌龙，常常跟随在他身边。后来张然回家看望妻子，奴仆与妇人想要谋杀张然，于是做了一顿丰盛的饭菜，妇人对张然说：“我与夫君应当要永久分别了，你就勉强吃一些吧。”这时

声伤奴，奴失刀，遂倒。狗咋其阴，然因取刀杀奴，以妻付县，杀之。（出《续搜神记》）

## 杨褒

杨褒者，庐江人也，褒旅游至亲知舍。其家贫无备，舍唯养一犬，欲烹而饲之。其犬乃跪前足，以目视褒，异而止之，不令杀。乃求之，亲知奉褒，将犬归舍。经月余，常随出入。褒妻乃异志于褒，褒莫知之。经岁时，后褒妻与外密契，欲杀褒。褒是夕醉归，妻乃伺其外来杀褒。既至，方欲入室，其犬乃啮折其足，乃咬褒妻，二人俱伤甚矣。邻里俱至，救之。褒醒，见而搜之，果获其刀。邻里闻之，送县推鞫，妻以实告。褒妻及怀刀者，并处极法。（出《集异记》）

## 郑韶

郑韶者，隋炀帝时左散骑常侍，大业中，授闽中太守。韶养一犬，怜爱过子。韶有从者数十人，内有薛元周者，韶未达之日，已事之。韶迁太守，略无恩恤，元周忿恨，以刃久伺其便，无得焉。时在闽中，隋炀帝有使到，韶排马远迎之，其犬乃衔拽衣襟，不令出奴仆已经拿着刀逼着张然，只等张然吃完就砍杀他。张然见了泪流满面，实在是吃不下，于是便将肉与饭丢给身边的狗，并祈祷说："我养你也多年了，现在我应当快要死了，你能救我吗？"狗得到了食物却没有吃，只是用眼睛死死盯着那个家奴。张然突然拍着膝盖大叫一声："乌龙！"狗听到声音后立即扑向家奴咬伤了他，家奴手中的刀掉了，自己也摔倒在地上。狗咬住了家仆的阴部，张然因此拿刀杀死了家奴，将妻子交给了县府，判处了死刑。（出《续搜神记》）

## 杨褒

杨褒，是庐江人氏。一次外出旅行时，他来到了一个亲友家。这家人很贫寒，对他的到来没有做任何准备，家中只养了唯一的一条狗，因此准备杀了它来招待杨褒。于是这条狗跪下前腿，眼中含着泪水看着杨褒。杨褒觉得怪异便阻止了他们，不让他们杀狗。他请求亲友将这条狗让给他，于是亲友将狗送给了他，他便带着狗回家了。过了一个多月，这条狗便经常跟随他出入。杨褒的妻子对他有异心，但杨褒却不知道。这样过了一年后，杨褒的妻子与情夫一起密谋，想要害死他。这天晚上杨褒喝醉酒后回到了家里，他的妻子便等着情夫前来杀杨褒。她的情夫来了以后，刚刚准备进入杨褒的房间，狗便猛扑上去咬住了他的脚，接着又咬伤了杨褒的妻子，两人都被伤得非常厉害。这时邻居们听到动静都跑了来，将杨褒救了下来。杨褒醒来后，发现了情夫并搜他的身，果然发现了一把刀。邻居们知道了这事，于是将二人捆绑起来送到县衙审讯，妻子将实情说了出来。最后杨褒的妻子与她的情夫，一起被处以死刑。（出《集异记》）

## 郑韶

隋朝有个叫郑韶的人，在隋炀帝时期担任左散骑常侍，大业年间被授予闽中太守之职。他养有一条狗，喜爱这条狗胜过了他儿子。随从他一起前往就职的人有几十个，其中有个叫薛元周的，在郑韶还没有显达之前就追随他了，但直到郑韶升任太守了，也没有得到郑宅。馆吏驰告云："使入郭。"韶将欲出，为犬拽衣不放。韶怒，令人缚之于柱。韶出使宅大门，其犬乃掣断绳而走，依前拽韶衣，不令去。韶抚犬曰："汝知吾有不测之事乎？"犬乃嗥吠，跳身于元周队内，咬杀薛元周。韶差人搜元周衣下，果藏短剑耳。（出《集异记》）

## 柳超

柳超者，唐中宗朝为谏议大夫，因得罪，黜于岭外。超以清俭自守，凡所经州郡，不干挠廉牧以自给，而领二奴掌阁、掌书，并一犬。至江州，超以郁愤成疾。二奴欲图其资装，乃共谋曰："可奉毒药于谏议，我等取财而为良人，岂不好乎？"掌书曰："善。"掌阁乃启超曰："人言有密诏到，不全谏议命，谏议家族将为奈何？"超曰："然，汝等当修馔，伺吾食毕，可进毒于吾，吾甘死矣。"掌阁等闻言，乃备珍馔。掌阁在厨修办，掌书进之于超。超食次，忽见其犬，乃分与食之，涕泣抚犬曰："我今日死矣，汝托于何人耶？"犬闻之不食，走入厨，乃咬掌阁喉；复至堂前，啮掌书，二奴俱为犬所害。超未晓其事。后经数日，敕诏还京，而复雪免，方知其犬之灵矣。（出《集异记》）

韶的提拔与照顾。薛元周为此怀恨在心，身怀利刃多次想找机会谋害郑韶，但一直没能找到机会。当时郑韶在福建任职，有朝廷的使节驾到，郑韶因此备马准备远行前往迎接。这时他养的那条狗却拽住了他的衣襟，不让他出家门。负责接待宾客的官吏飞马前来禀报说："朝廷的使节已经进入外城了。"郑韶刚准备出发，却被狗拽住衣服不放。郑韶大怒，让人将狗捆在了柱子上。郑韶刚走出大门，他的那条狗就咬断绳子跑了出去，又上前拽住了郑韶的衣服，不让他去。郑韶抚摸着那条狗说："难道你知道我会遇到什么危险吗？"于是狗吼叫了起来，跳起身来向着随行队列中的薛元周扑了过去，将他咬死了。郑韶让人搜查薛元周的身上，果然发现在他衣服里藏着一把短剑。（出《集异记》）

## 柳超

柳超，是唐中宗时期的一位谏议大夫，因为犯了法而被贬谪到了岭外。柳超坚持着清廉节俭的自我操守，凡所经过的州郡，都没有去麻烦相关官员，而是自己解决，而他的随从人员只有掌阁与掌书两个奴仆，以及一条狗。行至江州时，柳超因为郁愤而患上了疾病，两个奴才妄图谋害主人取其钱财，于是他们聚在一起商议，掌阁说道："我们可以在谏议大夫的饮食中下药将他毒死，然后取了他的钱财再躲起来做一个好人，这样不是很好吗？"掌书说："好。"于是掌阁假装向柳超奏报说道："有人说有密诏到了，想要谋害谏议大夫您的性命，不知谏议大夫的家族将会怎么办？"柳超道："如果真是这样，你们就应当为我准备饮食，等我吃完之后，可以给我下毒，吾甘愿一死。"掌阁等人听了这话，于是去给柳超准备美食。掌阁在厨房做好美味之后，由掌书拿进去伺候柳超食用。柳超在准备就餐之时，忽然看见了他的那条狗，于是将食物分给它吃，并流着泪抚摸着狗说道："我今天就要死了，你又要托付给谁来照料呢？"狗听了之后没有进食，而是跑进厨房，咬破了掌阁的咽喉；又来到堂前，撕咬掌书，两个奴才都被狗咬死了。当时柳超并不知晓两个奴才想害他这件事，直到过了几天之后，朝廷下诏给柳超，让他返回京城，得以昭

## 姚甲

吴兴姚氏者，开元中被流南裔，其人素养二犬，在南亦将随行。家奴附子及子小奴悉皆勇壮，谋害其主，然后举家北归。姚所居偏僻，邻里不接，附子忽谓主云：“郎君家本北人，今窜南荒，流离万里，忽有不祥，奴当扶持丧事北归。顷者以来，已觉衰惫，恐溘然之后，其余小弱，则郎君骸骨不归故乡，伏愿图之。”姚氏晓其意，云：“汝欲令我死耶？”奴曰：“正尔虑之。”姚请至明晨。及期，奴父子具膳，劝姚饱食。奉觞哽咽，心既苍黄，初不能食，但以物饲二犬。值奴入持，因抚二犬云：“吾养汝多年，今奴等杀我，汝知之乎？”二犬自尔不食，顾主悲号。须臾，附子至，一犬咋其喉，断而毙。一犬遽入厨，又咋其少奴喉，亦断。又咋附子之妇，杀之。姚氏自尔获免。（出《广异记》）

## 刘巨麟

刘巨麟开元末为广府都督，在州恒养一犬，雄劲多力，犬至驯附，有异于他。巨麟常夜迎使，犬忽遮护，不欲令出，巨麟亦悟曰：“犬不使我行耶？”徘徊良久。人至，白使近。巨麟叱曰：“我行部从如云，宁有非意之事。”使家人关犬而出。上马之际，犬亦

雪复职，他这才知道他那狗的灵性。（出《集异记》）

## 姚甲

唐朝开元年间，吴兴一位姓姚的人，被流放到了南方的边境地区。他一直养着两条狗，这次南行时两条狗也跟随着。他的家奴附子及附子的儿子小奴，都是凶悍勇猛之人。他们谋划想要杀害主人，以便全家能够早日返回北方的家乡。姚氏的住所非常偏僻，周围没有邻居。有一天，附子忽然对主人说："您本是北方燕地的人，现在却流落到了万里之外的南荒，如果是忽然遇到什么不测，我理当护送您的棺柩返回故乡。可是最近，我感觉自己正在衰老，担心自己忽然去世之后，儿子还弱小，那么到时您的遗骨将会永远流落他乡了！希望能尽早解决。"姚某明白了他的意思，就说："你这是想让我现在死吗？"附子说道："确实有这样的考虑。"于是姚某请求等到第二天早上再让他去死。到了第二天清晨，奴仆父子二人准备了丰富的早餐，劝说姚某多吃一点，姚某放下酒杯伤心地哽咽起来。心中思绪起伏，开始时什么都吃不下，只是将食物拿来喂养两只狗。这时正好奴才父子进入厨房拿食物去了，姚某因而抚摸着两条狗说道："我豢养你们这么多年，现在那两个奴才想要杀我，你们知道吗？"两条狗听后也哽咽着不吃东西，回头看着主人悲叫着。没过多久，附子走了进来，一条狗突然跃起咬向他的喉咙，附子的喉管被咬断而当场毙命。另一条狗飞快地跑到厨房，又咬住了小奴的喉咙，小奴的喉咙也被咬断而死。然后狗又去咬附子的妻子，将她也咬死了。姚某这才幸免于难。（出《广异记》）

## 刘巨麟

刘巨麟在唐朝开元末年时担任广府都督之职。他在州府养了一条狗，这狗身体雄壮有力，却比其他的狗更温顺与黏他。一次，刘巨麟曾在晚上前去迎接使节，这条狗忽然挡住了他，不让他出门。刘巨麟察觉有些异样，说道："狗这是不想让我出门吗？"徘徊了很久。

随之。忽咋一从者喉中，顷之死。巨麟惊愕，搜死者怀中，得利匕首。初巨麟常鞭棰此仆，故修其怨，私欲报复，而犬逆知之，是以免难。（出《摭异记》）

## 章华

饶州乐平百姓章华，元和初常养一犬，每樵采入山，必随之。比舍有王华者，往来犬辄吠逐。三年冬，王华同上山林采柴，犬亦随之。忽有一虎，榛中跳出搏王华，盘踞于地，然犹未伤，乃踞而坐。章华叫喝且走，虎又舍王华，来趁章华。既获，复坐之。时犬潜在深草，见华被擒，突出，跳上虎头，咋虎之鼻。虎不意其来，惊惧而走。二人皆僵仆在地，如沉醉者。其犬以鼻袭其主口取气，即吐出涎水。如此数四，其主稍苏。犬乃复以口袭王华之口，亦如前状。良久，王华能行，相引而起。犬伏作醉状，一夕而毙矣。（出《原化记》）

## 范翊

范翊者，河东人也，以武艺授裨将。养一犬，甚异人性。翊有亲知陈福，亦署裨将。翊差往淮南充使，收市绵绮，时福充副焉。翊因酒席，恃气而蔑福，因成仇恨，乃暗构翊罪，潜状申主帅。主帅不晓其由，谓其摭实，乃停翊职。翊饮恨而归，福乃大获补署。其犬见翊沉废，乃往福舍，伺其睡，咋断其首，衔归示翊。翊惊这时差役前来，禀报说使节快到了。刘巨麟呵斥狗道："我出门的时候随从如云，怎么可能发生意外！"于是让家人将狗关了起来，自己起身外出了。正在他上马的时候，那条狗又跟了出来，忽然咬住了一位随从的咽喉，这位随从当即毙命。刘巨麟感到十分惊愕，搜查死者的怀中，发现了一把锋利的匕首。之前刘巨麟曾用鞭子抽打了这个仆人，因此积下怨恨，私下准备报复，却被这条狗预先得知，这才使得主人避免了大难。（出《摭异记》）

## 章华

饶州的乐平县有一个叫章华的百姓，元和初年时，曾经养了一条狗，每次进山砍柴时，一定会跟着。他有个邻居叫王华，每次到章华家时狗就会吠叫着与他追逐游戏。第三年的冬天，王华与章华一同上山砍柴，狗也跟着。忽然有一只老虎，从树丛中跳出来扑倒了王华，然后盘踞在地，但王华并没有受伤，于是蹲坐下来。章华叫喝着逃走，老虎又舍弃了王华，来追赶章华。将章华扑倒后，老虎又坐下了。这时狗潜藏在深草中，看见章华被老虎抓住了，突然出来，跳到虎头上，咬住了老虎的鼻子。老虎没有想到狗会咬它的鼻子，受到惊吓逃走了。章华与王华两人都僵硬地倒在地上，就像是深度醉酒的人一样。那狗用鼻子对着主人的嘴中呼气，随即吐出涎水。这样几次之后，主人慢慢苏醒过来。狗又用嘴对着王华的嘴，像之前一样反复动作。很久之后，王华也可以行动了，他们相互搀扶着站了起来。但狗却躺下了，像喝醉了酒一样，一晚之后就死了。（出《原化记》）

## 范翊

范翊，是河东人氏，因为武艺高强而被任命为裨将。他养了一条狗，非常通人性。范翊有一个亲友叫陈福，也担任裨将。后来范翊被派往淮南出差，奉命去收购丝绸用品，而陈福担任他的副手。范翊因为在酒席上仗着酒意，傲慢自负而蔑视陈福，陈福因此怀恨在心，于是暗中捏造了范翊的罪名，偷偷上报给了主帅。主帅不清楚其中的

惧，将福首级，领犬诣主帅请罪。主帅诘之，翊以前事闻。主帅察之，却归翊本职。其犬主帅留在使宅。（出《集异记》）

## 郭 钊

郭司空钊，大和中，自梓潼移镇西凉府。时有阍者甚谨朴，钊念之，多委以事。常一日，钊命市纹缯丝帛百余段，其价倍，且以为欺我，即囚于狱，用致其罪。狱既具，钊命笞于庭。忽有十余犬，争拥其背，吏卒莫能制。钊大异之，且讯其事。阍者曰："某好阅佛氏《金刚经》，自孩稚常以食饲群犬，不知其他。"钊叹曰："犬尚能感其惠，吾安可以不施恩？"遂释放阍者。（出《宣室志》）

## 卢 言

卢言者，上党人也，常旅泊他邑。路行，忽见一犬羸瘦将死矣。言悯之，乃收养。经旬日，其犬甚肥悦。自尔凡所历郡邑，悉领之。后将抵亳，忽于市肆遇友人邀饮，大醉而归，乃入房就寝。俄而邻店火发，犬忙迫，乃上床，于言首嗥吠，乃衔衣拽之。言忽惊起，乃见火已爇其屋柱。透走而出，方免斯难。（出《集异记》）

具体情况，以为陈福所报属实，于是罢免了范翊的职务。范翊饮恨而归，而陈福却受益颇大，接替了他的位置。范翊养的狗见他因被撤职而变得沉默颓废，于是直奔陈福的住所，等他睡觉后咬下了他的脑袋，衔了回家给范翊看。范翊见后大惊，便带着陈福的首级，领着那条狗，前往主帅那里请罪。主帅向他追问原因，范翊将之前的事情述说了一遍。主帅明白了事情的原委，便恢复了范翊的原职，而范翊的那条狗被留在了主帅府中。（出《集异记》）

## 郭钊

唐文宗时的司空郭钊，太和年间从梓潼调到西凉府担任太守。当时有一位官署的守门人，办事非常谨慎老实，郭钊很喜欢他，经常将事情委派他去办。曾经有一天，郭钊让他去购买一百多段带有绣花图案的丝绸，但价钱却花了平时的两倍。郭钊认为他在欺骗自己，便将他关进了监狱，并以这个理由定了他的罪。定罪之后，郭钊下令在庭院中对守门人进行鞭打。这时忽然有十几条狗，争相用身体护着守门人的后背，行刑的吏卒无法制止。郭钊大感惊异，便向守门人讯问缘由。守门人说：“我平时喜欢诵读《金刚经》，从孩童时期便经常用食物喂食一群狗，别的就不知道了。”郭钊感叹道：“这些狗都能够感念你的恩惠，我又怎么能不施恩呢？”于是下令释放了守门人。（出《宣室志》）

## 卢言

卢言，是上党人氏，经常在外旅行漂泊他乡。一天他在路上行走时，忽然看见一条瘦弱的狗就快要死了。卢言很是怜悯它，于是他收养了这条狗。过了十几天，这条狗就变得肥壮可爱了。自从这之后，凡是卢言所游历的地方，他都带着这条狗。后来有一天快要抵达亳州时，卢言忽然在街市上遇到了一个朋友邀请他喝酒，结果他喝得大醉而归，进入房间后就睡了。突然，卢言住宿的隔壁店家发生了火灾，那条狗急忙跑了过来，跳到床上，在卢言的脑袋边大叫，并咬住

## 赵叟

扶风县西有天和寺，在高冈之上，其下有龛，豁若堂，中有贫者赵叟家焉。叟无妻儿，病足伛偻，常策杖行乞。里中人哀其老病，且穷无所归，率给以食。叟既得食，常先聚群犬以餐之。后岁余，叟病寒，卧于龛中。时大雪，叟无衣，裸形俯地，且战且呻。其群犬俱集于叟前，摇尾而嗥。已而环其衽席，竞以足拥叟体，由是寒少解。后旬余，竟以寒死其龛。犬俱哀鸣，昼夜不歇，数日方去。（出《宣室志》）

## 陆机

晋陆机少时，颇好猎，在吴，有家客献快犬曰“黄耳”。机任洛，常将自随。此犬黠慧，能解人语。又常借人三百里外，犬识路自还。机羁官京师，久无家问。机戏语犬曰：“我家绝无书信，汝能赍书驰取消息否？”犬喜，摇尾作声应之。机试为书，盛以竹筒，系犬颈。犬出驲路，走向吴，饥则入草噬肉。每经大水，辄依渡者，弭毛掉尾向之，因得载渡。到机家，口衔筒，作声示之。机家开筒，取书看毕，犬又向人作声，如有所求。其家作答书，内筒，复系犬颈。犬复驰还洛。计人行五旬，犬往还才半。后犬死，还葬机家村南二百步，聚土为坟，村人呼之为“黄耳冢”。（出《述异记》）

他的衣服拖拽他。卢言忽然惊醒过来，发现火势已经蔓延到他所在房子的屋柱了。他急忙逃了出来，才幸免于难。（出《集异记》）

## 赵叟

扶风县的西边有座天和寺，建在高冈之上。寺下边有个神龛，里面宽敞得就像一个大堂，住着一户贫困人家赵叟。赵叟没有妻儿子女，已是年老力衰身形佝偻，经常拄着拐杖以四处乞讨为生。乡里的邻居可怜他年老多病，而且家中穷困无所依靠，因此都接济食物给他。每当赵叟讨得饭食后，他常常会先将一群流浪狗召唤过来喂食它们。一年多后，赵叟因天寒生病了，躺在破庙里。当时下着大雪，赵叟没有棉衣，几乎裸体躺在地上，浑身打着寒战，中间发出寒冷的呻吟声。那群流浪犬看到后，都聚集过来围在赵叟的身前，摇着尾巴哀号着。一会儿后流浪狗便围满了他的卧席，都用脚拥抱着赵叟的身体，因此他的寒冷稍稍有所缓解。十多天后，最终赵叟还是因天寒病饿死在了庙里，那群流浪狗聚集在这里昼夜不歇地哀号了几天后才散去。（出《宣室志》）

## 陆机

陆机年轻的时候，很喜欢打猎。他家住在吴郡，有个门客献给了他一只跑得很快的狗，名为“黄耳”。陆机到洛阳做官后，常常将这只狗带在身边。这只狗非常机灵，能听懂人话。陆机曾将狗借给了住在三百里外的一个人，这条狗居然认识道路自己跑了回来。陆机久在京城为官，很久没有与家中通书信了，于是他对着这只狗开玩笑地说：“我与家中断绝了书信，你能不能带着我的书信跑回去取消息？”狗听后高兴地摇着尾巴像是应答了。陆机就试着写了一封信，用竹筒装好，系在狗的颈子上。狗走出家门，沿着驿路一路奔向吴地，饿了就在草野间猎食一些肉禽；每遇见大河激川时，便找到渡船人，弭毛掉尾对着渡船人，因此得以坐船渡过了大水。到了陆机家后，黄耳用口衔着竹筒，发出叫声要陆机家人取看。陆机的家人打开竹筒，取

## 石玄度

宋元徽中，有石玄度者畜一黄犬，生一子而色白。犬母爱之异常，每衔食饲之。及长成，玄度每出猎未归，犬母辄门外望之。后玄度患气嗽，渐就危笃。医为处方，须白狗肺焉。市索卒不得，乃杀所畜白狗，取肺以供汤用。既而犬母跳跃嗥叫，累日不息。其家人煮狗，与客食之，投骨于地，犬母辄衔置屋中。食毕，乃移入后园中一桑树下，爬土埋之。日夕向树嗥吠，月余方止。而玄度所疾不瘳，以至于卒。终谓左右曰："汤不救我疾，实枉杀此狗。"其弟法度，自此不食犬肉焉。（出《述异记》）

## 齐 琼

唐禁军大校齐琼者，始以驰骋，大承恩宠，以是假御中衔，至于剧宪。家畜良犬四，常畋回广囿，辄饲以粱肉。其一独填茹咽喉齿牙间以出，如隐丛薄然后食，食已则复至，齐窃异之。一日，令仆伺其所往，则北垣枯窦，有母存焉。老瘠疥秽，吐哺以饲。齐亦义者，奇叹久之，乃命箧牝犬归，以贩茵席之，余饼饵饱之。犬出书信看过之后，黄耳又向其家人吠叫，好像是在要求家人回信一般。于是陆机的家人写了回信，放置在竹筒内，又将竹筒再次系在黄耳的脖子上，黄耳又从原路奔回洛阳。按人的行程计算需要五旬时间，但是黄耳往返才用了一半的时间。后来黄耳死了，陆机用棺木将它运回了家，安葬在村子南面二百步之外的地方，堆土为它建了坟，村里的人都称为“黄耳冢”。（出《述异记》）

## 石玄度

南北朝时期刘宋元徽年间，有个叫石元度的人养了一条黄狗，生下了一只白色的幼崽。母狗对这只白色幼崽特别疼爱，总是衔着食物喂它。当白狗渐渐长大后，石元度带它出门打猎还没有回来时，母狗便总是站在门外张望等候。后来石元度患了气喘病，且渐渐加重，生命垂危。医生为他开了处方，说必须用白狗的肺熬汤喝。家人到集市上去买却没能买到，于是只好杀了家里养的这条白狗，取了它的肺来熬汤服用。之后母狗因痛失爱子而不停跳跃嗥叫，连续几天都没有停歇。家人将狗烹煮了，与客人一起享用，将骨头扔在地上，母狗就将这些骨头衔到一个空房里。等狗肉被吃完后，它又将所有骨头移到了后园的一棵桑树下，刨土掩埋了起来，然后从早到晚对着桑树哀叫，一直到一个多月后才停止。而石元度的病情最终并没有好转，还是去世了。临终前，他对身边的人说：“白狗汤也救不了我的病，实在是枉杀了这条狗。”他的弟弟石法度，从此再也不吃狗肉了。（出《述异记》）

## 齐琼

唐朝时有个叫齐琼的禁军大校，最开始因为善于骑马狩猎而备受皇上恩宠，也因此代理御史中丞之衔，后升任御史大夫。他家中养了四条出色的猎犬，经常陪同皇上在广阔的皇家御苑中狩猎，齐琼总是用精美的食物来喂养它们。其中有一只猎犬在进食时，总是将食物填满了嘴后跑出去，然后进到茂密的草丛中进食，吃完后又回来则摇尾俯首，若怀知感。尔后擒奸逐狡，指顾如飞。将扈猎驾前，必获丰赏。逾年牝死，犬加勤效。又更律琯，齐亦殂落。犬嗥吠终夕，呱呱不辍。越月，将有事于丘陇，则留獒以御奸盗。及悬窆之夕，犬独以足爬土成坳，首扣棺见血。掩土未毕，犬亦致毙。（出《述异记》）

## 石从义

秦州都押衙石从义家有犬生数子，其一献戎帅琅琊公。自小至长，与母相隔。及节使率大将与诸校会猎于郊原，其犬忽子母相遇于田中，忻喜之貌，不可状名。猎罢，各逐主归。自是其子逐日于使厨内窃肉，归饲其母。至有衔其头肚肩胁，盈于衙将之家，衙中人无有知者。（出《玉堂闲话》）

## 田 招

田招者，广陵人也。贞元初，招以他事至于宛陵。时招有表弟薛袭在彼，袭见招至，主礼极厚。因一日，招谓袭曰：“我思犬取食，齐琼对此觉得很是奇怪。有一天，他让仆人前去查看这条猎犬到底去了什么地方，结果发现这条猎犬去了北边墙下的一个枯洞里，原来这条猎犬的母亲住在那里。母狗又老又瘦，且身上长着疮，身上非常肮脏，那条猎犬将口中衔来的食物吐出来喂养母亲。齐琼本来也是讲情义的人，听后惊叹了很久，便命令仆人用一个小箱子将那条母犬带了回来，找来破旧的褥子给它当垫子，并用剩饭喂养它。那条猎犬则向着主人摇尾巴低下脑袋，好像心存感恩的样子。从此以后，无论是擒捉猎物还是追堵猎物，那条猎犬听到命令后都是行动迅猛如飞。所以齐琼每次跟随皇上狩猎时，必定能够获得丰厚的赏赐。一年之后，那条母犬死了，而那条猎犬变得更加尽力。又过了一年，齐琼也去世了，那条猎犬也是日夜嗥吠，其哀叫声没有停过。一个多月后，齐琼的棺椁即将在郊外下葬，而这条猎犬则被留下看家防盗。就在其棺木入土的那天傍晚，那条猎犬独自跑来向着棺柩不停叩拜，地下都跪出了一个坑，脑袋在棺木上流出了血。在棺柩还未完全掩埋时，那条猎犬也死去了。(出《述异记》)

## 石从义

秦州都押衙石从义的家中，有条母犬生了几只幼崽。其中一只送给了节度使琅琊公，从小到大，再也没见过母犬。一次，节度使率领大将与众校们一起到郊原打猎，这条狗忽然与母犬在田中相遇，其欣喜的样子简直难以形容。打猎结束后，母子二犬各随主人返回。从这之后，这条犬每天到节度使家的厨房内偷取肉食，衔到都押衙石从义的家中给母犬吃。甚至有时会衔着牲畜的头、肚、肩、胁等，几乎都摆满了，石从义家的人几乎没有不知道的。(出《玉堂闲话》)

## 田　招

有位名叫田招的人，为广陵人氏。唐朝贞元初年，他因为有事前往宛陵。当时他有一个表弟薛袭在那里任职。薛袭看到田招来了，以主人的身份盛情款待了他。有一天，田招对薛袭说："我想吃狗肉肉食之。”袭乃诸处觅之，了不可得。招曰：“汝家内犬何用，可杀而食之。”袭曰：“此犬养来多时，谁忍下手？”招曰：“吾与汝杀之。”言讫，招欲取犬，忽乃失之，莫可求觅。后经旬日，招告袭。将归广陵，袭以亲表之分，遂重礼而遣之。招出郭，至竹室步歇次，忽见袭犬在道侧，招认而呼之，其犬乃摇尾随之。招夜至旅店，将宿，其犬亦随而宿之，伺招睡，乃咋其首，衔归焉。袭惧，遂以兹事白于州县。太守遣人覆验，异而释之。（出《集异记》）

## 裴度

裴令公度性好养犬，凡所宿设燕会处，悉领之，所食物余者，便和碗与犬食。时子婿李甲见之，数谏。裴令曰：“人与犬类，何恶之甚？”犬正食，见李谏，乃弃食，以目视李而去。裴令曰：“此犬人性，必仇于子，窃虑之。”李以为戏言。将欲午寝，其犬乃蹲而向李。李见之，乃疑犬仇之。犬见未寝，又出其户。李见犬去后，乃以巾栉安枕，多排衣服，以被覆之，其状如人寝。李乃藏于异处视之。逡巡，犬入其户，将谓李已睡，乃跳上寝床，当喉而啮，啮讫知谬，犬乃下床愤跳，号吠而死。（出《集异记》）

了。”于是薛袭四处寻找，却没能找到狗肉。田招便道：“你家养的那条大狗有什么用？可以将它杀掉吃了。”薛袭说道：“这条狗我已经养了好多年，谁能如此忍心对它下杀手呢？”田招听了说道：“那我帮你将它杀了。”说完，田招就准备去抓狗，却忽然发现狗不见了，怎么也找不到。后来过了十多天，田招对薛袭说他准备回广陵了，薛袭因表亲的情分，于是备了重礼为他送行。田招出城后，来到一座竹房前休息，忽然他看见一条大狗卧在道旁。田招认出它就是薛袭家失踪的那条狗，因而亲热地叫唤狗的名字，于是那条狗摇着尾巴跟在他身后。田招晚间来到一家客店，准备睡觉时，那条狗也跟着他住在一起。等田招睡熟后，那条狗便咬下了田招的头颅，然后将田招的头颅叼回了家。薛袭看见田招的头颅后非常害怕，于是就把这件事报告给了州县长官。太守派人前往复核，认为这事奇异，便将薛袭释放了。（出《集异记》）

## 裴度

裴度裴令公生性便喜爱养狗，凡是在他居住或设宴的场所，都会带着自己的狗；他吃剩下的食物，便会拿自己的碗装着一起拿给狗吃。当时，他的女婿李甲看到这种情况，几次劝说他不要这样。裴度回答：“人和狗相似，为什么你这么讨厌它呢？”当时狗正在进食，看到李甲在劝说裴度，便放弃了食物，用眼睛瞪了李甲几眼后离去。裴度说：“这条狗已经通人性了，肯定因这件事而仇视你，我对这事很担忧啊。”李甲以为这是裴度的玩笑话而没当回事。正当李甲准备睡午觉时，他发现那条狗正蹲在地上面向着自己。李甲发现后，于是怀疑这条狗想要找自己来报仇。那条狗看到李甲没有睡觉，便离开了李甲的房间。李甲见狗离开后，便将头巾帽子做成头形放在枕头上，用很多衣服排列堆在床上，然后用大被子盖起来，其形状就好像是一个人睡在床上一样。李甲自己则躲在其他地方偷偷看着。一会后，那条狗进到了他的房间，以为李甲已经睡下了，于是跳上床，对着床上那人的喉咙就咬了下去。咬下去后才发现那是个假人，那条狗跳下床在地上愤怒地跳跃着，最后嗥叫而死。（出《集异记》）

# 卷第四百三十八 畜兽五



## 犬下

### 李道豫

安国李道豫，宋元嘉中，其家犬卧于当路。豫蹶之，犬曰："汝即死，何以踏我？"豫未几而卒。（出《述异记》）

### 朱休之

有朱休之者，元嘉中，与兄弟对坐之际，其家犬忽蹲视二人而笑，因摇头而言曰："言我不能歌，听我歌梅花。今年故复可，那汝明年何？"其家斬犬不杀。至梅花时，兄弟相斗，弟奋戟伤兄，收系经年。至夏，举家疫死。（出《集异记》）

### 李叔坚

汉汝南李叔坚少为从事，其家犬忽人立而行，家人咸请杀之。叔坚曰："犬马谕君子，见人行而效之，何伤也？"后叔坚解冠榻上，犬戴之以走。家人大惊，叔坚亦无所怪。犬寻又放灶前畜火，家人益惊愕，叔坚曰："儿婢皆在田中，犬助畜火，幸可不烦邻里，亦何恶也？"居旬日，犬自死，竟无纤芥之灾，而叔坚终享大位。（出《风俗通》）

# 犬下

## 李道豫

宋朝元嘉年间，西域的安息国有一个叫李道豫的人，他们家的狗伏卧在路中间，李道豫用脚踢狗，狗却说：“你就要死了，为什么还要用脚踩我呢？”果然李道豫不久后就死了。（出《述异记》）

## 朱休之

在元嘉年间，有一个叫朱休之的人，和他的兄弟对坐的时候，他们家的狗忽然蹲坐着看着两人发笑，然后摇头口吐人言道：“谁说我不能唱歌，请听我唱那梅花时节的故事。今年你答应他杀我，那你明年又该怎么办呢？”朱休之家不舍得而没有杀狗。到了梅花开放的时节，朱休之两兄弟相互争斗，弟弟用戟击伤了哥哥，被拘禁了一年。到了夏天，朱休之全家受疫病而死。（出《集异记》）

## 李叔坚

汉代汝南有一个叫李叔坚的人，年幼而擅长处置事务，一天他们家的狗忽然立起来像人一样行走，家里人多次要求把狗杀掉。李叔坚却说：“犬马懂得君子品性，看到人走路而模仿，有什么影响呢？”后来李叔坚解下帽子放在床上，被狗把帽子戴着走路。家里人为此大惊失色，李叔坚还是觉得没什么大惊小怪的。狗又找到一些火种放在炉灶前，家里人更惊骇了，李叔坚说：“儿女都在田里，

## 王瑚

山阳王瑚字孟琏，为东海兰陵人。夜半时，有黑帻白单衣吏诣县扣阁。迎之，忽然不见，如是数年。后伺之，见一老狗黑头白躯，犹故至阁。使人以白，孟琏杀之，乃绝。（出《搜神记》）

## 李德

司空东莱李德停丧在殡，忽然见形，坐祭床上，颜色服饰，真德也。见儿妇孙子，次戒家事，亦有条贯。鞭朴奴婢，皆得其过。饮食既饱，辞诀而去。家人大小，哀割断绝，如是四五年。其后饮酒多，醉而形露，但见老狗，便共打杀。因推问之，则里中沽酒家狗也。（出《搜神记》）

## 温敬林

晋秘书监太原温敬林亡一年，妇桓氏，忽见林还，共寝处，不肯见子弟。兄子来见林，林小开窗，出面见之。后酒醉形露，是邻家老黄狗，乃打死之。（出《幽明录》）

狗帮忙保留火种，正好不用麻烦街坊邻里了，这又有什么坏处呢？”过了十天左右，狗自己死掉了，却没有任何微小的灾祸发生，而李叔坚最终也取得了很高的成就。（出《风俗通》）

## 王瑚

山阳有一个叫王瑚的人，字孟琏，他是东海兰陵人。有一天半夜的时候，有戴着黑帽子穿着白色单衣的官吏到住所敲门。王瑚出门迎接他，忽然发现人不见了踪影，就这样过去了几年。后来他一直留心这件事，有一天看到一条老狗长得黑头白身子，就像是以前到过家里的那个人。会使人们家里出现丧事，孟琏将狗杀了，这样的事才消失了。（出《搜神记》）

## 李德

东莱的司空李德，在葬礼的停丧期间，忽然显露身形，坐在祭祀的床上，看气色和服饰，的确是李德本人。看到妻儿子孙，一件件训诫家中事务，嘱咐的事情都有条有理。惩戒下人女婢，也都符合他们的过错。吃喝饱了之后，诀别家人而去。家中老小都无法抑制哀思之情。就这样过了四五年，家里的人渐渐地觉得有点讨厌了。有一次他饮酒过多，喝醉了显露出原形，只见是一条老狗，便一起将之打杀了。推问打听事情缘由，原来是里中卖酒的人家家里的狗。（出《搜神记》）

## 温敬林

晋朝太原有一个秘书监叫温敬林，死了一年多，有一天他的老婆桓氏，忽然看到温敬林回来了，便一起就寝，只是之后只见妻子，却不愿意见自家的子弟。他哥哥的儿子过来拜见温敬林，温敬林打开一个小窗子，只露出脸见他。后来温敬林因喝酒显露原形，原来是邻居家的老黄狗，于是将黄狗打死了。（出《幽明录》）

## 庚氏

太叔王氏后娶庚氏女，年少美色。王年六十，常宿外，妇深无忻。后忽一夕见王还，燕婉兼常，昼坐，因共食。奴从外来，见之大惊，以白王。王遽入，伪者亦出，二人交会中庭，俱著白帢，衣服形貌如一。真王便先举杖打伪者，伪者亦报打之。二人各敕子弟，令与手。王儿乃突前痛打，遂成黄狗。王时为会稽府佐。门士云：“恒见一老黄狗，自东而来。”其妇大耻，发病死。（出《续搜神记》）

## 沈霸

吴兴沈霸，太元中，梦女子来就寝，同伴密察，唯见牝狗，每待霸眠，辄来依床。疑为魅，因杀而食之。霸复梦青衣人责之曰：“我本以女与君共事，若不合怀，自可见语，何忽乃加耻欤？可以骨见还。”明日，收骨葬冈上，从是乃平复。（出《异苑》）

## 田琰

北平田琰，母丧，恒处庐，向一暮夜忽入妇室，密怪之，曰：“君在毁灭之地，幸可不甘。”琰不听而合，后琰暂入，不与妇语。妇怪无言，并以前事责之。琰知魅，临暮竟未眠，衰服挂庐。须臾，见一白狗攫庐衔衰服，因变为人，著而入。琰随后逐之，见犬将升妇床，便打杀之。妇羞愧病死。（出《搜神记》）

## 庚氏

有个人姓王名太叔，续弦娶了庚氏的女儿，妻子年轻貌美。王太叔已经六十岁了，经常睡在外面不回来，妻子非常不高兴。后来忽然有一天晚上妻子看见王太叔回家，夫妇二人晚上恩爱如常。第二天白天他们坐在一起，也一起吃饭。家里仆人从外面回来，看见后大为震惊，赶紧去禀报王太叔。王太叔匆忙赶回家，假的王太叔也出来了，两人在庭院中相遇，他们都戴白帽子，衣服外貌简直一模一样。真的王太叔先举起木棍打假的王太叔，假的王太叔也打真的王太叔。两人各自命令家人子弟，让他们都动手帮忙。王太叔的儿子就冲上前痛打假的王太叔，于是假的王太叔变成了黄狗。王太叔当时任会稽郡府佐，门卒说：经常看见一只老黄狗，从东边而来。他的妻子羞愤不已，患病而亡了。（出《续搜神记》）。

## 沈霸

吴兴人沈霸，唐太元年中，梦见一个女子来陪寝，他的同伴秘密观察，却看见一条母狗，每次等到沈霸睡着了，母狗就来床上依偎。同伴怀疑母狗是妖魅，就杀了这条狗吃了。晚上沈霸梦见一个青衣人责备他说：“我让女儿来陪伴你，如果不满意，可以对我说，为什么加害她？把她的骨头还给我。”第二天，沈霸收拾了骨头埋葬在山冈上，从此没有什么怪事发生了。（出《异苑》）

## 田琰

北平郡田琰，为母亲守丧，一直住在坟边的草屋里。忽然一天夜里走进妻子的房间，妻子偷偷地责备他，说：“您母亲去世现在应该是悲痛得毁形灭性的境地，希望您别再寻欢作乐了。”田琰不听只顾着交欢作乐，后来一次田琰暂时回家，没有和妻子说话。妻子奇怪他怎么不说话，用上次的事情责备他。田琰知道是精怪，直到天黑都没睡着，他把丧服挂在坟边的草屋里。一会儿，看见一只白狗用脚爪抓起丧服用口衔着，变成了人，然后穿着丧服到妻子房间里去。田

## 王仲文

宋王仲文为河南郡主簿，居缑氏县北。得休，因晚行泽中，见车后有白狗。仲文甚爱之，欲取之。忽变形如人，状似方相，目赤如火，差牙吐舌，甚可憎恶。仲文与仲文奴并击之，不胜而走。未到家，伏地俱死。（出《搜神记》）

## 崔惠童

唐开元中，高都主婿崔惠童，其家奴万敌者性至暴，忍于杀害。主家牝犬名“黄女”，失之数日。适主召万敌，将有所使。黄女忽于主前进退，咋万敌。他人呵叱不能禁，良久方退，呼之则隐，主家怪焉。万敌首云：“前数日，实烹此狗，不知何以至是。”初不信，万敌云：“见埋其首所在。”取以为信，由是知其冤魂。（出《广异记》）

## 李 义

唐李义者，淮阴人也。少亡其父，养母甚孝，虽泣笋卧冰，未之过也。及母卒，义号泣，至于殡绝者数四，经月余，乃葬之。及回至家，见其母如生，在家内。起把义手，泣而言曰：“我如今复生，尔葬我之后，潜自来，尔不见我。”义喜跃不胜，遂侍养如故，仍谓义曰：“慎勿发所葬之柩。若发之，我即复死。”义从之。

琰跟在后面追它，看见这条狗快要爬上妻子床时，将它打死了。他妻子羞愧得生病而亡了。（出《搜神记》）

## 王仲文

宋国有个叫王仲文的人任河南郡主簿，家住在缑氏县的北面。有天闲来无事，就在夜晚去水边行走散心，看见车后面有一条白狗。王仲文非常喜欢，想将它捉住。忽然那白狗变成人的模样，相貌酷似方相神，眼睛红得像火一样，磨着牙齿吐着舌头，令人厌恶。王仲文与仆人联手去打那怪物，没打赢只得逃走。还没有到家，就倒在地上死去了。（出《搜神记》）

## 崔惠童

唐开元年间，高都公主的丈夫崔惠童，家中有一个名叫万敌的家奴性格十分残暴，经常杀害他人。公主家有一只名叫黄女的母狗，已经失踪了好几天。后来公主偶然把万敌叫来，想要让他去办点事。黄女却忽然出现在公主身边，扑上前撕咬万敌。任凭旁人怎样呵斥都不停下，过了很久才退下，公主喊它上前时忽然不见了。公主感到非常奇怪。万敌坦白说："前几天，我把这条狗煮着吃了，现在不知它为什么又出现了。"公主最初并不相信，万敌又说："我把它的脑袋埋在了一个地方。"后面果然取了回来，公主这才相信刚才出现的是黄女的冤魂。（出《广异记》）

## 李　义

唐朝有个叫李义的人，淮阴人士。很小的时候父亲就去世了，对母亲十分孝顺，虽然没有哭竹生笋和卧冰求鲤，但比起他们也相差无几。直到母亲去世，李义痛哭不止，到出殡日已经过去四次，过了一个多月，才将母亲埋葬。等回到家，见到他的母亲又活过来，在家里。母亲站起来抓着李义的手，哭着说："我现在又重生，你埋葬我之后，我隐藏了自己，所以你没有看见我。"李义欢喜跳跃不胜，于后三年，义夜梦其母，号泣踵门而言曰：“我与尔为母，宁无劬劳襁褓之恩？况尔少失父，我寡居育尔，岂可我死之后，三年殊不祭飨？我累来，及门，即以一老犬守门，不令我入。我是尔母，尔是我子，上天岂不知？尔若便不祭享，必上诉于天。”言讫，号泣而去。义亦起逐之，不及。至曙，忧疑怆然，无以决其意。所养老母乃言：“我子今日何颜色不乐于我？必以我久不去世，致尔色养有倦也。”义乃泣言：“实以我夜梦一不祥事，于母难言，幸勿见罪。”遂再犹豫。数日，复梦其母，及门号叫，抚膺而言曰：“李义，尔是我子否？何得如此不孝之极！自葬我后，略不及我冢墓，但侍养一犬。然我终上诉于天，尔当坐是获谴。我以母子情重，故再告尔。”言讫又去，义亦逐之不及。

至曙，潜诣所葬之冢，祝奠曰：“义是母之生，是母之育，方成人在世，岂无母之恩也，岂无子之情也？至于母存日，冬温夏清，昏定晨省，色难之养，未尝敢怠也。不幸违慈颜，已有终天之痛。苟存残喘，本欲奉祭祀也。及葬母之日，母又还家再生，今侍养不缺。且两端不测之事，剸裁无计，迟回终日，何路明之？近累梦母悲言相责，即梦中之母是耶？在家之母是耶？从梦中母言，又恐伤在家之母；从在家之母言，又虑梦中之事实。哀哉！此为子之难，非不孝也，上天察之！”言讫大哭，再奠而回。

其在家母已知之矣。迎义而谓之曰：“我与尔为母，死而复是照旧侍养，母亲对李义说：“千万不要将所葬的灵柩挖出来。如果挖出来，我又会死去。”李义听从母亲的意思。

三年后，李义夜里梦见他的母亲，哭着走到门前就说：“我身为你的母亲，对你没有生养之恩吗？何况你从小失去父亲，我寡居养育你，怎么能在我死之后，三年都不祭祀呢？我多次前来，走到门口，就以一个老狗守门，不让我进去。我是你的母亲，你是我的儿子，上天难道不知道吗？你若是还不祭祀我，我必定会向上天控告于你。”说完，哭泣而去。李义也起身追她，没有追到。等到天亮，忧虑悲伤，无法决定这个梦的意思。所奉养的老母说：“我的儿子今天为什么看见我不开心？肯定是因为我很久没有去世，让你脸上有了疲倦的神色啊。”李义便哭着说：“是因为我夜里梦见一个不祥事，很难对母亲开口说，请不要怪罪于我。”于是再三犹豫。过了几天，又梦见他的母亲，到门喊叫，拍着胸脯说：“李义，你还是我的儿子吗？怎么能这样不孝至极了呀！自从安葬我后，从来不到我的坟墓祭祀，但在家中侍养了一条狗。我如果上天控诉，你必定会因此受到责备。我以母子情深之谊，所以再次警告你。”说完又再次离去，李义也追赶不上。

等到天亮，偷偷来到埋葬母亲的坟墓，祭祀酒食说道：“李义是母亲生的，也是母亲养育的，才能成人于社会中，岂能没有母亲的恩惠啊，怎么能说儿子无情呢？至于母亲活着的时候，冬温夏凉，早晚问安，对母亲真心诚意地奉养，从来不敢懈怠啊。不幸违背母亲的意愿，已经尝到了亲人离世的痛苦。如今苟延残喘，本想祭祀母亲。等到安葬母亲的日子，母亲又回到家重生，现在奉养如旧。现在两头不明的事，没有任何计划，每天都在怀疑中，哪条路才是正确的呢？近几次总是梦见母亲伤心地责备，我梦中的母亲是真的吗？在家里的母亲又是什么呢？听从梦中母亲的话，又怕伤家中母亲的心；听从在家母亲说的话，又担心梦中的母亲说的是事实。悲哀啊！这是儿子现在面临的困难，不是儿子不孝啊，请上天查明详情！”说完大哭不止，又拜祭一次然后离开。

他家里的母亲已经知道这件事。对着李义说：“我成为你的母生。再与尔且同生路，奈何忽然迷妄，却于空冢前破其妖梦？是知我复死也。”乃仆地而绝。义终不测之。哀号数日，复谋葬之。既开其冢，是其亡母在是棺中。惊走而归，其新亡之母，乃化一极老黑犬跃出，不知所之。（出《大唐奇事》）

## 胡志忠

处州小将胡志忠奉使之越，夜梦一物，犬首人质，告忠曰：“某不食岁余，闻公有会稽之役，必当止吾馆矣。能减所食见沾乎？”忠梦中不诺，明早遂行，夜止山馆。馆吏曰：“此厅常有妖物，或能为祟。不待寝食，请止东序。”忠曰：“吾正直可以御鬼怪，勇力可以排奸邪，何妖物之有？”促令进膳。方下箸次，有异物，其状甚伟，当盘而立。侍者慑退，不敢傍顾。志忠彻炙，乃起而击之，异物连有伤痛之声，声如犬，语甚分明，曰：“请止请止！若不止，未知谁死。”忠运臂愈疾，异物又疾呼曰：“斑儿何在？”续有一物，自屏外来，闪然而进。忠又击之，然冠隳带解，力若不胜。仆夫无计能救，乃以彗扑，罗曳入于东阁，颠仆之声，如坏墙然。未久，志忠冠带俨然而出，复就盘命膳，卒无一言。唯顾其阁，时时咨嗟而已。明旦将行，封署其门，嘱馆吏曰：“俟吾回驾而后启之。尔若潜开，祸必及尔。”言讫遂行。旬余，乃还止于馆，索笔砚，泣题其户曰：“恃勇祸必婴，恃强势必倾。胡为万金子，而与恶物争。休将逝魄趋府庭，止于此馆归冥冥。”题讫，以笔掷地而失所在。执笔者甚怖，觉微风触面而散。吏具状申刺史，乃遣吏启其户，而志忠与斑黑二犬俱仆于西北隅矣。（出《集异记》）

亲，死而复活。再和你一起同生死，奈何你忽然迷妄，怎么能在空墓前破坏他的噩梦呢？这是知道我又会死去了呀。”说完就倒地而死。李义最终没有预测到这个结果。哀号几天，又打算将母亲重新埋葬。打开母亲的坟墓，看到他已故的母亲就在这棺材里。吓得惊慌逃回到家中，他刚刚去世的母亲，就变成一个老黑狗跳出来，逃走不知所踪。（出《大唐奇事》）

## 胡志忠

处州小将胡志忠奉命出差到越州，夜里梦见一个东西，狗头人身，告诉胡志忠说：“我有一年多没吃东西了，听说你要去参加会稽之役，一定会在我们宾馆休息。能从饭食中匀出一些给我吗？”胡志忠梦中没有答应，第二天早上出发，晚上在宾馆休息。宾馆官员说：“这大厅里常有妖怪盘踞，可能会受到伤害。它们不需要吃饭和睡觉，请住东厢房。”胡志忠说：“我本身正直可以防御鬼怪，我的力气可以排除邪恶，何须害怕什么妖怪？”催促赶紧吃饭。正要举筷进餐时，有异物身形非常巨大，盘踞而立。侍者恐惧退后，不敢顾忌其他。胡志忠从容地撤去菜肴，站起身来攻击它们，怪物连连发出疼痛的声音，声音像狗，说话十分清楚，说：“请停下来，请停下来！如果不停止，不知道谁死呢。”胡志忠挥拳更加快速有力，怪物又大声叫道：“斑儿何在？”接着又出现一个东西，从篱笆外面来，闪地前进。胡志忠又打他，然而帽子掉了衣带也开了，还是有些力不从心。奴仆们没有办法救他，胡志忠只能拉着怪物到东阁，各种打斗倒下的声音，就像损坏墙壁一样。不久，胡志忠穿戴庄严而出，又命令仆人准备膳食。到最后一句话也没有说。只是看着他的房间，时时叹息而已。第二天早上要走，将房间门封上，嘱咐馆里的官员说：“等我打完仗回来的时候再打开。你们若暗中开启，灾祸一定会降临到你们身上。”说完就出发了。一个多月后，仍然回到旅馆歇息，向仆人要来笔砚，淌着眼泪在门上题了一首诗：“恃勇祸必婴，恃强势必倾。胡为万金子，而与恶物争。休将逝魄趋府庭，止于此馆归冥冥。”写完后，把笔扔在地上消失不见了。执笔人非常害怕，感觉到微风触摸面颊

## 韩 生

唐贞元中，有大理评事韩生者，侨居西河郡南。有一马甚豪骏。常一日清晨，忽委首于枥，汗而且喘，若涉远而殆者。圉人怪之，具白于韩生。韩生怒：“若盗马夜出，使吾马力殆，谁之罪？”乃令朴焉。圉人无以辞，遂受朴。至明日，其马又汗而喘。圉人窃异之，莫可测。

是夕，圉人卧于厩舍，阖扉，乃于隙中窥之。忽见韩生所畜黑犬至厩中，且嗥且跃，俄化为一丈夫，衣冠尽黑，既挟鞍致马上，驾而去。行至门，门垣甚高，其黑衣人以鞭击马，跃而过。黑衣者乘马而去，过来既，下马解鞍，其黑衣人又嗥跃，还化为犬。圉人惊异，不敢泄于人。后一夕，黑犬又驾马而去，逮晓方归。圉人因寻马踪，以天雨新霁，历历可辨，直至南十余里一古墓前，马迹方绝。圉人乃结茅斋于墓侧。来夕，先止于斋中，以伺之。夜将分，黑衣人果驾马而来，下马，系于野树。其人入墓，与数辈笑言极欢。圉人在茅斋中，俯而听之，不敢动。近数食顷，黑衣人告去，数辈送出墓外至于野，有一褐衣者，顾谓黑衣人曰：“韩氏名籍今安在？”黑衣人曰：“吾已收在捣练石下。吾子无以为忧。”褐衣者曰：“慎毋泄，泄则吾属不全矣。”黑衣人曰：“谨受教。”褐衣者曰：“韩氏稚儿有字乎？”曰：“未也，吾伺有字，即编于名籍，不敢忘。”褐衣者曰：“明夕再来，当得以笑语。”黑衣唯而去。

而消散。官吏向刺史表明情况，于是刺史派遣官吏打开他的门，而胡志忠和斑黑二狗，尸体都在西北角的方向。（出《集异记》）。

## 韩生

唐德宗贞元年间，有个大理评事叫韩生，寄居在西河郡南。他家有一匹骏马十分出众。一天早晨，这匹马忽然把脑袋耷拉在槽子上，大汗淋漓喘着粗气，看起来像走了很远很累的样子。马夫很奇怪，就报告给了韩生。韩生生气地说："让我的马晚上出去，然后累成这样，是谁的过错呢？"就惩罚了马夫。马夫没法分辨，就白白地受了一顿打。到了第二天，这匹骏马又出汗气喘。马夫非常纳闷，又猜测不出是怎么回事。

到了当天晚上，马夫偷偷趴在装草料的棚子里，关上门，从门缝里小心观察。忽然看到韩生养的一条大黑狗来到了马棚，吠叫了一声跳起来，顷刻间变成了一个黑衣大汉，给马装上马鞍，然后骑着离开了。到了大门口，院墙太高，黑衣大汉用鞭子打马，跳了过去。黑衣大汉骑着马离开，回来的时候，解下鞍子拴好马，然后黑衣人又一跃变成了狗。马夫大惊失色，不敢告诉别人。又一个晚上，黑狗又骑马出去了，快天亮了才回来。马夫出去找马在哪里，刚好下完雨，马蹄印很清楚，一直找到南面十多里远的一个古墓跟前，马蹄印就没有了。于是马夫在墓侧盖了个茅草屋，等到晚上马夫就提前在古墓旁藏好蹲守。半夜时分，黑衣人果然骑着马来了，下马，把马拴在一棵树上。走进了古墓，与很多人欢笑交谈。马夫在茅草屋中，趴在地上偷听，不敢乱动。过了很长时间，黑衣人告别，几个人出来送他。有一个褐色衣服的老者对黑衣人说："韩生家的名册现在在哪里？"黑衣人回答："不用担心，我已经藏在大石头下面了。"褐衣人说："千万不要泄露，如果泄露我们就完了。黑衣人说："我会牢牢记住你的话。"褐衣人说："韩生的小儿子取名字了吗？"他说："还没有，等起了名字，我就把他编在名册上，不能忘记。"褐衣人说："明天晚上再来，应该就可以玩笑了吧。"黑衣人答是离去。

及晓，圉者归，遂以其事密告于韩生。生即命肉诱其犬。犬既至. 因以绳系，乃次所闻，遂穷捣练石下，果得一轴书，具载韩氏兄弟妻子家僮名氏。纪莫不具，盖所谓韩氏名籍也。有子生一月矣，独此子不书，所谓稚儿未字也。韩生大异，命致犬于庭，鞭而杀之。熟其肉，以食家僮。已而率邻居士子千余辈，执弧矢兵仗，至郡南古墓前。发其墓，墓中有数犬，毛状皆异，尽杀之以归。(出《宣室志》)

## 杜修己

杜修己者，越人也，著医术，其妻即赵州富人薛赟之女也，性淫逸。修己家养一白犬，甚爱之，每与珍馔。食后，修己出，其犬突入室内，欲啮修己妻薛氏，仍似有奸私之心。薛因怪而问之曰："尔欲私我耶? 若然，则勿啮我。"犬即摇尾登其床，薛氏惧而私焉。其犬略不异于人。尔后每修己出，必奸淫无度。忽一日，方在室内同寝，修己自外入，见之，即欲杀犬。犬走出。修己怒，出其妻薛氏归薛赟。后半年，其犬忽突入薛赟家，口衔薛氏髻而背负走出。家人趁奔之，不及，不知所之。犬负薛氏直入恒山内潜之。每至夜，即下山，窃所食之物，昼即守薛氏。经一年，薛氏有孕，生一男，虽形貌如人，而遍身有白毛。薛氏只于山中抚养之。又一年，其犬忽死。薛乃抱此子，迤逦出，入冀州乞食。有知此事，遂诣薛赟以告。薛氏乃令家人取至家。

后其所生子年七岁，形貌丑陋，性复凶恶。每私走出，去作盗到了天亮，马夫回去，就把这件事秘密地告诉了韩生。韩生让人拿生肉把大黑狗引来，等引来狗，用绳子绑住，告诉它自己听到的，找到所说的那块大石头，果然在下面发现一个册子，详细地记录了韩氏兄弟妻子以及仆人的名字，就是所谓的韩家名册。记录得非常详细，只有韩生的小儿子才出生一个月，这上面没有记载，说的是小孩子还没有名字。韩生十分吃惊，命人把狗绑在中庭，然后打死了。把狗肉煮熟了，让家里仆人吃了。自己率领邻居朋友家族士子等千余人，带着弓箭兵器，到了郡南古墓那。挖掘古墓，发现里面有好几条狗，毛色样子各不相同，全部杀了才回来。（出《宣室志》）

## 杜修己

杜修己这个人，是越人，擅长医术，他的妻子是赵州富人薛赟的女儿，性情淫逸。杜修己养了一只白狗，很喜欢它，经常给它吃珍美的食物。吃过后，杜修己离开，那狗突然进入室内，想咬杜修己让薛氏嫁给自己做妻子，似乎有奸私的心思。薛氏感到奇怪而问它说：“你想和我有私情吗？如果是这样的话，那么不要咬我。”狗摇着尾巴就爬到床上，薛氏因为害怕而产生私情。这条狗大致不异于常人。以后每次杜修己出门，狗和薛氏必定是荒淫无度的。忽然有一天，正在室内睡在一起，杜修己从外面进来，见到这情景，就想杀了这条狗。狗跑了出来。杜修养十分生气，将妻子休掉让她回到薛赟家。半年后，那条狗突然冲进薛赟家，嘴里叼着薛氏的头发就将她背着跑了出来。家里人赶紧去追，没有追到，不知道跑去了哪里。狗背着薛氏直接进了恒山里面藏起来。每到夜晚，狗就下山，偷取要吃的东西，白天就守在薛氏身边。经过一年，薛氏怀孕，生了一个儿子，虽然外表像人，而全身生有白毛。薛氏只在山中抚养孩子。又过了一年，狗突然死亡。薛氏就抱着这个孩子，曲曲折折地走出大山，进入冀州讨饭。有人知道这件事，于是到薛家里相告。薛氏就让家里人捉拿回家了。

后来薛氏所生的儿子到了七岁，相貌丑陋，本性凶恶。每每私自跑出来，去做盗贼。有时候出去一个月，有时出去几个月，就又回贼。或旬余，或数月，即复还。薛赟患之，欲杀焉。薛氏乃泣戒其子曰："尔是一白犬之子也，幼时我不忍杀。尔今日在薛家，岂合更不谨。若更私走，出外为贼，薛家人必杀尔。恐尔以累他，当改之。"其子大号哭而言曰："我禀犬之气而生也，无人心，好杀为贼，自然耳，何以我为过？薛赟能容我，即容之；不能容我，当与我一言，何杀我也？母善自爱，我其远去不复来。"薛氏坚留之，不得，乃谓曰："去即可，又何不时来一省我也？我是尔之母，争忍永不相见。"其子又号哭而言曰："后三年，我复一来矣。"遂自携剑，拜母而去。及三年，其子果领群盗千余人，自称白将军。既入拜母后，令群盗尽杀薛赟之家，唯留其母。仍焚其宅，携母而去。（出《潇湘录》）

## 袁继谦

少将袁继谦郎中常说：顷居青社，假一第而处之，素多凶怪，昏曀，即不敢出户庭。合门敬惧，莫遂安寝。忽一夕，闻吼声，若有呼于瓮中者。声至浊，举家怖惧，谓其必怪之尤者，遂如窗隙中窥之，见一物苍黑色来往庭中。是夕月晦，观之既久，似黄狗身而首不能举。遂以铁祸击其脑。忽轰然一声，家犬惊叫而去。盖其日庄上输油至，犬以首入油器中，不能出故也。举家大笑而安寝。（出《玉堂闲话》）

到薛家。薛赟十分担心，想杀了他。于是薛氏哭泣告诫他的儿子说：“你是一只白狗的儿子啊，小时候我不忍心杀了你。你今天在薛家，怎能这么不谨慎行事。如果再私自逃走，外出为贼，薛家人一定会杀了你。我恐怕也会被你连累，你要改变的呀。”他的儿子大声哭着说：“我本身就是因为狗才出生的，我没有人的心，好杀为贼，这是天性，为什么都是我的过错呢？薛赟能接纳我，就接纳；不能接纳我，只要给我一句话，为何非要杀了我？母亲好好爱护自己，我这就远离不再回来。”薛氏坚持留下来，没办法，就对儿子说：“离开是可以的，那为什么不经常回来看看我呢？我是你的母亲，害怕忍受永不能相见之苦。”他的儿子又哭着说：“三年后，我还会回来的。”于是自己带着剑，拜别母亲而去。到三年后，他的儿子果然领盗贼一千余人，自称白将军。进入薛家拜了拜母亲，然后让盗贼杀尽了薛赟家中所有人，只留下他的母亲。并烧了他的房子，带着母亲离开了。（出《潇湘录》）

## 袁继谦

少将袁继谦郎中经常说：之前住在青社，一家住在一起，这里平时多凶险怪异，天气暗下来，就不敢出庭院。全家都十分害怕，等没有了才安心睡觉。忽然一天，听到吼叫声，就像是有人在瓮中喊叫的。声音混浊，全家人非常恐惧，说肯定是一个怪异的东西，于是从窗缝中窥探出去，看见一个灰黑色的东西在庭院里走来走去。这天晚上是月底，看了很长时间，像黄狗一样的身形，头不能抬起来。于是用铁挝击它的脑袋。忽然轰的一声，家里的狗喊叫而去。大概白天庄上送了油过来，狗把脑袋伸进油器中，不能出声就是这个原因。全家大笑后安然入睡。（出《玉堂闲话》）

# 卷第四百三十九　畜兽六



## 羊

### 月氏稍割

月氏有羊大尾，稍割以供宾，亦稍自补复。有大秦国，北有羊子，生于土中。秦人候其欲萌，为垣以绕之。其脐连地，不可以刀截，击鼓惊之而绝。因跳鸣食草，以一二百口为群。（出《异物志》）

### 西域大羊

僧玄奘至西域，大雪山高岭上有一村，养羊大如驴。（出《酉阳杂俎》）

### 罽宾青羊

罽宾国出野青羊，尾如翠色，土人食之。（出《酉阳杂俎》）

### 齐讼者

齐庄公时有里徵者，讼三年而狱不决。公乃使二人具一羊，诅

# 羊

## 月氏稍割

西戎有一种羊尾巴很大，尾巴可以割了用来招待来宾，割掉后也可以很快自行修复。有大秦国，国境北边有一种羊，是从土中长出来的。秦国人等它快要长大的时候，建造围墙环绕它。这种羊的肚脐连着土地，不可以用刀割断，秦国人击鼓惊动，羊因惊吓而断开了脐带。得以脱离地面起来吃草，一般一两百只羊为一群。（出《异物志》）

## 西域大羊

唐代玄奘大师到西域时，大雪山高岭下有一村养羊，见到那里养的羊像驴子那么大。（出《酉阳杂俎》）

## 罽宾青羊

罽宾国本地出产一种野青羊，尾巴上是翠绿色的，当地人会食用它们。（出《酉阳杂俎》）

## 齐讼者

春秋齐庄公时期，里中有两个人发生诉讼，官司打了三年仍无法

于社。二子将羊而刺之，洒其血，羊起触二子，殪于盟所。（出《独异志》）

## 梁文

汉齐人梁文好道，其家有神祠，建室三四间，座上施皂帐，常在其中。积十数年，后因祀事，帐中忽有人语，自呼高山君。大能饮食，治病有验，文奉事甚肃。积数年，得进其帐中。神醉，文乃乞得奉见颜色。谓文曰：“授手来。”文纳手，得持其颐，髯须甚长。文渐绕手，卒然引之，而闻作杀羊声。座中惊起，助文引之，乃袁公路家羊也。失之七八年，不知所在，杀之乃绝。（出《搜神记》）

## 顾霈

顾霈者，吴之豪士也，曾送客于升平亭。时有沙门流俗者在座中，主人欲杀一羊，羊绝绳，因走来投此道人，穿头向袈裟下。主人命将去杀之，既行炙。先割以啖道人，道人食下，觉炙走行皮中，痛毒不可忍。呼医来针之，以数针贯焉，炙犹动摇。乃破肉视之，故是一脔肉耳。道人于此得疾，作羊鸣，吐沫，还寺少时而卒。（出《搜神记》）

裁决。于是齐庄公找来一头羊，在社稷进行祭祀。这两个人一起把羊杀了，将羊血洒在祭坛前，突然间，羊猛地惊起来，结果两人都死于盟所。（出《独异志》）

## 梁文

汉朝齐郡人梁文爱好神仙方术，他家里有一座神祠，三四间房屋大小，神座上挂着黑色的帷帐，他常常待在这神祠中。一直过了十多年，后来因为祭祀的事，帷帐中忽然有人说起话来，自称“高山君”。那神人吃东西很多，治病也很有效果，梁文侍奉他十分严谨认真。过了几年，梁文被准许进入他的帷帐中。那神人喝醉酒，梁文才求得可以用手摸一下他的面容。那神人对梁文说：“把手伸过来。”梁文把手伸过去，捏到了神人的下巴，发现神人的胡须很长。梁文渐渐把这胡须绕在手上，突然用力一拉，却听见神人发出了羊的叫声。在座的人都吃惊地站了起来，帮着梁文拉那神人，原来那神人是袁术家的一只羊。这只羊失踪了七八年，一直不知道它在哪里。大家把羊杀了。神人也就没有了。（出《搜神记》）

## 顾霈

有个叫顾霈的人，是吴地一带的豪门人士，顾霈曾在升平亭为客人饯行。座上有一位僧人是在尘世中生活的和尚。主人想杀只羊，那羊挣断绳子逃走了，跑着钻进了僧人的双腿之中，把头钻进袈裟下面躲藏。主人命令人把羊拉走杀掉，做成了烤羊肉。主人先切下一块给僧人吃，僧人把羊肉咽下去，顿时觉得羊肉在自己的皮肉之中行走，剧烈疼痛无法忍受。喊来大夫用针来扎，用好几根针穿透那块烤羊肉，羊肉依然在挣扎。于是将皮肤割开取出来一看，原来只是一小块碎肉而已。这个僧人从此患了疾病，总是发出羊的叫声，嘴里吐出唾沫，回到寺庙后很快就死去了。（出《搜神记》）

## 潘 果

唐京师人姓潘名果，年未弱冠，以武德时，任都水小吏。归家，与少年数人出田游戏。过于冢间，见一羊为牧人所遗，独立食草。果因与少年捉之，将以归家。其羊中路鸣唤，果惧主闻，乃拔却羊舌，于夜杀食之。后经一年，果舌渐缩尽。陈牒解吏，富平县令郑余庆疑其虚诈，令开口验之，乃见全无舌，根本才如豆许不尽。官人问之因由。果取纸，书以答之。元状官之时弹指，教令为羊追福，写《法华经》。果发心信教，斋戒不绝，为羊修福。后经一年，舌渐得生，平复如故。又请官陈牒，县官用为里正。余庆至贞观十八年为监察御史，自向说尔。（出《法苑珠林》）

## 李审言

万寿年中，长安百姓李审言忽得病如狂，须与羊同食。家人无以止，求医不效。后忽西走，近将百里，路傍遇群羊，遽走入其内。逐之者方至，审言已作为一大羊，于众中不能辨认。及家人齐至，泣而择之。其一大羊，乃自语曰："将我归，慎勿杀我。我为羊快乐，人何以比？"遂将归饲养，以终天年。（出《潇湘录》）

## 杨 氏

长安杨氏宅恒有青衣妇人，不知其所由来。每上堂，直诣诸女曰："天使吾与若女有。"悉惊畏而避之，不可，则言词不逊。所为甚鄙，或裸体而行，左右掩目。因出外间，与男子调戏，猛而交秽。擒捕终不可得。一日，悉取诸女囊中襟衣，暴置庭前，女不胜其忿，极口骂之。遂大肆丑言，发其内事，纤毫必尽。如此十余

## 潘果

唐朝京城有一个未满二十岁的人名叫潘果，在武德年中，担任管理水利的小官。有天回家时，与几位同乡少年去打猎。路过墓地时，看见一头牧人走失的羊，独自在那儿吃草。于是潘果和同乡少年合力把羊捉住，带回家中。没想到半路上，羊突然叫起来，潘果怕羊主人听见，就把羊的舌头拔掉，羊无法再出声。到了晚上，把羊煮来吃掉了。到了第二年，潘果的舌头慢慢缩小，最后完全消失掉。他只好向县府递上辞呈，富平县尉郑余庆怀疑他使诈，要他张嘴检验，发现全无舌头，舌根处只留下像豆一样大的舌头还没缩完。官人好奇地问他原因。潘果取来纸笔，把实情详细地写给县官。县官教他为羊追荐祈福，写写《法华经》。于是潘果受持五戒，大修福德，为羊祈福。一年后，舌头慢慢长回来，不久就恢复原状。潘果拜访县官，把经过向他报告，县官就任命他为里正。余庆至贞观十八年，为监察御史，自己将这件事说了出来。（出《法苑珠林》）

## 李审言

万寿年间，长安百姓李审言突然得了疯病，必须和羊一起吃东西。家里人为他多方求医，都没效果。后来他向西走了一百来里地，走进了路旁的羊群里。追赶他的人来到，李审言已经变成了一只羊，掺杂在羊群中认不出来了。家里人赶来，哭着辨认。一头大羊忽然说："带我回去，不要杀我。做羊很快乐，是做人比不上的。"于是家人把这头羊牵回家，饲养到老。（出《潇湘录》）

## 杨氏

长安杨姓人家常有一个青衣女人出现，不知道从哪里来的。每次到正厅，就对杨家的女眷们说："我是上天派来和你们做朋友的。"大家都害怕惊慌躲避，她就开口谩骂起来。青衣女人行为十分不庄重，有时裸露着身体在外行走，那些看到的人都捂住自己的眼睛。出到院子里，看到男子，就上前调戏勾引。杨家一直以来都想将日。呼神巫，以符禁逐之，巫去辄来，悉莫能止。乃徙家避之。会杨氏所亲自远而至，具为说之。此人素有胆，使独止其宅，夜张灯自卧，妇人果来。伪自留之寝宿，潜起匿其所曳绿履。求之不得，狼狈而去。取履视之，则羊蹄也。以计寻之，至宅东寺中，见长生青羊，而双蹄无甲，行甚艰蹶。赎而杀之，其怪遂绝。（出《广异记》）

## 陈正观

颍川陈正观斫割羊头极妙。天宝中，有人诣正观，正观为致饮馔。方割羊头，初下刀子，刺其熟脑，正观暂乃洗手，头作羊鸣数声。正观便尔心悸，数日而死。（出《广异记》）

## 安 甲

邠州有民姓安者，世为屠业。家有牝羊并羔。一日，欲刲其母，缚上架之次，其羔忽向安生面前，双跪前膝，两目涕零，安生亦惊异之。良久，遂致刀于地去。唤一童稚共事刲宰，而回遽失刀，乃为羔子衔之，致墙根下，而卧其上。安生俱疑为邻人所窃，又惧诣市过时，且无他刀，极挥霍。忽转身趯起羔儿，见刀在羔之腹下。安生遂顿悟，解下母羊并羔，并送寺内乞长生。自身寻舍妻孥，投寺内竺大师为僧，名守思。（出《玉堂闲话》）

她抓住却没有抓到。有一天，她把女眷们的贴身衣物从箱子里翻出来，放到外面院子里。家眷们痛骂，青衣女就大肆宣扬她们的丑事，说得非常详细。如此这般过了十多天，杨家人找来巫师驱赶，巫师来了她就离开，巫师走了又回来，如此反复无休无止。杨家实在没办法，就搬家躲避。这时候有一个亲戚从远方来，告诉他详细情况。这个人胆子素来很大，就独自去了老房子，晚上点灯睡觉，青衣女果然来了。亲戚假装留她住宿，悄悄起来把她的鞋藏了起来。青衣女子哀求讨要，亲戚不给，于是狼狈地离开了。再看那双鞋，原来是羊蹄子壳。四处打听，到屋子东边寺庙的时候，看到庙里养的长生羊，蹄子没有了壳，走路很艰难。于是买下来杀掉，怪物就消失了。（出《广异记》）

## 陈正观

颍川的陈正观用刀斧砍割羊头的手法非常好。天宝中年，有人到陈正观做事的地方请教，陈正观刚吃完东西。准备割下羊头，第一刀就熟练地刺进脑袋里，陈正观暂停后先去洗手，摇头晃脑地像羊一样叫了几声。后来陈正观感到心悸，没几天就死了。（出《广异记》）

## 安　甲

州郡内有个姓安的老百姓，家中世代都是做屠夫的。家中养了一只母羊和一只小羊。一天，屠夫打算宰杀母羊，捆绑在架子上之后，羊羔忽然两前蹄弯曲向安屠夫下跪，两眼泪流不止。安屠夫为此感到惊异不已，过了很久，便把刀放在地上，去叫一小孩一块儿来刲宰。等他回来，竟找不到刀了，刀已被羊羔用口衔着，放在墙根下，小羊羔趴在刀上面。安屠夫找不到刀，怀疑被邻居偷走了。又担心到市场上买会耽误时间，又没有其他称手的刀具可用。他忽然转身踢开羊羔，发现刀藏在小羊的肚子下面，安生顿然醒悟，羊羔下跪是为母祈命。安屠夫解下母羊的绳索，把母羊和羊羔一起送到寺院放生。自

# 豕

## 燕相

朔人有献大豕于燕相，令膳夫烹之。豕既死，见梦于燕相曰："造化劳我以豕形，食我以人秽。伏君之灵得化，今始得为鲁之津伯也。"（出《符子》）

## 杜愿

晋杜愿字永平，梓潼涪人也，家甚富。有一男名天保，愿爱念，年十岁，泰元三年，暴病死。后数月，猪生五子，一子最肥。后官长新到，愿将以作礼，就捉杀之。有比丘忽至愿前，谓曰："此㹠是君儿也，如何百余日中而相忘乎？"言竟，忽然不见。愿寻视，见在云中，腾空而去。云气充布，弥日乃歇。（出《法苑珠林》）

## 都末

莎车王杀于阗王，于阗大人都末出见野豕，欲搏之，乃人语曰："无杀我，为汝杀莎车。"都末异之，即与兄弟共杀莎车王。（出《张璠汉记》）

## 刘胡

后魏植货里，有太常民刘胡兄弟四人以屠为业。永安年中，胡杀猪，猪忽唱乞命，声及四邻。邻人谓胡兄弟相斗，来观之，乃

己也舍弃妻儿，出家投身为僧，名为守思。（出《玉堂闲话》）

## 豕

### 燕相

有个朔州人进献了一头大肥猪给燕相，燕相命厨房将它杀了，烹饪成美味。猪死后，托梦给燕相道："我因上天造化而托生成了猪，只能吃人类剩下的东西。现在我轮回转世，已化身为鲁水的津伯，成为水中精灵。"（出《符子》）

### 杜愿

晋代时，有个叫杜愿字永平的人，是梓潼涪人，家中特别富有。家里有一个儿子，名唤天保，平日里特别疼爱，十岁了，于泰元三年，突然得病死了。几个月后，家里的一头猪生了五只小猪，而其中一只长得最为肥壮。后来因有新的官长调到这里，杜愿就想将这头最肥的小猪捉来杀了，作为礼物送去。有位尼姑和杜愿说："这只猪是你死去的儿子，怎么才过百多天你就把你的儿子忘记了？"说完，便不见了。杜愿四处找寻，只见天空的云彩之上，已经腾空而去。云气四散，终日才散。（出《法苑珠林》）

### 都末

东汉时，莎车王杀于阗王，于阗大人都末发现了一头野猪，准备把它杀了，突然间野猪用人的语言对他说："你不要杀我，我帮你杀掉莎车王。"都末感到十分惊异，于是把野猪放走了。后来，和兄弟一起将莎车王杀了。（出《张璠汉记》）

### 刘胡

北魏时洛阳城东的孝里东市，有太常的刘胡兄弟四人都是做屠户的，永安年间，刘胡杀猪，突然间听到猪开口说话，祈求饶命，

猪也。胡即舍宅为归觉寺，合家入道焉。（出《伽蓝记》）

## 耿伏生

隋冀州临黄县东，有耿伏生者，其家薄有资产。隋大业十一年，伏生母张氏避父将绢两匹与女。数岁后，母亡，变作母猪，生在其家，复产二豘。伏生并已食尽，遂更不产。伏生即召屠儿出卖，未取之间，有一客僧从生乞食，即于生家少憩。僧将一童子入猪圈中游戏。猪与之言："我是伏生母，为往日避生父眼，取绢两匹与女，我坐此罪，变作母猪。生得两儿，被生食尽。还债既毕，更无所负。欲召屠儿卖我，请为报之。"童子具陈向师，师时怒曰："汝甚颠狂，猪那解作此语。"遂即寝眠。又经一日，猪见童子。又云："屠儿即来，何因不报？"童子重白师，师又不许。少顷，屠儿即来取猪。猪逾圈走出，而向僧前床下。屠儿逐至僧房。僧曰："猪投我来，今为赎取。"遂出钱三百文赎猪。后乃窃语伏生曰："家中曾失绢否？"生报僧云："父存之日，曾失绢两匹。"又问娣姒几人。生云："唯有一弟，嫁与县北公乘家。"僧即具陈童子所说。伏生闻之，悲泣不能自己。更别加心供养猪母。凡经数日，猪忽自死。托梦其女云："还债既毕，得生善处。"兼劝其女，更修功德。（出《法苑珠林》）

街坊四邻都听见了。还以为是他们兄弟打架，都跑过来看，才知道是猪。此后刘胡悔过将房屋改作归觉寺，全家修行入道。（出《伽蓝记》）

## 耿伏生

隋朝时，冀州临黄县东有个叫耿伏生的，家中有少许资产。隋大业十一年，伏生的母亲张氏背着丈夫将两匹绢悄悄给了女儿。几年后，张氏死了，投生为一头母猪，还是在耿家，又产了两只小猪。伏生将产下的那两小只小猪吃了，后来母猪便不再生小猪了。于是伏生叫来屠户准备将母猪卖掉，猪还没被拉走，有一游历的僧人到伏生家化缘，于是到伏生家稍作休息。僧人的小徒弟到猪圈中游戏。突然间猪开口说话了："我是伏生的母亲，因为之前背着伏生的父亲，悄悄拿了两匹绢给女儿，因此犯下了过错，死后便变成了母猪。我生了两只小猪，都被伏生宰食了。如今我的债已经还完了，再也没有负担了。还请叫屠户来把我卖了，请帮我转告。"于是小徒弟向师父如实禀告，师父听后大怒，骂道："你是疯了不成，猪怎么可能开口说话。"说完就去睡了。又过了一日，猪看到小徒弟。又说："屠户就要来了，为什么不说？"小徒又和师父说，师父还是不相信。不一会儿，屠户来把猪领走。猪从猪圈里跃出，来到僧人床前。屠户也一路追到僧人房间。僧人便道："这头猪为投奔我的，今天我便将它从你那里买回来。"于是僧人花三百文钱把猪买了回来。后来僧人悄悄地问伏生："施主家中可曾丢失过绢？"伏生对僧人说："父亲还在时，曾丢过两匹。"僧人又问伏生家中有几个兄弟姐妹？伏生说："只有一个妹妹，嫁到县北的公乘家。"于是僧人便把小徒弟和猪的对话全告诉了伏生。伏生听后，悲伤不已。后来对母猪照顾得更加用心了。过了几天，那头猪忽然自己死了。晚上托梦给自己女儿说："我欠的债已经还完了，终于得以解脱了。"更劝女儿，以后要多建功德。（出《法苑珠林》）

## 李校尉

唐龙朔元年，怀州有人至潞州市猪至怀州卖。有一特猪，潞州三百钱买。将至怀州，卖与屠家，得六百钱。至冬十一月，潞州有人姓李，任校尉，至怀州上番，因向市欲买肉食。见此特猪，已缚四足，在店前，将欲杀之。见此校尉，语云："汝是我女儿，我是汝外婆。本为汝家贫，汝母数索，不可供足，我大儿不许。我怜汝母子，私避儿与五斗米。我今作猪，偿其盗债，汝何不救我？"校尉问此屠儿赎猪。屠儿初不之信。余人不解此猪语，唯校尉得解。屠儿语云："审若是汝外婆，我解放之。汝对我更请共话。"屠儿为解放已，校尉更请猪语云："某今上番一月，未得将婆还舍，未知何处安置婆？"猪即语校尉云："我今已隔，并受此恶形。纵汝下番，亦不须将我还。汝母见在，汝复为校尉，家乡眷属见我此形，决定不喜，恐损辱汝家门。某寺有长生猪羊，汝安置我此寺。"校尉复语猪言："婆若有验，自预向寺。"猪闻此语，遂即自向寺。寺僧初不肯受，校尉具为寺僧说此灵验。合寺僧闻，并怀怜愍，为造舍居处安置，校尉复留小毡令卧。寺僧道俗竞施饮食，后寺僧并解猪语。下番，辞向本州，报母此事。母后自来看猪，母子相见，一时泣泪。猪至麟德元年，犹闻平安。（出《法苑珠林》）

## 汤 应

吴时，庐陵县亭重屋中，每有鬼物，宿者辄死。自后使人，莫

## 李校尉

唐代，龙朔元年，有个怀州人到潞州买了只猪然后运到怀州去卖。有一特猪，在潞州买只用三百钱。等到了怀州，卖给屠户，就能得六百钱。到了寒冬十一月，潞州有个姓李的校尉，到怀州上任，因想到市场买肉吃。恰巧看到了这只特猪，在店前四脚都被捆起来，准备宰杀了。猪看到李校尉，道："你是我女儿的孩子，我是你外婆。我因为当初可怜你家中贫困，温饱不能自己解决，而你母亲多次向我寻求帮助，你舅舅不同意。我可怜你们母子，于是背着儿子私下给了你母亲五斗米。我如今变成猪，就是为了偿还当初的这笔盗债，你为什么不救我？"校尉听后，立即向屠户赎猪。一开始屠户并不相信，但其他人也听不懂猪说的话，只有校尉能清楚什么意思。于是屠户道："如果真的是你外婆，我把它解开放了就是。还请你和我一起共同探讨。"于是屠户将猪的绳索解开放了，校尉接着对猪说："我而今到这里上任一个月，不能将外婆送回家去，还不知要怎样安置外婆你的住处？"猪对李校尉道："我如今已是隔世了，还是这般情形。就算你下班了，也用不着将我带回去。你母亲还在世，你也当了校尉，家中的亲人们见到我这般样子，心中肯定是不喜的，怕是有辱家门威严。我知道有个寺庙养了长生猪、长生羊等，你将我安置在那座寺庙里就好。"校尉又对猪说："若是外婆说的是真的，还请自己找去那座寺。"猪听后，便自己走到了那座寺。一开始，寺里的僧人不同意接受。于是校尉把刚刚猪自己找来的验证都详尽地告诉了僧人。寺中僧人听后，都心生怜悯，给猪造了房间来居住，校尉还留下了小毡供它睡。寺中的僧侣和俗世之人竞争相施舍食物给猪吃，然后寺中僧人也能理解猪说的话了。李校尉下班后，请假回了潞州，并向母亲禀告了此事。然后母亲来看猪，母子相见，一时泪流不止。这头猪在麟德元年时，听说还是平安健康的。（出《法苑珠林》）

## 汤　应

三国东吴时，庐陵郡的一个亭馆楼上，经常闹鬼，凡是在里面敢入亭止宿。丹阳人汤应者，大有胆武，使至庐陵，遂入亭宿焉。吏启不可，应不听。悉屏从者还外，唯持一大刀独处亭中。至三更竟，忽闻有扣阁者。应遥问是谁，答云："部郡相问。"应使进，致词而去。顷复有扣阁者云："府相闻。"应复使君进焉，了无疑也。旋又有扣阁者云："部郡府君相诣。"应方疑是鬼物，因持刀迎之。见二人皆盛服，齐进坐之。称府君者，便与应谈，而部郡者忽起。应乃回顾，因以刀砍之。府君者即下座走焉。追至亭后墙下，及之，砍几刀焉，应乃还卧。达曙，方将人寻之，见有血迹，皆得之。称府君者，是一老狶，狶，猪也。部郡者，是一老狸。自此其妖遂绝。（出《搜神记》）

## 安阳书生

安阳城南有一亭不可宿，宿辄杀人，书生乃过宿之。亭民曰："此不可宿，前后宿此，未有活者。"书生曰："无苦也，吾自住此。"遂住廨舍。乃端坐诵书，良久乃休。夜半后，有一人著皂衣，来往户外，呼亭主。亭主应曰："诺。""亭中有人耶？"答曰："向有书生在此读书，适休，未似寝。"乃喑嗟而去。既而又有冠赤帻者，来呼亭主，问答如前，既去寂然。书生知无来者，即起诣问处，效呼亭主，亭主亦应诺，复云："亭中有人耶？"亭主答如前。乃问："向者黑衣来谁？"曰："北舍母猪也。"又曰："冠赤帻来者谁？"曰："西邻老雄鸡也。""汝复谁也？""我是老蝎也。"于是书生密便诵书至明，不敢寐。天晓，亭民来视，惊曰："君何独得过夜的人都会死去。因此后来的人们都不敢到亭馆里留宿。丹阳人汤应，是个很有胆气和武艺的人，出使到庐陵，就到这个亭馆里住宿。亭吏告诉他这亭馆不能住，汤应不听，拿着一把大刀独自住在亭中。深夜，汤应忽然听到有人敲门。汤应问是谁，外面回答说："部郡从事史前来互通信息。"汤应让他进来，说了一会儿就走了。过了一会儿，又有人敲门，说："郡守前来问候。"汤应又让他进来，这人身穿黑衣。这两人走后，汤应认为他们都是人，没有怀疑。过了一会又有人敲门，说："部郡从事史、郡守前来拜见。"汤应这才开始怀疑，心想："深夜不是拜访客人的时候，而部郡从事史和郡守，不该一起来。"于是就拿着刀迎接他们。只见两人都穿着华美的衣服，一起进了屋。坐下后，那位自称郡守的便和汤应聊天。话没说完，那位部郡从事史忽然起身绕到汤应背后。汤应回身就用刀砍，一下就砍中了他。郡守立即离座逃走，汤应忙去追赶，追到亭子后的墙下，对着连砍几刀，才回去睡觉。到天亮后，汤应才带人前去寻找，看见地上有血迹，便按血迹去找，两个妖怪都被找到了。自称郡守的，是一头老猪；自称部郡从事史的，是一只老狐狸。此后，这亭馆里就再也没有妖怪了。（出《搜神记》）

## 安阳书生

安阳城南有一座驿亭，凡是晚上宿在这里的就会被杀死。有个书生路过时便住宿在那里。驿亭旁的百姓告诉书生说："这里住不得，前后在这里住过的人，就没有活下来的。"书生说："没关系，我自会应付。"于是住进了客房，端坐着诵读书文，很久才休息。半夜后，有个人穿着黑色的单衣，在门外走来走去，呼喊亭主，亭主应答。问："亭子中有人吗？"回答说："先前有个书生在这里读书，刚刚休息，好像还没睡着。"于是黑衣人轻轻叹息着离开了。不久，又有个戴红头巾的来呼喊亭主，问答的话和之前一样，也轻声叹息着离开了。离开后驿亭静悄悄的。书生知道不会再有人来了，起身到之前呼唤的地方，模仿他们的语气呼喊亭主，亭主也应声回答。书生又问："亭中有人吗？"亭主像先前一样回答。于是问道："刚才穿黑衣服的活？”书生曰：“促索剑来，吾与乡取魅。”乃握剑至昨夜应处，果得老蝎，大如鞶，毒长数尺，西家得老雄鸡，北舍得老母猪。凡杀三物，亭中遂安静也。（出《搜神记》）

## 吴郡士人

晋有一士人姓王，家在吴郡，还至曲阿，日暮，引船上，当大埭。见塘上有一女子，年十七八，便呼之留宿。至晓，解金铃系其臂，使人送至家，都无女人，因过猪栏中，见母猪臂有金铃也。（出《搜神记》）

## 晋州屠儿

唐显庆三年，徐玉为晋州刺史，有屠儿在市东巷，杀一猪命断，汤焊皮毛并落，死经半日。会杀余猪，未及开解。至晓，以刀破腹，长划腹下一刀。刀犹未入腹，其猪忽起走出门，直入市西，至一贾者店内床下而卧，市人竞往看之。屠儿执刀走逐。看者问其所由，屠儿答云：“我一生已来杀猪，未常闻见此事。”犹欲将去，看者数百人，皆嗔责屠儿，竞出钱赎猪。诸人共为造舍安置，猪身毛皮始得生。咽下及腹下疮处差已，作大肉块，粗如臂许。出入来去，不污其室，性洁不同余猪，至四十五年方卒。（出《法苑珠林》）

是谁？”回答说：“北屋的母猪。”又问：“戴红头巾的人又是谁？”回答说：“西屋的老公鸡。”“你又是谁？”“我是老蝎子。”于是书生暗中诵读诗书直到天亮，不敢睡觉。天亮后，驿亭边的百姓前来看他，吃惊地说：“怎么您能活下来？”书生说：“赶快找把剑来，我给你们捉拿妖怪。”于是握着剑到昨天夜里应答的地方，果然发现一只老蝎子，大得像琵琶，毒刺有几尺长。西屋发现了老公鸡，北屋发现了老母猪。将这三个东西杀了后，亭中再也没有了毒害，灾祸也没有了。（出《搜神记》）

## 吴郡士人

晋朝有位王姓读书人，世居吴郡，家世豪富，途径曲阿县。当天色渐暗时，船停靠在了大堤旁。见那堤坝之上，有一十七八岁的女子，冲着他痴痴地笑着。书生忙邀女子上船留宿。天亮时，书生从囊中取出一个金子做的小铃铛，系在女子的胳膊上，并派人送她回家。几天后，书生前往女子家，那户人家却说家中全是男丁，没有女子。王公子困惑中经过猪栏，见一头母猪腿上系着一只金铃。（出《搜神记》）

## 晋州屠儿

唐代显庆三年，徐玉为晋州刺史，有屠户在市东巷，杀死了一头猪，连皮毛都用开水烫落了，猪已经死了半天时间。想着等下把猪刨开，绳子便没有解开。天亮时，用刀破猪肚子，用刀从腹部长长划下去。刀还没有刺进腹部，只见猪忽然跃起夺门而逃，直奔市场西面而去，一直到了一位姓贾的商铺内的床上躺着，事情一传开，周围的人都争相前来观看。屠户提着刀赶到，观看的人问事情经过，屠户回答道：“我这一生杀了那么多猪，从没有见过这类事。”想要带着猪离开，观看的有好几百人，都在怪责屠户，争相出钱将猪赎下。众人一起为猪建造房屋安置，猪留下全身的皮才得以生还。从喉咙往下及腹部伤口处好得差不多，长成了大肌肉块，像手臂一样粗壮。出入来

## 元 佶

唐长安中，豫州人元佶居汝阳县，养一牝猪，经十余年，一朝失之。乃向汝阳，变为妇人，年二十二三许，甚有资质，造一大家门云：“新妇不知所适，闻此须人养蚕，故来求作。”主人悦之，遂延与女同居。其妇人甚能梳妆结束，得钱辄沽酒，并买脂粉而已。后与少年饮过，因入林醉卧，复是牝猪形耳，两颊犹有脂泽在焉。（出《广古今五行记》）

## 崔日用

开元中，崔日用为汝州刺史，宅旧凶，世无居者。日用既至，修理洒扫，处之不疑。其夕，日用堂中明烛独坐，半夜后，有乌衣数十人自门入，至坐阶下，或有跛者眇者。日用问：“君辈悉为何鬼，来此恐人？”其跛者自陈云：“某等罪业，悉为猪身，为所放散在诸寺，号长生猪。然素不乐此生，受诸秽恶，求死不得。恒欲于人申说，人见悉皆恐惧，今属相公为郡，相投转此身耳。”日用谓之曰：“审若是，殊不为难。”俱拜谢而去。翌日，寮佐来见日用，莫不惊其无恙也。衙毕，使奴取诸寺长生猪，既至，或跛或眇，不殊前见也，叹异久之。令司法为作名，乃杀而卖其肉，为造经像，收骨葬之。他日又来谢恩，皆作少年状，云：“不遇相公，犹十年处于秽恶。无以上报，今有宝剑一双，各值千金，可以除辟不祥，消弥凶厉也。”置剑床前，再拜而去。日用问：“我当何官？”答云：“两日内为太原尹。”更问：“得宰相否？”默而不对。（出《广异记》）

往，不污染自己的房间，性格爱干净和别的猪不一样，直到四十五年后才去世。（出《法苑珠林》）

## 元 佶

唐代长安年间中，豫州人元佶居住在汝阳县，养了一头母猪，过了十多年，有一天突然不见了，竟然是去了汝阳，成为女人，年纪二十二三岁，非常有姿色，造访一个大户人家说："我不知道到哪里去，听说这里需要人养蚕，所以我来求做点事情。"主人十分高兴，于是让她与女儿一起居住。那女人很能梳妆打扮，得到钱就去买酒喝，然后再买些胭脂水而已。后来与年轻人一起喝酒，喝多了去树林睡觉，又变成了母猪的外形，两颊还有化妆的胭脂在脸上。（出《广古今五行记》）。

## 崔日用

开元年间中，崔日用任职汝州刺史，住宅过去是凶宅，没有人居住。崔日用一到，安排整理打扫，没有丝毫疑虑。当天晚上，崔日用在灯火通明的中堂独坐，半夜之后，有数十黑衣人从大门进入院子，坐在台阶下，有盲人有肢体残疾人，崔日用问："你们都是什么鬼，来这里吓唬人？"那肢体残疾人回答说："我们都犯了罪，全部为猪身，放养分散在各个寺庙，叫长生猪。然而我们向来不喜欢这辈子的生活，不想接受那些污秽的东西，求死不得。一直想给别人解释解释，人们见了我们都害怕得很，现在您做了汝州刺史，想请求投胎成为人身。"崔日用对他说："如果事实确实是这样，那也不难。"所有人都拜谢而去。第二天，幕僚来见崔日用，无不惊讶他相安无事。衙门的事处理完毕，命令随从取来所有寺院的长生猪，长生猪到了后，有的跛脚或者眼瞎，有的完全看不见，感叹它们这样时间太久了，命令司法为它们恢复本名，杀了之后卖掉猪肉，为它们制造佛经佛像，收集尸骨埋葬。后来有一天它们又来谢恩，全部是少年人的模样，说："如果没遇到您，我们还要经历十几年在污秽中的生活。我们无以

## 李汾

李汾秀才者，越州上虞人也。性好幽寂，常居四明山。山下有张老庄，其家富，多养豕。天宝末，中秋之夕，汾步月于庭，抚琴自适，忽闻户外有叹美之声，问之曰："谁人夜久至此山院？请闻命矣。"俄有女子笑曰："冀观长卿之妙耳！"汾启户视之，乃人间之极色也。唯觉其口有黑色。汾问曰："子得非神仙乎？"女曰："非也，妾乃山下张家女也，夕来以父母暂过东村，窃至于此。私面君子，幸无责也。"汾忻然曰："娘子既能降顾，聊可从容。"女乃升阶展叙，言笑谈谑，汾莫能及。夜阑就寝，备尽缱绻，俄尔晨鸡报曙，女起告辞。汾意惜别，乃潜取女青毡履一只，藏衣笥中。时汾欹枕假寐，女乃抚汾悲泣，求索其履，曰："愿无留此，今夕再至。脱君留之，妾身必死谢于君子。"汾不允，女号泣而去。汾觉，视床前鲜血点点出户。汾异之，乃开笥，视青毡履，则一猪蹄壳耳。汾惶骇，寻血至山前张氏溷中，见一牝豕，后足刓一壳。豕视汾，瞋目咆哮，如有怒色。汾以事白张叟，叟即杀之。汾乃弃山院，别游他邑。（出《集异记》）

报答，现在有宝剑一双，各值千金，可以趋吉避凶，消弭凶厉的。”把剑放在床前，拜了两拜离去。崔日用问：“我以后会当什么官？”他回答说：“两天内为太原府尹。”崔日用再问：“可以做到宰相吗？”对方沉默不答。（出《广异记》）

## 李汾

李汾是个秀才，越州上虞人士。生性喜好幽静，一直居住在四明山。山下有个张老庄，家里十分有钱，养了很多猪。天宝末年，中秋节的晚上，李汾独步于庭院，又坐而抚琴，弹琴适意，忽然听到门外有赞美之声，李汾惊疑问话说：“什么人深夜造访这山院？还请出来一见。”余音犹响，门外之人却是迟疑片刻，俄顷发出一阵轻灵的笑声道：“我听君之琴音绝妙，想要一睹君颜！”李汾闻声而惊，开门去看，只见门外出现一个美丽女子，乃是人间极色。只是她的嘴唇是黑色的。李汾问：“你莫不是神仙吗？”女孩笑道：“不是啊，我是山下张家的女儿，晚上父母经过东村访客，我闻声来到这里。私自会见君子，希望君子不要责备。”李汾高兴地说：“姑娘能深夜造访，实属三生有幸，定会从从容容接待。”于是李汾相邀入门，二人对坐相谈，女子大方而健谈，说话诙谐幽默，李汾不能相比较。等到夜深时分就寝，二人缠绵悱恻，相拥而眠，很快早晨公鸡报亮，女子起身告辞。李汾心里舍不得分开，于是他偷偷地把女子的一只青毡鞋，藏在衣服箱子里。随即李汾靠着椅子假装睡着，女子找不到鞋子对着李汾悲泣，向他索要自己的鞋子，说：“请君不要留我在这里，我今晚必定还会再到。如果您非要留下我，我一定会以死来谢君子之恩。”李汾依然不同意，女孩哭泣而去。李汾有点失落，见到床前有点点鲜血一直到门外。李汾觉得异常，于是打开箱子看青毡鞋，哪里是什么鞋子，明明是一个猪蹄壳。李汾十分恐慌，循着血迹下山而去，到了张家猪圈前，看见一只母猪，后脚少了一壳。母猪见了李汾，瞋目咆哮，如有怒色。李汾将此事告诉张老头，老头信其言杀了母猪。于是李汾弃居山院，另外往别处去游玩了。（出《集异记》）

## 徐州军人

后唐长兴中，徐州军营将烹一牝豕。翌日，将宰之。是夕，豕见梦于主曰："尔勿杀我，我之胎非豕也。尔能志之，俾尔丰渥。"比明，忘而宰之，腹内果怀一小白象，裁可五寸，形质已具，双牙灿然。主方悟，无及矣，营中汹汹咸知之。闻于都校，以纸缄之，闻于节度使李敬周。时人咸不测之，亦竟无他。（出《玉堂闲话》）

## 徐州军人

后唐长兴年间，徐州军营准备煮一头母猪。准备第二天，将猪宰了。当天晚上，猪托梦给主人说："你不要杀我，我怀的孩子不是猪崽。你如果记住不杀我，会给你丰厚的报酬。"等到天亮，主人忘记这件事杀了猪，母猪腹中果然怀一头小白象，身长才刚刚五寸，身型已经长成，双牙明亮显豁。主人这才醒悟，但是已经来不及了，营中众人纷乱喧扰很少人知道。都校听说后，写信将消息通知给节度使李敬周。当时的人都不知道这件事，最终也没有别的说法了。（出《玉堂闲话》）

# 卷第四百四十　畜兽七



## 猫

猫目睛，旦暮圆，及午，竖敛如綖，其鼻端常冷，唯夏至一日暖。其毛不容蚤虱。黑者暗中逆循其毛，即若火星。俗言：“猫洗面过耳，则客至。”楚州谢阳出猫，有褐花者。灵武有红叱拨及青骢色者。猫一名“蒙贵”，一名“乌员”。平陵城，古谭国也，城中有一猫，常带金鏁，有钱，飞若蛱蝶，土人往往见之。（出《酉阳杂俎》）

## 唐道袭

王建称尊于蜀，其嬖臣唐道袭为枢密使。夏日在家，会大雨，其所蓄猫，戏水于檐溜下。道袭视之，稍稍而长，俄而前足及檐。忽尔雷电大至，化为龙而去。（出《稽神录》）

## 卖醋人

建康有卖醋人某者，畜一猫，甚俊健，爱之甚。辛亥岁六月，猫死。某不忍弃，置猫坐侧。数日，腐且臭。不得已，携弃秦淮

## 猫

猫的眼睛，早晨和傍晚时是圆圆的，中午，收敛成一条线，猫的鼻端常年都是冷的，只有夏至那天是温暖的。猫身上不容易长蚤虱。在黑暗中逆着摸它的毛，就会擦出火花。俗语有云：“猫洗脸挠过耳朵，那么当天就会有客人来。”楚州谢阳产猫，有褐花色的。灵武有红叱拨和青骢色的。猫的品种一种叫“蒙贵”，另一种叫“乌员”。平陵城古谭国，城中有一只猫，经常带着金锁，很有钱，行走时如蝴蝶起舞，当地人经常能看到。（出《酉阳杂俎》）

## 唐道袭

王建在蜀地称帝，任命心腹唐道袭为枢密使。夏日在家中，正逢大雨，住的地方集聚了很多猫，猫在屋檐下戏水玩闹。唐道袭看到，猫慢慢变长，不一会前脚就长到屋檐上了。忽然间雷电轰鸣，猫化身为龙，长啸而去。（出《稽神录》）

## 卖醋人

建康有位卖醋的人，养了一只猫，长得十分俊美健硕，主人对它很是疼爱。辛亥年六月，猫死了，卖醋人舍不得将猫丢弃，将猫放置水。既入水，猫活。某自下救之，遂溺死。而猫登岸走，金乌铺吏获之。缚置铺中，锲其户，出白官司，将以其猫为证。既还，则已断其索，啮壁而去矣。竟不复见。（出《稽神录》）

## 归系

进士归系，暑月，与一小孩子于厅中寝，忽有一猫大叫，恐惊孩子，使仆以枕击之，猫偶中枕而毙。孩子应时作猫声，数日而殒。（出《闻奇录》）

## 鼠

旧说，鼠王其溺精，一滴成一鼠。一说，鼠母头脚似鼠，尾苍口锐，大如水中獭，性畏狗，溺一滴成一鼠。时有鼠灾，多起于鼠母。鼠母所至处，动成万万鼠，其肉极美。凡鼠食死人目睛，则为鼠王。俗云：鼠啮上服有喜，凡啮衣，欲得有盖，无盖凶。（出《酉阳杂俎》）

西域有鼠大如狗，中者如兔，小者如常大鼠，头悉已白，然带以金枷。商估有经过其国，不先祈祀者，则啮人衣裳也。得沙门咒愿，更获无他。释道安昔至西方，亲见如此。（出《异苑》）

不尽木火中有鼠重千斤，毛长二尺余，细如丝。恒居火中，洞赤。时时出外而毛色白，以水逐而沃之，即死。人纺绩其毛，织以在自己旁边。数天过后，猫身已经腐烂且发臭。没有办法，只好将猫扔到了秦淮河。猫扔到水里，却活了起来。于是这位卖醋人马上下水去救，自己却溺死了。猫上了河沿着岸边走，然后被金乌铺的小吏抓获。将猫关进铺中，锁在家里面，出门寻找凶手，准备以猫当作证据。回来后，发现大链子已经被弄断，猫咬破墙壁后逃走了。后来再也没有见到过。（出《稽神录》）

## 归系

有位叫归系的进士，六月里和一个小孩在厅中午睡，忽然间，有只猫大叫，归系怕吓到孩子，于是命仆人用枕头击打它，猫不小心被枕击中后死了。孩子立即变成猫叫，过了几日后就死了。（出《闻奇录》）

# 鼠

有个很久以前的传说，因鼠王溺精，一滴精就是一只鼠。还有一种说法，说鼠母的头脚像鼠，尾巴上的疮口锐利，有水獭那般大小，生性怕狗，溺一滴成一只鼠。要是发生鼠灾，大多起于鼠母。鼠母所到之处，大多数都会形成鼠灾，鼠母肉质十分可口。凡是吃过死人眼睛的老鼠，就会成为鼠王。俗语有云：鼠王喜欢咬人的衣裳，凡是被咬过的衣裳，应该要有所遮掩，这样就没有不祥的事情了。（出《酉阳杂俎》）

西域有的老鼠有狗那么大，中等的有兔子大小，小的也比平常的老鼠要大些，头部都是白色，然后带着金色的枷。有商贾途经此地，如果不事先进行祈祀的话，老鼠就会咬人的衣裳。若是提前向佛门祈祷，便不会发生这类事情。释道安曾到过西域，亲眼所见，真是这样的。（出《异苑》）

不尽木火森林中有老鼠千斤重，两尺多长的毛，像发丝一样的细。长期住在火中，红色的洞。经常到外面而毛为白色，用水慢慢地

为布。用之若有垢涴，以火烧之则净也。（出《神异记》）

北方层冰万里，厚百丈，有磎鼠在冰下土中，其形如鼠，食草木，肉重千斤，可以作脯，食之已热。其毛八尺，可以为褥，卧之却寒。其皮可以蒙鼓，声闻千里。其毛可以来鼠，此尾所在鼠聚。今江南鼠食草木为灾，此类也。（出《神异录》）

红飞鼠多出交趾及广管陇州，皆有深毛茸茸然。唯肉翼浅黑色。多双伏红蕉花间，采捕者若获一，则其一不去。南中妇人，买而带之，以为媚药。（出《岭表录异》）

拱鼠形如常鼠，行田野中，见人即拱手而立，人近欲捕之，跳跃而去，秦川中有之。（出《录异记》）

鼷鼠首尾如鼠，色青黑，短足有指，形大，重千余斤。出零陵郡界，不知所来。民有灾及为恶者，鼠辄入其田中，振落毛衣，皆成小鼠，食其苗稼而去。或捕得鼷鼠者，治其皮，饰为带，颇能涩刍。为其三毛出于一孔，与常皮有异，人多宝之。（出《录异记》）

义鼠形如鼠，短尾。每行，递相咬尾，三五为群，惊之则散。俗云：见之者当有吉兆。成都有之。（出《录异记》）

唐鼠形如鼠，稍长，青黑色，腹边有余物如肠，时亦脱落。亦名“易肠鼠”。昔仙人唐昉拔宅升天，鸡犬皆去，唯鼠坠下，不死而肠出数寸。三年易之，俗呼为“唐鼠”。城固川中有之。（出《异苑》）

浇上去，就会死。人们用它的皮毛纺线，然后织成布。如果用后有污垢脏了的，用火烧一下就会干净了。（出《神异记》）

北方有万里远的土地都结了冰，有百丈那么厚，在冰下的土中长着一种溪鼠，以草木为生，长得有千斤重，可以用来做肉脯，吃了后会发热。它身上的毛有八尺长，可以用来做褥子，睡在上面便不会觉得冷。它的皮可以用来做鼓，鼓声能传到千里之外。毛可以引来鼠类，会在鼠尾上聚集。而今江南一带的鼠也是以食用草木生而成灾，就是属溪鼠同类的。（出《神异录》）

红飞鼠大多产自交趾和广管陇州一带，都长着厚厚的毛且柔细而浓密。只有肉翼两边是黑色。一般会成双成对地伏在红蕉花草之中，如果将他们其中的一只被抓获了，另一只也是不会离开的。南部的妇人，买来后带走，用来做媚药。（出《岭表录异》）

拱鼠的样子和常见的鼠类是一样的，在田野中生活，看到人来了就立即拱手站好，可每当人走近想要捕获他们时，就跳跃着远去，生活在陕西、秦岭以北一带。（出《录异记》）

鼷鼠的头和尾都和平常的鼠类一样，青黑色，脚掌外翻有利爪，体形较大，重达千多斤。在零陵郡界一带看到过，但也不知缘何而来。百姓有灾或者作恶的人，鼠就会到他们的田地里去，振落皮毛，成为小鼠，啃食庄稼幼苗后离去。若是有人捕捉到了，拔了它们的皮，制成装饰用的带子，不是十分光滑。因它一个地方能长三根毛，与一般的皮不一样，人们将其当成宝贝般珍贵。（出《录异记》）

义鼠长得和平常的鼠一样，尾巴短。行动时，一个咬着一个的尾巴，三五成群，受到惊吓就会立马做鸟兽散状。俗语有云：谁看到了义鼠就会有好事发生。四川成都一带常有。（出《录异记》）

唐鼠长得像老鼠，身形稍长，青黑色，肚子边有像肠子一样的东西，时不时地掉下来。又被称为“易肠鼠”。以前的仙人唐昉升天，连房子都随着一起升天，养的鸡和狗都跟着去了，却只有鼠掉了下来，虽没有被摔死但肠子被摔出来好几寸。肠子三年一换，俗称为唐鼠。陕西、四川一带常有。（出《异苑》）

白鼠，身毛皎白，耳足红色，眼眶赤。赤者乃金玉之精。伺其所出掘之，当获金玉。云鼠五百岁即白。耳足不红者，乃常鼠也。（出《录异记》）

## 王周南

魏齐王芳时，中山有王周南者为襄邑长，忽有鼠从穴出语曰：“周南尔以某日死。”周南不应。至期，更冠帻皂衣而出曰：“周南尔以日中死。”亦不应。鼠复入穴，日适中，鼠又冠帻而出曰：“周南汝不应，我何道。”言绝，颠蹶而死，即失衣冠所在。就视之，与常鼠无异。（出《幽明录》）

## 终祚

吴北寺终祚道人卧斋中，鼠从坎出，言终祚后数日当死。祚呼奴，令买犬。鼠云：“亦不畏此，其犬入户必死。”犬至果尔。祚常为商，闭户谓鼠曰：“汝正欲使我富耳。今既远行，勤守吾房，勿令有所零失。”时桓玄在南州，禁杀牛甚急。终祚载数船窃买牛皮，还东货之，得二十万。还时户犹阖也，都无所失，其怪亦绝。自后稍富。（出《幽明录》）

白鼠，身上的毛发洁白，耳朵、脚为红色，眼眶也为红色。红色的被誉为金玉精灵。饲养它，然后在它掘土的地方，可以找到金玉。云鼠活到五百岁时全身转白。耳朵、脚不是红色的，就是平常的老鼠而已。（出《录异记》）

## 王周南

魏齐王花开时节，中山有位叫王周南的任襄邑县县长时，忽然有只老鼠从洞中爬出来，在厅堂上对王周南说："周南，你在某月某日要死去。"王周南急忙赶前去，却不搭腔，老鼠便回到洞中去了。后来到了王周南要死的那一天，老鼠又出来了，还戴着帽子、头巾，穿着黑衣服。对王周南说："周南，你中午要死了。"王周南还是不搭腔。老鼠又进洞去了。一会儿它又出来，出来了又进洞，转了几个来回，讲了几次和前面相同的话。这时正好到了中午，老鼠又说："周南，你老不搭腔，我还能说什么呢？"说完，便倒在地上死了，它的衣帽也马上消失了。走近看它，与平常的老鼠没有什么不同。（出《幽明录》）

## 终祚

吴郡北寺的终祚和尚，他的卧房中有个老鼠洞。有只老鼠从洞中出来，对终祚说他再过几天就会死。终祚听后心里很是憎恶，于是命下人去买了只能捉老鼠的狗来。老鼠知道后说："我不怕狗。你叫那狗进来试试，我保证它马上死。"终祚不管，果然，狗进屋就死了。于是他把房门关起来，对老鼠说："你是想让我富贵吗？这样如何，我现在要远行，房子就劳烦你帮我守护，你别让家里丢失了东西，行不？"当时桓玄在南州禁止人们杀牛，情势非常严峻。终祚载了几船牛皮，走私到东方去贩卖，卖得了二十万钱。回到家，家门还是关得紧紧地，什么东西都没丢，但是老鼠却不见了。终祚最终竟成了一个大富翁。（出《幽明录》）

## 清河郡守

清河郡太守至，前后辄死。新太守到，如厕，有人长三尺，冠帻皂服，云：“府君某日死。”太守不应，意甚不乐，乃使吏为作亡具。外颇怪其事。日中如厕，复见前所见人，言府君今日中当死。三言亦不应。乃言府君当道而不道，鼠为死。乃顿仆地，大如豚。郡内遂安。（出《幽明录》）

## 淳于智

淳于智字叔平，济北人。性深沉，有恩义，少为书生，善《易》。高平刘柔夜卧，鼠啮其左手中指，意甚恶之，以问智。智为筮之曰：“鼠本欲杀君而不能，当相为，使之反死。”乃以朱书其手腕横文后为田字，可方一寸，使夜露手以卧，有大鼠伏死于前。（出《搜神记》）

## 徐 密

上虞魏虔祖婢名皮纳，有色，密乐之。鼠乃托为其形，而就密宿。密心疑之，以手摩其四体，便觉缩小，因化为鼠而走。（出《幽明录》）

## 蔡喜夫

宋前废帝景平中，东阳大水，蔡喜夫避住南垄。夜有大鼠，形如豘子，浮水而来，径伏喜夫奴床角。奴愍而不犯，每食，辄以余饭与之。水势既退，喜夫得返居。鼠以前脚捧青纸，裹二个珠，

## 清河郡守

清河郡连续好几任太守，刚到任没多久就死了。新太守到来，上厕所时，看到有个三尺高的人蹦出来，戴着帽子、头巾、穿着黑衣服，对他说："你将要在某天死掉。"太守不理他，心中很是不喜，于是命令小吏杀了他。新任对此事深感奇怪，到那天再去上厕所，又见到了之前的那个人，说府君今天中午就会死了。说了三遍还是没理他。于是说府君老是不应它，也没有别的办法，倒在地上死了，竟然变成了一只老鼠，有一只小猪那么大。从此以后，郡内再也没有发生离奇的事。（出《幽明录》）

## 淳于智

淳于智字叔平，济北郡卢县人。他性格深沉，讲义气。年轻的时候是个书生，精通《易经》，擅长占卦。高平县刘柔在晚上睡觉时，有只老鼠咬他的左手中指，他心里非常讨厌这件事，问淳于智，淳于智给他算了个卦，说："老鼠本来是想咬死您的，但没能得逞，我该给你想个办法让它自己死去。"淳于智用丹砂在刘柔的手腕横纹后面三寸的地方写了一个田字，大约有一寸二分见方，叫他夜里把手露在外面睡觉，结果便有只大老鼠死在他的面前。（出《搜神记》）

## 徐　密

上虞县魏虔祖的一位叫皮纳的婢女，长得十分漂亮，徐密很是宠爱她。有只老鼠变成了皮纳的样子，和徐密睡在一起。徐密心生怀疑，用手摸她的四肢，觉得她在逐渐缩小，到最后，竟变成一只老鼠逃走了。（出《幽明录》）

## 蔡喜夫

宋朝景平年间，东阳发大水。永康人蔡喜夫在南垄避水。夜间有只圆滚滚的大老鼠浮水过来，趴伏在喜夫奴仆的床角处，仆奴心生怜悯而没有动它。每次吃饭时都给它些吃。水势退下去以后，喜夫

置奴前，啾啾似语。从此去来不绝，亦能隐形，又知人祸福。后同县吕庆祖牵狗野猎，暂过，遂啮杀之。（出《异苑》）

## 茅崇丘

齐世祖永明十年，丹阳郡民茅崇丘家，夜夜厨中有人语笑。复明灯火，有宴馔之声，及开门视之，即无所见。及闭户，即依然闻。如此数旬，忽有一道士诣崇丘问曰："君夜夜有妖患乎？"崇丘曰："然。"道士乃怀中取一符与之，谓崇丘曰："但钉于灶上及北壁，来日早视之。"言讫，遂失其道士。崇丘喜，乃以符如其言。明日，见厨中有五六大鼠各长二尺，无毛而色如朱，尽死于北壁，乃竟绝。（出《穷怪录》）

## 萧悉达

北齐平原太守兰陵萧悉达，腰带为鼠啮。杨遵彦以俗事戏之曰："当迁官。"未几，除家令，寻失职。鼠后啮其靴，遵彦曰："当复得官。"悉达曰："某便为吏部尚书，何关人事。"（出《谈薮》）

## 逆旅道士

唐万岁元年，长安道中有群寇昼伏夜动，行客往往遭杀害。至明旦，略无踪由。人甚畏惧，不敢晨发。及暮，至旅次。后有一道士宿于逆旅，闻此事，乃谓众曰："此必不是人，当是怪耳。"深夜后，遂自于道旁持一古镜，潜伺之。俄有一队少年至，兵甲完具，齐呵责道士曰："道旁何人？何不顾生命也！"道士以镜照之，返回故居。那只鼠用前脚捧着个青色的袋子，袋子里装了颗直径三寸大小的珍珠，放在奴仆床前。发出啾啾的声音像人说话般。从此以后这只老鼠与蔡喜夫交上了朋友，有时还隐形，又能知人的祸福。后来，同县的吕庆祖牵了条狗来打猎，路过时，将这只老鼠给咬死了。（出《异苑》）

## 茅崇丘

齐世祖永明十年，丹阳郡民茅崇丘家，每夜厨房中都会传来欢声笑语。再次点亮灯火，还传出来吃饭喝酒的声音，打开门一看，又什么都没有。关上门，又能听到那些声音。这样过了几十天，有一天，一道士前来拜访崇丘道："您府上每夜都有妖怪？"崇丘回答说："是的。"于是道士从怀中拿出一张纸符给祟丘，并告诉祟丘说："将它钉在灶上北壁，第二天早上再去看。"说完，便消失不见了。祟丘心中大喜，按道士所说的将符贴上。第二天，只见厨房里有五六只二尺多长的老鼠，没有长毛红色的皮，全死在北壁，之后再也没有发生此类事了。（出《穷怪录》）

## 萧悉达

北齐平原太守兰陵萧悉达，他的腰带被老鼠咬了。杨遵彦便开玩笑道："要升官了。"没几天，除家令，没有其他官职。后来老鼠咬了他的靴子，遵彦又说："要复职了。"悉达道："我本来就是吏部尚书，关这些人什么事。"（出《谈薮》）

## 逆旅道士

唐朝万岁元年间，长安城中有群贼人总是白天隐藏踪迹夜晚出来行动，来往的客商常有被杀害的。到了天亮后，这群人又踪迹全无。人们对此感到十分害怕，不敢清早出发。到傍晚时，就早些进旅店。后来有一道士住宿在逆旅客栈时，听说了此事。于是对大家说："这肯定不是人，是妖怪做的。"等到深夜时，道士在路旁拿着一其少年弃兵甲奔走。道士逐之，仍诵咒语。约五七里，其少年尽入一大穴中。道士守之至曙。却复逆旅，召众以发掘。有大鼠百余走出，乃尽杀之。其患乃绝。（出《潇湘录》）

## 李测

李测开元中为某县令，在厅事，有鸟高三尺，无毛羽，肉色通赤，来入其宅。测以为不祥，命卒击之。卒以柴斧砍鸟，刃入木而鸟不伤，测甚恶之。又于油镬煎之，以物覆上，数日开视，鸟随油气飞去。其后又来，测命以绳缚之，系于巨石，沉之于河。月余复至，断绳犹在颈上。测取大木，凿空其中，实鸟于内，铁冒两头，又沉诸河，自尔不至。天宝中，测移官，其宅亦凶。莅事数日，宅中有小人长数寸，四五百头，满测官舍。测以物击中一头，仆然而殪，视之，悉人也。后夕，小人等群聚哭泣，有车载棺，成服祭吊，有行葬于西阶之下，及明才发。测便掘葬处，得一鼠，通赤无毛。于是乃命人力，寻孔发掘，得鼠数百，其怪遂绝，测家亦甚无恙。（出《广异记》）

面镜子，藏起来窥看。不一会儿就看到一队年轻人来了，手中均拿着武器，身着盔甲，一齐大声对道士喝道：“路旁是什么人？为什么不顾及自己的性命！”道士用手中的镜子照他们，少年马上丢兵弃甲地逃走了，于是道士在后面追赶，边追口中边念咒语。走了六七里地，那群少年全部进入一座大洞里。道士守在这里直到天亮。然后回到逆旅，找来一群人去挖那个洞。结果从那里挖出了百多只大老鼠，于是将他们全部杀了。从此以后，这类祸患算是彻底消灭干净了。（出《潇湘录》）

## 李 测

在唐玄宗开元中时，有一个叫李测的任某一县县令，有一天坐在官署中，忽然有一只三尺多高的鸟，没有羽毛，浑身的肉都是红色的，飞进宅中。李测认此物为不祥，于是让手下抓住了那鸟。手下把鸟放在木板上，之后用斧头砍向那鸟，但斧刃劈进了下面垫着的木板，鸟却毫发无伤。李测心中十分厌恶，又命人用油锅炸了那鸟，并用东西盖在上面。过了好几天再打开看时，那鸟竟随着冒出的油烟之气飞走了。后来这鸟又飞来，李测让人用绳子把它绑起来，又坠上一块大石头，把它扔进了河里。但过了一个多月就又飞回来，断掉的绳子还在鸟脖子上。李测又让人取来一段木头，把中间凿空，将鸟塞进了里面，之后用铁蒙住两头，又扔进了河里，此后才再也没有出现过。到了天宝年间，李测去别的地方当官，居住的房子同样是凶宅。他上任没几天，宅中就出现四五百个几寸长的小人儿，满官府到处都是，李测用东西打中了其中一个，把它打死了，仔细一看，完完全全就是个小人儿。过了一天后的夜里，便见一大群小人儿，都哭哭啼啼，用辆车拉着棺材，穿着孝服在那里祭奠吊唁，之后又把棺材葬在了西边台阶下面，一直到天亮时才离开。等它们离开后，李测便让人把那地方挖开，结果从土里挖出一只光秃秃的死老鼠，肉都是红色的。李测便召集手下四处寻找老鼠洞，之后将洞挖开，从洞里抓住了几百只老鼠，全部杀掉了，那之后官署中的妖怪才总算绝迹。而李测家中再也没有遇到麻烦了。（出《广异记》）

## 天宝旷骑

天宝初，邯郸县境恒有魇鬼，所至村落，十余日方去，俗以为常。旷骑三人夜投村宿，媪云：“不惜留住，但恐魇鬼，客至必当相苦，宜自防之。虽不能伤人，然亦小至迷闷。”骑初不畏鬼，遂留止宿。二更后，其二人前榻寐熟，一人少顷而忽觉，见一物从外入，状如鼠，黑而毛，床前著绿衫，持笏长五六寸，向睡熟者曲躬而去。其人遽魇，魇至二人。次至觉者，觉者径往把脚，鬼不动，然而体冷如冰。三人易持之。至曙，村人悉共诘问，鬼初不言，骑怒云：“汝竟不言，我以油镬煎汝。”遂令村人具油镬，乃言：“己是千年老鼠，若魇三千人，当转为狸。然所魇亦未尝损人。若能见释，当去此千里外。”骑乃释之，其怪遂绝。御史大夫尝为邯郸尉崔懿，亲见其事，懿再从弟恒说之。（出《广异记》）

## 毕 杭

天宝末，御史中丞毕杭为魏州刺史，陷于禄山贼中，寻欲谋归顺而未发。数日，于庭中忽见小人长五六寸数百枚，游戏自若，家人击杀。明日，群小人皆白服而哭，载死者以丧车凶器，一如士人送丧之备，仍于庭中作冢。葬毕，遂入南墙穴中，甚惊异之。发其冢，得一死鼠，乃作热汤沃中。久而掘之，得死鼠数百枚。后十余日，杭以事不克，一门遇害。（出《广异记》）

## 天宝矿骑

天宝初年，邯郸县境内一直都有着趁人睡着后魇人，令人们出所不顺的魇鬼，所到村落，都会停留十多天后才会离开，人们对此习以为常。骑兵一行三人晚上投宿到村中一户人家，老妇人说："几位大人既然不惜要在此留宿，但你们晚上会不会怕被魇鬼魇住，客人到了我一定要将此事告诉你们，好让你们有所防备。虽不会伤人，还是会让人觉得神志不清。"骑兵说不怕鬼，于是决定在此留宿。二更天后，其中两个上床熟睡，另一人一时之间还没入睡，醒在床上，而忽然间发现有东西从外面进入，外形像鼠，黑色的毛，站在床前，穿着绿色的衣衫，拿着五六寸长的朝臣们上朝时的狭长板子，对着熟睡的人弯腰而去。于是那熟睡的人马上就被魇住了，魇了睡熟的两人。轮到醒着的人时，醒着的人径直将脚拉住，于是鬼动不了了，但他的身体像冰一样冷。三人挟制住，直到天亮，村里人知道后都前来责问，一开始鬼并不理会，骑兵大怒道："你竟然敢不言语，那就用油锅煎你好了。"于是命村人备好油锅，鬼见状便说："我已经是一只千年的老鼠，如果魇到三千人，我就会转化为狸。然而我虽魇人，但从未对人造成实际意义上的损害。要是能把我放了，我将离开此地，去那千里之外。"骑兵便把鬼放了，自此以后，此类怪事便再也没有发生了。御史大夫崔懿曾经担任过邯郸尉，亲眼见证过此事，他和弟弟说起过此事。（出《广异记》）

## 毕　杭

唐朝天宝末年，御史中丞毕杭担任魏州刺史时，被困于叛军安山军中，想要向其投诚却没有想到办法。过了好几天，忽然有一天，看到院子里出现了几百个五六寸高的小人，在那里旁若无人般地游戏玩耍，毕杭不喜，命家中奴仆将其杀了。第二天，又看到一群小人都穿着白色的丧服在那里哭，用丧车载着死者作为凶器，和士子送丧的礼仪是一样的，依然在院中作坟。下葬完，便入南墙中的洞中，毕杭感到十分惊异。挖开那个坟冢，里面竟是一只死老鼠，于是命

## 崔怀嶷

崔怀嶷，其宅有鼠数百头于庭中两足行，口中作呱呱声。家人无少长，尽出观，其屋轰然而塌坏。嶷外孙王汶自向余说。

近世有人养女，年十余岁，一旦失之，经岁无踪迹。其家房中，屡闻地下有小儿啼声，掘之，初得一孔，渐深大，纵广丈余。见女在坎中坐，手抱孩子，傍有秃鼠大如斗。女见家人，不识主领，父母乃知为鼠所魅，击鼠杀之。女便悲泣云："我夫也，何忽为人所杀？"家人又杀其孩子，女乃悲泣不已。未及疗之，遂死。（出《广异记》）

## 李甲

宝应中，有李氏子亡其名，家于洛阳。其世以不好杀，故家未尝畜狸，所以宥鼠之死也。迨其孙，亦能世祖父意。常一日，李氏大集其亲友会食于堂，既坐，而门外有数百鼠俱人立，以前足相鼓，如甚喜状。家僮惊异，告于李氏。李氏亲友，乃空其堂而踪观。人去且尽，堂忽摧圮，其家无一伤者。堂既摧，群鼠亦去。悲乎！鼠固微物也，尚能识恩而知报，况人乎？如是则施恩者宜广其恩，而报恩者亦宜力其报。有不顾者，当视此以愧。（出《宣室志》）

人烧开水浇。过了很久后，再让人把那个洞挖开，里面竟有几百只死老鼠。此事十多天过后，毕杭诸事不顺，全家满门都遇害。（出《广异记》）

## 崔怀嶷

崔怀嶷，家里有几百只老鼠在院子里两只脚站着走路，口中还呱呱地叫着。家人不论老少都出来看，然而屋子一下便轰然倒塌。崔怀嶷的外孙曾和我说起过此事。

唐宋年间有户人家家中有个女儿，在十几岁时有一天便不见了，几年后都没有查到踪迹。有一天，在他家房里听到从地下传来婴儿啼哭的声音，于是将它挖开，一开始只是一个小洞，逐渐变得越来越深，越来越大，最后竟有一丈多宽。只见那名已经失踪的女子坐在坑中，手中还抱着孩子，旁边的一只老鼠有斗那么大。女子见到家里人，竟然不认得。父母知道这样子肯定是被老鼠迷惑，于是将老鼠给杀了。女子见了十分悲伤，哭道："我的丈夫，你们为什么忽然来把他杀了？"家人又把她手中的孩子给杀了，女子仍旧是伤心哭泣不能自已。还没等到大夫前来为女子诊治，女子便死去了。（出《广异记》）

## 李甲

唐宪宗宝应年间，有户李姓的大户人家，世代居住于洛阳。李家家训为禁止杀生，为此家中从来不曾养过猫，因此李家几十年间活下来了不计其数的老鼠。到了李家孙子这一辈，依然严格遵守这条祖宗定下来的家训，对各类动物都加以善待。有一天，李氏家族举行大聚会，摆上宴席后一众亲友宾客在大堂上齐聚等着开饭。纷纷落座，而忽然听到门外庭院中有成百上千只老鼠钻了出来，齐聚在李家院子的空地上，密密麻麻地整齐排开，像人一样站起来，两只前爪抱在一起，像作揖一样！家中僮仆感到十分惊异，赶忙前去通报了李家家主。堂上的宾客相继从座位上起身出门观看，见到满院的老鼠，无

## 王 缙

唐相国王公缙，大历中，与元载同执政事。常因入朝，天尚早，坐于烛下。其榻前有囊，公遂命侍童取之。侍童挈以进，觉其重不可举。公启视之，忽有一鼠长尺余，质甚丰白，囊中跃出。公大惧，顾谓其子曰："我以不才，缪居卿相。无德而贵，常惧有意外之咎。今异物接于手足，岂非祸之将萌耶？"后数日，果得罪，贬为缙云守。（出《宣室志》）

## 郗士美

许昌郗尚书士美，元和末为鄂州观察，仁以抚下，忠以奉上。政化之美，载于册书。一日晨兴，出视事。束带已毕，左手引靴，未及陷足，忽有一巨鼠过庭，北面拱手而舞。八座大怒，惊叱之，略无惧意。因掷靴以击，鼠即奔逸。有毒虺坠入靴中，珠目锦身，尺长策细，螫焰勃勃，起于舌端。向无鼠妖，则以致臃指溃足之患。参寥子曰："是知枭鸣鼠舞，不恒为灾。大人君子，遇之则吉。"（出《阙史》）

不对此啧啧称奇，等到所有人去看老鼠了，刹那间，那间宴请宾客的屋子便轰隆一声坍塌了。因房梁年久失修，整个屋顶几乎拍在地面上。而李家家人和宾客竟无一人受伤。房梁塌后，老鼠们又趴在地上，成群结队地沿着墙角门洞溜了出去。老鼠只不过是十分卑微的物种，都知道要报恩，更何况是人呢？因此那些善良的人应该去帮助更多的人，而得到帮助的人更应该懂得报恩。那些受恩不报连老鼠都不如的人，更应该感到羞愧。（出《宣室志》）

## 王缙

唐代宗时，相国大人王缙，于大历年中，与宰相元载一同执掌政务。准备去上朝，当时天色还早，于是坐在烛火下。榻前有个囊，王缙命侍童将其取来。侍童准备提起来进去给王缙，只觉得太重了举不动。王缙走过来一看，忽然发现囊里有一只一尺多长的老鼠，皮毛都是白色的，从囊中一下跃了出来。王缙对此感到十分害怕，于是对儿子交代道："我是个没有多聪明的人，却身居卿相的高位。一个无德无才的人身居高位，时常会害怕有意外发生。今天我的手脚又碰触到异物，难道不是大祸将至的预兆吗？"后来没过多久，果然犯下了罪过，被贬为云守。（出《宣室志》）

## 郗士美

许昌郗士美尚书，在元和末年时曾任鄂州观察史，对下号令严明，赏罚有度，布以仁政，对上忠诚。在政治上取得的功绩和美誉，被载进史册。一天早上，郗士美准备外出巡视，衣服腰带都已经穿好了，左手拿着靴子，脚还没穿进靴子里，忽然间有一只大老鼠经过院子，面朝着北方，两只前脚拱起来和跳舞一样。于是郗士美大怒，大声地呵斥，那老鼠却一点害怕的意思都没有，还是在那里继续舞蹈。于是他将手中的靴子扔了过去，老鼠便立即逃走了。去捡靴子时，只见从靴子里面出来一条毒蛇，颜色十分艳丽，一尺来长且十分细小，上面的咬刺正张开，脚下去就会被咬到。如果没有鼠妖提示，

## 李知微

李知微，旷达士也，嘉遁自高，博通书史。至于古今成败，无不通晓。常以家贫夜游，过文成宫下。初月微明，见数十小人，皆长数寸，衣服车乘，导从呵喝，如有位者，聚立于古槐之下。知微侧立屏气，伺其所为。东复有垝垣数雉，旁通一穴，中有紫衣一人，冠带甚严，拥侍十余辈悉稍长。诸小人方理事之状。须臾，小人皆趋入穴中，有一人，白长者曰："某当为西阁舍人。"一人曰："某当为殿前录事。"一人曰："某当为司文府史。"一人曰："某当为南宫书佐。"一人曰："某当为驰道都尉。"一人曰："某当为司城主簿。"一人曰："某当为游仙使者。"一人曰："某当为东垣执戟。"如是各有所责，而不能尽记。喜者、愤者、若有所恃者、似有果求者唱呼激切，皆请所欲。长者立盻视，不复有词，有似唯领而已。食顷，诸小人各率部位，呼呵引从，入于古槐之下。俄有一老父颜状枯瘦，杖策自东而来，谓紫衣曰："大为诸子所扰也。"紫衣笑而不言。老父亦笑曰："其可言耶？"言讫，相引入穴而去。明日，知微掘古槐而求，唯有群鼠百数，奔走四散。紫衣与老父，不知何物也。（出《河东记》）

咬上一口就会让脚趾肿起来甚至是溃乱。参寥子说："大家都说枭鸟鸣叫老鼠大舞，一般人认为是不祥之兆。但大人是君子，遇到了就是吉兆。"（出《阙史》）

## 李知微

信州知府李知微，为人十分地乐观，心胸开阔，隐退后有几分自认不凡，且通读史书。至于古今成败，更是没有不通晓的。曾因家中贫寒夜间游历，经文成宫下。在月亮刚刚升起没多久时，只见有几十人小小的人，都只有几寸长，穿着衣服乘着车马，如帝王权贵出行时一样，在前引导的和在后随从的呵责着，都聚集在一棵古槐树下。李知微屏住呼吸侧立一旁，在暗中窥伺他们的所作所为。东腹有好几处坏掉的城墙，旁边与一洞穴相通，其中有一紫衣人，戴着玉冠神情严肃，有十多人随侍在后。其他小人像是小头目的样子。过了一会儿，小头目们都进入穴中，其中有一人，白发的长者道："某人该封为西阁舍人。"又一个说："某人该提升为殿前录事。"又有人说："某人该做司文府史。"一人又道："某人该封作南宫书佐。"一人道："那个谁该当驰道都尉。"一人道："某人该为司城主簿。"一人道："某人该当为游仙使者。"一人说："某人该当为东垣执戟。"于是各司其职，后面的就不一一详述了。有人高兴、有人气愤，也有行之安然不为所动的，也有早就料到结果的，激动地大声呼叫，都是心中所想的表现。长者站在一旁怒视，不再说话，只在此作为领头者而已。不一会儿，那群小头目们各自率领着自己的部下，大声叫着引导和随从，进到那棵古槐树之下。过了一会儿，一位面容枯瘦的老者，拄着拐杖从东面而来，对紫衣人说："众人打扰大人了。"紫衣人笑而不语。老丈又笑道："还有什么要说的吗？"说完，先后进入洞穴中。第二天，知微挖那棵古槐对一探究竟，只看到洞中有成百只老鼠，然后四散逃走。至于那位身着紫衣的大人和那位老丈，不知道是何物种了。（出《河东记》）

## 建康人

建康人方食鱼，弃鱼头于地，俄而壁下穴中，有人乘马，铠甲分明，大不盈尺，手执长槊，径刺鱼头，驰入穴去，如是数四。即掘地求之，见数大鼠，鱼头在旁，唯有箸一只，了不见甲马之状。无何，其人卒。（出《稽神录》）

## 卢 嵩

太庙斋郎卢嵩所居，釜鸣，灶下有鼠如人哭声，因祀灶，灶下有五大鼠，各如方色，尽食所祀之物，复入灶中。其年，嵩补兴化尉，竟无他怪。（出《稽神录》）

## 柴再用

龙武统军柴再用常在厅事，凭几独坐，忽有一鼠走至庭下，向再用拱手而立，如欲拜揖之状。再用怒，呼左右，左右皆不至。即起逐之，鼠乃去。而厅屋梁折，所坐床几，尽压糜碎。再用后为庐鄂宣三镇节度使卒。（出《稽神录》）

## 苏长史

苏长史将卜居京口，此宅素凶，妻子谏止之。苏曰："尔恶此宅，吾必独住。"始宿之夕，有三十余人，皆长尺余，衣道士冠褐，来诣苏曰："此吾等所居，君必速去，不然及祸。"苏怒，持杖逐之，皆走入宅后竹林中而没，即掘之，获白鼠三十余头。宅不复凶。（出《稽神录》）

## 建康人

建康有个姓方的人吃鱼，把鱼头扔到地上，不一会儿壁下的洞穴中，有人骑着马，身着铠甲，那些人不到一尺长，手中还执着长槊，径直刺中鱼头，然后奔入穴中，如此来回取了几次。于是立即挖开洞穴查看，竟是很多只大老鼠，鱼头就放在一旁，上面仅放了一根筷子，已经脱下了铠甲，放下了长槊，不再是全副武装的样子。没过多久，这人就死了。（出《稽神录》）

## 卢嵩

太庙斋郎卢嵩家中厨房内的锅碗等器具无故鸣响，以此来预测吉凶。而灶下有老鼠发出和人一样的哭声，因为祀祭灶神，灶下有五只大老鼠，东南西北中五个方位配青赤白黑黄五色，一方一色，将用来祭祀用的食物都吃光了，然后再回到灶内。这年，卢嵩补为兴化尉，竟再也没有其他奇怪的事发生。（出《稽神录》）

## 柴再用

龙武统军柴再用在官署处的厅堂上处理事物，独自靠坐在床几上，忽然看到一只老鼠在院子里，朝着他站起来，两个前爪拱着，像是在作揖一样。再用心中不喜，大怒。呼喊下属将它赶走，但下属没人来。于是自己起身去赶，老鼠跑走了。然而就在此时，厅堂上的屋梁断了，刚才坐的床几，竟全部被压成了碎片。再用死时已经官拜庐鄂宣三镇节度使了。（出《稽神录》）

## 苏长史

苏长史将要在京口择一房屋居住，但是那座宅子素有凶宅的名声，于是妻子劝他不要住在那里。苏长史不听，说：“你讨厌这个宅子也没关系，我一人独住。”苏长史晚上便住在这里，晚上就看到有三十多个人，都只有一尺多长，穿着道士的衣服和冠帽，来对苏长史道：“这里是我们的居所，劝你速速离开此处，不然的话将会有祸事

## 卢枢

侍御史卢枢，言其亲为建州刺史，暑夜独出寝室，望月于庭。始出户，闻堂西阶下，若有人语笑声。蹑足窥之，见七八白衣人，长不盈尺，男女杂坐饮酒。几席食器，皆具而微，献酬久之。其席一人曰："今夕甚乐，然白老将至，奈何？"因叹吒。须臾，坐中皆哭，入阴沟中，遂不见。后罢郡，新政家有猫名"白老"。既至，白老穴堂西阶地中，获白鼠七八，皆杀之。（出《稽神录》）

## 朱仁

朱仁者，世居嵩山下，耕耘为业。后仁忽失一幼子，年方五岁。求寻十余年，终不知存亡。后一日，有僧经游，造其门，携一弟子，其形容似仁所失之幼子也。仁遂延僧于内，设供养。良久问僧曰："师此弟子，观其仪貌，稍是余家十年前所失一幼子也。"僧惊起问仁曰："僧住嵩山薜萝内三十年矣。十年前，偶此弟子悲号来投我。我问其故，此弟子方孩幼，迷其踪由，不甚明。僧因养育之，及与落发。今聪悟无敌，僧常疑是一圣人也。君子乎？试自熟验察之。"仁乃与家属共询问察视。其母言："我子背上有一黡记。"逡巡验得，实是亲子。父母家属，一齐号哭，其僧便留与父母而去。父母安存养育，倍于常子。此子每至夜，即失所在，晓却至家，如此二三年。父母以为作盗，伺而窥之，见子每至夜，化为一发生。”苏长史大怒，手拿棍杖追了出去，一直追到宅后的竹林中，这些人都不见了踪迹。苏长史立即挖掘，抓获了三十多只白老鼠。从此后，这座宅子便再也不是凶宅了。(出《稽神录》)

## 卢枢

侍御史卢枢，说他有一个亲戚是建州刺史，有一日夏夜独自走出寝室，要去庭院中纳凉赏月。刚走出门，就听到厅堂的西阶下，传来有人说话的声音和欢笑声。于是放轻脚步在暗中窥察，只见有七八个白衣人，不到一尺长，男女无序地坐在席间饮酒。几个桌上的餐饮用具，都和人用的一样，相互之间还敬酒。而席上有一人说：“今天真的是十分开心，但是白老就要来了，我们该怎么办？”只听到有人一声叹息。不一会儿，坐在那的都哭了起来，后来又跳进阴沟中，便不见了。后来同郡的，新政家中有一只猫，名字就叫“白老”。到了后，猫在厅堂西阶的洞穴中，抓获了七八只白老鼠，全部被杀。(出《稽神录》)

## 朱仁

有个叫朱仁的，世代居于嵩山之下，以耕耘为生。有一天，朱仁的小儿子忽然不见了，而这个孩子还只有五岁。寻找了十多年，却一直没有找到，不知是死是活。后来有一天，一位游历的僧人路经此地，上门拜访，身后还跟着一个徒弟，而徒弟的样子与朱仁家丢失的孩子有些相似。于是朱仁将僧人请进屋内，备上供奉，过了很久，问僧人：“大师的弟子，他的样貌和我家十几年前丢的一个孩子有些相像。”僧人赶紧站起来问朱仁：“我住在嵩山的山野之中三十多年了。十年前，偶然间听到这孩子哭，投奔于我。那时这孩子也很是年幼，我问其走失的原因，不大说得清楚。于是我便收养了他，然后给他落发出家。而今，这孩子无比聪明，我经常怀疑他是一圣人。真的是你家丢失的孩子吗？还是找熟识的人来查验一下的好。”于是朱仁叫来家人一起询问和查看。孩子的母亲说：“我儿子背上有一个记号。”于是大鼠走出，及晓却来。父母问之，此子不语。多时对曰："我非君子也，我是嵩山下鼠王下小鼠。既见我形，我不复至矣。"其父母疑惑间，其夜化鼠走去。（出《潇湘录》）

## 李昭嘏

李昭嘏举进士不第，登科年，已有主司，并无荐托之地。主司昼寝，忽寤。见一卷轴在枕前，看其题，乃昭嘏之卷。令送于架上，复寝暗视。有一大鼠取其卷，衔其轴，复送枕前。如此再三。昭嘏来春及第。主司问其故，乃三世不养猫，皆云鼠报。（出《闻奇录》）

# 鼠狼

## 张文蔚

相国张文蔚庄在东都柏坡，庄内有鼠狼穴，养四子，为蛇所吞。鼠狼雌雄情切，乃于穴外坋土，恰容蛇头。伺蛇出穴，裹入所坋处。出头，度其回转不及，当腰啮断，而劈蛇腹，衔出四子，尚有气。置之穴外，衔豆叶，嚼而傅之，皆活。何微物而有情有智之如是乎？最灵者人，胡不思之？（出《北梦琐言》）

脱衣查看，真的是朱仁走失的儿子。父母家人，对这孩子的失而复高兴得大哭，僧人将孩子留在了父母家而自己离开了。父母对他安心抚养，比其他几个子女更为溺爱些。这个孩子每到晚上，便不在家中了；到天亮时又回来了，如此过了两三年，父母以为孩子出去行偷盗之事，于是暗中窥察，只见儿子每到晚上，便化为一只大老鼠离开，到了早上又回到家中。父母问他原因，儿子不说话。过了好久才说："我并不是你们的儿子，我只是嵩山山脚下鼠王下面的一只小老鼠而已。如今既然被你们看到我的原形，我也是不能再回来了。"当夜就化成老鼠走了，父母深感疑惑。（出《潇湘记》）

## 李昭嘏

李昭嘏参加会试，没考好，主考官阅读了其文章，并没有看中，不想举荐他，于是将他的试卷放置于书架上。主司在午睡，睡醒后，只见有一试卷到枕边，看上面的题目，竟是李昭嘏的卷子。于是再次放到架子上，再回到寝室暗中观察。只看一只大老鼠取了他的试卷，用嘴衔了卷轴，再次送到枕前。如此反复丢了三次，老鼠反复衔了三次。主考官感到很惊异，于是录取了他。发榜后问其缘故，李昭嘏说："我家已三代不养猫了。"是鼠来报恩的。（出《闻奇录》）

# 鼠狼

## 张文蔚

唐朝相国张文蔚的私人山庄东坡下，庄内有个黄鼠狼的洞穴，黄鼠狼夫妇生了四只小黄鼠狼，却被一条蛇吞入腹中。两只大黄鼠狼救子心切，匆忙从近处搬来泥土、石块，将自己的洞穴围起来，刚好容得下蛇头。等大蛇从洞中蹿出，因洞穴口变小，大蛇行动受到束缚，只能使劲朝洞外钻。黄鼠狼夫妇趁机发起攻击，不一会就将大蛇咬成了两截。于是迅速地撕破大蛇的肚子，滚出了四只黏糊糊的小圆球。四只小黄鼠狼尚有呼吸，母黄鼠狼快速地舔着小黄鼠狼身上

的黏液。公黄鼠狼衔来豆叶嚼碎然后敷在小黄鼠狼身上，四只小的全部活了下来。为什么比这微小的生命都有情义有智慧到如此？最为聪明伶俐的就是人了，难道我们不应该自省吗？（出《北梦琐言》）

# 卷第四百四十一 畜兽八



## 狮子

### 魏武帝

魏武帝伐冒顿，经白狼山，逢狮子，使人格之，杀伤甚众。王乃自率常从健儿数百人击之。狮子哮吼奋迅，左右咸惊汗。忽见一物从林中出，如狸，超上王车轭上。狮子将至，此兽便跳于狮子头上，狮子即伏不敢起。于是遂杀之，得狮子一子。此兽还，未至洛阳三十里，路中鸡狗皆伏，无鸣吠者。（出《博物志》）

### 后魏庄帝

后魏，波斯国献狮子，永安末始达京师。庄帝谓侍中李彧曰：“朕闻虎见狮子必伏，可觅试之。”于是诏近山郡县，捕虎以送。巩县、山阳并送二虎一豹，见狮子，悉皆瞑目，不敢仰视。园中素有一盲熊，性甚驯善，帝令取试之。虞人牵盲熊至，闻狮子气，惊

# 狮子

## 魏武帝

魏武帝讨伐冒顿的时候，经过白狼山，碰上了一头狮子。于是他让人上去格杀，没想到被狮子伤了很多人。于是魏武帝亲自率领常年跟随自己的几百亲卫上前攻击，狮子大声咆哮着且精神振奋，行动迅速，所有人都被惊出了一身冷汗。这时只见一物忽然从树林中跑了出来，看起来像狸，它越过狮子跳到了魏武帝车驾的轭上。狮子快要到时，这只野兽便跳到了狮子的脑袋上，狮子马上伏下身子不敢起来。于是魏武帝杀了狮子，并得到了一只小狮子。魏武帝带着那只小兽回去，离洛阳还有三十里地，路途中所遇到的鸡、狗都伏下了身子，没有敢发出声音鸣叫的。（出《博物志》）

## 后魏庄帝

后魏的时候，波斯国向庄帝献上了一头狮子，在永安末年时才送达京师。庄帝对侍中李彧说道："朕听说老虎碰见狮子时必定会伏下身子臣服。你可以去找一只来试一试。"于是下诏给邻近山林的郡县，让他们抓捕老虎送来。巩县与山阳县一起送来了两只老虎与

怖跳踉，曳锁而走。帝大笑。（出《伽蓝记》）

## 杂 说

释氏书言：狮子筋为弦，鼓之，众弦皆绝。西域有黑狮子、棒狮子。集贤校理张希复言："旧有狮子尾拂，夏月蝇蚋不敢集其上。"旧说，苏合香，狮子粪也。（出《酉阳杂俎》）

# 犀

## 通天犀

通天犀角，有一白理如綖者。以盛米，置群鸡中。鸡欲往啄米，至辄惊却，故南人名为骇鸡也。得真角一尺，刻以为鱼，而衔以入水，水常为开。方三尺，可得息气水中。以其角为叉导者，将煮毒药为汤，以此叉导搅之，皆生白末，无复毒矣。（出《抱朴子》）

## 杂 说

犀之通天者必恶影，常饮浊水。当其溺时，人赶不复移足。角之理，形似百物。或理不通者，是其病。然其理有倒插、正插、腰鼓。倒插者，一半已下通；正者，一半已上通；腰鼓者，中断不通。故波斯谓牙为"白暗"，犀为"黑暗"。段成式门下医人吴士皋常职于南海郡，见舶主说，本国取犀，先于山路多植木如徂杙。云一只豹子。它们见了狮子，都闭上了眼睛，不敢抬头看狮子。游园中素来住着一只瞎眼熊，性情非常温顺友善。皇上让人将它带过来测试。虞人牵着盲熊来了，盲熊闻到了狮子的气息，惊吓得跳了起来，拖曳着锁链便逃走了。皇上见了大笑起来。（出《伽蓝记》）

### 杂说

佛教中的书曾记载说："西域人将狮子的筋做成琴弦，一弹奏，其他的弦便都断了。"西域有黑狮子、棒狮子。唐朝时集贤校理张希复说："原来有用狮子尾做的尘拂，夏天时连苍蝇都不敢聚集在上面。"过去有一种说法，说苏合香，就是狮子的粪便。（出《酉阳杂俎》）

## 犀

### 通天犀

通天犀的角，上面有一条像线一样的白色纹理。用它来盛米，放到鸡群中，当鸡准备过来啄米时，一接近马上就被吓退了，所以南方人又称通天犀为骇鸡犀。如果能得到一尺长的真正的通天犀角，将它刻成鱼的形状，而后衔着它进入水中，水常常会自动分开。而只要得到三尺长的通天犀角，便可以在水中休息。如果用通天犀角做成叉导，将煮的毒药熬成汤水，再用此叉导进行搅拌，都会生出白色粉末，而汤水中不再有毒。（出《抱朴子》）

### 杂说

犀角一气贯通的通天犀非常讨厌看到自己的影子，所以经常会饮用混浊的水。当它沉浸其中时，即便是有人接近它也不会移动。通天犀角上的纹理，形状有各种各样的。有些纹理不相通的，那是有病的。然而其角上的纹理也有倒插、正插、腰鼓的分别。纹理倒插的，指犀角下半部的纹路已贯通；纹理正插的，指犀角上半部的纹犀前脚直，常椅木而息，木烂折，则不能起。犀角一名奴角。有鸩处必有犀也。犀三毛一孔。刘孝标言："犀堕角埋之，人以假角易之。"（出《酉阳杂俎》）

## 象

### 白象

后魏洛水桥南道东有白象坊。白象者，永平二年乾陁罗国所献，背设五采屏风、七宝坐床，容数十人，真是异物，常养于乘黄。象常曾坏屋毁墙，走出于外，逢树即拔，遇墙亦倒。百姓惊怖，奔走交驰，太后遂徙象于此坊。（出《伽蓝记》）

### 阆州莫徭

阆州莫徭以樵采为事，常于江边刈芦，有大象奄至，卷之上背，行百余里，深入泽中。泽中有老象，卧而喘息，痛声甚苦。至其所，下于地，老象举足，足中有竹丁。莫徭晓其意，以腰绳系竹丁，为拔出，脓血五六升许。小象复鼻卷青艾，欲令塞疮。莫徭摘艾熟挼，以次塞之，尽艾方满。久之，病象能起，东西行立。已而复卧，回顾小象，以鼻指山，呦呦有声，小象乃去。须臾，得一牙至，病象见牙大吼，意若嫌之，小象持牙去。顷之，又将大牙。莫徭呼路已贯通；纹理腰鼓插的，指上下纹路贯通，但中间部分却断开了，就像两头大而腰细的腰鼓一样。所以波斯人又称象牙为“白暗”，犀角为“黑暗”。段成式门下的医生吴士皋曾经在南海郡任职，一船主对他说，可在本国获取犀角。可先在山路上多种植一些木桩一样的灌木，因为云犀的前脚是直的不能弯曲，经常倚靠着木头休息，如果木头烂了折断了，那么云犀将会无法起身。犀角还有另一个名叫奴角。有鹤的地方一定会有犀牛，犀牛三毛共着一个毛孔。刘孝标说：“犀牛角掉落后有人将其埋了起来，然后用假角去交易。”（出《酉阳杂俎》）

# 象

## 白象

后魏时，洛水桥南道东有个圈养白象的地方。这些白象，是永平二年时乾陁罗国进献的。其背上设有五彩屏风、七宝坐床，可以容下数十人，真是个奇异之物。这些白象曾与神马圈养在一起，但后来因这些白象毁坏房屋撞倒围墙，来到了苑外，它们逢树便拔除，遇墙便撞倒，百姓们因此受到惊吓，四处奔逃，所以太后便下令将它们迁徙到了白象坊。（出《伽蓝记》）

## 阆州莫徭

阆州的莫徭族有个樵夫，以打柴为生。他曾经有一次去江边割芦苇，突然有一头小象跑了过来，用鼻子将他卷到了背上，奔跑了一百多里，深入了沼泽中。在沼泽中有一头老象，卧在地上喘息着，发出了非常痛苦的声音。小象将樵夫带到老象所在的地方，将他放到了地上。这时老象抬起了它的一只脚，脚底下插了根竹丁。樵夫知晓老象的意思，于是用腰带系在竹丁上，为老象拔除了竹丁，脓血流了有五六升之多。小象又用鼻子卷起青艾，想让樵夫将其塞在创口处。于是樵夫摘了艾草椰叶，按顺序塞进了疮口，一直将艾草用完才塞满象为“将军”，言未食，患饥，象往折山栗数枝食之，乃饱，然后送人及牙还。行五十里，忽尔却转，人初不了其意，乃还取其遗刀。人得刀毕，送至本处，以头抵人，左右摇耳，久之乃去。

其牙酷大，载至洪州，有商胡求买，累自加直，至四十万。寻至他人肆，胡遽以苇席覆牙，他胡问：“是何宝，而辄见避？”主人除席云：“止一大牙耳。”他胡见牙色动，私白主人，许酬百万，又以一万为主人绍介，佯各罢去。顷间，荷钱而至，本胡复争之云：“本买牙者，我也，长者参市，违公法。主人若求千百之贯，我岂无耶？”往复交争，遂相殴击。所由白县，县以白府。府诘其由，胡初不肯以牙为宝，府君曰：“此牙会献天子。汝辈不言，亦终无益。”固靳，胡方白云：“牙中有二龙，相躩而立，可绝为简。本国重此者，以为货，当值数十万万，得之为大商贾矣。”洪州乃以牙及牙主二胡并进之。天后命剖牙，果得龙简。谓牙主曰：“汝貌贫贱，不可多受钱物。”赐敕阆州，每年给五十千，尽而复取，以终其身。（出《广异记》）

了。过了好一会儿，老象便能站起来了，东西方向站立着。接着老象再次躺了下来，回头看着小象，用鼻子指着山上，发出呦呦的叫声，于是小象向着老象鼻子所指的方向而去。过了一会，小象便带了一根象牙回来。老象见了象牙后大吼起来，好像非常嫌弃，于是小象又带着象牙离开了。很快，小象又带回了一根大牙。樵夫称呼小象为“将军”，说自己还没吃饭，肚子饿了，小象到山上折了几枝山栗回来给他吃，这才肚子饱了，然后准备将他以及那根大牙送回。走了五十里地后，小象却忽然又调转了方向，樵夫起初也不知道小象是什么意思，于是小象返回取了樵夫遗下的刀子。樵夫拿到刀后，小象将他送回了自己家里，并用头轻轻抵着他，左右摇摆耳朵，很久之后才离去。

那根象牙特别巨大，樵夫将其运载到洪州，有个经商的胡人请求购买，多次加价，最后加到了四十万。不久后他们一起来到别人的店里，那个胡人立即用芦苇席将象牙盖了起来，另外一个胡人便问他：“这是什么宝贝啊，你一来就将它遮盖了起来？”樵夫揭开芦苇席子说道：“只是一根大象牙而已。”另外那个胡人见到大象牙后变了神色，背地里与樵夫商量，许诺给予他一百万的高价来购买，又拿出一万给他作为介绍费，然后假装各自离开了。很快，那个胡人便背着钱来交给了樵夫。之前那个胡人见了便与另外那个胡人争论起来：“本来买象牙的人是我，你老人家来抬价，有违公法。主人如果是想要千百万贯钱，难道我没有吗？”两人反复相争，最后相互殴打了起来。后来他们将事情的经过报告给了县衙，县衙又将这事报告给了州府。府君询问事情的起因，胡人最初不肯承认这象牙是宝贝。府君说道：“这象牙应当进献给天子。就算你们不说，最终也没什么好处。”所以坚决不肯将象牙给胡人，胡人这才说道：“象牙中有两条龙，相互腾空而立，切开后可得到龙筒。我们国家看重这个的人将这当作宝贝，应当价值几百万，所以得到他便能成为大商人。”洪州府君便将象牙以及象牙的主人樵夫、两个胡人一起带到了京城。武则天得到象牙后命人将象牙剖开，果然得到了龙筒，于是对象牙的主人樵夫说道：“你的相貌看起来是个贫贱的命，不可以多接受钱财。”

## 华容庄象

上元中，华容县有象，入庄家中庭卧。其足下有搓，人为出之，象乃伏。令人骑入深山，以鼻掊土，得象牙数十以报之。（出《朝野佥载》）

## 安南猎者

安南人以射猎为业，每药附箭镞，射鸟兽，中者必毙。开元中，其人曾入深山，假寐树下。忽有物触之，惊起，见是白象，大倍他象，南人呼之为将军，祝之而拜。象以鼻卷人上背，复取其弓矢药筒等以授之。因尔遂骋行百余里，入邃谷，至平石。迴望十里许，两崖悉是大树，围如巨屋，森然隐天。象至平石，战惧，且行且望。经六七里，往倚大树，以鼻仰拂人。人悟其意，乃携弓箭，缘树上。象于树下望之。可上二十余丈，欲止，象鼻直指，意如导令复上。人知其意，径上六十丈，象视毕走去。其人夜宿树上，至明，见平石上有二目光，久之，见巨兽，高十余丈，毛色正黑。须臾清朗，昨所见大象，领凡象百余头，循山而来，伏于其前。巨兽躩食二象，食毕，各引去。人乃思象意，欲令其射，因傅药矢端，极力射之，累中二矢。兽视矢吼奋，声震林木，人亦大呼引兽。兽来寻人，人附树，会其开口，又当口中射之。兽吼而自掷，久之方死。

于是下诏给阆州府，让州府每年给樵夫五十千钱财，用完后再来取，直到他死亡。（出《广异记》）

## 华容庄象

唐高宗上元年中，华容县曾有大象，进入了农户家的庭院中睡觉。大象的脚下扎了根刺，农户帮它将刺拔了出来。大象因此伏下身子，让农户骑上它背将他带进了深山，然后用鼻子将土扒开，找到了数十根象牙来报答农户。（出《朝野佥载》）

## 安南猎者

有一个安南人，以打猎为生。他经常把毒药涂抹在箭头上，用来射杀鸟兽，凡是被射中的，没有不毙命的。开元年间，有一天这个安南人进入深山去打猎，背靠大树正在和衣而卧，忽然觉得有东西触碰他。他惊醒过来，发现原来是一头白象，比寻常的象要大了一倍。安南人称它叫“将军”，并连忙跪拜下来，祈求白象不要伤害自己。白象用长鼻子将他卷到象背上，又将他的弓箭、药筒也卷起来递给他，然后带着他奔跑了一百多里，冲进了一处幽深的峡谷，来到了一处有块平石的地方。安南人远远望去，只见十多里都是悬崖峭壁，两边的悬崖上长满了大树，树身粗得就像大屋子一样，茂密的树叶将天空都遮盖住了。白象来到平石处，浑身颤抖，很是恐惧，并且边走边四处张望。这样走了六七里地后，白象来到了一棵大树旁。它用鼻子翘起来碰了碰安南人，安南人明白了白象的意思，于是连忙带着弓箭，攀援到树上，而白象则在树下仰望着。爬了二十多丈高，安南人正想停下来，白象急忙直起鼻子指向上面，意思是要安南人继续向上攀援。安南人知道它的意愿，便一直向上爬到了六十丈高的地方，白象见了便走开了。安南人当夜便睡在了大树上。到第二天天快亮时，他发现平石上有两只眼睛闪闪发光。过了很长时间，他便看见了一头巨兽，高达十多丈，全身毛色黝黑。一会儿天便亮了，安南人发现昨天的那头白象率领一百多头普通大象，沿着山坡而来，伏在巨兽的俄见大象从平石人，一步一望，至兽所，审其已死，以头触之，仰天大吼。顷间，群象五六百辈，云萃吼叫，声彻数十里。大象来至树所，屈膝再拜，以鼻招人。人乃下树，上其背，象载人前行，群象从之。寻至一所，植木如陇，大象以鼻揭楂，群象皆揭，日旰而尽，中有象牙数万枚。象载人行，数十步内，必披一枝，盖示其路。讫，寻至昨寐之处，下人于地，再拜而去。其人归白都护，都护发使随之，得牙数万，岭表牙为之贱。使人至平石所，巨兽但余骨存。都护取一节骨，十人舁致之。骨有孔，通人来去。（出《广异记》）

## 淮南猎者

张景伯之为和州，淮南多象，州有猎者，常逐兽山中。忽有群象来围猎者，令不得去。有大象至猎夫前，鼻绞猎夫，置之于背，猎夫刀仗坠者，象皆为取送还之。于是驮猎夫径入深山，群象送于山口而返。入山五十里，经大磐石，石际无他物，尽象之皮革，前面。巨兽随意地抓了两头大象吞食，吃完后，双方便各自离开了。安南人这才明白白象将他带到这里的本意，是想要他帮忙射杀巨兽。于是他在箭头上抹上毒药，用尽全身力气引弓发射，巨兽被射中了两箭。巨兽看着箭矢发怒起来，又吼又跳，声音震荡在大深谷森林中。安南人也奋力大吼着，引诱巨兽前来。安南人靠在大树上，当巨兽张口大吼时，再次引箭怒发，正中了巨兽大口之中。巨兽疼痛难忍地叫着，跳起来又摔下去，这样反复很久后才死去。

一会儿白象便从平石处走了过来，走一步便看一下。当它来到巨兽身边，查看巨兽已经死了，它高兴地用头猛撞巨兽，然后仰天大吼。顷刻间，五六百头大象便像云一样聚集到了这里，齐声发出怒吼，声音响彻了方圆数十里。白象来到安南人所在的树下，屈膝向他一拜再拜，并伸出鼻子示意安南人从树上下来，然后将他放到自己的背上。白象载着安南人在前面缓缓而行，那一大群大象便在后面跟着。不久它们来到一处所在，这里栽着很多大树，像坟墓似的。白象用鼻子卷起木桩，众象也跟着一起拔树，只到天晚才拔除干净，安南人发现原来这一处坟墓的树木下埋着数万根象牙。白象载着安南人缓缓而行，每走数十步，它就会折断一棵大树，作为路标。就这样，白象载着安南人一直回到了他昨晚休息的地方，将他放下，再三拜谢后才离开。安南人回家后将此事禀报给了都护，都护派出使者带人跟着安南人，运回了几万根象牙，整个岭南地区的象牙价格也随之跌落。都护还带人赶到了平石处，巨兽已经只剩下了遗骨。都护令人取了一节骨架，十几个人才抬得动。骨架上孔洞，人可以在里面往来通行。（出《广异记》）

## 淮南猎者

当初张景伯到和州时，淮南地区有很多大象。和州有个猎人，经常在山中逐兽打猎。一天忽然有一群大象将猎人围了起来，使得他无法离开。有一头大象来到猎人跟前，用鼻子卷起猎人，将他放到了背上。猎人掉在地上的刀杖，大象都为他捡了起来并还给了他，于是便驮着猎人径直走进了深山。象群将他们送到山口时便返回了。进余血肉存焉。猎夫念曰："得无于此啖我乎？"象负之且过。去石五十步，有大松树。象以背依树，猎夫因得登木焉。弓坠于地，象又鼻取，仰送之，猎夫深怪其故。象既送猎夫讫，因驰去。俄而有一青兽，自松树南细草中出。毳毛鬛鬣，爪牙可畏，其大如屋，电目雷音，来止磐石，若有所待。有顷，一次象自北而来，遥见猛兽，俯伏膝行。既至磐石，恐惧战栗。兽见之喜，以手取之，投于空中。投已接取，犹未食啖。猎夫望之叹曰："畜兽之愚，犹请救于人。向来将予于山，欲予毙此兽也。予善其意，曷可不救？"于是引满，纵毒箭射之，洞其左腋。兽既中箭，来趋猎夫。又迎射贯心，兽踣焉，宛转而死。小象乃驰还，俄而诸象二百余头，来至树下，皆长跪，展转猎夫下。前所负象，又以背承之，负之出山，诸象围绕喧号，将猎夫至一处，诸象以鼻破阜，而出所藏之牙焉。凡三百余茎，以示猎夫。又负之至所遇处，象又皆跪，谢恩而去。猎夫乃取其牙，货得钱数万。（出《纪闻》）

## 蒋 武

宝历中，有蒋武者，循州河源人也。魁梧伟壮，胆气豪勇，独处山岩，唯求猎射而已。善于蹶张，每赍弓挟矢，遇熊罴虎豹，靡不应弦而毙。剖视其镞，皆一一贯心焉。忽有物叩门，甚急速。武入深山五十里后，经过了一处大磐石，石头间没有别的物体，全是大象的皮革，以及余下的血肉等。猎人不禁口中念道：“我不会在这被吃掉吧？”大象背着他走过了这。在离大磐石五十步远的地方，有一棵大松树。大象将背部依着大松树，猎人因此得以爬到了松树上。他的弓掉到了地上，大象又用鼻子将其卷了起来，并抬起头来送给了猎人，猎人对此感到非常奇怪。大象将猎人送到了这，所以便奔跑离开了。突然，有一只青色的猛兽从松树南面的细草中走了出来，它细密的鬃毛奋张着，爪牙让人感到害怕。青色兽的身子大得就像一座屋子，双目如电，吼声如雷。它来到磐石前停下，似乎有所等待。过了一会，一头小象从北方而来，远远看见了那青色猛兽，便俯下身子用膝盖在地上爬行向前。来到磐石处时，小象因恐惧而全身战栗着。青色猛兽见了很是高兴，它用手将小象抓了起来，丢向了空中，投出去后又接住，但还没有吞食。猎人望着这一切，感叹道：“以畜兽的愚笨，都还知道向人求救。先前那头大象将我带到山里，是希望我能击毙这青色猛兽吧。我认同它的意思，有什么不能救的呢。”于是拉满了弓，发出毒箭射击那青色猛兽，洞穿了它的左腋。青色猛兽中了毒箭，便来追赶猎人，猎人又迎面射穿了那青色猛兽的心脏。青色猛兽跌倒了，来回翻转而死。于是小象急忙跑了回去，一会儿便有二百多头大象来到了松树下，都长跪在地，辗转于猎人下方。之前背负他的那头大象，又用背载上猎人，背着他出了山，众多大象围绕着一起长声嗥叫前行。那头大象将猎人带至一处，众多大象用鼻子拱破了一处土山，露出了里面藏的象牙，共有三百多根。大象将象牙展示给猎人后，又将他驮到了当初相遇的地方，群象又都跪下了，谢恩而去。于是猎人取了象牙，卖得了数万钱。（出《纪闻》）

## 蒋武

唐朝宝历年间，有个叫蒋武的人，是循州河源人氏。他的身材非常魁梧强壮，胆量和勇气也豪迈英勇。他独自住在一处山洞里，靠打猎为生。他善于射箭，身上总是带着弓挟着箭，凡是遇到熊罴虎豹，隔扉而窥之，见一猩猩跨白象。武知猩猩能言，而诘曰："与象叩吾门，何也？"猩猩曰："象有难，知我能言，故负吾而相投耳。"武曰："汝有何苦？请话其由。"猩猩曰："此山南二百余里，有嵌空之大岩穴，中有巴蛇，长数百尺，电光而闪其目，剑刃而利其牙。象之经过，咸被吞噬。遭者数百，无计避匿。今知山客善射，愿持毒矢而射之。除得此患，众各思报恩矣。"其象乃跪地，洒涕如雨。猩猩曰："山客若许行，便请挟矢而登。"武感其言，以毒淬矢而登。果见双目，在其岩下，光射数百步。猩猩曰："此是蛇目也。"武怒，蹶张端矢，一发而中其目，象乃负而奔避。俄若穴中雷吼，蛇跃出蜿蜒，或掖或踊，数里之内，林木草芥如焚。至暝蛇殒，乃窥穴侧，象骨与牙，其积如山。于是有十象，以长鼻各卷其红牙一枝，跪献于武。武受之，猩猩亦辞而去。遂以前象负其牙而归，武乃大有资产。（出《传奇》）

## 杂 说

安南有象，能默识人之是非曲直。其往来山中，遇人相争，有理者即过；负心者以鼻卷之，掷空中数丈，以牙接之，应时碎矣，莫敢竞者。（出《朝野佥载》）

龙象，六十岁骨方足。今荆地象，色黑两牙，江猪也。咸亨二没有不碰着就应声而毙的。剖开后一看，箭头都贯穿了心脏。一天，忽然有一物敲他的门，很是急促。蒋武隔着门往外窥看，发现是一头猩猩骑着一头白象。他知道猩猩会说话，就问道："你和大象敲我的门干什么？"猩猩回答道："大象遇到了难处，知道我会说话，所以带着我前来找你。"蒋武问道："你们有什么难处？请说给我听听。"猩猩说道："在这座山南边二百多里的地方，有一处凹陷的大岩洞，洞里面有一条大蛇，长达几百尺，其眼光如电，牙齿比剑刃还要锋利。大象从此经过时，都被蛇吞吃了，遭殃的大象已经有几百只了，没有办法躲藏。现在得知您射箭非常厉害，希望您能带着毒箭去射杀它。如果能除掉这个祸患，我们大家都会报答您的大恩的。"于是那只大象跪在了地上，挥泪如雨。猩猩又说道："如果您同意前往，便请带着箭登到大象背上吧。"蒋武被他们的话感动，于是用毒淬箭后坐着大象出发了。果然见到了一双眼睛，在那岩洞里，目光射到了数百步远的地方。猩猩说道："这就是那条蛇的眼睛。"蒋武怒了，于是用脚踏着强弩张开弓弦手持箭矢，一箭便射中了蛇的眼睛，大象急忙背着他和猩猩逃避开来。一会儿后山洞中便发出了雷鸣般的吼声。那条大蛇跳出了岩洞，蜿蜒前行，一会缩着身子藏起来，一会又跳起来，几里地之内，凡是蛇经过的地方林木、小草都像被火烧过一般。晚上时，那条大蛇便死了。蒋武一行往洞内侧边一看，发现全是象骨与象牙，堆积如山。于是有十头大象上前，用长鼻子各自卷起一根红色象牙，跪着献给蒋武。蒋武接受了，而猩猩也辞别而去。最后蒋武便让之前那头大象驮着象牙回家了，他变成了非常有钱的富翁。（出《传奇》）

## 杂说

安南有一头大象，能够暗中识别人类行为的是非曲直。大象在山中往来走动，只要遇到有人相争，凡是有理的，它便会放过；凡是负心的，它便会用鼻子将其卷起，抛掷到空中数丈高，然后用象牙接住。当碰触到时人已碎了，没有敢争辩的。（出《朝野佥载》）

龙象，长到六十岁时骨头才会完全长足。如今荆州地区的大象，年，周澄国遣使上表言："诃伽国有白象，口垂四牙，身运五足。象之所在，其土必丰。以水洗牙，饮之愈疾。请发兵迎取。"象胆随四时在四腿：春在前左，夏在前右，如无定体也。鼻端有爪，可拾针。肉有十二般，唯鼻是其本肉。陶贞自言："夏月合药，宜置牙于药旁。"南人言："象尤恶犬声。猎者裹粮登高树，构熊巢伺之。有群象过，则为犬声。悉举鼻吼叫，循守不复去。或经五六日，困倒。则下，潜刺杀之。耳穴薄如鼓皮，一刺而毙。胸前小横骨，灰之酒服，令人能浮水出没。食其肉，令人体重。"古训言："象孕五岁始生。"（出《酉阳杂俎》）

环王国野象成群。一牡管牝三十余。牝者牙才二尺，迭供牡者水草，卧则环守。牝象死，共挖地埋之，号吼移时方散。又国人养驯者，可令代樵。（出《酉阳杂俎》）

广之属郡潮循州多野象，牙小而红，最堪作笏。潮循人或捕得象，争食其鼻，云肥脆，偏堪作炙。或云：象肉有十二种，象胆不附肝，随月转在诸肉。楚越之间，象皆青黑。唯西方拂林大食国即多白象。刘恂有亲表，曾奉使云南。彼中豪族，各家养象，负重致远，如中夏之畜牛马也。蛮王宴汉使于百花楼。楼前入舞象，曲动乐作，优倡引入。象以金羁络首，锦绣垂身，随拍腾踊，动头摇尾，皆合节奏，即天宝中舞马之类也。唐乾符四年，占城国进驯象三头，当殿引对，亦能拜舞，后放还本国。（出《岭表录异》）

长着黑色毛发及两颗长牙，就如江豚。咸亨二年时，周澄国派遣使者上表，说诃伽国有一头白象，口中长有四颗下垂的牙，身上长有五只脚。凡是白象所到的地方，其土地必定很肥沃；用水清洗象牙，饮用洗后的水可以治愈疾病。因此请求发兵前往迎取。这头白象的胆随四季时节变化，在其四条腿间随时变换：春季时在前边左腿，夏季时在右前腿，就好像没有固定的地方。其象鼻的前端长有爪子，能够捡拾细针；有十二种肉，只有鼻子才是它的本肉。陶贞白说："夏季调配药物的时候，适宜将象牙放在药物旁边。"有南方人说："大象特别厌恶狗叫声。猎人常带着干粮登上高树，在树上构建了熊巢等候。一旦有群象经过，便会发出狗叫声。大象听到声音后便都举起鼻子吼叫着，守在树下不肯再离开。有时大象经过五六天后，便困倒了。于是猎人便下了树来，偷偷刺杀它们。大象的耳孔薄薄地就如同鼓皮，一刺便可杀死。大象胸前有一块小横骨，将其烧成灰后用酒服下，可以让人在水中沉浮出没。食用大象肉，可以增加人的体重。"有古训说："大象需要孕育五年才生产。"（出《酉阳杂俎》）

环王国的野象很多，常常成群结队。一头公象管理着三十多头雌象。雌象的象牙才二尺长，它们轮流供给雄象水草，睡觉时则环守在雄象周围。雌象死后，象群便会一起挖一个坑将其掩埋起来，并嚎叫一会后才散开。另外有国人驯养的大象，可以让它们代为打柴。（出《酉阳杂俎》）

唐朝时广州的属郡潮州、循州一带有很多野象，象牙小而呈红色，是制作笏的最好材料。潮、循人捕到大象时，争相食用其鼻子，说象鼻肥而脆，最适合做成象鼻炙来食用。有人说，象肉有十二种，象胆没有附在肝上，而是随着月度的变换在十二种肉之间流转。在楚越之间，大象都是青黑色的，只有西方拂林大食国有很多白象。广州司马刘恂有个表亲，曾经奉命出使云南。云南的那些豪门大族，各自家中都养有大象，用来运载重物前往远地，就如中原华夏地区畜养牛马一样。一次蛮王在百花楼宴请汉使者，楼前来了一群表演舞蹈的大象，乐曲响起后，由歌舞杂戏艺人牵引着进入了表演场地。这些大象以金饰缠盖着头部，用锦绣披垂在身上，随着音乐节拍而腾沓，

# 杂兽

## 萧志忠

唐中书令萧志忠，景云元年为晋州刺史，将以腊日畋游，大事置罗。先一日，有薪者樵于霍山，暴疟不能归，因止岩穴之中，呻吟不寐。夜将艾，似闻悉窣有人声，初以为盗贼将至，则匍匐伏于林木中。时山月甚明，有一人身长丈余，鼻有三角，体被豹鞟，目闪闪如电，向谷长啸。俄有虎兕鹿豕，狐兔雉雁，骈匝百许步，长人即宣言曰："余玄冥使者，奉北帝之命，明日腊日，萧使君当顺时畋猎。尔等若干合箭死，若干合枪死，若干合网死，若干合棒死，若干合狗死，若干合鹰死。"言讫，群兽皆俯伏战惧，若请命者。老虎洎老麋，皆屈膝向长人言曰："以某等之命，即实以分。然萧公仁者，非意欲害物，以行时令耳。若有少故则止，使者岂无术救某等乎？"使者曰："非余欲杀汝辈，但今自以帝命宣示汝等刑名，即余使乎之事毕矣。自此任尔自为计。然余闻东谷严四兄善谋，尔等可就彼祈求。"群兽皆轮转欢叫。使者即东行，群兽毕从。时薪者疾亦少间，随往觇之。

动头摇尾，都与乐曲节奏相和，就与天宝年间的舞马类似。唐代乾符四年时，占城国进献了三头驯服的大象，在宫殿里对答时，也能拜能舞，后来又放回了占城国。（出《岭表录异》）

# 杂兽

## 萧至忠

唐朝时中书令萧志忠，景云元年时担任晋州刺史，准备在腊日时打猎祭神，所以大规模地布下了罗网。在腊日的前一天，有个打柴的人在霍山打柴，因突然间得了疟疾而没有办法回家，于是就留在一个岩洞中休息，呻吟着无法睡觉。夜将尽时，他好像听到有人在山上走动的声音。一开始他以为是盗贼来了，于是就趴在树林间查看。当时山林里月光很亮，他发现了一个身材一丈多高的人，鼻子上长有三只角，身上披着豹子皮，眼睛像电光似的闪闪发亮。那人向着山谷长啸了几声，不久便有老虎、犀牛、鹿、野猪、狐狸、兔子、野鸡、大雁等禽兽，密密层层地围在一百来步的范围内。那个高个子人接着便大声说道：“我是北帝玄武的使者，奉北帝之命前来。明天是腊日，萧志忠使君应当会按时令外出打猎。你们当中有的应当会中箭而死，有的应当会死在枪下，有的应当会死在罗网中，有的会死在棍棒之下，有的该被猎狗咬死，有的则会被猎鹰啄死。”说完，那些禽兽便都趴在地上吓得颤颤发抖，像是请求这位使者代求保全它们的性命。有一头老虎和一只老麋鹿都跪着向那位高个使者说道：“拿我们的命来说，死实在是应该的。但是萧使君是位仁慈的人，他的本意并不想残害我们，打猎只不过是顺应节令的惯例罢了。如果有点小事故发生，他便会停止打猎的。使者难道没有办法救救我等吗？”那位使者说：“并不是我想杀死你们，如今我只是奉了北帝的命令来宣布你们各自应受的刑罚，现在我的使命就算完成了。从此以后，任凭你们自己去想办法吧。但是我听说东谷中有位名叫严四的人擅长谋略，你们可以去他那请求帮助。”众鸟兽听后都围着他转圈跑动欢呼起既至东谷，有茅堂数间，黄冠一人，架悬虎皮，身正熟寝。惊起，见使者曰："阔别既久，每多思望。今日至此，得非配群生腊日刑名乎？"使者曰："正如高明所问。然彼皆求救于四兄，四兄当为谋之。"老虎老麋即屈膝哀请。黄冠曰："萧使君每役人，必恤其饥寒。若祈滕六降雪，巽二起风，既不复游猎矣。余昨得滕六书，知已丧偶。又闻索泉家第五娘子为歌姬，以妒忌黜矣。若汝求得美人纳之，则雪立降矣。又巽二好饮，汝若求得醇醪赂之，则风立至矣。"有二狐自称："多媚，能取之。河东县尉崔知之第三妹，美淑娇艳。绛州卢司户善酿醪，妻产必有美酒。"言讫而去。诸兽皆有欢声。

黄冠乃谓使者曰："忆含质在仙都，岂意千年为兽身，悒悒不得志。聊有《述怀》一章。"乃吟曰："昔为仙子今为虎，流落阴涯足风雨。更将斑毳被余身，千载空山万般苦。""然含质谴谪已满，唯有十一日，即归紫府矣。久居于此，将别不无怅恨，因题数行于壁，使后人知仆曾居于此矣。"乃书北壁曰："下玄八千亿甲子，丹飞先生严含质。谪下中天被班革，六十甲子血食涧。饮厕猿狖下浊界，景云元纪升太一。"时薪者素晓书诵，因密记得之。

少顷，老狐负美女至，才及笄岁，红袂拭目，残妆妖媚。又有一狐负美酒二瓶，香气酷烈。严四兄即以美女洎美酒瓶，各纳一来。使者便向东走去，众鸟兽都跟在后边。当时，那个打柴人的疟疾也正好好了一点，于是也跟着前去查看。

到了东谷，谷内有几间茅屋，里面住着一位道士，架子上挂着老虎皮，那道士正睡得很熟。听到声音后他惊醒过来，见到使者后说道："我们分别已经很长时间了，经常想念您。今天您到这里来，莫不是来宣告那群禽兽在腊日应受的刑罚吧？"使者答道："正像您所问的那样。但他们都是来向四兄求条活路的，四兄应当为它们想想办法。"于是老虎、老麋立即跪了下来哀求。那道士说："萧使君每次役使下人时，一定会体念他们的饥寒。如果请求雪神滕六降雪，请求风神巽二刮风，他便不会再去打猎了。我昨天收到了滕六的一封信，知道他妻子死了。又听说他索取泉家的第五房娘子作为歌姬，但因为性情嫉妒而被休了。如果你们能找个美女送给他，那么大雪很快就会降落了。另外巽二喜欢喝酒，你们如果能找到好酒去贿赂他，那么风立刻就会刮起来了。"有两只狐狸自称说："我们善于迷惑人，能弄到这些。河东县尉崔知的三妹，长得淑良温存，娇嫩艳丽。绛州有位庐司户，擅长酿酒，他的妻子刚好生产，家中必定有好酒。"说完它们就走了，留下的那些鸟兽都高兴得欢呼起来。

那道士对那使者说："回忆起我在仙都生活的日子，怎么会想到我千年以来会变成野兽的身子，对没能实现自己的志愿而闷闷不乐，因此我暂且写了一首《述怀》诗。"于是吟咏道："昔为仙子今为虎，流落天涯足风雨。更将斑毳被余身，千载空山万般苦。""但我受贬谪的时间已经快满了，只剩下十一天，我就可以回到仙境去了。长久住在这里，即将离开时心中仍不免有一些遗憾，因此我准备在墙壁上题写几行字，以便让后人知道我曾经在这里居住过。"于是提笔在北面墙壁上写道："下玄八千亿甲子，丹飞先生严含质。谪下中天被斑革，六十甲子血食涧。饮厕猿狖下浊界，景云元纪升太一。"那打柴的人素来懂得读书识字，因而暗中把这些字牢牢地记了下来。

不一会儿，一只老狐狸便背着一位美女来了。那美女才刚刚十五岁，用红衣襟擦拭着眼睛，虽是残妆，却显得非常娇柔妩媚。接着又囊中，以朱书一符，取水噀之，二囊即飞去。薪者惧且为所见，即寻路却回。未明，风雪暴至，竟日乃罢，而萧使君不复猎矣。（出《玄怪录》）

有一只狐狸背来了两瓶美酒，香气浓烈。严四就把那美女以及两瓶美酒，各自装进了两个口袋里，接着用朱红笔各画了一道符，拿水喷在符上，那两个口袋便飞走了。那个打柴的人害怕被他们发现，于是立刻寻找道路退了回去。天还没亮时，风雪便突然来了，整整一天后才停止，而萧使君那天便没有再外出打猎了。（出《玄怪录》）

# 卷第四百四十二 畜兽九



## 狼

### 狼 狈

狼大如狗，苍色，作声诸窍皆沸，䏶中筋大如鸭卵，有犯盗者熏之，当令手挛缩。或言狼筋如织络小囊，虫所作也。狼粪烟直上，烽火用之。或言狼狈是两物。狈前足绝短，每行常驾两狼，失狼则不能动。故世言事乖者称狼狈。（出《酉阳杂俎》）

### 狼 冢

临济郡西有狼冢，近世有人曾独行于野，遇狼数十头，其人窘急，遂登草积上。有两狼，乃入穴中，负出一老狼。老狼至，以口拔数茎草，群狼遂竞拔之，积将崩，遇猎者救之而免。其人仍相率掘此冢，得狼百余头，杀之。疑老狼即狈也。（出《酉阳杂俎》）

# 狼

## 狼狈

狼长得像狗一般大小，全身深青色，吼叫时各窍穴都会沸腾，大腿中的筋就如鸭卵一般大。有个盗窃犯曾用火来熏烤，可以让手挛缩。有的人说狼筋就像编织的囊袋一样，是由虫子形成的。狼粪燃烧产生的烟会笔直向上，一般用来点烽火。有的人说狼与狈是两种动物。狈的前足很短，每次出行时常常趴在由两只狼所衔的木棍上，没有了狼便无法行动，所以世人都把那些相互勾结在一起做坏事的人叫狼狈为奸。（出《酉阳杂俎》）

## 狼冢

在临济郡的西边有一座狼冢，近代有人曾独自行走在野外，遇到了数十头狼。那人非常困迫危急，于是爬到了一个草堆上。有两只狼，于是进入狼穴中，背着一老狼出来了。老狼到了后，便用口拔出了几根草，于是群狼也都学着拔起草来。很快草堆便要崩塌了，幸好遇上了猎人相救使得那人幸免于难。猎人仍旧相继掘开了狼冢，发现了一百多头狼，将它们都杀了。他们怀疑那头老狼便是一头狈。（出《酉阳杂俎》）

## 冀州刺史子

唐冀州刺史子，传者忘其姓名。初，其父令之京，求改任。子往，未出境，见贵人家宾从众盛，中有一女容色美丽，子悦而问之，其家甚愕，老婢怒云："汝是何人，辄此狂妄。我幽州卢长史家娘子，夫主近亡，还京。君非州县之吏，何诘问顿剧？"子乃称父见任冀州，欲求姻好。初甚惊骇，稍稍相许。后数日野合，中路却还。刺史夫妻深念其子，不复诘问，然新妇对答有理，殊不疑之。其来人马且众，举家莫不忻悦。经三十余日。一夕，新妇马相蹋，连使婢等往视，遂自拒户。及晓，刺史家人至子房所，不见奴婢，至枥中，又不见马，心颇疑之，遂白刺史。刺史夫妻遂至房前，呼子不应，令人坏窗门开之，有大白狼冲人走去，其子遇食略尽矣。（出《广异记》）

## 王含

太原王含者，为振武军都将。其母金氏，本胡人女，善弓马，素以犷悍闻。常驰健马，臂弓腰矢，入深山，取熊鹿狐兔，杀获甚多，故北人皆惮其能而雅重之。后年七十余，以老病，遂独止一室，辟侍婢，不许辄近左右。至夜，即扃户而寝。往往发怒，过杖其家人辈。后一夕，既扃其户，家人忽闻轧然之声，遂趋而视之。望见一狼，自室内开户而出。天未晓，而其狼自外还，入室又扃其

## 冀州刺史子

唐朝时冀州刺史的儿子，讲述的人已忘记了他的姓名。当初，他的父亲让他前往京城，想找人请求改任到别的岗位。刺史的儿子出发后，还没有离开冀州境内，在路上遇到了一个达官贵人的车马，前后有很多宾客和随从。车中坐着一位女子，容貌非常美艳。刺史之子见了非常喜欢，便上前询问。这女子的家人感到非常惊讶，其中一名老婢女怒斥道："你是什么人？竟然敢如此狂妄！我们主子是幽州卢长史的妻子，丈夫刚刚去世，现在要返回京城。你不是州县的官员，为什么这样逼问？"于是刺史之子告诉他们，自己的父亲是冀州刺史，自己想与女子结成婚姻。女子刚开始感到非常震惊，稍后才答应了刺史之子的请求。后来几日，刺史之子与美女野合，到了半路时又带女子返回了家中。刺史夫妇平素非常宠爱这个儿子，所以没有再深究，况且新妇对答得体，丝毫没有怀疑她。女子来时带的人马众多，刺史一家见了无不欢心。这样过了三十多天。一天傍晚，女子带来的马互相踢咬，骚动不安起来，刺史接连派婢女前去查看，而新妇却将自己家从里面闩上了门。第二天一早，刺史家的仆人来到新妇家，却不见了众多奴婢；来到马厩，厩里的马匹也不见了。仆人觉得很可疑，于是急忙将此事禀告给了刺史。刺史夫妇急忙赶到儿子房前，呼喊儿子却没有回应。于是刺史让人强行破开门窗，一头大白狼从房间里冲开众人跑了出去，刺史的儿子已经被啃食殆尽了。（出《广异记》）

## 王　含

太原有个叫王含的人，任振武军都尉之职。他的母亲金氏，本是胡人之女，善于骑马射箭，因为粗野强悍而闻名。她常常骑着健马，臂挽长弓，腰挎箭矢，进入深山，猎取熊、鹿、狐、兔，猎杀的收获非常丰盛，所以北方人既忌惮她的能力又非常敬重她。后来当她七十多岁时，因年老患病，于是独自居住一室，支开了侍婢，不许她们靠得太近。到了晚上，便早早关上门窗睡觉了。还经常发怒，用杖门。家人甚惧，具白于含。是夕，于隙中潜窥，如家人言。含忧悸不自安。至晓，金氏召含，且令即市麋鹿。含熟以献，金氏曰："吾所须生者耳。"于是以生麋鹿致于前，金氏啖立尽。含益惧，家人辈或窃语其事，金氏闻之，色甚惭。是夕既扃门，家人又伺而觇之，有狼遂破户而出，自是竟不还。（出《宣室志》）

## 正平县村人

唐永泰末，绛州正平县有村间老翁患疾数月，后不食十余日，至夜辄失所在，人莫知其所由。他夕，村人有诣田采桑者，为牡狼所逐，遑遽上树。树不甚高，狼乃立衔其衣裾，村人危急，以桑斧斫之，正中其额。狼顿卧，久之始去。村人平曙方得下树，因寻狼迹，至老翁家。入堂中，遂呼其子，说始末。子省父额上斧痕，恐更伤人，因扼杀之，成一老狼。诣县自理，县不之罪。（出《广异记》）

又其年，绛州他村有小儿，年二十许。因病后，颇失精神，遂化为狼，窃食村中童儿甚众。失子者不知其故，但追寻无所。小儿恒为人佣作，后一日，从失儿家过，失儿父呼其名曰："明可来我家作，当为置一盛馔。"因大笑曰："我是何人，更为君家作也？男责打家里的人。后来有一天晚上，已经关门睡觉了，家人忽然听到金氏房间传来了开门的声音，于是起身前往查看，只见一头狼从老太太的房间打开门出去了。天还没亮时，那头狼又从外面回来了，进入了老太太的房中后又关上了门。家人们很是害怕，于是将这都告诉了王含。这天晚上，王含偷偷从门缝中观察，果然像家人说的一样。王含为此也是惊悸不安。到了早上，金氏招来王含，让他马上到集市上去买鹿肉。王含买回后做熟了奉给母亲，金氏说道："我所需要的是生肉。"于是王含买来生鹿肉拿到母亲跟前，老太太狼吞虎咽一下就吃完了。王含更加害怕了，家人中也有人私下偷偷议论这件事。金氏听到了大家的议论，露出了惭愧的神色。这天晚上关门后，家人又偷偷前往观察，发现又有狼从金氏的房间里破户而出，从这之后再也没回来。（出《宣室志》）

## 正平县村人

唐朝永泰年末，绛州正平县有个村里的老翁生了几个月的病，后来便不能进食了。过了十多天，他一到晚上便经常失踪，家人也不知他到哪里去了。一天晚上，村中有个人到田间去采桑叶，被一只公狼追逐，情急之下这个村民爬到了一棵树上。这棵树不是很高，于是狼站立起来咬住了他的衣服。村民的形势非常危急，于是用斧子砍向了狼，正好砍中了公狼的前额。狼顿时便躺到了地上，好一会才离开。村民等到天亮才敢下树，因而循着狼的踪迹，来到了老翁的家中。进到屋子，便叫来老翁的儿子，对他说了遇到狼的始末。儿子查看到父亲的额头上有斧痕，担心他再次伤人，于是就将他掐死了，结果老翁死后就变成了一头狼。儿子到县里去自首，县官没有治他的罪。（出《广异记》）

还是在这一年，绛州另外一个村子有个年轻人，二十岁左右。因为生病了，精神恍惚，于是变成了一头狼，偷吃了村里很多小孩。丢失了孩子的人家不知道其中缘故，只是到处寻找。这个年轻人以前经常帮别人做工。后来有一天，他从一个丢失孩子的人家门前路过，丢失孩子的父亲叫他的名字，说："明天可以来给我干活，我给你做一儿岂少异味耶！”失儿父怪其辞壮，遂诘问，答云：“天比使我食人，昨食一小儿，年五六岁，其肉至美。”失儿父视其口吻内有臊血，遂乱殴，化为狼而死。（出《广异记》）

## 张某妻

晋州神山县民张某妻，忽梦一人衣黄褐衣，腰腹甚细，逼而淫之，两接而去。已而妊娠，遂好食生肉，常恨不饱。恒舐唇咬齿而怒，性益狠戾。居半岁，生二狼子，既生即走，其父急击杀之。妻遂病恍惚，岁余乃复，乡人谓之狼母。（出《稽神录》）

# 熊

## 子路

东土呼熊为子路，以物击树云：“子路可起。”于是便下，不呼则不动也。（出《异苑》）

熊胆，春在首，夏在腹，秋在左足，冬在右足。（出《酉阳杂俎》）

## 昇平入山人

晋昇平中，有人入山射鹿，忽堕一坎，窅然深绝，内有数头熊子。须臾，有一大熊入来，瞪视此人，人谓必以害己。良久，出藏果栗，分与诸子。末后作一分，以置此人前。此人饥久，于是冒死顿好吃的。”年轻人听后因此大笑道：“我是什么样的人啊？能给你家做工？男子汉还缺少好吃的吗？”丢失孩子的父亲奇怪他为什么说出这样的豪言壮语，便紧紧追问。年轻人回答说：“上天让我吃人。我昨晚才吃了一个小孩，五六岁，他的味道非常好。”丢失孩子的父亲看到年轻人的嘴角还带着血迹，于是痛打了年轻人一顿，而年轻人便化成狼后死了。（出《广异记》）

## 张某妻

晋州神山县农民张某的妻子，一天忽然梦见了一个人身穿黄褐色衣服，腰腹部非常细小，逼迫并奸淫了她，来了两次后便离开了。不久张某的妻子便怀孕了，从此喜欢吃生肉，常常感觉吃不饱。她经常舐着嘴唇咬着牙齿发怒，性格也变得乖戾凶狠。半年后，她生下了两只小狼，一生下来就会走。他们的父亲张某急忙将他们杀死了。妻子便得了精神恍惚的病，一年多后才康复，乡里邻居称其为狼母。（出《稽神录》）

# 熊

## 子　路

东土一带的人称呼熊为“子路”，他们用东西敲打着树说：“子路可以起来了。”于是熊便爬下树来，不呼叫它们便不会动。（出《异苑》）

熊胆，春季时在熊的脑部，夏季时在它们的腹部，秋季时在它们的左脚上，冬季时在它们的右脚上。（出《酉阳杂俎》）

## 昇平入山人

晋朝太平年代时，有个人进山去猎鹿，忽然掉进了一个洞穴里。洞穴非常深，里面有几头小熊。不一会，有一头大熊回来了。大熊瞪着猎人，猎人以为大熊必定会杀了自己。好一会之后，大熊拿出了收取啖之，既转相狎习。熊母每旦觅食果还，辄分此人，此人赖以延命。后熊子大，其母一一负将出。子既尽，人分死坎中，穷无出路。熊母寻复还，入坐人边。人解意，便抱熊之足。于是跳出，遂得毋他。（出《续搜神记》）

## 黄秀

邵陵高平黄秀，以宋元嘉三年入山，经月不还。其儿根生寻觅，见秀蹲空树中，从头至腰，毛色如熊，问其何故，答曰："天谪我如此，汝但自去。"生哀恸而归。逾年，伐山人见其形，尽为熊矣。（出《异苑》）

# 狸

## 董仲舒

汉董仲舒尝下帷独咏，忽有客来，风姿音气，殊为不凡。与论五经，究其微奥。仲舒素不闻有此人，而疑其非常，乃谓之曰："巢居却风，穴处知雨。卿非狐狸，即是老鼠。"客闻此言，色动形坏，化成老狸，蹶然而走。（出《幽明录》）

藏的果子分给小熊吃。最后分出了一份，放到了猎人面前。猎人这时饿了很久，于是大着胆子冒死拿过野果吃了起来。慢慢地，人与熊熟悉了起来。母熊每次外出寻找能吃的野果带回来后，都会分给猎人一份，猎人也靠这活了下来。后来小熊大些了，熊妈妈将它们一一背了出去。小熊都出去之后，猎人被困在洞中，找不到出去的办法。没想到母熊不久后又回来了，坐在猎人身边。猎人明白了熊的意思，便抱住了母熊的脚，于是母熊带着他跳出了洞穴，猎人因此得救了。（出《续搜神记》）

## 黄　秀

邵陵的高平有一个叫黄秀的人，南北朝宋元嘉三年时进入了山林，过了几个月也没有回来。于是他的儿子根生进到山中寻找，结果发现黄秀蹲在一棵大树的树洞里，从头到腰都长出了长毛，跟熊一样。根生忙问他是怎么回事，黄秀回答说："这是老天惩罚我。你只管自己离开就是了。"根生十分悲伤，哭着回家了。过了一年多，一些进山伐木的人在山中又看到了黄秀，不过他已经彻底变成一头熊了。（出《异苑》）

# 狸

## 董仲舒

汉朝时，董仲舒曾有一次独自坐在帷帐里吟咏诗书，忽然来了一个客人，这人的风姿与说话的声音语气，都十分不凡。董仲舒与他谈论五经，能探究其中奥妙。董仲舒素来没有听说过这人，不禁对他的身份起了怀疑，于是对他说道："住在巢中的动物能预知何时起风，住在洞穴中的动物能预知何时下雨。您不是狐狸，便是老鼠！"那人听到这话后，脸色瞬间大变，再也维持不住外形，化作一只老狸猫，突然起身逃走了。（出《幽明录》）

## 张华

张华字茂先，晋惠帝时为司空。于时燕昭王墓前，有一斑狸，积年能为幻化，乃变作一书生，欲诣张公，过问墓前华表曰：“以我才貌，可得见张司空否？”华表曰：“子之妙解，为无不可，但张司空智度，恐难笼络。出必遇辱，殆不得返，非但丧子千岁之质，亦当深误老表。”书生不从，遂诣华。华见其总角风流，洁白如玉，举动容止，顾盼生姿，雅重之。于是论及文章，辨校声实，华未尝闻此。复商略三史，探赜百家，谈老庄之奥区，被风雅之绝旨，包十圣，贯三才，箴八儒，擿五礼，华无不应声屈滞，乃叹曰：“天下岂有此年少！若非鬼怪，则是狐狸。”书生乃曰：“明公当尊贤容众，嘉善而矜不能，奈何憎人学问？墨子兼爱，其若是耶？”言卒，便请退。华已使人防门，不得出，既而又谓华曰：“公门置甲兵栏骑，当是疑于仆也。将恐天下之人，卷舌而不言；智谋之士，望门而不进。深为明公惜之。”华不应，而使人御防甚严。

## 张华

张华，字茂先，晋惠帝时担任司空一职。当时燕昭王的墓前住着一只花狐狸，随着年岁的变换，它居然修炼出了让自己的外形变幻的能力。于是它变成了一个读书人的模样，准备前去拜访张华。出发前它询问墓前的千年华表木说："凭我现在的才能相貌，可以去见张司空吗?"华表木说："您的长处在于辩解，当然没有什么不可的。只是张司空的才智气度，恐怕难以拉拢亲近。你这一去必定会遭受屈辱，可能还会回不来，不但会让您丢失千年修炼得来的体质，也会让我深受其害。"狐狸没有听从华表木的劝告，于是拿着自己的名帖去拜见张华。张华看见他年纪轻轻且风流倜傥，肌肤洁白如玉，行为举止从容不迫，转眼回望间风姿横生，所以非常敬重他。于是狐狸就论起了文章的优劣成败，并评判了各位文人的名声与实际。张华从来没有听到过这样的评论，狐狸又谈起了三史，探求起诸子百家的精微义理来，畅谈了《老子》《庄子》的玄妙之处，揭示了《风》《雅》的非凡意旨，概括了颜渊、闵子骞、冉伯牛、仲弓、宰我、子贡、冉有、季路、子游、子夏十哲的学问，贯通了天文、地理、人事三才的事理，针砭子张、子思、颜氏、孟氏、漆雕氏、仲良氏、孙氏、乐正氏八个儒家学派的得失，挑剔吉礼、嘉礼、宾礼、军礼、凶礼五种礼法的弊端，对此张华无不应对迟钝，甘拜下风。于是张华叹息道："天底下怎么会有这样的年轻人！如果不是鬼魅，就一定是狐狸。"于是便打扫了床榻挽留狐狸住下，并留下人来防范狐狸。狐狸所幻的书生便说道："您应该尊重贤能的人才，宽容普通的百姓，嘉奖聪明能干的人而同情没有能力的人，怎么能嫉恨别人有学问呢?墨子能兼爱天下的人，他曾像你这样吗?"说完，便请求告辞。但张华已经让人守住了门，狐狸没能出去。过了一会儿狐狸又对张华说："您门口部署了士卒挡道，该是对我有怀疑了吧。你这样恐怕会让天下的人，从此卷起舌头不再和您说话；令足智多谋的贤士，望着您的家门而不敢进来。我深深为您感到可惜。"张华没有理睬他，反而让人防守得更加严密了。

丰城令雷焕，博物士也，谓华曰："闻魑魅忌狗，所别者数百年物耳。千年老精，不复能别，唯有千年枯木，照之则形见。燕昭王墓前华表，已当千年。"乃遣人伐之。使人既至，华表叹曰："老狸自不自知，果误我事。"于华表空中，得青衣小儿，长二尺余，将还至洛阳，而变成枯木。燃之以照书生，乃是一斑狸。茂先叹曰："此二物不值我，千年不可复得。"（出《集异记》）

## 山中孝子

晋海西公时，有一人母终，家贫无以葬，因移柩深山。于其侧作屐，昼夜不休。将暮，有一妇人抱儿来寄宿。转夜，孝子作屐不已。妇人求眠，于火边睡，乃是一狸抱一乌鸡。孝子因打杀，掷后坑中。明日，有男子来问："细小昨行以寄宿，今为何在？"孝子云："一狸，即已杀之。"男子曰："君枉杀吾妇，何诬得言狸，狸今何在？"因共至坑视，狸已成妇人。男子因缚孝子赴官，应偿死，乃谓令曰："此实妖魅，但出猎犬则可知。"魅复来催杀孝子。令因问猎事："能别犬否？"答云："性畏犬，亦不别也。"因放犬，便化为老狸，乃射杀之。视妇人，已复成狸矣。（出《法苑珠林》）

这时候丰城县的县令为雷焕，他是个广闻博见的人。他对张华说道："我听说鬼魅特别怕狗，因为狗能识别出修炼了几百年的怪物。但如果是修炼了上千年的老精怪，狗便无法再识别了。只有搞到千年以上的枯木，点燃后来照它便会让它现出原形。燕昭王坟前的华表木，应当已经有千年的历史了。"于是张华便派人前去燕昭王坟前砍伐华表木。砍伐的人到了燕昭王坟前后，华表木叹息道："老狐狸自己不明智，果然坏了我的大事啊！"砍伐的人在华表木的空心中，发现了一个青衣小孩，长约二尺多。他们将青衣小孩带回了洛阳后，青衣小孩变成了枯木。张华让人将枯木燃烧起来，然后用来照狐狸所化的书生，原来是一只花狐狸。张华感叹道："这两样东西如果不是碰上我，恐怕过了千年也不可能被发现啊。"（出《集异记》）

## 山中孝子

晋废帝海西公时，有一个人的母亲寿终了，因为家中非常贫穷而没有钱来安葬母亲。于是他只得将母亲的棺柩移到深山，而自己则在棺旁搭了个凉棚，一边看守棺材一边做木鞋，彻夜不休，以此来换取安葬的费用。一天快傍晚的时候，有个妇人怀中抱着一个小孩前来寄宿。到了半夜，孝子还在不停地做着鞋子，但妇人却想休息，于是她与她的孩子便在火边睡着了。没想现出了原形，原来只是一只狸猫抱着一只乌鸡罢了。孝子于是将她们打死了丢在后边的坑中。第二天时，有个中年男子前来问孝子说："我家妻儿昨天出行，因晚了借宿在你这，请问她们现在到哪去了？"孝子说道："我只见到了一只狸猫，当时就被我打杀了。"那中年男子听后愤怒说道："你错杀了我的妻子，为什么还要诬蔑她是狸猫？狸猫在哪里？"孝子听后和那中年男子一起来到后坑中查看，却见那狸猫和乌鸡又变成了妇人和孩童。于是中年男子绑了孝子前去见官，要让他以死偿命。孝子对审判官员说道："他们都是妖魅，只要用猎犬来一辨别就可知晓。"妖魅中年男子闻言面色大变，急忙催促赶快将孝子杀了。审判官员唤来猎人问道："猎犬能分辨出妖魅吗？"猎人回答道："天性怕狗的妖魅

## 淳于矜

晋太元中，瓦棺佛图前淳于矜年少洁白，送客至石头城南，逢一女子，美姿容。矜悦之，因访问。二情既洽，将入城北角，共尽忻好。便各分别，期更克集，将欲结为伉俪。女曰："得婿如君，死何恨！我兄弟多，翁母并在，当问我翁母。"矜便令女归，问其翁母，翁母亦愿许之。女因敕婢取银百斤，绢百匹，助矜成婚。经久，生两儿，当作秘书监。明果驺卒来召，车马导从，前后部鼓吹。经少日，有猎者过，觅矜。将数十狗，径突入，咋妇及儿，并成狸。绢帛金银，并是草及死人骨。(出《玄怪录》)

## 刘伯祖

晋博陵刘伯祖为河东太守，所止承尘上，有神能语。京师诏书每下，消息辄豫告伯祖。伯祖问其所食啖，欲得羊肝。买羊肝，于前切之，脔随刀不见。两羊肝尽，有一老狸，露形在案前。视者举刀欲砍之，伯祖呵止，自举著承尘上。须臾，大笑曰："向者啖肝醉，忽失形，与府君相见，大惭愧。"后伯祖当为司隶，神复先语伯祖："某月某日书当到。"到期如言，及入司隶府，神随逐承尘上，辄言省内事。伯祖大恐惧，谓神曰："今职在刺举，左右贵人可以分辨出来，相反则不能！”于是让猎人放出了猎狗，中年男人瞬间便化成了一只狸猫，于是将它射杀了。再去看那妇人的时候，也已经再次变成了狸猫。（出《法苑珠林》）

## 淳于矜

晋朝太元年中，瓦棺寺的佛图前有个少年，姓淳名于矜，年少而肤白。一天他送客到石头城南时，碰上了一个女子，她姿态优雅，仪容美丽。淳于矜见了非常倾心，于是鼓起勇气上前搭讪。两人情投意合，即将进入城北角时，二人情意绵绵，共尽欢好，然后便各自分别，并期待能够再次相会，希望能够结成伉俪。女子道：“能得夫如君，即便死又何妨？但是我兄弟多，父母也都还健在，婚姻大事，还需问过我父母的意见。”于是淳于矜让女子归家，问取双亲的意见。女子双亲也应允了。女子因此暗地里派遣奴婢取来一百两银子，一百匹布绢，送给淳于矜助其提亲成婚。几年后，他们生下了两个孩子，淳于矜也将要出任秘书监之职。第二日清晨，果然便有仆役前来接淳于矜前往赴任。当时车马在前开路，后面鼓乐齐鸣。淳于矜走后几天，有打猎的人从这经过，因与淳于矜是旧相识，于是前来拜访。猎人带着几十条狗径直进入他家，发现他妻子和孩子后便上前扑咬。他妻子及两个孩子被咬死后一起变成了三只狐狸，家中的那些金银锦帛，也都化成草以及死人骨。（出《玄怪录》）

## 刘伯祖

晋朝时博陵县人刘伯祖在任河东郡太守的时候，住所的天花板上有一个神灵，会说话。每当京城有诏书文诰送来时，神灵就会预先告诉刘伯祖。有一次刘伯祖问神灵要吃什么，神灵说想吃羊肝。刘伯祖就买了羊肝，让人在办公桌前切碎，一块块羊肝随着刀落就不见了。就这样一直吃完了两只羊的肝。忽然有一只老狐狸，出现在了刘伯祖的办公桌前。发现了它的人举刀就想砍它，刘伯祖急忙喝住了，亲自将老狐狸送到了天花板上。过了一会儿，老狐狸大笑道：“刚

闻神在此，得以相害。”神答曰：“如府君所虑，当相舍去。”遂绝无声。（出《法苑珠林》）

## 吴兴田父

吴兴一人，有二男，田中作时，尝见父来骂詈赶打之，儿归以告母。母问其父，父大惊，知是鬼魅，便令儿斫之，鬼便寂不往。父忧恐儿为所困，便自往。儿谓是鬼，便杀而埋之。鬼遂归，作其父形。且语其家，二儿已杀妖矣。积年不觉，后一师过其家，语二儿云：“君尊侯有大邪气。”儿白父，父大怒。师便作声入，父即成一老狸，入床下，遂擒杀之。向所杀者，乃真父也。改殡治服，一儿遂自杀，一儿忿懑亦死。（出《搜神记》）

## 孙乞

乌伤县人孙乞，义熙中，赍文书到郡。达石亭，天雨日暮。顾见一女，戴青伞，年可十六七，姿容丰艳，通身紫衣。尔夕，电光照室，乃是大狸。乞因抽刀斫杀。伞是荷叶。（出《异苑》）

才我吃羊肝太得意了，忽然现出了原形，被府君看见了，很是惭愧。”后来刘伯祖将被任命为司隶校尉，狐仙又预先告诉刘伯祖说：“某月某日，诏书就应当到达了。”到时果然像狐仙所说的一样。等到刘伯祖进入司隶府后，狐仙依旧随着他住在了天花板上，总是告诉他一些中央政府内的事情。刘伯祖为此非常恐惧，对狐仙说：“我现在的职责是侦查检举官吏的违法行为，如果身边的亲信权贵们听说有神仙在这里，只怕会来害我。”狐仙回答说：“如果真如您所忧虑的那样，那么我应当离开你了。”从此就再也没有了声音。（出《法苑珠林》）

## 吴兴田父

晋朝时吴兴郡有一个人，生了两个儿子。一天，两个儿子在田中劳作时，被父亲大骂并追打。儿子们回家后将这事告诉了母亲，母亲便问他们的父亲。父亲听了大吃一惊，知道这是鬼魅，便叫儿子前去将它砍死，这样鬼魅便会安静下来不再去了。父亲担心儿子会被鬼魅所困，于是决定亲自前去看看。儿子以为他是鬼魅，就将父亲杀死埋了。于是那鬼魅马上回家，变成了他父亲的样子，并且告诉他家里的人，两个儿子已经将鬼魅杀死了。这事过了好几年大家都没有发觉。后来有一位法师来他们家拜访，他对两个儿子说：“你们的父亲身上有很严重的邪气。”儿子将这话告诉了父亲，父亲听了非常恼火。于是法师念念有词进入屋内，父亲立即变成了一只老狐狸，钻到了床下，最终被法师抓住杀掉了。大家这才知道，之前杀掉的才是真正的父亲。于是他们重新为父亲改葬服丧，一个儿子也因此自杀，而另一个儿子也因气愤懊悔而死。（出《搜神记》）

## 孙乞

东晋时乌伤县有个叫孙乞的人，义熙年间前往郡里送文书。到达一处石亭时，下起了雨。忽然他发现亭子里有一个女子，打着青伞，十六七岁，姿容丰满美艳，全身穿着紫衣。当晚，雷光照亮了亭子，在

## 黄审

句容县麋村民黄审于田中耕，有一妇人过其田，自塍上度，从东适下而复还。审初谓是人，日日如此，意甚怪之。审因问曰：“妇数从何来也？”妇人少住，但笑不言，便去。审愈疑之，预以长镰伺其还，未敢斫妇，但斫所随婢，妇化为狸走去，视婢，但狸尾耳。审追之不及。后人有见此狸出坑头，掘之，无复尾焉。（出《搜神记》）

## 留元寂

长山留元寂，宋元嘉十九年曾捕得一狸，剖腹得一狸，又破之，更获一狸，方见五脏。三狸虽相包怀，而大小不殊。元寂不以为怪，以皮挂于屋后。其夜，有群狸绕之号呼，失皮所在。元寂家亦无他。（出《异苑》）

## 郑氏子

近世有郑氏子者，寄居吴之重玄寺。暇日登阁，忽于阁上见妇人，容色甚美，因与结欢。妇人初不辞惮，自后恒至房，郑氏由是恶其本妻，不与居止。常自安处者数月，妇人恒在其所。后本妻求高行尼，令至房念诵，妇人遂不复来。郑大怒：“何以呼此妖

雷光照射下那女子竟然变成了一只大狐狸。孙乞因此抽刀砍死了大狐狸，发现伞其实是荷叶。（出《异苑》）

## 黄审

句容县麋村的村民黄审，一次在田地里耕作时，有个妇人经过他的田地。她从田埂上经过，从东边刚下去后却又转回来了。黄审一开始还以为她是人，但她每天都这样，对此他觉得非常奇怪。于是黄审就问道："请问你这妇人是从什么地方来的啊？"那妇女稍稍停留了一下，只是向他笑了笑，没有说话，接着便走了。黄审更加怀疑她了，于是便预先准备好了长镰等候妇人回来。但他还是不敢砍那妇女，只是砍了跟在她身后的婢女，而那妇女就变成狐狸逃跑了。再看那婢女，原来只是一条狐狸尾巴。黄审又去追那狐狸却没追上。后来有人曾看见这狐狸在一个地洞出没，于是便将它挖了出来，发现它没有再长尾巴了。（出《搜神记》）

## 留元寂

刘宋时期长山的留元寂，曾在元嘉十九年时捕捉到了一只狐狸，剖开它的腹部后又得到了一只狐狸；将新的狐狸腹部剖开后，再次得到了一只狐狸，再次剖开才看到了五脏。三只狐狸虽然相互包裹，但大小却没什么差别。留元寂也不以为怪，于是将三只狐狸皮挂在屋后。当天晚上，便有一群狐狸围绕着狐狸皮不停嗥叫，而后三只狐狸皮也不知道去了哪里。而留元寂家也没有什么事发生。（出《异苑》）

## 郑氏子

近代有个郑氏家的儿子，寄居在吴地的重玄寺。一天空闲的时候，他来到阁楼上玩耍，忽然看到阁楼上有一个妇人，容貌长得很美丽。郑氏之子想与她交欢，妇人并没有胆怯拒绝，从这之后妇人便经常到他的房间里来。郑氏之子从此之后开始厌恶自己的妻子，尼，令我家口不至？”尼或还寺，妇人又至，尼来复去，如是数四。后恒骂其妻，令勿用此尼。妻知有效，遂留尼在房，日夜持诵。妇人忽谓郑曰：“曩来欲与君毕欢，恨以尼故，使某属厌。今辞君去矣，我只是阁头狸二娘耳。”言讫不见，遂绝。（出《广异记》）

## 晋阳民家

晋阳以北，地寒而少竹，故居人多种苇成林，所以代南方之竹也。唐长庆初，北都有民，其家地多林苇。里中尝有会宴，置余食于其舍。至明日，辄不知其所在。其民有贮缯帛于其室者，亦亡之。民窃异焉。后夜闻婴儿号者甚众，迫而听之，则阒然矣。明夕又闻，民惧且甚。后一日，乃语里中他民曰：“数多闻林中有婴儿号，吾度此地不当有婴儿，惧其怪耳。”即相与芟除其林，薙其草。既穷，得一穴，中有缯帛食器。见野狸十余，有嚬而俯者，呻而仰者，瞬而乳者，偃而踞者，嗷嗷然若相愁状。民尽杀之，自是里民用安其居。（出《宣室志》）

不再与妻子一起居住。就这样过了几个月后，那个妇人便一直待在了郑氏之子的房间。后来郑氏妻子找来德行高深的尼姑，到他的房间中念经，于是那妇人没有再来。郑氏之子为此大怒道："你为什么叫来这个妖尼，赶走了我的家人？"尼姑返回尼庵后，那妇人又回到了这里，当尼姑来后她便又离开了，这样反复了多次。此后郑氏之子经常骂他的妻子，让她不要叫那尼姑再来。妻子知道尼姑念经有效，便将尼姑留在郑氏之子房中，日夜不停地诵经念佛。有一天那妇人忽然对郑氏之子说："我本来想和你欢聚一生，但是因为这个可恨尼姑的缘故，让我感觉到厌烦了。今天我将要与你告别了，我只是阁头的狸二娘。"说完便不见了，再也没有来过。（出《广异记》）

## 晋阳民家

晋阳以北地区，因气候寒冷而竹子稀少，所以当地的人大多种植了成片的芦苇，用来代替南方的竹子。唐朝长庆初年，北都太原有个农民，家中种了一大片芦苇。乡里有人家中曾举办了一次宴会，将剩下的食材都寄放在他家里。第二天的时候，这些剩余的食材却丢失不见了，他自己储藏在家中的布匹也不见了。大家都觉得非常奇怪。后来的一个晚上，他听到芦苇丛中传来了很多婴儿的哭声。当他顺着声音靠近寻找时，哭声又戛然而止。第二天晚上又听到了哭声，这人对此非常害怕。第二天后他便对邻居们说："我几次听到芦苇丛里有婴儿的哭声，但我想这里不应该有婴儿出现，这种奇怪的现象实在是让人害怕。"于是便与大家聚在一起，割掉了芦苇丛，除掉了草。当把所有的东西除掉后，发现了一个地洞，挖开后，发现丢失的布匹和食物器具都在里面。在里面，还发现了十多只野狐狸，有的时而坐时而卧，有的呻吟着仰面躺在地上，有的在闭着眼睛吃奶，有的则半躺半坐在地上，哀号着都很发愁的样子。大家将所有的狐狸都打死了，从这之后乡民们再也没有丢过东西。（出《宣室志》）

# 猬

## 费 秘

梁末，蜀人费秘刈麦，值暴风雨，隐于岩石间避雨。去家数里，遥望前路，有数十妇人，皆着红紫襕衣，歌吟而来。秘窃怪田野何因有一群彩衣妇女，心异之。渐近，寂然无声，去秘数步，乃各住立。少时，悉转背向秘，秘到边过看之，其面并无眉耳鼻口，唯垂乌毛而已。于是秘惊怖，心迷闷倒地。至一更，秘父怪不来，把火寻之。见秘卧在道旁，左侧有十刺猬，见火争散走。秘至其家，百余日而死。（出《五行记》）

## 许钦明客

唐东都仁和坊有许钦明宅，尝有人于许氏厅事，冬夜燃火读书。假寐，闻虫鼠行声。密视，见一老母，通体白毛，上床就炉，炙肚搔痒。形容短小，不类于人。客惧，猝然发声大叫，妖物便扑落地，绝走而去。客以宅舍墙高，无从出入，乃一呼奴持火，院内寻索。于竹林中，见一大石。发石，得一白猬，便杀之。（出《西京杂记》）

# 猬

## 费秘

萧梁末年时，蜀中有个叫费秘的人在田中收割麦子，正好遇上了一阵暴风雨，于是便躲到一块大石头下面避雨。这里离他家不过几里远，他朝着前方路上张望，期望家人来接他，却发现了几十个妇人，都穿着红色、紫色的衣服，唱着歌一路走了过来。费秘便觉得纳闷，在这野外怎么会有一大群身着彩衣的妇女呢？心中很是惊奇。那群妇人逐渐走近了，忽然便没了声音，在距离费秘几步远时，便都站住不走了。过了一会儿，她们又都转过身去背对着费秘。于是费秘悄悄从道边绕到了她们前面查看，发现她们的脸上既没有眉毛耳朵，也没有鼻子嘴巴，只是垂着一缕缕乌黑的毛发而已。对此费秘惊骇至极，当即便神志不清，晕死了过去。到了夜间一更天时，费秘的父亲奇怪他为什么一直没有回家，便举着火把出来寻找。结果发现费秘倒在路边，身体左侧聚集着十多只刺猬，它们见到火光后便争先恐后地逃散了。父亲将费秘带回了家，过了一百多天后便死了。（出《五行记》）

## 许钦明客

唐朝时，许钦明在东都仁和坊有座房子。曾经有个客人，一个冬夜时在他家的厅堂里点了火来读书。当时客人在床上闭着眼睛休息，忽然他听到有老鼠走动的声音。他睁眼一看，发现一个老太太，浑身长满了白毛，坐到床上靠近火炉，边烘烤着腹部边搔痒。这个妇人身材矮小，不像是个人类。客人很是害怕，被吓得大叫了起来。妖怪于是跳到地上，快速逃走了。客人以为院墙很高，怪物应该没办法翻墙逃走，于是叫了一个仆人点上火把，在院子里四处搜索。当搜索到一处竹林时，看到了一块大石头。掀开大石头，在下面洞中抓到了一只白色刺猬，于是便将它杀掉了。（出《西京杂记》）

## 戏场猬

京国顷岁，街陌中有聚观戏场者，询之，乃云："二刺猬对打，既合节奏，又中章程。"时座中有将作李少监韫，亦云曾见。（出《尚书故实》）

猬见虎，则跳入虎耳。（出《酉阳杂俎》）

## 戏场猬

近年来，京城街道上经常有聚集在一起看戏园子的人。询问他们在看什么，他们说道："是两只刺猬在互相击斗，而且既合节奏，又符合规定。"当时在座的有将作少监李韫，他也说曾见过。（出《尚书故实》）

刺猬看见老虎，便会跳入老虎耳中来伤害老虎。（出《酉阳杂俎》）

# 卷第四百四十三　畜兽十



## 麞

### 吴唐

吴唐者，庐陵人也，少好射猎，矢不虚发。尝方春，将其子出猎，乃值一麞，将麑戏焉。麞觉有人气，引麑潜去。麑未知所畏，因前就唐，唐射之而死。麞惊还悲鸣，唐乃置麑净地，自藏草中。麞来俯舐顿伏，唐又射之，应弦而倒。既而又逢一麞，张弩之间，箭忽自发，激中其子。唐即投弓抱子，抚膺而哭，忽闻空中呼曰："吴唐，麞之爱子，与汝何异！"惊视左右，虎从旁出，遥前，搏折其臂，还家一宿而卒。（出《宣室志》）

### 李婴

有李婴者，与弟縚皆善用弩，曾射得一麞，解其四脚，悬置

# 麈

## 吴唐

有个叫吴唐的人，为庐陵人氏，年轻时喜欢打猎射箭，常常箭无虚发。曾经有一次刚到春天，他带着儿子外出打猎，正好发现一头母鹿带着一只小鹿准备出游。母鹿闻到了人的气味，于是带着小鹿准备悄悄离开。但小鹿却无所畏惧，因此走向前去靠近了吴唐，吴唐张弓引箭便将小鹿射死了。母鹿见状惊慌地悲鸣着跑了回来。吴唐将小鹿放到一片空地上，自己则隐伏到了草中。当母鹿过来俯下身子悲伤地舔抚小鹿时，他又发箭射向母鹿，母鹿应弦而倒。过了一会，他又发现了一只花鹿，他张弓引箭准备再射，箭却忽然主动射了出去，正好射中了他的儿子。吴唐当即丢了弓抱起爱子，捶着胸悲痛欲绝。忽然他听到空中有呼唤声说："吴唐啊！母鹿爱子的天性，与你有什么区别啊？"吴唐惊奇地抬头四处观望，这时一头猛虎却从旁边草丛中跳了出来，远远地猛扑向了吴唐，将他的手臂折断了，他回家过了一晚后便死了。（出《宣室志》）

## 李婴

有个叫李婴的人，与弟弟都擅长用弩。他们兄弟二人曾捕获了一树间，剖以为炙，列于火上。方欲共食，忽见山下有一神人，长三丈许，鼓步而来，手持大囊。既至，悉敛肉及皮骨，并列火上者于囊中，径还山去。婴与弟缗惊骇，莫知所措，亦竟无他焉。（出《鄱陟记》）

# 獐

## 刘幡

青州有刘幡者，元嘉初，射得一獐，剖腹，以草塞之，蹶然而起，俄而前走。幡怪而拔其塞草，须臾还卧，如此三焉。幡密录此种，以求其类，理创多验。（出《述异记》）

# 鹿

## 苍鹿

鹿千年为苍鹿，又五百年为白鹿，又五百年化为玄鹿。汉成帝时，中山人得玄鹿，烹而视其骨，皆黑色。仙方云："玄鹿为脯，食之，寿至二千岁。"余干县有白鹿，土人传千岁矣。晋成帝遣人捕得，有铜牌镌字在角后，云："宝鼎二年，临江所献苍鹿。"（出《述异记》）

## 科藤

合浦康头山有一鹿，额上戴科藤一枚，四条直上，各一丈许。（出《交州记》）

头鹿，砍掉四肢悬挂在树上，然后剖开去掉了内脏，放在火上准备烤熟了吃。正要一起吃的时候，忽然看到山下出现了一个巨人，高有三丈多，迈开大步走了过来，手中提着一个大口袋。来到兄弟二人跟前后，巨人将鹿皮、鹿骨以及火上烤着的鹿肉都装入了口袋，然后沿着小路回到山林中去了。李婴与弟弟李绦惊骇莫名，不知所措，但最后也没有什么祸事发生。（出《鄱陟记》）

# 獐

## 刘　幡

青州有个叫刘幡的人，元嘉初年时在山中射杀了一只獐子。他将獐子腹部剖开，将一团杂草塞进里面，没想到獐子竟蹶然而起，一会儿便向前走去。刘幡感到很怪异，于是又拔出了獐腹中的草团，獐子应声而倒，如此进行了三次。刘幡因此秘密培养这种獐子，企图能够创立出类似的新品种，以其经验治疗人类的创伤。（出《述异记》）

# 鹿

## 苍　鹿

鹿长到一千年后会变成苍鹿，又过五百年后会变成白鹿，再过五百年后成为玄鹿。汉成帝时，有个中山人得到了一头玄鹿，烹饪后发现它的骨头也都是黑色的。《仙方》中记载："将玄鹿的肉制作成肉干，吃了后可以活两千岁。"余千县有一头白鹿，当地人传说已经活了一千年了。晋成帝于是派人将它抓了起来，发现在它的角后边有铜牌镌字，说是宝鼎二年，临江县所进献的苍鹿。（出《述异记》）

## 科　藤

合浦的康头山上有一头鹿，额头上戴着一枚科藤，四条枝条一直上冲，各长约一丈。（出《交州记》）

雷郡有鹿，腥无味，不可食。俗云：海鱼所化。郡人尝见鱼首而身为鹿者，斯信矣。与鹰鸠雀雉之化奚异哉！（出《投荒杂录》）

## 铜环

胡向为虢州时，猎人杀一鹿，重一百八十斤，蹄下贯铜环，环上有篆字。博物者不能识。

## 鹿马

洮阳县东有华山，去县九十里，回跨峙堞，峰岭参差。昔有人因猎，见二鹿，其一者霜毛纯素，照耀山谷；一者五彩成文，焕烂曜日。猎人惊其奇异而不射。前行数里，见二人诃责云："使君何来，不见二马耶？"答云："唯见双鹿。"曰："吾为虞帝所使，至衡山，与安丘道士相闻。君所见鹿，是吾马也。"（出《录异记》）

## 紫石

晋安有东山樵人陈氏，恒见山中有紫光烛天。伺之久，乃见一大鹿，光自口出，设置捕而获之，刳其腹，得一紫石，圆莹如珠，因宝藏之，家自是富。至其孙，奢纵好酒，醉而玩其珠，以为石何神，因击碎之，家自是贫矣。（出《稽神录》）

雷郡有一头鹿，腥臭无味，不可食用。当地有传言，这是海鱼所化。当地郡人曾见到过脑袋为鱼而身体为鹿的动物，所以相信了这种说法。这与鹰、鸠、雀、雉的变化没有什么区别！（出《投荒杂录》）

## 铜环

胡向担任虢州刺史时，有个猎人捕杀了一头鹿，重一百八十斤，鹿蹄下贯穿着一个铜环，铜环上面刻有篆书，连知识渊博的人也无法识别。

## 鹿马

洮阳县的东面有座华山，离县城九十里，蜿蜒回旋，高高低低，峰岭参差。从前有人因上山狩猎，曾在山中见到过两头鹿，其中一头全身皮毛为纯白色，散发的光芒照耀着山谷；另一头全身为五彩条纹，五彩斑斓映耀着阳光。猎人对这种奇异的景象感到非常惊讶，所以没有发箭射击它们。猎人又前行了数里，遇见了两个人厉声责问他说："你从什么地方来？为什么我们的两匹马不见了？"猎人回答道："我只看见了两头鹿。"那两人听了说道："我们是虞帝的使者，要到衡山去，与安丘道士沟通消息。你所看见的鹿，便是我们的马。"（出《录异记》）

## 紫石

晋安有个居住于东山的樵夫陈氏，见到山中一直有紫色光芒在空中闪耀。等了一段时间后，便见到一头大鹿从那闪光的地方走了出来。他设下陷阱捕获了这头大鹿，刳其腹部，得到了一块紫色石头，圆莹如珠。于是陈氏将这块石头当作宝贝收藏了起来，而他家也从此变得富裕起来。到他的孙子时，生活非常奢侈且放纵好酒。一次在醉酒之后玩弄那块紫色石头，认为这石头没有什么神奇之处，因而将紫色石头击碎了。从这之后，他的家中再度变得贫穷了。（出《稽神录》）

## 陆绍弟

唐虞部郎中陆绍弟为卢氏县尉，掌时猎，遇鹿五六头临涧，见人不惊，毛斑如画。陆怪猎人不射，问之，猎者言："此是仙鹿也，射之不能伤，且复不利。"陆不信，强之。猎者不得已，一发矢，鹿带箭而去。及返，射者坠崖，折左足。（出《酉阳杂俎》）

## 唐玄宗

开元二十三年秋，玄宗皇帝狩于近郊，驾至咸阳原，有大鹿兴于前，赑然其躯，颇异于常者。上命弓射之，一发而中。及驾还，乃敕厨吏炙其腥已进，而尚食具熟俎献。时张果老先生侍，上命果坐于前，以其肉赐之，果谢而食。既食，且奏曰："陛下以此鹿为何如？"上曰："吾只知其鹿也，亦未知何如哉！"果曰："此鹿年且千岁矣，陛下幸问臣。"上笑曰："此一兽耳，何遂言其千岁耶？"果曰："昔汉元狩五年秋，臣侍武帝畋于上林。其从臣有生获此鹿而献者，帝以示臣。奏曰：'此仙鹿也，寿将千岁。今既生获，不如活之。'会武帝尚神仙，由是纳臣之奏。"上曰："先生绐矣！且汉元狩五年，及今八百岁。其鹿长寿，岂历八百岁而不为畋所获乎？况苑囿内麋鹿亦多，今所获何妨为他鹿乎？"果曰："曩时武帝既获此鹿，将舍去之。且命东方朔以炼铜为牌，刻成文字，以识其年，系于左角下，愿得验之，庶表臣之不诬也。"上即命置鹿首于前，诏内臣高力士验之。凡食顷，曾无所见。上笑曰："先生果谬矣！左角之下，铜牌安在？"果曰："臣请自索之。"即顾左右，命铁钳，钳出一小牌，实铜制者，可二寸许，盖以年月悠久，为毛革蒙蔽，始不见耳。持以进，上命磨莹视之，其文字刓弊，不可识矣。

## 陆绍弟

唐朝时虞部郎中陆绍的弟弟是卢氏县尉。他曾经看别人打猎，见到有五六头鹿到了水边，见到人也不怕，毛色的斑点就像画一样。陆绍的弟弟奇怪猎人为什么不射击，便询问猎人，猎人回答说："这是仙鹿。射它也没有办法伤到它，反而会使人不吉利。"陆绍的弟弟不相信，强硬让猎人射它。猎人没有办法，于是便射了一箭，鹿带着箭走了。等回去时，猎人便摔下山崖，摔断了左腿。（出《酉阳杂俎》）

## 唐玄宗

唐开元二十三年秋天，唐玄宗召集大臣前往近郊去狩猎。当他们的车驾行至咸阳郊外的原野上时，前面的蔓草间出现了一头大鹿。这头鹿的身躯特别高大，与一般常见的鹿很是不一样。唐玄宗命人用弓箭射它，一箭便射中了鹿颈。等唐玄宗一行回宫后，便下令让厨师将鹿的大腿烤了来吃，而尚食官却将整头鹿都烤熟了用俎装着拿了上来。当时通玄先生张果老先生正陪着玄宗皇上。玄宗请张果老先生坐上前来一块用膳，赐了几块鹿肉给他。张果老先生谢过玄宗，吃起了鹿肉。吃完之后，张果老先生对玄宗说道："陛下您是否知道这头鹿的来历？"唐玄宗道："我只知道这是一头鹿，也不知道它有什么样的来历。"张果老先生听后摇了摇头道："这头鹿已经有上千年的年纪了！今天有幸陛下问到了臣啊。"玄宗大笑道："这只不过是一头野兽，先生为什么出言说它已活了上千年呢？"张果说道："过去汉武帝元狩五年秋季时，臣跟随汉武帝在上林苑狩猎。当时有个跟随汉武帝的臣子捉到了这头鹿，并将它献给了汉武帝，汉武帝向我展示了这头鹿。于是我对汉武帝说：'这是一头仙鹿，快有上千年的寿命了。今天既然活着捉住了它，不如将它放生吧。'当时汉武帝崇尚仙道，因此便听从了我的建议。"唐玄宗听了张果老之言后笑道："先生是骗我的吧。且说汉元狩五年到现在，已经八百多年了。这头鹿即使长寿，怎么会这么多年也没有被狩猎之人捕获呢？何况上林苑内的鹿这么多，你怎么就知道今天捕获的这头鹿不是其他的鹿呢？"

上于是信果之不谬。又问果曰："汉元狩五年，甲子何次？史编何事？吾将征诸记传，先生第为我言之。"果曰："是岁岁次癸亥，武帝始开昆明池，用习水战，因蒐狩以顺礼焉，迨今甲戌岁，八百五十二年。"上即命按《汉史》，其昆明池，果元狩五年所开，其甲子亦无差。上顾谓力士曰："异乎哉！张果能言汉武时事，真所谓至人矣。吾固不可得而知也。"（出《宣室志》）

## 彭世

鄱阳乐安彭世，晋咸康中，以猎射为业。每入山，与子俱行。后忽蹶然而倒，化成一鹿，跳跃而去，其子终身不复弋猎。至孙却习其事，曾射一鹿，两角间有道家七星符，并其祖名字及乡居年月焉，睹之悔懊，自此永断射猎。（出《异苑》）

张果说道："当时汉武帝抓获这鹿后，准备将它放生。他命东方朔打造了一枚铜牌，在上面刻了字，记录了年月日，然后将其系在了这头鹿的左角下。希望陛下能够验证一下，以表证微臣不是胡说。"于是唐玄宗让人将鹿首拿到跟前，招来内臣高力士去验证。差不多一顿饭的时间，高力士左查右看，就是没有看到铜牌。唐玄宗笑道："先生你果然错了。此鹿的左角之下，哪里有铜牌？"张果老说道："请让为臣亲自来找吧。"于是他左看看右看看，让高力士找来了一把小钳子，在鹿左角下的皮肉中取出了一块小铜牌，确实是铜制的，约有二寸大小。大概是时间太长久了，铜牌被鹿的毛革蒙蔽，所以刚才没有找到。张果老拿着铜牌上前给玄宗看，玄宗让人将铜牌擦亮了仔细查看，上面的字迹磨损残缺，已很难辨认了。

但唐玄宗还是相信张果老先生的话是真的。他又问张果老道："请教先生，汉元狩五年，甲子是哪一年？那年发生了什么事情？我将查验众多史传。请张果老依次讲讲吧。"张果老回答道："汉元狩五年属癸亥年，汉武帝开始命人开掘昆明池，用来演习水战，因此进行了春狩和冬狩以顺从礼仪。到今年甲戌年，已经八百五十二年了。"唐玄宗随即招来史官查验汉史，昆明池果然是在汉元狩五年开凿的，而甲子年份也没有差错。他看着高力士感叹道："真是奇异啊！张果老能说出千年前汉武帝的事，真的是神仙啊！我原本是从来不知道这些事的。"（出《宣室志》）

## 彭世

晋代鄱阳郡乐安县有个叫彭世的人，生活在咸康年间，以打猎为生。每次入山打猎时，他都带着儿子一起。后来，彭世突然倒在了地上，变成了一头鹿，跳跃着走了。他的儿子自此后终生不再打猎，但到了他的孙子辈时又开始学习打猎了。他的孙子曾经射中了一头鹿，在鹿的两角之间有一道道家的七星符，还有其祖彭世的名字以及生活的年月。孙子看到这些之后十分悔恨，从此之后彭家的人永远不再狩猎了。（出《异苑》）

## 鹿娘

常州江阴县东北石筏山者，梁时有伐材人入此山，见有麀鹿产，仍闻小儿啼声。往视，见产一女子，因收取养之。及长，乃令出家为道士，时人谓之“鹿娘”。梁武帝为置观，名为圣观。（出《洽闻记》）

## 张盍蹋

昔张盍蹋、甯成二人，并出家于蜀云台山石室中。忽有一人，着黄练单衣，葛巾，到其前曰：“劳乎道士？”因以镜照之，见是一鹿。遂责问之曰：“汝草中老鹿，何敢诈为人形？”言讫，化成老鹿而走去。（出《抱朴子》）

## 车甲

陶潜《搜神记》曰：有一士人姓车，是淮南人，天雨，舍中独坐。忽有二年少女来就之，着紫缬襦，立其床前，共语笑。车疑之：天雨如此，女人从外来，而衣服何不沾湿？必是异物。其壁上先挂一铜镜，径数寸。回顾镜中，有二鹿在床前。因将刀斫之，而悉成鹿。一走去，获一枚，以为脯食之。（出《五行记》）

## 嵩山老僧

嵩山内有一老僧，结茅居薜萝间，修持不出。忽见一小儿独参礼，恳求为弟子，僧但诵经不顾。其小儿自旦至暮不退，僧乃问

## 鹿　娘

常州江阴市的东北有座石筏山。南梁时有个砍伐木材的人进入了这座山中，正好发现有头母鹿在生产，却听到了有小儿的啼哭声。于是他便前去查看，发现原来产下的是一女孩，因此他便收养了她。当小女孩长后，他便让她出家当了道士，当时的人称她为“鹿娘”。梁武帝时为她建造了道观，取名为“圣观”。（出《洽闻记》）

## 张盍蹋

过去魏晋时期，张盍蹋、宁成两个人，一起出家在蜀州云台山的石洞中修行。有一天，忽然有个穿着黄色长衫、戴着葛布头巾的人，来到两人跟前，说道：“我能不能请你们两位道士帮一个忙？”二人用古镜照了一下对方，发现是一头鹿，于是就呵斥道：“你是草中的老鹿，怎么敢假装扮成人？”说完，那人就变成一头老鹿跑开了。（出《抱朴子》）

## 车　甲

陶潜在《搜神记》中曾记载：有一个姓车的士人，淮南人氏。有一次天下着雨，于是便一个人闲坐在家中。忽然，有两个年轻貌美如花的少女靠了近来。她们穿着紫色的印花短袄，站立在车姓人的床前，一起呵呵地笑着。让车姓人疑惑的是，雨下得这么大，这两个女子从外面进来，可身上的衣服为什么没有被淋湿呢？她们必定是异物。车姓人家中的墙壁上之前挂着一面直径数寸的大铜镜，他回头从铜镜中看，发现居然是两头鹿站立在他的床前。于是他用刀砍向了两位女子，而她们都变成了鹿。后来一头鹿逃走了，另一头被他捕获，做成鹿肉干吃掉了。（出《五行记》）

## 嵩山老僧

嵩山中住着一位老和尚，他在山林间建造了一间茅草屋，潜心修行从不外出。忽然，有一个小孩子独自前来十分恭谨地向他礼拜，之曰："此深山内，人迹甚稀，小儿因何至？又因何求为弟子？"小儿曰："本居山前，父母皆丧，幼失所依，必是前生不修善果所致。今是以发愿，舍离尘俗，来求我师，实欲修来世福业也。"僧曰："能如是耶？其奈僧家寂寞，不同于俗人。志愿虽嘉，能从道，心惟一乎？"小儿曰："若心与言违，皇天后土，自不容耳，不惟我师不容也。"僧察其敏悟，知有善缘，遂与落发。小儿为弟子后，精进勤劬，罕有伦等。或演法于僧，僧不能对；或问道于僧，僧不能折。老僧深重之，以为圣贤也。后数年，时在素秋，万木凋落，凉风悲起，磎谷凄清。忽慨然四望，朗吟曰："我本长生深山内，更何人他不二门。争如访取旧时伴，休更朝夕劳神魂。"吟讫，复长啸。良久，有一群鹿过，小儿跃然，脱僧衣，化一鹿，跳跃随群而去。（出《潇湘录》）

## 王 祐

岐州西二十里王祐者，豪富之家也。第宅华丽，拟于贵显，常开馆舍，以待往来。至于珍馔芳醪，虽有千人诣之，曾不缺乏。忽一日，有一道士谒祐，自称华山道士学真，携一张琴，负一壶药，来求寄泊。祐性且好道，既问之，忻然出迎。延于深院，敬待倍常。道士问祐曰："君如是富，足敌侯伯之乐也。福则福矣，其如不贤。"祐笑而起拜。道士曰："君设食于门下，以俟贤俊耶？以恳求他收自己为弟子。但老和尚却只是一直念经，连看都没有看他一眼。这孩子便从早上一直等到了夜里，一直没有离开，老和尚这才问他道："在这深山老林里，人迹罕至，你这小孩子因何前来？又为什么想要做我的弟子？"这孩子答道："我本居住在山前，父母都过世了，我年纪幼小便失去了依靠，一定是前生没有修善果导致的缘故。所以我如今立下誓愿，甘愿抛弃尘俗，前来追随师父，确实是想要修得来生的福业。"老和尚说道："你果真能做到如此吗？但佛家弟子的生活寂寞冷清，与世俗人不同。你的志愿虽好，但你能始终如一保持你的悟道之心吗？"小孩子说道："如果我的心违背我的誓言，皇天后土自然不会容忍我，而不仅仅是师父您不会接纳我。"老和尚见他如此聪敏有悟性，心中知晓他确实和佛门有缘，于是为他剃度收为了弟子。这小孩自从成为老和尚的弟子后，便每天不知疲倦地修行佛法，很少有人能与他相比。他有时为老和尚说法，老和尚竟然无法应对；有时向老和尚请教问道，而老和尚也没能胜过他。老和尚非常看重这孩子，认为他是圣贤在世。几年之后，当时正是深秋，万木凋落，凉风含悲，幽静的溪谷一片凄凉冷清。这时小孩忽然感慨地长叹一声，凝望着四周，高声吟诵道："我本长生深山内，更何入他不二门。争如访取旧时伴，休更朝夕劳神魂。"吟诵完后，又昂首长啸。很久之后，有一群鹿从门前经过，这小孩见了心中跃然一动，忽然脱下身上的僧衣，化为了一头鹿，跳跃上前跟随着鹿群离开了。（出《潇湘录》）

## 王祐

在岐州西边二十里外的地方居住一户叫王祐的人家，是个豪富之家。家中的宅第非常华丽，就像那些显贵权势之家一样；常年开设了馆舍，以招待往来客人。至于那些山珍海味以及美酒，即便是有千人往来，也不曾缺乏过。忽然一天，有一个道士前来拜访王祐。他自称是华山的道士学真，带着一把琴，背着一壶药，前来请求寄宿于王祐家。王祐生性便喜欢道术，见道士询问，便高兴地出来迎接，将道士请到了内院，更是比往常加倍礼敬招待。道士问王祐道："你如此待饿者而饲之耶？若以待饿，方今天下安乐，余粮栖亩，人无乏绝，又何饲之？若以俟贤俊，则不闻君延一贤，揖一俊，足以知君自不贤耳。无讶我言，我恐君有凭痴之名，喧哗于人口，故以此直言以悟君，亦缘感君倍常敬仰我也。”祐遂慨然动容，再拜之。道士又曰：“我闻人之好乐，必有其师。事纵横者，实存游说之志；读《孙》《吴》者，那无争战之心哉！某手携一张琴，负一壶药者，岂独欲劳顿也？抑有旨耳。携琴者，我知琴有古风，欲人知我好古，又欲化人还淳朴，省浇浮也。负药壶者，我知人之多病，欲人知我有痊平人病之意也。我琴非止自化也，化人也。我药非止痊自病也，痊人病也。噫！君之富济于人，与夫家累千金，剥割人者则殊。如以古之豪贵之家待士，则怍矣。必以贤愚有别，慎保身名，无反招谤耳。”祐复再拜。道士乃命酒自酌。才曙，遽辞而去。祐令人潜侦之，见道士化一大鹿，西走不知所之。（出《潇湘录》）

## 杂说

江陵松滋枝江村射鹿者，率以淘河乌胫骨为管，以鹿心上脂膜作簧，吹作鹿声，有大号、小号、呦呦之异。或作麀鹿声，则麚鹿毕集，盖为牝声所诱，人得彀矢而注之。南中多鹿，每一牡管牝百富有，足以比得上侯伯之乐了，福气是有福气了，但是却不如他们贤德。”王祐笑而起身拜谢。道士说道：“你在家中设下宴席，是准备等待贤良俊才吗？还是以待那些饥饿之人，给他们提供作物？如果是以待那些饥饿之人，但是当今天下安乐，剩余的粮食还在田地里没有收，百姓们没有食物短缺，又哪里用得着接济呢？如果是准备用来招待那些贤德俊才的，却又没有听说你邀请了一个贤德，或是一个俊才。由此足以知道你自身的不贤了。不要惊讶我说的话，我只是担心你会落个凭痴之名，而被大家议论，所以用这样的直话来开悟你，也是为了感谢你对我倍加礼敬及仰慕的缘故。”王祐因此慨然动容，再次拜谢道士。道士又说道：“我听说人之好乐，必定会有老师。事奉那些纵横天下之人，实际上心中存有游说之志；事奉那些读《孙子兵法》《吴起兵法》的人，哪会没有争战之心呢！像我这样手拿一把琴，背负一壶药的人，又怎么会只是想让自己劳累呢，有时也是有目的的。携带着琴，是因为我知道琴有古风之称，我想让人知道我喜好古风，还想着教化人们回归淳朴，反省浮薄的风气。背负药壶，是因为我知道人很容易生病，我想让人知道我有治愈疾病的意愿。我的琴不仅仅是为了自我修行，也是为了教化他人；我的药并非只是给自己治病，也是为了给别人治病。噫！用你的财富去帮助别人，与那些家中累积了千金却仍剥削他人的相比就完全不一样了。比如古代那些豪贵之家对待士人，则让人感到惭愧。一定要将贤德与愚昧区别清楚，谨慎保全自己的身体与名声，才不会反招来毁谤。”王祐听后再次拜谢了道士。道士于是让他上了酒自倒自喝。第二天天刚亮，道士就辞别而去。王祐让人悄悄跟随侦察道士的去向，只见道士化成了一头大鹿，往西边走了，不知去向。（出《潇湘录》）

## 杂说

江陵松滋县枝江村有个捕鹿的人，一般都用淘河（鹈鹕的别称）的乌胫骨作为管子，以鹿心脏上的脂膜作为簧片，吹作出鹿的叫声，有大声嗥叫、小声嗥叫、呦呦鸣叫的区别。有时发出母鹿的声音，那些发情的公鹿便都会聚集，大概是为母鹿的求偶声所诱吧，猎人头。至春羸瘦，盖游牝多也。及夏则唯食菖蒲一味，却肥。当角解之时，其茸甚痛。猎人逢之，其鹿不敢逸走，伏而不动。猎者以绳系其茸，截而取之。先以其血来啖，然后毙鹿，何其苦也欤？夫狨麝孔雀，以有用贾害，良可愍之。（出《北梦琐言》）

## 兔

### 岚州

永淳年，岚胜州兔暴，千万为群，食苗并尽，不知何物变化。及暴已，即并失却，莫知何所。异哉！（出《朝野佥载》）

### 杨迈

司农卿杨迈少好畋猎，自云：在长安时，放鹰于野，遥见草中一兔跳跃，鹰亦自见，即奋往搏之。既至无有，收鹰上鞴。行数十步，回顾其处，复见兔走。又搏之，亦不获。如是者三，即命芟草以求之，得兔骨一具，盖兔之鬼也。（出《稽神录》）

把弓张满而射击它们。南中地区有很多鹿，每一头公鹿都统治着一百多头母鹿。到了春季时变得瘦弱的，大多数是那些四处流浪的母鹿。到了夏季时，它们只吃菖蒲这一种草料，却变得肥胖了。当鹿角掉落之时，茸角会很痛。这时猎人遇到这些鹿时，这些鹿不敢逃走，只能伏在地上不动。猎人便用绳子系在新生的茸角上，将其截断后再收取。他们先是吸食鹿茸中的血，然后再将鹿击毙。这鹿该有多么痛苦啊！那些狨麝、孔雀，因为有商业价值而被害，确实值得大家怜悯。（出《北梦琐言》）

# 兔

## 岚州

唐朝永淳年间，岚胜州发生了兔灾，成千上万的兔子成群结队，吃尽了所有的苗草，不知道是什么东西变化所致。当兔灾结束后，那些兔子便一起消失了，不知所踪。真是让人奇怪！（出《朝野佥载》）

## 杨迈

司农卿杨迈年轻的时候喜欢打猎。他自称：当他还在长安的时候，有一次到郊外去放鹰打猎，远远地便发现野草中有一只兔子高高跃起向前而行，鹰自然也看见了，便从天空中飞下去捕捉。结果当鹰到达兔子出现的地方时，却发现兔子消失不见了。于是杨迈收鹰上马，准备离开。走了几十步后，他回头看了一下之前兔子出现的地方，结果发现那只兔子又出现了。于是他再次放出鹰，却又没有抓住兔子。如此反复了几次。于是杨迈便走到跟前，让人将厚厚的野草割除了寻找兔子，结果发现了一具兔骨。原来这是碰到了兔鬼。（出《稽神录》）

# 卷第四百四十四　畜兽十一



## 猿上

### 白　猿

越王问范蠡手战之术。范蠡答曰："臣闻越有处女，国人称之。愿王请问手战之道也。"于是王乃请女。女将北见王，道逢老人，自称袁公，问女曰："闻子善为剑，得一观之乎？"处女曰："妾不敢有所隐也，唯公所试。"公即挽林杪之竹，似桔槁，末折堕地，女接取其末。袁公操其本而刺处女，处女应节入之三。女因举杖击之，袁公飞上树，化为白猿。（出《吴越春秋》）

### 周　群

周群妙闲谶说，游岷山采石，见一白猿从绝峰下，对群而立。群抽所佩之刀，以投白猿。猿化为一老翁，手中有玉板，长八寸，以授群。群问曰："公是何年生？"答曰："今已衰迈，忘其生之年月。忆从轩辕之时，始学历数。风后、容成皆黄帝之史，就余授历术。至颛顼，更考定日月星辰之运，多差异。及春秋时，有子韦、子野、裨灶之徒，权略虽验，未得其门。尔来世代，不复可纪，因以相袭。至大汉之时，有洛下闳，得其大旨。"群复其言，更精勤算

# 猿上

## 白猿

越王勾践向范蠡请教徒手搏斗的技术。范蠡回答说："臣听说越国有个处女，国人们对她的搏斗技术都很称赞。希望国王您去向她请教徒手搏斗的技术。"于是越王便向越女请教。越女即将北上面见越王，在道上遇到了一位老人，自称袁公。他问越女道："听闻你擅长剑术，能够让我见识一下吗？"越女说道："我不敢有所隐藏，只能让袁公您试一试。"于是袁公拿起一根竹杪，好像已枯槁，没有折便掉地上了。越女接过竹杪取了其末端的一段，而袁公则拿着竹竿刺向了越女。越女顺着袁公的招式攻向了袁公。连续攻击了几次后，越女便举起竹杪击中了袁公。袁公因此飞身上树，化为了白猿。（出《吴越春秋》）

## 周群

周群通晓推算预言之术的精微奥妙。他在游历岷山采药时，曾遇见一只白猿，从陡峭的山峰上下来，与周群相对而立。周群抽出自己佩带的刀，将刀投给了白猿，而白猿立即化为了一位老翁，手中握有长八寸的玉板，并将其授给了周群。周群问老翁道："请问您是哪一年出生的？"老翁回答说："我如今已经衰弱老迈，忘记自己的出生年月了。只记得从轩辕的时候，我就开始学习历法；风后、容成，都是黄帝的史官，随我学习历法。到颛顼的时候，我又考定到太阳、月亮和星辰的运行规律中，有很多差异。到春秋时，有子韦、子野、裨灶等

术，乃考校年历之运，验于图纬，知蜀应灭。及明年归命，皆称周群详阴阳之类也。蜀人谓之后圣。（出王子年《拾遗记》）

## 猳国

蜀中西南高山之上，有物与猴相类，长七尺，能作人行，善走逐人，名曰猳国，一名马化，或曰玃。伺道行妇女年少者，辄盗取将去，人不得知。若有行人经过其旁，皆以长绳相引，犹故不免。此物能别男女气臭，故取女，男不知也。若取得人女，则为家室。其无子者，终身不得还。十年之后，形皆类之，意亦惑，不复思归。若有子者，辄抱送还其家。产子皆如人形。有不养者，其母辄死。故惧怕之，无敢不养。及长，与人不异，皆以杨为姓。故今蜀中西南多姓杨，率皆是猳国马化之子孙也。（出《搜神记》）

## 欧阳纥

梁大同末，遣平南将军蔺钦南征，至桂林，破李师古、陈彻。

人，衡量计算之法虽然有应验，但却没有掌握其中的诀窍。近来世代兴亡更替，没有再出现会推算的人，因此前人的成果只能是找人来继承。到大汉之时，有个叫洛下闳的人，领悟到了其中的奥妙。”周群嘴里重复着老翁说的话，于是更加努力地钻研算术。周群考据校正年历的运转，通过图谶和纬书得到了应验，得知蜀汉应该灭亡，到第二年，东入吴国。人们都称说周群透彻通晓了阴阳之术的精微奥妙，蜀地之人更是称周群为“后圣”。（出王子年《拾遗记》）

## 猳国

蜀中地区西南边的高山上，有一种动物与猴子相似，身长七尺，能像人一样站立行走，特别喜欢奔跑追人。当时人们将这种野人叫作“猳国”，还有个名字叫“马化”，也有人叫它们“玃猿”。这些野人常常躲在路边的树丛中，等待那些年轻貌美的女子，一旦发现有女子经过，就会跳出来将她们劫走，没有人知道它们究竟将这些女子带到了什么地方。所以后来行人想要从它们身旁经过时，都会用长绳相互牵引着，但最终仍然不能免除遭劫的下场。这种动物能够辨别男女的气味，所以它们只抢走女的，而男的则不抢。这些野人一旦抢到了女子，就会将她们当作妻子。被抓的女子如果没能给野人生下孩子，则永远也无法回家。十年之后，这些被抓走的女子，形体逐渐地变得与野人差不多了，而她们思想也迷惑不敢面对家人，所以不再想着回家。如果生下了孩子，它们就会将孩子和母亲一起送回她的家中。生下来的孩子与人没有什么区别，如果回家后女子家不养活野人的孩子，那么这孩子的母亲就会被它们害死。所以母亲们都非常害怕，没有敢不抚养的。等孩子长大后，便与人没有了区别，都以杨为姓。所以现在蜀中地区西南边大多数人都姓杨，大概都是猳国、马化的子孙吧。（出《搜神记》）

## 欧阳纥

梁朝大同末年时，朝廷派平南将军蔺钦南征。军队到达桂林别将欧阳纥略地至长乐，悉平诸洞，深入险阻。纥妻纤白，甚美。其部人曰："将军何为挈丽人经此？地有人，善窃少女，而美者尤所难免，宜谨护之。"纥甚疑惧，夜勒兵环其庐，匿妇密室中，谨闭甚固，而以女奴十余伺守之。尔夕，阴雨晦黑，至五更，寂然无闻。守者怠而假寐，忽若有物惊寤者，即已失妻矣。门扃如故，莫知所出。出门山险，咫尺迷闷，不可寻逐。迨明，绝无其迹。纥大愤痛，誓不徒还。因辞疾，驻其军，日往四遐，即深凌险以索之。既逾月，忽于百里之外丛篠上，得其妻绣履一只，虽雨浸濡，犹可辨识。纥尤凄悼，求之益坚，选壮士三十人，持兵负粮，岩栖野食。

又旬余，远所舍约二百里，南望一山，葱秀迥出。至其下，有深溪环之，乃编木以渡。绝岩翠竹之间，时见红彩，闻笑语音。扪萝引絙，而陟其上，则嘉树列植，间以名花，其下绿芜，丰软如毯。清迥岑寂，杳然殊境。有东向石门，妇人数十，被服鲜泽，嬉游歌笑，出入其中。见人皆谩视迟立，至则问曰："何因来此？"纥具以对。相视叹曰："贤妻至此月余矣。今病在床，宜遣视之。"入其门，以木为扉。中宽辟若堂者三。四壁设床，悉施锦荐。其妻卧石榻上，重茵累席，珍食盈前。纥就视之，回眸一睇，即疾挥手令去。诸妇人曰："我等与公之妻，比来久者十年。此神物所居，力能杀人。虽百夫操兵，不能制也。幸其未返，宜速避之。但求美酒后，打败了李师古、陈彻的军队。另一位将军欧阳纥则率军攻城略地，到达了长乐，平定了所有的蛮洞，进入了崇山峻岭中。欧阳纥的妻子长得身材纤细，皮肤白皙，非常美丽。他的部下曾问他："将军为什么要带夫人来这里？据说当地有个人，喜欢盗窃年轻女子，而长得美的更是难免。将军应当好好保护好夫人。"欧阳纥听后是将信将疑而心中很是恐惧，晚上派出士兵环卫着屋子，将妻子藏匿在密室中，紧锁房门，接着又派了十多个女奴伺候守护着。一天晚上，阴雨绵绵，野外黑得伸手不见五指，到了五更天时寂静无声。守护的女奴因困倦而打起了瞌睡，忽然好像有什么东西惊醒了她们，结果发现欧阳纥的妻子已经不见了，而室门却关闭如故，没人知道欧阳纥的妻子是从哪出去的。出门便是崇山险嶂，走不了多远就会迷路，因而没有办法寻找追逐。等到天亮时，欧阳纥的妻子仍然踪影全无。欧阳纥悲痛万分，发誓如果找不到人便绝不回去。于是他便托病留了下来，将军队驻扎下来，自己每天四处寻找，涉险深入山区搜寻妻子。过了一个多月，欧阳纥忽然在百里之外的竹丛中找到了妻子的一只绣鞋。虽然鞋子经过了雨淋水浸，但还是可以辨认出来。欧阳纥见此越发凄切悲悼，寻找妻子的决心更加坚定。他选出了三十名壮士，带着兵器和干粮，一路风餐露宿，前往寻找妻子。

又过了十几天，他们来到了远离住所约二百里的地方。向南望有一座山，山峰葱茏秀峻。他们来到山下，发现有一条深溪绕山环流，于是制造了一条木舟渡了过去。在绝壁上的翠竹之间，不时可以见到红影翩跹，听到笑语盈盈。欧阳纥他们攀着萝藤爬到了上面，只见山上矗立着一排排奇树，间杂着一些名贵的花草；地上绿草如茵，丰软如毯子；清明旷远而又寂静孤清，是个幽深、寂静的殊境。在一东向的洞门口，有几十个妇人，披戴穿着都非常光鲜亮丽，嬉笑玩闹着，进进出出。看到有人过来，她们都有些不知所措。当欧阳纥走到她们面前时，妇人们问道："你们怎么会来到这里？"于是欧阳纥把事情的来龙去脉告诉了她们。妇人们相视叹道："你的妻子到这里已经有一个多月了。现在卧病在床，你确实应当去看看。"欧阳纥走进洞去，洞口有扇木头做的门，洞内宽敞的地方开辟有三间像大堂一样两斛，食犬十头，麻数十斤，当相与谋杀之。其来必以正午，后慎勿太早。以十日为期。”因促之去。纥亦遽退。遂求醇醪与麻犬，如期而往。妇人曰：“彼好酒，往往致醉。醉必骋力，俾吾等以彩练缚手足于床，一踊皆断。尝纫三幅，则力尽不解。今麻隐帛中束之，度不能矣。遍体皆如铁，唯脐下数寸，常护蔽之，此必不能御兵刃。”指其旁一岩曰：“此其食廪，当隐于是，静而伺之。酒置花下，犬散林中。待吾计成，招之即出。”如其言，屏气以俟。

日晡，有物如匹练，自他山下，透至若飞，径入洞中。少选，有美髯丈夫长六尺余，白衣曳杖，拥诸妇人而出。见犬惊视，腾身执之，披裂吮咀，食之致饱。妇人竞以玉杯进酒，谐笑甚欢。既饮数斗，则扶之而去。又闻嬉笑之音。良久，妇人出招之，乃持兵而入。见大白猿，缚四足于床头，顾人蹙缩，求脱不得，目光如电。竞兵之，如中铁石。刺其脐下，即饮刃，血射如注。乃大叹咤曰：“此天杀我，岂尔之能？然尔妇已孕，勿杀其子，将逢圣帝，必大其宗。”言绝乃死。

的石室。石室中四壁都架设着床，床上都铺着锦被。欧阳纥的妻子就躺在石榻上，榻前重茵累席，堆满了山珍美食。欧阳纥上前去看他妻子，他的妻子回头看了他一眼，便急忙挥手让他赶快离开。妇人们说道："我等和将军的妻子，到这里的日子已经有十年了。这里是一个神物居住的地方，它力能杀人，即便是一百个壮汉手持兵器，也没办法打得过它。趁它现在还没回来，你赶快避开它吧。只要你们准备好两斛美酒，十条肉狗，几十斤麻绳，我们便能一起设法杀死它。它来的时候必定是在午后，你下次来的时候千万不要太早。十天后你们再来吧。"说完便催促欧阳纥等人赶快离开，欧阳纥等人也速速离去了。回去后，欧阳纥便开始准备醇酒与麻绳、肉狗等物品，然后按约定的时间再次来到了那座山上。妇人们说："那个神物喜爱喝酒，经常都会喝醉，喝醉后它必定会夸耀自己的力气，让我们用彩练将它的手脚绑在床上，然后一跳就会全部挣断了。我们曾试过用三条彩练一起将它绑住，结果它用尽气力也无法挣脱。现在把麻绳隐藏在彩帛中，猜想它是无法挣断的。它浑身上下都坚硬如铁，只是在肚脐下几寸的地方，它常常护蔽着那里，这里肯定无法抵御住兵刃的。"妇人们又指着旁边的一座山头说道："那里是它进食的地方，你们就隐藏在那儿，静静地等候。酒就放在花下，将狗散放到树林里去。等我们的计划成功后，我们叫你再出来。"欧阳纥等人按照她们说的，屏气敛息躲在了那里。

午后天将暮时，有一物就像匹练一般，从其他山下飞蹿了上来，直接进入了洞中。不一会儿，只见一个身高六尺多的美髯公，身穿白衣，提着拐杖，拥抱着众妇人一起走了出来。那人看到肉狗后，吃惊地盯着它，然后腾身扑了过去，抓住肉狗，撕开后便猛嚼狂吮起来，一直到吃饱了为止。妇人们一边用玉杯向那人劝酒，一边互相打情骂俏。喝了几斗酒之后，妇人们便扶着那人离开了，接着又传来他们嬉笑的声音。过了很久，妇人们出来叫欧阳纥，于是欧阳纥拿着兵器进了洞，只见一只大白猿，四肢被绑在了床头。大白猿看到有人进来了，猛地缩起了身体，但是却没能挣脱，它目光如电。欧阳纥拿起兵器砍向它，就如同砍到了铁石一般。再用刀刺它脐下，结果兵刃没体搜其藏，宝器丰积，珍羞盈品，罗列几案。凡人世所珍，靡不充备。名香数斛，宝剑一双。妇人三十辈，皆绝其色。久者至十年，云色衰必被提去，莫知所置。又捕采唯止其身，更无党类。且盥洗，著帽，加白袷，被素罗衣，不知寒暑。遍身白毛，长数寸。所居常读木简，字若符篆，了不可识，已则置石磴下。晴昼或舞双剑，环身电飞，光圆若月。其饮食无常，喜啖果栗，尤嗜犬，咀而饮其血。日始逾午，即欻然而逝。半昼往返数千里，及晚必归，此其常也。所须无不立得。夜就诸床嬲戏，一夕皆周，未尝寐。言语淹详，华音会利。然其状即猳玃类也。

今岁木落之初，忽怆然曰："吾为山神所诉，将得死罪。亦求护之于众灵，庶几可免。"前此月生魄，石磴生火，焚其简书，怅然自失曰："吾已千岁而无子，今有子，死期至矣。"因顾诸女，汍澜者久，且曰："此山峻绝，未尝有人至，上高而望，绝不见樵者。下多虎狼怪兽。今能至者，非天假之何耶？"纥取宝玉珍丽及诸妇人以皆归，犹有知其家者。

纥妻周岁生一子，厥状肖焉。后纥为陈武帝所诛，素与江总善，爱其子聪悟绝人，常留养之，故免于难。及长，果文学善书，知而入，鲜血喷射如注。大白猿见了愤激地慨叹道：“这是老天要我死啊！又怎么是你所能办到的呢？但是你的妻子已经有孕在身，请不要杀她的孩子。将来遇上圣帝，必定能光大他的宗族。”说完就断气而死。

欧阳纥搜索白猿的收藏，发现其宝物堆积如山，珍馐美味摆满了几案，凡是人世所有的珍宝，没有不充备的。另有数斛名香，一对宝剑。妇人有三十多个，都是绝色美女，在这里时间长的已有十年之久。据她们说：“年纪大了容貌衰老的人必定都会被它抓走，不知安置到哪里去了。另外出去抓人来的只有它自己，没有同党。它白天盥洗后，便会戴上帽子，穿上白色的夹衣，外披素色罗衣，不畏寒暑。它浑身长满了白色毛发，长达几寸。它常在居住的地方阅读木简，木简上的字好像符篆一样，我们也看不懂。它看完后就会将木简放置到石凳下面。晴天时，它偶尔会舞弄双剑，舞动时仿佛有闪电环绕着它的身体飞窜，剑光浑圆如月。它的饮食没有规律，喜欢吃果栗，尤其嗜好吃狗肉，一边吃狗肉一边喝狗血。白天刚过正午，它就会披衣而去。半天时间它便能往返数千里，晚上时一定会回来。这是它的日常习惯。它所想要的，没有不能马上就到手的。夜间时它便到各张床上行那苟且之事，一个晚上行遍各床，不曾睡觉。它能说会道，伶牙俐齿，但它的原形就是猢狲一类的物种。

今年秋季叶落之时，它曾忽然凄怆地说：‘我被山神控诉，将被判死罪。我也曾向众位神灵请求佑护，或许可以免除一死。’之前八月十六日时，石凳着火，将它的简书烧掉了，它怅然若失地说：‘我已经活了千年却没有儿子，现在有了儿子，我的死期到了啊。’因而它看着众妇女，眼里流了很久的泪，又说道：‘这座山山峰险峻，与世隔绝，从来没有人来过。上到山顶观望，看不见一个樵夫，而山下则有很多虎狼怪兽。现在能够到这里来的人，除了老天帮忙还能有什么原因呢？’”欧阳纥取了宝器珍玩，带着妇人们一起回家了，其中还有一些妇人知道自己的老家在哪。

欧阳纥的妻子一年后生下了一个男孩，其相貌长得很像那白猿。后来，欧阳纥被陈武帝所杀。他生前与江总交好，江总很欣赏他

名于时。（出《续江氏传》）

## 陈岩

颍川陈岩字叶梦，舞阳人，侨居东吴。景龙末，举孝廉，如京师，行至渭南，见一妇人貌甚姝，衣白衣，立于路隅，以袂蒙口而哭，若负冤抑之状。生乃讯之，妇人哭而对曰："妾楚人也，侯其氏，家于弋阳县。先人以高尚闻于湘楚间，由是隐迹山林，未尝肯谒侯伯。妾虽一女子，亦有箕颍之志。方将栖踪蓬瀛昆阆，以遂其好。适遇有沛国刘君者，尉弋阳，常与妾先人为忘形之友。先人慕刘君之高义，遂以妾归刘氏。自为刘氏妇，且十年矣，未尝有纤毫过失。前岁春，刘君调补真源尉，未一岁，以病免，尽室归于渭上郊居。刘君无行，又娶一卢氏者，濮上人，性极悍戾，每以唇齿相及。妾不胜其愤，故遁而至此。且妾本慕神仙，常欲高蹈云霞，安岩壑之隐，甘橡栗之味，亦足以终老。岂徒扰于尘世，适足为累？今者分不归刘氏矣。"已而嚬容怨咽，若不自解。岩性端悫，闻其言，甚信之。因问曰："女郎何所归乎？"妇人曰："妾一穷人，安所归？虽然，君之见问，其有意耶？果如是，又安敢逆君之命。"岩喜，即以后乘驾而偕焉。

至京师，居永崇里。其始甚谨，后乃不恭。往往诟怒，若发的儿子聪悟过人，曾经收留并抚养他，所以他幸免于难。当他长大后，果然能诗能文，擅长书法，因此而闻名于时。（出《续江氏传》）

## 陈岩

颍川有个叫陈岩的人，字叶梦，舞阳县人氏，寄居在江浙一带。唐中宗景龙末年时，他被推举前往京城参加孝廉考试。行经渭南时，他发现一个长得很美丽的妇女，身穿白衣，站在路边的角落，用衣袂蒙住脸在哭泣，好像背负深重冤情一样。于是陈岩走过去问她，妇人哭着说道："我是楚地人氏，姓侯，家住江西的弋阳县。我的先辈因为高尚的品德而名传湘楚一带，也因此一直隐居于山野林间，从未肯去拜谒公侯伯爵。我虽然只是一女子，但也有隐居的志向。当初我正准备到海外仙山、昆仑神苑去修炼，以实现自己此生的愿望，却正好遇到了沛县的刘君。他当时为弋阳县尉，曾与我家的先辈以神相交，不拘形迹。我家先辈因仰慕刘君的高义，于是便将我送给了刘君，从此做了刘君的妻子，已经十年了，从来没有犯过一丝一毫的过失。前年春天，刘君调任河南真源县尉，还不到一年，便因生病而免职，全家因此回到了渭上的郊区居住。刘君这人没有德行，又娶了一卢姓女子为妾。卢姓女子为山东濮上人，性格极为强悍，经常用牙齿咬我。我因不堪其愤，所以逃到了这里。况且我本来就羡慕仙术神道，常常想着能在高高的云端上舞蹈，安于隐居在高山崖壑中，吃橡栗等野味，这样也足以终老一生了。又怎么会甘心被困扰在这尘世中，安于现状而劳累呢？从现在开始我再也不回刘家去了！"说完仍旧愤愤不平，怨气冲天，好像无法从痛苦中解脱出来。陈岩生性正直忠厚，听了女子的话，很是相信她。因此问道："那你准备回哪里去呢？"那女子无奈地说道："我本是个穷人，能去哪里呢？即使如此，现在蒙你相问，莫非是有意收留我吗？如果真是这样，我又怎么敢违逆你的安排呢！"陈岩听了很是高兴，便用后面的车子带着她一同前往京城。

到了京城后，他们住在永崇里。刚开始时，女子还非常小心谨狂之状，岩恶之而且悔。明日岩出，妇人即阖扉，键其门，以岩衣囊置庭中，毁裂殆尽。至夕岩归，妇人拒而不纳。岩怒，即破户而入，见己之衣资，悉已毁裂。岩因诟而责之，妇人忽发怒，毁岩之衣襟佩带，殆无完缕。又爪其面，啮其肌，一身尽伤，血沾于地。已而嗥叫者移时。岩患之，不可制。于是里中民俱来观，簇其门。时有郝居士者在里中，善视鬼，有符箓呵禁之术，闻妇人哭音，顾谓里中民曰："此妇人非人，乃山兽也，寓形以惑于世耳。"民且告于岩，岩即请焉。居士乃至岩所居，妇人见居士来，甚惧。居士出墨符一道，向空掷之，妇人大叫一声，忽跃而去，立于瓦屋上，岩窃怪之。居士又出丹符掷之，妇人遂委身于地，化为猿而死。

岩既悟其妖异，心颇怪悸。后一日，遂至渭南，讯其居人。果有刘君，庐已郊外，岩即谒而问焉。刘曰："吾常尉于弋阳。弋阳多猿狖，遂求得其一。近兹且十年矣。适遇有故人自濮上来，以一黑犬见惠。其猿为犬所啮，因而遁去。"竟不穷其事，因录以传之。岩后以明经入仕，终于秦州上邦尉。客有游于太原者，偶于铜锅店精舍，解鞍憩焉。于精舍佛书中，得刘君所传之事，而文甚鄙。后亡其本，客为余道之如是。（出《宣室志》）

## 魏元忠

唐魏元忠本名真宰，素强正，有干识。其未达时，家贫，独有慎，但不久后就不客气了，常常发火大怒，状态就像要发狂一样，陈岩因此很厌恶她并产生了悔意。第二天陈岩外出，女子便立即关门闭户，将陈岩的衣箱搬到庭院中，全部撕裂毁坏了。当傍晚陈岩回来时，女子拒绝开门让他进屋。陈岩为此大怒，便破门而入，结果发现自己的衣衫已被全部损毁了。陈岩因此怒骂并指责女子，女子听了忽然大怒，冲上来将陈岩身上的衣服、佩饰撕毁了，没有一件是完整的。又用手抓他的脸，用嘴咬他的肉，使其全身是伤，血流满地。一会女子又号叫怒吼，足足持续了一个多时辰。陈岩不堪其扰，却又无法制止她。这时同村的邻居们都跑来观看，围堵在他的家门口。当时有个郝居士也在村中，他擅长辨认鬼魅，会用符箓咒语驱鬼召神的法术。他听到妇人的哭吼声后，回头对村人们说："这个妇人不是人类，而是山里的野兽，躲藏在人的画皮中妖惑人世。"邻居将郝居士的话转告给陈岩，陈岩马上将郝居士请了进来。女子看见郝居士到来，很是恐惧。只见郝居士拿出一道墨符，抛向空中，女子见此大叫一声，忽然跳跃腾起，站在瓦屋顶上。陈岩暗道奇怪。郝居士又拿出一道丹符抛向女子，女子顿时委身于地，化成了一头猿而死。

陈岩在知道女子是妖后，心里很是奇怪且害怕。第二天，他便赶往渭南，寻访当地的居民，得知这果然有一户姓刘的人，在郊外盖了房居住。陈岩立即前往拜谒询问。刘君说道："我曾在弋阳担任县尉一职。弋阳有很多猿猴，于是我也获得了一头，至今已有十年了。前不久正好遇到有朋友从濮上来，送给我一只黑狗。那头猿猴被黑狗咬了，因此逃走了，而后来我也没有追问这件事。"于是刘君将这事记录了下来，以传告后人。陈岩后来以明经进入仕途，最后任秦州上邽县尉。有个游历太原的旅客，偶然在铜锅店一个出家人修炼的场所解鞍休憩，在修炼场所的佛书中，发现了刘君所传录的事，其所录文字文笔很差。后来其记录的传本丢失了，游客向我述说的便是这样的。（出《宣室志》）

## 魏元忠

唐代的魏元忠本名叫真宰，为人向来刚正不阿，有才干学识。

一婢，厨中方爨，出汲水还，乃见老猿为其看火，婢惊白之。元忠徐曰：“猿愍我无人力，为我执爨，甚善乎？”又常呼苍头，未应，狗代呼之，又曰：“此孝顺狗也，乃能代我劳。”又独坐，有群鼠拱手立其前，又曰：“鼠饥，就我求食。”乃令食之。夜中，鸺鹠鸣其屋端，家人将弹之，又止之曰：“鸺鹠昼不见物，故夜飞，此天地所育，不可使南走越，北走胡，将何所之？”其后遂绝无怪矣。元忠历太官至侍中、中书令、仆射。则天崩，中宗在谅暗，诏元忠摄冢宰，百官总己以听三日。年八十余方薨。始元忠微时，常谒张景藏，景藏待之甚薄，就质通塞，亦不答也，乃大怒曰：“仆千里裹粮而来，非徒然也。必谓明公有以见教，而乃金口木舌以相遇，殊不尽勤勤之意耶！然富贵正由苍苍，何预公事？”因拂衣长揖而去，景藏遽牵止之曰：“君相正在怒中，后当贵极人臣。”卒如其言。（出《广异记》）

## 韦虚己子

户部尚书韦虚己，其子常昼日独坐阁中，忽闻檐际有声，顾视乃牛头人，真地狱图中所见者，据其所下窥之。韦伏不敢动，须臾登阶，直诣床前，面临其上。如此再三，乃下去。韦子不胜其惧。复将出内，即以枕掷之，不中，乃开其门，趋前逐之。韦子叫呼，但绕一空井而走，迫之转急，遂投于井中。其物因据井而坐，韦仰观在他尚未显达的时候，家中非常贫困，只有一个婢女。一次厨房里刚刚生起火准备煮饭，婢女出去打水回来，便看见一只老猿猴在厨房为她看着火。婢女心中惊讶，将此事告诉了魏元忠。魏元忠不慌不忙地说道："这是猿猴同情我没有人手，为我煮饭，很好啊！"还有一次他曾呼叫仆人，但仆人没有答话，而狗代他将仆人叫了来。对此魏元忠说："这真是一条孝顺的狗啊，能为我代劳做事。"一次魏元忠在家中独自闲坐，有一群老鼠却拱手站立在他的面前。对此魏元忠又说："这是老鼠饿了，来向我求取食物。"于是便让人拿出食物喂食老鼠。半夜的时候，有猫头鹰在他家的屋顶鸣叫，家人准备用弹弓打它，魏元忠又阻止他们说："猫头鹰白天看不见东西，所以在晚上飞出来，这是天地所孕育的动物，我们不能让它向南飞过越国，向北进入胡地。你将它赶走，准备要它到哪里去呢？"从此以后，家人就见怪不怪了。魏元忠历任太官至侍中、中书令、仆射。当武则天去世后，唐中宗在居丧期间，下诏让魏元忠担任代理宰相一职，百官总摄己职，由他统帅三日，直到八十多岁才去世。在魏元忠地位低微时，他曾去拜访张景藏，张景藏待他很是无礼；魏元忠向他请教今后官路是否通畅，他也不作答。魏元忠因此大怒道："我不远千里背着粮食前来，并不是想仅此而已。我以为明公必定会对我有所见教，没想到你却以金口木舌来教导我，怎么能不尽恳切至诚之意呢！然而富贵正由苍苍，又如何参与公事呢？"因此拂衣长揖便准备离开，张景藏急忙拉住并制止他说道："你的面相正处于发怒状态，以后必定会贵极人臣。"最后果真如他所言。（出《广异记》）

## 韦虚己子

户部尚书韦虚心，他的儿子曾经有一次白天时独坐在楼阁中，忽然听见檐头上传来声音。他抬头一看，发现是个牛头人，就像图画里描绘的地狱牛头卒一样，站在屋子的檐头上看着他。韦氏之子吓得不敢有所动作。过了一会，那个牛头人便下来登上台阶，直接向床前走来，到了韦氏之子的上方。如此三次后，牛头人便下去了。韦氏之子非常害怕。当牛头人将再次出入时，韦氏之子便用枕头扔它，没有打之，乃变为一猿。良久，家人至，猿即不见。视井旁有足迹奔蹂之状，怪之，窥井中，乃见韦在焉。悬缒出之，恍惚不能言，三日方能说，月余乃卒。（出《广异记》）

## 王长史

东都崇让里有李氏宅，里传云："其宅非吉之地，固不可居。"李生既卒，其家尽徙居陆浑别墅。由是键其门，且数年矣。开元中，有王长史者亡其名，长史常为清显官，以使酒忤权贵，遂摈为长史于吴越间。后退居洛中，因质李氏宅以家焉。长史素劲，闻其宅有不祥之名，且曰："我命在天不在宅。"即入而居，常独处堂之西宇下。后一夕，闻其哀啸之音，极清楚，若风籁焉。长史起而望之，见一人衣黑衣，立于几上。长史严声叱之，其人即便举一足，击长史肩。长史惧而退，其人亦去。长史因病疮且甚，后旬余方少愈。夜中，又闻哀啸之音，家僮寻之，时见黑衣人在庭树上。长史有弟善射，于是命弓射之，一发遂中，其人嗥叫，跳上西庑屋瓦而去。明日寻其迹，皆无所见。岁秋，长史召工人重修马厩，因发重舍，内得一死猿，有矢贯胁。验其矢，果长史弟之矢也，方悟黑衣者乃猿尔。（出《宣室志》）

中。那怪物打开了韦氏之子的房门，上前来抓他。他急忙呼叫，只是绕着一口空井跑，但牛头人在后面紧紧追赶，他实在没法，于是就跳到了井里。那个怪物便坐在井边上，韦氏之子抬头看它时，牛头人却变成了一只猿猴。过了好一会儿，家人来了，猿猴马上就不见了。家人们查看井边，发现有猿猴奔走留下的足迹，觉得很奇怪，往井里看时，才发现韦氏之子在井里。家人垂下绳子将韦氏之子拉了出来，他仍精神恍惚无法说话，直到三天后才能说话，过了一个多月就去世了。（出《广异记》）

## 王长史

唐代东都洛阳的崇让里有户姓李的人家，据当地人传说，他家的房子是凶宅，千万不要居住。李生死后，他的家人就搬到了陆浑别墅居住。从这之后老房子便上了锁，已经有好几年了。开元年间，有个姓王的不知名的长吏，曾是个清廉的高官，因性格耿直，酒后冒犯了权贵，于是被排挤到了吴越一带为官，后来退居到了洛阳，因此租了李家的旧房子为家。王长吏性格素来执拗，听说这房子有不祥的名声，便说道："我的命由天决定而不由宅子决定。"随即便搬了进去。他经常独自住在大堂西边的房间里。后来的一天晚上，他听到了一声哀怨的长啸，非常清晰，就像是风吹过树梢的声音。王长吏起身观望，只见一个黑衣人站立在桌子上。王长吏大声呵斥黑衣人，那黑衣人随即抬腿踢来，踢中了他的肩膀。王长吏因害怕而跑开了，而黑衣人也不见了。接着王长吏便得了非常严重的病，过了十多天才稍稍好转。一个晚上，他又听到了哀啸之声。仆人前去巡查，这时发现那个黑衣人站在院子里的树上。王长吏有个弟弟很善于射箭，于是王长吏让他拿弓射击黑衣人，一箭便射中了，黑衣人大声号叫着，跳上西边屋顶的瓦片上逃走了。第二天，寻找黑衣人的踪迹，到处都没有发现。那年秋天，王长吏找来工人重修马棚，因此挖开了旧地基，在里面发现一头死猿，被一支长箭贯穿了肋下。检查那支箭，发现就是王长吏弟弟射出的那支。大家这才明白，那个黑衣人是成了精的猿猴。（出《宣室志》）

# 卷第四百四十五　畜兽十二

猿中

张𫓶　杨叟　孙恪　崔商

## 猿中

### 张𫓶

吴郡张𫓶，成都人。开元中，以卢溪尉罢秩，调选，不得补于有司，遂归蜀。行次巴西，会日暮，方促马前去，忽有一人自道左山径中出，拜而请曰："吾君闻客暮无所止，将欲奉邀，命以请，愿随某去。"𫓶因问曰："尔君为谁，岂非太守见召乎？"曰："非也，乃巴西侯耳。"𫓶即随之。入山径行约百步，望见朱门甚高，人物甚多，甲士环卫，虽侯伯家不如也。又数十步，乃至其所，使者止𫓶于门曰："愿先以白吾君，客当伺焉。"入久之而出，乃引𫓶曰："客且入矣。"

𫓶既入，见一人立于堂上，衣褐革之裘，貌极异，绮罗珠翠，拥侍左右，𫓶趋而拜。既拜，其人揖𫓶升阶，谓𫓶曰："吾乃巴西侯也，居此数十年矣。适知君暮无所止，故辄奉邀，幸少留以尽欢。"𫓶又拜以谢。已而命开筵置酒，其所玩用，皆华丽珍具。又令左右邀六雄将军、白额侯、沧浪君，又邀五豹将军、钜鹿侯、玄丘校尉，且传教曰："今日贵客来，愿得尽欢宴，故命奉请。"使者唯而去。

# 猿中

## 张 铤

唐代吴郡的张铤，为成都人氏。开元年中，他因为被罢免卢溪县尉之职，选官调职时，不得参加有关部门的补选，于是他决定回蜀地家中。走到巴西郡时，正好是傍晚。他正要催马前行，忽然有一个人从道路左边的山道中走了出来，向他揖拜并请求道："我家主人听说您天晚了还没有住宿的地方，准备邀请您前去做客，特命我来相请。希望您能随我前往。"张铤因而问道："你家主人是谁，难道不是太守要召见我？"那人回答道："不是，而是巴西侯。"张铤便跟随那人前往。走入山道前行百步后，便望见了一座很高的红色大门，往来的人物非常多，身穿盔甲的战士守卫在四周，即便是侯伯之家也比不上。又前行了数十步，便到了巴西侯所住之处，那个使者让张铤在门前停下，说道："请让我先进去通报巴西侯，您在这稍候片刻。"那人进去很久之后才出来，于是在前引着张铤，说道："客人请随我入内。"

张铤进入后，只见一人站立在大堂上，身穿裘衣，容貌极为奇特，一群身着丝绸锦缎，戴着珍珠翡翠的人，拥侍在他身边。张铤上前揖拜行礼。行礼后，那人揖请张铤登上台阶，对张铤说道："我乃是巴西侯，居住在这已经有数十年了。刚才听说你天晚了还没住宿的地方，所以特让人相邀，有幸能让您在这稍留，以让我们尽情欢乐。"张铤再次拜谢巴西侯。接着巴西侯便让人开筵置酒，所有用的都是华丽珍贵的器具。巴西侯又让身边的人前去邀请六雄将军、白额侯、沧浪君，又让人去邀请五豹将军、钜鹿侯、玄丘校尉，并且对久之乃至，前有六人皆黑衣，鼎然其状，曰六雄将军，巴西侯起而拜，六雄将军亦拜。又一人衣锦衣，戴白冠，貌甚狞，曰白额侯也。又起而拜，白额侯亦拜。又一人衣苍，其质魁岸，曰沧浪君也。巴西侯又拜，沧浪亦拜。又一人被斑文衣，似白额侯而稍小，曰五豹将军也。巴西又拜，五豹将军亦拜。又一人衣褐衣，首有三角，曰钜鹿侯也。巴西揖之。又一人衣黑，状类沧浪君，曰玄丘校尉也。巴西侯亦揖之。然后延坐，巴西南向坐，铤北向，六雄、白额、沧浪处于东，五豹、钜鹿、玄丘处于西。既坐，行酒命乐，又美人十数，歌者舞者，丝竹既发，穷极其妙。白额侯酒酣，顾谓铤曰："吾今夜尚食，君能为我致一饱耶？"铤曰："未卜君侯所以尚者，愿教之。"白额侯曰："君之躯可以饱我腹，亦何贵他味乎？"铤惧，悚然而退。巴西侯曰："无此理，奈何宴席之上，有忤贵客耶？"白额侯笑曰："吾之言乃戏耳，安有如是哉！固不然也。"

久之，有告洞玄先生在门，愿谒白事。言讫，有一人被黑衣，颈长而身甚广，其人拜，巴西侯揖之，与坐，且问曰："何为而来乎？"对曰："某善卜者也，知君将有甚忧，故辄奉白。"巴西侯曰："所忧者何也？"曰："席上人将有图君，今不除，后必为害，愿君详之。"巴西侯怒曰："吾欢宴方洽，何处有怪焉！"命杀之。其人曰："用吾言，皆得安；不用吾言，则吾死，君亦死，将若之何？虽有后悔，其可追乎？"巴西侯遂杀卜者，置于堂下。

前去邀请的人说："你们就说今天有贵客来了，希望能够举办一场尽情欢乐的宴席，所以让你们来请。"使者奉命而去。

过了好一会他们才回来，走在前面的有六个人，第一个人身着黑衣，躯体壮硕，人称六雄将军；巴西侯起身揖拜行礼，六雄将军也是揖拜回礼。第二个人穿着锦衣，戴着白色冠帽，相貌很是凶恶，这是白额侯；巴西侯再次起身揖拜行礼，白额侯也揖拜回礼。第三个人穿着青色衣服，体形魁梧，人称沧浪君；巴西侯再次起身向他揖拜行礼，沧浪也揖拜回礼。第四个人身穿斑纹衣服，有点像白额侯，只是身材稍小，人称五豹将军；巴西侯再次起身揖拜行礼，五豹将军也揖拜回礼。第五个人身穿褐色衣服，头上长有三角，人称钜鹿侯；巴西侯再次起身向他揖拜行礼。第六个人身穿黑色衣服，模样有点像沧浪君，人称玄丘校尉，巴西侯也是起身向他揖拜行礼。之后巴西侯请大家入座，巴西侯南向坐着，张铤北向坐着，六雄、白额、沧浪三人坐在东边，五豹、钜鹿、玄丘三人坐在西边。大家就座后，巴西侯让人酌酒奉客，奏乐取乐，另有十多个唱歌跳舞的美人，在音乐响起后，穷极其妙。白额侯酒喝得很是尽兴，他看着张铤说道："我今夜食欲很好，你能否让我吃一顿饱的？"张铤说道："不知道君侯想吃些什么，请指教。"白额侯说道："你的身躯便可以填饱我的肚子，又何必去求其他的美味呢？"张铤听了很是恐惧，惊慌后退。巴西侯说道："没有这么个理，何况是在宴席之上，忤逆贵客呢？"白额侯笑着说道："我的话只是开玩笑而已，怎么可能会有这样的事呢！肯定不会的。"

很久之后，有人进来汇报说有个叫洞玄先生的人在门外，说是有事相告。说完，便只见一身穿黑衣的人，脖颈很长而身材很宽大。那个叫洞玄先生的人向巴西侯行礼，巴西侯作揖回礼，并且让他就座，然后问道："请问你因什么事而来？"那人回答道："我精通占卜，因知道您将会有非常严重的忧患，所以马上前来相告。"巴西侯说道："请问我有什么忧患？"那人回答说："坐席上有人想要害你，如果现在不除掉，今后必定会被他所害。希望你能明白。"巴西侯听后大怒道："我们正在一起欢快地举行宴席，哪里来的妖怪乱说话！"

时夜将半，众尽醉而皆卧于榻，铤亦假寐焉。天将晓，忽悸而寤，见己身卧于大石龛中。其中设绣帷，旁列珠玑犀象，有一巨猿状如人，醉卧于地，盖所谓巴西侯也。又见巨熊卧于前者，盖所谓六雄将军也。又一虎顶白，亦卧于前，所谓白额侯也。又一狼，所谓沧浪君也。又有文豹，所谓五豹将军也。又一巨鹿、一狐，皆卧于前，盖所谓钜鹿侯、玄丘校尉也，而皆冥然若醉状。又一龟，形甚异，死于龛前，乃向所杀洞玄先生也。

铤既见，大惊，即出山径，驰告里中人。里人相集得百数，遂执弓挟矢入山中。至其处，其后猿忽惊而起，且曰："不听洞玄先生言，今日果如是矣。"遂围其龛，尽杀之。其所陈器玩，莫非珍丽，乃具事以告太守。先是，人有持真珠缯帛涂至此者，俱无何而失，且有年矣，自后绝其患也。（出《广异记》）

## 杨叟

乾元初，会稽民有杨叟者，家以资产丰赡闻于郡中。一日，叟将死，卧而呻吟，且仅数月。叟有子曰宗素，以孝行称于里人，迨其父病，罄其产以求医术。后得陈生者究其原："是翁之病，心也。盖以财产既多，其心为利所运，故心已离去其身。非食生人心，不可以补之。而天下生人之心，焉可致耶？如是则非吾之所命人将他拉出去砍了。那人回答道:“听信我的话大家将都得到安宁,不听我的话,那么我会死,你也会死。请问你将做何选择?到时即便后悔,其结果能追悔吗?”巴西侯最终还是将占卜者杀掉了,尸体丢在大堂下。

当晚快半夜的时候,众人都喝醉了并且躺在床榻上,张铤也穿着衣服小睡了一会。天将破晓时,他忽然惊醒过来,发现自己已经躺身于一个大石龛中。石龛中设有绣帷,旁边陈列有珠玑犀象,有一头巨猿样子像人,醉倒睡在地上,原来他正是那个所谓的巴西侯。他又发现有一头巨熊躺在前面,正是那所谓的六雄将军;还有一头头顶为白色的老虎,也躺在前面,正是所谓的白额侯;还有一头狼,正是所谓的沧浪君;还有一头全身斑纹的豹,正是所谓的五豹将军;另外还有一头巨鹿、一只狐狸,都躺在他身前,正是所谓的钜鹿侯、玄丘校尉,而且都是迷迷糊糊好像醉酒的样子。另外还有一只龟,样子很是奇特,死在石龛之前,正是之前被杀的洞玄先生。

张铤发现这些后,心中大惊,立即跑出山道,跑去告诉里中的人。里人听闻后聚集了几百人,于是持弓挟矢进入山中。来到之前那个地方后,那只猿猴忽然被惊醒,站起身来,并说道:“没有听信洞玄先生的话,今日果然遭到了这样的下场啊。”于是众人围住了石龛,将里面所有的怪物都杀掉了。它们所陈列的器具珍玩,都是一些珍丽。于是大家将这事详细报告给了太守。这之前有人带着真珠缯帛,途经此地时,都是无缘无故就消失不见了,而且持续一年多了。自这之后便杜绝了这个隐患。(出《宣室志》)

## 杨叟

唐朝乾元初年时,会稽有位姓杨的老人,因家里资产充足而闻名于当地州县。一天,这老人家快要去世了,他躺在床上呻吟,已有好几个月了。他有个儿子叫杨宗素,向来以孝行而名闻远近。当父亲病了后,他用尽了所有的资产来为父治病。后来他找到了一个姓陈的医生,给老人号脉后说道:“这老人得的是心病。因为你们家财产太多,他为财产操碎了心,所以心神已经离开了他的身体,如果不吃活知也。”宗素既闻之，以为生心故不可得也，独修浮图氏法，庶可以间其疾。即召僧转经，命工图铸其像，已而自赍食，诣郡中佛寺饭僧。

一日，因挈食去，误入一山径中，见山下有石龛，龛有胡僧，貌甚老而枯瘠，衣褐毛缕成袈裟，踞于磐石上。宗素以为异人，即礼而问曰：“师何人也？独处穷谷，以人迹不到之地为家，又无侍者，不惧山野之兽有害于师乎？不然，是得释氏之术者耶？”僧曰：“吾本是袁氏，祖世居巴山。其后子孙，或在弋阳，散游诸山谷中，尽能绍修祖业，为林泉逸士，极得吟笑。人好为诗者，多称其善吟笑，于是稍闻于天下。有孙氏，亦族也，则多游豪贵之门，亦以善谈谑，故又以之游于市肆间。每一戏，能使人获其利焉。独吾好浮图氏，脱尘俗，栖心岩谷中不动，而在此且有年矣。常慕歌利王割截身体，及菩提投崖以伺饿虎，故吾啖橡栗，饮流泉，恨未有虎狼噬吾，吾亦甘受之。”

宗素因告曰：“师真至人，能舍其身而不顾，将以饲山兽，可谓仁勇俱极矣。虽然，弟子父有疾已数月，进而不瘳，某夙夜忧迫，计无所出。有医者云：‘是心之病也，非食生人之心，固不可得而愈矣。’今师能弃身于豺虎，以救其馁，岂若舍命于人，以惠其生乎？愿师详之。”僧曰：“诚如是，果吾之志也。檀越为父而求吾，吾岂有不可之意。且吾以身委于野兽，曷若惠人之生乎？然今日尚未食，愿致一饭而后死也。”宗素且喜且谢，即以所挈食置于人心脏的话，将没有办法可以弥补它。然而天下活人的心，要到哪去找呢？这就不是我所知道的了。”杨宗素听后，认为活人的心脏没办法得到，只好修行佛法，希望可以除去父亲的疾病。于是他立即叫来僧人念经，让工匠刻画、铸造佛像。后来，他又带着食物，来到州县的寺庙给僧人送饭。

一天，他提着食物送到寺庙去，结果误入了一条山间小路，只见山下有一处供奉神像的小石阁。石阁中有个西域的僧人，面貌非常苍老且身材枯瘦，穿着黑黄色毛线织成的袈裟，坐在一块大石头上。杨宗素认为这定是一个奇异的人，于是马上躬身施礼问道：“请问大师是什么人？为何您独自在这贫穷的山谷里，在这人迹不到的地方出家？又没有侍者相伴，不怕山中的野兽伤害到大师您吗？如果不是这样的话，那您就一定是个得道高僧了，对吗？”僧人说道：“我本来姓袁，祖居在巴山。后来的子孙，有的到了弋阳，在各处山林溪谷中散游，都能够继承并整治祖上的功业；有的则隐居山林中、泉水边，经常感受吟咏的乐趣；有的人喜好诗词，经常有人称赞吟咏他的诗词，于是在天下也小有了名气。其中的孙氏，便是我们的家族，则多游历于豪强富贵之家；又善于谈笑戏谑，所以又常游历于集市，每次表演，都能让自己获得一些收入。唯独我喜欢佛法，因此脱离尘世，寄心在这山谷中，不为世俗所动，在这已经有几年了。我常羡慕歌利王能够割截身体以及萨埵弃身投崖以饲饿虎的行为，所以我吃橡子、喝流泉，但遗憾的是没有虎狼吃我。如果有，我也心甘情愿地接受。”

杨宗素听后请求道：“大师您真是个至情至圣之人，能够舍弃自身生死而不顾，以自身来喂养野兽，真可谓是仁义勇敢都达到顶点了。既然这样，弟子的父亲病了几个月了，到现在还无法痊愈，为此我日夜忧虑心焦，想不出任何办法。有个医生告诉我说：‘这是心的病，非要吃活人的心，否则就不可能痊愈。’现在大师能够舍身于豺虎，以救它们于饥饿之中，这又怎么比得上舍命救人，使得他人因您的恩惠而活命呢？请大师明鉴。”僧人答道：“如果真是这样的话，那确实是我的心愿。施主为了父亲而求我。我哪有不同意的道理。并前，僧食之立尽，而又曰："吾既食矣，当亦奉教，然俟吾礼四方之圣也。"于是整其衣，出龛而礼。礼东方已毕，忽跃而腾上一高树。宗素以为神通变化，殆不可测。

俄召宗素，厉而问曰："檀越向者所求何也？"宗素曰："愿得生人心，以疗吾父疾。"僧曰："檀越所愿者，吾已许焉。今欲先说《金刚经》之奥义，且闻乎？"宗素曰："某素尚浮图氏，今日获遇吾师，安敢不听乎？"僧曰："《金刚经》云：'过去心不可得，现在心不可得，未来心不可得。'檀越若要取吾心，亦不可得矣。"言已，忽跳跃大呼，化为一猿而去。宗素惊异，惶骇而归。（出《宣室志》）

## 孙恪

广德中，有孙恪秀才者，因下第，游于洛中。至魏王池畔，忽有一大第，土木皆新，路人指云："斯袁氏之第也。"恪径往叩扉，无有应声。户侧有小房，帘帷颇洁，谓伺客之所。恪遂褰帘而入。良久，忽闻启关者，一女子光容鉴物，艳丽惊人，珠初涤其月华，柳乍含其烟媚，兰芬灵濯，玉莹尘清。恪疑主人之处子，但潜窥而已。女摘庭中之萱草，凝思久立，遂吟诗曰："彼见是忘忧，此看同腐草。青山与白云，方展我怀抱。"吟讽惨容。后因来褰帘，忽睹恪，遂惊惭入户，使青衣诘之曰："子何人，而夕向于此？"恪乃语以税居之事。曰："不幸冲突，颇益惭骇。幸望陈达于小娘子。"青衣具以告。女曰："某之丑拙，况不修容，郎君久盼帘帷，当尽所睹，岂敢更回避耶？愿郎君少伫内厅，当暂饰装而出。"

且我舍身于野兽，又怎么比得上恩惠于人呢？然而今天我还没有吃饭，我想能够饱食一顿之后再死。”杨宗素听了是既惊喜又感激，马上将所带的食物放在僧人面前。僧人一会儿就将饭菜吃完了，而后又说：“我既然吃完了，也应当供奉一下佛祖，然后再等我祭奠一下四方之圣。”于是僧人整理好衣服，出阁行祭奠礼。祭奠东方已毕，僧人忽然跳到了一棵高树上。杨宗素以为他有出奇的变化本领，大概会深不可测。

一会儿，僧人叫来杨宗素，厉声问道：“施主刚才所要求的是什么？”杨宗素说：“希望得到活人的心脏，以治疗我父亲的病。”僧人说：“施主所想得到的，我已经同意了。现在我想先给你讲讲《金刚经》的深奥含义，你愿意听吗？”杨宗素说：“我一向崇尚佛法，今天能得到机会遇见我师，又怎敢不听呢？”僧人说道：“《金刚经》上讲：过去心不可得，现在心不可得，未来心不可得。施主如果想要取我的心，也是不可得的！”说完，忽然跳起身来大叫一声，化成了一只猿猴而去。杨宗素大为惊异，惊骇而回。（出《宣室志》）

## 孙恪

广德年间有个叫孙恪的秀才，因为科考不中，于是到洛中游历。当他游历到魏王池边时，发现有一座大宅院，土木都是新的。有路人指着这座大宅院说：“这是袁氏家的宅院。”孙恪径直来到门前敲门，没有人答应。门边有一间小房子，帘子很整洁，这是招呼客人的门房。于是孙恪揭起帘子进入其内。过了好一会，他忽然听到了开门声，一个女子仪容照物，艳丽惊人，就像刚被月光洗涤过的宝珠，像忽然被薄雾笼罩的柳枝，像被兰花般的芬芳洗涤了灵魂，像美玉一样晶莹纯洁而一尘不染。孙恪以为她是这家主人的女儿，只是偷看而已。女孩摘了一株院中的忘忧草，沉思着站立了很久，于是吟诗道：“彼见是忘忧，此看同腐草。青山与白云，方展我怀抱。”诵读完毕后显露出悲伤的神色。然后她便前来掀起了帘子，忽然看见了孙恪，于是惊恐且羞愧地跑回了内宅，并让一使女前来质问他道：“你是什么人，竟然晚上跑到这里来了？”孙恪于是告诉她说自己是想恪慕其容美，喜不自胜。诘青衣曰："谁氏之子？"曰："故袁长官之女，少孤，更无姻戚，唯与妾辈三五人，据此第耳。小娘子见求适人，但未售也。"良久，乃出见恪，美艳愈于向者所睹。命侍婢进茶果曰："郎君即无第舍，便可迁囊橐于此厅院中。"指青衣谓恪曰："少有所须，但告此辈。"恪愧荷而已。恪未室，又睹女子之妍丽如是，乃进媒而请之，女亦忻然相受，遂纳为室。袁氏赡足，巨有金缯。而恪久贫，忽车马焕若，服玩华丽，颇为亲友之疑讶。多来诘恪，恪竟不实对。恪因骄倨，不求名第，日洽豪贵，纵酒狂歌，如此三四岁，不离洛中。

忽遇表兄张闲云处士，恪谓曰："既久睽间，颇思从容。愿携衾绸，一来宵话。"张生如其所约。及夜半将寝，张生握恪手，密谓之曰："愚兄于道门曾有所授，适观弟词色，妖气颇浓，未审别有何所遇？事之巨细，必愿见陈。不然者，当受祸耳。"恪曰："未尝有所遇也。"张生又曰："夫人禀阳精，妖受阴气，魂掩魄尽，人则长生；魄掩魂消，人则立死。故鬼怪无形而全阴也，仙人无影而全阳也。阴阳之盛衰，魂魄之交战，在体而微有失位，莫不表白于气色。向观弟神采，阴夺阳位，邪干正腑，真精已耗，识用渐隳，津液倾输，根蒂荡动，骨将化土，颜非渥丹，必为怪异所铄，何坚隐而不剖其由也？"恪方惊悟，遂陈娶纳之因。张生大骇曰："只此是也，其奈之何？"恪曰："弟忖度之，有何异焉？"张曰：

租房的人，并说道："不幸有所冒犯，我深感羞惭惊异，希望能向小娘子转达。"使女将此如实以告。女孩说道："我长得丑陋笨拙，况且又没化妆，你从帘子往里看了很久，应该都看到了，我又怎敢再回避呢？希望你在内厅稍等片刻，我稍稍化个妆就出来。"

孙恪仰慕女子的美丽，听后喜不自胜。他问使女道："请问女子是谁家的孩子？"使女说道："这是已故袁长官的女儿，从小就成了孤儿，也没有姻亲，只是与我们三五人住在这座宅子里。小娘子现在还没嫁人，且正等着有人来提亲呢！"好一会之后，女子才出来见孙恪。她的容貌比之前所见还要艳丽。她吩咐侍从婢女进上茶水、果品，说道："你既然没有地方住，便可将行李物品搬到这里来。"并指着使女对孙恪说："如果有什么需要，只管告诉她们便可。"孙恪因受惠承情而略感不安。孙恪还没有妻室，加上他见这女子如此美丽，于是便请了媒人来提亲，女孩也欣然接受了，于是他们就结婚了。袁氏家中富足，有很多的金钱丝绸，而孙恪家中一直很贫穷，忽然间却车马耀眼，服饰器用玩好之物华丽无比，让亲友们感到很是疑惑与惊奇。他们常来向孙恪询问，而他却没有如实相告。孙恪也因如此变得骄纵傲慢，不再求取功名，每天都像个豪贵之人一般，纵酒狂歌。如此过了三四年，没有离开洛中。

一天，他忽然遇到了表兄张闲云处士，孙恪对表兄说道："我们久别重逢，很想你能盘桓几天，希望你能带着被褥来这，我们欢快地聊个通宵。"张闲云遵照与孙恪的约定，到了深夜准备睡觉时，张闲云握着孙恪的手，小声地对他说："为兄我在道门曾学过一些术法，刚才看你的言语和神态，妖气很重，不知近来有没有遇见什么？事无巨细，请一定都告诉我。不然的话，你肯定会遭遇灾祸啊。"孙恪说道："没有遇见过什么啊。"张闲云又说道："人类承受的是阳精之气，而妖怪所接受的是阴气。如果魂掩魄尽，那么人类就能长生；如果魄掩魂消，那么人就会立刻死亡。所以鬼怪无形且都是阴气所聚，而仙人无影且都是阳气所凝。阴阳的盛衰，魂魄的交战，只要在体内稍微有点失调，没有不在气色上表现出来的。我刚才看表弟你的精神面貌，阴气已侵入你身体的阳气所在，邪气已经干扰了你

“岂有袁氏海内无瓜葛之亲哉！又辨慧多能，足为可异矣。”遂告张曰：“某一生邅迍，久处冻馁，因滋婚娶，颇似苏息，不能负义，何以为计？”张生怒曰：“大丈夫未能事人，焉能事鬼！传云：‘妖由人兴，人无衅焉，妖不自作。’且义与身孰亲？身受其灾，而顾其鬼怪之恩义，三尺童子，尚以为不可，何况大丈夫乎？”张又曰：“吾有宝剑，亦干将之俦亚也。凡有魍魉，见者灭没。前后神验，不可备数。诘朝奉借，倘携密室，必睹其狼狈，不下昔日王君携宝镜而照鹦鹉也。不然者，则不断恩爱耳。”

明日，恪遂受剑。张生告去，执手曰：“善伺其便。”恪遂携剑，隐于室内，而终有难色。袁氏俄觉，大怒而责恪曰：“子之穷愁，我使畅泰。不顾恩义，遂兴非为，如此用心，则犬彘不食其余，岂能立节行于人世也？”恪既被责，惭颜惕虑，叩头曰：“受教于表兄，非宿心也。愿以饮血为盟，更不敢有他意。”汗落伏地。袁氏遂搜得其剑，寸折之，若断轻藕耳。恪愈惧，似欲奔进。袁氏乃笑曰：“张生一小子，不能以道义诲其表弟，使行其凶险，来当辱之。然观子之心，的应不如是。然吾匹君已数岁也，子何虑哉！”恪方稍安。后数日，因出，遇张生，曰：“无何使我撩虎须，几不脱虎口耳！”张生问剑之所在，具以实对。张生大骇曰：“非吾所知的腑脏，你的真精已经耗损，头脑已经逐渐毁坏，精液已流完，根基已经浮动，骨骼即将化为尘土，而脸上也不是红润的颜色，必定是为妖怪所消损，为何还要坚决隐瞒而不说明其缘由呢？”孙恪听后这才惊醒，于是便将娶妻的经过讲给表兄听。张闲云听了大惊道：“只有这些没其他的了吗？”孙恪说道：“表弟是这样想的，有什么异样吗？”张闲云说：“怎么可能袁氏在海内会没有相关的亲戚！她聪明而又富于辩才，还有很多本领，这些足以让人可疑了。”孙恪于是对张闲云说道：“我一生困顿而不顺，长期处于饥寒交迫之中，因为与她的婚姻，使我就像获得了新生。我不能忘恩负义，请问有什么办法吗？”张闲云听了大怒道：“大丈夫不能服侍人，又怎能去服侍鬼呢？人们都说：‘妖因为人而兴旺。人如果没有把柄可被利用，妖就不能自己制作。’况且道义与身体哪个更亲？如果让自己身体受到伤害，却顾及鬼怪的恩义，即使是三尺小孩，尚且都认为不对，何况是大丈夫呢！”张闲云又说道：“我有宝剑，也是像干将一样的利剑，凡是碰到鬼怪，见者必死，前后一直都很灵验，经历的次数数不胜数。明天借给你用，如果将它带到隐秘的房间，一定能看到她狼狈的样子，不会比过去王度携带宝镜照程家婢女鹦鹉时的情形差。不这样做的话，她就会不断地亲热你。”

第二天，孙恪于是接受了表哥的剑，张闲云便告辞而去。临行前他拱手对孙恪道：“你只要静观其变就行。”孙恪于是带着剑，将它藏到了室内，但还是面露难色。袁氏一下就发觉了。她大怒并责备孙恪道：“你穷愁潦倒时，是我让你过上了舒畅安宁的日子。如今你不顾恩义，却想着要胡作非为，如此用心，就是猪狗都不会吃你，你又还怎能树立节操活在人世呢！”孙恪被责备后，既惭愧又心忧，于是叩头道：“我是受到了表兄的唆使，这并不是我的本意。我愿意歃血为盟，再也不敢有其他的念头了。”孙恪大汗淋漓地趴在地上。袁氏便搜出了宝剑，并将宝剑一寸一寸地折断了，就像折断嫩藕一般。孙恪更加害怕了，像是准备逃跑。袁氏笑着道：“张闲云这个小子，不用道义来教诲自己的表弟，却让他干一些凶险的事，下次再来当该羞辱他。然而看你的心思，的确不是这样的。但我都与你结婚也。”深惧而不敢来谒。

后十余年，袁氏已鞠育二子。治家甚严，不喜参杂。后恪之长安，谒旧友人王相国缙，遂荐于南康张万顷大夫，为经略判官，挈家而往。袁氏每遇青松高山，凝睇久之，若有不快意。到端州，袁氏曰：“去此半程，江壖有峡山寺，我家旧有门徒僧惠幽居于此寺。别来数十年，僧行夏腊极高，能别形骸，善出尘垢。倘经彼设食，颇益南行之福。”恪曰：“然。”遂具斋蔬之类。及抵寺，袁氏欣然，易服理妆，携二子诣老僧院，若熟其径者。恪颇异之。遂将碧玉环子以献僧曰：“此是院中旧物。”僧亦不晓。及斋罢，有野猿数十，连臂下于高松，而食于生台上。后悲啸扪萝而跃，袁氏恻然。俄命笔题僧壁曰：“刚被恩情役此心，无端变化几湮沉。不如逐伴归山去，长啸一声烟雾深。”乃掷笔于地，抚二子咽泣数声，语恪曰：“好住好住！吾当永诀矣。”遂裂衣化为老猿，追啸者跃树而去。将抵深山而复返视，恪乃惊惧，若魂飞神丧。良久，抚二子一恸。

乃询于老僧，僧方悟：“此猿是贫道为沙弥时所养。开元中，有天使高力士经过此，怜其慧黠，以束帛而易之。闻抵洛京，献于天子。时有天使来往，多说其慧黠过人，长驯扰于上阳宫内。及安已经几年了，你还有什么顾虑呢！”孙恪这才稍稍安定一点。几天之后，孙恪因有事外出，正好遇见了表哥张闲云，便说道：“你怎么让我去拔虎须啊？我差一点就脱离不了虎口了。”张闲云于是问他剑在哪里，他便如实相告。张闲云听了大惊道：“这不是我所能料到的。”因为非常害怕而不敢再来拜见弟妹。

十多年以后，袁氏已经养育了两个儿子，她治家很严，不喜欢别人掺和自家的事。后来孙恪前往长安，拜访老朋友相国王缙，于是将他推荐给了南康张万顷大夫，做了经略判官，他带着全家前往。袁氏每次遇到青松高山，都会凝视很久，好像有不高兴的感觉。到了端州后，袁氏说道：“到这里已经走了一半路程了。江边有座峡山寺，我家原来的一个门徒僧人惠幽就住在这座寺里，我与他分别已有几十年了。他出家修行的时间及道行非常高，能够灵魂离开身体，喜欢脱离红尘隐世。假如经过那里时可以摆上一些食物，这对于我们南行很有好处。”孙恪说：“好。”于是他让人准备了斋饭、蔬菜之类的东西。当到了寺庙后，袁氏心情变得非常愉悦，她换了衣服并梳妆打扮，带着两个儿子前往老僧人住的院子，像是非常熟悉道路似的。孙恪对此很是惊异。袁氏于是拿出一碧玉环来献给僧人道：“这是院中的旧物。”僧人也不明白这回事。吃完饭后，有几十只野猿，一起从高大的松树上下来了，到台子上吃东西。之后它们突然悲切长鸣，攀援着葛藤跳跃着。袁氏听后悲伤落泪。一会儿后她提笔在寺院的墙壁上题道：“刚被恩情役此心，无端变化几湮沉。不如逐伴归山去，长啸一声烟雾深！”于是将笔抛在地上，抚摸着两个儿子抽泣了几声，对孙恪说：“保重保重，我该与你永别了！”于是撕开衣服化成一只老猿，跳上树追着那群长鸣的野猿而去，在将要抵达深山时它又折返了回来看着他们。孙恪惊恐万分，似将魂飞魄散。好一会后，他抚摸着两个儿子痛哭起来。

于是他向老僧人询问，僧人这才明白：“这猿猴是贫道还是小和尚时所养。开元年间，天子的使者高力士经过此地，怜爱这猿猴的聪慧狡猾，因此用五匹帛换走了她。听说到京都洛阳后，便将猿猴献给了天子。当时有天子的使者往来，都说她聪慧狡猾过人，经常史之乱，即不知所之。於戏！不期今日更睹其怪异耳。碧玉环者，本诃陵胡人所施，当时亦随猿颈而往。今方悟矣。”恪遂惆怅，舣舟六七日，携二子而回棹，不复能之任也。（出《传奇》）

## 崔商

元和中，荆客崔商上峡之黔。秋水既落，舟行甚迟。江滨有溪洞，林木胜绝。商因杖策徐步，穷幽深入。不三四里，忽有人居。石桥竹扉，板屋茅舍，延流诘曲，景象殊迥。商因前诣，有尼众十许延客，姿貌言笑，固非山壑之徒。即升其居，见廷内舍上，多曝果栗，及窥其室，堆积皆满。须臾，则自外斋负众果累累而去。商谓其深山穷谷，非能居焉，疑为妖异，忽遽而返。众尼援引留连，词意甚恳。商既登舟，访于舟子，皆曰：“此猿猱耳。前后遇者非一，赖悟速返。不尔，几为所残。”商即聚僮仆，挟兵杖，亟往寻捕，则无踪迹矣。（出《集异记》）

驯服地待在上阳宫内。到安史之乱时，便没有人知道他的去向了。呜呼！没想到今天再次看到了她的与众不同。碧玉环，本是诃陵的胡人所给，当时也戴在她的脖子上一同前往。现在我终于明白了。”孙恪于是变得伤感起来，他将船停靠在岸边六七天后，便带着两个儿子驾船返回，没有再去任上。（出《传奇》）

## 崔商

元和年间，荆州有个崔商准备沿着江峡前往黔州去。当时已是秋天，水势已消退，所以船行得很慢。江边有溪洞，其花草树木等景色非常优美。崔商于是拄着拐杖沿着溪洞缓步前行，探寻其幽深之处，不知不觉间便走出了很远。在三四里的地方，他忽然发现有人居住在这。石桥竹门，几间板房茅舍，周边有溪流弯弯曲曲地流淌着，景色与别地特别不一样。崔商因而上前敲门拜访，有十多个尼姑出来迎接他。她们的姿容、言谈举止，一点都不像是山野之人。她们将崔商请到了屋子里，只见院子里晒着很多野果、板栗等东西，当他偷看屋里时，也都堆得满满的。不一会儿，有人从外斋将众多果子干儿背走了。崔商心想，这深山穷谷，并不是适合人居住的地方，所以怀疑这些尼姑是妖怪，于是急忙返回。众尼姑再三挽留，言辞非常恳切。崔商返回船上后，向船夫们打听起这事，船夫们都说：“这些都是猿猴作怪。遇到她们的不止你一个人，幸亏你回来得快，不然，就会被她们害了。”崔商于是召集了仆人，带着兵器，急忙入山去寻找猎捕，然而她们已踪迹全无。（出《集异记》）

# 卷第四百四十六　畜兽十三



## 猿下

### 楚江渔者

楚江边有一渔者，结茅临流，唯一草衣小舟纶竿而已，别无所有。时以鱼换酒，辄自狂歌醉舞。人虽笑之，略无惭色。亦不言其姓氏，识者皆以为渔之隐者。或有问之曰："君之渔，隐人之渔耶？渔人之渔耶？"渔者曰："昔姜子牙之渔，严子陵之渔，书于青史，皆以为隐人之渔也。殊不知不钓其鱼，钓其名耳。隐人之渔高尚乎？渔人之渔高尚乎？若以渔人之渔，但有明月，风和浪静，得鱼供庖宰，一身足，余则易酒独醉，又焉知隐人之渔、渔人之渔也？"问者深叹伏之。忽一日，有一人挈一小猿经于此。其渔者见之，悲号不止。其小猿亦不肯前去，似有怆恋之情。其人甚怪。渔者乃坚拜求此小猿，言："是余前年中所失者。是一山僧付与，幸垂悯察以见赐。庶余不负山僧之义。"其人惊念，遂特赐之。渔者常恩养是小猿。经一载，忽告渔人辈曰："我自于南山中有族属，今日辞尔辈归之。"遂跳跃化为一老猿，携其小猿奔走，不知所之。（出《潇湘录》）

# 猿下

## 楚江渔者

在楚江边上有一个钓鱼的人，在江水旁边盖了房子。只有一件草做的衣服、一条小船和一把钓鱼竿，其他的什么也没有。他常常用鱼换酒，酒后总是自己狂歌醉舞。虽然人们嘲笑他，但他一点惭愧的神色都没有。也不说他的姓名，认识他的人都认为他是钓鱼的隐士。有人问他说："你钓鱼，是隐士钓鱼，还是渔夫钓鱼呢？"渔人答道："以前姜子牙钓鱼，严子陵钓鱼，都记录在史书里，人们都认为那是隐士钓鱼。竟然不知道那并不是钓鱼，是钓名声而已。是隐士的钓鱼高尚呢，还是渔夫的钓鱼高尚呢？如果认为渔夫的钓鱼高尚，只要有明月，没有风浪，钓到鱼给厨房宰杀了做来吃，我就知足了。剩下的就拿来换酒独饮喝醉，又哪里知道什么隐士的钓鱼，渔夫的钓鱼呢？"提问的人对他很是叹服。忽然有一天，有一个人牵着一只小猿猴经过这个地方，钓鱼的人他见了就伤心地号哭不止。那只小猿猴也不愿意离开，似乎是有悲伤眷恋之情。路过的人感到十分的奇怪。钓鱼人就坚定地请求那个人把小猿猴赠与他。他说是他前年丢的，是一个山里的僧人赠予他的，希望路过的人能可怜他，把小猿猴赠予他，能让他不辜负山里僧人的一片情意。那个人惊讶地思考后，把小猿猴赠送给了他。钓鱼人经常抚育这只小猿猴。过了一年，

## 王仁裕

王仁裕尝从事于汉中，家于公署。巴山有采捕者，献猿儿焉。怜其小而慧黠，使人养之，名曰野宾。呼之则声声应对，经年则充博壮盛，縻絷稍解。逢人必啮之，颇亦为患。仁裕叱之，则弭伏而不动，余人纵鞭棰亦不畏。其公衙子城缭绕，并是榆槐杂树，汉高庙有长松古柏，上鸟巢不知其数。时中春日，野宾解逸，跃入丛林。飞趠于树稍之间，遂入汉高庙，破鸟巢，掷其雏卵于地。是州衙门有铃架，群鸟遂集架引铃，主使令寻鸟所来。见野宾在林间，即使人投瓦砾弹射，皆莫能中。薄暮腹枵，方馁而就絷，乃遣人送入巴山百余里溪洞中。

人方回，询问未毕，野宾已在厨内谋餐矣，又复絷之。忽一日解逸，入主帅厨中，应动用食器之属，并遭掀扑秽污，而后登屋，掷瓦拆砖。主帅大怒，使众箭射之，野宾骑屋脊而毁拆砖瓦，箭发如雨。野宾目不妨视，口不妨呼，手拈足掷，左右避箭，竟不能损其一毫。有使院老将马元章曰："市上有一人，善弄胡狲。"乃使召至，指示之曰："速擒来。"于是大胡狲跃上衙屋赶之。逾垣蓦巷，擒得至前。野宾流汗体浴而伏罪，主帅亦不甚诟怒，众皆看而笑之，于是颈上系红绡一缕，题诗送之曰："放尔丁宁复故林，旧来行处好追寻。月明巫峡堪怜静，路隔巴山莫厌深。栖宿免劳青嶂梦，跻攀应惬碧云心。三秋果熟松稍健，任抱高枝彻晓吟。"又使人送入孤云两角山，且使絷在山家。旬日后，方解而纵之，不复他忽然告诉钓鱼的人们说："我在南山里面有族人亲属，今天要和你们告辞回去了。"就跳跃着变成了一只老猿猴，带着他的小猿猴跑开了，不知道到哪里去了。（出《潇湘录》）

## 王仁裕

王仁裕曾经在汉中担任职务，住在公署。巴山有一个猎人，献给他一只小猿猴。他怜爱小猿猴的体态小和慧黠，就命人养活它，叫它"野宾"。叫它它就会答应。过了一年，就长得健壮了。只要解开绳索，遇到人就会咬，很让人害怕。王仁裕呵斥它，它就会顺从地趴在那里不动弹。其他人拿鞭打它，它也不害怕。衙门四周有小城萦绕，还有榆、槐等杂树。汉高祖庙有长松和古柏，树上有数不清的鸟巢。正值春天的时候。野宾被松解肆意奔跑，跳进了丛林，在树梢间飞于，就进了汉高祖庙。破坏鸟巢，把鸟巢里小鸟和鸟蛋扔到地上。这个州的衙门门前有铃架，群鸟就都到铃架上拉响门铃。州主派人寻找鸟的来处，发现野宾在树林里，马上就命人扔瓦砾砸它，都不能砸中。傍晚它的肚子空了，才因为饿了被抓住。于是命人把它送到离巴山一百多里处的一个山洞里。

去的人刚回家，问话还没结束，野宾就已经在厨房里面找东西吃了。又把它拴好。忽有一天，它又被松解随意奔跑，进了主帅厨房中，所有会用到的食器等物品，都被它掀翻扑倒弄脏了，后来它跑到房屋上面，扔下瓦片，拆掉墙砖。主帅十分地愤怒，让大家用箭射它。野宾骑在屋脊上折毁砖瓦。箭就像雨点一样射上去，野宾眼睛不妨碍看东西，嘴不妨碍叫唤。它用手拿，用脚踢，左右移动避箭，居然不能损伤到它一点点毛。有一个使院的老将马元章说道："市场上有一个人，很擅长戏耍猢狲。"于是把那个人找过来，指着野宾给他看，说道："快把它抓起来！"于是一只大的猢狲跳上衙门的屋顶去追赶野宾，跳过墙，穿过小巷，把野宾捉了带到主帅面前。野宾全身都是汗，趴在那里认罪，主帅也不是很生气了。大伙都看着然后笑了。就给它的脖子上系上了一缕红绸子，王仁裕题了诗送它，诗写道："放尔丁宁复故林，旧来行处好追寻。月明巫峡堪怜静，路隔巴山莫再来矣。

后罢职入蜀，行次嶓冢庙前。汉江之壖，有群猿自峭岩中，连臂而下，饮于清流。有巨猿舍群而前，于道畔古木之间，垂身下顾，红绡彷彿而在，从者指之曰："此野宾也。"呼之，声声相应，立马移时，不觉恻然。及耸辔之际，哀叫数声而去。及陟山路，转壑回溪之际，尚闻呜咽之音。疑其肠断矣，遂继之一篇曰："嶓冢祠边汉水滨，此猿连臂下嶙峋。渐来子细窥行客，认得依稀是野宾。月宿纵劳羁绁梦，松餐非复稻粱身。数声肠断和云叫，识是前年旧主人。"（出《王氏见闻》）

## 猕猴

### 翟 昭

晋太元中，丁零王翟昭后宫养一猕猴，在妓女房前。前后妓女同时怀娠，各产子三头，出便跳跃。昭方知是猴所为，乃杀猴及十子。六妓同时号哭，昭问之云："初见一年少，着黄练单衣，白纱恰，甚可爱，语笑如人。"（出《续搜神记》）

### 徐寂之

太元末，徐寂之常野行，见一女子操荷，举手麾寂之。寂之悦而延住，此后来往如旧，寂之便患瘦瘠。时或言见华房深宇，芳茵广筵，寂之与女觞肴宴乐。数年，其弟骅之闻屋内群语，潜往窥厌深。栖宿免劳青嶂梦，跻攀应惬碧云心。三秋果熟松稍健，任抱高枝彻晓吟。”又派人把它送进了孤云两角山，而且让人拴在山里人家中。十几天过后松解绳子放了它，再没有回来了。

后来王仁裕被罢官到蜀地去，到了嶓冢庙前、汉江边上的时候，有一群猿猴从陡峭的岩石上扯着前臂下来，在江边喝水。有一只大的猿猴离开了猿群走上前，在路边的古树间垂着身体向下看，仿佛红绸还在。随从指着它说道：“这是野宾！”叫它，它每一声都会答应。停下马观望的时候，王仁裕心里不知不觉地就悲伤起来。等到他扬鞭出发的时候，野宾也哀叫了几声跑走了。等到王仁裕登上了山路。走在回转的溪流和壑谷边上，还可以听见到野宾哀叫声。王仁裕怀疑它是不是肠子断了。就接着又写下一首诗曰：“嶓冢祠边汉水滨，此猿连臂下嶙峋。渐来子细窥行客，认得依稀是野宾。月宿纵劳羁绁梦，松餐非复稻粱身。数声肠断和云叫，识是前年旧主人。”（出《王氏见闻》）

## 猕猴

### 翟 昭

晋朝太元年间，丁零王名叫翟昭，在后宫养了一只猕猴。养在妓女的房前。前后的妓女，同时怀了孕，各生下了三头小猕猴，一出生就可以跳跃。翟昭于是知道是猕猴干的，就杀了猕猴和十头小猕猴。六个妓女一起哀号。翟昭询问她们，她们说道：“当时看见一位年轻人，穿黄绢单衣，白色纱帽。十分的可爱，说笑起来和人一样。”（出《续搜神记》）

### 徐寂之

太元末年，徐寂之在野外行走的时候，看见一个女子拿着荷花，举手示意他。徐寂之喜欢这个女子，于是把她接到家里住。在这之后就经常来往，徐寂之得了消瘦的病。当时有人说看见在华房之，见数女子从后户出，唯余一者隐在篑边。睟之径入，寂怒曰：“念方欢集，何故唐突？”忽复共言云：“篑中有人。”睟之即发看，有一牝猴，遂杀之。寂病渐瘳。（出《异苑》）

## 张寓言

山人张寓言素有道术，博学多才，常寓居于朝士家，其宅大且凶。主人移出，寓言出饮，甚醉而还。不知其家已出，遂寝于堂庑下，夜半后颇醒。竖告之，寓言惧。时夜昏黑，乃有引其架上书者。寓言自暗窥之，乃鬼也，集于书架之旁。寓言计将击之，因起。寓言多力，先叱之，鬼称革。寓言殴之，而踏其喉就地，又击之。因绝声大叫云：“吾擒得鬼。”守者遂以火至，乃一猕猴也，被击已死，方知误焉。先是，一沐猴不知何来，每夜入人家偷窃。及寓言以为鬼而杀之，一里无患矣。（出《纪闻》）

## 薛放曾祖

薛放尚书曾祖为湖南刺史，罢郡，京中闲居。善治家，旦暮必策杖检校其宅。常晨起，因至厨中，见灶内有灯荧荧然。薛怒其爨者曰：“灯不灭，又置灶中，何也？”及至灶前视之，忽见一猕猴子长六七寸。前有一小台盘子，方圆尺余，内食品物皆极小而甚备。又前置一盏灯，猴对之而食。薛大骇异，乃以拄杖刺之。灶虽浅，而尽其杖终不能及。乃命妻子僮仆观之，皆莫测，不知所为。

深宅里，或者在芳茵广筵上，寂之和那女子饮酒作乐。几年之后，有一次，他的弟弟徐晬之听到屋里有一群人在讲话，偷偷地过去看，看见几个女子从后门出去了，只剩下一个藏匿在一个竹筐旁。晬之直接进到屋里，徐寂之生气地说："我正要聚集众人寻欢，你为什么失利闯入？"忽然又一起说道："竹筐里有一个人。"徐晬之立即打开竹筐查看，是一只母猴，于是把它杀了。徐寂之的病渐渐好了。（出《异苑》）

## 张寓言

山人张寓言一直很擅长道术，学识广博，有多方面的才能。他曾经寄居在一个朝廷的官员家中。这个宅子很宏大，并且会闹鬼，主人搬出去了。张寓言出门喝酒，喝得很醉后回来。他不知道主人已经搬出，于是睡在堂屋的厢房里。半夜过后稍微地清醒了一些，仆人告诉他主人已经搬走。张寓言害怕起来。当时又暗又黑，竟然有人拿书架上的书。张寓言暗暗地偷看，是鬼。书被堆放在书架的旁边。张寓言谋划打它，于是起来了。张寓言非常有力气，先大声呵斥鬼，鬼举起一块皮革。张寓言殴打它。他踩着鬼的喉咙，压他在地上，又打它。因此它没了声音。寓言大声喊道："我捉住鬼啦！"守卫于是拿灯火进来，是一只猕猴。猕猴已经被打死，才知道是弄错了。原来这里有一只不知从哪里来的猕猴，每天晚上都到人家里面偷东西。等张寓言把它当成鬼杀了后，一里之内都没有祸患了。（出《纪闻》）

## 薛放曾祖

薛放尚书的曾祖父是湖南的刺史。免除官职之后，在京城居住。他擅长治理家事，早上和傍晚一定拄着手杖检查宅院。有天早晨起来，就来到厨房里。他看见灶内有灯光闪烁着，就愤怒地对做饭的人说："不把灯灭掉，为什么还放到灶里面。"等他走到灶前查看，看到一只六七寸高的小猴，面前有一个方圆一尺左右的小盘子。盘子里的食品都很小，但是很齐全。面前还放了一盏灯。猴子就对着其猴忽置灯于盘子上，以头戴盘而出灶，人行至堂前阶上，复设灯置盘而食，傍若无人。薛氏惊惧，乃令子弟出外，访求术士以禳之。

及出门，忽逢一道士乘驴，谓薛氏子曰："郎君神精，极甚仓卒，必有事故。适过此宅，见妖气甚盛，某平生所学道术，以济急难，如有事，请为郎君除之。"薛子大喜，下马拜请至宅。使君具簪简出迎，妻女等悉拜迎，坐于中堂。猴见道士，亦无惧色，道士曰："此乃使君积世深冤，今之此来，为祸不浅。"使君及妻子悲涕求请良久，道士曰："有幸相遇，当为祛除，然此物终当屈辱使君，方肯解释。"薛曰："苟得无他，敢辞屈辱。"道士曰："此猴今欲将台盘及灯，上使君头上食，必当去，可乎？"薛不敢辞，妻子皆泣曰："此是精魅物，安可置头上？乞尊师别为一计。"道士曰："不然，先将台盘子于头上，后令于盘中食之，可乎？"妻子又曰："不可。"道士曰："不然，无计矣。"薛又哀祈之良久，道士曰："家有厨柜之类乎？令使君入其中，令猴于其上食，可乎？"皆曰："可。"乃取木柜，中施裀褥，薛入柜中，闭之，猴即戴台盘，提灯而上，乃置之而食，妻子环绕其旁，共忧涕泣。忽失道士所在，惊骇求觅之次，猴及台盘灯亦皆不见，遂开柜视之，使君亦不见。举家号哭求觅，无复踪迹。遂具丧服，以柜招魂而葬焉。（出《灵保集》）

灯吃东西。薛刺史十分地吃惊，就拿手杖刺它。灶虽然浅，但是手杖完全伸进去，还是不能够着。他就让妻子儿女僮仆都来看，都不能推断出要怎么办。那猴子突然把灯放到盘子上面，用头顶着盘子走了出来。像人一样走到堂前的台阶上，又把灯和盘子放下来吃，就像旁边没有人一样。薛刺史感到惊讶和害怕，就派子弟们出去询访、请求术士来除掉它。

子弟们出门后，忽然遇上一个骑驴的道士。道士对薛氏子说："郎君的神情十分的慌张仓促，必定有什么急事。刚刚路过这宅子，发现妖气十分的大。我平生所学的道术，用来为人们度过困难。如果有事，我可以帮您除去它。"薛氏子十分地高兴，下马拜请道士到家中。薛刺史用簪子整理好头发，手捧着简帖出来迎接，妻子儿女都出来拜迎道士。道士坐在中堂，猴子看见道士也没有害怕的神色。道士说道："这是刺史世代的深冤，今天来到这里，是不小的祸患呀！"薛刺史和他的妻子儿女，悲伤地哭着请求了好久。道士说道："我们有幸遇到，我应该为你除掉它。但是这个东西最终还是要让刺史屈辱，才会停止。"薛刺史说："如果能不发生其他的祸事，怎么敢推辞屈辱呢？"道士说道："这个猴子现在想要把这盘子和灯拿到刺史的头上去吃。它就一定能离开。可以吗？"薛刺史不敢推辞。妻子儿女都哭着说："这是妖精鬼怪，怎么可以放到头上呢？请求尊师另外想一个办法。"道士说道："不这样的话，先把盘子放在头上，然后让它到盘子里去吃。可以吗？"妻子说："不行。"道士说道："不这样的话，没有办法了。"薛刺史又苦苦哀求了很久，道士说道："家里有橱柜之类的东西吗？让刺史进柜子里面，让猴子在柜子上面吃，可以吗？"都说道："可以。"于是取来木柜，在柜中铺好被褥，薛刺史进到柜中，关上柜门。猴子就顶着盘子，提着灯走上柜子，就把盘子放到那上面吃。妻子儿女环绕在柜子旁，都担心地哭泣。忽然道士不见了。惊慌害怕寻找的时候，猴子、台盘、灯都不见了。就打开柜子一看。刺史也不见了。全家都大声号哭寻找，没再看到踪迹。就准备丧服，用柜招魂把刺史安葬了。（出《灵保集》）

## 杨于度

蜀中有杨于度者善弄胡狲，于阛阓中乞丐于人。常饲养胡狲大小十余头。会人语，或令骑犬作参军行李，则呵殿前后，其执鞭驱策，戴帽穿靴，亦可取笑一时。如弄醉人，则必倒之，卧于地上，扶之久而不起。于度唱曰："街使来。"辄不起。"御史中丞来。"亦不起。或微言"侯侍中来"，胡狲即便起走，眼目张惶，佯作惧怕，人皆笑之。侯侍中弘实，巡检内外，主严重，人皆惧之，故弄此戏。一日，内厩胡狲维绝走上殿阁，蜀主令人射之，以其跻捷，皆不之中。竟不能捉获者三日。内竖奏杨于度善弄胡狲，试令捉之。遂以十余头人，望殿上拜，拱手作一行立。内厩胡狲亦在舍上窥觑，于度高声唱言："奉敕捉舍上胡狲来。"手下胡狲一时上舍，齐手把捉内厩胡狲，立在殿上。蜀主大悦，因赐杨于度绯衫钱帛，收系教坊。有内臣因问杨于度："胡狲何以教之而会人言语？"对曰："胡狲乃兽，实不会人语。于度缘饲之灵砂，变其兽心，然后可教。"内臣深讶其说。则有好事者知之，多以灵砂饲胡狲、鹦鹉、犬、鼠等以教之。故知禽兽食灵砂，尚变人心，人食灵砂，足变凡质。(出《野人闲话》)

## 猕 猴

猕猴见僧，即必围绕，状如供养。戎泸彝僚，亦啖此物。但于野外石上，跏趺而坐，以物蒙首，有如坐禅，则必相悦而来，驯扰之。逡巡众去，唯留一个，伴假僧偶坐。僧以斧击，将归充食。他

## 杨于度

蜀中有一个名字叫杨于度的人，擅长耍猢狲。他让猢狲在街道上向人们乞讨。他曾经养了大小不一的十几头猢狲。这些猢狲会说人话。有的让它骑着狗，扮成参军、行军一类的官吏，就会有前呼后拥的随从。它们拿鞭子驱赶马，戴帽穿靴，也能取笑一段时间。如果他们扮演醉了的人，就一定躺倒在地上，扶它它也长时间地不起来。杨于度喊道："街使来了。"它还是不起来。杨于度喊："御史中丞来啦！"它还是不起来。如果对它小声说："侯侍中来了。"它马上就起来离开。它眼神张皇失措，假装很恐惧的样子，人们都笑它。侯侍中名叫弘实，他巡查朝廷内外，处理事情的时候法令威严人们都害怕他，所以杨于度和猢狲演了这出戏。一天，宫中圈里的猢狲的绳索断了，猢狲爬到了殿阁的上面。蜀主命人用箭射它，因为猢狲矫健敏捷，都没有射中，竟然过了三天还没捉住它。宫内的小臣对蜀主说："杨于度擅长耍猢狲，可以尝试让他来捉猢狲。"于是杨于度领着十几头猢狲来了，猢狲们拱手站成一行朝殿上参拜。宫内的猢狲也在屋顶上偷偷地看着。杨于度大声地喊道："奉旨捉屋顶上的猢狲！"手下的猢狲都爬上屋顶，一起把宫中的猢狲捉了下来，站在殿上。蜀主十分的高兴就赏赐给杨于度红色衣服、钱财绢布之类的东西，收留他在教坊里。有内臣就询问杨于度："怎么能教猢狲说人话呢？"杨于度说道："猢狲是兽，确实是不会说人话的。因为喂食它们灵沙，改变了它们的兽心，然后就可以教会它们了。"内臣对杨于度的说法十分的惊讶。有好事者知道了，就很多人都用灵沙喂猢狲、喂鹦鹉、喂狗、喂老鼠等，然后教它们。因此，可以知道禽兽吃了灵沙，还能变兽心成人心。人吃了灵沙，就足以改变平凡的心智。（出《野人闲话》）

## 猕 猴

猕猴看见和尚，就一定会围绕在和尚身边，样子就像是供养一般。西南的少数民族，也吃这种猕猴。只要人在野外的石头上，盘着脚，脚背放在股上坐着，用东西蒙上脸，就像打坐那样。那么猕猴日更要，亦如前法击之。然众竟不之觉。又被人以其害稼，乃致酒糟盆盛，措于野径，仍削木棒可长一二尺者三五十条，于侧边。其猴啖糟醉后，拈棒相击，脚手损折，由此并获。是知嗜酒者，得不鉴斯兽之贾害乎？（出《北梦琐言》）

## 猩猩

### 好 酒

猩猩好酒与屐。人欲取者，置二物以诱之。猩猩始见，必大詈云："诱我也。"乃绝走而去之。去而复至，稍稍相劝，顷尽醉。其足皆绊。或图而赞之曰："尔形唯猿，尔面唯人。言不忝面，智不逾身。淮阴佐汉，李斯相秦。曷若箕山，高卧养真。"（出《国史补》）

### 能 言

安南武平县封溪中，有猩猩焉。如美人，解人语，知往事。以嗜酒故，以屐得之。槛百数同牢，欲食之，众自推肥者相送，流涕而别。时饷封溪令，以帊盖之。令问何物，猩猩乃笼中语曰："唯有仆并酒一壶耳。"令笑而爱之，养畜，能传送言语，人不如也。（出《朝野佥载》）

就一定会高兴地跑过来，驯服柔顺。顷刻之间就都离开了，只留下一个，和假和尚想对坐着。假和尚就用斧头把它打死，回去后吃掉。之后还想要，也像这样打死猕猴。但是众猕猴竟然不能发现这件事。又因为猴子伤害庄稼，人们就用盆盛放酒糟，安放在野外的小道上，还削了三五十条一二尺长的木棒放在旁边。那些猕猴吃酒糟吃醉后，人们就用木棒互相打这些猕猴，手脚都打折了，因而就全被抓到。所以可以知晓嗜酒的人，能不借鉴这些兽类上当的教训吗？（出《北梦琐言》）

# 猩猩

## 好 酒

猩猩爱好酒和木鞋。人们想要抓它的时候，就把这两种东西放好来引诱它。猩猩们刚开始发现的时候，必然会大声斥责道："这是引诱我！"就很快跑开了。离开之后又返回来。渐渐地互相劝酒。不一会儿就全部喝醉了，它们的脚全部被绊住了。有人给它们画像并且题词道："你的样子像猿，你的面容像人。你的话不能让你羞愧，你的智慧不能保全自身。韩信辅佐汉朝，李斯相秦。哪里能比得上隐居深山，躺在高处修养你的本真？"（出《国史补》）

## 能 言

安南的武平县封溪境内，有猩猩，如同美人一般，懂得人话，知道以前的事情。因为猩猩喜爱酒的原因，人们用木鞋把它们抓起来，上百个猩猩关在一个牢里。要吃的时候，众猩猩自己挑选身体肥胖的送出来，流着眼泪送别。当时赠送给封溪县令一只，用手帕盖起来了，县令问什么东西。猩猩就在笼子里说："只有我和一壶酒罢了。"县令笑了，而且喜欢它，把它喂养起来。能够传话，人都不能比得上。（出《朝野佥载》）

## 焦封

前浚仪令焦封罢任后丧妻。开元初，客游于蜀，朝夕与蜀中富人饮博。忽一日侵夜，独乘骑归。逢一青衣，如旧相识，马前传语邀封。封方酒酣，遂笑而从之，心亦疑是误相邀。俄至一甲第，屋宇峥嵘。既坚请入，封乃下马入之。须臾，有十余婢仆至，并衣以罗纨，饰之珠翠，皆美丽其容质。此女仆齐称夫人欲披揖，封惊疑未已，有花烛两行前引，见大扇拥蔽一女子，年约十七八，殊常仪貌。遂令开扇，引封前，拜揖于堂而坐。前后设琼浆玉馔，奏以女乐，乃劝金樽于封。夫人索红笺，写诗一首以赠。诗曰："妾失鸳鸯伴，君方萍梗游。小年欢醉后，只恐苦相留。"封捧诗披阅，沉吟良久，方饮尽，遂复酌金樽，仍酬以一绝。诗曰："心常名宦外，终不耻狂游。误入桃源里，仙家争肯留。"夫人览诗，笑而言曰："谁教他误入来？要不留，亦不得也。"封亦笑而答曰："却恐不留，谁怕留千年万年。"夫人甚喜动颜色，乃徐起，佯醉归帐，命封伸伉俪之情。

至曙，复开绮席，歌乐嘹亮，又与封共醉，仍谓之曰："妾是都督府孙长史女，少适王茂。王茂客长安死，妾今寡居。幸见托于君子，无以妾自媒为过。当念卓王孙家，文君慕相如，曾若此也。"封复闻是语，转深眷恋。不出，经月余，忽自独行而语曰："我本读诗书，为名宦。今日名与宦俱未称心，而沉迷于酒色，月余不出，非丈夫也。"侍婢闻者，告于夫人。夫人谓封曰："妾是簪缨家女，君是宦途中人。与君匹偶，亦不相亏耳！至于却欲以名宦荣身，足得诣金阙谒明主也，妾争敢固留君身，抑君显达乎？何伤叹若是？"封曰："幸夫人念我，无使我虚老蜀城。"夫人遂以金宝送

## 焦封

浚仪县前任县令焦封罢任以后妻子去世了。开元初年的时候，他在蜀地游历，日夜和蜀地的富人喝酒赌博 。忽有一天夜里，他独自一人骑马返回，遇到一位婢仆，就像以前认识的一般，在马的前面传话邀请他。焦封酒喝得尽兴，就笑着地跟她走。焦封心中也怀疑是婢仆误认了他。片刻来到一所府第，房屋高大雄伟。婢女坚持让他进去，他就下马走进府中。一会儿后，来了十几个婢女，穿得都很华丽，头上佩戴珍珠翠玉，都十分的美丽娇艳。这些婢仆一齐说夫人将要来会见。他正感到惊讶疑惑，出现两行花烛前边引路，看见一面大扇拥簇着一个女子走来。这个女子十七八岁，不是普通的样貌。最后她让人拿开了扇子，把焦封带到面前。焦封打躬作揖后在堂中落座。前后都摆放了美酒和山珍海味，歌舞伎奏着乐曲。女子于是向焦封劝酒。她向人要来红笺，写下一首诗送给了焦封。诗写道："妾失鸳鸯伴，君方萍梗游。小年欢醉后，只恐苦相留。"焦封捧了诗笺展卷阅读，低声吟咏了很久。刚喝完一杯，接着又被斟满。焦封也酬答了一首绝句："心常名宦外，终不耻狂游。误入桃源里，仙家争肯留。"夫人看完，笑着说："谁让他误进的呢！如果不留他，也不可以呀！"焦封也笑着回答说："然而害怕不留。谁怕留一千年一万年呢！"夫人十分的高兴，就慢慢地站了起来，假装喝醉了，回到帐内后，让焦封诉说夫妻之情。

到了天亮，又开设了酒宴，歌声和乐声都清澈响亮，再一次和焦封喝醉。依然对焦封说："我是都督府孙长史的女儿，年轻的时候嫁给了王茂，王茂客死长安。我现在丧偶独居，有幸把自己托付给你，不要把我自己作媒当成错误，应当想一想卓王孙家，卓文君爱慕司马相如，也曾经像这样。"焦封再次听到这些话，转而对她有了深切的眷恋。他一个多月没有出宅子。后来有次他独自行走时自言自语："我原来苦读诗书是为了功名和官位，如今功名和官位都没有符合自己的心愿，却沉迷于酒色，一个多月都没有出去，不是大丈夫啊！"婢仆听到了这些，把它告诉了夫人。夫人对焦封说道："我是高官显官的女儿，你是仕途中的人，和你做配偶，也没有亏着你。至于你想封入关。及临歧泣别，仍赠玉环一枚。谓封曰："可珍重藏之，我阿母与我幼时所弄之物也。"复吟诗一首以送。诗曰："鹊桥织女会，也是不多时。今日送君处，羞言连理枝。"封览诗，受玉环，怆情尤甚，不觉沾洒。留诗别曰："但保同心结，无劳织锦诗。苏秦求富贵，自有一回时。"夫人见诗，悲哽良久，复劝金爵而别。

封虽已发志回京洛为名宦，亦常怅恨别是佳丽。方登阁道，见崄巇，深所郁郁。忽回顾，遥见夫人奔逐，遂惊异以伺之。遽至封前，悲泣不已。谓封曰："我不忍与君离，因潜奔赶君。不谓今日复睹君之容，幸挈我之京辇。"封疑讶，复且喜，遂相携达前旅次。至昏黑，有十余猩猩来。其妻奔出见之，喜跃倍常。乃顾谓封曰："君亦不顾我东去，我今幸女伴相召归山，愿自保爱。"言讫，化为一猩猩，与同伴相逐而走，不知所之。（出《潇湘录》）

## 猓Ⅸ

剑南人之采猓Ⅸ者，得一猓Ⅸ，其数十猓Ⅸ可得。何哉？猓Ⅸ有伤其类者，聚族悲啼，虽杀之不去。此禽兽之状而人心也。乐羊、张仁愿、史牟，则人之状而禽兽心也。（出《国史补》）

要用功名做官来使自身荣显，就要到京城去见明主了，我哪里敢坚持把你留住，影响你显耀通达呢？你为什么像这样伤心叹气？”焦封说道：“感谢夫人替我考虑，不让我虚度衰老在蜀城里。”夫人就把金银珠宝送给焦封入关。等到路上流泪告别的时候，又赠送给他一个玉环。她对焦封说道：“你要好好珍藏它。这是母亲给我的，我小时一直玩的东西。”又吟诵一首诗送给他。诗写道：“鹊桥织女会，也是不多时。今日送君处，羞言连理枝。”焦封读了诗，接受了玉环，更加感到悲伤，不知不觉泪水洒落下来。也留了一首送别诗：“但保同心结，无劳织锦时。苏秦求富贵，自有一回时。”夫人看了诗，悲伤哽咽了好久，又敬了酒告别。

焦封虽然已经立志，回到京洛想要当官，心里也经常会感到惆怅悔恨。告别了这个佳人，一登上阁道，看见山路险峻崎岖，草木很深，回头远远地看见夫人飞奔而来。他就惊异地等待她。等到她来到他的面前，悲伤地哭个不停。她对焦封说：“我不忍心与你分开，就偷偷地追赶你。不要说今天是再来看看你，请你带着我去京城吧！”焦封感到惊讶疑惑，又感到高兴，于是带着她到了前面的一个旅店。到了傍晚的时候，有十多只猩猩来到这里。他的妻子跑出去见它们，十分地高兴。于是看着焦封说道：“你自己东去，也不顾念我。现在多亏女伴来找我回山。请你自己爱护自己。”说完之后，变成了一只猩猩，和同伴们相互追逐着跑走了，不知到哪儿去了。（出《潇湘录》）

## 猓猕

剑南有抓猓猕的人，只要抓到一只猓然，就可以抓到几十只猓猕。为什么呢？因为猓猕有同类受伤的话，整个族类会聚集到一起悲伤地啼叫，即使杀死它们也不离开。这是禽兽的身体却长了人的心啊。而乐羊、张仁愿、史牟这些人，则是人的身体长了禽兽的心。（出《国史补》）

## 狨

狨者，猿猱之属，其雄毫长一尺、尺五者，常自爱护之，如人披锦绣之服也。极嘉者毛如金色，今之大官为暖座者是也。生于深山中，群队动成千万。雄而小者，谓之狨奴。猎师采取者，多以桑弧檑矢射之。其雄而有毫者，闻人犬之声，则舍群而窜。抛一树枝，接一树枝，去之如飞。或于繁柯秾叶之内藏隐之。身自知茸好，猎者必取之。其雌与奴，则缓缓旋食而传其树，殊不挥霍。知人不取之，则有携一子至一子者甚多。其雄有中箭者，则拔其矢嗅之，觉有药气，则折而掷之。嚬眉愁沮，攀枝蹲于树巅。于时药作抽掣，手足俱散。临堕而却揽其枝，揽是者数十度。前后呕哕，呻吟之声，与人无别。每口中涎出，则闷绝手散。堕在半树，接得一细枝稍，悬身移时，力所不济，乃堕于地。则人犬齐到，断其命焉。猎人求嘉者不获，则便射其雌，雌若中箭，则解摘其子，擿去复来，抱其母身，去离不获，乃母子俱毙。若使仁人观之，则不忍寝其皮，食其肉。若无悯恻之心者，其肝是铁石，其人为禽兽。昔邓芝射猿，其子拔其矢，以木叶塞疮。芝曰："吾违物性，必将死焉。"于是掷弓矢于水中。山民无识，安知邓芝之为心乎？（出《玉堂闲话》）

## 狨

狨，属于猿猴的一种，他们中的雄性，毛长一尺至一尺半，经常自己爱护它们的毛，就如人穿了一套华丽、珍贵的衣服。上好的狨毛颜色是金色的，现在的大官们用来当作暖座的就是这种毛皮。狨生长在深山之中，狨群动辄成千上万。还未长大的雄性，叫“狨奴”。猎人捕狨，常用桑木条做成的弓和用檽树条做成的箭去射它。那些有长毛的雄性，一旦听见人与狗的声音，便立即离开群体逃窜，抛开一个树枝，又抓住另一个树枝，行动迅捷如飞。或者隐藏在茂密的枝叶中间。它自知自己的皮毛好，猎人一定会捕捉它。那些雌性的狨与狨奴，则缓慢地边吃东西边从这树攀到那树。因为它知道猎人不会捕捉它，其中有许多怀抱着一个小崽来到另一个抱着小崽的雌狨身边。而那些雄性的狨假如中箭，就把箭拔出来闻闻，闻到有药味，就将箭折断扔掉，紧皱眉头，沮丧忧伤，攀缘着树枝蹲在树的最顶端。在药性发作的时候，它便开始抽搐，手脚全都松散抓不紧，快要掉下来了，却还死抓着树枝不放，抓一个枝抓不住，又去抓另一个，如是尝试几十次。前后呕吐数次，呻吟之声和人没有区别。每当有涎水从嘴里流出，它就会憋闷得松手，快掉下去的时候，紧紧抓住一根细枝就再也不放开了，在半空悬挂许久，实在支撑不住，便掉到了地上来。这时，人和狗就一同上去，结束了它的性命。好的捉不到，猎人们就去射那些雌性的。雌性的狨假如中了箭，就会把怀中的小崽扔出去。小崽被扔出去后又迅速跑了回来，紧抱母亲的身体，想让它离开却没成功，那母子就会一起死。假如让仁慈的人看到这样的场面，就会不忍心睡在它们的皮上，吃它们的肉。假如没有怜悯心，这人便心肝如铁石，就像禽兽一样。以前，邓芝射母猿，它的孩子给它拔出箭，用树叶塞住伤口，邓芝说：“我违背了万物的天性，一定会死。”于是，他把弓箭抛弃到河里。山民们没有知识，哪里会知道邓芝的良苦用心呢？

# 卷第四百四十七 狐一



## 说 狐

狐五十岁，能变化为妇人。百岁为美女，为神巫，或为丈夫与女人交接，能知千里外事，善蛊魅，使人迷惑失智。千岁即与天通，为天狐。（出《玄中记》）

## 瑞 应

九尾狐者，神兽也。其状赤色，四足九尾。出青丘之国，音如婴儿。食者令人不逢妖邪之气，及蛊毒之类。（出《瑞应编》）

## 周文王

周文王拘羑里，散宜生诣涂山得青狐以献纣，免西伯之难。（出《瑞应编》）

## 汉广川王

汉广川王好发冢。发栾书冢，其棺柩盟器，悉毁烂无余。唯有白狐一头，见人惊走。左右逐之不得，戟伤其足。是夕，王梦一丈夫须眉尽白，来谓王曰："何故伤吾左足？"以杖叩王左足。王觉肿痛，因生疮，至死不差。

## 说 狐

狐狸到五十岁时可以变为妇人，到一百岁时就可以变为美女，变为巫师，或者变为成年男子和女人发生性行为，可以知道千里以外的事，擅长蛊惑人，让人迷惑失去理智。狐狸到一千岁的时候就能和天沟通，成为“天狐”。（出《玄中记》）

## 瑞 应

九尾狐是神兽。它的样子是红色的，有四条腿和九只尾巴，出自青丘国。它的声音像婴儿一样。吃过九尾狐的可以使人不会遇上妖邪之气和毒虫之类的。（出《瑞应编》）

## 周文王

周文王被囚禁在羑里，散宜生去涂山得到一只青色的狐狸，来把它进献给纣王，纣王就免去了周文王的灾祸。（出《瑞应编》）

## 汉广川王

汉朝广川王爱好掘墓。挖掘栾书的坟墓的时候，墓里棺木器物都烂了，没有剩下的。只有一头白色的狐狸，看见人吓跑了。左右的人没能追上，用戟伤了它的脚。在这天夜晚，广川王梦见一个胡须和眉毛都是白色的男子，前来对他说道：“为什么要伤我的左脚？”男子拿手杖敲广川王的左脚。广川王醒了，左脚又肿又痛，因此生了疮，到死的时候也没恢复。

## 陈羡

后汉建安中，沛国郡陈羡为西海都尉。其部曲士灵孝无故逃去，羡欲杀之。居无何，孝复逃走。羡久不见，囚其妇。其妇实对，羡曰："是必魅将去，当求之。"因将步骑数十，领猎犬，周旋于城外求索。果见孝于空冢中，闻人犬声怪避。羡使人扶以归，其形颇象狐矣。略不复与人相应，但啼呼索阿紫。阿紫，雌狐字也。后十余日，乃稍稍了寤。云："狐始来时，于屋曲角鸡栖间作好妇形，自称阿紫，招我。如此非一，忽然便随去。即为妻，暮辄与共还其家，遇狗不觉。云，乐无比也。"道士云："此山魅。狐者，先古之淫妇也，名曰阿紫，化为狐，故其怪多自称阿紫也。"（出《搜神记》）

## 管辂

魏管辂常夜见一小物状如兽，手持火，向口吹之，将爇舍宇。辂命门生举刀奋击，断腰，视之，狐也。自此里中无火灾。（出《小说》）

## 习凿齿

晋习凿齿为桓温主簿，从温出猎。时大雪，于临江城西，见草雪上气出。觉有物，射之，应弦死。往取之，乃老雄狐，脚上带绛缯香囊。（出《渚宫故事》）

## 陈 羡

后汉建安年间，沛国郡的陈羡担任西海都尉。他的部下有一个孤陋寡闻的人名叫灵孝，没有原因地逃跑了。陈羡想杀死他。过了没有多长时间，灵孝又逃跑了。陈羡很久都见不到灵孝，就囚禁了他的妻子。灵孝如实地做了回话。陈羡说道："这必是被鬼魅弄去了，应当该去找他。"于是他就带领几十名骑兵，领着猎犬，环绕着城外寻找。果然看见灵孝在一个空的坟墓里。听见人和狗的声音后，觉得奇怪而躲起来。陈羡命人把他扶回，灵孝的样子非常像狐狸了。一点都不和人相符了，只是哭着要找阿紫。"阿紫"是一只雌狐的名字。过了十几天，才稍稍地清醒了一些。灵孝说："狐狸刚开始来的时候，在屋转角的鸡窝旁边变成了一位漂亮妇人的样子，说自己叫阿紫，招手示意我。像这样不止一次。忽然有一天就跟着她去了。就当她是妻子，天黑了就和她一道回到她的家里。遇到狗也不能发觉。他说和阿紫在一起的快乐是其他无法比得上的。"道士说："这是山怪。"雌狐狸是古时候的一个淫妇，名字叫作阿紫。变成了狐狸，所以这一类鬼怪大多自称阿紫。（出《搜神记》）

## 管 辂

魏国的管辂曾经在夜晚看见一个样子像兽的小东西，手拿着火，接近嘴吹着，想要点燃房屋。管辂命令门生举刀分离攻击，弄断了它的腰，看见是一只狐狸。从此之后这条街上就没有火灾发生了。（出《小说》）

## 习凿齿

晋国的时习凿齿担任桓温的主簿。跟随桓温出门打猎。当时下大雪。在临江城的西面，看见草雪上冒出热气，感觉里面有东西，就用箭射它。那东西中箭死去。过去取它，是一只老的公狐狸，脚上戴有一个绛红色的丝绸香囊。（出《渚宫故事》）

## 陈斐

酒泉郡，每太守到官，无几辄死。后有渤海陈斐见授此郡，忧愁不乐。将行，卜吉凶。日者曰：“远诸侯，放伯裘。能解此，则无忧。”斐不解此语。卜者曰：“君去，自当解之。”斐既到官，侍医有张侯，直医有王侯，卒有史侯、董侯。斐心悟曰：“此谓诸侯。”乃远之。即卧，思“放伯裘”之义，不知何谓。夜半后，有物来斐被上。便以被冒取之，物跳踉訇訇作声。外人闻，持火入，欲杀之。鬼乃言曰：“我实无恶意，但府君能赦我，当深报君耳。”斐曰：“汝为何物，而忽干犯太守？”魅曰：“我本千岁狐也，今字伯裘有年矣。若府君有急难，若呼我字，当自解。”斐乃喜曰：“真‘放伯裘’之义也。”即便放之。忽然有光赤如电，从户出。

明日，夜有击户者。斐曰：“谁？”曰：“伯裘也。”曰：“来何为？”曰：“白事。北界有贼也。”斐验之果然。每事先以语斐，无毫发之差，而咸曰圣府君。月余，主簿李音私通斐侍婢。既而惧为伯裘所白，遂与诸侯谋杀斐。伺旁无人，便使诸侯持杖人，欲格杀之。斐惶怖，即呼“伯裘来救我”。即有物如曳一匹绛，剨然作声。音、侯伏地失魂，乃缚取考讯之，皆服。云：“斐未到官，音已惧失权，与诸侯谋杀斐。会诸侯见斥，事不成。”斐即杀音等。伯裘乃谢斐曰：“未及白音奸情，乃为府君所召。虽效微力，犹用慚惶。”后月余，与斐辞曰：“今后当上天，不得复与府君相往来也。”遂去不见。（出《搜神记》）

## 陈斐

在酒泉郡，每一个太守到任后，不久后都死了。后来有一个渤海人名叫陈斐被任命为酒泉郡守。他感到担忧愁不开心。将要出发的时候，占卜吉凶。卜者说：“远诸侯，放伯裘，能解此，则无忧。”陈斐不能理解这些话。卜者说道：“你去了之后，自然就可以理解了。”陈斐上任后，有侍医叫张侯的，有直医叫王侯的，士兵中有叫史侯、董侯的。陈斐的内心明白了，这就是卜者所说的“诸侯”。于是他就远离这些人。他躺在床上后，思索着“放伯裘”的意思，不理解说的是什么。半夜过后，有东西来到陈斐的被子上，他就用被子把它盖上抓住了它。那东西跳跃得哄哄作声，外面有人听见后，就拿着灯火进屋，想要杀了它。鬼怪就说话了：“我事实上没有恶意，只要府君能放了我，我一定会重重地报答您。”陈斐说道：“你是什么东西？要忽然来冒犯太守？”它说：“我原是只一千岁的狐狸，现在的名字叫伯裘，有好多年了。如果府君有急难，如果呼喊我的名字，就可以自己化解。”陈斐于是高兴地说道：“这真是‘放伯裘’的意思啊！”于是放了伯裘。忽然有一道像电一样的红色光，从窗户飞了出去。

第二天的夜里，有敲窗户的，陈斐问道：“是谁？”外边回应说：“是伯裘。”陈斐问：“来做什么？”伯裘说道：“报告一件事。北边有贼！”陈斐查出果然有贼。每次有事发生，伯裘都提前来告诉陈斐，没有一点差错。大家都说陈斐是圣明的府君。一个多月过后，主簿李音私通陈斐的婢女，之后他就害怕伯裘告知陈斐，于是他和诸侯密谋杀了陈斐。等到陈斐旁边没有人，他便让诸侯拿着棍子进到屋内，想要打死陈斐。陈斐很害怕，就大声喊道：“伯裘来救我！”立即有东西像拉着一块红绸子，带着响声飞进来。李音、诸侯吓得趴到地上，丢了魂一般。陈斐于是把他们捆起来审讯。他们都认罪了，说：“陈斐上任之后，李音就害怕丢掉权力，和诸侯密谋杀了陈斐，赶上诸侯被排斥，事没有办成。”陈斐就把李音等人杀了。伯裘于是向陈斐谢罪道：“没来得及向府君报告李音的奸情，就被府君召过来，虽然尽到了一点力量，还是十分惭愧惶恐。”一个多月以后，向陈斐告辞说：“以后我应该上天了，不能再和府君来往了。”于是离开不见了。（出《搜神记》）

## 孙 岩

后魏有挽歌者孙岩，取妻三年，妻不脱衣而卧。岩私怪之，伺其睡，阴解其衣，有尾长三尺，似狐尾。岩惧而出之。甫临去，将刀截岩发而走。邻人逐之，变为一狐，追之不得。其后京邑被截发者一百三十人。初变为妇人，衣服净妆，行于道路。人见而悦之，近者被截发。当时妇人着彩衣者，人指为狐魅。（出《洛阳伽蓝记》）

## 夏侯藻

夏侯藻母病困，将诣淳于智卜。有一狐当门，向之嗥叫。藻愕惧，遂驰诣智。智曰："祸甚急，君速归！在嗥处拊心啼哭，令家人惊怪，大小毕出。一人不惧，啼哭勿休。然其祸仅可救也。"藻如之，母亦扶病而出。家人既集，堂屋五间，拉然而崩。（出《搜神记》）

## 胡道洽

胡道洽，自云广陵人，好音乐医术之事。体有臊气，恒以名香自防。唯忌猛犬。自审死日，戒弟子曰："气绝便殡，勿令狗见我尸也。"死于山阳，敛毕，觉棺空，即开看，不见尸体。时人咸谓狐也。（出《异苑》）

## 北齐后主

北齐后主武平中，朔州府门，无故有小儿脚迹，及拥土为城

## 孙岩

后魏有一个以唱挽歌的人叫孙岩。他娶了妻子三年，妻子不脱衣服就睡觉。孙岩私下觉得很奇怪。有一次他看见妻子睡着了，偷偷解开她的衣服，看见一条三尺长的尾巴，像是狐狸尾巴。孙岩害怕就休了她。刚要离开的时候，妻子用剪刀剪下孙岩的头发就跑了。邻居追她，她变成一只狐狸，追不上了。从此以后京城里被剪去头发的人有一百三十人。开始的时候狐狸先变成一位妇人，穿好衣服并且装扮起来，走在路上。人们看见都很喜欢她，走近她的人就会被剪去头发。那时候凡是穿着彩衣的妇人，人们都认为是狐妖。（出《洛阳伽蓝记》）

## 夏侯藻

夏侯藻母亲病得很严重，夏侯藻将到淳于智那里去占卜。有一只狐狸对他家的门口嗥叫，他又惊又怕。于是他就跑到淳于智那儿去。淳于智说道：“灾祸十分紧急，你赶快回去！在狐狸嗥叫的地方，拍胸口哭，让全家人都感到奇怪，大大小小全部出来。有一个人不害怕的话，你就不要停止啼哭。这样，祸患就可以解决了。”夏侯藻按淳于智的说法做了。母亲也带着病走了出来，全家人聚集到外面的时候，五间堂屋轰地倒塌了。（出《搜神记》）

## 胡道洽

胡道洽，说自己是广陵人，爱好音乐、医术之类事情。他的身上有臊气，一直用名香来遮盖。他只害怕凶猛的狗。他推究了自己死的日子，吩咐弟子们说：“我死去就出殡，不要让狗看见到我的尸体。”他在山阳死去。入殓后，人们觉得棺木是空的。就打开看，没有看见尸体。当时的人们都认为他是狐狸。（出《异苑》）

## 北齐后主

北齐后主武平年间，在朔州府的门外，无故出现了小孩的脚印，

雉之状。察之乃狐媚。是岁，南安王起兵于北朔。（出《谈薮》）

## 宋大贤

隋南阳西郊有一亭，人不可止，止则有祸。邑人宋大贤以正道自处，尝宿亭楼，夜坐鼓琴。忽有鬼来登梯，与大贤语。眝目磋齿，形貌可恶。大贤鼓琴如故，鬼乃去，于市中取死人头来还，语大贤曰："宁可少睡耶？"因以死人头投大贤前。大贤曰："甚佳。吾暮卧无枕，正欲得此。"鬼复去，良久乃还。曰："宁可共手搏耶？"大贤曰："善。"语未竟，在前，大贤便逆捉其腰。鬼但急言死，大贤遂杀之。明日视之，乃是老狐也。自此亭舍更无妖怪。（出《法苑珠林》）

## 长孙无忌

唐太宗以美人赐赵国公长孙无忌，有殊宠。忽遇狐媚，其狐自称王八，身长八尺余，恒在美人所。美人见无忌，辄持长刀斫刺。太宗闻其事，诏诸术士。前后数四，不能却。后术者言："相州崔参军能愈此疾。"始崔在州，恒谓其僚云："诏书见召，不日当至。"数日敕至，崔便上道。王八悲泣，谓美人曰："崔参军不久将至，为之奈何？"其发后止宿之处，辄具以白。及崔将达京师，狐便遁去。

既至，敕诣无忌家。时太宗亦幸其第。崔设案几，坐书一符。

以及用土堆成城墙的样子。仔细看是狐狸在作怪。这在一年，南安王在北朔发起了兵变。（出《谈薮》）

## 宋大贤

隋朝的南阳西郊有一个亭子，人不能在里边逗留。逗留的话就会有灾祸发生。邑人宋大贤坚持正义之道自持，曾经在亭子里过夜。夜里坐着弹琴，忽然有鬼走上楼梯，和宋大贤说话。那鬼瞪着眼、磨着牙，样子看起来很可怕。宋大贤像之前一样弹琴，并不怕它。鬼就离开了，到时去找了一个死人的头颅回来，对宋大贤说道："难道可以不睡吗？"于是把死人的头颅扔到了宋大贤的面前。宋大贤说道："非常好。我晚上睡觉没有枕头，正想要得到这个东西。"鬼又离开了，很久才回来，说："难道你可以和我搏斗吗？"宋大贤说："好！"话还没有说完，鬼就到了他面前。他就逆着迎上前去抓住鬼的腰。鬼只是急急地说出"死"字，宋大贤就杀死它了。第二天看它，竟是一只老狐。从这之后这个亭子再也没有妖怪了。（出《法苑珠林》）

## 长孙无忌

唐太宗赐给赵国公长孙无忌一个美人。得到非同一般的恩宠，但是她忽然遇到狐狸被迷惑。那只狐狸自称王八，身高有八尺多，经常在美人的房子里。美人看见长孙无忌，就拿长刀砍刺他。唐太宗听了这件事之后，就招集来各位术士，前后有数次，都不能赶走狐狸。后来术士们说："相州的崔参军能治好这个病。"最初崔参军在州里一直对同僚们说："皇帝会下诏召见我，不用几天诏书应该会到达。"过了几天诏书送到。崔参军就出发去京城。王八悲伤地哭着对美人说道："崔参军不久就到了，怎么办呢？"崔参军出发之后住宿的地方，王八就详细地告诉美人。等崔参军将要到达京城的时候，狐狸就逃跑了。

崔参军到达京城之后，皇上命他去长孙无忌家里。当时唐太宗太宗与无忌俱在其后。顷之，宅内井灶门厕十二辰等数十辈，或长或短，状貌奇怪，悉至庭下。崔呵曰："诸君等为贵官家神，职任不小，何故令媚狐人宅？"神等前白云："是天狐，力不能制，非受赂也。"崔令捉狐去。少顷复来，各著刀箭，云："适已苦战被伤，终不可得。"言毕散去。

崔又书飞一符，天地忽尔昏暝，帝及无忌惧而入室。俄闻虚空有兵马声，须臾，见五人，各长数丈，来诣崔所，行列致敬。崔乃下阶，小屈膝。寻呼帝及无忌出拜庭中，诸神立视而已。崔云："相公家有媚狐，敢烦执事取之。"诸神敬诺，遂各散去。帝问何神，崔云："五岳神也。"又闻兵马声，乃缠一狐坠砌下。无忌不胜愤恚，遂以长剑斫之，狐初不惊。崔云："此已通神，击之无益，自取困耳。"乃判云："肆行奸私，神道所殛，量决五下。"狐便乞命。崔取东引桃枝决之，血流满地。无忌不以为快，但恨杖少。崔云："五下是人间五百，殊非小刑。为天曹役使此辈，杀之不可。"使敕自尔不得复至相公家，狐乃飞去，美人疾遂愈。（出《广异记》）

## 狐神

唐初已来，百姓多事狐神。房中祭祀以乞恩，食饮与人同之。

也临幸长孙无忌的家。崔参军设置好几案，坐下后写下了一道符。唐太宗和长孙无忌都在他的后面。一会儿过后，宅里面的井、灶、门、厕及十二辰宿等几十人，有的高有的矮，样貌很奇怪，都站在院子里。崔参军斥责他们说道："你们作为这家官家的家神，职位和职责都不低，为什么让一只狐狸进到家里来？"各位神上前说道："这是天狐，我们的能力不能控制它，并非收受贿赂。"崔参军命他们去抓那只狐狸。一会儿他们又回来了，各自带着刀剑，说道："刚才已经苦战，被狐狸打伤了，最终还是不能捉到它。"说完之后他们就散去了。

崔参军又写下了一道符飞上天去了，天地突然间就昏暗了下来。唐太宗和长孙无忌害怕地回到了屋里。一会儿听到空中有兵马的声音。片刻后，出现了五个人，每个都有几丈高，来到崔参军所在的地方，站成一排行礼。崔参军于是走下台阶，微微地屈一下膝盖，又请皇帝和长孙无忌到院子和诸神行礼，诸神只是站着看他们而已。崔参军说道："赵国公家里有一只妖狐，劳烦各诸位神仙把它抓住。"诸遵命后，就各自离去。皇帝问什么神仙，崔参军说："是五岳神。"又听见了兵马的声音，就有一只狐狸被绑着扔到墙下。长孙无忌十分地生气，于是拿长剑去砍狐狸。狐狸最初没有害怕。崔参军说道："这只狐狸已经通神了，击打它没有用，自己找麻烦而已。"于是他就评判说："你肆意做出奸淫之事，按照神道是应该要被判处死刑的，酌量裁决判打你五下。"狐狸就开始请求饶命。崔参军拿东引桃枝对它实施判罚。狐狸的血流了一地。长孙无忌不觉得这样的判罚能让他开心，他只恨打少了。崔参军说道："五下是人间的五百下，绝对不是小处罚。因为天府要差遣它，杀了它是不可以的。"下令狐狸从现在开始不能再进长孙无忌家。狐狸就飞走了。美人的病就好了。（出《广异记》）

## 狐　神

从唐代初年开始，大部分老百姓都信奉狐神。在家中祭祀狐狸来祈求恩惠。吃喝和人一样。供奉者供奉的不是一个牌位。当时有谚

事者非一主。当时有谚曰："无狐魅，不成村。"（出《朝野佥载》）

## 张 简

唐国子监助教张简，河南缑氏人也。曾为乡学讲《文选》，有野狐假简形，讲一纸书而去。须臾简至，弟子怪问之。简异曰："前来者必野狐也。"讲罢归舍，见妹坐络丝，谓简曰："适煮菜冷，兄来何迟？"简坐，久待不至，乃责其妹。妹曰："元不见兄来，此必是野狐也。更见即杀之！"明日又来。见妹坐络丝，谓简曰："鬼魅适向舍后。"简遂持棒。见真妹从厕上出来，遂击之。妹号叫曰："是儿。"简不信，因击杀之。问络丝者，化为野狐而走。（出《朝野佥载》）

## 僧服礼

唐永徽中，太原有人自称弥勒佛。礼谒之者，见其形底于天，久之渐小，才五六尺，身如红莲花在叶中。谓人曰："汝等知佛有三身乎？其大者为正身。"礼敬倾邑。僧服礼者，博于内学，叹曰："正法之后，始入像法。像法之外，尚有末法。末法之法，至于无法。像法处乎其间者，尚数千年矣！释迦教尽，然后大劫始坏。劫坏之后，弥勒方去兜率，下阎浮提。今释迦之教未亏，不知弥勒何遽下降？"因是虔诚作礼，如对弥勒之状。忽见足下是老狐，幡花旄盖，悉是冢墓之间纸钱尔。礼抚掌曰："弥勒如此耶？"具言如状，遂下走，追之不及。（出《广异记》）

语说："无狐魅！不成村。"（出《朝野佥载》）

## 张 简

唐朝的国子监助教张简，是河南的缑氏县人。他曾经为乡学讲《文选》。有野狐狸变成张简的模样，讲了一课后就离开了。一会儿张简到了，弟子们觉得奇怪，便问张简。张简诧异地说道："之前过来的那个一定是野狐狸。"讲完后回家，看见妹妹坐着缠线。妹妹对张简说道："刚才做好菜都凉了，哥哥为什么来得这么晚？"张简坐下来，等了很久妹妹还没有端上饭菜。就责怪妹妹。妹妹说道："我原来不知道哥哥回来，这一定是野狐狸，再见到应该杀了它！"第二天，张简再次回来的时候，看见妹妹坐着缠线。对张简说道："妖怪刚才到屋子后面去了。"张简于是拿起棍，看见他的真妹妹从厕所出来，就用棍子击打她，妹妹大喊说道："是我！"张简不相信，于是把她打死。问那个缠线的妹妹，缠线的妹妹变成野狐狸跑了。（出《朝野佥载》）

## 僧服礼

唐朝的永徽年间，太原有一个人说自己是弥勒佛。以礼谒见他的人看见他的身高直达天上，许久渐渐变小了，只有五六尺高，身体就像红莲花在叶中。对人们说道："你们知道佛有三个身子吗？其中大的是正身。"整个城的人都尊敬他。僧服礼对佛学有很深的认识，他感叹说："正法之后，才开始进入像法。除了像法，还有末法。末法的'法'，到了'无法'的程度。像法处在正法和无法的中间，有几千年了。释迦牟尼的教法到头了，然后大劫才开始毁坏。大劫毁坏之后，弥勒佛才离开兜率天，下到阎浮提。现在释迦牟尼的教还没有亏缺，不知道弥勒佛为什么突然下来？"于是他就虔诚地行礼，和对弥勒佛行礼一样。忽然看见脚下是老狐狸，旗幡花盖等东西，都是坟墓之间的纸钱。服礼拍手说道："弥勒是像这样的吗？"详细地说了弥勒佛的样子。狐狸就向下跑去，服礼追不上它。（出《广异记》）

## 上官翼

唐麟德时，上官翼为绛州司马。有子年二十许，尝晓日独立门外。有女子，年可十三四，姿容绝代，行过门前。此子悦之，便尔戏调，即求欢狎。因问其所止，将欲过之。女云："我门户虽难，郎州佐之子，两俱形迹，不愿人知。但能有心，得方便，自来相就。"此子邀之，期朝夕。女初固辞，此子将欲便留之，然渐见许。昏后徙倚俟之，如期果至。自是每夜常来。经数日，而旧使老婢于牖中窥之，乃知是魅。以告翼，百方禁断，终不能制。魅来转数，昼夜不去。儿每将食，魅必夺之杯碗，此魅已饱，儿不得食。翼常手自作啖，剖以贻儿。至手，魅已取去。翼颇有智数，因此密捣毒药。时秋晚，油麻新熟。翼令熬两叠，以一置毒药，先取好者作啖，遍与妻子，末乃与儿一啖，魅便接去。次以和药者作啖，与儿，魅亦将去。连与数啖，忽变作老狐，宛转而仆。擒获之，登令烧毁讫，合家欢庆。此日昏后，闻远处有数人哭声，斯须渐近，遂入堂后，并皆称冤，号擗甚哀。中有一叟，哭声每云："若痛老狐，何乃为喉咙枉杀腔幢？"数十日间，朝夕来家，往往见有衣缞绖者，翼深忧之。后来渐稀，经久方绝，亦无害也。（出《广异记》）

## 上官翼

唐朝的麟德年间，上官翼担任绛州司马。他有一个二十岁左右的儿子。曾经在白天独自站在门外。有一个女子十三四岁，容颜非常美丽，从他家门前路过。他儿子喜欢这女子，于是和她开玩笑，立即求得欢乐亲昵。因而问女子的家住在哪里，想要到她家去。女子说道："我家境不好，你是州官的儿子，我们两人一起的形迹，我不想别人知道。只要你有真心，有机会的话，我会来和你相见。"上官翼儿子邀请她，从早到晚都期望她来。女子起初坚决地推辞。上官翼儿子想要留住她。如此渐渐地她答应了。黄昏之后，他徘徊着等她，她果然按时来了。从这开始，她就常常在夜里过来。过了几天，却被一个老婢女从窗中看见，才知道是妖怪。把这事告诉上官翼。上官翼用了很多办法禁止，最终还是不能制服。妖怪来得更加频繁，白天黑夜都不离开。儿子每次要吃东西的时候，妖怪就一定会夺去碗筷杯子。这个妖怪已经吃饱，儿子还没得到吃的。上官翼曾经亲自做好吃的东西，分来给儿子吃。刚送到手里，就被妖怪夺去了。上官翼非常有谋术。因为这件事他偷偷地捣好毒药。当时是晚秋，油麻才成熟。上官翼命人熬好两叠油麻，在其中一叠加了毒药。先取没有毒的吃，家人都吃过之后，最后才给这个儿子一人吃。没有等儿子吃到，妖怪就接过去了。再把有毒药的油麻递给儿子吃，妖怪又拿过去。连着给了几次。妖怪忽然变成了老狐狸，转动着身体倒下了。把它捉住，马上把它烧毁。全家都欢庆。这一天黄昏过后，听见远处有几个人的哭声，一会儿就渐渐地靠近，便进到堂屋的后边，都在喊冤，非常悲伤地捶胸大哭。其中有一个老人，每每哭着说："让老狐这般痛苦！为什么就为了吃东西而枉杀了躯体？"在几十天之中，早上和晚上都到上官翼家里来，经常看见有穿丧服的。上官翼非常担心这件事。后来渐渐来得少了，过了很久就断绝了，不再来了，也没有其他防害。（出《广异记》）

## 大安和尚

唐则天在位，有女人自称圣菩萨。人心所在，女必知之。太后召入宫，前后所言皆验，宫中敬事之。数月，谓为真菩萨。其后大安和尚入宫，太后问：“见女菩萨未？”安曰：“菩萨何在？愿一见之。”敕令与之相见。和尚风神邈然，久之，大安曰：“汝善观心，试观我心安在？”答曰：“师心在塔头相轮边铃中。”寻复问之，曰：“在兜率天弥勒宫中听法。”第三问之，“在非非想天。”皆如其言。太后忻悦。大安因且置心于四果阿罗汉地，则不能知。大安呵曰：“我心始置阿罗汉之地，汝已不知。若置于菩萨诸佛之地，何由可料！”女词屈，变作牝狐，下阶而走，不知所适。（出《广异记》）

## 大安和尚

唐朝武则天当政的时候，有个女人自称叫圣菩萨，人的内心在什么地方，她一定知道。武则天召她入宫，她前后说的都得到了应验。宫中的人都很敬重她。几个月后，称她是真菩萨。后来大安和尚入宫，太后问他有没有见过女菩萨。大安说道："菩萨在哪里？请允许我见一见。"于是武则天让他们相见。见面之后，大安和尚神色出现藐视的样子。过了很久，大安和尚说道："你擅长观察人的内心，试试观察我的内心在哪里。"女人回答道："大师的内心在塔顶的相轮边铃里面。"过了一会儿再问她，她说："在兜率天弥勒佛的宫中听法。"第三次问她，她说："在非非想天。"都和她说得一样。武则天非常高兴。大安就暂且把内心放在四国阿罗汉地，她就不能知道了。大安斥责道："我的内心才开始放在阿罗汉地，你已经不能知道了。如果放到菩萨诸佛之地，你凭什么可以料到呢？"女人词穷了，变成母狐狸，下阶跑走了，不知去了哪里。（出《广异记》）

# 卷第四百四十八　狐二



## 李项生

唐垂拱初，谯国公李崇义男项生染病，其妻及女于侧侍疾。忽有一狐，从项生被中走出。俄失其所在。数日，项生亡。（出《五行记》）

## 王义方

唐前御史王义方黜莱州司户参军，去官归魏州，以讲授为业。时乡人郭无为颇有术，教义方使野狐。义方虽能呼得之，不伏使，却被群狐竞来恼，每掷瓦甓以击义方。或正诵读，即裂碎其书。闻空中有声云："有何神术，而欲使我乎？"义方竟不能禁止。无何而卒。（出《朝野佥载》）

## 何让之

唐神龙中，庐江何让之赴洛。遇上巳日，将陟老君庙，瞰洛中游春冠盖。庙之东北二百余步，有大丘三四，时亦号后汉诸陵。故张孟阳《七哀》诗云："恭文遥相望，原陵郁膴膴。"原陵即光武陵。一陵上独有枯柏三四枝，其下盘石，可容数十人坐。见一翁，姿貌有异常辈。眉鬓皓然，著赍幪巾襦裤，帻乌纱，抱膝南望，吟曰："野田荆棘春，闺阁绮罗新。出没头上日，生死眼前人。欲知我家在何处，北邙松柏正为邻。"俄有一贵戚，金翠车舆。如花之婢数十，连袂笑乐而出徽安门，抵榆林店。又睇中桥之南北，垂杨

## 李项生

唐朝垂拱年初的时候，谯国公李崇义的儿子李项生得了病，他的妻子和女儿在身旁照顾。忽然有一只狐狸从李项生的被子里面跑出来。一会儿就看不见了。几天后，李项生就死了。（出《五行记》）

## 王义方

唐朝的前任御史王义方被免去莱州司户参军的职务，免官后回到魏州，以讲授知识为职业。当时乡里有个人叫郭无为有很好的道术，他教王义方使役野狐狸。王义方虽然能呼唤出野狐狸，但是狐狸却不听从他的命令，而且还会被群狐争相来打扰，经常扔瓦片来袭击他。有时候王义方正在读书，就撕坏他的书，听见天空中有声音说道："有什么神术，就要使役我呢？"王义方到底不能禁止它们。不久他就死了。（出《朝野佥载》）

## 何让之

唐朝神龙年间，庐江的何让之到洛阳去，遇到一个巳日，就要去登老君庙，俯瞰洛阳城里面的人们游春以及官吏的官帽服饰和车乘的顶盖。距离庙东北二百多步的地方，有大坟墓三四个，当时也叫作后汉诸陵。所以张孟阳的《七哀》诗说道："恭文遥相望，原陵郁膴膴。"原陵就是光武陵。有一座陵墓上独自长着三四棵枯柏，树下的磐石，能够容纳几十个人坐着。看见一个老人，他的神态相貌和一般人不一样。眉毛、鬓发都白了，穿着赍幪巾襦裤，头戴着乌纱帽，抱着膝盖向南方远望。他吟诵道："野田荆棘春，闺阁绮罗新。出没头上日，生死眼前人。欲知我家在何处，北邙松柏正为邻。"一会儿又拂于天津，繁花明于上苑。紫禁绮陌，轧乱香尘。让之方叹栖迟，独行踽踽，已讶前吟翁非人，翁忽又吟曰："洛阳女儿多，无奈孤翁老去何。"让之遽欲前执，翁倏然跃于丘中，让之从焉。

初入丘，曛黑不辨，其逐翁已复本形矣。遂见一狐跳出，尾有火焰如流星。让之却出玄堂之外，门东有一筵已空。让之见一几案，上有朱盏笔砚之类，有一帖文书，纸尽惨灰色，文字则不可晓解。略记可辨者，其一云："正色鸿焘，神思化代。穹施后承，光负玄设。呕沦吐萌，垠倪散截。迷肠郗曲，䨴音朦。零音乙林反。霾曀。入声。雀毁龟冰，健驰御屈。拿尾研动，袾袾喈喈。㴵用秘功，以岭以穴。柂薪伐药，莽野万茁。呕律则祥，佛伦惟萨。牡虚无有，颐咽蕊屑。肇素未来，晦明兴灭。"其二辞曰："五行七曜，成此闰余。上帝降灵，岁旦涒徐。蛇蜕其皮，吾亦神摅。九九六六，束身天除。何以充喉？吐纳太虚。何以蔽踝？霞袂云裾。哀尔浮生，栉比荒墟。吾复丽气，还形之初。在帝左右，道济忽诸。"题云："应天狐超异科策八道。"后文甚繁，难以详载。

让之获此书帖，喜而怀之，遂跃出丘穴。后数日，水北同德寺僧志静来访让之。说云："前者所获丘中文书，非郎君所用，留之不祥。其人近捷上界之科，可以祸福中国。郎君必能却归此，他亦酬谢不薄。其人谓志静曰：'吾已备三百缣，欲赎购此书。'如何？"让之许诺。志静明日，挈二百缣送让之。让之领讫，遂绐志静，言其书以为往还所借，更一两日当征之，便可归本。让之复为朋友所说，云："此僧亦是妖魅，奈何欲还之？所纳绢，但讳之可也。"后志静来，让之悉讳，云："殊无此事，兼不曾有此文书。"志有一位贵戚。他的车子用黄金和翠玉装饰着，有像花一样美丽的婢女几十个，衣袖相连地说笑逗乐，从徽安门里走出。到达榆林店。又看着中桥的南北。垂杨在高空中飘拂，繁花在上苑开放着，紫禁城里纵横交错的道路上，香尘被轧乱了。何让之正感叹歇息，踽踽独行的时候，之前已经让他惊讶不是非常人吟诗的老人，忽然又吟道："洛阳女儿多，无奈孤翁老去何。"何让之急忙上前想要拉住他。老人忽然就跳进了坟墓里。何让之也跟着他进去。

刚开始进入坟墓里昏暗得不能分辨东西。何让之追得老人已经恢复了原形。于是看见一只狐狸跳出来。狐狸的尾巴上有火花，像流星一样。何让之退出玄堂外面。门的东面有筵席，已经空了。何让之看见一张几案上有红色盏、笔墨之类的东西，还有一帖文书，纸都是惨灰色，文字已经不能够知道了。略微记下可分辨的文字。其一是："正色鸿焘，神思化代。穹施后承，光负玄设。呕沦吐萌，垠倪散截。迷肠郗曲，䨮音朦。零音乙林反。霾曀。入声。雀毁龟冰，健驰御屈。拿尾研动，袾袾哳哳。瀏用秘功，以岭以穴。柂薪伐药，莽野万茁。呕律则祥，佛伦惟萨。牡虚无有，颐咽蕊屑。肇素未来，晦明兴灭。"其二是："五行七曜，成此闰余。上帝降灵，岁旦涒徐。蛇蜕其皮，吾亦神攄。九九六六，束身天除。何以充喉？吐纳太虚。何以蔽踝？霞袂云袽。哀尔浮生，栉比荒墟。吾复丽气，还形之初。在帝左右，道济忽诸。"题目是："应天狐超异科策八道。"后面的文字十分的繁杂，难以详细地记载。

何让之得到这个书帖，很高兴，然后把它放在怀里。他就跳出了坟墓。几天之后，河北岸的同德寺和尚叫志静来拜访何让之。志静说道："之前你得到坟墓里的文书，不是你可以使用的，留着它是不祥的。那人便利来去天界，可以影响到中国的祸福。你一定要把文书退还给他，他也会以厚礼酬谢你。那人对我说：'我已经准备好三百匹绢，想要赎回这书。'怎么样？"何让之同意还书。志静第二天拿来了三百匹绢赠送给何让之。何让之收下绢后，就告诉志静，说那书已被别人借走，过一两天就把它要回来，就可以还给本人。何让之又对朋友讲这件事。朋友说道："这个和尚也是妖怪，为什么要静无言而退。

经月余，让之先有弟在东吴，别已逾年。一旦，其弟至焉。与让之话家私中外，甚有道。长夜则兄弟联床。经五六日，忽问让之：“某闻此地多狐作怪，诚有之乎？”让之遂话其事，而夸云：“吾一月前，曾获野狐之书文一帖，今见存焉。”其弟固不信：“宁有是事？”让之至迟旦，揭箧，取此文书帖示弟。弟捧而惊叹，即掷于让之前，化为一狐矣。俄见一美少年，若新官之状，跨白马，南驰疾去。适有西域胡僧贺云：“善哉，常在天帝左右矣！”少年叹让之相绐，让之嗟异。未几，遂有敕捕，内库被人盗贡绢三百匹，寻踪及此。俄有吏掩至，直挈让之囊检焉。果获其缣，已费数十匹。执让之赴法。让之不能雪，卒毙枯木。（出《乾𦠆子》）

## 沈东美

唐沈东美为员外郎。太子詹事佺期之子。家有青衣，死且数岁。忽还家曰：“吾死为神，今忆主母，故来相见。但吾饿，请一餐可乎？”因命之坐，仍为具食。青衣醉饱而去。及暮，僮发草积下，得一狐大醉。须臾，狐乃吐其食，尽婢之食也，乃杀之。（出《纪闻》）

还给他呢？所收下他的那些绢布，只要不承认就可以。”后来志静前来，何让之全不承认，说道：“没有这件事，也不曾有这本文书。”志静没说什么就离开了。

过了一个多月，何让之有个弟弟在东吴，分别已经有一年多了。一天，他的弟弟来了。和何让之叙说家中的事情，说得很有条理。夜里兄弟俩床挨着床睡在一起。过了五六天后，弟弟忽然问何让之说：“我听说这个地方有很多狐狸作怪，真有这事吗？”何让之于是讲了那件事，而且自夸地说道：“我一个月以前，曾经获得野狐狸的一帖文书，现在还在这里。”他弟弟坚持不相信，说道：“真的有这样的事？”何让之等到天快亮的时候，揭开箱子，把说的这本文书取出给弟弟看。弟弟拿着文书惊叹。立即扔到何让之的面前，变成了一只狐狸。一会儿看见一位俊美的少年，像新官的样子，骑着白马向南飞快疾驰而去。刚好有一个西域的胡僧祝贺他说：“好呀，常在天帝左右啦！”少年感叹何让之欺骗他的事情。何让之感觉很奇怪。不久之后，就有朝廷的捕快到了。因为内库里被人盗走了三百匹绢，寻踪到达此地。一会儿就有官吏突然进来，直接拿起何让之的口袋来检查，果然查获那些丢掉的绢。已经用掉了几十匹。捕快们捉了何让之伏法。何让之不能说明自己的清白，死去就像枯草朽木一般。（出《乾𦠆子》）

## 沈东美

唐朝时的沈东美担任员外郎，是太子詹事佺期的儿子，他的家里有一个婢女，死去有几年了，忽然回家来说：“我死了变成神，现在想念主母，所以来看望。但是我饿了，请给我东西吃可以吗？”于是叫她坐下，而且为她准备了饭食。婢女吃饱喝醉后就走了。等到了傍晚的时候，家童在草堆下面，抓到一只喝得大醉的狐狸。一会儿过后，那只狐狸吐出吃的食物。全部是婢女吃过的东西。于是就杀了狐狸。（出《纪闻》）

## 杨伯成

杨伯成，唐开元初，为京兆少尹。一日有人诣门，通云："吴南鹤。"伯成见，年三十余，身长七尺，容貌甚盛。引之升座，南鹤文辨无双，伯成接对不暇。久之，请屏左右，欲有密语。乃云："闻君小娘子令淑，愿事门下。"伯成甚愕，谓南鹤曰："女因媒而嫁。且邂逅相识，君何得便尔？"南鹤大怒，呼伯成为老奴："我索汝女，何敢有逆？"慢辞甚众，伯成不知所以。南鹤径脱衣入内，直至女所，坐纸隔子中。久之，与女两随而出。女言："今嫁吴家，何因嗔责？"伯成知是狐魅，令家人十余辈击之，反被料理，多遇泥涂两耳者。伯成以此请假二十余日。敕问："何以不见杨伯成？"皆言其家为狐恼。诏令学叶道士术者十余辈至其家，悉被泥耳及缚，无能屈伏。伯成以为愧耻。及赐告，举家还庄。于庄上立吴郎院，家人窃骂，皆为料理。以此无敢言者。

伯成暇日无事，自于田中，看人刈麦，休息于树下。忽有道士，形甚瘦悴，来伯成所求浆水。伯成因尔设食。食毕，道士问："君何故忧愁？"伯成惧南鹤，附耳说其事。道士笑曰："身是天仙，正奉帝命，追捉此等四五辈。"因求纸笔。杨伯成使小奴取之，然犹惧其知觉，戒令无喧。纸笔至，道士书作三字，状如古篆。令小奴持至南鹤所放前云："尊师唤汝。"奴持书入房，见南鹤方与家婢相谑。奴以书授之，南鹤见书，匍匐而行，至树下。道士呵曰："老野狐敢作人形！"遂变为狐，异常病疥。道士云："天曹驱使此辈，不可杀之。然以君故，不可徒尔。"以小杖决

## 杨伯成

杨伯成在唐朝开元初年的时候，担任京兆少尹。一天有人来到门前，通报说是吴南鹤。杨伯成见了他。年纪三十多岁，身高有七尺，容貌十分的好。引领他入座之后，吴南鹤的文思和善辨没有人能比得上，杨伯成接对都来不及。过了很长时间，吴南鹤请杨伯成屏退左右的人，想要说一些秘密。他就说："听说您家女儿漂亮贤惠，想要求婚。"杨伯成非常地吃惊，对吴南鹤说道："女儿要凭媒人说媒后出嫁，而且我们偶然认识，你怎么能这样随便呢？"吴南鹤十分地生气，称杨伯成是"老奴"，说道："我要娶你女儿，怎么敢违背呢？"他说了很多傲慢的话。杨伯成不明白为什么会这样。吴南鹤径直脱下衣服走到屋内，直至女儿的房屋，坐进了纸隔子中。过了很长时间，和女儿一起走了出来。女儿说自己已经嫁给吴家了。为什么要斥责呢？杨伯成知道是狐妖作怪，就让家里十多个人一起打吴南鹤。反倒是被人家吴南鹤教训了。多次被吴南鹤在两只耳朵涂上泥巴。杨伯成因为这件事请了二十多天的假。皇上问为什么没有看见杨伯成，都回复说他家正被狐狸所烦。皇上下令让十几个道士、术师去杨伯成家里，都被两只耳朵涂上泥并且绑住了。没有办法只能屈服。杨伯成认为这是耻辱，就向皇上请了假，全家都回到田庄。在庄上设立吴朗院，家人偷骂吴南鹤，都被教训了。因此没有家人敢再骂了。

杨伯成闲暇的时候没事做，就自己来到田间，看别人割麦子，在树下休息。忽然有一位道士。面容十分地消瘦，来向杨伯成要水。杨伯成因此就给他准备了饭食。吃完饭后，道士问道："你为什么忧愁呢？"杨伯成害怕吴南鹤听见，在道士耳边说了这件事。道士笑着说道："我是神仙，现在正奉天帝的命令，捉拿四五个这样的妖怪。"因此向杨伯成要纸笔。杨伯成命小奴去拿纸笔。然而还是害怕吴南鹤知道，警告小奴不能大声说出去。纸笔拿来后，道士写下三个字，样子像是古篆。道士让小奴拿到吴南鹤的面前，说："尊师叫你！"小奴拿着纸进屋，看见吴南鹤正和婢女开玩笑作乐。小奴把纸交给吴南鹤。吴南鹤看了纸上的字，趴着来到树下，道士斥责道："老野狐之一百，流血被地。伯成以珍宝赠馈，道士不受。驱狐前行，自后随之。行百余步，至柳林边，冉冉升天，久之遂灭。伯成喜甚，至于举家称庆。其女睡食顷方起。惊云："本在城中隔子里，何得至此？"众人方知为狐所魅，精神如睡中。（出《广异记》）

## 叶法善

道士叶法善，括苍人。有道术，能符禁鬼神。唐中宗甚重之。开元初，供奉在内，位至金紫光禄大夫、鸿胪卿。时有名族得江外一宰，将乘舟赴任。于东门外，亲朋盛筵以待之。宰令妻子与亲故车，先往胥溪水滨。日暮，宰至舟旁，馔已陈设，而妻子不至。宰复至宅寻之，云去矣。宰惊，不知所以。复出城问行人，人曰："适食时，见一婆罗门僧执幡花前导，有数乘车随之。比出城门，车内妇人皆下从婆罗门，齐声称佛，因而北去矣。"宰遂寻车迹，至北邙虚墓门。有大冢，见其车马皆憩其旁。其妻与亲表妇二十余人，皆从一僧，合掌绕冢，口称佛名。宰呼之，皆有怒色。宰前擒之，妇人遂骂曰："吾正逐圣者，今在天堂。汝何小人，敢此抑遏？"至于奴仆，与言皆不应，亦相与绕冢而行。宰因执胡僧，遂失。于是缚其妻及诸妇人，皆喧叫。至第，竟夕号呼，不可与言。

胆敢变成人的模样！”吴南鹤于是变成了狐狸，异常的病态。道士说道：“天府使役此辈，不可以杀了它们。然而因为你的原因，不可以只是这样不做处罚。”用小木棍打了它一百下，流血一地。杨伯拿把珍宝送给道士，道士没有接受。道士赶着狐狸往前走，自己在后边跟着它。走了一百多步到柳林边上，慢慢地升上了天，时间长了就消失了。杨伯成特别的高兴。以至于全家一起欢庆。他的女儿睡了一顿饭的时间后刚刚醒过来，惊讶地说道：“本来在城里的隔子里，为什么到这来了？”大家这才知道她被狐狸迷惑了，精神就如同在沉睡的时候一样。（出《广异记》）

## 叶法善

道士叶法善，是括苍人。他会道术，可以用符咒制止鬼神，唐中宗十分地器重他。开元初年的时候，他在宫中做官，升官至金紫光禄大夫鸿胪卿。当时有一个出身名门的人被任命为江南某地的主管，将要乘船去赴任。在东门外，他的亲戚朋友们开设了盛大的宴席为他送行。他让妻儿和亲戚朋友的车子先到去胥溪岸边。傍晚的时候，他到了船旁，宴席已经摆好，但是妻子还没有到。他再次回到家中寻找。有人告诉他说妻子已经离开了。主管非常惊讶，不知道是怎么回事。他又出城去问行人。行人说：“刚才吃饭的时候，看见一个婆罗门僧人手拿着旗幡花在前边领路，有几辆车跟着，前后陆续出了城门。车里的妇人，都下车跟随僧人，齐声念佛，然后向北去了。”主管顺着车子的踪迹，到了北邙虚墓门。有一个大的坟墓。看见他的车马都停在了坟墓旁。他的妻子和其他亲表妇人有二十多个，都跟着一个僧人，合掌围绕着坟墓，嘴巴里念着佛。主管喊她们。她们都会有发怒的神色。他上去抓住妻子。妻子就骂道：“我正在追逐圣人，现在在天堂。你是什么小人，胆敢在这里阻拦？”至于奴仆们，和他们说话他们也不答应，也都一起绕着坟墓行走。主管因而去胡僧。胡僧就消失了。于是他把妻子和妇人们都绑了回来，她们都大声地喊叫。到了家里，她们哭了一整夜。不能和她们说话。

宰迟明问于叶师。师曰："此天狐也。能与天通，斥之则已，杀之不可。然此狐斋时必至，请与俱来。宰曰："诺。"叶师仍与之符，令置所居门。既置符，妻及诸人皆寤。谓宰曰："吾昨见佛来，领诸圣众，将我等至天堂，其中乐不可言。佛执花前后，吾等方随后作法事，忽见汝至，吾故骂，不知乃是魅惑也。"斋时，婆罗门果至，叩门乞食。妻及诸妇人闻僧声，争走出门，喧言佛又来矣。宰禁之不可，乃执胡僧，鞭之见血，面缚，舁之往叶师所。道遇洛阳令，僧大叫称冤。洛阳令反咎宰，宰具言其故，仍请与俱见叶师。洛阳令不信宰言，强与之去。渐至圣真观，僧神色惨沮不言。及门，即请命。及入院，叶师命解其缚，犹胡僧也。师曰："速复汝形！"魅即哀请。师曰："不可。"魅乃弃袈裟于地，即老狐也。师命鞭之百，还其袈裟，复为婆罗门，约令去千里之外。胡僧顶礼而去，出门遂亡。（出《纪闻》）

## 刘 甲

唐开元中，彭城刘甲者为河北一县。将之官，途经山店，夜宿。人见甲妇美，白云："此有灵祇，好偷美妇。前后至者，多为所取。宜慎防之。"甲与家人相励不寐，围绕其妇，仍以面粉涂妇身首。至五更后，甲喜曰："鬼神所为，在夜中耳。今天将曙，其如我何？"因乃假寐。顷之间，失妇所在。甲以资帛顾村人，悉持棒，寻面而行。初从窗孔中出，渐过墙东，有一古坟，坟上有大桑树，下小天刚刚将亮的时候，主管去向叶法善请教。叶法善说：“这是天狐，它能和天相通，训斥它就可以了，杀了它是不可以的。但这狐狸在吃饭的时候一定会前来，请你和它一起到我这来一下。”主管说好。叶法善还给主管符咒，让他把符咒放在自己家的门上。符咒放上之后，妻子和各位妇人都醒了。妻子对主管说：“我昨天看见佛来，领着许多圣人，把我们领到天堂，那里的乐趣简直没法说。佛拿着花走在前前后后，我们正跟在他后面作法事，忽然看见你来了，我因此就骂你，竟不知那是被妖魅魔住了。”吃饭的时候，胡僧果然来了，敲门讨要饭食。妻子和妇人们听见胡僧的声音，都争着跑出门去，大声地喊道：“佛又来了！”主管不能制止她们也拦不住。于是他就把胡僧抓起来，鞭打胡僧直到看见了血。把他两手反绑起来，抬去叶法善的住处。路上遇到洛阳令。胡僧大叫着说自己是冤枉的。洛阳令反而斥责主管。主管详细地述说了事情的原因，而且请洛阳令一起去见叶法善。洛阳令不相信主管，勉强和他一起去了。逐渐来到了圣真观，胡僧的脸色忧伤沮丧，也不说话。来到叶法善的门前的时候，胡僧就请求饶恕己命。等进了院子里面，叶法善命人解开胡僧的绳子，还是胡僧。叶法善说道：“快恢复你的原形！”胡僧就哀求饶命。叶法善说：“不可以！”妖怪把袈裟丢在地上，就变成老狐狸了。叶法善命人打狐狸一百鞭。把袈裟再次还给狐狸，狐狸便又变成胡僧。叶法善和胡僧说好，让胡僧去离这里千里的地方。胡僧五体投地地行完礼后离开，出门后就消失了。（出《纪闻》）

## 刘甲

唐朝的开元年中，彭城人刘甲被任命为河北一个县的县令，将去上任。路过山中的客店，在那里过夜住宿。有人看见刘甲的妻子很漂亮，就对刘甲说道：“这里有一种鬼神，喜爱偷漂亮的妇人，前前后后来过这里的，大部分都被偷走了。你应当小心提防。”刘甲和家人们互相提振精神，不睡着，围绕他的妻子。还拿白面涂在妻子的头和身上。到了五更以后，刘甲高兴地说道：“鬼神干什么所做的事情，都是在夜里，现在天将要亮了，它能把我怎么样呢？”于是他就孔，面入其中。因发掘之，丈余，遇大树坎如连屋，有老狐，坐据玉案。前两行有美女十余辈，持声乐，皆前后所偷人家女子也。旁有小狐数百头，悉杀之。（出《广异记》）

## 李参军

唐兖州李参军拜职赴上，途次新郑逆旅，遇老人读《汉书》。李因与交言，便及姻事。老人问："先婚何家？"李辞未婚。老人曰："君名家子，当选婚好。今闻陶贞益为彼州都督，若逼以女妻君，君何以辞之？陶李为婚，深骇物听。仆虽庸劣，窃为足下羞之。今去此数里，有萧公是吏部璿之族，门地亦高。见有数女，容色殊丽。"李闻而悦之，因求老人绍介于萧氏。其人便许之。去久之方还，言萧公甚欢，敬以待客。李与仆御偕行。

既至萧氏，门馆清肃，甲第显焕。高槐修竹，蔓延连亘，绝世之胜境。初，二黄门持金倚床延坐。少时，萧出，著紫蜀衫，策鸠杖，两袍裤扶侧，雪髯神鉴，举动可观。李望敬之，再三陈谢。萧云："老叟悬车之所，久绝人事。何期君子，迂道见过。"延李入厅。服玩隐映，当世罕遇。寻荐珍膳，海陆交错，多有未名之物。食毕觞宴，老人乃云："李参军向欲论亲，已蒙许诺。"萧便叙数十句语，深有士风。作书与县官，请卜人克日。须臾卜人至，云："卜吉，正在此宵。"萧又作书与县官，借头花钗绢兼手力等，寻而皆至。其夕，亦有县官来作傧相。欢乐之事，与世不殊。至入青庐，妇闭目养神了一会儿。片刻间，妻子就消失了。刘甲用资帛财物雇村里人，都拿着棍子，沿着白面的踪迹行走。最初是从窗中出来的，逐渐翻过了墙的东面，有一个古坟墓，坟墓上有大桑树，树下有小洞，白面进到了小洞里面。于是就挖开小洞。挖了一丈多深的时候，遇到一个像连屋一样的大树洞，有一个老狐狸在玉桌后面坐着，前面有两行美女十几个。拿着乐器奏乐，全部是从别人家偷来的女子。旁边有小狐狸几百只。刘甲把它们都杀了。（出《广异记》）

## 李参军

唐朝兖州的李参军被任命以后赶去上任，途中住在新郑的客店，遇到一个老人家正在读《汉书》，李参军于是和老人谈起话来。顺便谈到了婚姻方面的事情。老人问他娶了谁家的女儿。李参军说自己不曾结婚。老人说道："你作为名家子弟。应当选好人家。现在听说陶贞益担任那个州的都督，如果他坚持要把女儿嫁给你，你怎么推辞呢？陶姓和李姓成婚，让人非常地惊惧呀！我虽平庸，我也为你感到羞耻！现在离这里几里路的地方，有一位萧公是吏部萧璿的族人，门第也高。现有几个女儿，容貌都不同一般的美丽。"李参军听了以后非常高兴，于是请求老人把自己介绍给萧氏。那个老人答应了。离开许久才回来。说萧公非常地高兴，对他像对待客人一样尊敬。李参军就和仆从们一起跟随着老人前往。

到了萧氏家门前。门庭房舍清新肃然，甲第显赫。高大的槐树，修长的竹子，蔓延开来，是世上少有的好地方。最初，两个太监拿着金礼器靠着床边欢迎他们入座。一会儿过后，萧公出来了。穿着紫蜀衫，拄着鸠形的拐杖，两袍裤扶在身旁，雪一样白的胡须，镜子一样明亮的眼神，举止优美好看。李参军看着就对他有敬意，再三地道谢。萧公说道："老叟七十岁辞去官职后住在这里，很久没和人来往了，哪里想到你会绕道来相见呢！"萧公把李参军迎进客厅。厅里各种服饰器用完好之物互相掩映，都是现在世上很难见到的宝物。不久就摆好宴席，山珍海味交替摆放，有很多不知道名字的东西。吃完饭之后开始饮酒的时候，老人才说道："李参军刚刚刚想要提亲，已人又姝美。李生愈悦。

暨明，萧公乃言："李郎赴上有期，不可久住。"便遣女子随去。宝钿犊车五乘，奴婢人马三十匹。其他服玩，不可胜数。见者谓是王妃公主之流，莫不健羡。李至任，积二年，奉使入洛，留妇在舍。婢等并妖媚蛊冶，眩惑丈夫。往来者多经过焉。

异日，参军王颙曳狗将猎。李氏群婢见狗甚骇，多骋而入门。颙素疑其妖媚，尔日心动，径牵狗入其宅。合家拒堂门，不敢喘息，狗亦掣挛号吠。李氏妇门中大诟曰："婢等顷为犬咋，今尚遑惧。王颙何事牵犬入人家？同官为僚，独不为李参军之地乎？"颙意是狐，乃决意排窗放犬，咋杀群狐。唯妻死，身是人，而其尾不变。颙往白贞益，贞益往取验覆。见诸死狐，嗟叹久之。时天寒，乃埋一处。

经十余日，萧使君遂至。入门号哭，莫不惊骇。数日，来诣陶闻诉。言词确实，容服高贵，陶甚敬待。因收王颙下狱。王固执是狐，取前犬令咋萧。时萧陶对食，犬至，萧引犬头膝上，以手抚之，然后与食，犬无搏噬之意。后数日，李生亦还。号哭累日，欻然发狂，啮王通身尽肿。萧谓李曰："奴辈皆言死者悉是野狐，何其苦痛！当日即欲开瘗，恐李郎被眩惑，不见信。今宜开视，以明奸妄也。"命开视，悉是人形，李愈悲泣。贞益以颙罪重，锢身推勘。

经得到了许诺。”萧公就接着说了几十句话，非常有士风度。他写信给县官，请卜人选个好日子。一会儿卜人就到了，说：“好日子，就在今天晚上。”萧公又写信给县官，借来头花、钗绢和干活人手，等等。不一会儿什么都到了。那天晚上，也有县官帮助迎送宾客。高兴的事情，和当时的世上没什么两样。等到进了青庐，看见新娘不同寻常漂亮，李参军更加地高兴。

到了天亮的时候，萧公就说道：“李郎上任有限定的日期，不可以长时间的居住。”就让女儿跟随李参军离开。用珠宝装饰的牛车五辆，奴婢人马三十多个，其他衣服和赏玩的东西，多到数不过来，看见的人都认为是王妃公主之辈，没有不羡慕的。李参军到任之后，过了二年，奉命去洛阳，妻子留在家里。婢女们都轻佻妩媚，迷惑成年的男人。来往的成年男子大多数都受到过她们的挑逗。

以后的一天，参军王颙牵狗出去打猎经过这里，李参军的婢女们看见了狗都十分地害怕，大部分都跑着回家了。王颙一直怀疑她们是妖怪。今天心中震悸不安，直接牵着狗进入李参军家的宅院。李家全家都在堂门抵抗，不敢喘气。狗也相互拉扯着狂叫。李参军的妻子在门里大声斥骂道：“婢女们不久以前被狗咬伤，现在还害怕，王颙有什么事要牵着狗进人家呢？你和李参军是同僚，这里难道不是李参军的地方吗？”王颙认为她是狐狸，于是决定推开窗把狗放进家中。狗把狐狸都咬死了。只有李参军的妻子死后是人身，而她的尾巴没有变。王颙去和陶贞益说了这件事，陶贞益前去验尸。看见那些死狐，感叹了很久。当时天气非常冷，就把它们都埋在一个地方。

过了十多天，萧公就到了，进门就大声地号哭，没有不吃惊害怕的。几天过后，他来到陶贞益的处所控诉，他说得准确真实，容貌服饰高贵，陶贞益十分尊敬地接待他。于是抓了王颙捉关进监狱。王颙坚持说她们是狐狸。牵来之前那条狗咬萧公。当时萧公正和陶贞益面对面地坐着吃饭。狗来了，萧公把狗头拉到膝盖上，用手来抚摩它，然后给它吃东西。狗没有要咬他的意思。几天过后，李参军也回来了，连日地号哭，样子就好像发狂一样，咬得王颙的全身都肿了。萧公对李参军说道：“奴才们说死去的都是野狐狸，多么地让人痛颙私白云："已令持十万，于东都取咋狐犬，往来可十余日。"贞益又以公钱百千益之。其犬既至，所由谒萧对事。陶于正厅立待。萧入府，颜色沮丧，举动惶扰，有异于常。俄犬自外入，萧作老狐，下阶走数步，为犬咋死。贞益使验死者，悉是野狐。颙遂见免此难。（出《广异记》）

苦啊！今天就想要把她们都挖出来，害怕你被迷惑，不相信。现在就要打开看，来证明奴才们的奸诈和荒谬。”命人挖开检视。全部是人的外形。李参军更加地伤心。陶贞益认为王颙罪过深重，把他关起来调查。王颙私下告诉陶贞益说：“已经派人带着十万钱去东都取咬狐狸的狗去了，来回大约要十天。陶贞益又拿出一百千公家的钱来帮助这件事。那条狗来了之后，巡逻的吏卒就请萧公来对质，陶贞益在大堂等待。萧公走进府里，神色沮丧，动作慌张，不同于平常。一会儿狗从外面进来，萧公就变成老狐狸，下了台阶跑了几步，被狗咬死。陶贞益命人查验之前的死者，全是狐狸。王颙就避免了这场灾难。（出《广异记》）

# 卷第四百四十九 狐三



## 郑宏之

唐定州刺史郑宏之解褐为尉。尉之廨宅，久无人居。屋宇颓毁，草蔓荒凉。宏之至官，薙草修屋，就居之。吏人固争，请宏之无入。宏之曰："行正直，何惧妖鬼？吾性御御，终不可移。"居二日，夜中，宏之独卧前堂。堂下明火，有贵人从百余骑，来至庭下。怒曰："何人唐突，敢居于此！"命牵下，宏之不答。牵者至堂，不敢近。宏之乃起。贵人命一长人，令取宏之。长人升阶，循墙而走，吹灭诸灯。灯皆尽，唯宏之前一灯存焉。长人前欲灭之，宏之杖剑击长人，流血洒地，长人乃走。贵人渐来逼。宏之具衣冠，请与同坐。言谈通宵，情甚款洽。宏之知其无备，拔剑击之。贵人伤，左右扶之，遽言："王今见损，如何？"乃引去。

既而宏之命役徒百人，寻其血。至北垣下，有小穴方寸，血入其中。宏之命掘之，入地一丈，得狐大小数十头。宏之尽执之。穴下又掘丈余，得大窟，有老狐，裸而无毛，据土床坐，诸狐侍之者十余头。宏之尽拘之。老狐言曰："无害予，予祐汝。"宏之命积薪堂下，火作，投诸狐，尽焚之。次及老狐，狐乃搏颊请曰："吾已千岁，能与天通。杀予不祥，舍我何害？"宏之乃不杀，锁之庭槐。初夜中，有诸神鬼自称山林川泽丛祠之神，来谒之。再拜言曰："不

## 郑宏之

唐朝定州的刺史郑宏之脱去布衣，担任县尉的时候。县尉的官署长时间没人居住，房屋毁坏，长满野草，十分荒凉。郑宏之上任后，砍掉野草，修好房屋，就要住进去。有个小官吏固执地争着让郑宏之不要住进去。郑宏之说道：“做事正直，怕什么妖鬼呢？我的性格强烈，到底是不能改变。”两天后，夜里，郑宏之一个人在前堂睡着，堂下有明亮的灯火。一位有一百多骑随从的贵人，来到了庭下。生气地说道：“是什么人这么无礼，敢居住在这。”贵人让人把郑宏之拉下来。郑宏之不回答。拉他的人走到堂前，不敢走近他。郑宏之于是起来了。贵人让一个高个子把郑宏之抓起来。高个子上了台阶，沿着墙跑，把各个灯吹灭。所有的灯都灭了，只有郑宏之面前的一盏依然亮着。高个子上前想吹灭它，郑宏之拔剑刺杀高个子，血流出洒到地上，于是高个子跑走了。贵人慢慢地靠近，郑宏之穿戴好衣服和帽子，请他和自己一起坐着。他们说了一整夜的话，情意非常地融洽。郑宏之知道贵人没设防，拔起剑就刺杀他。贵人受伤，他的手下扶住他，慌张地说道：“大王现在被刺伤了，怎么办？”于是把他领走了。

然后郑宏之命令一百多个手下寻找贵人的血迹。找到北面墙下，有一个小洞，大概一寸见方，血进到里面去了。郑宏之命人挖掘这个洞。挖到一丈深的时候，挖出大小不一的狐狸十几只，郑宏之把它们全抓起来。洞里往下又挖了一丈多，挖出一个大洞穴。有一只老狐狸。老狐狸裸露着身体没有毛，坐在土床上面。有侍奉老狐狸的狐狸十几只。郑宏之把它们全抓了。老狐狸对郑宏之说：“不要伤害我，我可以保佑你。”郑宏之下令在堂下堆好柴火，点着后，把狐狸全部扔进去烧了。轮到老狐狸了，老狐狸拍打着自己的脸求命道：

知大王罹祸乃尔。虽欲脱王，而苦无计。”老狐颔之。明夜，又诸社鬼朝之，亦如山神之言。后夜，有神自称黄撅，多将翼从，至狐所言曰：“大兄何忽如此？”因以手揽鏁，鏁为之绝。狐亦化为人，相与去。宏之走追之，不及矣。

宏之以为黄撅之名，乃狗号也。“此中谁有狗名黄撅者乎？”既曙，乃召胥吏问之。吏曰：“县仓有狗老矣，不知所至。以其无尾，故号为黄撅。岂此犬为妖乎？”宏之命取之。既至，鏁系将就烹。犬人言曰：“吾实黄撅神也。君勿害我，我常随君，君有善恶，皆预告君，岂不美欤？”宏之屏人与语，乃释之。犬化为人，与宏之言，夜久方去。宏之掌寇盗，忽有劫贼数十人入界，止逆旅。黄撅神来告宏之曰：“某处有劫，将行盗，擒之可迁官。”宏之掩之果得，遂迁秩焉。后宏之累任将迁，神必预告。至如殃咎，常令回避，罔有不中。宏之大获其报。宏之自宁州刺史改定州，神与宏之诀去，以是人谓宏之禄尽矣。宏之至州两岁，风疾去官。（出《纪闻》）

## 汧阳令

唐汧阳令不得姓名，在官，忽云：“欲出家。”念诵恳至。月余，有五色云生其舍。又见菩萨坐狮子上，呼令叹嗟云：“发心弘大，当得上果。宜坚固自保，无为退败耳。”因尔飞去。令因禅坐，

“我已经有一千岁。我能和天上来往，杀我了是不吉利的。赦免我有什么害处呢？”郑宏之于是没杀了它，把它锁在院子里的槐树上。最开始的一天夜里，有众鬼神自称是山林川泽丛祠之神来拜访老狐狸。它们说道：“不知道大王遭遇如此灾祸。虽然想要救大王，但是没有办法。”老狐狸接受了他们的说法。第二天晚上，又有众土地鬼来拜见老狐狸，也和山神们说的一样。后一天晚上，有一个自称叫“黄撅”的神，带了许多手下，来到老狐狸前面说道：“大哥为什么忽然这样了？”于是就用手去拉锁，锁被他拉断了。老狐狸也变成了人形，一起走了。郑宏之跑着去追，追不上了。

郑宏之觉得“黄撅”是个狗名。这里谁家狗的名字叫黄撅？等到天亮，他召集府中办理文书的小官吏们询问。有一个人说道：“县仓库有一只狗已经老了，不知道去了哪去，因为它没尾巴，所以叫它黄撅。难道这只狗是妖怪吗？”郑宏之派人把这狗抓来。抓来之后，捆了起来准备杀了去煮。狗像人一样说道：“我确实是黄撅神。你不要伤害我。我会经常伴随你，你有什么祸福，我都预告给你，难道不好吗？”郑宏之屏去其他人，单独和它谈话，就把它释放了。它也变成人形。和郑宏之谈话到半夜才离开。郑宏之主管寇盗方面的事情。忽然有几十个抢劫的贼人进入境内，住在客里。黄撅神前来告诉郑宏之：“在哪里有人抢劫，将有人会偷盗，抓到他们可以升官。”郑宏之按他说的去袭击，果然抓到劫贼。就升了官。后来郑宏之连续升官，黄撅神必定预先告诉他。至于祸事，经常让他回避，没有说不中的。郑宏之获得了很高的回报。郑宏之从宁州刺史转成定州刺史的时候，黄撅神和他告别离去。因此大家说郑宏之官禄到头了。郑宏之到定州两年过后，因为生病而免官。（出《纪闻》）

## 汧阳令

唐朝汧阳有个县令，不知道他的名字。他在当官时，忽然说道：“想要出家。”念佛诵经极度地真诚。一个多月后，有五色云在他的房屋上空生成，又看见一位菩萨坐在狮子上。菩萨叫着县令慨叹道：“你的发心宏大，应该能成上等正果。应当坚定地保全自己，不能退闭门，不食六七日。家以忧惧，恐以坚持损寿。会罗道士公远自蜀之京，途次陇上。令子请问其故，公远笑曰："此是天狐，亦易耳。"因与书数符，当愈。令子投符井中。遂开门，见父饿惫。逼令吞符，忽尔明晤，不复论修道事。后数载，罢官过家。家素郊居，平陆澶漫直千里。令暇日倚杖出门，遥见桑林下有贵人自南方来。前后十余骑，状如王者。令入门避之。骑寻至门，通云："刘成谒令。"令甚惊愕："初不相识，何以见诣？"既见，升堂坐。谓令曰："蒙赐婚姻，敢不拜命。"初，令在任，有室女年十岁，至是十六矣。令云："未省相识，何尝有婚姻？"成云："不许我婚姻，事亦易耳。"以右手掣口而立，令宅须臾震动，井厕交流，百物飘荡。令不得已许之。婚期克翌日，送礼成亲。成亲后，恒在宅。礼甚丰厚，资以饶益，家人不之嫌也。

他日，令子诣京，求见公远。公远曰："此狐旧日无能，今已善符箓。吾所不能及，奈何？"令子恳请，公远奏请行。寻至所居，于令宅外十余步设坛。成策杖至坛所，骂老道士云："汝何为往来，靡所忌惮？"公远法成，求与交战。成坐令门，公远坐坛，乃以物击成，成仆于地。久之方起，亦以物击公远，公远亦仆，如成焉。如是往返数十。公远忽谓弟子云："彼击余殪，尔宜大临，吾当以神法缚之。"及其击也，公远仆地，弟子大哭。成喜，不为之备。公远遂使神往击之。成大战恐，自言力竭，变成老狐。公远既起，以坐具扑狐，重之以大袋，乘驿还都。玄宗视之，以为欢笑。公远上缩失败。”然后就飞离了。县令于是开始坐禅，关起门，六七天不吃东西。家人因为这件事非常担忧害怕，怕他因为这样固执而损伤寿命。恰巧一个叫罗公远的道士从蜀地去往京城，路途中暂时住在陇上，县令的儿子就去请教父亲如此的原因。罗公远笑着说道：“这是天狐，也容易对付。”于是写了几张符给了县令的儿子，说应当可以治好。县令的儿子把符扔到井里，于是把门打开，看见父亲已饿得疲惫不堪。逼迫县令吞下符，县令忽然间就清醒了，不再说修道的事了。几年之后，县令免官在家。他家在郊外，平原长宽有几千里。县令闲暇的时候，就拄着手杖走出门。远看桑树林下有贵人从南方走过来。他前后有十几个骑马的随从，样子像王爷一般。县令退回到门内回避。骑马的人一会就到了门前，通报说道：“刘成拜见县令。”县令特别的惊讶。之前不认识，为什么拜访他呢？见面之后，到堂中坐下。贵人对县令说道：“承蒙你赐婚，我怎么敢不来拜见呢。”最初县令做官的时候，有一个没出嫁的女儿，到现在有十六岁了。县令说道：“我不认识你，为什么会让女儿嫁给你呢？”刘成说道：“不嫁女儿给我，也容易。”说完，他用右手拉着嘴站在那里，县令的房子顷刻之间就开始震动，水井和厕所互相对流，所有东西都漂浮不定。县令迫不得已，只能答应了。婚期约好在第二天。婚礼之后，刘成一直住在县令家。他的礼物非常丰厚，资助的东西也特别多，家人们也不讨厌他。

一天，县令儿子到了京城，请求拜见罗公远。罗公远说道：“这只狐狸以前没有本事，现在已经擅长‘符箓’，我不能比上，能怎么办呢？”在县令儿子恳请下，罗公远答应随他去一趟。不一会到了县令家。罗公远在县令家门外十几步的地方设坛。刘成拄着杖来到坛前，斥骂老道士说：“你为什么来了？没有你怕的吗？”罗公远法已做成，让刘成和他交战。刘成坐在县令门口，罗公远坐在坛上。于是用东西击打刘成。刘成扑倒在地，很久才起来。刘成也用东西击打罗公远。罗公远也倒地了，和刘成一样。像这样往返进行了几十次。罗公远忽然对弟子说道：“他打死我，你应该聚哭告哀，我应当用神法来捆住他。”等刘成打罗公远的时候，罗公远扑倒在地上，弟子就大

白云："此是天狐，不可得杀。宜流之东裔耳！"书符流于新罗，狐持符飞去。今新罗有刘成神，土人敬事之。（出《广异记》）

## 李元恭

唐吏部侍郎李元恭，其外孙女崔氏，容色殊丽，年十五六，忽得魅疾。久之，狐遂见形为少年，自称胡郎。累求术士不能去。元恭子博学多智，常问："胡郎亦学否？"狐乃谈论，无所不至。多质疑于狐，颇狎乐。久之，谓崔氏曰："人生不可不学。"乃引一老人授崔经史。前后三载，颇通诸家大义。又引一人，教之书。涉一载，又以工书著称。又云："妇人何不会音声？箜篌琵琶，此故凡乐，不如学琴。"复引一人至，云善弹琴。言姓胡，是隋时阳翟县博士。悉教诸曲，备尽其妙。及他名曲，不可胜纪。自云亦善《广陵散》，比屡见嵇中散，不使授人。其于《乌夜啼》，尤善传其妙。李后问："胡郎何以不迎妇归家？"狐甚喜，便拜谢云："亦久怀之。所不敢者，以人微故尔。"是日遍拜家人，欢跃备至。李问："胡郎欲迎女子，宅在何所？"狐云："某舍门前有二大竹。"时李氏家有竹园。李因寻行所，见二大竹间有一小孔，意是狐窟。引水灌之，初得猯貉及他狐数十枚。最后有一老狐，衣绿衫，从孔中出，是其素所著衫也，家人喜云："胡郎出矣！"杀之，其怪遂绝。（出《广异记》）

哭起来。刘成非常得意，不加防备。罗公远于是用神法去打刘成。刘成非常害怕，自己说力气已尽，变成了老狐狸。罗公远随即站起来，用坐具扑打狐狸，用大口袋装起狐狸，乘驿站的车马返回京城。唐玄宗看了它，把它当成笑料。罗公远走上前报告说道：“这是天狐，不可以杀，应当把它流放到东方。”于是写符把它流放到新罗去。狐狸拿着符飞走了。现在新罗有刘成神，当地的人很尊敬他。（出《广异记》）

## 李元恭

唐朝的吏部侍郎李元恭，他的外孙女崔氏，容貌十分的美丽，十五六岁的时候，忽然被狐狸迷惑。经过一段时间，狐狸就变成青年男子，自称是胡郎。李家连续请术士都不能赶走他。李元恭的儿子学识广博有智慧，曾经问胡郎是否有学业。狐狸于是开始谈论，没有他谈不到的。他多次问狐狸问题，与狐狸相处很好。过了一段时间，胡郎就对崔氏说：“人在世上，不能不学习。”于是带来一老人给崔氏讲授经史。前后三年，崔氏就通晓各家的大义。又带来一个人，教崔氏练习书法。过了一年，崔氏又因为精通书法而闻名。又说道：“妇人为什么不会音乐呢？箜篌、琵琶，这原本来平常的乐器，比不上学弹琴。”又带来一人，擅长弹琴，说姓胡，是隋朝时阳翟县的博士。这位琴师教给她众多曲子，把曲子的妙处讲得很完备，和其他名曲，不能够数得完。琴师自己说也擅长《广陵散》，连续多次见过嵇康，嵇康不允许把《广陵散》传授给其他人。他弹《乌夜啼》特别擅长表达出它的高妙。李元恭的儿子后来问道：“胡郎为什么不娶媳妇回家呢？”狐狸非常高兴，于是拜谢说：“我也这么想很久了，没敢说的原因，是因为我地位太低了。”这一天狐狸遍拜了家人，非常地高兴。李元恭儿子问胡郎要来迎娶妻子，家在什么地方。狐狸说：“我家门前有两棵高大的竹子。”当时李家有竹园。于是李元恭的儿子搜寻狐狸的踪迹，看见两棵高大的竹子中间有一个小洞，竟然是狐狸洞，于是引来水往里灌，开始抓到猳狢和其他狐狸几十只。最后有一个老狐狸，穿着绿色的衣服，从洞里爬了出来，这是它平日里穿的衣服。

## 焦练师

唐开元中，有焦练师修道，聚徒甚众。有黄裙妇人自称阿胡，就焦学道术。经三年，尽焦之术，而固辞去。焦苦留之，阿胡云："己是野狐，本来学术。今无术可学，义不得留。"焦因欲以术拘留之。胡随事酬答，焦不能及。乃于嵩顶设坛，启告老君，自言："己虽不才，然是道家弟子。妖狐所侮，恐大道将隳。"言意恳切。坛四角忽有香烟出，俄成紫云，高数十丈。云中有老君见立，因礼拜陈云："正法已为妖狐所学，当更求法以降之。"老君乃于云中作法，有神王于云中以刀断狐腰，焦大欢庆。老君忽从云中下，变作黄裙妇人而去。（出《广异记》）

## 李 氏

唐开元中，有李氏者，早孤，归于舅氏。年十二，有狐欲媚之。其狐虽不见形，言语酬酢甚备。累月后，其狐复来，声音少异。家人笑曰："此又别是一野狐矣。"狐亦笑云："汝何由得知？前来者是十四兄，己是弟。顷者我欲取韦家女，造一红罗半臂。家兄无理盗去，令我亲事不遂，恒欲报之，今故来此。"李氏因相辞谢，求其禳理。狐云："明日是十四兄王相之日，必当来此。大相恼乱，可且令女掐无名指第一节以禳之。"言讫便去。大狐至，值女方食。女依小狐言，掐指节。狐以药颗如菩提子大六七枚，掷女饭碗中，累掷不中。惊叹甚至，大言云："会当入嵩岳学道始得耳！"

家人都高兴地说道："胡郎出来了！"杀了它，狐怪就消失了。（出《广异记》）

## 焦练师

唐朝开元年中，有个焦练师修炼道术，聚集的弟子特别多。有个穿着黄裙子的妇人，自称是阿胡，向焦练师学习道术。过了三年，把焦练师的道术学完了，就坚定地想要离去。焦练师耐心地挽留她。她说道："我是野狐狸，原本是来学习道术的，现在没有道术可以学习了，按照道义是不可以留下的。"焦练师就想使用法术来留下阿胡。阿胡随机应对，焦练师总是不能比得上她。焦练师就在嵩山顶上设坛，禀告太上老君。他说道："弟子虽然没有才能，但是毕竟是道家的弟子。妖狐所侮辱的，怕是道家的大业要被她毁坏了。"他的言辞十分地恳切。坛的四角忽然有香烟冒出，一会儿变成了紫色的云，高几十丈。云中出现太上老君站在那里。焦练师就拜见陈述道："正法已经被妖狐学会了，应该另想方法来降住她。"于是太上老君在云中作法，有神王在云中用刀砍断狐狸的腰。焦练师十分高兴地庆贺。太上老君突然从云中下来了，变成那黄裙妇后离开了。（出《广异记》）

## 李氏

唐开元年中，有一个姓李的小女孩，年幼时父亲就死了，母亲就带她回到舅舅家。她年纪十二岁，有只狐狸想讨好她。这只狐狸虽然不能现形，它的言语及待人接物做得都很全面。一个月之后，这只狐狸再次到来，声音稍微不同以往。家人笑道："这是另外的野狐狸了。"狐狸也笑道："你们是凭借什么知道的？之前来的是我十四哥，我是弟弟。不久我就要娶韦家的女儿了，做了一件红罗半截袖衣服，我的哥哥不讲理给偷去了，让我的亲事没有办成。一直想报复他，所以来到了这里。"李氏因此表示感谢，请教它免除灾祸的方法。狐狸说道："明天是十四哥来王相的日子，他一定会来这里，大相恼怒烦乱，可暂时让你女儿掐着无名指第一节来祛除灾祸。"说完就离开座中有老妇持其药者，惧复弃之。人问其故，曰："野狐媚我。"狐慢骂云："何物老妪，宁有人用此辈！"狐去之后，小狐复来曰："事理如何？言有验否？"家人皆辞谢。曰："后十余日，家兄当复来，宜慎之。此人与天曹已通，符禁之术，无可奈何，唯我能制之。待欲至时，当复至此。"将至其日，小狐又来，以药裹如松花，授女曰："我兄明日必至。明早，可以车骑载女，出东北行。有骑相追者，宜以药布车后，则免其横。"李氏候明日，如狐言。载女行五六里，甲骑追者甚众，且欲至，乃布药。追者见药，止不敢前。是暮，小狐又至，笑云："得吾力否？再有一法，当得永免，我亦不复来矣！"李氏再拜固求。狐乃令取东引桃枝，以朱书板上，作"齐州县乡里胡绰、胡邈"。以符安大门及中门外钉之，必当永无怪矣。狐遂不至。其女尚小，未及适人。后数载，竟失之也。（出《广异记》）

## 韦明府

唐开元中，有诣韦明府，自称崔参军求娶。韦氏惊愕，知是妖媚，然犹以礼遣之。其狐寻至后房，自称女婿，女便悲泣，昏狂妄语。韦氏累延术士，狐益慢言，不能却也。闻峨嵋有道士，能治邪魅。求出为蜀令，冀因其伎以禳之。既至，道士为立坛治之。少了。大狐狸到了，正赶上女孩在吃饭。女孩依照小狐狸教的方法，掐无名指的第一节。大狐狸把菩提子那么大的药丸六七颗，扔往女孩饭碗中，连续扔都扔不进去。狐狸十分地惊讶，大声说道："这是我在嵩山学道时得到的！"在座有一老妇人持有狐狸的药，害怕再离开她，人们问她原因，她说："野狐狸讨好我！"狐狸谩骂道："老妇人是个什么东西，哪有人喜欢这样的！"狐狸离开之后，小狐狸又来到，问道："事情进展怎么样？我的话有没有得到应验？"全家都表示感谢。小狐狸说道："再过十几天，我哥哥还会再来，应该谨慎地对待。这个人和天府已经有来往，会写符念咒的法术，不能把他怎么样。唯独我可以控制得了他。等他要过来的时候，我还会再来这里。"那天将要到的时候，小狐狸又来到了。把包裹的像松花一样的药给女孩后说："我哥明天一定会来。明天早上，可以叫人用车马载着你，向东北去。有人骑马追你的时候，应当把药散在车后，这样就可以免除灾祸。"李氏等到第二天就按照小狐狸说的那样，用车拉着女儿往东北去。拉着女儿走五六里，有非常多的骑马人追来，快要追上的时候，药就散布在车后。追随的人看见药，就停下来，不敢再向前了。这一天晚上，小狐狸又来了，笑着说道："得到我的帮助没有？还有一个方法，应当可以永远驱除你的灾难。我也不会再来了。"李氏再次下拜，坚决请求小狐狸相助。小狐狸让她取一条向东伸出的桃枝，在板上用朱砂写全州县乡里胡绰、胡邈，把符钉在大门和中门外。一定会永远没有精怪了。小狐狸就没有再来过了。李氏的女儿还小，还没有到嫁人的年龄。过了几年，她的女儿最后还是丢了。（出《广异记》）

## 韦明府

唐朝开元年间，有狐狸到韦明府，自称是崔参军向他提亲。韦氏知道他是妖怪，然而还是按照礼节打发他离开。狐狸找到后房，对韦氏女儿自称是她的女婿，于是女儿悲伤地哭了。昏乱狂悖，胡乱说话。韦氏接连请来术士，狐狸更加地傲慢，不能赶走他。听说峨嵋山上有道士可以治邪魔，韦氏就请求到蜀地担任县令，希望可以借着时，狐至坛，取道士悬大树上，缚之。韦氏来院中，问：“尊师何以在此？”狐云：“敢行禁术，适聊缚之。”韦氏自尔甘奉其女，无复觊望。家人谓曰：“若为女婿，可下钱二千贯为聘。”崔令于堂檐下布席，修贯穿钱，钱从檐上下，群婢穿之，正得二千贯。久之，乃许婚。令韦请假送礼，兼会诸亲。及至，车骑辉赫，傧从风流，三十余人。至韦氏，送杂彩五十匹，红罗五十匹，他物称是。韦乃与女。

经一年，其子有病。父母令问崔郎，答云：“八叔房小妹，今颇成人，叔父令事高门。其所以病者，小妹入室故也。”母极骂云：“死野狐魅，你公然魅我一女不足，更恼我儿。吾夫妇暮年，唯仰此子，与汝野狐为婿，绝吾继嗣耶？”崔无言，但欢笑。父母日夕拜请，绐云：“尔若能愈儿疾，女实不敢复论。”久之乃云：“疾愈易得，但恐负心耳！”母频为设盟誓。异日，崔乃于怀出一文字，令母效书，及取鹊巢，于儿房前烧之，兼持鹊头自卫，当得免疾。韦氏行其术，数日子愈。女亦效为之，雄狐亦去。骂云：“丈母果尔负约，知何言，今去之。”后五日，韦氏临轩坐，忽闻庭前臭不可奈，仍有旋风，自空而下，崔狐在焉。衣服破弊，流血淋漓。谓韦曰：“君夫人不义，作字太彰。天曹知此事，杖我几死。今长流沙碛，不得来矣。”韦极声诃之曰：“穷老魅，何不速行，敢此逗留耶？”狐云：“独不念我钱物恩耶？我坐偷用天府中钱，今无可还，受此荼毒。君何无情至此？”韦深感其言，数致辞谢。徘徊，复为旋风而去。（出《广异记》）

他的本事来消除灾祸。到蜀地后，道士设坛对付狐狸。过了一会儿狐狸来了，把道士抓住绑了挂在大树上。韦氏来到院中，问道："尊师为什么在这里呢？"狐狸说道："他胆敢对我施禁术，我才把他暂时绑了起来。"韦氏从此之后安分地把女儿送给狐狸，不再抱有希望。家人对狐狸说道："你如果想做女婿，可以送两千贯钱作为聘礼。"这位崔参军命人在屋檐下设好坐席，准备好穿钱的绳索，钱从房檐上就往下掉，一群婢女用绳穿好钱，刚好有两千贯。很久之后，才答应嫁女儿给他。让韦氏请假送礼，同时见一下各位亲戚朋友。等到了那里，车马很多，侍从有三十多位。到韦氏的时候，送了杂彩五十匹给他、红罗五十匹。其他物品也让人称道。韦氏就把女儿嫁给了他。

过了一年，韦氏的儿子得了病，韦氏夫妻让女儿问崔郎。崔郎回答说："八叔房的小妹，现在已经长成大人，叔父让她嫁给富贵人家。他得病的原因，是由于小妹进到了他屋里。"韦夫人大骂道："死野狐狸精，你公然迷惑我一个女儿还不满足，还要烦扰我的儿子。我们夫妇年纪已经大了，只能依靠这个儿子。给你们野狐狸做女婿，要断绝我们的后代吗？"崔参军不说话，只是笑着。韦氏夫妇早晚不停地求他，骗他说："你如果治好我儿子的病，女儿的事就不敢再提了。"很久之后他才说："让病痊愈容易实现，只是担心你们食言呀！"韦夫人连连发誓。另外一天，崔参军从怀里取出一文书，让韦夫人仿照书写，还要取一个喜鹊窝在儿子房前烧掉，并且拿喜鹊头自卫。应该就可以治愈疾病了。韦氏按照他说的做了，过了几天儿子就痊愈了。女儿也照着做了，雄狐狸也离开了。他骂道："丈母娘果然食言了！岂能料到是这样！现在要离开这里了"过了五天，韦氏挨着窗户坐着，忽然闻见院子里臭得不能忍受，还有旋风从天空中降下，是姓崔的狐狸。他的衣服破损，流血不止。他对韦氏说道："你夫人不做事不合乎道德，写字写得太明显，被天府知晓这件事，打得我快死了。现在长期流浪沙碛之间，不可以再前来了。"韦氏用最大的声音呵斥道："穷老鬼，为什么还不快走？敢在这逗留吗？"狐狸说道："难道你不惦念我钱物的好处吗？我因为偷了天府的钱犯法，现在

## 林景玄

唐林景玄者，京兆人。侨居雁门，以骑射畋猎为己任。郡守悦其能，因募为衙门将。尝与其徒十数辈驰健马，执弓矢兵杖，臂隼牵犬，俱骋于田野间，得麋鹿狐兔甚多。由是郡守纵其所往，不使亲吏事。尝一日畋于郡城之高岗，忽起一兔榛莽中。景玄鞭马逐之，仅十里余，兔匿一墓穴。景玄下马，即命二卒守穴傍，自解鞍而憩。忽闻墓中有语者曰："吾命土也，克土者木。日次于乙，辰居卯。二木俱王，吾其死乎？"已而咨嗟者久之。又曰："有自东而来者，我将不免。"景玄闻其语，且异之。因视穴中，见一翁，衣素衣，髯白而长，手执一轴书，前有死鸟鹊甚多。景玄即问之，其人惊曰："果然祸我者且至矣。"即诟骂，景玄默而计之曰："此穴甚小，而翁居其中，岂非鬼乎？不然，是盗而匿此。"即毁其穴。翁遂化为老狐，帖然俯地，景玄因射之而毙。视其所执之书，点画甚异，似梵书而非梵字，用素缣为幅，仅数十尺。景玄焚之。（出《宣室志》）

## 谢混之

唐开元中，东光县令谢混之，以严酷强暴为政，河南著称。混之尝大猎于县东，杀狐狼甚众。其年冬，有二人诣台，讼混之杀其父兄，兼他赃物狼籍。中书令张九龄令御史张晓往按之，兼锁系告事者同往。晓素与混之相善，先疏其状，令自料理。混之遍没钱可以还，才受到这样的残害。你为什么无情到这个地步呢？”韦氏深深地感动于他的言论，多次致谢。野狐徘徊一会，又变成旋风离开了。（出《广异记》）

## 林景玄

唐朝时的林景玄，是京兆人，在雁门侨居。他以骑马射箭四处打猎作为自己的责任。郡守欣赏他的才能，就招募他担任衙门将。曾经和他十几个同伴骑着骏马，拿着弓箭兵器，臂上托着老鹰，牵着狗，一起驰骋在田野里，抓到了很多麋鹿狐兔。从此，郡守放任他去任何地方，不让他做公事。曾经有一天，他在郡城高岗上打猎，忽然草丛中跳出一只兔子。林景玄策马就追，仅仅追了十多里地，兔子就藏到了一个墓穴里面。林景玄下马，命两个小兵看守在墓穴旁边，自己解下马鞍休息。忽然听到墓穴中有人说话：“我是土命，克土的是木。日次于乙，辰居卯。二木俱王，我将要死了吗？”说完后感叹很久。又说道：“有从东边来的人，我将没有办法避免。”林景玄听到这些话，就感觉到奇怪，于是向墓穴里看。看见一个老头。穿着白色的衣服，胡子又白又长，手持一轴书。在他面前有很多死鸟雀。林景玄就问他。老头吃惊地说道：“果然祸害我的人到了！”就辱骂起来。林景玄悄悄地打算道：“这洞穴十分的狭小，而老翁住在里边，难道是鬼吗？不然的话，就是偷东西之后藏在这里。”就毁了他的墓穴。老翁就变成老狐狸，安定顺从的趴在地上。于是林景玄射死狐狸。看他拿的那轴书，笔画非常怪，像经书但又不是梵文，用白色绢做成的书页，只有几十尺长。林景玄把它烧毁了。（出《宣室志》）

## 谢混之

唐朝开元年间，东光县的县令谢混之，因治理政事的手段严酷强暴，在河南闻名。谢混之曾经在县的东部大规模地打猎，杀死非常多的狐狸和狼。那年冬天，有两个人去御史台告发谢混之杀死他们的父亲弟兄和非法占有他人财物等罪。中书令张九龄派遣御史张晓问里正，皆云："不识有此人。"混之以为诈。己各依状明其妄以待辨。晓将至沧州，先牒系混之于狱。混之令吏人铺设使院，候晓。有里正从寺门前过，门外金刚有木室扃护甚固。闻金刚下有人语声，其扃以锁，非人所入。里正因逼前听之，闻其祝云："县令无状，杀我父兄。今我二弟诣台诉冤，使人将至，愿大神庇荫，令得理。"有顷，见孝子从隙中出。里正意其非人，前行寻之。其人见里正，惶惧入寺，至厕后失所在。归以告混之，混之惊愕久之，乃曰："吾春首大杀狐狼，得无是耶？"及晓至，引讼者出，县人不之识。讼者言词忿争，理无所屈。混之未知其故。有识者劝令求猎犬。猎犬至，见讼者，直前搏逐。径跳上屋，化为二狐而去。（出《广异记》）

前去考查办案，而且绑住两个告状的人一起前往。张晓平素和谢混之关系要好。他先把告状的事透露给谢混之，让他处理。谢混之问遍所有的里正，都说："不认识这两个人。"谢混之以为是欺骗他，已经分别按照状子所列的罪状指明它的不实之处等待辩解。张晓将到沧州的时候，先发公文逮捕谢混之入狱。谢混之让手下打点使院等待张晓。有一位里正从寺门前经过。门外的金刚有木室保护得非常的牢固。里正听见金刚下面有人说话的声音。已经锁了，不是人进去了。于是里正就走上前去听。听到有人祷告说："县令不善，杀死了我的父兄，现在我两个弟弟去御史台去诉说冤情，使者就要到了，希望大神庇佑，使他们得以审理。"一会儿，看见一个孝子从空隙中出来。里正心想他不是人，就上前去找他。那人看见里正，慌忙进了寺院，里正追踪到厕所那人消失了。里正返回后告诉谢混之。谢混之非常惊讶害怕。他说道："我春天的时候捕杀了很多狐狸和狼，难道是因为这件事？"等张晓到达，领出告状的人，县里的人都不认识他们。告状的强烈地争辩，并没有理屈。谢混之不明白是怎么回事。有个有学识的人劝说县令找来一条猎狗。猎狗到了，看见两个告状的人，就直接扑上去。那两个人直接跳到房上，变成两只狐狸逃走了。（出《广异记》）

# 卷第四百五十　狐四



## 王　苞

唐吴郡王苞者，少事道士叶静能，中罢为太学生，数岁在学。有妇人寓宿，苞与结欢，情好甚笃。静能在京，苞往省之，静能谓曰："汝身何得有野狐气？"固答云无。能曰："有也。"苞因言得妇始末。能曰："正是此老野狐。"临别，书一符与苞，令含。诫之曰："至舍可吐其口，当自来此，为汝遣之，无忧也。"苞还至舍，如静能言。妇人得符，变为老狐，衔符而走，至静能所拜谢。静能云："放汝一生命，不宜更至于王家。"自此遂绝。（出《广异记》）

## 唐参军

唐洛阳思恭里，有唐参军者立性修整，简于接对。有赵门福及康三者投刺谒。唐未出见之，问其来意。门福曰："止求点心饭耳。"唐使门人辞，云不在。二人径入至堂所。门福曰："唐都官何以云不在？惜一餐耳！"唐辞以门者不报，引出外厅，令家人供食。私诫奴，令置剑盘中，至则刺之。奴至，唐引剑刺门福，不中；次击康三，中之，犹跃入庭前池中。门福骂云："彼我虽是狐，我已千年。千年之狐，姓赵姓张。五百年狐，姓白姓康。奈何无道，杀我康三？必当修报于汝，终不令康氏子徒死也！"唐氏深谢之，令召康三。门福至池所，呼康三，辄应曰："唯。"然求之不可得，但余

## 王苞

唐朝吴郡有一个叫王苞的人，年轻时候侍奉道士叶静能，中年时候结束之前的工作当了太学生，几年在学习。有一个妇人来住宿，王苞和妇人交好，感情十分好。叶静能在京都，王苞去探望他，叶静能对他说：“你身上怎么有野狐的气味？”王苞坚定地回答说没有。叶静能说：“有呀！”于是王苞就说出遇到妇人的过程。叶静能说：“曾氏这只老野狐。”即将离别的时候，写了一道符给王苞，让他含在嘴里。告诫他说：“到住处的时候可以吐到她嘴里，她应该亲自到这里，我替你赶走她，不要担心了。”王苞回到房舍，按照叶静能说的做了。女人得到符之后，变成了老狐狸，用嘴含着符离开了，到叶静能的住处恭敬地表达感谢。叶静能说：“放你一条命，不应该再到王家。”从此以后就消失了。（出《广异记》）

## 唐参军

唐朝洛阳思恭，有个名叫唐参军的人，禀性善良端正，在接待应对方面很简单。有叫赵门福和康三的人送上门帖请求拜见，唐参军没有出门见他们，询问他们的来意。门福说：“仅仅是想要点心和饭罢了。”唐参军让看门人推辞，说不在家。两个人径直走进正房。门福说：“唐都官为什么说自己不在？舍不得一顿饭吧。”唐参军推辞说是看门的人没有传达。领他们向外走到外厅，命令家人提供食物。私下里告诫奴仆，让他放一把剑在盘中，到了就暗杀他们。奴仆来了，唐参军举起剑刺向门福，没有刺中；第二次攻击康三，刺中他，就跳进庭院前面的池子里。门福骂道：“他和我虽都是狐狸，我已经活了千年。千年的狐狸，姓赵和姓张。五百年的狐狸，姓白和姓康。

鼻存。门福既去，唐氏以桃汤沃洒门户，及悬符禁。自尔不至，谓其施行有验。

久之，园中樱桃熟，唐氏夫妻暇日检行。忽见门福在樱桃树上，采樱桃食之。唐氏惊曰："赵门福，汝复敢来耶？"门福笑曰："君以桃物见欺，今聊复采食，君亦食之否？"乃频掷数四以授唐。唐氏愈恐，乃广召僧，结坛持咒。门福遂逾日不至。其僧持诵甚切，冀其有效，以为己功。后一日，晚霁之后，僧坐槛前。忽见五色云自西来，径至唐氏堂前。中有一佛，容色端严，谓僧曰："汝为唐氏却野狐耶？"僧稽首。唐氏长幼虔礼甚至，喜见真佛，拜请降止。久之方下，坐其坛上，奉事甚勤。佛谓僧曰："汝是修道，谓通达，亦何须久蔬食，而为法能食肉乎？但问心能坚持否！肉虽食之，可复无累。"乃令唐氏市肉，佛自设食，次以授僧及家人，悉食。食毕，忽见坛上是赵门福。举家叹恨，为其所误。门福笑曰："无劳厌我，我不来矣！"自尔不至也。（出《广异记》）

## 田氏子

唐牛肃有从舅常过渑池，因至西北三十里谒田氏子。去田氏庄十余里，经岅险，多栎林。传云中有魅狐，往来经之者，皆结侣乃敢过。舅既至，田氏子命老竖往渑池市酒馔。天未明，竖行，日暮不至。田氏子怪之。及至，竖一足又跛。问："何故？"竖曰：

怎么无道义可讲，杀害我的康三？必定对你实施报复行动。终不让康氏一族枉死！”唐氏深深地道歉，让他去召唤康三。门福到池子所在的地方，呼唤康三，就回应道：“唯”。之后找他却找不到，只是留下鼻音尚存。门福随即离开了，唐氏用桃汤浇洒屋室和悬挂着符咒与禁架。门福自此之后没有再来，唐氏以为自己实行的办法有效果。

很久之后，园子里的樱桃成熟，唐氏夫妻闲暇的日子查验巡行，忽然看见门福在樱桃树上，采摘樱桃之后吃了它，唐氏吃惊地说道：“赵门福，你还敢再来吗？”门福笑着答道：“你用桃木制成的物件来显示欺辱，现在稍微再来采摘樱桃吃，你也要吃它吗？”于是屡次向唐参军扔樱桃。唐氏更加害怕，于是召集很多僧侣，修建地方开坛和拿着符念咒。门福就两天没来。那僧侣拿着木鱼诵读更加深切，希望作法能够有成效，把他当作自己的功劳。之后的一天，傍晚天气晴朗之后，僧侣坐在堂屋前部的柱子前，忽然看见五彩祥云从西边飘来，径直走到唐氏的堂屋前面。中间有一个佛，容貌神色端庄严肃。对僧侣说：“你替唐氏除去野狐了吗？”僧侣跪拜。唐氏一族自幼至长特别虔诚礼拜，高兴地见到真实的佛，恭敬地行礼直到降落下来停止不动。很久之后才下来，坐在坛上，特别殷勤恭敬地服侍。佛对僧侣说：“你是修道之人，请（明抄本“请”作“谓”）明白事理，又何必要时间吃素。然而做法事能吃肉吗？只要问问自己的内心能否坚持。虽然吃了肉，可以再无牵连。” 于是让唐氏买肉，佛自己安排食用，之后将肉给僧侣及唐家人，都吃了。吃完之后，忽然看见坛上是赵门福。全家嗟叹怨恨，被赵门福所害。门福笑着说：“不要费力嫌弃我，我不来了！”自此以后不来了。（出《广异记》）

## 田氏子

唐朝的牛肃有个表舅曾经路过渑池。到西北三十里的地方拜见田氏子。离田氏田庄还有十多里时，经过山势险峻的地方，大多是柞树林。传说当中有魅惑人的狐狸，来去经过那儿的人，都结伴才敢从那儿经过。舅舅到了之后，田氏子命令老奴仆去渑池买酒和食物。天没有亮，奴仆出发，太阳落山了还没有回来。田氏子觉得这件事奇

“适至栎林，为一魅狐所绊，因蹶而仆，故伤焉。”问：“何以见魅？”竖曰：“适下坡时，狐变为妇人，遽来追我。我惊且走，狐又疾行，遂为所及，因倒且损。吾恐魅之为怪，强起击之。妇人口但哀祈，反谓我为狐。屡云：‘叩头野狐，叩头野狐。’吾以其不自知，因与痛手，故免其祸。”田氏子曰：“汝无击人，妄谓狐耶？”竖曰：“吾虽苦击之，终不改妇人状耳！”田氏子曰：“汝必误损他人，且入户。”日入，见妇人体伤蓬首，过门而求饮，谓田氏子曰：“吾适栎林，逢一老狐变为人。吾不知是狐，前趋为伴，同过栎林，不知老狐却伤我如此。赖老狐去，余命得全。妾北村人也，渴故求饮。”田氏子恐其见苍头也，与之饮而遣之。（出《纪闻》）

## 徐 安

徐安者，下邳人也，好以渔猎为事。安妻王氏貌甚美，人颇知之。开元五年秋，安游海州，王氏独居下邳。忽一日，有一少年状甚伟，顾王氏曰：“可惜芳艳，虚过一生。”王氏闻而悦之，遂与之结好，而来去无惮。安既还，妻见之，恩义殊隔，安颇讶之。其妻至日将夕，即饰妆静处。至二更，乃失所在。迨晓方回，亦不见其出入之处。他日，安潜伺之。其妻乃骑故笼从窗而出，至晓复返。安是夕，闭妇于他室，乃诈为女子妆饰，袖短剑，骑故笼以待之。至二更，忽从窗而出。径入一山岭，乃至会所。帷幄华焕，酒馔罗列，座有三少年。安未及下，三少年曰：“王氏来何早乎？”安乃奋剑击之，三少年死于座。安复骑笼，即不复飞矣。俟晓而返，视夜怪。等到回来之后，奴仆一条腿又有毛病，问是什么原因？奴仆说：“恰巧到柞树林，被一只迷惑人的狐狸束缚，因而向前跌倒，所以弄伤了。”问为什么能够见到魅惑的狐狸？奴仆说：“刚好到下坡的时候，狐狸变成妇人，急切地来追我。我害怕并且快走。狐狸也快速追，就被它追上了。跟着就倒下去且受伤了。我害怕是魅惑的狐狸变成的怪物，尽力起身攻打它。妇人尽管嘴里哀求，但却说我是狐狸。多次说：‘叩头野狐，叩头野狐’，我以为它自己不知道，因而痛下狠手，所以免除了灾祸。”田氏子说：“你随便打人，胡乱说是狐狸吧？”奴仆说：“我虽然辛苦地打她，但到底没有改变妇人的样子啊！”田氏子说：“你一定误伤他人，暂且到家里去。”太阳落下去，看见妇人受伤的身体和乱蓬蓬的头发，经过门前寻求水喝。对田氏子说：“我刚还经过柞树林，遇到一个老狐狸变成人。我不知道是狐狸，向前奔赴与他做伴，一同经过柞树林子。不晓得老狐狸却把我伤成这样。”幸而老狐狸离开了，我的命才得以保全。我是北村的人，口渴了所以想讨点水喝。”田氏子害怕她看见奴仆，给她喝水就让她离开了。（出《纪闻》）

## 徐安

一个叫徐安的人，是下邳人。喜欢把捕鱼打猎作为职业。徐安的妻子王氏容貌很美，人人都知道这件事。开元五年秋天，徐安游览海州，王氏独自居住在下邳。忽然有一天，一个状貌很魁伟的少年，看着王氏说：“这么美丽可惜了，虚度了一生。”王氏很高听到这些话，马上就与少年结识交好，并且交际往来没有忌惮，徐安归来之后，妻子见到他，感情变得有间隙，徐安对这件事很惊讶。他的妻子等到太阳将要落的时候，就静静独处打扮。到了二更，竟然找不着她了。等到天亮时才回来，也看不见她来去的地方。某一天，徐安偷偷地观察她。他妻子是骑着旧灯笼从窗户出去，到了天亮再回来。徐安在这一天傍晚，将妻子关在其他的房子里，假装打扮成女子的妆容配饰，短剑放在袖子里，骑着旧灯笼来到那里等待。到了二更，忽然从窗户出去。径直走入一处连绵不断的高山，才到约会的所在地。帘

来所杀少年，皆老狐也。安到舍，其妻是夕不复妆饰矣。（出《集异记》）

## 靳守贞

霍邑，古吕州也，城池甚固。县令宅东北有城，面各百步，其高三丈，厚七八尺，名曰囚周厉王城。则《左传》所称“万人不忍，流王于彘城”，即霍邑也。王崩，因葬城之北。城既久远，则有魅狐居之。或官吏家，或百姓子女姿色者，夜中狐断其发，有如刀截。所遇无知，往往而有。唐时，邑人靳守贞者，素善符咒，为县送徒至赵城，还归至金狗鼻。傍汾河山名，去县五里。见汾河西岸水滨，有女红裳，浣衣水次。守贞目之，女子忽尔乘空过河，遂缘岭躡虚，至守贞所。手攀其笠，足踏其带，将取其发焉。守贞送徒，手犹持斧，因击女子坠，从而斫之。女子死则为雌狐。守贞以狐至县，具列其由。县令不之信。守贞归，遂每夜有老父及媪，绕其居哭，从索其女。守贞不惧。月余，老父及媪骂而去。曰：“无状杀我女，吾犹有三女，终当困汝。”于是遂绝，而截发亦亡。（出《纪闻》）

## 严　谏

唐洛阳尉严谏，从叔亡，谏往吊之。后十余日，叔家悉皆去服。谏召家人问，答云：“亡者不许。”因述其言语处置状，有如平幕光彩绚丽，酒食罗布陈列，在座的有三个少年，徐安还没来得及下来，三个少年就说："王氏为什么来得这么早呢？"徐安举起剑就攻击他们，三个少年都死在了座位上，徐安又骑着灯笼，当即不能再飞了。等到天亮了回去，看到夜里杀死的少年，都是老狐狸。徐安到家里，他的妻子这天傍晚不再打扮了。（出《集异记》）

## 靳守贞

霍邑是古代的吕州，城池特别坚固。县令宅院的东北方向有个城，各面有百步长，它的高是三丈，厚度七八尺，名字叫"囚周厉王城"。就《左传》所说的万人不舍得，把周厉王流放到彘城，就是霍邑。周厉王驾崩后，就埋葬在城的北面。城已经年代久远，就有魅惑的狐狸居住在那里。有时官宦人家，有时百姓子女中有姿色的人，夜里狐狸把她头发截断，像刀割断的一样。所遭受到的人没有知觉，时常能够有。唐朝时，有个霍邑人叫靳守贞的人，向来善于用符咒，给县令送囚徒到赵城，回来时路过金狗鼻。傍汾河山名，距离县里五里路。看见汾河西岸靠近水的地方，有个穿着红衣的女子，在水边浣洗衣物。守贞看见她，女子忽然腾空渡河，就顺着山腾空而行，来到守贞所在的地方。手拉着他的斗笠，脚踩着他的衣带，将要取走他的头发。守贞送囚徒，手里仍然拿着斧子，于是就敲打女子使其坠落，进而用斧头砍她。女子死后就变为雌狐狸。守贞带狐狸去到县城，详细地说明了事情的经过，县令不相信他。守贞返回家中，于是每天夜里都有老头和老太婆，围着他家哭闹，向守贞要他们的女儿，守贞不害怕。一个多月后，老头和老太婆谩骂着离开了，说："没有原因就杀死我的女儿，我们还有三个女儿，终有一天要把你困住！"从此就消失了，而截断头发的事也没有了。（出《纪闻》）

## 严谏

唐朝洛阳尉叫严谏，堂叔去逝，严谏前去吊唁，之后的十几天，叔叔家都脱下丧服，严谏召集家人询问。回答说："死者不同意。"

生。谏疑是野狐，恒欲料理。后至叔舍，灵便逆怒，约束子弟，勿更令少府侄来，无益人家事，只解相疑耳。亦谓谏曰："五郎公事似忙，不宜数来也。"谏后忽将苍鹰、双鹘、皂雕、猎犬等数十事，与他手力百余人，悉持器械围绕其宅数重，遂入灵堂。忽见一赤肉野狐，仰行屋上，射击不能中。寻而开门跃出，不复见，因尔怪绝。（出《广异记》）

## 韦参军

唐润州参军幼有隐德，虽兄弟不能知也。韦常谓其不慧，轻之。后忽谓诸兄曰："财帛当以道，不可力求。"诸兄甚奇其言，问："汝何长进如此？"对曰："今昆明池中大有珍宝，可共取之。"诸兄乃与皆行。至池所，以手酌水，水悉枯涸，见金宝甚多。谓兄曰："可取之。"兄等愈入愈深，竟不能得。乃云："此可见而不可得致者，有定分也。"诸兄叹美之。问曰："素不出，何以得妙法？"笑而不言。久之曰："明年当得一官，无虑贫乏。"乃选拜润州书佐，遂东之任。途经开封县。开封县令者，其母患狐媚，前后术士不能疗。有道士者善见鬼，谓令曰："今比见诸队仗，有异人入境。若得此人，太夫人疾苦必愈。"令遣候之。后数日白云："至此县逆旅，宜自谒见。"令往见韦，具申礼请。笑曰："此道士为君言耶？然以太夫人故，屈身于人，亦可悯矣。幸与君遇，其疾必愈。明日，自县桥至宅，可少止人，令百姓见之。我当至彼为发遣。且宜还家洒扫，焚香相待。"令皆如言。明日至舍，见太夫人，问以疾苦，以柳枝洒水于身上。须臾，有老白野狐自床而下，徐行至县桥，然后不见。令有赠遗，韦皆不受。至官一年，谓其妻曰："后月我当死。死后，君嫁此州判司，当生三子。"皆如其言。（出《广异记》）

因为叙述他话语和处理事情的样子，如同平素一样。严谏怀疑是野狐，下决心管这件事。后来到叔叔家去，灵柩里就传出愤怒的声音，管束子弟们，不再让担任县尉的侄子严谏进来，对家里的事情没有好处，只会胡乱地猜疑。也对严谏说道：“五郎你的公事好像非常繁忙，不应多次到这里来。”严谏后来忽然带着苍鹰、双鹘、黑雕、猎犬等十几种动物，和他的一百多手下，都拿了器械，围了宅子好几重，于是走进灵堂。忽然看见一只红肉野狐狸，仰面行走在屋顶上，射它不能射中，不一会儿，打开门跳了出去，不再出现。于是怪事就没有了。(出《广异记》)

## 韦参军

唐朝润州的参军年幼时施德而不为人所知，即使是兄弟也不知道。韦参军经常说他自己不聪明，轻视自己。后来忽然对众兄长说：“钱财应当来自正规的途径，不能用武力和权力谋求。”众兄长于是就和他同行。到达池子所在的地方，用手取水，水都枯竭了，看见非常多的金银财宝，对兄长说：“可以拿走它们。”等到兄长们越进去越深，居然不能获得。于是说：“这可以看见而不可以获得的有固定的缘分。”众兄长赞美他。问道：“你平素不出门，怎么获得奇妙的方法？”很久以后说道：“明年将要获得一个官职，不用顾虑生活的穷困。”于是挑拣授给润州书佐的官职，就东上润州区上任。途中经过开封县。开封县令的母亲身患狐媚病，先后多个术士不能够治疗好。有个道士擅长见到鬼魂，对县令说：“现在接连看见多个仪仗队，有怪异的人进入开封境内。若能得到这个人，太夫人的疾病之苦一定能痊愈。”县令派遣人在等候异人。几天之后回禀县令说：“到达这个县的旅店，适合您亲自拜见。”县令前往拜见韦参军，详细说明之后礼貌地请求。笑着说：“这是道士向您说的吧？然而因为太夫人的缘故，向别人委屈自身，也可以怜悯。有幸与您相遇，您母亲的病一定能够痊愈。明天，从县桥到您的宅院，可以轻微阻止行人，让百姓看见它。我应该到您家替您安排处理。并且应当回家洒水扫地，点燃香支对待。”县令都按说的做好。第二天到县令的房舍，看见太夫

## 杨氏女

唐有杨氏者，二女并嫁胡家。小胡郎为主母所惜。大胡郎谓其婢曰："小胡郎乃野狐尔。丈母乃不惜我，反惜野狐。"婢还白母。问："何以知之？"答云："宜取鹊头悬户上。小胡郎若来，令妻呼伊祈熟肉。再三言之，必当走也。"杨氏如言，小胡郎果走。故今人相传云"伊祈熟肉辟狐魅"，甚有验也。（出《广异记》）

## 薛 迥

唐河东薛迥与其徒十人于东都狎娼妇，留连数夕，各赏钱十千。后一夕午夜，娼偶求去。迥留待曙，妇人躁扰，求去数四，抱钱出门。迥敕门者无出客，门者不为启锁。妇人持钱寻审，至水窦，变成野狐，从窦中出去，其钱亦留。（出《广异记》）

## 辛替否

唐辛替否，母死之后，其灵座中，恒有灵语，不异乎素，家人敬事如生。替否表弟是术士，在京闻其事，因而来观，潜于替否宅后作法。入门，见一无毛牝野狐，杀之，遂绝。（出《广异记》）

人，询问疾病的苦楚，用柳枝向其身上洒水。不一会儿，有一只老的白色野狐从床上下来，慢慢走到县桥上，之后不见了。县令赠送财物，韦参军都不接纳县令给的东西。到达任地，上任一年后，对他的妻子说："之后一个月我应该死了。死后，你嫁给这个州的判司，应该能生三个儿子。"都像他说的一样。（出《广异记》）

## 杨氏女

唐朝有一户姓杨的人家，两个女儿都嫁入了姓胡的人家。小女儿的胡郎被岳母疼惜。大女儿的胡郎对他婢女说："小女儿的胡郎是一只野狐罢了。丈母娘竟然不爱惜我，反而爱惜野狐。"婢女回去禀告给丈母娘。丈母娘问是怎么知道这件事的，回答说："适合拿个鹊头挂到门上。小女儿的胡郎如果来，使妻子呼叫他用熟肉祈祷。一次又一次地说这样的话，他一定会离开。"杨氏像他讲的那样说，小女儿的胡郎果然离开了。所以现在人们相互传说：他用熟肉祈祷能够排斥狐狸的魅惑，非常有效果。（出《广异记》）

## 薛迥

唐朝河东薛迥和他的党徒一行十人在京师以东的都城狎弄娼妓，徘徊几个晚上，各自打赏了十千钱。后面一个夜晚的半夜，娼妓请求离开。薛迥挽留她到破晓，妇人躁动不安，多次请求离开，用手臂合围抱着钱由内向外走。薛迥告诫看门的人不要让人出门，看门的人不给她开启门锁。妇人拿着钱找寻并仔细观察，到水洞，就变成一只野狐，从洞中出去，抱着的钱也就留在了洞边。（出《广异记》）

## 辛替否

唐朝人辛替否，在他母亲死后，母亲的灵位上，常常有说话声，和平素没有差别。家人像活着的时候一样恭敬侍奉。替否的表弟是一个以占卜为业的人。在京都听闻这件事，所以就来看看，隐藏在替

## 代州民

唐代州民有一女，其兄远戍不在，母与女独居。忽见菩萨乘云而至，谓母曰：“汝家甚善，吾欲居之，可速修理，寻当来也。”村人竞往，处置适毕，菩萨驭五色云来下其室。村人供养甚众，仍敕众等不令有言，恐四方信心，往来不止。村人以是相戒，不说其事。菩萨与女私通有娠。经年，其兄还。菩萨云：“不欲见男子。”令母逐之。儿不得至，因倾财求道士。久之，有道士为作法，窃视菩萨，是一老狐，乃持刀入，砍杀之。（出《广异记》）

## 祁县民

唐祁县有村民，因辇地征刍粟，至太原府。及归，途中日暮，有一白衣妇人立路旁，谓村民曰：“妾今日都城而来，困且甚，愿寄载车中，可乎？”村民许之，乃升车。行未三四里，因脂辖，忽见一狐尾在车之隙中，垂于车辕下。村民即以镰断之，其妇人化为无尾白狐，鸣嗥而去。（出《宣室志》）

## 张 例

唐始丰令张例，疾患魅，时有发动，家人不能制也。恒舒右臂上作咒云：“狐娘健子。”其子密持铁杵，候例疾发，即自后撞之，坠一老牝狐。焚于四通之衢，自尔便愈也。

否宅子的后面作法。进门时，看见一个没有毛的郊外雌狐狸，杀了它之后，就没有声音了。（出《广异记》）

## 代州民

唐朝代州一个村民家有一个女儿，他哥哥去远方当兵不在家里，母亲和女儿住在一起。突然碰见菩萨驾云来了，对母亲说：“你家特别好，我想要居住在你家，应该快快修造整理，马上就要来了。”村里的人争相到她家，敲好摆放收拾完毕，菩萨驾驭五彩祥云降落到那儿。村里供奉菩萨的人特别多，多次告诫众人不让他们讲出去，担心周围的信众，来来往往不能停止。村里人因为这件事相互告诫，不谈论这件事，菩萨和村民的女儿私通后怀孕了。经过若干年，她的哥哥从外地归来。菩萨说：“不想见到男人。”命令母亲驱逐儿子。儿子不能够回家，因而用尽钱财寻找道士。许久之后，有一个道士替他作法，偷偷地看菩萨，是一只老狐狸，于是拿着刀进入家里，砍死了它。（出《广异记》）

## 祁县民

唐朝祁县有个村民，因为京城要给军队征饲料和粮食去太原府。等到回来时，走到一半就到了日暮时分，出现一个穿着白色衣服的妇女站在路边，对村民说：“我今天从京城来的，并且非常疲惫，希望寄托乘坐您的车上，可以吗？”村民允许她同行，就上车。走了三四里，因为用脂膏涂车轴下车后，忽然看见一条狐尾在车缝隙里，垂落到车辕子下，村民就用镰刀截断了尾巴，那个妇女变成一只无尾的白狐狸，嗥嗥叫着离开了。（出《宣室志》）

## 张　例

唐朝始丰的县令张例，得了一种怪病，时常发作，家中的人都无法控制。总是伸展右臂发出咒语说：“狐娘健子。”他儿子私底下握着铁棒，等到张例的病发作时候，就从他身后敲打他，而后落下一只老的雌狐。在十字路口把狐狸烧了，从此病就好了。

# 卷第四百五十一　狐五



## 冯　玠

唐冯玠者，患狐魅疾。其父后得术士，疗玠疾，魅忽啼泣谓玠曰："本图共终，今为术者所迫，不复得在。"流泪经日，方赠玠衣一袭云："善保爱之，聊为久念耳。"玠初得，惧家人见，悉卷书中。疾愈，入京应举，未得开视。及第后，方还开之，乃是纸焉。（出《广异记》）

## 贺兰进明

唐贺兰进明为狐所媚，每到时节，狐新妇恒至京宅，通名起居，兼持贺遗及问讯。家人或有见者，状貌甚美。至五月五日，自进明已下，至其仆隶，皆有续命。家人以为不祥，多焚其物。狐悲泣云："此并真物，奈何焚之？"其后所得，遂以充用。后家人有就求漆背金花镜者，入人家偷镜挂项，缘墙行，为主人家击杀，自尔怪绝焉。（出《广异记》）

## 冯玠

唐代一个叫冯玠的人得了狐魅病。他的父亲后来找来了一位术士，为他治疗。狐狸见此忽然看着冯玠哭泣道："原本我打算与你相伴终生，但为这个术士所逼，我没办法再陪伴你了。"说完哭泣了一整天，之后送给冯玠一套衣服，并说道："请你好好爱惜它，就当作永久的纪念吧。"冯玠刚拿到衣服时，因为害怕家里人发现，所以将衣服都卷了起来藏在书中。病愈后，冯玠前往京城参加科举考试，没有时间打开书看衣服。当他考中进士后，回到家中打开来看，才发现衣服都成了一些纸。（出《广异记》）

## 贺兰进明

唐代有个叫贺兰进明的人与狐狸结成了夫妻。每到节令的时机，狐狸新媳妇经常到京城的住宅，告知姓名后，住在那里，同时还带着贺兰进明所给的礼品来问候打听（那里的人）。家中有人看见她后，把她的相貌描述得很美。到五月五日这天，从贺兰进明及以下家仆，都能得到她送的礼物。家人把它们认为是不吉祥的，烧了大部分她给的礼物。狐狸十分悲痛，哭泣说："这些都是真正的物品，为什么要把它们烧了？"于是家人以后再收到她的东西，就都留下使用了。之后家里有人接近她，要一个背面刷漆的金花镜，她到别人家里把镜子偷走，悬挂在脖子上，沿着墙往回走，被屋主打死，从这以后怪事就消失了。（出《广异记》）

## 崔昌

唐崔昌在东京庄读书，有小儿颜色殊异，来止庭中。久之，渐升阶，坐昌床头。昌不之顾，乃以手卷昌书，昌徐问："汝何人斯？来何所欲？"小儿云："本好读书，慕君学问尔。"昌不之却。常问文义，甚有理。经数月，日暮，忽扶一老人乘醉至昌所。小儿暂出，老人醉，吐人之爪发等，昌甚恶之。昌素有所持利剑，因斩断头，成一老狐。顷之，小儿至，大怒云："君何故无状，杀我家长？我岂不能杀君？但以旧恩故尔。"大骂出门，自尔乃绝。（出《广异记》）

## 长孙甲

唐坊州中部县令长孙甲者，其家笃信佛道。异日斋次，举家见文殊菩萨乘五色云从日边下。须臾，至斋所檐际，凝然不动。合家礼敬恳至，久之乃下。其家前后供养数十日，唯其子心疑之，入京求道士为设禁，遂击杀狐。令家奉马一匹，钱五十千。后数十日，复有菩萨乘云来至，家人敬礼如故，其子复延道士，禁咒如前。尽十余日，菩萨问道士："法术如何？"答曰："已尽。"菩萨云："当决一顿。"因问道士："汝读道经，知有狐刚子否？"答云："知之。"菩萨云："狐刚子者，即我是也。我得仙来，已三万岁。汝为道士，当修清净，何事杀生？且我子孙，为汝所杀，宁宜活汝耶？"因杖道士一百毕，谓令曰："子孙无状，至相劳扰，惭愧何言。当令君永无灾横，以此相报。"顾谓道士："可即还他马及钱

## 崔昌

唐代有个叫崔昌的人就读于东京庄。有个小孩的面容长得十分奇特，他走到院子里，并站在院子里驻足观察。看了很长时间，这个小孩缓缓地走上台阶，来到崔昌的床头坐下。崔昌没有理睬，于是小孩用手去拿崔昌的书。崔昌缓慢问道：“你是谁啊，来这里想干吗？”小孩说：“我原本爱好读书，羡慕你的学问。”崔昌没有拒绝他。崔昌总是拿一些文章意义来问他，他答得十分在理。几个月之后，太阳快要落山时，小孩忽然扶着一位喝醉的老人来到崔昌所住的地方。小孩暂时外出了一会，这时老人已大醉，呕吐出了人的指甲和头发，崔昌对此感到很厌恶。崔昌手中向来都拿着一把锋利的剑，他趁机把老人的头砍了下来，老人马上露出一只老狐狸的原形。不久，小孩回来了，很生气地说道：“你为何这么没有读书人的形象？居然杀死了我的长辈，我怎么就不能杀死你呢？但是念及你之前对我的恩情，我不会这么做。”大骂着冲出了门，从此以后再也没有出现在这里。（出《广异记》）

## 长孙甲

唐朝坊州中部县县令长孙甲，他家人都非常信奉佛教，有一天正在进行斋戒时，全家人看到了文殊菩萨，踏着五彩云，从阳光中飞下来。一会儿落到斋室的房檐上，静止不动。家人尊敬诚恳，礼数备至，过了很久他就下来了。家人一共奉养了十几天，只有长孙家的儿子心存疑虑，他儿子进京请道士布施法术，杀死了狐狸，县令家送了一匹价值五十千钱的马给道士。几十天后，又来了个坐着彩云的菩萨到县令家，家人像从前一样对待恭敬，儿子又去请那道士，道士安排法术咒符一切如旧。过了十多天，菩萨问那个道士：“你的法术如何了？”回答说：“已经被用完了。”菩萨说：“应当打你。”接着又问道，“你读道经，你知道狐刚子吗？”回答说：“知道。”菩萨说：“我就是狐刚子，我成仙以来已经三万年了。你是道士，修炼应当到清静的地方去，为什么要杀生呢？何况我的子孙为你所杀，怎么还应该让

也。”言讫飞去。(出《广异记》)

## 王老

唐睢阳郡宋王冢旁有老狐，每至衙日，邑中之狗，悉往朝之，狐坐冢上，狗列其下。东都王老有双犬能咋魅，前后杀魅甚多，宋人相率以财雇犬咋狐。王老牵犬往，犬乃径诣诸犬之下，伏而不动，大失宋人之望。今世人有不了其事者，相戏云：“取睢阳野狐犬。”(出《广异记》)

## 刘众爱

唐刘全白说云，其乳母子众爱，少时，好夜中将网断道，取野猪及狐狸等。全白庄在岐下，后一夕，众于庄西数里下网，已伏网中，以伺其至。暗中闻物行声，觇见一物，伏地窥网，因尔起立，变成绯裙妇人。行而违网，至爱前车侧，忽捉一鼠食。爱连呵之，妇人忙遽入网，乃棒之致毙，而人形不改。爱反疑惧，恐或是人，因和网没沤麻池中。夜还与父母议，及明，举家欲潜逃去。爱窃云：“宁有妇人食生鼠，此必狐耳。”复往麻池视之，见妇人已活，因以大斧自腰后斫之，便成老狐。爱大喜，将还村中。有老僧见狐未死，劝令养之，云：“狐口中媚珠，若能得之，当为天下所爱。”以绳缚狐四足，又以大笼罩其上。养数日，狐能食。僧用小瓶口窄者，埋地中，令口与地齐，以两脔猪肉，炙于瓶中。狐爱炙而不能得，但以口属瓶。候炙冷，复下两脔。狐涎沫久之，炙与瓶满，狐乃吐珠而死。珠状如棋子，通圆而洁。爱母带之，大为其夫所贵。

你活着呢？”于是拿拐杖打了道士一百下，然后与长孙甲说：“我的子孙不成样子，给你添了麻烦，我惭愧得无言以对，应该让你们永远远离灾难和横祸，我拿这个来报答你吧。”回头对道士说：“要立刻把马和钱还给这户人家。”说完就飞走了。（出《广异记》）

## 王老

有只老狐狸出现在唐代睢阳郡宋王坟墓周边，一到时节堂祭奠的日期，城里的狗，全部去朝拜老狐狸，狐狸坐在坟头上，狗列着队在下面。东都的王老有两只狗能够捕杀狐狸，前后杀死了多只狐狸。姓宋的人多次花钱雇来了狗去撕咬狐狸。王老也牵着狗来了，但他的狗却一直躲在那些狗的身后，趴在地上不动，这让姓宋的人大失所望。当今有些人不清楚这件事的缘故，于是就在一起戏言道：“去牵来睢阳能赶走野狐的狗。”（出《广异记》）

## 刘众爱

唐代的刘全白曾经说过，他奶妈的儿子众爱少年时总是喜欢在半夜用网安放在路中间的办法来捕捉野猪和狐狸等。刘全白的庄子在岐山脚下，后来有天晚上众爱在庄子西面几里的地方埋伏了网，自己趴在网里等着野兽的临近。黑暗中听到动物行走的声音，就看见一只动物趴在地上张望看网。接着站立起来变为一个穿浅红裙子的女子，走路避开了网，走到众爱面前的车子旁边，突然捉住并且开始吃一只老鼠。众爱连声呵斥那妇女，那妇女匆忙跑进网里，于是众爱拿棒子打死了她，可是其人的形象并没有发生变化，众爱反而疑虑害怕，担心她或许真的是人。于是众爱连人带网将那妇女沉浸到沤麻的池塘里，晚上回家与父母商量，等到天亮全家人已做好悄悄逃走的准备。众爱偷偷说：“难道会有生吃老鼠的女人吗？这一定是狐狸。”到沤麻地去察看，只见妇女已经活了过来，又用大斧之中砍她腰后，她就变成了老狐狸。众爱十分高兴地返回到村子里，有个老和尚看到狐狸还没死，劝说他饲养这只狐狸，说：“狐狸嘴巴里有

（出《广异记》）

## 王黯

王黯者，结婚崔氏。唐天宝中，妻父士同为沔州刺史。黯随至江夏，为狐所媚，不欲渡江，发狂大叫，恒欲赴水。妻属惶惧，缚黯著床枥上。舟行半江，忽尔欣笑，至岸大喜曰："本谓诸女郎辈不随过江，今在州城上，复何虑也。"士同莅官，便求术士。左右言州人能射狐者，士同延至。入令堂中悉施床席，置黯于屋西北陬。家人数十持更迭守，己于堂外，别施一床，持弓矢以候狐。至三夕，忽云："诸人得饱睡已否？适已中狐，明当取之。"众以为狂而未之信。及明，见窗中有血，众随血去，入大坑中，草下见一牝狐，带箭垂死。黯妻烧狐为灰，服之至尽，自尔得平复。后为原武县丞，在厅事，忽见老狐奴婢，诣黯再拜，云是大家阿奶，"往者娘子枉为崔家杀害，翁婆追念，未尝离口。今欲将小女更与王郎续亲。故令申意，兼取吉日成纳。"黯甚惧，许以厚利，求其料理，遽出罗锦十余匹，于通衢焚之。老奴乃谓其妇云："天下美丈夫亦复何数，安用王家老翁为女婿？"言讫不见。（出《广异记》）

个媚珠。如果能够获得珠子，天下的人就会爱慕你。”众爱就用绳子把狐狸的四只脚捆住，又用大笼子罩在上面，饲养了几天，狐狸能吃东西了。和尚放了一个埋在地里的窄口的瓶子，让瓶子和地面平齐，放了两块烤熟的猪肉在瓶子里，狐狸爱吃烤肉，但是吃不到，只能用嘴巴对着瓶子。等烤肉凉了再放两块烤肉进去，狐狸一直在流口水，烤肉已经装进满瓶，狐狸吐出媚珠后死去。珠子如象棋大小，又浑圆又洁净。众爱的母亲佩戴着媚珠，她的丈夫就非常敬爱她。（出《广异记》）

## 王黯

王黯与崔氏结为夫妻。唐代天宝年间，妻子的父亲崔士同担任沔州刺史的官职，王黯追随他来到江夏时被狐狸迷倒了，不愿渡长江，发疯似的大喊，总想跳到河水里去。妻子和亲属们都感到不安而且担心，王黯被捆在床架上。船到江心，王黯突然高兴地大笑，到岸上高兴地说：“原本来说是诸位女郎不同我过江，现在又已经到了沔州城，又担心什么呢？”崔士同（到了任上）就去请术士，他身边有人说州中有一个能射死狐狸的人，崔士同就请那人。那个人来了之后就让人把屋子铺满席子，把王黯安顿在屋的西北角，安排几十个仆人打更守卫。他自己另外在屋外安放了一张床，紧握着弓箭等待狐狸。到第三天晚上他忽然说：“各位都睡得很香吗？刚才已经射中了狐狸，明天可以去拿。”大家以为这人太狂妄，而不信他。等到第二天，天一亮就看到窗户上有血，大家沿着血迹寻找。进到一个大坑里，从坑里的草底下发现一只雌狐狸身上穿着剑快死了。王黯的妻子把狐狸烧掉变成灰，并让王黯把灰全吃了，从此王黯的病就好了。后来担任原武县的县丞，正在厅里办公事，忽然又一次看见老狐狸的女仆来请见王黯说：“我是大户人家的奶妈，从前娘子是被崔家冤屈地杀害了，父母回忆思念她，一直挂在嘴边。现在是想把小女再次赠给王郎娶亲，所以派我来说明心意，并且定个节日好成亲。”王黯非常害怕，答应给（奶妈）丰厚的好处，求她想想办法帮忙处理，立马拿出十几匹罗锦，在大路上烧毁。于是老奶妈对那个妇

## 袁嘉祚

唐宁王傅袁嘉祚，年五十，应制授垣县县丞。阙素凶，为者尽死。嘉祚到官，而丞宅数任无人居，屋宇摧残，荆棘充塞。嘉祚剪其荆棘，理其墙垣，坐厅事中。邑老吏人皆惧，劝出，不可。既而魅夜中为怪，嘉祚不动，伺其所入。明日掘之，得狐。狐老矣，兼子孙数十头。嘉祚尽烹之，次至老狐，狐乃言曰："吾神能通天，预知休咎。愿置我，我能益于人。今此宅已安，舍我何害？"嘉祚前与之言，备告其官秩。又曰："愿为耳目，长在左右。"乃免狐。后祚如狐言，秩满果迁。数年至御史，狐乃去。（出《纪闻》）

## 李林甫

唐李林甫方居相位，尝退朝，坐于堂之前轩。见一玄狐，其质甚大，若牛马，而毛色黯黑有光，自堂中出，驰至庭，顾望左右。林甫命弧矢，将射之，未及，已亡见矣。自是凡数日，每昼坐，辄有一玄狐出焉。其岁林甫籍没。（出《宣室志》）

## 孙甑生

唐道士孙甑生本以养鹰为业，后因放鹰，入一窟，见狐数十

人说："天下好看的男人数不胜数，为什么非得要姓王的老头当女婿呢？"说完就消失了。（出《广异记》）

## 袁嘉祚

唐代宁王的太傅袁嘉祚五十岁了，应制科举考试后被授予垣县县丞的职务，此官职所住的官邸向来不吉祥，居住过的人都死了。袁家祚上任后一看县城的府邸，几任以来没有人住过，房子非常残破，里外都布满荆棘杂草。袁嘉祚除去那些荆棘，修好院墙，坐在办公事的厅里。城里年长的官吏全害怕，劝说他出去住，他没有答应。不久狐狸夜里作妖，袁嘉祚也不露声色，只是偷偷观察狐狸进入的洞穴。第二天挖掘（那个洞），捉住了狐狸，狐狸已经很老了，它还有几十个子孙，袁嘉祚把子孙全部煮死，剩下那只老狐狸，老狐狸开口说道："我有能通天欲知吉凶的才能，希望你放过我，我将给人带来利处的。现在这个住宅已经无事了，放了我有什么弊端呢？"袁嘉祚上前与狐狸谈话，狐狸详细地告知他将来当官的地位等级，又说愿意做他的耳目，经常待在他的身边。袁嘉祚便释放了狐狸。之后，如狐狸说的那样，果然官任到期就升了官，几年之后又升到御史，于是狐狸就离开了他。（出《记闻》）

## 李林甫

唐代的李林甫正在丞相的官职上当权，之前有一次退朝后坐在堂屋前的门前，看到一只黑色狐狸，它的体形很大，像牛和马，毛色暗黑又十分有光泽，于屋中跑出，跑到庭院间，向左向右张望。李林甫命令下人拿好弓箭，准备射击那只狐狸。下人还没射箭，狐狸就不见了。从那以后很多天，每当李林甫白天坐着的时候，就会出现一只黑色狐狸。那一年李林甫被登记和没收了家产。（出《宣室志》）

## 孙甑生

唐代道士孙甑生本来以养鹰为业，之后因为在野外放鹰，步入枚读书。有一老狐当中坐，迭以传授。甑生直入，夺得其书而还。明日，有十余人持金帛诣门求赎，甑生不与，人云："君得此，亦不能解用之，若写一本见还，当以口诀相授。"甑生竟传其法，为世术士。狐初与甑生约，不得示人，若违者，必当非命。天宝末，玄宗固就求之，甑生不与，竟而伏法。（出《广异记》）

## 王璿

唐宋州刺史王璿，少时仪貌甚美，为牝狐所媚。家人或有见者，丰姿端丽。虽僮幼遇之者，必敛容致敬。自称新妇，祇对皆有理。由是人乐见之。每至端午及佳节，悉有赠仪相送，云："新妇上某郎某娘续命。"众人笑之，然所得甚众。后璿职高，狐乃不至。盖某禄重，不能为怪。（出《广异记》）

## 李麐

东平尉李麐初得官，自东京之任。夜投故城，店中有故人卖胡饼为业。其妻姓郑有美色，李目而悦之，因宿其舍。留连数日，乃以十五千转索胡妇。既到东平，宠遇甚至。性婉约，多媚黠风流；女工之事，罔不心了；于音声特究其妙。在东平三岁，有子一人。其后李充租纲入京，与郑同还。至故城，大会乡里饮宴，累十余日。李催发数四，郑固称疾不起，李亦怜而从之。又十余日，不获已，事理须去。行至郭门，忽言腹痛，下马便走，势疾如风。李与其仆数人极骋，追不能及，便入故城，转入易水村，足力少息。

一个洞窟，只见几十只正在读书的狐狸。有一只老狐狸坐在中央，并交替着逐个传授。甑生一直深入此地，抢夺他们的书并回去了。第二天，有十多人拿着金银绸缎上门拜访，向他请求把书赎回去。甑生没有给书。那人说："你取得这本书，也不能够理解并去使用它，假如抄写一本后（把原书）还给我们，我就传授给你口诀。"甑生最终学会了那法术，成为一位世上的术士。狐狸最初与甑生约定，（那本书）不能给别人看，如果违反了约定，必将死于非命。天宝末期，唐玄宗坚决地向他索要那本书，甑生不给，居然为这个而被处以死刑。（出《广异记》）

## 王璿

宋州刺史王璿生于唐代，年少时仪容面貌很美，被一只雌狐狸迷惑了。家人中有看见那只母狐狸的，（都说她）容貌端庄秀美，即使是僮仆和幼孩见到她，也会脸色严肃起来，以表尊敬。她说自己是新娘子，言行举止都合乎礼法。所以家人都喜欢看到她。每次端午节和别的佳节，她都会赠送家人礼物，并说："新娘给某郎君某娘子送上礼品。"大家一起笑她（说的话），而得到的东西却很多。之后王璿升上高职了，狐狸就没来过了。大概是一个人官位高了，狐狸就不能迷惑他了。（出《广异记》）

## 李黁

县尉李黁在东平县才取得官职，就要从东京出发去赴任。晚上来到故城投宿。店里有个熟人以卖烧饼为工作，他的妻子郑氏颇有姿色。李黁对她一见钟情，就住到熟人家里，一连住了好几天，而且还拿十五千钱换来卖胡饼人的妻子。到东平县后，对她非常宠爱。她性情温和婉约，妩媚动人并且又聪明又有才。女工的事，她没有不了然于心的；对声乐深懂得它的美妙。在东平县定居三年后，有了一个儿子。之后李黁因需要便充当赋税运输的人员进了京城，又与郑氏一起回程。到了故城，大请同乡的亲朋好友参与宴席。待了十多天，李李不能舍，复逐之。垂及，因入小穴，极声呼之，寂无所应，恋结凄怆，言发泪下。会日暮，村人为草塞穴口，还店止宿。及明，又往呼之，无所见，乃以火熏。久之，村人为掘深数丈，见牝狐死穴中，衣服脱卸如蜕，脚上著锦袜。李叹息良久，方埋之。归店，取猎犬噬其子，子略不惊怕。便将入都，寄亲人家养之。输纳毕，复还东京，婚于萧氏。

萧氏常呼李为野狐婿，李初无以答。一日晚，李与萧携手与归本房狎戏，复言其事。忽闻堂前有人声，李问："阿谁夜来？"答曰："君岂不识郑四娘耶？"李素所钟念，闻其言，遽欣然跃起。问："鬼乎？人乎？"答云："身即鬼也。"欲近之而不能，四娘因谓李："人神道殊，贤夫人何至数相谩骂？且所生之子，远寄人家，其人皆言狐生，不给衣食，岂不念乎？宜早为抚育，九泉无恨也。若夫人云云相侮，又小儿不收，必将为君之患。"言毕不见。萧遂不复敢说其事。唐天宝末，子年十余，甚无恙。（出《广异记》）

## 李揆

唐丞相李揆，乾元初，为中书舍人。尝一日退朝归，见一白狐馨催促出发多次，郑氏执拗地称病不动身，李馨也很爱她所以听她的话。又经过十多天，（李馨）不得已，有事要打理必须启程。走到外城的城门时，郑氏突然说肚子痛，从马上下来就跑，速度快得像风一样。李馨和几个仆人竭力骑马追赶，还是没追到。于是随（郑氏）进入故城，转个弯到易水村，郑氏渐渐跑得较慢。李馨不放弃，又追赶她，就快要追上时，郑氏趁机进入一个小洞里，李馨用极大的声音呼唤她，里面寂静没有回答。李馨对她想念不忘，凄然悲伤，一说话就流眼泪。天快黑了，村里人拿草塞满洞口，他们回到客栈住宿。到天亮时，（他们）又去洞口呼喊她，什么也没有被听到。于是拿火熏。熏了很久，同村里人又帮他掘洞，掘了几丈深，只看到一只雌狐狸在洞里死去，衣服脱离下来像蝉脱去壳一样。脚上还套着金丝袜子。李馨叹气了很长时间，才把狐狸掩埋了。回到店里，牵来猎犬咬她的儿子，孩子一点也不害怕。于是带着孩子进京去，托付给亲属家抚养。赋税运输完毕，又返回东京，和萧氏通婚。

萧氏常常把李馨称作野狐狸的女婿，李馨最初没回答什么。一天晚上，李馨和萧氏手拉着手一起回屋边，说笑边玩闹，又讲起了野狐婿。突然听见堂屋前有人声，李馨问是谁在夜色中进来了，有回答说："你难道认不出郑四娘了吗？"李馨平日就怀念她，听了她说的话，立马开心地跳起来问："郑四娘你是鬼还是人呢？"（她）回答是鬼。（李馨）想接近却不能。郑四娘接着对李馨说："人道和神道差异很大，你的妻子何至于这么多次地谩骂我呢？而且我生的儿子，寄养在遥远的亲属家里，那些人全说（我儿子）是狐狸生的，不给他衣穿和饭吃，你难道不顾念他吗？应该早些接回来亲自抚养，我在九泉下也不再有遗憾了。如果萧氏再说话来羞辱我，又不收留抚养我的儿子，这些一定会成为你的灾祸。"说完就消失了。于是萧氏不再敢说野狐婿这件事。唐代天宝年间后期，孩子有十多岁大了，十分健康，没有毛病。（出《广异记》）

## 李揆

有一个丞相叫李揆，乾元初年担任中书舍人的职务。曾经有一在庭中捣练石上，命侍僮逐之，已亡见矣。时有客于揆门者，因话其事，客曰："此祥符也，某敢贺。"至明日，果选礼部侍郎。（出《宣室志》）

## 宋溥

宋溥者，唐大历中，为长城尉。自言幼时，与其党暝扱野狐，数夜不获。后因月夕，复为其事。见一鬼戴笠骑狐，唱《独盘子》，至扱所。狐欲入扱，鬼乃以手搭狐颊，因而复回。如是数四。其后夕，溥复下扱伺之，鬼又乘狐，两小鬼引前，往来扱所。溥等无所获而止。有谈众者亦云，幼时下扱，忽见一老人扶杖至己所止树下，仰问："树上是何人物？"众时尚小，甚惶惧，其兄因怒骂云："老野狐，何敢如此？"下树逐之，狐遂变走。（出《广异记》）

## 僧晏通

晋州长宁县有沙门晏通修头陀法，将夜，则必就藁林乱冢寓宿焉。虽风雨露雪，其操不易；虽魑魅魍魉，其心不摇。月夜，栖于道边积骸之左，忽有妖狐踉跄而至。初不虞晏通在树影也，乃取髑髅安于其首，遂摇动之，傥振落者，即不再顾，因别选焉。不四五，遂得其一，岌然而缀。乃褰撷木叶草花，障蔽形体，随其顾眄，即成衣服。须臾，化作妇人，绰约而去。乃于道右，以伺行人。俄有促马南来者，妖狐遥闻，则恸哭于路。过者驻骑问之，遂对日退朝归来，看见有只白狐狸在院子里的捶衣服石头上，于是命令身边的童子把它赶走，（白狐）已经不见了。这时李揆家恰逢有一位客人，（他）趁机把这件事和客人谈说。客人说：“这是吉兆啊，我可以大胆地向您祝贺。”第二天，果然被提升为礼部侍郎。（出《宣室志》）

## 宋溥

宋溥是唐代大历年间的长城尉。他自己说在幼年时候，和他的同伴晚上去捉野狐狸，几天晚上也捕捉不到。后来在一个月光明亮的夜晚，又去干这件事情。看见一只鬼头戴斗笠身骑狐狸，唱着曲调《独盘子》，来到布置套子的地方。狐狸想进入套子，鬼就把手放在狐狸的面颊上，因为这个不让进的动作，使得狐狸又往回走，像这样好多次。那之后的一个晚上，宋溥又布置了套子等待狐狸的到来，而鬼又骑着狐狸来了，由两只小鬼在前边带路，往来报告所到之处的情况。宋溥等人没能抓到狐狸，于是就停止抓捕了。有个叫谈众的人，他也说小时候曾在放套子时，突然看见一位老人拄着拐杖走到自己藏匿不动的树下，仰头询问树上是什么人。谈众当时还小，十分恐惧，他的哥哥愤怒地骂道：“你这老野狐狸，怎敢如此戏弄我们！”于是下树去追逐老头，老头在那时变成老狐狸跑了。（出《广异记》）

## 僧晏通

晋州长宁县有个叫晏通的和尚，修炼头陀法。天快黑时，他必定会到丛林里的乱坟中并在那里睡觉。即使风刮雨下露降雪下，他也不改变做法；即使碰上妖魔鬼怪，他也不动摇决心。一个月明之夜，他睡在堆满尸骨的道路靠东一侧。忽然有只狐妖跌跌撞撞地走来，最初狐狸并没有意料到晏通在树荫下睡觉。于是拿起一个死人头骨安放在头上，还摇起头来，如果掉到地上了，那么就不再用了。接着挑选其他的，试了四五个才选到一个，高高地把它戴在头上。又曰："我歌人也，随夫入奏。今晓夫为盗杀，掠去其财。伶俜孤远，思愿北归，无由致。脱能收采，当誓微躯，以执婢役。"过者易定军人也，即下马熟视，悦其都冶，词意叮咛，便以后乘挈行焉。晏通遽出谓曰："此妖狐也，君何容易？"因举锡杖叩狐脑，髑髅应手即坠，遂复形而窜焉。（出《集异记》）

采摘起树叶和花草，遮挡住身体。跟随着她的视线左看右看，看的地方就变成了衣服。不一会儿，变作一个妇女，姿态优美地走了，站在路的西边，来等待过路的人。片刻后，有个从南边来的骑马匆忙赶路的人，狐狸很远地就听到了，在路边悲痛大哭起来。过路的人停下马来问她，于是狐狸逐字逐句说："我是个歌女，跟随丈夫一起去演奏，今天早晨丈夫被强盗杀死，还被抢走了钱财，远离家乡飘零孤单，心里思念着往北走回到家，又没有办法到达。倘若你能收留我，我一定以微贱之身当奴婢做劳役。"过路的人是易定的军人，就下马认真地看她，喜欢她的美丽和妖艳，说的话也很坦诚，就让她（上马）坐在他后面想带着她一起走。晏通急忙出来对军人说："她是只狐妖，你怎么这么容易受骗！"紧接着举起僧杖敲打狐狸的头，人头骨随着手一放就掉落下来，这时妇女恢复狐狸的原形急忙逃走了。（出《纂异记》）

# 卷第四百五十二　狐六

任氏　李苌

## 任氏

任氏，女妖也。有韦使君者，名崟，第九，信安王祎之外孙。少落拓，好饮酒。其从父妹婿曰郑六，不记其名。早习武艺，亦好酒色，贫无家，托身于妻族。与崟相得，游处不间。唐天宝九年夏六月，崟与郑子偕行于长安陌中，将会饮于新昌里。至宣平之南，郑子辞有故，请间去，继至饮所。崟乘白马而东，郑子乘驴而南，入升平之北门。偶值三妇人行于道中，中有白衣者，容色姝丽。郑子见之惊悦，策其驴，忽先之，忽后之，将挑而未敢。白衣时时盼睐，意有所受。郑子戏之曰："美艳若此，而徒行，何也？"白衣笑曰："有乘不解相假，不徒行何为？"郑子曰："劣乘不足以代佳人之步，今辄以相奉，某得步从足矣。"相视大笑。同行者更相眩诱，稍已狎暱。郑子随之，东至乐游园，已昏黑矣。

见一宅，土垣车门，室宇甚严。白衣将入，顾曰："愿少踟蹰而入。"女奴从者一人，留于门屏间，问其姓第。郑子既告，亦问之，对曰："姓任氏，第二十。"少顷，延入。郑絷驴于门，置帽于鞍，始见妇人年三十余，与之承迎，即任氏姊也。列烛置膳，举酒数觞。任氏更妆而出，酣饮极欢。夜久而寝，其妍姿美质，歌笑态度，举措皆艳，殆非人世所有。将晓，任氏曰："可去矣。某兄弟名

## 任氏

任氏是只女妖，有个姓韦名崟的使君排行第九，是信安王李祎的外孙。年少时就豪放不羁爱好饮酒。她堂妹的丈夫叫郑六，不知晓他的名字。早年时学过武术上的技艺，也喜欢女色和酒。他因贫困没有住所，寄居在妻子的娘家。与韦崟关系很好，无论是出去游玩还是待在家里都很少分开。唐代天宝九年夏季六月，韦崟与郑子共同出行在长安的小巷里，打算到新昌里去饮酒。来到宣平坊的南面，郑子托辞说有事要临时出去一会，之后再回到喝酒的地方。韦崟骑着白马往东走，郑子骑着驴向南走。（郑子）走进升平房的北门里，适逢有三个妇女正走在路上。其中穿白衣服的面貌十分美丽，郑子看她这么美，心里又吃惊又愉悦。驱赶着他的驴，一下走在她们前面，一下又走在她们后面，想去挑逗却不敢。穿白色衣服的女人经常拿眼睛斜看着他，有想接受爱慕的意思。郑子和她说笑道："看你这么漂亮的人，可是却徒步走路，是为什么呢？"穿白衣服的女子笑着回答说："有骑着驴的人，不想把驴借给我，不徒步走路该如何是好呢？"郑子说："这种下等驴不值得来为美人代步，现在我把驴赠送给你，我步行跟着就好了。"两人对视并大笑起来。一起走的女人，也引诱他，比之前更加亲密靠近一些。郑子跟随着她们一向东去到了乐游园，天已变得黑暗了。

看到一座宅院，土墙车门，房屋森严，穿白衣服的女子进门前回头对他说："请你等一会儿再进来。"跟随的女仆站在门屏之间，询问郑子姓名门第，郑子告诉了她并问她（白衣女子的名字），她回答说："姓任，排行二十。"不一会儿，请他进入。郑子把驴系在门上，帽子放到驴鞍上，就看到一个三十来岁的妇女迎接他，她就是任氏的姐姐，屋里燃着成排的蜡烛，放着吃食，（众人）举起酒杯来陆续系教坊，职属南衙，晨兴将出，不可淹留。”乃约后期而去。

既行，及里门，门扃未发。门旁有胡人鬻饼之舍，方张灯炽炉。郑子憩其帘下，坐以候鼓，因与主人言。郑子指宿所以问之曰：“自此东转，有门者，谁氏之宅？”主人曰：“此隤墉弃地，无第宅也。”郑子曰：“适过之，曷以云无？”与之固争。主人适悟，乃曰：“吁。我知之矣。此中有一狐，多诱男子偶宿，尝三见矣。今子亦遇乎？”郑子赧而隐曰：“无。”质明，复视其所，见土垣车门如故。窥其中，皆蓁荒及废圃耳。既归，见崟。崟责以失期，郑子不泄，以他事对。然想其艳冶，愿复一见之，心尝存之不忘。

经十许日，郑子游，入西市衣肆，瞥然见之，曩女奴从。郑子遽呼之，任氏侧身周旋于稠人中以避焉。郑子连呼前迫，方背立，以扇障其后曰：“公知之，何相近焉？”郑子曰：“虽知之，何患？”对曰：“事可愧耻，难施面目。”郑子曰：“勤想如是，忍相弃乎？”对曰：“安敢弃也，惧公之见恶耳。”郑子发誓，词旨益切。任氏乃回眸去扇，光彩艳丽如初，谓郑子曰：“人间如某之比者非一，公自不识耳，无独怪也。”郑子请之与叙欢。对曰：“凡某之流，为人恶忌者，非他，为其伤人耳。某则不然。若公未见恶，愿终己以奉巾栉。”郑子许与谋栖止，任氏曰：“今旧居僻陋，不可复往。从此而东，安邑坊之内曲，有小宅，宅中有小楼，楼前有大树出于栋间喝了好多杯酒。（任氏）这时才换好了衣服露面。他们尽情地喝酒，喝得十分愉快。深夜时分，（他们）开始入睡，任氏美妙的身材，谈笑的神态，一言一动都非常动人，实在不应是人间能有的。拂晓时分，任氏说："（你）应当走了，我兄弟的名籍在教坊属下，是由南衙管辖，天亮就会回来，你不可以久久停留。"（郑子）约定见面的日子之后就离开了。

离开之后，走到里巷大门处，门锁还没开，里门一旁有一个胡人卖饼的铺子，才点上炉火。于是他趁便和屋主谈话，郑子指着自己居住过的官邸问那个主人："从这里向东转弯，有一个大门，是哪户人家的住宅？"主人说："那里只有倒塌的院墙和弃置的园地，无大住宅。"郑子说："我刚才到那里去探访过，为何会说没有呢？"便和主人争论起来。主人恍然大悟，说道："唉，我明白这件事了，那个里面有一只狐狸经常去引诱男子同居，之前出现过很多次了，现在你也碰上了吗？"郑子红着脸低声说："没碰到。"天亮了，（郑子）再去探望那个住处，只看见了土墙和东车门，跟之前一样，细致地看向院子中全是一些荒草和废弃的园地。回去之后看见了韦崟，韦崟批评他没有遵守信用。郑子没有说出真相，他用别的事情来应付掉他。但是一想到任氏的娇艳美丽，就很想跟她再次碰面，心里总想着他，念念不忘。

十几天后，郑子出去游玩，走到西市里面的衣服铺子，突然眼睛一瞥就看到了她，之前的那个女仆跟随着她。郑子忽然叫住她，任氏侧着身子在人流中周旋着来躲避郑子。（郑子）一直呼喊往前面紧追不舍，她才背着他站着，用扇子遮住身后说道："你知道了真相，为什么还来靠近我？"郑子说："即使我知道了真相，你又担心什么呢？"任氏回答说："我做的事让我感到很羞愧，见了面觉得尴尬。"郑子说："我那么急切地想念你，你怎么能够忍心抛弃我？"任氏回答说："我怎么敢抛弃你呢？只是怕招你讨厌罢了。"郑子诚恳地发誓，任氏才转过身子把扇子撤走，光彩亮丽的样子跟当时一模一样。他对郑子说："人世间跟我一样漂亮的女子有很多，你没有见到过罢了，这没有什么奇特的。"郑子请求跟任氏再续幽情。（任氏）回答者，门巷幽静，可税以居。前时自宣平之南，乘白马而东者，非君妻之昆弟乎？其家多什器，可以假用。”

是时崟伯叔从役于四方，三院什器，皆贮藏之。郑子如言访其舍，而诣崟假什器。问其所用，郑子曰：“新获一丽人，已税得其舍，假其以备用。”崟笑曰：“观子之貌，必获诡陋，何丽之绝也。”崟乃悉假帷帐榻席之具，使家僮之惠黠者，随以觇之。俄而奔走返命，气吁汗洽。崟迎问之：“有乎？”曰：“有。”又问：“容若何？”曰：“奇怪也，天下未尝见之矣！”崟姻族广茂，且夙从逸游，多识美丽。乃问曰：“孰若某美？”僮曰：“非其伦也！”崟遍比其佳者四五人，皆曰：“非其伦。”是时吴王之女有第六者，则崟之内妹，秾艳如神仙，中表素推第一。崟问曰：“孰与吴王家第六女美？”又曰：“非其伦也。”崟抚手大骇曰：“天下岂有斯人乎？”遽命汲水澡颈，巾首膏唇而往。

既至，郑子适出。崟入门，见小僮拥彗方扫，有一女奴在其门，他无所见。征于小僮，小僮笑曰：“无之。”崟周视室内，见红裳出于户下。迫而察焉，见任氏戢身匿于扇间。崟引出，就明而观之，殆过于所传矣。崟爱之发狂，乃拥而凌之，不服，崟以力制之。方急，则曰：“服矣。请少回旋。”既从，则捍御如初。如是者数四。崟乃悉力急持之，任氏力竭，汗若濡雨。自度不免，乃纵体不复拒抗，而神色惨变。崟问曰：“何色之不悦？”任氏长叹息曰：

道："通常我们这一类人，被人们厌弃猜忌的不是因为别的，就是因为伤害人。我却不是这样，如果你不厌恶我，我愿意终身当你的妻子。"郑子答应了她，并且跟她一起商量住的地方。任氏说："从这里往向东边走，有一棵大树比屋顶还高，门前的小巷十分幽静，可以住在那里。之前的时候，从宣城的南门骑着白马往东走的人，不是你妻子的堂兄弟吗？他家里的生活用具丰足，可以借来使用。"

当时韦鋆的伯叔在外面办事，三家的家具器物都存起来了。郑子按照（任氏）说的到韦鋆家去访问，韦鋆问他拿这些去干什么，郑子说："才得到一个美人，已经租用了房子，借这些东西当作备用。"韦鋆乐着说："看你的样子一定是娶到了一个很丑的女人，怎么会绝美呢？"韦鋆就把帷帐榻席等用具都借给他，派了一个聪明灵活的僮仆，跟着去查看。不一会儿跑回来复命。僮仆气喘如牛，大汗淋漓。韦鋆凑上去问他："有吗？"回答说："有。"又问他："长得怎么样？"童子说："很奇怪人世上不曾有这么漂亮的人。"韦鋆一家结为婚姻关系的亲属范围广人数多，而且这个僮仆平日会跟随着一起到处去玩，看到过很多美女。而（韦鋆）又问他跟哪个女子相比谁漂亮。僮仆说："（哪个女子）都不能跟她相比。"韦鋆又列举出四五个美女，一个一个让他进行比较，都说比不上她。当时吴王的第六个女儿是韦鋆的表妹，如神仙般美艳。在表亲之中平时就推选她为第一美女，韦鋆问："跟吴家的第六个女儿相比谁更好看？"童子又说："比不上她。"韦鋆拍着手非常吃惊，天底下难道有这么漂亮的人吗？马上让人打水来洗脸，戴着头巾抹抹唇膏就出门了。

到了以后，适逢郑子出门。韦鋆进门看见一个僮仆拿着扫帚正扫地。门边有一个女仆，别的没有看到，向僮仆打听，僮仆笑着回答说："不在。"韦鋆在屋里四处张望，看见红色衣裳从门底下露出来，走过去细看，只看见任氏藏在一个门扇后面，韦鋆把她拉出来，在亮的地方观察，她实在是比僮仆说的还漂亮，韦鋆爱她爱得发狂，粗暴地霸凌她。 任氏不服从他，（韦鋆）使蛮力让她被制服。正在危急的那一刻，任氏说："服从了。"请先让我活动一下身体，然后就像一开始那样反抗抵御他，像这样重复了多次。韦鋆使出全身力气紧

“郑六之可哀也！”崟曰：“何谓？”对曰：“郑生有六尺之驱，而不能庇一妇人，岂丈夫哉！且公少豪侈，多获佳丽，遇某之比者众矣。而郑生穷贱耳，所称惬者，唯某而已。忍以有余之心，而夺人之不足乎？哀其穷馁不能自立，衣公之衣，食公之食，故为公所褻耳。若糠糗可给，不当至是。”崟豪俊有义烈，闻其言，遽置之。敛衽而谢曰：“不敢。”俄而郑子至，与崟相视咍乐。

自是，凡任氏之薪粒牲饩，皆崟给焉。任氏时有经过，出入或车马轝步，不常所止。崟日与之游，甚欢。每相狎暱，无所不至，唯不及乱而已。是以崟爱之重之，无所悭惜，一食一饮，未尝忘焉。任氏知其爱己，因言以谢曰：“愧公之见爱甚矣。顾以陋质，不足以答厚意；且不能负郑生，故不得遂公欢。某，秦人也，生长秦城，家本伶伦，中表姻族，多为人宠媵，以是长安狭斜，悉与之通。或有姝丽，悦而不得者，为公致之可矣。愿持此以报德。”崟曰：“幸甚！”鄽中有鬻衣之妇曰张十五娘者，肌体凝洁，崟常悦之。因问任氏识之乎，对曰：“是某表娣妹，致之易耳。”旬余，果致之。数月厌罢。

任氏曰：“市人易致，不足以展效。或有幽绝之难谋者，试言之，愿得尽智力焉。”崟曰：“昨者寒食，与二三子游于千福寺，见紧地压制住她，任氏的力气也用完了，汗珠出得像淋了大雨。她估计自己不可避免地会被侮辱，才把身体放松不再抗拒，但是神情就显得很凄惨。韦鉴问她为什么脸色这么不高兴，任氏长长叹息说："韦六真是可怜呀。"韦鉴问她是什么意思，任氏回答说："郑六生来（虚有）一个六尺的身体，但是却不能保护一个女人，怎么能够算是一个大丈夫呢？何况你年少时就很放荡，得到了很多跟我差不多的女人，但郑生出生就是一个贫困地位低微的人，合乎心意的，只有我而已。你能够忍心自己已有剩余，却来抢夺别人不够的东西吗？他又穷又饿不能自立，真是可怜。粮食是你给的，衣服穿你给的，所以被你牵制住了，如果粮食能够实现自足就不会至于这个地步。"（韦鉴）是个豪爽重义的人，性情刚毅。听完这番话立刻放下了任氏，边整理着衣服边道歉，说："再也不会这样无礼了。"不一会儿郑子回来与韦鉴相看不厌。

自此以后，只要是任氏用的木材，粮食和喂牲口的饲料，都是由韦鉴来提供的。任氏平日有事情出门，进进出出也许坐车、也许骑马、也许坐轿、也许步行，都没有固定的场所。韦鉴每天和任氏一起游玩非常开心，当他们在一起亲近玩耍，没有什么是不玩的，只是不做淫乱的事情罢了。因为这个韦鉴十分敬重她，为了她没有任何不舍得的，一点点吃的喝的都不会忘掉她。任氏知道他喜欢自己，所以跟他道歉说："我承蒙厚爱非常惭愧，看着自己的丑样子不能来报答你的深厚情谊，并且我也不能够背叛郑生，所以我不会满足你的快乐。我是秦中人，在秦地生长，在艺人家庭中出生，表亲属中很多都是家人宠爱的妾媵。所以长安城里面的妓院我和她们都有联系。或者有美女你喜爱她，但是又得不到她，我可以帮你得到，希望可以拿这个来报答你的恩情。"韦鉴说："太棒了！"市场上有一个卖衣服的妇女叫张十五娘，肌体润滑明净。韦鉴早就喜欢她，因此问任氏认不认识她，任氏回答说："她是我表妹，得到她很容易。"十多天后，韦鉴果然得到了她，几个月后就对她感到厌倦。

任氏说："街市上的人太容易得到，不足以来显示效力，如果有深闺绝院难以得到的，你可以尝试说说，希望可以尽到我的智慧和刁将军缅张乐于殿堂，有善吹笙者，年二八，双鬟垂耳，娇姿艳绝。当识之乎？”任氏曰：“此宠奴也。其母即妾之内姊也，求之可也。”崟拜于席下。任氏许之，乃出入刁家。月余，崟促问其计，任氏愿得双缣以为赂，崟依给焉。后二日，任氏与崟方食，而缅使苍头控青骊以迓任氏。任氏闻召，笑谓崟曰：“谐矣。”初，任氏加宠奴以病，针饵莫减。其母与缅忧之方甚，将征诸巫。任氏密赂巫者，指其所居，使言从就为吉。及视疾，巫曰：“不利在家，宜出居东南某所，以取生气。”缅与其母详其地，则任氏之第在焉。缅遂请居。任氏谬辞以逼狭，勤请而后许。乃辇服玩，并其母偕送于任氏。至则疾愈。未数日，任氏密引崟以通之，经月乃孕。其母惧，遽归以就缅，由是遂绝。

他日，任氏谓郑子曰：“公能致钱五六千乎？将为谋利。”郑子曰：“可。”遂假求于人，获钱六千。任氏曰：“鬻马于市者，马之股有疵，可买以居之。”郑子如市，果见一人牵马求售者，青在左股，郑子买以归。其妻昆弟皆嗤之曰：“是弃物也，买将何为？”无何，任氏曰：“马可鬻矣，当获三万。”郑子乃卖之。有酬二万，郑子不与。一市尽曰：“彼何苦而贵买，此何爱而不鬻？”郑子乘之以归，买者随至其门，累增其估，至二万五千也。不与，曰：“非三万不鬻。”其妻昆弟聚而诟之。郑子不获已，遂卖，卒不登三万。既而密伺买者，征其由，乃昭应县之御马疵股者，死三岁矣。斯吏不时除籍，官征其估，计钱六万，设其以半买之，所获尚多矣。若有马以备数，则三年刍粟之估，皆吏得之，且所偿盖寡，气力。”韦鉴说：“昨天寒食节，我跟两三个人一起到千福寺玩，看到刁缅将军在殿堂里安置了乐队。有一个善于吹笙的人，年龄十六，双鬟垂到耳朵。曼妙的姿态，特别美艳，你也认识她吗？”任氏说：“她是宠奴啊，她的妈妈是我的内姐，我能够得到她。”韦鉴在坐席下施礼，任氏答应了他。于是出入刁家一月有余。韦鉴敦促问她方法，任氏希望拿两匹细绢来拉拢。任氏按照他说的做了。两天后，任氏与韦鉴正在吃饭，刁缅派老仆牵着青骊马来迎接任氏，任氏一听说召见她，就笑着对韦鉴说：“事情成功了。”开始时任氏让宠奴身上得了病，针灸吃药也没好，她母亲与刁缅很担心，准备去请巫师。任氏偷偷地贿赂巫师，指明自己住的地方，让巫师说到那里去才能够逢凶化吉，看病时巫师说：“在家里不吉利，应当往东南某个地方去，来接收生气。”刁缅和宠奴的母亲熟悉那里，任氏就住在那里。刁缅就请求任氏去住几天，任氏假装以地方狭小来推却，多次请求后才答应。于是用车装着穿用玩赏的东西和宠奴的母亲一起送往任氏的家。到了后病也好了，不几天后，任氏偷偷带着韦鉴与宠奴私通。过了一个月，宠奴竟然怀孕了，宠奴的母亲恐惧赶紧回去接近刁缅，从此断了联系。

另外的一天任氏对郑子说：“你能拿出五六千钱吗？想给你挣钱。”郑子说：“能。”于是他求别人借了六千钱。任氏说：“在市上有一个卖马的人，在马的大腿上有青瘢，要买下来饲养着。”郑子到集市上去，果然望见一个卖马的人，青瘢在马的左腿上。郑子买了回来，他妻子的弟兄们都讥笑他说：“这是个废物，买了准备去干什么？”不久任氏说可以把马卖了，能够卖到三万块钱，郑子就去卖马。有人出价到两万钱，郑子没卖，世上的人都说：“那个人何必卖这么贵，这马有什么让人喜爱的让他不卖呢？”郑子骑着马回家，然后买马的人就跟着他到了家门。买马的人多次提高价钱，一直增加到两万五，郑子还是不卖，说：“不到三万钱不卖。”郑子的妻弟们都在一起骂他，郑子不得已就卖了，最终卖了不足三万钱。接着郑子私下向买马人询问缘由，（原来是）在昭应县有一匹御马大腿上长了青瘢死了三年，管马的官吏很快被解职，官府向他征收一共六万钱的赔偿是以买耳。

任氏又以衣服故弊，乞衣于崟。崟将买全彩与之，任氏不欲，曰："愿得成制者。"崟召市人张大为买之，使见任氏，问所欲。张大见之，惊谓崟曰："此必天人贵戚，为郎所窃，且非人间所宜有者。愿速归之，无及于祸。"其容色之动人也如此。竟买衣之成者，而不自纫缝也，不晓其意。

后岁余，郑子武调，授槐里府果毅尉，在金城县。时郑子方有妻室，虽昼游于外，而夜寝于内，多恨不得专其夕。将之官，邀与任氏俱去，任氏不欲往，曰："旬月同行，不足以为欢。请计给粮饩，端居以迟归。"郑子恳请，任氏愈不可。郑子乃求崟资助，崟与更劝勉，且诘其故。任氏良久曰："有巫者言，某是岁不利西行，故不欲耳。"郑子甚惑也，不思其他，与崟大笑曰："明智若此，而为妖惑，何哉？"固请之，任氏曰："傥巫者言可征，徒为公死，何益？"二子曰："岂有斯理乎？"恳请如初。任氏不得已，遂行。崟以马借之，出祖于临皋，挥袂别去。

信宿，至马嵬。任氏乘马居其前，郑子乘驴居其后。女奴别乘，又在其后。是时西门圉人教猎狗于洛川，已旬日矣。适值于道，苍犬腾出于草间。郑子见任氏欻然坠于地，复本形而南驰。苍犬逐之，郑子随走叫呼，不能止。里余，为犬所获。郑子衔涕，出囊中钱，赎以瘗之，削木为记。回睹其马，啮草于路隅，衣服悉委于鞍上，履袜犹悬于镫间，若蝉蜕然。唯首饰坠地，余无所见，女奴亦逝矣。

费用，半价买马还能剩很多钱。如果有马来凑数，那么三年的草料钱，就可以由养马差吏所得。何况花钱本来就少，因而才买这匹马。

任氏以衣服破烂老旧为理由向韦鉴要衣服。韦鉴将要买一整匹的彩色丝绸给她，任氏没要，说："希望得到成衣。"韦鉴喊来生意人张大给她买，让张大去与任氏见面，问她想要什么样式的。张大与任氏见面后，惊讶地对韦鉴说："这个人一定是天子的皇亲贵戚，被你窃取，而且（她绝对）不是民间应该有的，希望你快速地把她还回去，这样才能免于祸害。"她容颜美丽动人大概就是到这种地步了。竟然买成衣，还不是自己缝纫制作，不知晓她的意思。

一年多后，郑子因善武被调用，被授予槐里府的果毅尉一职，在金城县办公。这时郑子才娶得正妻，虽然白天在外面和任氏游玩，但是晚上得回家睡觉。他多次遗憾不能每个晚上专门陪着任氏。（郑子）即将准备上任去，就邀任氏同去，任氏不想去，说："十天半月同路，也没有多大的乐趣，请你给我盘算好吃的，我就居家里等你回来。"郑子恳切地请求她，任氏更加不答应。郑子就去寻求韦鉴帮助，韦鉴多次劝勉她，并问不去的原因。任氏很久才回答："有个巫师说，我这一年向西走不吉祥，所以才不想去罢了。"郑子非常疑惑，也没想别的，与韦鉴大笑着对（任氏）说："像你这么聪明的人，却被妖言迷乱，为什么呢？"固执地请她去。任氏说："假如巫师的话得到证实，徒劳地为你而死去。有什么好处？"两个人说："怎么会有这种情理呢？"像刚开始一样央求她。任氏没办法，就结伴而行了。韦鉴把马借给她，到临皋为他们饯别，任氏挥挥衣袖就分别了。

连住了两夜。（车）到马嵬时，任氏乘马走在前面，郑子骑驴走在后面，女仆另有别驾，走在郑子的后面。当时一个西门的马倌在洛川训练猎犬有十多天了。此时（他们）适逢在大街上遇到，青色猎犬在草丛中疾跑出来，郑子就看任氏一下子（从马背上）掉到地上，现了狐形向南疾跑，青色猎犬追逐她，郑子也跟着一边跑一边叫，没能停住。跑了一里多远，任氏被猎犬捉获，郑子含泪拿出口袋里的钱，买下把她埋葬。削了块木头做了标记。回头瞧那马，正在路边嚼着草。衣服全散落在马鞍上，鞋袜还是悬挂在脚镫上，就像蝉蜕去旬余，郑子还城，崟见之喜，迎问曰："任子无恙乎？"郑子泫然对曰："殁矣！"崟闻之亦恸，相持于室，尽哀。徐问疾故，答曰："为犬所害。"崟曰："犬虽猛，安能害人？"答曰："非人。"崟骇曰："非人，何者？"郑子方述本末，崟惊讶叹息不能已。明日，命驾与郑子俱适马嵬，发瘗视之，长恸而归。追思前事，唯衣不自制，与人颇异焉。

其后郑子为总监使，家甚富，有枥马十余匹。年六十五卒。大历中，沈既济居钟陵，尝与崟游，屡言其事，故最详悉。后崟为殿中侍御史兼陇州刺史，遂殁而不返。嗟乎！异物之情也，有人道焉！遇暴不失节，徇人以至死，虽今妇人有不如者矣。惜郑生非精人，徒悦其色而不征其情性。向使渊识之士，必能揉变化之理，察神人之际，著文章之美，传要妙之情，不止于赏玩风态而已。惜哉！建中二年，既济自左拾遗与金吾将军裴冀、京兆少尹孙成、户部郎中崔需、右拾遗陆淳，皆谪居东南，自秦徂吴，水陆同道。时前拾遗朱放，因旅游而随焉。浮颍涉淮，方舟沿流。昼宴夜话，各征其异说。众君子闻任氏之事，共深叹骇，因请既济传之，以志异云。沈既济撰。

## 李苌

唐天宝中，李苌为绛州司士，摄司户事。旧传此阙素凶，厅事若有小孔子出者，司户必死，天下共传"司户孔子"。苌自摄职，壳的样子，只有首饰摔在地上，别的就没什么了，女仆也消失了。

过十多天后，郑子回到城里，韦鉴见了十分开心，迎上去问："任氏无恙吗？"郑子流着泪回答说："死了。"韦鉴听了也很哀痛，互相搀扶着进屋，都很难过。慢慢地问事故的原因。回答说："被狗杀死的。"韦鉴说："狗虽然凶恶，怎么能害人？"回答说："她不是人。"韦鉴震惊地说："她不是人，那是什么呢？"郑子正说完事情的来龙去脉，韦鉴不中断地惊讶叹息。第二天，命令准备车马，和郑子一起去到马嵬去，打开坟瞧了瞧，悲痛万分地返回来。追念从前的事，她只有自己不做衣服，这与人稍微有不一样。

此后，郑子担任总监使，家中财富非常多，有十多匹好马，（他）六十五岁时死了。大历年间，沈既济居住在钟陵，曾与韦鉴有所交往，频繁说起这件事，所以知道得最详尽。后来韦鉴担任了殿中侍御史，兼任陇州刺史，最终死在任上没有回来。唉，异物的感情，也有合乎人道的。遇到强横不失去贞节，委身于一人直到死，即使是现在的女子也有比不上的。惋惜的是郑生不是个精细的人，只是爱她的美貌却不能根察她的性情，假如他是个有广博学识的人，一定能使万物发展变化的道理应用于心，观察神与人之间的异同，写成美妙的文章，宣扬重要而微妙的人情道理，不仅仅止于欣赏玩弄她的风情妆貌上，可惜呀。建中年间第二年，在任左拾遗沈既济和金吾将军裴冀，同京兆少尹孙成，还有户部郎中崔需，还有右拾遗陆淳，全被贬官到东南地区。从秦地到吴地水陆走一条路，以前的拾遗朱放，因外出旅游也跟着在一起，漂荡在颍水上，接着又渡船过淮河，船只紧挨着顺流而下。白天请宴晚上交谈，各人说些奇异的传说中的旧事，诸位君子听闻任氏的事，都深深地替她长长叹息震惊，因而沈既济给任氏作传记，来记述这件特异的事。沈既济撰写了这个故事。

## 李苌

唐代天宝年间，李苌担负绛州司士职务，代理管理司户的事。往日传说这个空缺历来不吉利，厅堂里如表现出有小孔，司户一定会死便处此厅。十余日，儿年十余岁，如厕。有白裙妇人持其头将上墙，人救获免，忽不复见。苌大怒骂，空中以瓦掷中苌手。表弟崔氏，为本州参军，是日至苌所，言此野狐耳。曲沃饶鹰犬，当大致之。俄又掷粪于崔杯中。后数日，犬至，苌大猎，获狡狐数头，悬于檐上。夜中，闻檐上呼李司士云："此是狐婆作祟，何以枉杀我娘？儿欲就司士一饮，明日可具觞相待。"苌云："己正有酒，明早来。"及明，酒具而狐至，不见形影，具闻其言。苌因与交杯，至狐，其酒翕然而尽。狐累饮三斗许，苌唯饮二升。忽言云："今日醉矣，恐失礼仪。司士可罢，狐婆不足忧矣！明当送法禳之。"翌日，苌将入衙，忽闻檐上云："领取法。"寻有一团纸落，苌便开视，中得一帖。令施灯于席，席后乃书符，符法甚备。苌依行之，其怪遂绝。（出《广异记》）

亡。天下都传播“司户孔子”的话。李苌从代办司户职务以来，就置身于这个厅里十多天。他的儿子今年十多岁，到厕所去时，有个穿白裙的妇女拿着孩子的头将要撞墙，被人救下才幸免。突然那个妇人就不见了。李苌愤怒地骂了起来，狐狸在空中投掷瓦片击中李苌的手。李苌的表弟崔氏，是这个州的参军，这天来到李苌家，听说一些事后说：“这是野狐狸在作妖。”曲沃一带有许多养鹰犬的人，应当把他们大量找来。一会儿（狐狸）又把粪投到崔参军的酒杯里。后面的几天，猎狗到了。李苌大量地捕猎，捕获狡猾的狐狸好几只，把它们悬挂在房檐上。半夜，听到屋檐上有人在呼喊李司士：“这是狐狸老婆婆在作妖，为何乱加杀害我娘。我想要和你饮酒，明天可要准备好酒杯等我的光临。”李苌说：“我这儿正好有酒，明天（尽管）来。”到了第二天，酒准备好了，狐狸也过来了。看不见狐狸的形状和影子，狐狸的话都听到了。李苌接着和狐狸碰杯，到狐狸喝时，杯中酒忽然就没有了。狐狸一连着喝了三斗多酒，而李苌只喝了两升，突然狐狸说道：“今天醉了，恐怕会做不合乎礼仪的事情，李司士可以停止喝酒了，狐狸婆婆的事不值得去忧虑，明天应该会有人赠予法术来除去灾祸。”第二天，李苌即将去办公，突然听到檐上有人说：“拿走法术。”不久就有一个纸团落下来。李苌就拿起纸团打开看，纸中有一张帖，让他把灯放在床上，置好后再写符，符法十分完备，李苌按照纸上说的做，那些怪事最后都消失了。（出《广异记》）

# 卷第四百五十三　狐七

王　生　李自良　李令绪　裴少尹

## 王　生

杭州有王生者，建中初，辞亲之上国。收拾旧业，将投于亲知，求一官耳。行至圃田，下道，寻访外家旧庄。日晚，柏林中见二野狐倚树如人立，手执一黄纸文书，相对言笑，旁若无人。生乃叱之，不为变动。生乃取弹，因引满弹之，且中其执书者之目，二狐遗书而走。王生遽往，得其书，才一两纸，文字类梵书而莫究识，遂缄于书袋中而去。其夕，宿于前店，因话于主人。方讶其事，忽有一人携装来宿，眼疾之甚，若不可忍，而语言分明，闻王之言曰："大是异事，如何得见其书？"王生方将出书，主人见患眼者一尾垂下床，因谓生曰："此狐也。"王生遽收书于怀中，以手摸刀逐之，则化为狐而走。一更后，复有人扣门，王生心动曰："此度更来，当与刀箭敌汝矣。"其人隔门曰："尔若不还我文书，后无悔也！"自是更无消息。王生秘其书，缄縢甚密。行至都下，以求官伺谒之事，期方赊缓，即乃典贴旧业田园，卜居近坊，为生生之计。

月余，有一僮自杭州而至，缞裳入门，手执凶讣。王生迎而问之，则生丁家难已数日，闻之恸哭。生因视其书，则母之手字云："吾本家秦，不愿葬于外地。今江东田地物业，不可分毫破除，但都下之业，可一切处置，以资丧事。备具皆毕，然后自来迎接。"

## 王生

杭州有个叫王生的人，唐德宗建中初年，与亲人辞别到京城去，打理一下旧产业。即将投奔亲属和朋友，谋求一个官职。走到一个果园，走下小路，探访外祖父家的旧庄院。天黑了，在柏树林中看见两只野狐靠着树像人一样地站着，手里拿一本黄纸书，互相对着有说有笑，一副目中无人的样子。王生就呵斥它们，它们不为所动。于是王生就取出弹弓，拉满弓用射击它们，还射中了那个握着书的狐狸眼睛，两只狐狸丢掉书就跑了。王生赶忙跑过去，拾起那本书，书只有一两张纸，书上类似梵文的文字没有人能认识，于是放到书袋离开了。那天夜间，（王生）就在前面的客店留宿，还向店主人讲说了这件事。正对这件事情感到惊讶的时候，忽然有一个人带行装过来，眼睛病得十分严重，像是不可以忍受的样子，然而话语很清楚，听了王生的话之后说："这是件大怪事，怎样才能够看看那本书呢？"王生即将把书拿出来，店主人看见患眼病的人一条尾巴垂落到床下，因而对王生说："这人是只狐狸。"王生迅速把书收回怀里，用手摸了把刀追逐他，他变成狐狸逃了。一更之后，又有人叩门，王生心头一动说："这次又来，应当用刀剑来对待你。"那人隔门对他说："假如你不还给我文书，之后会后悔的。"从此不再有消息了。王生觉得那本书很神秘，便将其封存在非常保密的地方。到了京城，因为谋求官职需要等待时机才能求到人，所以时间就松缓了，于是他便去典卖了原来的产业和田园，选择了个靠近坊市的地方住下，做世世生活的打算。

一个多月后，一个僮仆身穿丧服从杭州过来了，手中拿着报丧的信。王生走上前去问那个僮仆，原来王生遭遇家庭灾难已经好多天了，听说后悲痛大哭起来。王生再看到那封信，是母亲亲手写的字，写道：我本来家住秦地，不愿意埋葬在别的地方，如今江东的田地王生乃尽货田宅，不候善价，得其资，备涂刍之礼，无所欠少。既而复篮舁东下，以迎灵轝。

及至扬州，遥见一船子，上有数人，皆喜笑歌唱。渐近视之，则皆王生之家人也。意尚谓其家货之，今属他人矣。须臾，又有小弟妹搴帘而出，皆彩服笑语。惊怪之际，则其家人船上惊呼，又曰：“郎君来矣，是何服饰之异也？”王生潜令人问之，乃见其母惊出。生遽毁其缞绖，行拜而前。母迎而问之，其母骇曰：“安得此理？”王生乃出母送遗书，乃一张空纸耳。母又曰：“吾所以来此者，前月得汝书云：‘近得一官，令吾尽货江东之产，为入京之计。’今无可归矣。”及母出王生所寄之书，又一空纸耳。王生遂发使入京，尽毁其凶丧之具。因鸠集余资，自淮却扶侍，且往江东。所有十无一二，才得数间屋，至以庇风雨而已。

有弟一人，别且数岁，一旦忽至，见其家道败落，因征其由。王生具话本末，又述妖狐事，曰：“但应以此为祸耳。”其弟惊嗟，因出妖狐之书以示之。其弟才执其书，退而置于怀中，曰：“今日还我天书。”言毕，乃化作一狐而去。（出《灵怪录》）

## 李自良

唐李自良少在两河间，落拓不事生业，好鹰鸟，常竭囊货，为鞲绁之用。马燧之镇太原也，募以能鹰犬从禽者，自良即诣军门，和家产，不能乱动分毫，但是京城里的产业可以由你处置，为丧事作资助，一切都准备完毕，之后（你再）亲自来迎接。王生就把田园住宅，不等有更高的价钱，全卖出了。得到的钱，购买了送葬时的物品之后，便已所剩无几。接着又坐着竹轿往东去，来接待送灵的队伍。

等到了扬州，（王生）远远地看到一条小船，船上面有几个人，都在欢笑着唱歌，缓慢地走近一看，都是王生的奴仆，（王生）还认为他们被家里卖了，如今已经属于别人家的了。过了一会儿，又有小弟小妹们拨起门帘走出，全都穿着彩衣服笑着说话。（王生）惊讶感到奇怪，就听见他的家人在船上惊声呼喊，又说："公子来了，他穿的这是什么奇怪的服装呢？"王生偷偷派人去问家人，就看见母亲惊讶着走出来，王生快速地毁掉了孝服，一面走一面行礼上前，母亲面向他走过去问是怎么回事，大受惊吓地说："哪有这种道理？"王生于是拿出母亲送来的遗书，仅仅是一张白纸罢了。王生母亲还说："我来到这里的原因，是因前一个月收到你的信，信上写着近来谋得一个官职，要我把江东的产业都卖了，做好入京的规划，现在到哪里去呢？"等母亲拿出王生寄的信时（发现）又是一张白纸而已。王生于是派使者进京，把那些办丧事用的工具全毁掉。然后又把剩余的钱凑起来，从淮水往来的方向走，扶持侍候着母亲，先到江东去，剩下的钱不到十分之一二了，仅够买几间屋子，来庇佑风雨罢了。

王生有一个弟弟，离别好多年了。一天早晨他忽然来到这里，看见王生家道衰落，接着问败落的原因，王生把事情的开始和结尾全和弟弟说了。（王生）又讲述了妖狐的事，说："就是因此导致发生灾祸。"他弟弟惊讶叹气。（王生）接着取出妖狐的书给他看，他弟弟才拿到书，后退把书放在怀里，说："到今天（终于）还我的天书了。"说完，就化为狐狸跑了。（出《灵怪录》）

## 李自良

唐朝的李自良年少时在两河之间，飘飘荡荡地不做谋生的工作。（他）喜欢耍猎鹰，常常用尽钱包里的财物，来买得皮制的臂套和用于架鹰牵犬的什物。马燧在太原驻守时，招揽那些能指挥鹰犬捕捉自上陈。自良质状骁健，燧一见悦之，置于左右，每呼鹰逐兽，未尝不惬心快意焉。数年之间，累职至牙门大将。因从禽纵鹰逐一狐，狐挺入古圹中，鹰相随之。自良即下马，乘势跳入圹中。深三丈许，其间朗明如烛，见砖塌上有坏棺，复有一道士长尺余，执两纸文书立于棺上。自良因掣得文书，不复有他物矣，遂臂鹰而出。道士随呼曰："幸留文书，当有厚报。"自良不应，乃视之，其字皆古篆，人莫之识。明旦，有一道士，仪状风雅，诣自良。自良曰："仙师何所？"道士曰："某非世人，以将军昨日逼夺天符也，此非将军所宜有，若见还，必有重报。"自良固不与，道士因屏左右曰："将军裨将耳，某能三年内，致本军政，无乃极所愿乎？"自良曰："诚如此愿，亦未可信，如何？"道士即超然奋身，上腾空中。俄有仙人绛节，玉童白鹤，徘徊空际，以迎接之。须臾复下，谓自良曰："可不见乎？此岂是妄言者耶？"自良遂再拜，持文书归之。道士喜曰："将军果有福祚，后年九月内，当如约矣。"于时贞元二年也。

至四年秋，马燧入觐，太原耆旧有功大将，官秩崇高者，十余人从焉，自良职最卑。上问："太原北门重镇，谁可代卿者？"燧昏然不省，唯记自良名氏，乃奏曰："李自良可。"上曰："太原将校，当有耆旧功勋者。自良后辈，素所未闻，卿更思量。"燧仓卒不知所对，又曰："以臣所见，非自良莫可。"如是者再三，上亦未之许。燧出见诸将，愧汗洽背。私誓其心，后必荐其年德最高者。明野兽的人，李自良就自己到军门来了，陈述自己。李自良的体形英勇健硕，马燧一见他就喜欢，于是留下他在身边，每当他号召猎鹰追赶野兽时，马燧没有不心情舒畅心里满足（的时候）。几年时间，多次提升为牙门大将军。（有一次）因为追着禽兽，放鹰追赶一只狐狸，狐狸直直地钻进古坟里去，鹰也随着飞进去。李自良从马上下来，就着落马的力量顺势着跳进坟里去。坟有三丈多深，坟里明亮得像点了蜡烛，只看见砖榻上有个破损了的棺材，有一个道士身高一尺多，握着两张纸的文书站在棺材上。李自良拿出文书，没有别的东西了，（李自良）就使猎鹰站在胳膊上出了古坟。那位道士接着喊道："请留下文书，我会优厚地答谢你。"李自良不回应。（他）看那文书，上面全是古篆字，没有人能识别。第二天早晨，有一个道士，仪表形象风雅大方，来拜访李自良。李自良说："（敢问）仙师从哪里来？"道士说："我不是世间的人，是因为将军昨天强行夺取了天书才来的，这文书不是将军应该有的东西，假如能还给我，必定给你重重的酬谢。"李自良坚持不给。道士接下来让旁边的人退下，（跟他说）："将军你仅仅是个副将罢了，我可以在三年之内，让你得到本地的军政长官的官职，这不是你的最大愿望吗？"李自良说："我确实能有这个希望，（但你说的）也不可信，这怎么办呢？"道士身子向上奋发超然，就飞升到空中，很快有个仙人拿着赤色的符节，玉童与白鹤，在天上打转来欢迎道士，顷刻之后就下来了，对李自良说："你没看见吗？这难道是妄自大话的人可以做到的吗？"于是李自良拜了两拜，拿出文书并且还给他。道士喜悦地大笑着说："将军真是个有福运的人，后年的九月，应当就能实现我的预言了。"这时是贞元年间第二年。

到第四年的秋天，马燧进京上朝，太原那些年高望重的大将军等官位崇高的人，有十多人一起跟着进京，李自良职位最低。皇上问："太原是国之北门的重要镇守之城，谁能够代替上卿？"马燧头昏不清醒，只记得李自良的名字，就上奏陈说："李自良能代替。"皇上说："太原的将位应当让年高望重者来担任，李自良是后出的晚辈，（朕）从来就没听传过他，你应当思量再考虑。"马燧仓促不安，不知怎么应对，又说："按照我的看法，非李自良，谁也不能够（胜日复问："竟谁可代卿？"燧依前昏迷，唯记举自良。上曰："当俟议定于宰相耳。"他日宰相入对，上问马燧之将孰贤，宰相愕然，不能知其余，亦皆以自良对之。乃拜工部尚书、太原节度使也。（出《河东记》）

## 李令绪

李令绪即兵部侍郎李纾堂兄，其叔选授江夏县丞，令绪因往觐叔。及至坐久，门人报云："某小娘子使家人传语。"唤入，见一婢甚有姿态，云："娘子参拜兄嫂。"且得令绪远到，丞妻亦传语云："娘子能来此看儿侄否？"又云："妹有何饮食，可致之。"婢去后，其叔谓令绪曰："汝知乎，吾与一狐知闻逾年矣。"须臾，使人赍大食器至。黄衫奴舁，并向来传语婢同到，云："娘子续来。"俄顷间，乘四镮金饰舉，仆从二十余人至门，丞妻出迎。见一妇人，年可三十余，双梳云髻，光彩可鉴。婢等皆以罗绮，异香满宅。令绪避入，其妇升堂坐讫，谓丞妻曰："令绪既是子侄，何不出来？"令绪闻之，遂出拜。谓曰："我侄真士人君子之风。"坐良久，谓令绪曰："观君甚长厚，心怀中应有急难于众人。"令绪亦知其故，谈话尽日辞去。后数来，每至皆有珍馔。

经半年，令绪拟归东洛，其姑遂言："此度阿姑得令绪心矣。

任）。”如此言论说了二三次，皇上也没答应他。马燧（从朝廷）出来见到各位将军，惭愧得汗水把背都打湿了，暗暗在心中发誓，以后必定举荐那年品德最高的人。第二天（皇上）又问：“究竟谁能代替将位？”马燧还是像以前一样的昏迷，只记得举荐李自良。皇上说：“应当让我和宰相议讨之后再确定吧。”另一天，宰相进宫去回答。皇上问马燧手下的将军谁有真才实能，宰相怔了，不记得其他人，也都用李自良的名字来对答皇上，皇上于是授命李自良工部尚书、太原节度使的官职。（出《河东记》）

## 李令绪

李令绪就是兵部侍郎李纾的堂兄，他的叔叔被选授江夏县的县丞，李令绪因此去拜访叔叔。在叔叔（家门口）坐了很久，有个守门人先通报说：“有个小娘子派仆人去转告。”叫仆人进来，看见是个十分有姿色的女仆，女仆说：“娘子让我来参见拜访哥哥和嫂子。”正好李令绪来自很远的地方，县丞的妻子就也传话给仆人说：“你家娘子能来这里看望侄儿吗？”还说：“妹妹那里有什么可口的，可以带过来。”女仆离开后，叔叔对李令绪说：“你是否知道？我和一只狐狸结交为朋友已有一年多了。”不一会，派人运送来一个大食器，由穿着黄衫的仆人抬着，与之前来捎话的女仆一起来了，女仆说：“我家娘子接着就来。”一会儿，（娘子）坐着用四个金环的轿子，带着二十多个跟随的人来到，县丞的妻子出门欢迎。于是看见一个妇女，年龄三十多岁，梳了一对高高的发髻，能够展示出光彩来，仆人都身着丝绸衣服，满屋子都是奇妙独特的香味，令绪躲进屋里去。那妇女走进堂屋入座之后，和县丞的妻子说：“既然李令绪是侄儿，为什么不看我呢。”李令绪听了，于是出来拜见。她和李令绪说：“我的侄儿真的是有读过书的士人君子之风。”坐了良久，（她）对李令绪说：“看你很是成熟忠厚，你心里好像有急促的苦难事跟人们说。”李令绪也明白其中缘由。谈了整天话才离开，之后又多次前来，每次都带来珍美的佳肴。

过了半年，李令绪计划回东洛去，他的姑姑就说：“这次我理解阿姑缘有厄，拟随令绪到东洛，可否？”令绪惊云：“行李贫迫，要致车乘，计无所出。”又云：“但许，阿姑家自假车乘，只将女子两人，并向来所使婢金花去。阿姑事，令绪应知，不必言也。但空一衣笼，令逐驼家人，每至关津店家，即略开笼，阿姑暂过歇了，开笼自然出行，岂不易乎？”令绪许诺。及发，开笼。见三四黑影入笼中，出入不失前约。至东都，将到宅，令绪云：“何处可安置？”金花云：“娘子要于仓中甚便。”令绪即扫洒仓，密为都置，唯逐驼奴知之，余家人莫有知者。每有所要，金花即自来取之，阿姑时时一见。后数月云：“厄已过矣，拟去。”令绪问云：“欲往何处？”阿姑云：“胡璿除豫州刺史，缘二女成长，须有匹配，今与渠处置。”

令绪明年合格，临欲选，家贫无计，乃往豫州。及入境，见榜云：“我单门孤立，亦无亲表，恐有擅托亲故，妄索供拟。即获时申报，必当科断。”往来商旅，皆传胡使君清白，干谒者绝矣。令绪以此惧，进退久之，不获已。乃潜入豫州，见有人参谒，亦无所得。令绪便投刺，使君即时引入，一见极喜，如故人。云：“虽未奉见，知公有急难，久伫光仪，来何晚也！”即授馆，供给颇厚。一州云：“自使君到，未曾有如此。”每日入宅欢宴，但论时事，亦不言他。

经月余，令绪告别，璿云：“即与处置路粮，充选时之费。”便集县令曰：“璿自到州，不曾有亲故扰。李令绪天下俊秀，某平生令绪的心情了，我由于命中有劫难，打算跟着你到东洛去，可以吗？”李令绪吃惊地说：“我的行囊很少，要想坐车，估计难得找到啊。”她又说：“只要（你）应许，姑姑就能（在）自己家借车坐。仅仅带两个女人，和平日使唤的女仆金花去，我的事，你应该明白，就不用说了。只需要一个空空的衣箱，叫来赶骆驼的家仆，每次到了关口码头和旅店的时候，就稍微打开箱子，我暂时歇息一下，自然打开箱子出行，难道不是很容易吗？”李令绪承诺了。等到出发，打开箱子，就只看到三四个黑影进入箱里，一路上进进出出不违背先前的约定。到了东都，快要到家了，李令绪说：“把阿姑安排到什么地方呢？”金花说：“娘子说（她）在仓房里就很便利。”李令绪就立马洒扫仓房，私密地安置完，只有赶骆驼的仆人知道这事，其他的仆人无人知道。每次（阿姑）需要东西的时候，金花就亲自去仓房里取。阿姑也时不时地出现一次。几个月后说：“灾祸已经过去了，打算离开。”李令绪说：“想到什么地方去？”阿姑说：“胡璿是豫州的刺史，由于二个女儿已长成大人，需要婚配，即将去给她主办这件事。”

李令绪来年合乎规定即将去候选时，家里贫穷没有去豫州的办法。快到豫州时，看到一个榜文上写着：“我孤单的一个人安家立业，没有表亲，只怕有那托亲朋故友过来索要供给，（如果有这样的人）抓住了就及时报上来，必定按律法判刑。”络绎不绝的商人和旅客，都相传转告着胡使君的清廉，前来托人徇私的就没有了。李令绪因此害怕，犹豫不决很久，于是暗中潜入豫州，看到有那拜见求情的人，也没取得什么。令绪就送上名片，使君（这时）立即拉他进去。一见面极其高兴，像老朋友一样。说：“虽然（我们）没有相见过，（但是）知道你有急难的事，早就在这伫立等待你的光临，来得怎么这么晚？”他就立即安置馆所，供给很多，全州的人都说：“使君到这里任职（之前），没有过这样的事。”每天都进宅去快乐地参与宴会，只讨论时事，也不说其他的。

过了一个月多，李令绪辞别。胡璿说：“立即给你处置路粮，就把它当作去参加考试的费用。”长使君于是召集县令说：“我自从来到豫州，还没有亲朋故友来叨扰。李令绪是天底下罕见的优秀人才，永慕，奉昨一见，知是丈夫，以此重之。诸公合见耳。今请赴选，各须与致粮食，无令轻鲜。”官吏素畏其威，自县令已下，赠绢无数十匹已下者。令绪获绢千匹，仍备行装，又留宴别。令绪因出戟门，见别有一门，金花自内出云：“娘子在山亭院要相见。”及入，阿姑已出，喜盈颜色。曰：“岂不能待嫁二女？”又云：“令绪买得甘子，不与令姑，太悭也。”令绪惊云：“实买得，不敢特送。”笑云：“此戏言耳。君所买者不堪，阿姑自有上者。”与令绪将去，命取之，一一皆大如拳。既别，又唤令绪回云：“时方艰难，所将绢帛行李，恐遇盗贼，为之奈何？”乃曰：“借与金花将去，但有事急，一念金花，即当无事。”

令绪行数日，果遇盗五十余人，令绪恐惧坠马。忽思金花，便见精骑三百余人，自山而来，军容甚盛，所持器械，光可以鉴。杀贼略尽，金花命骑士却掣驰，仍处分兵马好去。欲至京，路店宿，其主人女病，云是妖魅。令绪问主人曰：“是何疾？”答云：“似有妖魅，历诸医术，无能暂愈。”令绪云：“治却何如？”主人珍重辞谢，乞相救：“但得校损，报效不轻。”遂念金花，须臾便至，具陈其事。略见女之病，乃云：“易也。”遂结一坛，焚香为咒。俄顷，有一狐甚疥疠，缚至坛中。金花决之一百，流血遍地，遂逐之，其女便愈。

及到京，金花辞令绪，令绪云：“远劳相送，无可赠别。”乃致酒馔。饮酣谓曰：“既无形迹，亦有一言，得无难乎？”金花曰：“有我平生一直仰慕他，昨日见一面，（就）知晓他是大丈夫，所以十分敬重他，各位肯定要见一见他。现在他要去考试科举，各位都要给他些吃的穿的，无论多少都行。”官吏们向来就恐惧他的威严，县令以下的官吏赠送几十匹绢以下的都很少了。令绪获得了千匹绢，又另备好了行李用品，（长使君）又留他参与宴会当饯别宴。李令绪从戟门走出来，看见别处还有一个门，金花从里面走出来说：“娘子要在山亭院里与你见面。”等他进去，姑姑已经出来了，脸色笑得很喜庆地说：“难道不能够等到两个女儿出嫁以后吗？”又说：“令绪买了柑子，不拿给你姑姑吃，太吝啬了。”李令绪惊讶地说：“的确买了，不敢主动（专门）送给你。”姑姑笑着说：“这只是开玩笑说的话，你买得不美味，姑姑自己有上乘的，给你带在身边吃。”派人去拿（柑子），一个个都跟拳头一样。分别以后，又叫唤李令绪返回说：“正是时事艰难的时候，你带的丝绢和行囊，恐怕会遇上强盗，这样怎么办呢？”又说：“（我）把金花借给你一同前去，只要有情况，一念金花，就会没事。”

李令绪走了几日，果然碰上五十多个强盗。李令绪惊恐地从马上掉下来，忽然想起金花，就看到三百多个精锐骑兵，从山上下来，军队的阵容很是壮观，拿的兵器，光亮得能够当镜子照人，把盗贼都杀完了。金花命令骑兵飞速返回，把兵马安排好之后才离开。李令绪想回到京城去。路上在客栈住下，那个店主家的女儿患病了，（听）说是妖魅病。李令绪问店主人说：“是什么病呢？”（店主）回答说：“好像是妖魅病，请来了好多医生术士，都没有好转。”李令绪说：“我来治好她，怎么样？”店主人郑重地表示感谢，恳求救他女儿，只要病痊愈，必定重重酬谢。于是想念金花，不一会儿（金花）就到了，向她详细说了这件事。金花稍微看了女子的病，就说：“容易。”于是搭建起一座坛，烧香为女子念咒，一会儿，一只狐狸浑身癞疮，把它捆到坛上，金花判决打它一百鞭，遍地流血，最后赶走了。那女子病就痊愈了。

等到了京城，金花告别李令绪，李令绪说：“路远劳苦你送我，在离别之际实在没有什么东西好赠送给你。”于是李令绪备办了酒事但言。”令绪云：“愿闻阿姑家事来由也。”对曰：“娘子本某太守女，其叔父昆弟，与令绪不远。嫁为苏氏妻，遇疾终。金花是从嫁，后数月亦卒，故得在娘子左右。天帝配娘子为天狼将军夫人，故有神通。金花亦承阿郎余荫。胡使君即阿郎亲子侄。昨所治店家女，其狐是阿郎门侧役使，此辈甚多，金花能制之。”云：“锐骑救难者，是天兵。金花要换，不复多少。”令绪谢之云：“此何时当再会？”金花云：“本以姻缘运合，只到今日。自此姻缘断绝，便当永辞。”令绪惆怅良久，传谢阿姑，千万珍重。厚与金花赠遗，悉不肯受而去。胡璿后历数州刺史而卒。（出《腾听异志录》）

## 裴少尹

唐贞元中，江陵少尹裴君者，亡其名。有子十余岁，聪敏，有文学，风貌明秀，裴君深念之。后被病，旬日益甚，医药无及。裴君方求道术士，用呵禁之，冀瘳其苦。有叩门者，自称高氏子，以符术为业。裴即延入，令视其子，生曰：“此子非他疾，乃妖狐所为耳。然某有术能愈之。”即谢而祈焉。生遂以符术考召，近食顷，其子忽起曰：“某病今愈。”裴君大喜，谓高生为真术士。具食饮，已而厚赠缗帛，谢遣之。生曰：“自此当日日来候耳。”遂去。其子他疾虽愈，而神魂不足，往往狂语，或笑哭不可禁。高生每至，裴君即以此且祈之。生曰：“此子精魄，已为妖魅所系，今尚未还耳。不旬日当间，幸无以忧。”裴信之。

菜，喝酒喝到快乐时他说："已经不拘形迹了，我有一句话要问，不会为难你吧？"金花说："有事只管说。"李令绪说："我想知晓阿姑家事的开头结尾。"（金花）回答说："娘子原来是某太守的小女，她的叔叔堂兄弟血缘上与你相隔得不远，嫁给姓苏的当妻子，得病去世了。我是陪嫁，后来几个月后也死了，所以如今能够到娘子的身边（伺候）。天帝把娘子许配给天狼将军做夫人，因此才有神力，我也享受了天狼将军的余荫。胡使君是天狼将军的亲生侄子。昨日医治的店主人的小女儿，那只狐狸是天狼将军门边侍候劳役的，这一种有很多，我能牵制住他们。"又说："那些来援难的精锐骑兵，是天兵，我能驱使他们，无论多少都行。"令绪感谢她说："现在一别何时才能再见呢？"金花说："原本从姻缘命运上看，你我的相见只到今天为止，之后（我们）就断绝关系，永远分离。"李令绪怅然了很久。于是请金花捎话感谢姑姑，一定要珍重身体。赠予了金花很多物品，完全都不肯接受。于是他走了，胡璿之后做了几个州的刺史后才去世。（出《腾听异志录》）

## 裴少尹

唐代贞元年间，江陵有一个少尹裴氏，他的名字不详。有个儿子十多岁，聪慧机敏，有文人才华，风度面容明丽秀美，裴君深深地喜欢他。后来得了病，十天后更加严重，求医吃药没有好。裴君刚要访求有道行的术士，用呵禁法来治疗，盼望能减轻痛苦。（这时）有人来叩门，称呼自己姓高，靠符术谋生。于是裴君把他请进家里，让他给儿子看看。高生说："这孩子不是其他的病，是妖狐所造成的。但是我有能力能治好病。"裴君与他道谢并请求他治病。高生就拿道符法术击打召唤狐魂，大概一顿饭的时间，他的儿子突然起身说："我的病如今好了。"裴君很高兴，认为高生是真正的术士。准备了吃的喝的，然后又送给他丰厚的财物，感激不尽送他离开。高生说："之后我会天天来守候着。"于是走了。他的儿子那病虽然痊愈了，但是精神不充裕，往往胡言乱语，有时又哭又笑不能停止。高生每来居数日，又有王生者，自言有神符，能以呵禁除去妖魅疾，来谒。裴与语，谓裴曰："闻君爱子被病，且未瘳，愿得一见矣。"裴即使见其子，生大惊曰："此郎君病狐也，不速治，当加甚耳。"裴君因话高生，王笑曰："安知高生不为狐？"乃坐，方设席为呵禁。高生忽至，既入大骂曰："奈何此子病愈，而乃延一狐于室内耶？即为病者耳！"王见高来，又骂曰："果然妖狐，今果至，安用为他术考召哉？"二人纷然，相诟辱不已。

裴氏家方大骇异，忽有一道士至门，私谓家僮曰："闻裴公有子病狐，吾善视鬼，汝但告，请入谒。"家僮驰白裴君，出话其事，道士曰："易与耳。"入见二人，二人又诟曰："此亦妖狐，安得为道士惑人？"道士亦骂之曰："狐当还郊野墟墓中，何为挠人乎？"既而闭户相斗殴，数食顷。裴君益恐，其家僮惶惑，计无所出。

及暮，阒然不闻声，开视，三狐皆仆地而喘，不能动矣。裴君尽鞭杀之，其子后旬月乃愈矣。（出《宣室志》）

一次，裴君就把这个问题告诉他并乞求他医治，高生说：“这孩子的精神灵魂，已被妖魅控制住了，如今还没有回到身上，想来十天就应当回来，希望不要为这事担忧。”裴君对他感到信任。

过了几天，又来了个王生，自称有神符，可以用呵禁法除去妖魅病，所以来求见。裴君和他说话，他对裴君说：“听说你的爱子患病了，而且还没好，希望可以看一下他。”于是裴君让他看了看儿子，王生震惊地说：“这个郎君患的是狐魅病，不快点治疗，病肯定会更加严重。”裴君顺便提到高生，王生笑着说：“你怎么能知道高生不是狐狸呢？”（他）就坐着，正在布置地方施展呵禁法术，高生忽然到了这里，进去后骂着说：“为什么你儿子病好了，却又引来一个狐狸坐在房子里面呢？这狐狸一定就是病因。”王生见高生来，再次骂着说：“果真是个妖狐，现在终于来了。何必用别的法术考察拘禁他呢？”两个人各自喊着，互相谩骂羞辱不停。

裴君一家正震惊诧异。突然有一个道士来到门前，偷偷地对家僮说：“听闻裴公有个儿子得了狐媚病，我擅长观察鬼魅，你仅去告诉（裴少尹），请求进去拜访。”僮仆跑着告诉了裴君，（裴君）出来说起这件事，道士说：“易于对付。”进去与二人见面。二人再次（向他）骂着：“这个也是只妖狐，怎能变作道士来让人迷惑。”道士也骂他们说道：“狐狸应该回到荒郊野外的荒墓中去，怎么来骚扰人呢？”然后就关上门互相殴斗，几顿饭的时间过去了，裴君愈加害怕，他的仆人也惶恐，没有什么好办法可以拿出来。

到了天黑，一片安静听不到一点声音，打开门一看，三个狐狸都趴在地上喘气，无法动弹了。裴君用鞭子把它们全杀了，儿子的病一个月后也痊愈了。（出《宣室志》）

# 卷第四百五十四　狐八

张简栖　薛夔　计真　刘元鼎　张立本　姚坤
尹瑗　韦氏子

## 张简栖

南阳张简栖，唐贞元末，于徐泗间以放鹰为事。是日初晴，鹰击拏不中，腾冲入云路。简栖望其踪，与徒从分头逐觅。俄至夜，可一更，不觉至一古墟之中。忽有火烛之光，迫而前，乃一冢穴中光明耳。前觇之，见狐凭几，寻读册子。其旁有群鼠，益汤茶，送果栗，皆人拱手。简栖怒呵之，狐惊走，收拾册子，入深黑穴中藏。简栖以鹰竿挑得一册子，乃归。至四更，宅外闻人叫索册子声，出觅即无所见。至明，皆失所在。自此夜夜来索不已。简栖深以为异，因携册子入郭，欲以示人。往去郭可三四里，忽逢一知己，相揖，问所往。简栖乃取册子，话狐状，前人亦惊笑，接得册子，便鞭马疾去。回顾简栖曰："谢以册子相还。"简栖逐之转急，其人变为狐，马变为獐，不可及。回车入郭，访此宅知己，元在不出，方知狐来夺之。其册子装束，一如人者，纸墨亦同，皆狐书，不可识。简栖犹录得头边三数行，以示人。今列于后。缺文。

## 张简栖

唐代贞元年末南阳的张简栖在徐泗之间放飞雄鹰使它活动。这一天天刚放晴，鹰抓不到东西，奋翅飞升上云霄之中。张简牺注视着鹰的踪迹，（在远处）与同伴们分开追赶寻找。很快天黑了，大概两个小时后，不知不觉来到一个古墓之中。忽然墓中出现了烛光，靠近前一看，是从一个穴洞中生出的光亮。上前细致地看，看见一个狐狸倚靠着桌子，认真地在思考阅读一本小册子。它身旁有一群老鼠添茶递水，给果品，都像人一样两手在胸前行礼。张简栖生气地呵斥它，狐狸受到惊吓想跑，整理好册子，跑入深黑的洞中躲藏了起来。张简栖用鹰竿取出一本小册子，就回家了。到四更天的时候，听到屋外有人大声呼喊索求小册子的声音，出去找但没有看见什么。到了天亮，声音都消失了。从此天天晚上不断地来索要。张简栖对这件事感到非常奇怪。于是手里带着小册子到城里去，想把小册子拿给人们看看。在距城三四里的地方，（张简栖）突然遇上一个很熟的朋友，互相行礼，问到哪里去。张简栖就拿出小册子，陈述了遇见狐狸的情况，那人感到惊讶好笑，接过小册子，就（用鞭子）打着马迅速地离开，并回头看张简栖，说："谢谢你把小册子返回给我。"张简栖于是急忙地追逐他。那人变为狐狸，马变为獐子，就追不到了。（张简栖）返回进入城郭，拜访住在这里的熟人，（原来）朋友在家没出门，才明白是狐狸来夺书。那书册的装订，与人工装订的一样，纸和墨也一样。（上面）全是狐狸文字，不认识。张简栖能记住头三行文字，就记录下来给人看。（缺出处）

## 薛夔

贞元末，骁卫将军薛夔寓居永宁龙兴观之北。多妖狐，夜则纵横，逢人不忌。夔举家惊恐，莫知所如。或谓曰：“妖狐最惮猎犬，西邻李太尉第中，鹰犬颇多，何不假其骏异者，向夕以待之？”夔深以为然。即诣西邻子弟具述其事，李氏喜闻，羁三犬以付焉。是夕月明，夔纵犬，与家人辈密觇之。见三犬皆被羁靮，三狐跨之，奔走庭中，东西南北，靡不如意。及晓，三犬困殆，寝而不食。才暝，复为乘跨，广庭蹴踘，犬稍留滞，鞭策备至。夔无奈何，竟徙焉。（出《集异记》）

## 计真

唐元和中，有计真家侨青齐间。尝西游长安，至陕，真与陕从事善，是日将告去，从事留饮酒，至暮方与别。及行未十里，遂兀然堕马，而二仆驱其衣囊前去矣。及真醉寤，已曛黑。马亦先去，因顾道左小径有马溺，即往寻之。不觉数里，忽见朱门甚高，槐柳森然。真既亡仆马，怅然，遂叩其门，已扃键。有小童出视，真即问曰：“此谁氏居？”曰：“李外郎别墅。”真请入谒，僮遽以告之。顷之，令人请客入，息于宾馆。即引入门，其左有宾位甚清敞。所设屏障，皆古山水及名画图经籍，茵榻之类，率洁而不华。真坐久之，小僮出曰：“主君且至。”俄有一丈夫，年约五十，朱绂银章，仪状甚伟，与生相见，揖让而坐。生因具述从事故人，留饮酒，道中沉醉，不觉曛黑，“仆马俱失，愿寓此一夕可乎？”李曰：“但虑此卑隘，不可安贵客，宁有间耶？”真愧谢之。李又曰：“某尝从事

## 薛夔

唐朝贞元末年，骁卫将军薛夔住在别人家——永宁县龙兴观的北面。住处有大量的妖狐，夜晚无所顾忌地乱窜，碰到人也不怕。薛夔全家人都很恐惧，不知道怎么办才好。有人对他说：“妖狐最害怕猎犬，西面的邻居李太尉府中，雄鹰猎犬很多，为何不借来其中最好的，到晚上的时候让狗防范狐狸。”薛夔认为很对，就去拜访西邻的子弟并仔细地说了这件事，李氏子弟听了很高兴，（用绳子）套了三条狗交给他。这天夜晚有月亮，薛夔松开狗，和家里的人密切观察着狗。（他们）就看见三只狗全被套上了缰绳，三只狐狸骑在它们上面，在院子里快速地跑，往东西南北，没有不合乎狐狸意愿的。等到天亮，三条狗困倦劳累，没吃东西就睡了。天刚黑，又被狐狸乘着在庭中击球玩乐，在宽阔的院子里跑来跑去，狗稍微有停留，（狐狸）就马上拿鞭子抽打薛。薛夔不知道有什么办法，最后还是搬了家。（出《集异记》）

## 计真

唐朝元和年间，一个名叫计真的人的家寄居在青州和齐州之间。昔日往西到长安游玩，到达陕州，计真和陕州的一个担任从事的官员很友好。这一天将要和官员告别离开，官员挽留他喝酒，到天黑时才分别。走不到十里路（的地方），计真忽然掉下马去，而两个仆人拿着装着衣物的包袱往前面去了。到了计真醒酒时，天已经黑了。马也先跑了，接着看见大路的北边小径上有马尿，计真就上前去寻找。不知道走了几里，突然看到（一个）很高的红色大门，槐树柳树一片繁密。计真已经丢失了仆人和马匹，非常惆怅，于是去敲那扇红门，门已经锁住了。有僮仆出来查看，计真就问他：“这是哪位的住宅？”僮仆回答说：“这里是李外郎的别墅。”计真请求进入拜访，僮仆立马去通报。不久，（李外郎）派人请计真进去，让他在客房里休息。计真被带进门后，北边有个给宾客的住处很清净敞亮。搭设的屏障，都是古时候的山水图和名画和典籍、褥子和床等，全清洁而不华丽。

于蜀，寻以疾罢去。今则归休于是矣。”因与议，语甚敏博，真颇慕之。又命家僮访真仆马，俄而皆至，即舍之。既而设馔共食，食竟，饮酒数杯而寐。明日，真晨起告去，李曰：“愿更得一日侍欢笑。”生感其意，即留，明日乃别。

及至京师，居月余，有款其门者，自称进士独孤沼。真延坐与语，甚聪辩，且谓曰：“某家于陕，昨西来，过李外郎，谈君之美不暇。且欲与君为姻好，故令某奉谒，话此意。君以为何如？”喜而诺之。沼曰：“某今还陕，君东归，当更访外郎，且谢其意也。”遂别去。后旬月，生还诣外郎别墅，李见真至，大喜。生即话独孤沼之言，因谢之。李遂留生，卜日就礼。妻色甚姝，且聪敏柔婉。生留旬月，乃挈妻孥归青齐。自是李君音耗不绝。生奉道，每晨起，阅《黄庭内景经》。李氏常止之曰：“君好道，宁如秦皇汉武乎？求仙之力，又孰若秦皇汉武乎？彼二人贵为天子，富有四海，竭天下之财以学神仙，尚崩于沙丘，葬于茂陵。况君一布衣，而乃惑于求仙耶？”真叱之，乃终卷。意其知道者，亦不疑为他类也。后岁余，真挈家调选，至陕郊，李君留其女，而遣生来京师。明年秋，授兖州参军，李氏随之官。数年罢秩，归齐鲁。

计真坐着过了很久，小僮出来说道：“主人快要来了。”不久有一名男子，年龄大概五十岁，身穿红色朝服带着银色花纹的帽子，仪表十分雄伟，和计真见面，拜礼谦让并（挨着）坐下。计真接着详细地说（自己）和陕州一个从事是老朋友，他挽留自己喝酒，路上醉了，在无知觉中天已经黑了，仆人和马匹都走失了，希望在你这里住宿一晚可以吗？李外郎说：“我只是担忧这里狭窄简略，不能安顿尊贵的客人，难道还会拒绝你吗？”计真惭愧地向他道谢，李外郎又说：“我曾经在蜀州当过从事，不久后因病停职离开，现在就隐居在这里了。”计真于是和他聊起来，（李外郎）说的话广博而聪明，计真很仰慕他。李外郎又下令让僮仆去寻找计真的仆人和马匹，很快都找到了，于是让计真住在这里。紧接着摆放酒席一起吃饭，吃完了饭，又饮了几杯酒睡着了。第二天，计真早早地起来告诉他要告辞，李外郎说：“期望你能再待一天在一起享乐。”计真对他的心意十分感动，就留下了。第二天计真辞别。

等到达京城，居住一个多月后，有人叩门，（打开一看）他介绍说自己是独孤沼进士，计真坐下与他交谈，（发现他）十分聪明而且特别善辩。接着对计真说：“我家居住陕州，昨天往西走，经过李外郎家，他谈论起你并不断赞美，还计划把女儿嫁给你，所以派我来见面并告诉你，你认为怎么样？”计真十分高兴地答应了他。独孤沼说：“我如今要回陕州去，你朝东方往家走时，应该去拜访李外郎，还要感谢他的心意。”（他们）就分别了。一个月后，计真回家时拜见了李外郎的别墅，李外郎看到计真来到，大为高兴，计真于是说了独孤沼的话，顺带向他道谢。李外郎就挽留计真住下，算了好日子举行婚礼。妻子的面容美丽，而且聪慧温柔，计真在那里住了一个月，才带妻子往青州和齐州一带的家，自此以后李外郎的信息不间断地传来。计真奉行道教，每日早晨起来阅读《黄庭内景经》，李氏经常制止他说：“你爱好道教，难道能与秦皇汉武相比吗？追求成仙之道，又比得上他们吗？他们两人尊贵是天子，拥有全天下，用尽天下的财力来学习成仙，都还是一个死在沙丘，一个埋葬在茂陵，况且你只是平凡的老百姓，是要迷乱在求仙的事之中吗？”计真斥责她乱说话，就看又十余年，李有七子二女，才质姿貌，皆居众人先。而李容色端丽，无殊少年时。生益钟念之。无何，被疾且甚，生奔走医巫，无所不至，终不愈。一旦屏人握生手，呜咽流涕自言曰："妾自知死至，然忍羞以心曲告君，幸君宽罪宥戾，使得尽言。"已歔欷不自胜，生亦为之泣，固慰之。乃曰："一言诚自知受责于君，顾九稚子犹在，以为君累，尚感一发口。且妾非人间人，天命当与君偶，得以狐狸贱质，奉箕帚二十年，未尝纤芥获罪，惧以他类贻君忧。一女子血诚，自谓竭尽。今日求去，不敢以妖幻余气托君。念稚弱满眼，皆世间人为嗣续，及某气尽，愿少念弱子心，无以枯骨为仇，得全支体，埋之土中，乃百生之赐也。"言终又悲恸，泪百行下。生惊恍伤感，咽不能语。相对泣良久，以被蒙首，背壁卧，食顷无声。生遂发被，见一狐死被中。生特感悼之，为之敛葬之制，皆如人礼讫。生径至陕，访李氏居，墟墓荆棘，阒无所见，惆怅还家。居岁余，七子二女，相次而卒。视其骸，皆人也，而终无恶心。（出《宣室志》）

完了整本书，还认为妻子是个懂得求仙之道的人，也不疑虑她是其他的种类。过了一年多，计真携带家属到京城听候官任的调选。来到陕州郊外，李外郎把女儿留下，派遣计真来京师，第二年秋天，授予他兖州参军的官职，李氏跟着他赴任。几年后（他）被免除职务，回到齐鲁一带。

又过了十多年，李氏总共生了七个儿子两个女儿，天资和相貌，都在一般人以上。李氏虽然年纪大了，但是仍旧端庄美丽，与年少时比较没有区别。计真更加钟爱她。没过多久，她患了很重的病，计真四处奔走求医生找巫师，一切办法都想了，始终没痊愈。一天早晨妻子把身边其他人喊退下去，紧握着计真的手，呜咽着流泪说："我自己明白死期到了，还是要忍受着羞耻把心中的话与君说，期盼你能宽恕我的罪过，让我能说尽心中话。"说完已经抽咽得自我承受不住。计真也替她哭泣坚定地安慰她，她就说："说这一句话实在是自觉知道会受到你的责备，回头再看看九个小孩子都还在，这会变为你的累赘，还是认为应该开口说。何况我不是人类，命中注定应成为你的配偶，才能够拿狐狸的卑贱原形伺候你二十年，未曾犯一丝一毫的过错，姑且没有因为是别的种类而给你带来忧愁。用一个女人血一般的忠诚，这称得上已经竭尽全力奉献了。如今我要离开你，没有胆量把妖幻般的剩余气息托付给你，又想到稚子弱女，眼前（都是他们），全是世上的人们为了繁衍种族而生育的。等到我咽了气，但愿你稍微想到孩子们稚弱的心灵，不要用我的尸骨作为仇恨，能够保护我的全尸，把它埋葬到土里去，这是对我的百年的恩赐啊。"说完又悲恸起来，眼泪成行落下，计真感到惊讶恍惚很伤感，呜咽着说不出话，互相对着哭了很久。李氏拿被子蒙住头，背靠墙面躺着，大概一顿饭的时间，没有听到声音。计真把被子掀开，就见到一只死在被子里的狐狸。计真特别悲伤悼念她，给她举行殓葬的仪式，全部像人的礼节一样。计真径直地到了陕州，探访李外郎的住处，废置的墓地，荆棘布满，一片寂静之地什么也没有。计真心情怅然地回到家中。一年多后，七个儿子二个女儿逐个死亡，看见他们的尸体，都是人（的样子），计真一直没有过厌恶之心。（出《宣室志》）

## 刘元鼎

旧说，野狐名紫狐，夜击尾火出，将为怪，必戴髑髅拜北斗，髑髅不坠，则化为人矣。刘元鼎为蔡州，蔡州新破，食场狐暴。刘遣吏主捕，日于毬场纵犬，逐之为乐。经年所杀百数。后获一疥狐，纵五六犬，皆不敢逐，狐亦不走。刘大异之，令访大将家猎狗及监军亦自夸巨犬至，皆弭环守之。狐良久缓迹，直上设厅，穿台盘，出厅后，及城墙，俄失所在。刘自是不复命捕。道术中有天狐别行法，言天狐九尾，金色，役于日月宫，有符有醮日，可以洞达阴阳。（出《酉阳杂俎》）

## 张立本

唐丞相牛僧孺在中书，草场官张立本有一女，为妖物所魅。其妖来时，女即浓妆盛服，于闺中，如与人语笑。其去，即狂呼号泣不已。久每自称高侍郎。一日，忽吟一首云："危冠广袖楚宫妆，独步闲厅逐夜凉。自把玉簪敲砌竹，清歌一曲月如霜。"立本乃随口抄之。立本与僧法舟为友，至其宅，遂示其诗云："某女少不曾读书，不知因何而能。"舟乃与立本两粒丹，令其女服之，不旬日而疾自愈。某女说云，宅后有竹丛，与高锴侍郎墓近，其中有野狐窟穴，因被其魅。服丹之后，不闻其疾再发矣。（出《会昌解颐录》）

## 刘元鼎

旧时的传说，野狐也叫紫狐，晚上拍打尾巴出火星，将会作怪，必须要头戴死人头骨对着北斗星下跪磕头，死人头骨不掉，那么就会变成人了。刘元鼎当蔡州刺史时，蔡州不久前才被攻占下来，食场的狐狸特别凶暴。刘元鼎调派官吏主管捕捉工作，天天在球场训练猎犬，把追逐狐狸当作乐趣，过了一年杀了一百多只。后来猎围到一只生疥的狐狸。放出五六只猎犬，都不敢去追逐，狐狸也不逃跑。刘元鼎大为惊奇，让人去要来大将军家的猎狗以及监军自己夸赞的大猎狗。大狗到达，都包围着守着狐狸。狐狸很久以后才缓慢地移动，直直地走上设厅，通过台盘，从后厅出来，到城墙时，一下子失去踪迹。刘元鼎从这以后不再命令捕捉狐狸。道术中有“天狐别行法”，说天狐有九条尾巴，金色的毛，在日宫和月宫里当劳役，有符箓有设坛祈祷的时日，能够洞察通达阴阳变化。（出《酉阳杂俎》）

## 张立本

唐代丞相牛僧孺担任中书时，草场官员张立本有个女儿，被妖物魅惑。那妖物来的时候，女儿就浓妆装扮穿漂亮衣服，在闺房里面，如同在和人说笑。妖物离开时，（女子）就狂喊乱叫不停地哭泣，这样子很久之后经常自称是高侍郎。有一天，忽然吟咏一首诗说：“危冠广袖楚宫妆，独步闲庭逐夜凉。自把玉簪敲砌竹，清歌一曲月如霜。”张立本跟随着她口中念的抄录下来。张立本和和尚法周是好朋友，（张立本）到了他的住处，就拿那首诗给法舟和尚展示，说：“我小女没有读过书，不知因为什么能写诗了。”法舟和尚就给张立本两粒丹药，要他女儿服下，不到十天病就自愈了。他女儿说，屋后有片竹林，和高锴侍郎的坟墓（挨得）十分近，当中有个野狐狸洞穴，所以被狐狸迷惑了。服用丹药之后，没听说她的病再复发。（出《会昌解颐录》）

## 姚坤

太和中，有处士姚坤不求荣达，常以钓渔自适。居于东洛万安山南，以琴尊自怡。其侧有猎人，常以网取狐兔为业。坤性仁，恒收赎而放之，如此活者数百。坤旧有庄，质于嵩岭菩提寺，坤持其价而赎之。其知庄僧惠沼行凶，率常于阒处凿井深数丈，投以黄精数百斤，求人试服，观其变化。乃饮坤大醉，投于井中，以硙石咽其井。坤及醒，无计跃出，但饥茹黄精而已。如此数日夜，忽有人于井口召坤姓名，谓坤曰："我狐也，感君活我子孙不少，故来教君。我狐之通天者，初穴于冢，因上窍，乃窥天汉星辰，有所慕焉。恨身不能奋飞，遂凝盼注神。忽然不觉飞出，蹑虚驾云，登天汉，见仙官而礼之。君但能澄神泯虑，注盼玄虚，如此精确，不三旬而自飞出。虽窍之至微，无所碍矣。"坤曰："汝何据耶？"狐曰："君不闻《西升经》云：'神能飞形，亦能移山。'君其努力。"言讫而去。坤信其说，依而行之。约一月，忽能跳出于硙孔中。遂见僧，大骇，视其井依然。僧礼坤诘其事，坤告曰："但于中饵黄精一月，身轻如神，自能飞出，窍所不碍。"僧然之，遣弟子，以索坠下，约弟子一月后来窥。弟子如其言，月余来窥，僧已毙于井耳。

坤归旬日，有女子自称夭桃，诣坤。云是富家女，误为年少诱出，失踪不可复返，愿持箕帚。坤见其妖丽冶容，至于篇什书札俱能精至，坤亦念之。后坤应制，挈夭桃入京。至盘豆馆，夭桃不

## 姚坤

唐文宗太和年间，有个隐士叫姚坤，不追求荣耀和显贵，常常以钓鱼来寻求舒适，住在东洛万安山的南边，以弹琴和喝酒自得其乐。他的邻居有个猎人，常常捉些狐狸和兔子来谋生。姚坤性情仁爱，经常收买下来再放了它们，这样活下来的有几百只。姚坤从前有座庄园。典卖给嵩岭的菩提寺，姚坤就靠这些钱来赎买狐兔。那个管理庄子的和尚惠沼做事凶狠，曾在空旷处挖井深几十丈，扔进几百斤黄精，找人试着吃，观察那人的变化。于是想办法把姚灌醉了，扔到井里，用石磨塞住井口，等姚坤醒过来，没有办法出去，只是饿了就吃黄精罢了。这样过了好几天，忽然有人在井口召唤姚坤的姓名，对姚坤说："我是狐狸，感谢你救活了不少我的子孙，所以来教你出去的办法。我是一只能通天的狐狸，最初在荒坟的洞穴里住，因为上面有个小孔，能看见天河的星星，我心向往之，恨的是身子不能飞上天去，于是凝神注视星星，忽然不知不觉中飞了出去，凭空驾云，飞上天河，看见了仙官就向他行礼。你只要能澄清精神消除杂念，专心致志地想那玄妙虚无的道理，像这样精微准确地去做，不用三十天自然就会飞出来，即使孔洞极小，也没有妨碍。"姚坤说："你根据什么呢？"狐狸说："你没听说过吗？《西升经》里说：'精神能使形体飞起来，也能移动大山。'你好好地努力吧。"说完就离开了。姚坤相信它的说法，照着去做，大约一个月，忽然能从石磨的孔洞中跳出来。（他）就去见那管理庄园的和尚，和尚大吃一惊，看那井像原来一样，和尚对姚坤很礼貌并询问是怎么回事。姚坤说："只是在里面吃了一个月的黄精，就身体轻飘飘得如同神仙一样，自然就能飞出来，小孔洞也没什么妨碍。"和尚觉得他说得对，派弟子下放绳子把自己送到井底，与弟子相约一个月之后来看他。弟子们按照他说的做，一个多月才来看他，和尚死在井里罢了。

姚坤回家十天，有个女子自道姓名叫天桃，来拜访姚坤，说自己是富贵人家的女儿，不慎被少年诱骗出来，自己迷失了方向而无法回家，希望可以嫁给他为他扫洒庭厨。姚坤看她容貌姿态妖艳容颜美好，关于书籍文章，精通全面，姚坤更加喜欢她。之后姚坤去应考，乐，取笔题竹简，为诗一首曰："铅华久御向人间，欲舍铅华更惨颜。纵有青丘今夜月，无因重照旧云鬟。"吟讽久之，坤亦矍然。忽有曹牧遣人执良犬，将献裴度。入馆，犬见夭桃，怒目掣锁，蹲步上阶，夭桃亦化为狐，跳上犬背抉其目。大惊，腾号出馆，望荆山而窜。坤大骇，逐之行数里，犬已毙，狐即不知所之。坤惆怅悲惜，尽日不能前进。及夜，有老人挈美酝诣坤，云是旧相识。既饮，坤终莫能达相识之由。老人饮罢，长揖而去，云："报君亦足矣，吾孙亦无恙。"遂不见，坤方悟狐也，后寂无闻矣。(出《传记》)

## 尹瑗

尹瑗者，尝举进士不中第，为太原晋阳尉。既罢秩，退居郊野，以文墨自适。忽一日，有白衣丈夫来谒，自称吴兴朱氏子，"早岁嗜学，窃闻明公以文业自负，愿质疑于执事，无见拒。"瑗即延入与语，且征其说。云："家侨岚川，早岁与御史王君皆至北门，今者寓迹于王氏别业累年。"自此每四日辄一来，甚敏辩纵横，词意典雅。瑗深爱之，瑗因谓曰："吾子机辩玄奥，可以从郡国之游，为公侯高客，何乃自取沉滞，隐迹丛莽？"生曰："余非不愿谒公侯，且惧旦夕有不虞之祸。"瑗曰："何为发不祥之言乎？"朱曰："某自今岁来，梦卜有穷尽之兆。"瑗即以词慰谕之，生颇有愧色。后至重阳日，有人以浓酝一瓶遗瑗，朱生亦至，因以酒饮之。初词以疾，不敢饮，已而又曰："佳节相遇，岂敢不尽主人之欢耶？"即引满而饮。食顷，大醉告去，未行数十步，忽仆于地，化为一老狐，酩酊不能动矣，瑗即杀之。因访王御史别墅，有老农谓瑗带着夭桃一起进京城。到盘豆馆，夭桃不痛快，拿着笔在竹简上题写了一首诗说：“铅华久御向人间，欲舍铅华更惨颜。纵有青丘今夜月，无因重照旧云鬟。”然后长久地吟咏，姚坤好像也变得更精神了。忽然曹牧派人牵着一只优良狗，即将献给裴度。进入馆里，狗一看见夭桃，愤怒地瞪着眼睛挣扎着逃开锁链，半蹲耸身跃上台阶，夭桃也变化成狐狸，跳上狗背戳狗的眼睛。狗害怕极了，奔腾嗥叫跑出盘豆馆，向着荆山方向蹿跑。姚坤很震恐，追着跑了几里地，狗已经死了，狐狸也不知到哪里去了。姚坤心情怅然悲伤可惜，这一天要过完了也没走一步。到了晚上，有个老人带着好酒来拜访姚坤，说是老熟人，喝完酒，姚坤也没弄懂和老人认识的原因。老人喝完酒，表示恭敬地敬了个礼离开了，并说：“也足够来回报你的恩情了，我的孙女没有大碍。”就消失了，姚坤才知道是狐狸。以后就不再有消息了。（出《传记》）

## 尹瑗

尹瑗曾经考进士没考中，当了太原晋阳的县尉。罢官后，退休后在郊外安居，舞文弄墨来自我享受。突然有一天，有个穿白衣的男子来拜访，他说自己是吴兴朱氏后代：“早年酷爱学习，私底下听说明公对你的文字学业上很骄傲，希望能提出问题请你解答，不要被你回绝。”尹瑗就请他入屋和他一起交谈起来，还征询他的看法。白衣男子说：“我家寄居在岚风，早年时候与王御史都到禁卫军北衙做事，如今客居在王御史别墅多年了。”从这以后他每隔四天就来一回，非常灵敏辩论说得十分自由，辞藻典雅，尹瑗深深喜爱他。尹瑗接着对他说：“你说话机敏善辩，道义深奥，适合到郡国去游说，当公侯家的尊贵宾客，为什么就自愿沉没停滞，归隐在这山野树丛之中呢？”朱生说：“我不是不愿意与公侯见面，只是畏惧早晚会遇上意料之外的灾祸。”尹瑗说：“为什么说出这种不吉祥的言论呢？”朱生说：“我从今年以来，睡梦卜卦都有穷困到极点的兆头。”尹瑗就用话安慰告诉他。朱生脸色很惭愧。之后到了重阳节这一天，有人送给尹瑗一瓶浓厚醇香的好酒，朱生也到了，于是给酒让他喝。朱生曰："王御史并之裨将，往岁戍于岚川，为狐媚病而卒，已累年矣。墓于村北数十步。"即命家僮寻御史墓，果有穴。瑗后为御史，窃话其事，时唐太和初也。（出《宣室志》）

## 韦氏子

杜陵韦氏子家于韩城，有别墅在邑北十余里。开成十年秋自邑中游焉，日暮，见一妇人素衣，挈一瓢，自北而来，谓韦曰："妾居邑北里中有年矣。家甚贫，今为里胥所辱，将讼于官，幸吾子纸笔书其事，妾得以执诣邑，冀雪其耻。"韦诺之。妇人即揖韦坐田野，衣中出一酒卮曰："瓢中有酒，愿与吾子尽醉。"于是注酒一饮韦，韦方举卮，会有猎骑从西来，引数犬。妇人望见，即东走数十步，化为一狐。韦大恐，视手中卮，乃一髑髅，酒若牛溺之状。韦因病热，月余方瘳。（出《宣室志》）

最初说生病了而不敢喝酒，很快又说："值此佳节相遇，怎么敢不让主人尽情地快乐呢？"就斟了满杯酒喝了。过了一顿饭的时间，喝得大醉离去，还没走上几十步，忽然倒在地上，变作一只老狐狸，醉得厉害不能动弹了。尹瑗就杀了它。紧接着访问王御史的别墅。有个老农夫对尹瑗说："王御史还有他的副将，前些年在岚川驻守时，都患上狐媚病死了，已经多年了，坟地在距离村北几十步的地方。"尹瑗立即派僮仆去寻找王御史的坟墓，果然发现有洞穴。尹瑗后来做了御史，偷偷地说了这件事。这时是唐代太和年间初年的事。（出《宣室志》）

## 韦氏子

杜陵的韦氏子家乡在韩城，有一座别墅坐落在城北十多里处。唐文宗开成十年的秋天，（韦氏子）从城里出来到那里游玩，太阳下山了，看到一个妇女穿着白色衣服，携带了一只瓢，从北面走来。她对韦氏子说："我住在城北的乡里已有几年了，家里十分穷，现在被乡里的小吏侮辱了，即将到官府去告状。希望你拿纸笔写下这事，我就可以拿着它到城里去告状，得以报仇雪耻。"韦氏子承诺了她，那妇女向韦氏子敬礼后就坐在田地上。从衣服里掏一个酒杯说："瓢中有酒，希望和你尽情畅饮。"于是灌了一杯酒给韦氏子喝。韦氏子刚要举起酒杯时，碰上有骑马狩猎的人从西边走来，带着多只狗。那妇女望见他们，就往东走了几十步，变成一只狐狸。韦氏子感到很害怕，看着手中的酒杯，居然是一个人头骨，酒如同是牛的尿。韦氏子为此得了热病，一个多月才痊愈。（出《宣室志》）

# 卷第四百五十五　狐九

张直方　张谨　昝规　狐龙　沧渚民　民妇

## 张直方

唐咸通庚寅岁，卢龙军节度使检校尚书左仆射张直方，抗表请修入觐之礼，优诏允焉。先是，张氏世莅燕土，燕民世服其恩，礼燕台之嘉宾，抚易水之壮士，地沃兵庶，朝廷每姑息之。洎直方之嗣事也，出绮纨之中，据方岳之上，未尝以民间休戚为意。而酣酒于室，淫兽于原，巨赏狎于皮冠，厚宠集于绿帻。暮年而三军大怨，直方稍不自安，左右有为其计者，乃尽室西上至京。懿宗授之左武卫大将军，而直方飞苍走黄，莫亲徼道之职。往往设置罘于通道，则犬彘无遗，臧获有不如意者，立杀之。或曰："辇毂之下，不可专戮。"其母曰："尚有尊于我子者耶？"其僭轶可知也。于是谏官列状上，请收付廷尉。天子不忍置于法，乃降为燕王府司马，俾分务洛师焉。直方至东都，既不自新，而慢游愈极。洛阳四旁，翥者攫者，见皆识之，必群噪长嗥而去。

有王知古者，东诸侯之贡士也。虽薄涉儒术，而数不中春官选，乃退游于山川之上，以击鞠挥觞为事，遨游于南邻北里间。

## 张直方

唐朝咸通年间庚寅年间，节度使卢龙军检查尚书左仆射的张直方，他上表请求履行拜见皇上的礼仪，皇上特此下了诏书答应了他。之前张家世世代代主宰着燕地，而燕地的百姓也世代以来得着张家的恩惠，对待燕昭来黄金台的嘉宾礼节十分周到，尽力安抚易水上的壮士们，土地肥沃将兵众多。朝廷也会经常姑息迁就。一直到张直方继承了父亲的官职，张直方出生于富贵家庭中，他的地位在很多地方长官之上，但是从来不把百姓的喜悦和忧愁放心上，而且每天在家中尽情地饮酒，在野外就毫无节制地捕猎，将打猎戴的帽子穿的衣服赏给别人，对身边的仆人是十分的宠爱。到了晚年时期三军的将士表现出了极度的不满，张直方的心里才稍微有一丝丝的不安宁，他的身边有替他出谋划策的人，因此全家都向西前往京城去。懿宗皇帝任命他担任左武卫大将军，但是张直方却打猎，不去尽巡逻督察的职责。他往往在通道上安放设置捕兽的网，就连狗和猪也不留下。一旦奴仆有不如意的地方，他就立刻杀死他们。有的人说：“在京都中，不能够随意杀人。”张直方的母亲却说：“难道还有比我儿子更尊贵的吗？他们犯上的行为不也是很清楚的吗？”因此谏官把张直方的罪状列出来上书给皇帝，请求把他抓起来交付给廷尉进行审查。皇上不忍心对他进行处罚，于是降职让他担任燕王府的司马，要他分担一些洛阳军队的事务。张直方到了东都后，不仅不改过自新，反而更加肆无忌惮地到处游玩。洛阳的四周，不论是天上飞的还是地上跑的，看见了的都认识他，而且一定会成群地鸣叫并长嗥着远离他。

有个人叫王知古，他是东诸侯的贡士，虽然浅显地涉略过一些儒家学说，但还是多次未被礼部擢取为进士，于是他便回家去游玩至是有绍介于直方者，直方延之，睹其利喙赡辞，不觉前席，自是日相狎。壬辰岁冬十一月，知古尝晨兴，僦舍无烟，愁云塞望，悄然弗怡，乃徒步造直方第。至则直方急趋，将出畋也，谓知古曰："能相从乎？"而知古以祁寒有难色，直方顾丱僮曰："取短皂袍来。"请知古衣之。知古乃上加麻衣焉，遂联辔而去。出长夏门则微霰初零，由阙塞而密雪如注。乃渡伊水而东南，践万安山之阴麓，而鞲弋之获甚夥。倾羽觞，烧兔肩，殊不觉有严冬意。

及霰开雪霁，日将夕焉，忽有封狐突起于知古马首，乘酒驰之，数里不能及，又与猎徒相失。须臾，雀噪烟暝，莫知所如。隐隐闻洛城暮钟，但彷徨于樵径古陌之上。俄而山川暗然，若一鼓将半，长望间，有炬火甚明，乃依积雪光而赴之。复若十余里，至则乔林交柯，而朱门中开，皓壁横亘，真北阙之甲第也。知古及门下马，将徙倚以待旦。

无何，小驷顿辔，阍者觉之，隔阖而问阿谁，知古应曰："成周贡士太原王知古也。今旦有友人将归于崆峒旧隐者，仆饯之伊水滨，不胜离觞。既掺袂，马逸，复不能止，失道至此耳。迟明将去，幸无见让。"阍曰："此乃南海副使崔中丞之庄也。主父近承于山水之间，他把击球喝酒当成正事，到处游玩于南邻和北里之间，这个时候有人将他介绍给了张直方，张直方将他宴请来，亲眼见识到了他的伶牙俐齿，不自觉便将自己的身子前移到座席前面去，从那之后两人天天在一起玩耍。壬辰年冬季十一月，王知古昔日很早起来，只要看见屋里没有烟火气息，愁云笼罩天空，静悄悄的，就令人心里很不自在，于是就徒步走去张直方府里。到了后就见到张直方急匆匆地走出来，正准备要去打猎。便对王知古说："你能和我们一起去吗？"但是王知古因为天气太冷了脸上显露出困难的神情，张直方回过头看并对幼童说："去拿一件黑色的短袍来。"请王知古穿上它，然后王知古便在短袍外又加上一件深色的衣服，就和他们一起并排骑马出发。骑出长夏门的时候还零星地下了小雪花，到了阙塞的时候浓密的雪就像下雨似的，于是只好渡过伊水转向东南方向走，走到万安山的北面山坡时，在途中射猎的收获颇多。他们用羽觞喝着酒，还吃着烧兔肉，竟然一点都没有觉得像在过寒冷的冬天的样子。

等到天晴雪停后，太阳也将落山了，这时突然在王知古的马头前面有只大狐狸跑了过去，他趁着酒兴骑马去追赶，追了好几里路也没能追上那只狐狸，反而还与射猎的伙伴们走失了。过了一会儿，麻雀乱叫云雾蒙蒙一片，王知古不知道自己走到了哪里。他隐隐约约地听到了洛城的日暮钟声，只好自己一个人在这山中的小路还有古老的柏树之间走着，不一会儿山川变得黑了起来，好像是一更天，他远远地望去，看见了一个明亮的火炬，于是他就顺着印在积雪上的光亮走向了火炬。走了大概十多里，走到了乔木林树枝交叉的地方，在中间看见有扇红色的大门开着，那白色的墙延伸了出去，就像是朝廷的住宅一般。王知古骑到门前后下马，打算在这里待到天亮。

不久后，马晃动着缰绳的声音，被守门人察觉到了，守门人隔着门问是谁在那。王知古答道："我是来自成周贡士的太原人叫王知古，今早我一位隐居的友人打算回到崆峒山中的旧居去，我因为在伊水河边上为他践行，承受不住这离别酒的难受。只好扯着衣袖以此与他告别，马跑了起来，不能够止住，我便迷失了道路来到这儿，天天书赴阙，郎君复随计吏西征，此唯闺闱中人耳，岂可淹久乎？某不敢去留，请闻于内。”知古虽怵惕不宁，自度中宵矣，去将安适，乃拱立以俟。

少顷，有秉蜜炬自内至者，振管辟扉，引保母出。知古前拜，仍述厥由。母曰：“夫人传语，主与小子皆不在家，于礼无延客之道。然僻居与山薮接畛，豺狼所嗥，若固相拒，是见溺而不援也。请舍外厅，翌日可去。”知古辞谢，从保母而入。过重门侧厅所，栾栌宏敞，帷幕鲜华。张银灯，设绮席，命知古座焉。酒三行，复陈方丈之馔，豹胎鲂腴，穷水陆之美者。保母亦时来相勉。

食毕，保母复问知古世嗣官族，及内外姻党，知古具言之。乃曰：“秀才轩裳令胄，金玉奇标，既富春秋，又洁操履，斯实淑媛之贤夫也。小君以钟爱稚女，将及笄年，常托媒妁，为求佳对久矣。今夕何夕，获遘良人，潘杨之睦可遵，凤凰之兆斯在。未知雅抱何如耳？”知古敛容曰：“仆文愧金声，才非玉润，岂室家为望，唯泥涂是忧。不谓宠及迷津，庆逢子夜，聆清音于鲁馆，逼佳气于秦台。二客游神，方兹莫计；三星委照，唯恐不扬。傥获托彼强宗，眷以嘉偶，则平生所志，毕在斯乎。”保母喜，谑浪而入白。

一亮我就走，还请不要责备于我。”守门人说：“这里住的是南海的副使崔中丞庄子，主人近期接到天书到京城中去了，公子跟随着军师西征了，这里只剩下女人了，如何能够让你久留在此呢？我不敢决定你是走还是留，请允许我传达至女主人那去。”王知古虽然担忧，但是自己一想如今已经半夜了，离开这又能到哪去呢？于是就两手合抱恭敬地站着等待守门人。

过了一会儿，有人拿着蜜蜡从里面出来，打开门锁，带着保姆走了出来，王知古便走上前行礼，继续述说着其中的原因，保姆说道：“夫人传话说，家主与公子都不在家，按照礼法是没有请客人进门的道理的。但是我们所住之处与大山大泽是相通的，经常有豺狼出没嗥叫，如果硬是拒绝了你，那便是见人落水却不出手相救。还是请你住在外厅，等到明天再走吧。”王知古道了谢，跟随保姆进去了，他所路过的门户和侧厅等地方，都是梁柱拱顶，十分之宽敞，帷帐的幕布鲜艳华丽，点着银灯，摆设绮丽的座席，保姆让知古落座，并喝了三巡酒，还摆上许多的菜肴；豹胎肥鱼，尽是水中陆地的美味，保姆也时不时地来劝酒。

吃完饭后，保姆询问了王知古的家世以及当官的亲属，还有内外的姻亲，知古都告知她了。于是保姆就说：“你穿着华丽的服装还戴着官帽，金玉美质，有着奇特的风度，既显得年轻，行为又端正，这的确是一个贤淑美女的好丈夫。我家女主人有个小女儿十分受宠爱，她快成年了，女主人经常托人帮她做媒，想要为女儿找一个好配偶。今天是一个什么日子，得到了个好丈夫。这样潘杨两家的和睦就能够成为现实，一个凤凰结合的好兆头就在眼前。不知道你心里觉得怎么样啊？”王知古收起了笑容说：“我的文章不仅没有金石的声音，才学也不像玉石那般润泽有光彩，怎敢想去娶妻安家呢？我担心我的地位低下。更不用说我这个迷路的人还会受到你们的青睐，但值得让我庆幸的是我们半夜里相遇，能够在这聆听你的指教，让美好的氛围集中于这秦台之上。这两个客人喝醉了酒乱走导致迷路，正当没有办法时，我的身上被福禄寿三星照耀，担心自己长相太差。如能寄身在你们这豪门大族中被受到保护，又能够将好配复出致小君之命曰："儿自移天崔门，实秉懿范；奉蘋蘩之敬，知琴瑟之和。唯以稚女是怀，思配君子；既辱高义，乃叶夙心。上京飞书，路且不遥；百两陈礼，事亦非僭。忻慰孔多，倾瞩而已。"知古罄折而答曰："某虫沙微类，分及湮沦，而钟鼎高门，忽蒙采拾。有如白水，以奉清尘；鹤企凫趋，唯待休旨。"知古复拜，保母戏曰："他日锦雉之衣欲解，青鸾之匣全开；貌如月晕，室若云迷。此际颇相念否？"知古谢曰："以凡近仙，自地登汉；不有所举，孰能自媒？谨当铭彼襟灵，志之绅带；期于没齿，佩以周旋。"复拜。

时则月沉当庭，实为良夜。保母请知古脱服以休。既解麻衣而皂袍见，保母诮曰："岂有缝掖之士，而服短后之衣耶？"知古谢曰："此乃假之于与所游熟者，固非己有。"又问所从，答曰："乃卢龙张直方仆射所借耳。"保母忽惊叫仆地，色如死灰。既起，不顾而走入宅。遥闻大叱曰："夫人差事，宿客乃张直方之徒也！"复闻夫人音叱曰："火急逐出，无启寇仇！"于是婢子小竖辈群从，秉猛炬，曳白棓而登阶。知古恇攘，趋于庭中，四顾逊谢，詈言狎至，仅得出门。才出，已横关阖扉，犹闻喧哗未已。

偶许配给我，那可是我平生的志愿啊，竟然都在你这里遇上了？”保姆十分喜欢他，开着玩笑走进里面禀报给了主母。

随后又出来传达意见说：“自从你进入了我们崔家的大门，这实在是已经表现出了你高尚的品德，也献出了苹蘩般的敬意，你懂得琴瑟和谐的道理。但是想着那年幼而柔弱的少女，想将她许配给一个高尚的人，若你能慷慨答应，却也能够了却我平素的心愿。从京城里寄信给主人，路不算特别的远，要你一百两银子作为聘礼倒也不算过分，我感到甚是欣慰，多嘱咐了你几句而已。”王知古严肃地给她行礼回答道：“我只是像小虫和沙土这一类微不足道渺小的事物，按道理来说应当是要被湮没而无人问津的，可你们这钟鸣鼎食而又十分高贵家族，我竟蒙受你们看得起，这就好比一碗清水，洒落在干净的土地上。黄鹤伸长着脖子，而野鸭子却快步疾走，这全得听你们安排。”之后王知古再一次行了礼。保姆开玩笑地对他说：“等到那日，新娘子打扮得花团锦簇将要脱下衣服，打开梳妆匣子，镜子中的人脸就像月亮一样迷人，而洞房里像雾一样缭绕令人目眩，这时候，你还会想到我吗？”知古道谢：“凭借凡人的身份进入神仙的府第中，从地下登上天河，这不是有人举荐，谁又能够以自己作为中间人呢？我应当要铭记着你高尚的心灵，就好比将带子束在身上，一辈子也不会忘记，一直佩戴着和人周旋。”王知古又行礼致谢。

这时候看见月光照在院子里，这是个好夜晚。保姆请知古脱下衣服在此休息，当知古脱下麻衣后，里面的黑袍露了出来，随后保姆便讽刺地说：“难道会有贵族穿比身短的衣服吗？”他道歉说：“这我衣服是向常在一起游玩的熟人所借，本就不是我的衣服。”保姆又问这是向谁借的。王知古回答说：“这是卢龙的张直方张仆射借我的。”保姆吃惊地叫着跌坐在地上，脸色如死灰一样。站起来后，头也不回就走进后宅里去了。远远地便听到了大声的斥责：“夫人，事情办错了，在这住宿的是张直方一类人。”然后又听见夫人斥责说：“那赶紧将他赶走，不要以此引来仇人。”于是保姆让婢女和僮仆们成群地跟从其身后，都拿着火炬，手里还拖着白木棒走上了台阶，这时王知古心里惶恐不安，走到庭院里，向四面道歉，但是咒骂知古愕立道左，自叹久之。将隐颓垣，乃得马于其下，遂驰去。遥望大火若燎原者，乃纵辔赴之。至则输租车方饭牛附火耳。询其所，则伊水东，草店之南也。复枕辔假寐，食顷而震方洞然，心思稍安，乃扬鞭于大道。比及都门，已有直方骑数辈来迹矣。遥至其第，既见直方，而知古愤懑不能言。直方慰之，坐定，知古乃述宵中怪事。直方起而抚髀曰："山魑木魅，亦知人间有张直方耶？"且止知古。复益其徒数十人，皆射皮饮羽者，享以卮酒豚肩，与知古复南出。既至万安之北，知古前导，残雪中马迹宛然。直诣柏林下，至则碑板废于荒坎，樵苏残于密林。中列大冢十余，皆狐兔之窟宅，其下成蹊。于是直方命四周张罗，彀弓以待；内则束蕴荷锸，且掘且燻。少顷，群狐突出，焦头烂额者，罥挂者，应弦饮羽者，凡获狐大小百余头以归。（出《三水小牍》）

## 张谨

道士张谨者，好符法，学虽苦而无成。尝客游至华阴市，见卖瓜者，买而食之。旁有老父，谨觉其饥色，取以遗之。累食百余，谨知其异，奉之愈敬。将去，谓谨曰："吾土地之神也，感子之意，有

声依旧是纷纷传来，仅仅只能走出门。他一出门，大门就被关上了，还拴上了门栓，不停地听到喧哗声

王知古诧异地站在道路的东面，在那里长长地叹了口气。在破旧的围墙边上，又重新找回了自己的马，便骑马离开了。他远远地就看见了大火就像燎原一样，于是连忙提着缰绳向那跑去，到了个地方，他看见被征调和租用的车正在被用来喂牛和生火做饭。于是询问这是什么地方，这里是伊水的东面，草店南面。随后他又枕着马鞍小憩了会，过了一顿饭的时间因为受到声音的震动才醒了过来。心里这才稍微安定下来，然后就在大道上扬着马鞭飞驰而去，等他赶到了都门，已经有好几个张直方的骑士过来寻找他。远远地走进了张直方的府里，他看见张直方后，王知古气闷得不知道说什么。张直方只好安慰他，坐下后才便说了晚上遇到了奇怪的事情。张直方站了起来拍着大腿说道："这山中的妖魔鬼怪，会知道这人间有张直方吗？"于是先让王知古去休息，然后又召集了几十号人，都是一些擅长打猎的，并且让他们吃饱了猪肉喝足了酒，紧接着又与王知古出了南门，等到了万安北面，知古在最前面带头。残雪之中马的足迹十分清楚，足迹一直通向了柏树林。往里一看，荒山坡上到处乱扔着许多石碑棺木，密林中有着砍柴割草的痕迹，中间整齐地排着十多个坟墓，这些都是狐狸野兔的洞穴，这些坟下面有小路。因此张直方下令在这附近张开网罗，布满弓箭等待着，在网罗中间，把乱麻捆起来点燃，让人带着锹镐去挖洞，边挖边用烟火在洞外熏。过了一会儿，许多的狐狸突然被熏着跑了出来，有的被熏得焦头烂额，有的被网罗缠住了，还有的被射中了，总共捉了一百多只狐狸回城了。（出《三水小牍》）

## 张谨

道士张谨是一个喜欢符法的人，学得十分很刻苦却没有什么成就。他曾经去到华阴游历被当作游客，张瑾看到一个卖瓜的，就去买了瓜吃。旁边有位老人，张谨看到他的脸显露出饥饿的神色，

以相报。”因出一编书曰：“此禁狐魅之术也，宜勤行之。”谨受之，父亦不见。

尔日，宿近县村中，闻其家有女子啼呼，状若狂者，以问主人，对曰：“家有女，近得狂疾，每日昃，辄靓妆盛服，云召胡郎来。非不疗理，无如之何也。”谨即为书符，施檐户间。是日晚间，檐上哭泣且骂曰：“何物道士，预他人家事！宜急去之！”谨怒呵之，良久大言曰：“吾且为奴去。”遂寂然。谨复书数符，病即都差。主人遗绢数十匹以谢之。

谨尝独行，既有重赍，须得傔力。停数日，忽有二奴诣谨，自称曰“德儿、归宝”，尝事崔氏，崔出官，因见舍弃，今无归矣，愿侍左右。谨纳之，二奴皆谨愿黠利，尤可凭信。谨东行，凡书囊符法，行李衣服，皆付归宝负之。将及关，归宝忽大骂曰：“以我为奴，如役汝父。”因绝走。谨骇怒逐之，其行如风，倏忽不见。既而德儿亦不见，所赍之物，皆失之矣。

时秦陇用兵，关禁严急，客行无验，皆见刑戮。既不敢东度，复还主人。具以告之，主人怒曰：“宁有是事？是无厌，复将挠我耳！”因止于田夫之家，绝不供给。遂为耕夫邀与同作，昼耕夜便去拿瓜来送给这个老人吃。老人吃了一百多个瓜。他知道老人是个与常人不同的人，因此对他更为敬重。在老人即将要离去时，他对张谨说：“我是个土地神，很感谢你的心意，我想用个东西来报答你。”接着就拿了本书说：“这书是有关禁除狐魅法术的，你要勤学苦练。”张谨接过书，随后老人消失不见了。

一天，张谨住在一个临近县城的村里，他听到这户人家里有个女子在啼哭呼喊着，样子很疯狂。因此他就问主人，主人说：“我家这个女儿，近年来得了疯病，每天一到日头西斜时候，她就会搽脂抹粉然后穿着华丽的服装，说是为了召胡郎来。我不是不愿意给她治病，只是实在是对她的病没有任何的办法啊。”张谨因此就为他写了张符，贴在房檐和门上。当天晚上，房檐上便有人边哭边骂着说：“到底是哪个老道士啊，来管别人的家事了！应当速速离开这儿。”张谨十分愤怒地呵斥他。很久之后，张谨大声地说：“我暂且就为你离开这儿。”于是他就静下来了。随后张谨又写了几道符，那女子的病就都好了。主人送给了他十四绢以表示对他的感谢。

张谨是独自行走的，既然需要带着这些重物，那么就要有侍从帮着他出力拿东西。停了几天后，突然有两个奴仆来见他，她们自称是德儿和归宝，说：“我们曾经是侍奉崔氏的，但是崔氏出去当官了，因此我们被抛弃，如今没有了家，我们愿意跟在你身旁来侍候你。”于是张谨就收纳了他们。这两个仆人都很谨慎顺从他，做事也是十分聪慧伶俐，可以很信任他们二人。张谨向东边走去，将所有的书袋符法、行李以及衣服，都交付给归宝背着，等当快要到关口时，归宝突然大骂说：“我被你当奴仆一样使用，你就像指使你父亲一样使唤我。”于是他就跑了。张谨愤怒地去追他，他跑得像风一样快，一会儿就不见人影了。不久之后，德儿也是不见了踪影，张谨所携带的东西，一下就全丢光了。

这时候遇到秦陇之间正在打仗，因此关口也查得很严，赶路行走的百姓没有证明，全被他们杀了。张谨不敢再往东走，便又回到了主人家，将事情详细地全告诉了主人，主人很生气地说：“怎会有这种事发生？这怕是不满足，想要骚扰我罢了。”因此就把张谨安排到息，疲苦备至。因憩大树下，仰见二儿曰："吾德儿、归宝也。汝之为奴苦否？"又曰："此符法我之书也，失之已久。今喜再获，吾岂无情于汝乎？"因掷行李还之曰："速归，乡人待尔书符也。"即大笑而去。谨得行李，复诣主人，方异之。更遗绢数匹，乃得去。自尔遂绝书符矣。（出《稽神录》）

## 昝规

唐长安昝规因丧母，又遭火，焚其家产，遂贫乏委地。儿女六人尽孩幼，规无计抚养。其妻谓规曰："今日贫穷如此，相聚受饥寒，存活终无路也。我欲自卖身与人，求财以济君及我儿女，如何？"规曰："我偶丧财产，今日穷厄失计。教尔如此，我实不忍。"妻再言曰："若不如此，必尽饥冻死。"规方允之。

数日，有一老父及门，规延入。言及儿女饥冻，妻欲自卖之意，老父伤念良久，乃谓规曰："我累世家实，住蓝田下。适闻人说君家妻意，今又见君言，我今欲买君妻，奉钱十万。"规与妻皆许之。老父翌日，送钱十万，便挈规妻去。仍谓规曰："或儿女思母之时，但携至山下访我，当令相见。"

经三载后，儿女皆死，又贫乏，规乃乞食于长安。忽一日，思老父言，因往蓝田下访之。俄见一野寺，门宇华丽，状若贵人宅。守门者诘之，老父命规入。设食，兼出其妻，与规相见。其妻闻儿农民家中去住，也不给他提供吃喝。于是就被农民邀请一同进行耕作，白天耕作，晚上休息，张谨累到了极点。因而在大树下休息，他抬起头看到两个小孩在说：“我们是德儿、归宝，你说这做奴仆苦不苦啊？”随后又说：“这本符法是我的书，我丢了很久了，现在很高兴又再次得到了这本书，我怎么能够对你无情呢！”于是就扔下了行李还给了他说：“快回家吧，家乡的人还在等着你去写符法呢。”张谨就大笑着走了。他拿着重新得到的行李，又回去见那家主人。这才觉得事情十分怪异。于是主人又赠给了他几匹绢，张谨就离开了。从那之后他就再也不去写符作法了。（出《稽神录》）

## 昝规

唐朝长安的昝规由于母亲离世，又遭遇火灾，被烧光了家产，因此生活变得十分的贫穷困难，他的六个儿女都很年幼，昝规无法抚养他们。妻子就对他说：“如今贫穷到这样了，一起生活就得挨饿受冻，到最后还没有活路。我想将自己卖给他人，以此得点钱财来救济你和孩子们，这怎么样？”昝规说：“我无意间丧失了财产，现在处于困窘中很艰难没有什么办法。你想这样做，我实在于心不忍。”妻子又说：“如果我不这么做，我们都得冻饿而死。”这时昝规才答应了她。

几天过后，有位老人上门来，昝规将他请进屋，谈及儿女们挨饿受冻，而妻子要出卖自己的意思。老人十分伤心思考许久，对昝规说：“我家几代都很富有，居住在蓝田一带。刚刚听到其他人说了你妻子的想法，现在又听了你的话，如今我想用十万钱买你的妻子。”昝规和妻子都答应了他。第二天老人就送来了十万钱，他带着昝规的妻子走了，对昝规说：“要是孩子们想念母亲了，只要带着他们到山来下找我，我就会让她和你们相见。”

经过了三年后，她的孩子们都死了，又十分贫穷，昝规便只好到长安去乞讨。突然有一天，他想起了老人的话，于是就到蓝田一带去寻找那位老人。不久就看到郊外有一座寺庙，门庭华丽，像极了贵人家的住宅。守门人问他，老人便让昝规进去了。他拿出了吃的，并且女皆死，大号泣，遂气绝。其老父惊走入，且大怒，拟谋害规，规亦怯惧走出，回顾已失宅所在，见其妻死于古冢前，其冢旁有穴。规乃自山下共发冢，见一老狐走出，乃知其妻为老狐所买耳。（出《奇事记》）

## 狐 龙

骊山下有一白狐，惊挠山下人，不能去除。唐乾符中，忽一日突温泉自浴。须臾之间，云蒸雾涌，狂风大起，化一白龙，升天而去。后或阴暗，往往有人见白龙飞腾山畔。如此三年，忽有一老父，每临夜，即哭于山前。数日，人乃伺而问其故。老父曰："我狐龙死，故哭尔。"人问之："何以名狐龙？老父又何哭也？"老父曰："狐龙者，自狐而成龙，三年而死。我狐龙之子也。"人又问曰："狐何能化为龙？"老父曰："此狐也，禀西方之正气而生，胡白色，不与众游，不与近处。狐托于骊山下千余年，后偶合于雌龙。上天知之，遂命为龙。亦犹人间自凡而成圣耳！"言讫而灭。（出《奇事记》）

## 沧渚民

江南无野狐，江北无鹧鸪，旧说也。晋天福甲辰岁，公安县沧渚村民辛家，犬逐一妇人，登木而坠，为犬啮死，乃老狐也，尾长七八尺。则正首之妖，江南不谓无也，但稀有耳。蜀中彭汉邛蜀绝无，唯山郡往往而有，里人号为野犬。更有黄腰，尾长头黑，腰间让他妻子出来，与昝规见面，他的妻子听说儿女全死了，大声地哭了起来，哭着哭着就断气了。老人急急忙忙地跑了进来，十分生气，打算谋害昝规，昝规也被吓得逃了出去。他回头再看的时候却已经没有了那座住宅。只看到他妻子死在了一座古坟前，古坟旁有个洞穴，昝规便自己进去挖掘古坟，他看到一只老狐狸跑了出来，这才明白了他妻子是被那只老狐狸给买去了。（出《奇事记》）

## 狐龙

骊山脚底下有只白狐狸，惊扰到了山下的百姓们，但是没有办法除掉它。唐朝乾符年间中期，忽然有天那只白狐来到温泉自己洗浴，过了一会儿，温泉中的水汽升腾起来雾气翻滚着，刮起了一阵大风，雾气变成了一条白龙，升天而去了。从那之后有时遇上阴天，经常有人看见那条白龙飞腾在骊山的附近。这种情况持续了三年。忽然有位老人，每次天刚黑时，他便在山前哭泣，一哭就是好几天，有人便等在那里询问他哭的原因，老人说："因为我的狐龙死了，所以我才哭的。"有人问他："为什么它叫狐龙呢？老人又为什么要哭？"老人说："狐龙，是狐狸变成了龙，三年就会死去，而我是狐龙的儿子。"还有人又问："狐为何又能变成龙？"老人说："这狐狸啊，是承受着西方的正气而出生的，它的胡子是白色的，不和同类玩耍，也不与同类亲近相处。这狐狸寄住于骊山下已经一千多年了，后来是因为偶然和雌龙进行交配。上天知道了这件事情，于是就下令让它变为龙。这也就好比人类从凡人变为圣人一样。"说完他就消失不见了。（出《奇事记》）

## 沧渚民

长江的南边没有野狐狸，长江的北边没有鹧鸪鸟，这是旧的说法。在五代晋天的福年间甲辰这一年中，在公安县沧渚村中一家姓辛的村民，有一只狗追着一个妇女，妇女爬上树掉了下来，被狗咬死了，着实是只老狐狸，它的尾巴长七八尺。这一定是丘穴的狐妖，在

焦黄，或于村落鸣，则有不祥事。（出《北梦琐言》）

## 民 妇

世说云，狐能魅人，恐不虚矣。乡民有居近山林，民妇尝独出于林中，则有一狐，忻然摇尾，款步循扰于妇侧，或前或后，莫能遣之。如是者为常，或闻丈夫至则远之，弦弧不能及矣。忽一日，妇与姑同入山掇蔬，狐亦潜逐之。妇姑于丛间稍相远，狐即出草中，摇尾而前，忻忻然如家犬。妇乃诱之而前，以裙裙裹之，呼其姑共击之，舁而还家。邻里竞来观之，则瞑其双目，如有羞赧之状，因毙之。此虽有魅人之异，而未能变。《任氏》之说，岂虚也哉！（出《玉堂闲话》）

江南不能说没有，只能说是十分稀少罢了。在四川中部的彭山、汉中、邛崃、蜀郡等地方是绝对没有的，但是山里的城镇中却往往有这种狐狸，村子里的人都叫它野狗。它有着黄色的腰，尾巴长头很黑，腰间焦黄。有时在村里鸣叫的时候，就会有不吉利的事情发生。（出《北梦琐言》）

## 民妇

《世说新语》中曾说过，狐狸能够迷住人，这恐怕不会是假话。居住在山林附近的一家乡民，民妇曾独自到树林中去时，看见有一只狐狸，它十分高兴地摇着尾巴，慢慢地走近妇人跟在其身边纠缠她，时而在身前，时而在身后，民妇赶不走它。像这样都已成了常事，有时候听到男人来了它就离开了，用弓箭射也射不中。忽然一天，民妇和小姑一同进山采菜，狐狸在暗中偷偷地跟着她们。民妇和小姑在树丛间离得稍稍远一点，狐狸就从草丛走出来，摇着尾巴走上前去，高兴得像家中养的小狗。于是民妇诱骗它走上前来，然后用裙子把它包裹起来，喊着她的小姑一起打它，随后便抬回到家中。邻居们都来争着来看这只狐狸，狐狸就闭上了双眼，像是有一点点害羞的样子，接着他们就打死了它。这狐狸虽然有魅惑人不寻常的行为，但是却不懂得变化。沈既济的《任氏传》所说，这难道就是虚妄的事情吗？（出《玉堂闲话》）

# 卷第四百五十六　蛇一



## 率然

西方山中有蛇，头尾差大，有色五彩。人物触之者，中头则尾至，中尾则头至，中腰则头尾并至，名曰“率然”。会稽常山，最多此蛇。《孙子兵法》曰：“将之三军，势如率然也。”（出《神异经》）

## 蛇丘

东海有蛇丘，地险，多渐洳，众蛇居之，无人民，蛇或人头而蛇身。（出《方中记》）

## 昆仑西北山

昆仑西北有山，周回三万里，巨蛇绕之，得三周，蛇为长九万里。蛇常居此山，饮食沧海。（出《玄中记》）

## 绿蛇

顾渚山赪石洞，有绿蛇长可三尺余，大类小指。好栖树杪，

## 率 然

在西方山中有种蛇，它的头和尾巴差别十分大，身上有着五种不同的颜色。无论是人还是动物一旦触碰到它，碰到头的话它的尾巴就会打过来，要是触到尾巴它的头就会咬过来，触碰到身子中间它的头和尾巴就会一起打过来，这种蛇的名字叫作“率然”。会稽山附近的常山上，这种类型的蛇十分之多。孙子兵法里说道：“若要统领三军，气势就应该像率然一样。”（出《神异经》）

## 蛇 丘

东海中有座蛇丘，它的地势极其险恶，大多数都很低矮湿润。众多的蛇都住在里面，那里没有人居住，有的蛇是长着人的头但还是拥有蛇的身子。（出《方中记》）

## 昆仑西北山

昆仑山西北方向有一座山，它的周长三万里。这座山被一条巨大的蟒蛇围绕着，它的长度能绕这座山三圈。巨蟒长九万里，常常居住在这座山上，它从大海里寻找吃的。（出《玄中记》）

## 绿 蛇

顾渚山里有个红石洞，这个洞中有一条三尺多长的绿蛇，大小

视之若鞶带，缠于柯叶间。无螫毒，见人则空中飞。（出《顾渚山记》）

## 报冤蛇

岭南有报冤蛇，人触之，即三五里随身即至。若打杀一蛇，则百蛇相集。将蜈蚣自防，乃免。（出《朝野佥载》）

## 毒 蛇

山南五溪黔中，皆有毒蛇，乌而反鼻，蟠于草中。其牙倒勾，去人数步，直来，疾如激箭。螫人立死，中手即断手，中足即断足，不然则全身肿烂，百无一活，谓蝮蛇也。有黄喉蛇，好在舍上，无毒，不害人，唯善食毒蛇，食饱，垂头直下，滴沫，地喷起，变为沙虱。中人为疾。额上有大王字，众蛇之长，常食蝮蛇。（出《朝野佥载》）

## 种黍来蛇

种黍来蛇，烧羖羊角及头发，则蛇不敢来。（出《朝野佥载》）

## 蚺 蛇

蚺蛇，大者五六丈，围五六尺。以次者亦不下三四丈，围亦类似小手指这么粗。它喜好栖息于树梢上，看上去就好像是一条皮带，经常缠绕在树枝上。它没有毒，只要看见人就会飞向空中。（出《顾渚山记》）

## 报冤蛇

岭南一带有一种蛇叫报冤蛇，一旦人碰到了它，人就算是已经走出了三五里地它也可以追到跟前。如果是打死了一条蛇，那么将会有百条蛇聚集。人们可以拿着蜈蚣进行防卫来保护自己，这样就能免除灾祸。（出《朝野佥载》）

## 毒　蛇

在山南的五溪和黔中地区，都有毒蛇，且都是黑色的，它们的鼻孔都朝向上，均盘踞在草中。毒蛇的牙齿有倒钩，要是离人只有几步远的距离，它们就会直接朝人扑过来，速度快得就像激情而射出的箭，一旦人被咬了就会立刻死亡。要是被毒蛇咬中了手就应当断手，咬中了脚就应当断脚，不然就会导致全身浮肿腐烂，在一百个人当中也无一人生还的。这一种蛇叫作蝮蛇。还有一种黄喉蛇，它就比较喜欢待在屋子上；它是无毒的，也不会害人，仅仅只是善于吃毒蛇。吃饱了，就会把头直着垂下去，嘴巴里就溅出星沫子，然后就把泥土都喷起来，就变成了沙虱，这沾到人的身上，人就会患上疾病。黄喉蛇的额头上有个很大的“王”字，它是众蛇的首领。经常以蝮蛇为食。（出《朝野佥载》）

## 种黍来蛇

种黍来蛇，只要烧羚羊的角与人的头发，这种蛇就不敢再来了。（出《朝野佥载》）

## 蚺　蛇

蚺蛇，大的话就有五六丈长，五六尺粗。小的蚺蛇也是不小于称是。身斑，文如锦缬。里人云，春夏多于山林中等鹿，鹿过则衔之。自尾而吞，唯头角碍于口外，即深入林树间，阁其首，伺鹿坏，头角坠地，鹿身方咽入腹。如此后，蛇极羸弱，及其鹿消，壮俊悦泽，勇健于未食鹿者。或云，一年则食一鹿。（出《岭表录异》）

## 又

一说，蚺蛇常吞鹿，鹿消尽，乃绕树出骨。养疮时，肪腴甚美。或以妇人衣投之，则蟠而不起。其胆上旬近头，中旬近尾。（出《酉阳杂俎》）

## 蚺蛇胆

泉建州进蚺蛇胆，五月五日取时胆。两柱相去五六尺，击蛇头尾，以杖于腹下来去扣之，胆即聚，以刀刲取。药封放之，不死。复更取，看肋下有痕，即放。（出《朝野佥载》）

## 鸡冠蛇

鸡冠蛇，头如雄鸡有冠。身长尺余，围可数寸，中人必死。会稽山下有之。（出《录异记》）

三四丈长，它的粗细与长短的比例和大蛇是一样的。蚺蛇的身上是有斑纹的，它的花纹很像彩色的锦绣。乡里的百姓说：“在春夏之交，蚺蛇大多数都是在山林丛中等待扑食鹿，当鹿经过它身旁时就会立刻被咬住，从尾部开始吞食，只有它的头和角因为受到阻碍就只能留在口外了，然后它就会走到深树林里去，把鹿头放下，等到鹿都腐烂了，头上的鹿角掉到了地上，才能将鹿身咽到肚子中去。这个时候，蚺蛇的身体就会感到极其虚弱。只有等到把鹿都消化完，样子才又会灵活挺秀而光泽悦目，这吃了鹿的蛇比没吃的要更加神勇健壮些。”有的人就说：“蛇一年就只会吃一头鹿。”（出《岭表录异》）

## 又

还有一种说法是，蚺蛇常常食鹿，把鹿都消化完了后，便缠绕在树上把骨头吐出来。在蛇生疮休养的时候，它身上肥肉的味道是最美味的。如果将妇女的衣服给它，它就会盘踞在那一动也不动。每月的上旬蛇胆靠近头部，到了中旬就靠近尾部了。（出《酉阳杂俎》）

## 蚺蛇胆

泉建州进贡一些蚺蛇胆。在五月五日的时候将蛇胆取出，用两根相距五六尺的柱子去夹住蛇，然后击打蛇头和蛇尾，再使用木棒来回地敲打蛇的腹部，这样蛇胆就会聚集起来，再用刀将蛇胆割取。最后给蛇开刀的伤口上药再把蛇放生，这样蛇就不会死。再次去取蛇胆的时候，要是看见它的肋下有刀痕，那就把它放了。（出《朝野佥载》）

## 鸡冠蛇

鸡冠蛇，它的头就像雄鸡一样长了肉冠，身子有一尺多长，大盖有几寸粗，它咬中了人人就一定会死。而会稽山山下就有这种蛇。（出《录异记》）

## 爆身蛇

爆身蛇，长一二尺，形如灰色。闻人行声，林中飞出，状若枯枝，横来击人，中者皆死。（出《录异记》）

## 黄领蛇

黄领蛇，长一二尺，色如黄金，居石缝中。欲雨之时，作牛吼声，中人亦死。四明山有之。（出《录异记》）

## 蓝 蛇

蓝蛇，首有大毒，尾能解毒，出梧州陈家洞。南人以首合毒药，谓之蓝药，药人立死。取尾服，反解毒药。（出《酉阳杂俎》）

## 巴 蛇

巴蛇食象，三岁而出其骨，食之无心腹之疾。（出《博物志》）

## 蛮江蛇

南安蛮江蛇，到五六月，有巨蛇泛流登岸，首如张帽，万万蛇随之，入越王城。（出《酉阳杂俎》）

## 两头蛇

韶州多两头蛇，为蚁封以避水。蚁封者，蚁子聚土为台也。苍梧亦多两头蛇，长不过一二尺。或云，蚯蚓所化。（出《岭南异物志》）

## 爆身蛇

爆身蛇，身长一二尺，外形是灰色的，只要听到人走路的声音，它就会从树林中飞出来，其模样就像是一根枯老的树枝，它是横着来攻击人的，一旦击中了人，人就必死无疑。（出《录异记》）

## 黄领蛇

黄领蛇，身长一二尺，其颜色为金黄色，这种蛇住在石缝之中。当天要下雨时，黄领蛇就会发出像牛一样的吼叫声，它咬中人人也一定会死。在四明山中有这种蛇。（出《录异记》）

## 蓝　蛇

蓝蛇，它的头部是有剧毒的，但是其尾巴却能解毒，这种蛇产于梧州陈家洞。南方人会把蛇头配制成毒药，名字叫作蓝药，给人使用这种药人就会立即死亡。若是将蛇尾取下来服用，就能解蓝药的毒。（出《酉阳杂俎》）

## 巴　蛇

巴蛇能吞食大象，一吃三年才会把象骨吐出来。人们吃巴蛇肉就不会得心脏病也不会肚子疼。（出《博物志》）

## 蛮江蛇

南安有一种蛮江蛇，等到五六月的时候，就会有大蛇顺流游上岸边，它的头像一顶立起来的帽子。（这时）会有千万条小蛇跟着那条大蛇，然后一起进入越王城。《酉阳杂俎》）

## 两头蛇

在韶州大多地方都有两头蛇，堆蚁封是用来避水的。蚁封，顾名思义就是蚂蚁堆土形成的土台。在苍梧山有大量的两头蛇，它们身长都不过一二尺。有的人说这种两头蛇都是由蚯蚓变的。（出《岭南

## 颜回

颜回、子路共坐于夫子之门，有鬼魅求见孔子，其目若合日，其状甚伟。子路失魄，口噤不得言。颜渊乃纳履杖剑前，卷握其腰，于是形化成蛇，即斩之。孔子出观，叹曰："勇者不惧，智者不惑；智者不勇，勇者不必有智。"（出《小说》）

## 蜀五丁

周显王三十二年，蜀使使朝秦。秦惠王数以美女进蜀王，感之故朝。惠王知蜀王好色，许嫁五女于蜀。蜀遣五丁迎之，还到梓潼，见一蛇入穴中，一人揽其尾，拽之不禁。至五人相助，大呼拔蛇，山崩，同时压杀五丁及秦五女，而山分为五岭，直上有平石。蜀王痛悼，乃登之，因命曰"五女冢山"，于平石上为"望妇候"，作"思妻台"。今其山或名"五丁冢"。（出《华阳国志》）

## 昭灵夫人

小黄县者，宋地黄乡也。沛公起兵野战，丧皇妣于黄乡。天下平定，乃使使者以梓宫招魂幽野。于是有丹蛇在水，自洒濯，入于梓宫。其浴处有遗发，故谥曰昭灵夫人。（出《陈留风俗传》）

异物志》)

## 颜　回

颜回、子路一同坐于孔夫子的门前。这时候有个鬼怪想要来求见孔夫子，他那双眼睛就像两个太阳并列着，其身形也很魁梧。而子路跟丢了魂一样，一直紧闭着嘴巴说不出话来。但是颜渊却穿上了鞋拿着剑走上前去，用两只手臂抱住了他的腰，这时候鬼怪的身形就变成了蛇，于是颜渊就杀了它。孔夫子出来一看，便长叹了口气说："勇敢的人是不害怕，而有智慧的人却不会受迷惑；有智慧的人不需要一定很勇敢，而勇敢的人也未必有智慧。"(出《小说》)

## 蜀五丁

周显王三十二年间，蜀国派遣使者去往秦国进行朝拜。秦惠王屡次将美女赠与蜀王，蜀王为了表达对秦惠王的感谢派使者去朝拜他。秦惠王明白蜀王是个好色之徒，便答应将五个美女都嫁给蜀王。于是蜀王就派了五个大力士去迎接那五个美女。在往回走到了梓潼的时候，一个大力士看见了一条大蛇钻入洞中，他抓住了蛇的尾巴，但是扯不动蛇，只能等到五个人一起上去，然后大声地叫着拔蛇，随后山崩塌了，五个大力士和五个美女全被山压死了，因此山被分成了五个岭，一直往上走有一块大的平石。蜀王感到很悲痛，便赶去悼念他们，然后就登上山去，这座山因而被命名为"五女冢山"，蜀王在平石上雕了"望妇侯"三个大字，然后还造了座思妻台。如今那座山还有另外一个名字叫"五丁冢"。(出《华阳国志》)

## 昭灵夫人

小黄县，是宋朝领地的黄乡。沛公带领军队在野外打仗，他的母亲就是死于这里的。在天下平定之后，他就派遣使者在荒野里用皇帝的灵柩来招魂。正当这时，有一条红蛇在水里，它往自己身上洒水洗澡，洗完之后就进入皇帝的灵柩里。这条红蛇洗澡之处有掉落

## 张 宽

汉武帝时，张宽为扬州刺史。先是有老翁二人争地山，诣州讼疆界，连年不决。宽视事复来，宽窥二翁形状非人，令卒持戟将入。问："汝何等精？"翁走，宽呵格之，化为二蛇。（出《搜神记》）

## 窦 武

后汉窦武母产武而并产一蛇，送之野中。后母卒，及葬未窆，有大蛇捧草而出，径至丧所，以头击柩，涕血皆流，俯仰诘屈，若哀泣之容，有顷而去。时人知为窦氏之祥。（出《搜神记》）

## 楚王英女

鲁少千者得仙人符，楚王少女英为魅所病，请少千。少千未至数十里，止宿。夜有乘鳖盖车，从数千骑来，自称伯敬，候少千。遂请内酒数榼，肴馔数案。临别言："楚王女病，是吾所为。君若相为一还，我谢君二十万。"千受钱，即为还，从他道诣楚，为治之。于女舍前，有排户者，但闻云："少千欺汝翁。"遂有风声西北去，视处有血满盆，女遂绝气，夜半乃苏。王使人寻风，于城西北得一死蛇，长数丈，小蛇千百，伏死其旁。后诏下郡县，以其日月，大司农失钱二十万，太官失案数具。少千载钱上书，具陈说，天子异之。（出《列异传》）

的头发，因此便封她谥号为“昭灵夫人”。（出《陈留风俗传》）

## 张宽

在汉武帝时期，张宽担任扬州的刺史。之前有两位老头为争夺地界和山界，两人就到州里去打官司，连着好几年都没有解决成功。在张宽到任之后他们二人又来了，张宽暗中看到那两个老头的模样根本就不像是人，于是就命令让士卒带着戟把他们带进去，问道：“你们到底是什么妖精？”老头转身就跑，张宽喊人拦截刺杀他们，这两个老头就变成了两条蛇。（出《搜神记》）

## 窦武

后汉窦武的母亲在生产窦武的同时还产下了一条蛇，于是他们就把蛇送到荒郊野岭中去了。后来窦武的母亲去世了，等到她出殡的那日还没有落葬的时候，有一条大蛇嘴里衔着一棵草出来了，一直爬到了灵堂，它用头撞着窦武母亲的灵柩，大蛇的泪水与血水一起流了出来，而头却是一低一仰地弯曲着，十分悲伤的样子，没过多久便离开了，当时的人们都知道这是为窦氏做的祭祀。（出《搜神记》）

## 楚王英女

鲁少千学得了一位仙人的符法，而楚王的少女英患上了妖魅病，楚王请少千为女儿治病。少千住在距离京城不到几十里之处。在夜间有人乘坐着一辆圆形顶盖的车，身后还跟随了几千名骑士一同来到这，自称伯敬，在这等候少千，还请少千能收下这几榼酒和几桌子的美味佳肴，在临别时说道：“楚王女儿患的病，是我做成的，你若是能为我转身往回走，我便用二十万钱以表示感谢。”鲁少千接受了他的钱，然后假装往回走，结果又从别的路去到楚国为楚王的女儿英女治病。当来到少女英的房屋前时，他看见有人在敲门，只听到那人说：“少千欺骗了你父亲。”然后便听到有风声往西北方刮去。少千看见那个地方放着一个满是血的盆子，顿时少女英就断了气，到半夜

## 张承母

张承之母孙氏怀承之时，乘轻舟游于江浦之际，忽有白蛇长三丈，腾入舟中。母咒曰："君为吉祥，勿毒噬我。"乃箧而将还，置诸房内。一宿视之，不复见蛇，嗟而惜之。邻人相谓曰："昨见张家有一白鹤，耸翮凌云。"以告承母，使筮之。卜人曰："此吉祥也。蛇鹤延年之物，从室入云，自卑升高之象。昔吴王阖闾葬其妹，殉以美女、名剑、宝物，穷江南之富。未及十七年，雕云覆于溪谷，美女游于街上，白鹤翔于林中，白虎啸于山侧，皆是昔之精灵。今出世，当使子孙位超臣极，擅名江表。若生子，可以为名。"及生承，名白鹤。承生昭，位至丞相，为辅吴将军，年逾九十，蛇鹤之祥也。（出王子年《拾遗记》）

## 冯绲

车骑将军巴郡冯绲为议郎，发绶笥，有二赤蛇可长三尺，分南北走。大用忧怖，卜云："此吉祥也，君后当为边将，以东为才醒过来。于是楚王就派人去寻找风的去向，他们在城西的北方找到了一条死蛇。这条死蛇长有几丈，旁边的小蛇有千百条，都伏地死去在大蛇的身边。之后有诏书下到了郡县，诏书上说在某月某日，大司农家里丢失了二十万钱，而太官也丢失了好几张案桌。于是少千就带着钱并上书，详细地将情况进行说明。天子对这件事也感到十分怪异。（出《列异传》）

## 张承母

张承的母亲孙氏在怀张承时，在长江和浦江那一带坐着小船游玩。突然有条长三丈的白蛇，跳到船里来了，他母亲就祈祷说："你是一个吉祥物，所以请不要用毒牙咬死我。"于是就把白蛇装进小箱子里带回了家，把它放在了房间里。过了一宿之后再去看那个箱子，里面的蛇不见了，张承的母亲叹了口气感到十分的惋惜。邻居互相都说："昨天晚上（他们）看见张家有只白鹤，振动着翅膀飞上了云霄。"还把这件事情告诉了张承母亲。张承就派人去占卜，占卜的人说："这是一个吉祥的兆头。蛇和鹤都是属于长寿类的动物，它从室内飞上了云霄，这象征着是从低处升至高处。古时候吴王阖闾安葬他妹妹，他用了美女给妹妹殉葬，还有很多的名剑宝物，他用尽了江南所有的财物。未到十七年，雕翅就像云一样将溪谷覆盖住了，美女们在街上游玩，而白鹤在树林中飞翔，还有白虎在山脚下吼叫，这些都是从前的精灵。如今出现在这世上，应当会使你子孙的地位超过其他群臣们以达到极致，这在江南那一带独自出了名，若是生了儿子，就可以为他取这个名字。"等到张承出生了，就起名为白鹤，张承生下了张昭后，他的官位一直做到了丞相，还被封为辅吴将军，现在年纪已经超过九十岁了，这是由蛇和白鹤带来的吉祥和好运。

## 冯绲

车骑将军巴郡人冯绲在担任议郎的时候，它打开了一个被丝绳捆着的竹箱子，有二条约三尺长的红蛇，它们分别往南北跑。冯绲

名。”复五年，果为大将军，寻拜辽东太守。（出《风俗通》）

## 魏舒

晋咸宁中，魏舒为司徒。府中有蛇二，其长十丈，屋厅事平脊之上，止之数年，而人不知。但怪府中数失小儿及鸡犬之属。后一蛇夜出，经柱侧，伤于刃，病不能登，于是觉之。发徒数百，共攻击移时，然得杀之。视所居，骨骼盈宇之间，于是毁府舍，更立之。（出《搜神记》）

## 杜预

杜预为荆州刺史，镇襄阳时，有宴集，大醉，闭斋独眠，不听人前。后尝醉，外闻斋中呕吐，其声甚苦，莫不悚栗。有一小吏，私开户看之，正见床上一大蛇，垂头床边吐，都不见人，出密道如此。（出《刘氏小说》）

## 吴猛

永嘉末，豫章有大蛇，长十余丈，断道，经过者，蛇辄吸取之，吞噬已百数。道士吴猛与弟子杀蛇，猛曰：“此是蜀精，蛇死而蜀贼当平。”既而果杜弢灭也。（出《豫章记》）

十分担忧害怕，因此就去占卜。占卜的人说：“这是一个吉祥的好兆头，你将来可以当上边将，而且官名中会有个‘东’字。”过了五年后，冯绲果然当上了大将军，紧接着还被任命当上了辽东太守。（出《风俗通》）

## 魏舒

在晋代咸宁年间，魏舒担任了司徒。在他府中有两条蛇，蛇身长十丈，它住在厅堂的平顶上，一住就是好几年。人们却都不知道，只是因为府中屡次丢失了小孩和鸡犬这一类东西而感到奇怪。后来在夜间有条蛇出来了，它经过了柱子旁，被上面的刀刃给割伤了，痛得它都爬不上厅堂的屋顶上，因而被人察觉到了。魏舒找来了几百号人，一起击打了它很长一段时间，才把蛇杀死。看到蛇的住处，屋子的棚顶被骨头塞满了，因此毁掉了府上的房子，还另外找了地址重新修建了府第。（出《搜神记》）

## 杜预

杜预在担任荆州刺史时，在镇守襄阳的时候，杜预有时会参加一些宴会，然后喝得大醉，把书房门关起来独自一个人睡觉，不允许别人到这来。后来他又喝醉了，外面的人听到了书房里传来呕吐声，那声音听着很痛苦，没有一个人不害怕。有一个小官吏，他私自打开门看，碰巧看到床上有条大蛇，它垂着头在床边呕吐却看不见有人在里面，他走出来后私密地和人说了这件事情。（出《刘氏小说》）

## 吴猛

晋怀帝永嘉年间的末年时期，一条大蛇出现在豫章，大蛇有十多丈长，它横在道路中。凡是经过的人，蛇就会吸他把他吞了，它已经吃了好几百人。道士吴猛和他的弟子将蛇给杀了。然后吴猛说：“这是蜀地的精怪，大蛇死了，那么蜀地的强盗也都会被平定的。”不久之后杜弢果然都被消灭了。（出《豫章记》）

## 颜 含

晋颜含嫂病，须髯蛇胆，不能得。含忧叹累日，有一童子持青囊授含，含视，乃蛇胆也，童子化为青鸟飞去。（出《晋中兴书》）

## 司马轨之

司马轨之字道援，善射雉。太元中，将媒下翳，此媒雊，野雉亦应。试令寻觅所应者，头翅已成雉，半身故是蛇。晋中朝武库内，忽有雉，时人或谓为怪。张司空云：“此蛇所化耳。”即使搜库中，果得蛇蜕。（出《异苑》）

## 又

太元中，汝南人入山，见一竹，中蛇形已成，上枝叶如故。吴郡桐庐人尝伐余遗竹。一宿，见竿为雉，头颈尽就，身犹未变化，亦竹为蛇之化。（出《异苑》）

## 章 苟

吴兴章苟于田中耕，以饭置菰里，每晚取食，饭亦已尽，如此非一。后伺之，见一大蛇偷食，苟逐以铧叉之，蛇走。苟逐之，至一穴，但闻啼声云：“斫伤我矣。”或言付雷公，令霹雳杀。须臾，雷雨，霹雳覆苟上，苟乃跳梁大骂曰：“天使我贫穷，展力耕垦。蛇来偷食，罪当在蛇，反更霹雳我耶？乃是无知雷公。雷公若来，吾当以铧斫汝腹！”须臾，云雨渐散，转霹雳于蛇穴中，蛇死者数

## 颜含

晋代的颜含他嫂子生病了，需要髯蛇的蛇胆来治病，但是却没有得到。颜含忧愁叹息了好几天，突然有个童子拿着一个青色的小袋子交给了颜含。颜含一看里面是蛇胆，童子就立刻变成一只青鸟飞走了。（出《晋中兴书》）

## 司马轨之

司马轨之，字道援，擅长射野鸡。在晋朝太元年间，他将一个诱饵放在彩旗下，当这个媒介物鸣叫时，野鸡就会有所回应。在尝试寻找回应的东西时，野鸡发现媒介物的头和翅已经变成了一只野鸡，而它其余的半个身子却还是蛇。在朝廷的武库里，忽然有野鸡出现，当时有人认为这是件怪事，而张司空说："这就是由蛇变化成的。"于是就派人去库中搜查，果然在里面找到了蛇蜕下的皮。（出《异苑》）

## 又

在晋朝太元年间，有位汝南人进山时，他发现了一根竹子，竹子的中部已经变成了蛇形，而它上部的枝叶却还是和原来一样。吴郡的桐庐人曾将剩余的其他竹子砍伐了。当他睡了一宿之后，起来看那竹竿，发现那竹竿已经变成了野鸡，它的头与脖子都已经变成了，但是身子却还没有。也就是说，这竹子是由蛇变成的。（出《异苑》）

## 章苟

吴兴人章苟在田里进行耕作，他用菰叶把饭包着，每天到晚上要拿来吃的时候，里面的饭就没了，这情况已经不只是一两次了。后来他就注意查看这件事，看见了一条大蛇偷饭吃，然后章苟就拿着小矛叉那条大蛇，于是蛇就跑了。章苟追赶着蛇，追到了一个洞里，他听到了有哭诉的声音说："你砍伤我了！"还有的声音说应当要交于雷公，让雷公用霹雳劈死他。不一会儿，天就真的打雷下雨了，霹雳

十。(出《搜神记》)

## 太元士人

晋太元中，士人有嫁女于近村者。至时，夫家遣人来迎，女家好发遣，又令女弟送之。既至，重门累阁，拟于王侯。廊柱下有灯火，一婢子严妆直守，后房帷帐甚美。至夜，女抱乳母涕泣，而口不得言。乳母密于帐中，以手潜摸之，得一蛇，如数围柱，缠其女，从足至头。乳母惊走出，柱下守灯婢子，悉是小蛇，灯火是蛇眼。(出《续搜神记》)

## 慕容熙

西晋末，慕容熙光始三年，熙出游还，城南有柳树如人呼曰："大王止。"熙恶之，伐其树，下有蛇，长一丈。至六年，熙为冯跋所灭。(出《广古今五行记》)

## 邛都老姥

益州邛都县有老姥家贫孤独，每食，辄有小蛇，头上有角，在柈之间。姥怜而饲之，后渐渐长大丈余。县令有马，忽被蛇吸之，令因大怒，收姥。姥云："在床下。"遂令人发掘，愈深而无所见，县令乃杀姥。其蛇因梦于令曰："何故杀我母？当报仇耳！"自在章苟的头上覆盖着，他跳着大骂说道：“老天让我这么贫穷。努力去耕田垦荒，蛇却来偷吃我的饭，罪应当是在蛇的身上，反过来还要用雷劈我吗？这真是无知的雷公。如果雷公来了，那么我就用小矛刺他的腹部。”过了一会儿，云雨渐渐地散开了，霹雳竟然转到了蛇洞里，死了几十条蛇。（出《搜神记》）

## 太元士人

在晋代太元年间，一个读书人将自己的女儿嫁到了附近的村子里。一到时候，夫家就派人来迎接新娘，女方家中也妥善地将女儿送走了，还让新娘的妹妹亲自送。到了夫家之后，只看到很多的门户楼阁，和王侯将相的家里差不多。廊柱下方有灯火，一位女仆装束很严整地直立着守在那廊柱下，而且后房的帐幕十分的华美。一到晚上，新娘就抱着乳母哭，她不敢说话。乳母就藏在帐里，用手小心谨慎地摸那张床，结果摸到了一条蛇，像几根大柱子围在一起那么粗，缠绕着新娘，一直从脚缠到头。这把乳母吓得跑了出去，然后就看到廊柱下那个守灯的女仆，全是小蛇，那下方的灯火就是蛇的眼睛。（出《续搜神纪》）

## 慕容熙

西晋末期，在慕容熙光始三年，慕容熙从外面出游回来时，看见城南有棵像人一样的柳树叫道：“还请大王止步。”慕容熙十分厌恶这件事，于是就命人砍断了这棵柳树，柳树下有条蛇，身长一丈。到了光始六年，慕容熙就被冯政给消灭了。（出《广古今五行记》）

## 邛都老姥

益州的邛都县有位老妇人，她家里很贫穷，独自一人，每次吃饭的时候，就会有一条小蛇，它头上有个肉冠，在碗盘之间来回爬动，老妇人见它可怜就给它喂吃的。后来它就渐渐地长大了，如今有一丈多长。县令有一匹马，突然就被蛇给吸去吞食了，因而县令便大怒，此每常闻风雨之声。三十日，是夕，百姓咸惊相谓曰："汝头何得戴鱼？"相逢皆如此言。是夜，方四十里，与城一时俱陷为湖，土人谓之邛河，亦邛池。其母之故宅基独不没，至今犹存。鱼人采捕，必止宿。又言此水清，其底犹见城郭楼槛宛然矣。（出《穷神秘苑》）

## 天门山

天门山，山多峻秀，岩谷逶迤。有大岩壁直上数千仞，草木交连，云雾拥蔽。其下有径途微细，行人往，忽然上飞而出林表，若升仙，遂绝世。如此者渐不可胜纪，往来南北，号为仙谷。时有乐于道者，不远千里而来，洗浴岩畔，以来升仙，在此林下，无不飞去。会一夕，有智能者谓他人曰："此必妖怪，非是仙道。"因以石自系，而牵一犬入其谷，犬复飞去，然知是妖邪之气以噏之。乃遣近山乡里，募年少者数百人，执兵器，持大棒。而先纵火烧其草，及伐竹木，至山畔观之，遥见一物，长数十丈，高下隐隐，垂头下望。及更渐逼，乃一大蟒蛇。于是命少年鼓跃击射，然后斫刺。而口张尺余，尚欲害人，力不加众，久乃卒。其所吞人骨与他兽之骸，积在左右如阜焉。

然后就把老妇人收押了起来。老妇人说："这蛇在我的床底下。"县令派人去挖掘查看，结果挖得越来越深却什么也没见着，于是县令把老妇人给杀了。于是那条蛇就托梦给县令说："你为什么要杀我的母亲，我一定会为她报仇的。"从此之后就经常在外面听到下雨和刮风一样的声音。在三十日晚上，百姓们都惊讶地对见到的人说："为什么你头上顶着鱼啊？"凡是相遇的人都是这样说的。在这天夜里，方圆四十里的地方，整座城一下子就都陷了下去变成了一片湖泊，当地的人都叫它邛河，也称作邛池。但是唯独老妇人的旧住宅的根基还没有被淹没，一直到现在都还在。打鱼的人前来捕鱼，一定会在那里停下来留宿，还说，这里的水十分清澈，还能清楚地在湖底看到城郭楼槛。（出《穷神秘苑》）

## 天门山

天门山，山峰大多数都是很险峻秀挺的，里面的山岩峡谷都是连绵不绝的。有个几千仞高的大岩壁直立着，杂草和树木都相互纠缠连接着，云雾笼罩着，在岩壁的下面有很多很细微的小路。当行人走到这时，忽然就向上飞去从树梢飞了出去，就如同白日升仙一样，人就会消失没有了。像这类人渐渐地也就会多得记不过来，从这里与南北往来的人，都把这个地方称作仙谷。在当时有喜欢学道的人，就会不远千里来到此处，然后就会在岩壁附近洗浴干净，以便于到这里升仙，站到这个树林下，就没有飞不上去的。恰好就有一天，有一个很聪明的人对别人说："这肯定是个妖怪，这并不是成仙之道。"于是就把石头系在自己身上，然后牵着条狗进到那岩谷里面去了，随后狗就飞去了。这样就知道那是妖邪怪物在用气吸东西。于是就派人到附近的村子里，招募几百个年轻人，一同带着兵器，手里拿着大棒。把先那些用于火烧的杂草放好，然后砍伐竹子树木，再到山边去观察，远远地就看到了一个东西，它有几十丈长，高高低低地若隐若现，然后垂着头往下望去。等到再慢慢地走到近处才看清楚那是条大蟒蛇。于是就命令让那些年轻人边打着鼓边跳起来射击，然后又是砍又是刺那条蛇，但是大蟒蛇一张开口就有一尺多长，还一又有人出行，坠深泉涧者，无出路。饥饿分死，左右见龟蛇甚多，朝暮引颈向东方，人因伏地学之，遂不复饥。体加轻便，能登岩岸。数年后，试竦身举臂，遂超出涧上，即得还家。颜色悦怿，颇更黠慧胜故。还食谷，啖滋味，百余日中，复其本质。（出《博物志》）

## 忻州刺史

唐忻州刺史是天荒阙，前后历任多死。高宗时，有金吾郎将来试此官。既至，夜独宿厅中。二更后，见檐外有物黑色，状如大船，两目相去数丈。刺史问为何神，答云：“我是大蛇也。”刺史令其改貌相与语，蛇遂化作人形，来至厅中。乃问何故杀人，蛇云：“初无杀心，其客自惧而死尔。”又问：“汝无杀心，何故数见形躯？”曰：“我有屈滞，当须府主谋之。”问有何屈，曰：“昔我幼时，曾入古冢，尔来形体渐大，求出不得。狐兔狸狢等，或时入冢，方得食之。今长在土中，求死不得，故求于使君尔。”问：“若然者，当掘出之，如何？”蛇云：“我逶迤已十余里，若欲发掘，城邑俱陷。今城东有王村，村西有楸树。使君可设斋戒，人掘树深二丈，中有铁函，开函视之，我当得出。”言毕辞去。及明，如言往掘，得函，归厅开之，有青龙从函中飞上天，径往杀蛇，首尾中分。蛇既获死，其怪绝矣。（出《广异记》）

直想着害人。只是因为力量不如众人的力量大，很久才死去，它吞食的人骨和别的兽类的一些骨骸，都堆积在它的左右两旁就好像小山包一样。

还有另一件事就是有一个人在外行走的时候，掉到深谷的涧流里去了，没有找到出路，他很饥饿并且认为自己肯定死定了，这时又看到身边有许多的龟和蛇，一早一晚地伸出头和颈向着东方，那个人也因此趴在地上学习它们的动作，然后就没有觉得饿了，身体也更加轻快行动也变得方便多了，也能够登上山岩陡壁了，几年之后，他试着将手臂抬起，身上一用劲，他就能跳到超过山涧之上，然后就能够回家了，他的脸上的颜色让人看了甚是喜欢，而且还比以前更加聪明。他回到家里后吃了米饭和蔬菜，一百天之后便恢复了他原来的模样。（出《博物志》）

## 忻州刺史

唐朝的忻州刺史历年来一直都是空缺的，前后几任的刺史大多数都死了。唐高宗时期，有一个金吾郎想要来试着担任这个官职。到了之后，他夜里独自睡在厅中，二更天过后，他看见屋檐外有一个黑色的东西，它的样子很像条大船，双眼相距几丈远。于是刺史就问那是什么怪物，它回答说："我是条大蛇。"然后刺史就让它改变形貌和他说话，于是蛇就变成了人形，它来到了厅中，然后刺史就问它为什么要杀人，蛇说："我起初并没有杀人之心，是那些人因为自己害怕而被吓死的。"然后又问："你无杀人之心，那为什么屡次要现出蛇的身形？"蛇回答说："我有冤屈但是解决不了，就应当要由府主来研究解决。"问它有何冤屈之处，蛇回答说："从前在我年幼的时候，曾进入一座古坟，从那之后，我的形体就逐渐地在长大，我想出去但是却出不去，狐、兔、狸、狢等这些动物，有时候进入那座古坟，我才能够吃到东西。如今长年生活在土中，我想死都不行，所以我只好来向使君请求。"然后刺史问："如果是这样的情况，那就应当挖古坟让你出来，这怎么样？"蛇说："我的身子要是伸开就有十多里长，如果要进行挖掘。那么连这座城都要陷到地底下去了。现在城东有

## 余干县令

鄱阳余干县令，到官数日辄死，后无就职者，宅遂荒。先天中，有士人家贫，来为之。既至，吏人请令居别廨中，令因使治故宅，剪薙榛草，完葺墙宇。令独处其堂，夜列烛伺之。二更后，有一物如三斗白囊，跳转而来床前，直跃升几上。令无惧色，徐以手伥触之，真是韦囊而盛水也。乃谓曰："为吾徙灯直西南隅。"言讫而灯已在西南隅。又谓曰："汝可为吾按摩。"囊转侧身上，而甚便畅。又戏之曰："能使我床居空中否？"须臾，已在空中。所言无不如意。将曙，乃跃去。令寻之，至舍池旁遂灭。明日，于灭处视之，见一穴，才如蚁孔，掘之，长丈许而孔转大，围三尺余，深不可测。令乃敕令多具鼎镬樵薪，悉汲池水为汤，灌之。可百余斛，穴中雷鸣，地为震动。又灌百斛，乃怗然无声，因并力掘之，数丈，得一大蛇，长百余尺。旁小者巨万计，皆并命穴中。令取大者脯之，颁赐县中，后遂平吉。（出《广异记》）

个王村，村子的西边有一棵楸树，使君应该安排好斋戒，然后再派人去挖树挖至两丈深，然后里面有个铁匣，将匣子打开看，我就能够出来了。”说完就告别离开了。等到天亮了，刺史按照蛇说的去挖掘，然后挖出了一个匣子，他回到厅里把匣子打开，看见有条青龙直接从匣子里飞上了天，然后他直接去杀蛇，蛇的头和尾巴从中间断开了。在蛇死了之后。那个怪物也不见了。（出《广异记》）

## 余干县令

鄱阳余干县令，在官任上当值没几天就去世了，之后就再也没有人敢去那里就职了，而宅院就荒废了。唐朝先天年间，有一个读书人因为家里很贫穷，就去做县令了。到了那之后，官吏们就请县令到别的公署去住。但是县令依旧派人去收拾原来的宅院，将杂草都修剪割除了，把院墙和屋子都修整好。县令独自一个人住在堂上，在夜间把蜡烛点好等着，等到二更天后，有个东西就像是一个能装下三斗米这么大的白色口袋，然后它转动着跳到了县令的床前来，一直跳到了他的桌子上。但是县令一点都不惧怕它，反而用手慢慢地去触摸它，那真的就像是皮口袋装着水一样，于是对它说：“你能替我把这灯搬到对面西南墙角里去？”话刚说完那个灯就已经到西南的墙角了。然后又对它说：“你能够为我按摩一下吗？”皮口袋就转着侧身而上，县令觉得十分舒服。然后又笑着对它说：”你能让我的床停在空中吗？”不一会，床就已经在空中了。县令所说的没有一件不如意的。等到天快亮了，皮口袋才跳着离开。于是县令就寻找它，找到住舍的水池边上也没有任何的踪迹。第二天，在它踪迹消失之处，他看见了一个洞，洞口就蚂蚁那么点大，挖那洞口，挖到一丈多能够洞孔才变大，洞孔的直径就三尺多，而洞里却深不可测。于是县令就下令多准备一些鼎锅和木柴，然后把池中水全都抽出来，都烧成开水，往那洞里灌水。大盖灌了一百多斛的开水，然后就听到洞里发出了像打雷一样的声音，地面也被那声音震动。接着又灌了一百多斛开水，这才平静了下来，然后就没有了声音。于是就一起挖，又把洞挖了几丈深，结果挖到了一条大蛇，身长一百多尺，它旁边有众多的小蛇，全

## 王真妻

华阴县令王真妻赵氏者，燕中富人之女也，美容貌，少适王真。洎随之任，近半年，忽有一少年，每伺真出，即辄至赵氏寝室。既频往来，因戏诱赵氏私之。忽一日，王真自外入，乃见此少年与赵氏同席，饮酌欢笑，甚大惊讶。赵氏不觉自仆气绝，其少年化一大蛇，奔突而去。真乃令侍婢扶腋起之，俄而赵氏亦化一蛇，奔突俱去，王真遂逐之，见随前出者俱入华山，久之不见。（出《潇湘录》）

## 朱觏

朱觏者，陈蔡游侠之士也。旅游于汝南，栖逆旅，时主人邓全宾家有女，姿容端丽，常为鬼魅之幻惑，凡所医疗，莫能愈之。觏时过友人饮，夜艾方归，乃憩歇于庭。至二更，见一人着白衣，衣甚鲜洁，而入全宾女房中。逡巡，闻房内语笑甚欢，不成寝，执弓矢于黑处，以伺其出。候至鸡鸣，见女送一少年而出，觏射之，既中而走。觏复射之，而失其迹。晓乃闻之全宾，遂与觏寻血迹，出宅可五里已来，其迹入一大枯树孔中。令人伐之，果见一蛇，雪色。长丈余，身带二箭而死。女子自此如故，全宾遂以女妻觏。（出《集异记》）

部死在了洞里。县令将大蛇挑了出来把它做成蛇肉脯，然后分赏给了县里的百姓们，从那之后一切就变得平安吉祥了。（出《广异记》）

## 王真妻

华阴的县令王真之妻赵氏，是燕中一户富人家的女儿，她容貌十分美丽，在少年时就嫁给了王真，之后就随王真一起到任上来。在最近半年以来，突然有一位少年，每次等王真出去的时候，他就到赵氏的房间里去。频频往来后，又调戏并且诱惑赵氏和自己私通。突然有一天，王真从外面回来，看到这个少年和赵氏一同坐在酒桌上，一起欢声笑语地喝着酒，他感到非常的惊讶。这个时候，赵氏不知不觉地跌倒然后就断气了，而那个少年就变成了一条蛇。它横冲直撞地离开了，王真让女仆扶住赵氏的两腋帮她站起来，过了一会儿赵氏也变成了一条蛇，横冲直撞地也离开了。于是王真就追赶它，看见这条蛇跟随着之前跑出去的那条蛇一同进入了华山，很久之后就消失不见了。（出《潇湘录》）

## 朱觐

朱觐是陈蔡一带的一位游侠之士，他到汝南游玩，住在一个客店里。这个时候主人和邓全宾家有一个女儿，她的容貌姿色十分端庄美丽，但是经常被鬼魅迷惑，凡是来给她治病的，就没有人能够治好她。有一次朱觐到朋友家中喝酒，到夜深了才回家，于是他就在庭院里休息，等到二更天的时候，他就看到一个穿着白衣服的人，他的衣服十分新鲜清洁干净，进入了邓全宾女儿的房间中。不一会儿，就听到房间内有说笑声十分的欢乐，朱觐睡不着觉，就把弓和矢拿了出来藏在暗处，等他出来。在他等到鸡叫时，他看见店主人的女儿把一个少年送了出来。然后朱觐就射那个少年，那个少年被射中了想要跑，朱觐又一次射他，但是失去了他的踪迹。等到天亮了才将这件事情告诉了邓全宾，邓全宾就和朱觐一起去寻找那血迹，在走出了宅院大约五里的样子，那血迹到了一个大枯树的洞里。于是他们就

找人把那棵树给砍倒了，果然就看到了一条蛇，是白色的，有一丈多长。它身上还插着两支箭但是死了。店主家的女儿从此之后还是和从前一样。邓全宾就将女儿许配给了朱觐。（出《集异记》）

# 卷第四百五十七　蛇二



## 蒙　山

鲁国费县蒙山上有寺废久，民欲架堂者，辄大蛇数十丈长，出来惊人，故莫得安焉。（出《异苑》）

## 秦　瞻

秦瞻居曲河彭星野，忽有物如蛇，突入其脑中。蛇来，先闻臭气，便从鼻入，盘其头中，觉泓泓冷，闻其脑间，食声咂咂，数日出去。寻复来，取手巾，急缚口鼻，故不得入。积年无他，唯患头重。（出《广古今五行记》）

## 广州人

广州人共在山中伐木，忽见石窠中有三卵，大如升，便取煮之。汤始热，便闻林中如风雨声。须臾，有一蛇大十围，长四五丈，径来，于汤中衔卵去，三人无几皆死。（出《续搜神记》）

## 袁玄瑛

吴兴太守袁玄瑛当之官。往日者问吉凶，曰："法。至官当有

## 蒙 山

鲁国费县蒙山上有一座废弃很久的寺庙，人们想搭建一座起庙的大堂。（修建的时候）就有一条长达几十丈的大蛇，出来把人惊吓住，因此就不能修建了。（出《异苑》）

## 秦 瞻

秦瞻居住在曲河的彭星野，忽然有个东西像蛇一样，进到他的脑子里。有蛇来了，首先闻到臭气，便从（他）鼻孔进去，盘绕在他的头里，感觉如同凉水一样冷冰冰的。听他脑子里面，有吃东西的咂咂声，几天之后（蛇）出去。不久后又来，这人取来手巾，急切地把口鼻堵上，因而蛇不能再进到脑里。一年过去，没有其他的毛病，只是患有头痛的病。（出《广古今五行记》）

## 广州人

广州人一同在山里伐树，忽然看到石头的巢中有几个卵，大得像量粮食的器具，于是取出来煮。汤才热，就听见树林中传来一阵如同刮风下雨的声音。不一会，有一条身粗十围的蛇，长达四、五丈，径直过来，从汤中用嘴叼着卵就离去了，这几个人没过多久都死了。（出《续搜神记》）

## 袁玄瑛

吴兴太守袁玄瑛正要去上任做官时，之前（到占卜者那里去）问吉凶。占卜者说："按照筮法表象，到官位上会有红蛇妖作怪，不可杀

赤蛇为妖，不可杀。”至，果有赤蛇在铜虎符石函上蟠，玄瑛命杀之，其后果为贼徐馥所害也。（出《广古今五行记》）

## 薛重

会稽郡吏鄮县薛重得假还家，夜至家，户闭，闻妇床上有丈夫眠声，唤妇，久从床上出来开户。持刀便逆问妇曰：“床上醉人是谁？”妇大惊愕，因且苦自申明，实无人。重家唯有一户，既入，便闭妇索。了无所见。见一蛇隐在床脚，酒醉臭，重斫蛇寸断，掷于后沟。经日而妇死，数日，重又死，后忽然而生。说始死，有人桎梏之。将到一处，有官寮问曰：“何以杀人？”重曰：“实不行凶。”曰：“尔云不杀者，近寸断掷著后沟，此是何物？”重曰：“正杀蛇耳。”府君愕然有悟曰：“我当用为神，而敢淫人妇，又讼人。”敕左右持来。吏将一人，著平巾帻，具诘其淫妄之罪，命付狱，重为官司便遣将出，重倏忽而还。（出《广古今五行记》）

## 顾楷

陈时吴兴顾楷在田上树取桑叶，见五色大蛇入一小穴。其后蛇相次，或三尺五尺次第相随，略有数百。楷急下树，看所入之处，了不见有孔。日暮还家，楷病口哑，不复得语。（出《广古今五行记》）

它。”到职时，果然有红色的蛇盘踞在装铜虎符的石匣上。袁玄瑛下令杀死蛇，后来他果然被贼人徐馥害死。（出《广古五行记》）

## 薛重

会稽郡的官吏薛重是鄮县人，请到假回家，在晚上到达。门关闭着，听到妻子的床上有男人睡觉发出的声响，呼唤妻子，（妻子）很久才从床上起来开门。薛重拿着刀就对着妻子质问说：“床上喝醉的人是谁？”妻子大为震惊错愕，然后苦苦替自己申明，实在没有人。薛重家仅有一个门，进去后，就把门关起来摸索，没有看见什么。看到一条蛇隐匿在床脚，喝醉了酒浑身臭味，薛重把蛇砍成一块一块的，抛掷在屋后水沟里。一天过后妻子死了。几天后，薛重也死了，之后忽然复活。薛重说他自己原先死的时候，有人给他套了枷锁，把他带到一个地方，有官僚问他说：“为何去杀人？”薛重说：“我实在没有杀人。”又问：“你说你没杀人，最近砍成一段一段地扔到后沟里去的，那是什么物品？”薛重说：“正当杀蛇罢了。”府君吃惊了一下并且醒悟过来说：“我正想任用他把他变成神，但（他居然）敢去淫乱别人之妻，还来告状。”命令身边的人把他押过来，官吏们领着一个人，头上放有平顶的头巾布，详细地质问他奸淫和胡乱告状告的罪行，下令（把他）送入监狱里去，很快薛重被官衙派遣的人带领出去，一眨眼的工夫就复活了。（出《广古今五行记》）

## 顾楷

南北朝陈国时候吴兴有个人叫作顾楷的人在田里的树上摘桑树叶，看到一条五颜六色的大蛇（正）进入一个小洞，它身后的蛇都按照次序排着，有的蛇隔三尺有的蛇隔五尺逐个跟随它，有几百条。顾楷急忙下树，去看那蛇进去的场所，完全看不见有洞。天黑回到家，顾楷突然患病变成言语障碍，不能再说话。（出《广古今五行记》）

## 树提家

隋绛州夏县树提家，新造宅，欲移入，忽有蛇无数，从室中流出门外，其稠如箔上蚕，盖地皆遍。时有行客云："解符镇。"取桃枝四枚书符，绕宅四面钉之，蛇渐退，符亦移就之。蛇入堂中心，有一孔，大如盆口，蛇入并尽。令煎汤一百斛灌之，经宿，以锹掘之，深数尺。得古铜钱二十万贯。因陈破，铸新钱，遂巨富。蛇乃是古铜之精。（出《朝野佥载》）

## 隋炀帝

《搜神记》："蛇千年则断复续。"《淮南子》云："神蛇自断其身而自相续。"隋炀帝遣人于岭南，边海穷山，求此蛇数四，而至洛下。所得之者，长可三尺，而色黄黑，其头锦文，全似金色，不能毒人，解食肉。若欲令自断其身者，则先触之令怒，使不任其愤毒，则自断为三四。其断之处，如刀截焉，见其皮骨文理，亦有血焉。然久怒定，则三四断稍稍自相就而连续，体复如故，亦似不相断。隋著作郎邓隆云，此灵蛇一类，自断，不必千岁也。（出《穷神秘苑》）

## 兴福寺

长安兴福寺有十光佛院，其院宇极壮丽，云是隋所制。贞观中，寺僧以其年纪绵远，虑有摧圮，即经费计工，且欲新其土木，乃将毁撤。既启户，见有蛇万数，连贯在地，蛇蟠绕如积，摇首吠

## 树提家

隋代绛州地区的夏县有一个叫树提的人，他的家里新建了一所住宅，想要搬进去住。忽然出现无数条蛇，从屋子中央爬出门外，蛇数量之多得如同苇箔上的蚕，覆盖在地上都铺满了。这时有一个要走的客人说："我很了解符镇。"就取来四根桃枝写上符咒，环绕屋子四面钉上，蛇慢慢地退回去，桃符也移动着靠近蛇。蛇来到堂屋的中心，有一个如同盆口那么大的洞，蛇全进到洞里，（那人）就命令烧一百斛开水往洞里灌。经过一晚，（树提家）用锹掘那个洞，深达数尺，挖取到了古代的铜钱二十万贯。由于古钱陈旧生锈，于是用这些古铜打造了新钱，最后这户人家成了大富户。蛇是古铜的精灵。（出《朝野佥载》）

## 隋炀帝

《搜神记》："千年存活的蛇就能使断开的身子再连上"。《淮南子》里说："神蛇能亲自把身子弄断然后再自己把身子接上。"隋炀帝很多次让人到岭南和海边深山处，去探求这种蛇，并（把它们）带到洛阳。（他们）抓到的蛇，大约长三尺，皮肤黄黑色。蛇头上有锦绣般的花纹，都好像是金色。不会毒人，懂得吃肉。倘使想让它自断身子，那么就先触碰它让它发怒，使蛇不能承受那种折磨，就会自己断成三四段。那断掉的地方，像刀砍断的一样，能见到它的皮、骨和肉的纹理，也有血在上面。然而等时间一长怒气平定下来后，那三四段断了的身子的接头就慢慢地互相靠近连接到一起，身体还像从前一样，也就似乎没有断过一样。隋朝的作者邓隆说："这是一类灵蛇，自断身体，不一定得是活了千年的。"（出《穷神秘苑》）

## 兴福寺

长安城兴福寺有一个十光佛院，那佛院的殿宇十分壮丽，人们都说是隋朝时建造的。唐太宗贞观年时期，寺里的和尚因其年代太久远，忧虑会有毁坏和坍塌，就集资计算人工，打算翻新它的土木

喙，若吞噬之状。寺僧大惧，以为天悯重劳，故假灵变，于是不敢除毁。（出《宣室志》）

## 张骑士

张骑士者，自云，幼时随英公李勣渡海，遇风十余日，不知行几万里。风静不波，忽见二物黑色，头状类蛇，大如巨船，其长望而不极。须臾，至船所，皆以头绕船横推，其疾如风。舟人惶惧，不知所抗，已分为所啖食，唯念佛求速死耳。久之，到一山，破船如积。各自念云，彼人皆为此物所食。须臾，风势甚急，顾视船后，复有三蛇，追逐亦至，意如争食之状。二蛇放船，回与三蛇斗于沙上，各相蜿蟺于孤岛焉。舟人因是乘风举帆，遂得免难。后数日，复至一山，遥见烟火，谓是人境。落帆登岸，与二人同行，门户甚大，遂前款关。有人长数丈，通身生白毛，出见二人，食之。一人遽走至船所，才上船，未及开，白毛之士走来牵缆。船人人各执弓刀斫射之，累挥数刀，然后见释。离岸一里许，岸上已有数十头，戟手大呼。因又随风飘帆五六日，遥见海岛。泊舟问人，云见清远县界，属南海。（出《广异记》）

## 李崇贞

高宗光宅中，李崇贞任益州长史。厅前柑子树有一子如鸡建筑。一打开门，就看到有数万条蛇在地上全部连在一起，蛇相互盘绕着如同堆积在一块，晃着头张着嘴巴，如同在吞吃东西。寺里的和尚极度害怕，认为是上天悲悯众生繁重的劳动，所以借着灵物让人改变主意，所以（他们）不敢再拆毁十光佛院了。（出《宣室志》）

## 张骑士

张骑士自述说幼年时跟着英公李勣渡过大海，遇上十多天的大风，不知行驶了几万里，风平静下来（水面）也没有波浪。忽然看见两个黑色的物体，头的形状类似蛇，大得像船，它的身长望去看不到尽头，片刻后，到了船在的地方，都用头围着船横推着走，飞快得像风一样。船上的人惶极恐惧，不知道怎么抗拒，已经辨明着要被怪物吃掉，仅仅念佛寻求快点死去。过了很久，来到一座山前，烂船累积在山下，船上的人各自心里念道：那些人全是被这个怪物吃掉了。很快，风速很快，回头看船后，还来了三条大蛇，也追着过来，那意思就如同要争夺食物的样子。二蛇把船放开，把身子反过来和三条蛇在沙地上争斗了起来，互相在孤岛上缠绕盘旋着打斗。船上的人趁机顺风起帆，最终免除了灾难。之后几天，又来到一座山，遥远地看见有火在生烟，认为是人安居的地方，就放下帆上岸去。有三个人一起走，（看到）一个门窗极大的府邸，就走上前去叩门，有一个人身高几丈，全身长着白毛，出来看了（来的）两个人，捉住他们就吃了，留下的那一个人赶忙跑回泊船的地方，刚上了船，还没等船开，那个白毛人就已经跑来牵制住缆绳。这时，船上的人各个手拿弓和刀对它又是砍又是射，接连挥砍了好几刀，之后船被放开。距离岸有一里多，岸上已经涌现了几十个白毛巨人，高高挥舞着手大呼大叫。接着又跟随着风船扬帆驶了五六天。很远看见一个海岛，停下船询问居民，（有人）说是清远县的交界之地，属于南海郡。（出《广异记》）

## 李崇贞

唐高宗光宅年中，李崇贞时任益州长史。他的办公大厅前柑子树子，晚熟，微有小孔如针，群官咸异之。方欲将进，久而乃罢。因剖之，得一赤斑蛇，长尺余，崇贞后竟以罪死。（出《广古今五行记》）

## 又

连州见一柑树，四月中，有子如拳大，剖之，有两头蛇。（出《广古今五行记》）

## 马岭山

开元四年六月，郴州马岭山侧有白蛇，长六七尺，黑蛇长丈余。须臾，二蛇斗，白者吞黑蛇，到粗处，口两嗌皆裂，血流滂沛。黑蛇头人，啮白蛇肋上作孔，头出二尺余，俄而两蛇并死。后十余日，大雨，山水暴涨，漂破五百余家，失三百余人。（出《朝野佥载》）

## 至相寺贤者

长安至相寺有贤者，自十余岁，便在西禅院修道。院中佛堂座下，恒有一蛇，贤者初修道时，蛇大一围，及后四十余年，蛇如堂柱。人蛇虽相见，而不能相恶。开元中，贤者夜中至佛堂礼拜，堂中无灯，而光粲满堂，心甚怪之。因于蛇出之处，得径寸珠。至市高举价，冀其识者。数日，有胡人交市，定还百万。贤者曰："此夜光珠，当无价，何以如此酬直？"胡云："蚌珠则贵，此乃蛇珠，多至千贯。"贤者叹伏，遂卖焉。（出《广异记》）

上面有了一个果实如同鸡蛋，成熟得很晚，略微有个小孔如针孔。所有的官员们对此感到诧异，正想筹备进献给皇上。太久才成熟那么就算了。接着剖开它，看到有一条红斑蛇，长有一尺多。崇贞后来居然因触罪而死。（出《广古今五行记》）

## 又

在连州又看到一棵柑子树，在四月中旬，结了的果实如同拳头那么大，又切开一看，果实里面有只两头蛇。（出《广古今五行记》）

## 马岭山

唐玄宗开元年间第四年的六月，郴州马岭山那一带有条白蛇，身长六七尺，还有条长一丈的黑蛇。顷刻，两条蛇争斗了起来，白蛇吞咽了黑蛇。当吞到黑蛇身子粗壮的地方，嘴巴和咽的两边都开裂了，血流下来像大暴雨一样。黑蛇的头被吞进去，就对白蛇的肋肉开咬，咬出了孔洞，头都伸出白蛇的身子二尺来长，很快两条蛇都死了。又经过了十多天，天降大雨，洪水暴涨，使五百多户人家家破流亡，三百多人失踪。（出《朝野佥载》）

## 至相寺贤者

长安的至相寺有个贤能的人，从十多岁开始，就在西禅院修炼道行。院中佛堂的禅座下，早已经有一条蛇，贤者最初修道时，蛇粗一围，等到四十多年后，蛇就如同堂柱那么粗大，人蛇即使互相见面，但不互相厌恶。开元年间，贤者在晚上到佛堂做礼拜，堂中没有开灯，但是满堂光芒璀璨，心里面觉得非常奇怪。紧接着在蛇出入的地方，取得一枚直径一寸的珠子，就到市上把价钱抬高出卖，对能遇上一个懂得这个宝珠的人有希冀。几天后，有个胡人到市面上来进行交易，仅出钱百万。贤者说：“这夜光珠，应该是无价之宝，怎么出这么低的价钱呢？”胡人说：“蚌珠就很值钱，这个是蛇珠，至多卖一千贯钱。”贤者感叹信服了他的话，于是卖出了。（出《广异记》）

## 李林甫

李林甫宅，即李靖宅。有泓师者以道术闻于睿宗时，尝与过其宅，谓人曰："后之人有能居此者，贵不可言。"其后久无居人。开元初，林甫官为奉御，遂从而居焉。人有告于泓师，曰："异乎哉！吾言果验。是十有九年居相位，称豪贵于天下者，此人也。虽然，吾惧其易制中门，则祸且及矣。"林甫果相玄宗，恃权贵，为人觖望者久之。及末年，有人献良马，甚高，而其门稍庳，不可乘以过，遂易而制。既毁其檐，忽有蛇千万数，在屋瓦中。林甫恶之，即罢而不能毁焉。未几，林甫竟籍没。其始相至籍没，果十九年矣。（出《宣室志》）

## 韦子春

临淮郡有馆亭，滨泗水上。亭有大木，周数十栱，突然劲拔，阴合百步，往往有甚风迅雷，夕发其中。人望见亭有二光，对而上下，赫然若电，风既息，其光亦闭。开元中，有韦子春以勇力闻，会子春客于临淮，有人语其事者，子春曰："吾能伺之。"于是挈衣橐止于亭中以伺焉。后一夕，遂有大风雷震于地，亭屋摇撼，果见二光照耀亭宇。子春乃敛衣而下，忽觉有物蟠绕其身，冷如水冻，束不可解。回视，见二老在其身后。子春即奋身挥臂，騞然有声，其缚亦解，遂归亭中。未几而风雨霁，闻亭中腥若鲍肆。明日视之，见一巨蛇中断而毙，血遍其地。里人相与来观，谓子春且死矣。乃见之，大惊。自是其亭无风雷患。（出《宣室志》）

## 李林甫

李林甫的宅子，就是之前李靖的住宅。有个名叫泓师的人，当他因为精通道术而在睿宗皇帝闻名的时候，曾经一起路过那所住宅，对别人说：“往后能在这座府中居住的人，一定非常显贵。”那之后很久没有人住在那里。开元年间，李林甫担任奉御官，从而住进这里。有人把这个告诉了泓师，泓师说：“神奇呀，我的话果然灵验了。那个在相位当了十九年，被天下称为最富贵的人，这个人是也。即使这样，我还是惧怕他改制中门，那么灾祸就会从这里到来。”李林甫是唐玄宗的丞相，依附着权贵，被人民怨恨很久了。到了一年的末尾有人向他进献一匹好马，马非常高，然而那个门又微微有点矮，不能乘着马通过，就打算改造大门。拆掉门檐之后，忽然有万千条蛇，从屋瓦中涌出，李林甫把这件事视作不好的预兆，就停止不再拆了。不久，李林甫最终被没收家产。从他开始当宰相到被没收家产，果真是十九年。（出《宣室志》）

## 韦子春

临淮郡一带有个馆所亭园，靠近泗水边上。亭园里有大柱子，柱周边有十斗拱，雄劲挺拔，亭能遮住阴的地方有百步，经常有疾风和迅雷，在傍晚时在亭园中出现。有人遥远地看见亭中有两道光，互相对着共同向上向下移动，清楚得如同闪电。风止息以后，那两道光也消失了。开元年间，有个叫韦子春的人凭勇敢有力量在世间闻名。此时恰逢韦子春在临淮做客，有人告知他那亭园里的事情。韦子春说：“我能去暗中侦察一下。”于是带着衣服行囊住在亭中去查看。第二天晚上，就有大风雷震出现在这里，亭园和屋子摇动着，果真看见一道光在亭园和屋宇上方照耀，韦子春就收拾一下衣服往亭子下面走，突然觉得有个东西盘绕着自己的身子，冷冷的像被水冰冻一样。（那东西）勒得很紧，韦子春解不开。回头一看，看到两个老人站在他的身后，于是韦子春用尽全身力气奋力挥动着手臂，听到“豁”的一声响，他的束缚也解开了，于是回到亭中，不一会风雨都停息，嗅到亭中

## 宣州江

宣州鹊头镇，天宝七载，江水盛涨漫三十里。吴俗善泅，皆入水接柴木。江中流有一材下，长十余丈，泅者往观之，乃大蛇也。其色黄，为水所浮，中江而下。泅者惧而返，蛇遂开口衔之，泅者正横蛇口，举其头，去水数尺。泅者犹大呼请救，观者莫敢救焉。（出《纪闻》）

## 李齐物

河南尹李齐物，天宝中，左迁竟陵太守。郡城南楼有白烟，刺史不改即死，土人以为常占。齐物被黜，意甚恨恨。楼中忽出白烟，乃发怒云："吾不畏死，神如余何？"使人寻烟出处，云："白烟悉白虫，恐是大蛇。"齐物令掘之，其孔渐大，中有大蛇，身如巨瓮。命以镬煎油数十斛，沸则灼之。蛇初雷吼，城堞震动，经日方死。乃使人下堑塞之，齐物亦更无他。（出《广异记》）

## 严挺之

严挺之为魏州刺史，初到官，临厅事。有小蛇从门入，至案所，以头枕案。挺之初不达，遽持牙笏，压其头下地。正立凝想，的腥气如同在卖鱼铺子。第二天一瞧，看到一条巨蛇中间断开而死，遍地都是血。同乡人一起前来观看，认为韦子春也一起死了。所以见到韦子春，都很吃惊。从此那个亭子不再有风雷的灾害。（出《宣室志》）

## 宣州江

天宝七年间，宣州的鹊头镇江水大涨漫过三十里。吴地人人都擅长泅水是个习俗，都到水里面接取木柴。江水的中心有一木材穿流下来，十多丈长，游泳的人到那里查看木材，居然是一条大蛇，它身上是黄色，漂浮着从河的中间移动下来。泅水的人感到害怕往回返，蛇就用嘴巴叼他们，泅水的人正横向卡在蛇口里，蛇抬起它的头，离水多尺。泅水的人仍然在大声呼救，看到的人没有敢下水去救的。（出《纪闻》）

## 李齐物

天宝年间，河南府尹李齐物，被贬谪为竟陵太守。郡里的城南楼出现白烟，刺史不更改就会死去，当地人认为这个属于正常的事。李齐物被贬职，心里十分愤恨，楼中忽然生出白烟，（李齐物）就发怒说："我不畏惧死，神仙能把我如何？"派人去寻找白烟的出处，（被派遣的人）回来说："白烟悉数是白蛇所为，只怕是条大蛇。"李齐物命令挖洞，那洞孔慢慢变大，洞中有条大蛇，身体像大坛子一样粗大。李齐物下令拿大锅烧几十斛油，油沸腾时就用来灼浇蛇，蛇一开始时吼叫如雷，连城墙都震摇了，过了一天死去了，李齐物就派人去把洞向下塞死填平。李齐物也没再遇到别的怪事。（出《广异记》）

## 严挺之

严挺之是魏州刺史。刚上任时，来到厅堂。一条小蛇从门口进去，来到桌子跟前，把头倚靠在桌子上。严挺之最初不理睬，赶忙拿

顷之，蛇化成一符。挺之意是术士所为，寻索无获而止。（出《广异记》）

## 天宝樵人

天宝中，有樵人入山醉卧，为蛇所吞。其人微醒，怪身动摇，开视不得，方知为物所吞。因以樵刀画腹，得出之。眩然迷闷，久之方悟。其人自尔半身皮脱，如白风状。（出《广异记》）

## 无畏师

天宝中，无畏师在洛，是时有巨蛇，状甚异，高丈余，围五十尺，魁魁若。盘绕出于山下，洛民咸见之。于是无畏曰："后此蛇决水潴洛城。"即说佛书义甚精。蛇至夕，则驾风露来，若倾听状。无畏乃责之曰："尔蛇也，营居深山中，固安其所，何为将欲肆毒于世？即速去，无患生人。"其蛇闻之，遂俯于地，若有惭色，须臾而死焉。其后禄山据洛阳，尽毁宫庙，果无畏所谓决洛水潴城之应。（出《宣室志》）

## 张 镐

洪州城自马瑗置立后，不复修革。相传云："修者必死。"永泰中，都督张镐修之不疑。忽城西北陬遇一大坎，坎中见二蛇，一白一黑，头类牛，形如巨瓮，长六十余尺，蜿蟺在坑中，其余小蛇不可胜数。遽以白镐，镐命逐之出，乃以竹篾缚其头，牵之。蛇初着手板，压住蛇头逐它下去。严挺之正站着凝神思考，不一会，蛇就变成一张符。严挺之认为是术士干的事，寻觅了一会，没找到什么就没再找了。(出《广异记》)

## 天宝樵人

天宝年间，有个喝醉的樵夫躺在山上，被大蛇吞咽了。那人稍稍清醒了一点，为身子在一动一摇感到奇怪，睁开眼看不见东西，才知道是被东西吞到肚里，所以拿砍柴刀划破动物的肚子才得以出来。他觉得目眩头晕迷乱懑闷，很久之后才清醒。从那以后半身的皮都脱落了，如同得了白风病的样子。(出《广异记》)

## 无畏师

天宝年中，无畏禅师在洛阳，这时有条大蛇，样子非常奇异：身子能抬起高达一丈多，身粗五十尺，很高大雄壮的样子，缠绕着在山下出现。洛阳的百姓都看见过这条蛇。在这个时候无畏师傅说："以后这条蛇将让洪水决堤淹掉洛阳城。"马上就讲说佛书里的道理，十分精通深奥。大蛇到晚上，就乘着风驾着雾前来，仿佛是来倾听的样子。于是无畏指责它说："你是蛇类，应当在深山中营生，深山原本就是你安身的地方，为何想准备对世上的人放肆地毒害呢？立马走开吧，不要给世间的人带来灾祸。"那条蛇听完这话，俯伏在地上，好像是有点惭愧的意思，不久后就死了。后来安禄山占有了洛阳，把宫室和庙宇都摧毁。果真应验了无畏师傅说的引洛水淹没洛阳的话。(出《宣室志》)

## 张镐

自从马援建造洪州城以后，不再有人修理革新过。人们相互传说重修的人必定会死。唐代宗永泰年间，都督张镐修理城墙，没有因为那个传说而疑虑。突然西北城角外碰到一个大地洞，洞中有两条蛇，一条白的一条黑的，头类似牛的，形状如同大坛子，身子有不开目，随牵而出。小蛇甚多，军人或有伤其小者十余头，然犹大如饮碗。二蛇相随入徐孺亭下放生池中，池水深数丈，其龟皆走出上岸，为人所获，鱼亦鼓鳃出水，须臾皆死。后七日，镐薨。判官郑从、南昌令马皎，二子相继而卒。（原缺出处，明抄本作出《广异记》）

## 毕乾泰

唐左补阙毕乾泰，瀛州任丘人，父母年五十，自营生藏讫。至父年八十五，又自造棺，稍高大，嫌藏小，更加砖二万口。开藏欲修之，有蛇无数。时正月尚寒，蛰未能动，取蛇投一空井中，仍受蛇不尽，其蛇金色。泰自与奴开之，寻病而卒。月余，父母俱亡。此开之不得其所也。（出《朝野佥载》）

## 杜 玮

殿中侍御史杜玮尝使岭外，至康州，驿骑思止，白曰："请避毒物。"于是见大蛇截道南出，长数丈，玄武后追之。道南有大松树，蛇升高枝盘绕，垂头下视玄武。玄武自树下仰其鼻，鼻中出两道碧烟，直冲蛇头，蛇遂裂而死，坠于树下。又见蜈蚣大如筝。牛肃曾以其事问康州司马狄公，狄公曰："昔天宝四载，广府因海潮，漂一蜈蚣，死，剖其一爪，则得肉百二十斤。至广州市，有人笼盛两头蛇。集人众中言：'汝识二首蛇乎？汝见二首蛇，则其首并出，吾今异于是，首蛇各一头，欲见之乎？'市人请见之，乃出其六十多尺长，在洞中蜿蜒缠绕，其他的小蛇就数不清了。有人立马拿来刨土用的工具，张镐下令把蛇逐出来，于是拿竹篾把蛇头捆住，牵着蛇。蛇一开始不睁眼，跟随着牵引力爬出洞来。小蛇很多，有的军人打伤了小蛇十多条，然而也还有水碗那么粗。两条大蛇一起跟随着徐孺亭被下进放生池里。池子水深达数丈，池中的龟全爬到岸上来，被人们捕获。鱼也鼓着鳃从水中，浮出来，很快它们都死了。这之后第七天，张镐死了。判官郑从、南昌县令马皎这两个人也接连死了。（出《广记》）

## 毕乾泰

唐朝的左补阙毕乾泰来自瀛州任丘。父母五十岁时，他就事先建造好了墓穴。等父亲八十五岁时，又自制了棺材，棺材稍稍高大了一点，就嫌弃预选的墓小了，更换原来的再加二万块砖，打开墓穴即将修建。有无数条蛇在墓穴里，当时是正月，天还很冷，蛇在蛰眠没有行动。他把蛇取出抛到一个枯井中，那个空井仍然能容纳很多蛇。那些蛇都是金色的。毕乾泰亲自和仆人打开这个墓穴修建，不久得病死了。一个多月后，他的父母一起去世。这就是开墓穴没有开在适合地方的缘故啊。（出《朝野佥载》）

## 杜暐

殿中侍御史杜暐之前出使岭外。到达康州，驿卒思考了一下停下来，告诉杜暐说："请躲避毒物。"就看见一条大蛇阻截着横道向南面过去，长达好几丈。一只乌龟在后面追逐蛇。道南边有一棵大松树。蛇爬升到高枝上缠绕着，垂着头往下面看着龟。龟在树下面仰起鼻子，鼻子中冒出两股青烟，径直地冲向蛇头，于是蛇身子裂开死去，从树上掉下来。又看到有蜈蚣大得如同一只风筝。牛肃曾拿这件事去询问康州司马狄公，狄公说："昔日天宝四年间，广府由于大海涨潮，一只死蜈蚣漂浮上来，（他们）割下蜈蚣的一只腿，就割下一百二十斤肉。到了广州市，看到有人用笼子装着有两个头的蛇，集蛇。蛇长二尺，头在首尾。市人伶者，常以弄蛇为业，每执诸蛇，不避毒害。见两头蛇，则以手执之。蛇螫其手，伶者言痛，弃蛇于地。加药焉，不愈。其啮处肿，遂浸淫，俄而遍身。伶者死，身遂洪大，其骨肉皆化为水，身如贮水囊。有顷水溃，遂化尽。人与两头蛇失所在。”（出《纪闻》）

## 海州猎人

海州人以射猎为事，曾于东海山中射鹿。忽见一蛇，黑色，大如连山，长近十丈，两目成日。白海而上，人见蛇惊惧，知不免死，因伏念佛。蛇至人所，以口衔人及其弓矢，渡海而去。遥至一山，置人于高岩之上。俄而复有一蛇自南来，至山所，状类先蛇而大倍之。两蛇相与斗于山下，初以身相蜿蟺，久之，口相噬。射士知其求己助。乃傅药矢，欲射之。大蛇先患一目，人乃复射其目，数矢累中。久之，大蛇遂死，倒地上。小蛇首尾俱碎，乃衔大真珠瑟瑟等数斗，送人归至本所也。（出《广异记》）

市的人在人众多的地方说：‘你们见到过双头蛇吗？你们看见的双头蛇，蛇的两个头是并列长出来的，我如今有的这双头蛇和那种不一样，蛇的首尾各有一个头。想见见这种蛇吗？’集市上的人请求看看这种蛇，那个人就拿出了蛇，蛇长达二尺，在首尾都长了头。市集中有个卖艺为业的人，经常把玩蛇当作职业，每次拿着蛇，也不躲闪避开毒害。看到了双头蛇，就拿手捉过来，蛇咬了他的手一口，卖艺的人叫疼，把蛇丢在地上，给手上药，没有痊愈。那被咬的部位肿了，就慢慢地扩散开来，不久全身都肿了，卖艺的人就死了，身体最后肿得很大。他的骨肉都化作了水，身子如同储水的口袋。片刻后水口袋破口，就变得没有了。那个人和双头蛇也消失了。（出《纪闻》）

## 海州猎人

海州有个人把射猎当作职业，之前在东海的山上射鹿。突然看见一条蛇，黑色的皮肤大得如同一座小山，大概有十丈长，两只眼睛好像太阳一般亮，从海中爬上山来。那人见了蛇很惊恐畏惧，知道免不了一死，所以伏着身子在地上念佛。蛇到了那个人所处的地方，用口叼着人和弓矢，横渡东海游走了。到了一座远远的山上，蛇把那个人放在高岩上。很快又有一条蛇从南边游过来，来到山下，模样与先前的蛇相像但比先前的蛇大一倍。两条蛇于山下互相斗争，一开始时把身子盘绕到一起，等时间长了以后，就互相用嘴巴咬。那个猎人知道之前的蛇是恳求自己援助它，他就备好药箭，（准备）射击那条大蛇。大蛇原本就瞎了一只眼睛，于是那个人又去射它的另一只眼睛，多支箭都射中了。时间长一些后，那条大蛇就死亡，倒在了地上。小蛇的首尾也全破皮受伤，然后衔了几斗的大珠子赠送给他，还把那个人送回到原来的地方。（出《广异记》）

# 卷第四百五十八　蛇三



## 李舟弟

李舟之弟患风，或说蛇酒可疗，乃求黑蛇。生覆瓮中，加之曲蘖。数日，蛇声不绝，及熟，香气酷烈，引满而饮。须臾，悉化为水，唯毛发存之。（出《国史补》）

## 担 生

昔有书生，路逢小蛇，因而收养，数月渐大。书生每自担之，号曰担生。其后不可担负，放之范县东大泽中。四十余年，其蛇如覆舟，号为神蟒，人往于泽中者，必被吞食。书生时以老迈，途经此泽畔，人谓曰："中有大蛇食人，君宜无往。"时盛冬寒甚，书生谓冬月蛇藏，无此理，遂过大泽。行二十里余，忽有蛇逐，书生尚识其形色，遥谓之曰："尔非我担生乎？"蛇便低头，良久方去。回至范县，县令闻其见蛇不死，以为异，系之狱中，断刑当死。书生私忿曰："担生，养汝翻令我死，不亦剧哉！"其夜，蛇遂攻陷一县为湖，独狱不陷，书生获免。天宝末，独孤暹者，其舅为范令。三月三日，与家人于湖中泛舟，无故覆没，家人几死者数四也。（出《广异记》）

## 李舟弟

李舟的弟弟得了头风病，有人说服下用蛇泡的酒就能痊愈，于是他就去抓了一条黑蛇，活封于坛中，并在坛里加入酒母。几天过了，蛇的叫声也不曾停下。等到酒熟，香气特别浓烈。喝下一碗酒，片刻后，整个人化作水，只有毛发仍然存在。（出《国史补》）

## 担 生

以前有一个书生，在路上遇到一条小蛇，因此收养了小蛇，几个月后小蛇逐渐长大。书生常亲自将它遮盖住，于是称呼蛇为："担生。"等到以后遮盖不住蛇了，就将蛇放入范县东边大泽之中。四十多年后，书生养的蛇就如倒过来的船一样大，人们把它称为神蟒，但凡是路过大泽的人，定会被那蛇吞吃下去。书生当时已年迈，走路途经这个大泽附近，有人对他说："大泽中有大蟒吃人，你最好不要去。"当时正为隆冬时节，天气严寒，书生认为到冬月蛇都冬眠去了，没有不去这个道理。于是书生穿过大泽，走过二十多里，忽然有条蛇来追赶他，书生还认得他曾养的那条蛇的花纹颜色，远远地对着蛇说："你不是我养的担生吗？"于是蛇低下头，许久后才离开。书生回到范县，县令听闻书生见了蛇却没有死，认为这很奇异，就把书生关押到监狱里，判定书生的刑罚是死罪。书生私底下愤恨地说："担生，我养活了你，你却反让我死亡，这不是很过分吗？"那天夜里，蛇便将整个县城攻陷，县城成了湖泊，唯独监狱没有陷落，书生因此免于一死。天宝末年，有个人叫独孤暹，他的舅舅是范县令。在三月三日，他的舅舅和他的家里人在湖上划船，小舟毫无缘由地翻没，家中好几个人险些被淹死。（出《广异记》）

## 嵩山客

元和初，嵩山有五六客，皆寄山习业者也。初秋，避热于二帝塔下。日晚，于塔下见一大蛇长数丈，蟠绕塔心，去地十数丈。众骇而观之，一客曰："可充脯食之厨。"咸和之，中一客善射。或曰："大者或龙神，杀之恐为祸也。昼脯之膳，岂在此乎？不如勿为。"诸客决议，不可复止，善射发一箭，便中，再箭，蛇蟠解坠地，众共杀之。诸客各务庖事，操刀刳割者，或有入寺求柴炭盐酤者。其劝不取者，色不乐，遂辞而归。其去寺数里，时天色已阴，天雷忽起。其中亦有各归者，而数客犹在塔下。须臾，云雾大合，远近晦冥，雨雹如泄，飘风四卷，折木走石，雷雹激怒，山川震荡。数人皆震死于塔下，有先归者，路亦死。其一客不欲杀者，未到山居，投一空兰若。阖门，雷电随客入，大惧。自省且非同谋，令其见害，乃大言曰："某不与诸人共杀此蛇，神理聪明，不可滥罚无辜！幸宜详审。"言讫，雷霆并收，风雨消歇。此客独存。（出《原化记》）

## 邓甲

宝历中，邓甲者，事茅山道士峭岩。峭岩者，真有道之士，药变瓦砾，符召鬼神。甲精恳虔诚，不觉劳苦，夕少安睫，昼不安床。峭岩亦念之，教其药，终不成；受其符，竟无应。道士曰："汝于此二般无分，不可强学。"授之禁天地蛇术，寰宇之内，唯一人而

## 嵩山客

元和初年，嵩山上有五到六个外地人，他们都是住在山上来学艺的人。一日初秋，他们待在二帝塔下避暑，等天色晚了，他们在塔下看见一条长有几丈的大蛇，它盘踞缠绕在塔心，距离地面有十几丈高，大家都惊讶又骇然地看着大蛇。一个客人说："这蛇可以用来做成干肉吃。"其他人都很赞同他，他们当中还有一个人善于射箭。有一人说："这条大蛇或许就是龙蛇，杀掉它恐怕是件祸事。你们想要吃干肉，为什么一定要用这条大蛇呢？我们还不如不杀掉它。"大家已经决定好了这件事，便再也制止不了。善射箭的那位客人只射出一箭，就射中了蛇，他再射一箭，蛇就僵直着坠落到地上，众人一起杀了蛇。各位客人就做各自的厨艺活，有拿刀砍的割的，有到寺里去要点木炭柴火、盐和酒的。那位劝说大家却没有被听取的人，脸色极其不好，就辞别大家回去了。他离开寺庙好几里路，此时天已经变阴了，天上忽地响起雷声，客人中也有几个人回到住处的，但仍有好几个客人在塔下。不一会，云雾合拢，远近十分晦暗，让人看不清楚，雨水和冰雹从天上直接掉下，狂风向四处乱刮，吹断树木，吹走沙石。雷和冰雹更加狂暴，山川震动，那几个塔下的人都在塔下被震死。有些提前回住处的人，也在路上死亡。其中那个说不要杀蛇的人，还没走到住处，就走进一座空庙，关上了门，雷电也随着他追进屋，那人心里很害怕，马上反省自己不是那几个要杀蛇的人，就大声说："我没有与其他人共同杀害这条蛇，神仙应当是聪明懂事理的，不能乱罚无罪的人，请你详细审察一下。"说完，雷霆停止了，风雨也停下了。这个客人独自活了下来。（出《原化记》）

## 邓甲

唐宝历年间，邓甲侍奉茅山道士峭岩。峭岩，是个真正的有道之士，能够用药使瓦砾变化，写符招来鬼神。邓甲虔诚专一非常用功，不觉得学道劳累辛苦，晚上很少睡觉，白天也躺不下来。峭岩也很受感动，教他学习药法，始终学不成，教他学习符法，竟然不应验。道已。甲得而归焉，至乌江，忽遇会稽宰遭毒蛇螫其足，号楚之声，惊动闾里。凡有术者，皆不能禁，甲因为治之。先以符保其心，痛立止，甲曰："须召得本色蛇，使收其毒，不然者，足将刖矣。"是蛇疑人禁之，应走数里。遂立坛于桑林中，广四丈，以丹素周之，乃飞篆字，召十里内蛇。不移时而至，堆之坛上，高丈余，不知几万条耳。后四大蛇，各长三丈，伟如汲桶，蟠其堆上。时百余步草木，盛夏尽皆黄落。甲乃跣足攀缘，上其蛇堆之上，以青蓧敲四大蛇脑曰："遣汝作五主，掌界内之蛇，焉得使毒害人？是者即住，非者即去！"甲却下，蛇堆崩倒。大蛇先去，小者继往，以至于尽。只有一小蛇，土色肖箸，其长尺余，懵然不去。甲令舁宰来，垂足，叱蛇收其毒。蛇初展缩难之，甲又叱之，如有物促之，只可长数寸耳，有膏流出其背，不得已而张口，向疮吸之。宰觉其脑内，有物如针走下。蛇遂裂皮成水，只有脊骨在地。宰遂无苦，厚遗之金帛。

时维扬有毕生，有常弄蛇千条，日戏于阛阓，遂大有资产，而建大第。及卒，其子鬻其第，无奈其蛇，因以金帛召甲。甲至，与一符，飞其蛇过城垣之外，始货得宅。甲后至浮梁县，时逼春。凡是茶园之内，素有蛇毒，人不敢掇其茗，毙者已数十人。邑人知甲之神术，敛金帛，令去其害。甲立坛，召蛇王。有一大蛇如股，长丈余，焕然锦色，其从者万条。而大者独登坛，与甲较其术。蛇渐士说："你与这两样法术没有缘分，不能勉强学习。"峭岩就传授他禁制天地中所有蛇类的法术，寰宇之内，唯他一人懂得这种法术。邓甲学会法术后就往家走，走到乌江，忽然碰上会稽县宰被毒蛇咬伤脚，县宰痛苦号叫的声音，惊动了街坊邻居。所有有治蛇毒方法的人，都不能止住，于是邓甲替他治疗。先用符录保住他的心脏，县宰的疼痛立刻被止住。邓甲说："必须把咬人的那条蛇招来，让它收回脚上的毒。不这样做，就得砍掉脚。"这条蛇怀疑有人在禁制它，跑去了数里外。于是邓甲在桑林里修了一座坛，坛宽四丈，邓甲把丹药洒在坛的四周，又草书了篆字，召集十里内的蛇，没有多久蛇就到了，堆积在坛上，有一丈多高，不知道到底有几万条蛇。后面来的四条大蛇，各自都有三丈长，粗壮得像水桶，盘踞在蛇堆的上面。这时方圆百多步内的杂草和树木，在盛夏都枯黄或落叶。邓甲就光脚攀上来到了蛇堆的最上面。用一根青色竹棍敲四条大蛇的头说："派你们做五毒的主管，掌管界内所有的蛇，你们怎么还能用毒害人，是那条用毒害人的蛇就留下，不是就走开吧。"邓甲便下来了，蛇堆也倒塌了，大蛇们先离开，小蛇跟着也离开了，蛇就这样全走光了。只有一条小蛇，土黄颜色像根筷子，一尺多长，迷糊着没有离开。邓甲令人把县宰抬来，垂下县宰的脚，命令小蛇收回毒。小蛇开始时身子一伸一缩像是很为难的样子，邓甲又斥责了一下蛇，像有什么在催促着小蛇，小蛇身体变得只有几寸长，有膏脂从小蛇背上流下，小蛇才不得已张开口，向疮口吸毒。县宰便感觉他的脑子里，有东西像针一般往下走，小蛇就皮肤裂开化成了一滩水，只有脊骨留在地下。于是县宰不再痛苦，赠送给邓甲很丰厚的钱物。

这时扬州有一人叫毕生，常玩弄上千条蛇，日日在市区玩耍，于是他渐渐有了巨大的资产，并且建造了巨大府第。等他死后，他的儿子要卖掉这座府第，却无法处理那些蛇。邓甲后面来了浮梁县，当时是冬末春初，所有茶园之内，一向有蛇毒，人们都不敢去采摘茶园的茶叶，因为摘茶叶而死的人已经有几十个了。县城的人知道邓甲的神术，就敛集了一些钱财，请求邓甲除去这一个祸害。邓甲站立在祭坛上，召蛇王来。有一条蛇像大腿这么大，有一丈多长，身上的色彩立，首隆数尺，欲过甲之首。甲以杖上拄其帽而高焉，蛇首竟困，不能逾甲之帽。蛇乃踣为水，余蛇皆毙。倘若蛇首逾甲，即甲为水焉。从此茗园遂绝其毒虺。甲后居茅山学道，至今犹在焉。（出《传奇》）

## 苏闰

俗传有媪妪者，嬴秦时，尝得异鱼，放于康州悦城江中。后稍大如龙，妪汲浣于江，龙辄来妪边，率为常。他日，妪治鱼，龙又来，以刀戏之，误断其尾，妪死。龙拥沙石，坟其墓上，人呼为掘尾，为立祠宇千余年。太和末，有职祠者，欲神其事，以惑人。取群小蛇，术禁之，藏祠下，目为龙子，遵令饮酒。置巾箱中，持诣城市。越人好鬼怪，争遗之，职祠者辄收其半。开成初，沧州故将苏闰为刺史，心知其非，且利其财，益神之。得金帛，用修佛寺官舍。他日军吏为蛇啮，闰不使治，乃整簪笏，命走语妪，所啮者俄顷死，乃云，慢神罚也。愚民遽唱其事，信之益坚。尝有杀其一蛇，干于火，藏之，已而祠中蛇逾多。迄今犹然。（出《岭南异物志》）

像彩绸一样灿烂，一万多条小蛇跟随它。而大蛇独自登上坛上，和邓甲较量法术，大蛇逐渐挺立起来，头隆起高出地面好几尺，想越过邓甲的头顶，邓甲用手杖向上顶着他的帽子，帽子高高竖起。蛇头窘迫，始终不能高过邓甲的帽子。那条大蛇就扑倒下来，化成了一滩水，其他跟随的蛇也全部死亡了。假如蛇头超过了邓甲，那么邓甲就要化成水。从此茶园再无毒蛇。邓甲后来居住在茅山学道术，至今还活着。（出《传奇》）

## 苏闰

民间传说有一个老妪，秦始皇时，曾经得到一条奇鱼，放生到康州悦城江中。后来鱼渐渐长大些就好像龙一样，老妪在江边提水浆洗衣服时，龙常来到老妪的身边，便成了常有之事。后来有一天，老妇人在杀鱼，龙又过来，老妪就用刀逗龙，不小心砍断了龙尾，老妪便死去了。龙拥起沙石，堆在老妪的坟墓上，人们就称龙为“掘尾”，为它建起庙宇已经过了一千多年。太和末年，有一个管理此庙的人，想使这件事变神秘，用以迷惑百姓，就抓来一群小蛇，用法术控制住它们，藏在祠庙下。（他）把它们看作龙子，训练它们要遵照命令去喝酒，放置在用毛巾遮盖着的箱子里，带到城里的市场。越人喜好鬼神，争相送他东西，那个管理祠庙的人只收取一半。开成年间，沧州的旧将苏闰任职刺史，心中知晓那人的做法是错的，但是他认为这是个发财的好方法，就让这件事更神秘起来。由此得到的钱财，用于修建庙宇和官家房舍。一天有个军官被蛇咬伤，苏闰不让他治疗，却备好了簪子和手板，命令那个军官跑去向老妪的灵位祷告，被咬伤的人不一会就死了，苏闰却说：“这是他怠慢神灵得到的惩罚呀。”愚昧无知的百姓好一段时间都在谈论此事，他们对神龙的信仰更加坚定。曾经有人杀掉庙中一条蛇，用火烤干，再把蛇藏起来。不久，祠庙中的蛇更多了，直到今天还是这样。（出《岭南异物志》）

## 利州李录事

开成中，有陇西李生，为利州录事参军。居于官舍中，尝晓起，见蛇数百在庭，生大惧，尽命弃于郊野外。其明旦，群蛇又集于庭，生益惧之，且异也，亦命弃去。后一日，群蛇又至，李生惊曰："岂天将祸我乎？"戚其容者且久。后旬余，生以赃罪闻于刺史。遣吏至门，将按其罪，且闻于天子。生惶骇，无以自安，缢于庭树，绝脰而死。生有妻，感生不得其死，亦自缢焉。于是其家僮震慑，委身于井者且数辈，果符蛇见之祸。刺史即李行枢也。（出《宣室志》）

## 昝老

长寿老僧昝言，他时在衡山，村人为毒蛇所噬，须臾而死，发解，肿起尺余。其子曰："昝老若在，当勿虑。"遂迎昝至。乃以灰围其尸，开四门。先曰："若从足入，则不救矣。"遂踏步据固，久而蛇不至，昝大怒，乃取饭数升，捣蛇形诅之。忽蠕动出门，有顷，饭蛇引一蛇从死者头入，径及其疮，尸渐低，蛇缩而死，村人遂活。（出《酉阳杂俎》）

## 冯但

冯但者，常有疾，医令浸蛇酒服之。初服一瓮，于疾减半。又令家人园中执一蛇，投瓮中，封闭七日。及开，蛇跃出，举首尺余，出门，因失所在。其过迹，地坟起数寸。（出《酉阳杂俎》）

## 利州李录事

唐文宗开成年间，有个陇西人叫李生，是利州的录事参军，住在官舍里。曾经有一次早起，看见庭院里有几百条蛇，李生非常害怕，就命人将蛇全部扔去城郊的野外。第二日早晨，蛇群再次聚集于庭院，李生更加害怕此事，并认为此事奇异，还是命人扔掉了蛇群。之后一天，蛇群还是来了。李生惊异地说："这难道是天要降下灾祸给我吗？"他面作悲戚，呆呆地过了很久。十多天后，刺史就知道了李生贪赃的罪行。他派官吏到李生家，将要审查他的罪状，并上报给皇上去。李生惊慌又害怕，没法安慰自己，在庭院里的树上上吊，勒断脖子后死去。李生的妻子，感觉李生不该这样死去，也上吊死了。李生家中的僮仆也因此而震惊害怕，有好几个人投井自杀，果然就符合了蛇一出现就会带来灾祸的这个说法。而那个刺史就是李行枢。（出《宣室志》）

## 昝老

有一个长寿的老和尚叫謦言，以前在衡山，村中有人被毒蛇咬了，一会就死去了，那人头发全掉了，身体肿起一尺多高。他的儿子说："假如昝老在，那么我就不用忧虑了。"于是他将昝老迎接到家中。昝老就用灰围住尸体，打开四面的门。提先说："如果蛇从他的脚下走进灰圈，这人就没救了。"昝老就踩着步子，手紧紧地握着，过了很久蛇也没有到。昝老大怒，于是取出几升米饭，捣成蛇形并施与咒语。饭蛇忽然蠕动着出了门，过了一会，饭蛇引过来一条蛇从死者头部爬进灰圈，蛇径直去吮吸村民尸体肿起的地方，尸体逐渐消肿，蛇也缩小死亡。那个村民就活下来了。（出《酉阳杂俎》）

## 冯但

冯但，常常生病，医生要他用蛇泡酒服用。开始时他先喝了一瓮蛇酒，病就好了一半。冯但又让家人从园子里捉一条蛇，投进瓮中，密封七天。等到开酒的时候，蛇跳出瓮，举起头有一尺多高，蛇跑出

## 陆绍

郎中陆绍言，尝记一人浸蛇酒，前后杀蛇数十头。一日，自临瓮窥酒，有物跳出，啮其鼻将落。视之，乃蛇头骨也。因疮毁，其鼻如削焉。（出《酉阳杂俎》）

## 郑翬

进士郑翬说，家在高邮，有亲表卢氏庄近水。其邻人数家共杀一白蛇，未久，忽大震电雨，发洪，数家陷溺无遗，唯卢宅当中，一家无恙。（出《因话录》）

## 张蜇子

梓潼县张蜇子神，乃五丁拔蛇之所也。或云，嶲州张生所养之蛇，因而祠。时人谓为张蜇子，其神甚灵。伪蜀王建世子名元膺，聪明博达，骑射绝伦。牙齿常露，多以袖掩口，左右不敢仰视。蛇眼而黑色，凶恶鄙亵，通夜不寐，竟以作逆伏诛。就诛之夕，梓潼庙祝，亟为蜇子所责，言：“我久在川，今始方归，何以致庙宇荒秽如是耶？”由是蜀人乃知元膺为庙蛇之精矣。（出《北梦琐言》）

门，因此再找不到蛇的踪迹。而蛇经过会留下痕迹，地面鼓出几寸高。（出《酉阳杂俎》）

## 陆　绍

郎中陆绍说，他曾记得有一人之前泡蛇酒。前前后后杀掉几十条蛇。一天，那人亲自到酒瓮前看酒，有一物跳出瓮，咬中他的鼻子，就快要掉下来，仔细看那个东西，竟然是蛇的头骨。因为是被蛇咬伤毁坏，所以他的鼻子就像刀削出来的一样。（出《酉阳杂俎》）

## 郑　翚

进士郑翚说过，他家住在高邮，有一个表亲卢氏住在靠近水一边的庄园，他的几家邻居一同杀死一条白蛇。不久后，他们那忽然打雷闪电且下了大雨，洪水暴发，那几个参与杀蛇的家庭全陷落沉没在水中，在他们中唯有卢氏住宅未陷，一家人都没有出事。（出《因话录》）

## 张蛋子

梓潼县张蛋子神，神庙就设在五丁拽蛇的地方。有人曾说，那是隽州张生养的蛇，因而为张生建造祠庙。当时人们称呼他为张蛋子，他这个神灵非常灵验。非法蜀王名为建，他的儿子叫元膺，元膺既聪明又博学通达，人们骑马射箭没有比得上他的。他牙齿经常露在外面，总用袖子遮着嘴，身边之人不敢仰脸去看他。他的眼睛与蛇眼相似而且是黑的，面貌凶恶卑鄙下流，整晚睡不着，竟因此做了叛乱的事而被赋法处死。他被诛杀的那天，当时担任梓潼的庙祝，多次被张蛋子责备，说：“我久待川地，现在才刚刚回来，你为什么让我的庙宇如此荒芜肮脏呢？因此，蜀地人才知晓元膺就是庙蛇的精灵。（出《北梦琐言》）

## 选仙场

南中有选仙场，场在峭崖之下。其绝顶有洞穴，相传为神仙之窟宅也。每年中元日，拔一人上升。学道者筑坛于下，至时，则远近冠帔，咸萃于斯。备科仪，设斋醮，焚香祝数，七日而后，众推一人道德最高者，严洁至诚，端简立于坛上。余人皆摻袂别而退，遥顶礼顾望之。于时有五色祥云，徐自洞门而下，至于坛场。其道高者，冠衣不动，合双掌，蹑五云而上升。观者靡不涕泗健羡，望洞门而作礼。如是者年一两人。次年有道高者合选，忽有中表间一比丘，自武都山往与诀别。比丘怀雄黄一斤许，赠之曰："道中唯重此药，请密置于腰腹之间，慎勿遗失之。"道高者甚喜，遂怀而升坛。至时，果蹑云而上。后旬余，大觉山岩臭秽。数日后，有猎人，自岩旁攀缘造其洞，见有大蟒蛇，腐烂其间，前后上升者骸骨，山积于巨穴之间。盖五色云者，蟒之毒气，常呼吸此无知道士充其腹。哀哉！（出《玉堂闲话》）

## 狗仙山

巴賨之境，地多岩崖，水怪木怪，无所不有。民居溪壑，以弋猎为生涯。嵌空之所，有一洞穴，居人不能测其所往。猎师纵犬于此，则多呼之不回，瞪目摇尾，瞻其崖穴。于时有彩云垂下，迎猎犬而升洞。如是者年年有之，好道者呼为狗仙山。偶有智者，独不信之，遂绁一犬，挟弦弧往之。至则以粗絙系其犬腰，系于拱木，然后退身而观之。及彩云下，犬萦身而不能随去，嗥叫者数四。旋

## 选仙场

南中有一个选仙场，场子在山壁峭壁之下。峭壁的最高处有一个洞穴，相传那便是神仙的洞府。每一年阴历七月十五这一天，洞穴就选一人上升到洞中，学道的人就在峭壁下建起一座祭坛。到那时候，远近的道士，都聚集在这里，备好各种仪式，设计好斋戒和祭祀流程，再数次烧香祷告。七天之后，众人推选出一个有最高道行品德的人，他得严肃洁净至于虔诚，端正简洁从容地站在祭坛上，其他人都要扯着他的衣袖向他告别之后退下去，做顶礼遥望着他。这时会有五色祥云缓缓地从洞穴门口飘下来，飘至坛场，那个道行最高的人，他衣冠不飘动，双掌紧合住，踩着五色祥云升上去。观看之人无不流下眼泪鼻涕，十分艳羡他，再朝着洞口行礼，这事每年都有一两个人去。第二年一个道行高的人应选飞升，忽然有一个做和尚的中表亲属，从武都山来和他诀别，和尚怀中带着一斤多重的雄黄，送给他说："修道的人最是重视此药，请你在腰腹之间秘藏起来，切莫丢失了。"那道行高的人十分喜悦，就在怀中藏好雄黄，走上坛去。到飞升时间，他果然踩着云彩上升了。十多天后，众人闻见山岩一带气味恶臭。几日后，一个猎人，从山岩边缘攀援向上进入洞穴中，看见洞中有一条大蟒，尸体已经腐烂在洞里。前后升入洞之人的骸骨，山一般堆在这个巨大洞穴之间。原来，所谓的五色彩云，竟是大蟒的毒气，常被用于吸取这些无知道士来充饱蛇的肚子。这不是很可悲吗?（出《玉堂闲话》）

## 狗仙山

巴山蜀水这一带，当地多石崖，水怪树怪，什么东西都有。百姓居住在溪水和山谷之间，以打猎为生。一处地方的山岸凹进，中有一个洞穴，居住当地的人不能观察出洞穴通向哪里，猎人将猎狗放到此处，就算是多次招狗回来，狗也不回来。狗就瞪大眼睛，晃动尾巴，紧紧盯着石崖上的洞穴看。这时会有彩云自洞口落下，迎接猎狗并升上洞穴。如同这样的事年年都有，喜好修道之人就将此地叫作狗见有物，头大如瓮，双目如电，鳞甲光明，冷照溪谷，渐垂身出洞中观其犬，猎师毒其矢而射之。既中，不复再见。顷经旬日，臭秽满山。猎师乃自山顶，縋索下观，见一大蟒，腐烂于岩间。狗仙山之事，永无有之。（出《玉堂闲话》）

## 李黄

元和二年，陇西李黄，盐铁使逊之犹子也。因调选次，乘暇于长安东市，瞥见一犊车，侍婢数人于车中货易。李潜目车中，因见白衣之姝，绰约有绝代之色。李子求问，侍者曰："娘子孀居，袁氏之女，前事李家，今身依李之服。方除服，所以市此耳。"又询可能再从人乎，乃笑曰："不知。"李子乃出与钱帛，货诸锦绣，婢辈遂传言云："且贷钱买之，请随到庄严寺左侧宅中，相还不负。"李子悦。时已晚，遂逐犊车而行。碍夜方至所止，犊车入中门，白衣姝一人下车，侍者以帷拥之而入。李下马，俄见一使者将榻而出，云："且坐。"坐毕，侍者云："今夜郎君岂暇领钱乎？不然，此有主人否？且归主人，明晨不晚也。"李子曰："乃今无交钱之志，然此亦无主人，何见隔之甚也？"侍者入，复出曰："若无主人，此岂不可，但勿以疏漏为诮也。"俄而侍者云："屈郎君。"李子整衣而入，见青服老女郎立于庭，相见曰："白衣之姨也。"中庭坐，少顷，白衣方出，素裙粲然，凝质皎若，辞气闲雅，神仙不殊。略序款曲，翻然却入。姨坐谢曰："垂情与货诸彩色，比日来市者，皆不如之。然所假如何？深忧愧。"李子曰："彩帛粗缪，仙山。偶然有一个头脑聪明的人，单独他不信这件事，就带上一只猎狗，背着弓箭去洞中。到了洞里用粗绳绑住猎狗的腰，系在大树上，然后他就缩回身体来观察。等到彩云落下，狗被绑住不能随着彩云一起去，嗥叫了许多次。接着就能看见有个东西出来，头大得像个坛子，两只眼睛好似闪电，身上鳞片光亮闪耀，冷冷的反射出光，照在溪流和峡谷上，它缓缓垂下身子探出洞去观察那狗。那聪明的猎师就在箭上涂上毒药射向那个怪物，射中之后，怪物便不再出现了。又过了十多天，满山都飘着恶臭的味道，那猎人就从山顶放下绳子，顺着绳子下至洞口探看，见到一条大蟒蛇，腐烂在岩石之间。而狗仙山的事，自此再也没有发生了。（出《玉堂闲话》）

## 李黄

唐宪宗元和二年，有一个陇西人李黄，乃是盐铁使李逊的侄子，借着官员调动选拔的时期，趁闲暇时间去长安东市玩，刚好瞥见了一驾由小牛拉着的车辆，几个侍女在车中买物品。李黄偷偷地瞧着车里，看到了一位穿白色衣服的美女，体态柔美，有着冠出当代的美貌。李黄前去询问，女郎侍女说："娘子是寡妇，乃袁氏的女儿，之前嫁到李家，现在身上穿着的是李家的丧服，正打算脱去丧服，因此派我买这些东西。"李黄又问女郎能不能再嫁人，侍女只笑着说："不知道。"李黄便出钱为她买布，买了许多鲜艳精美的绸缎。女郎便让女仆传话说："这些绸缎算暂时借你的钱买的，请和我们来庄严寺左边的住宅中，钱原数奉还，绝不会欺骗你。"李黄很开心，此时天色已晚，于是跟着小牛车的方向走，到夜晚才到住宅处。牛车驶入中门，一白衣美女下了车，侍女便用幕布围着她一同进了屋子。李黄下了马，一会儿就见一个仆人拿着椅子走出来，说："请暂时坐会。"坐下之后，仆人说："您今夜还有时间把钱带回去吗？不然，这里也有主人招待您？请暂且回到主人那里，明早来取也不会晚。"李黄说："你们现在没有还钱的想法，可在这个地方我也没有主人招待我，为什么要如此拒绝我呢？"仆人进去，又出来说："此地如果没有主人，在这里又怎么不可以呢？但是请不要因为侍奉得不够周到而责不足以奉佳人服饰，何敢指价乎？”答曰：“渠浅陋，不足侍君子巾栉。然贫居有三十千债负，郎君傥不弃，则愿侍左右矣。”李子悦。拜于侍侧，俯而图之。

李子有货易所，先在近，遂命所使取钱三十千。须臾而至，堂西间门，剨然而开。饭食毕备，皆在西间。姨遂延李子入坐，转盼炫焕。女郎旋至，命坐，拜姨而坐，六七人具饭。食毕，命酒欢饮。一住三日，饮乐无所不至。第四日，姨云：“李郎君且归，恐尚书怪迟，后往来亦何难也？”李亦有归志，承命拜辞而出。上马，仆人觉李子有腥臊气异常。遂归宅，问何处许日不见，以他语对。遂觉身重头旋，命被而寝。先是婚郑氏女，在侧云：“足下调官已成，昨日过官，觅公不得，某二兄替过官，已了。”李答以愧佩之辞。俄而郑兄至，责以所往行。李已渐觉恍惚，祇对失次，谓妻曰：“吾不起矣。”口虽语，但觉被底身渐消尽，揭被而视，空注水而已，唯有头存。家大惊慑，呼从出之仆考之，具言其事。及去寻旧宅所，乃空园。有一皂荚树，树上有十五千，树下有十五千，余了无所见。问彼处人云：“往往有巨白蛇在树下，便无别物，姓袁者，盖以空园为姓耳。”

备我们。”不一会儿仆人又说：“让您委屈了。”李黄整理了下衣服走进去，看见一个黑衣年老妇人站在院子里。与李黄会面后说：“我是白衣的姨娘。”请李黄到中庭坐下，过了片刻后，白衣才出来，白裙更衬得女郎美丽纯洁，皮肤若月光般洁白无瑕，谈吐气质娴雅，是与神仙一样的人物。白衣女郎简要地说了些殷勤感谢的话，潇洒飘然地进去了，她的姨娘也坐下并感谢地说：“承蒙你的好意，借钱给我们买了这些彩色绸缎，前几天买到的布料都没有这么好，可是，你借给我们的钱该怎么还，我深感忧虑惭愧。”李黄说：“那些彩绸质地粗糙，不足以用来做女郎穿的衣服。如何敢定价呢？”女郎姨娘回答说：“她见识浅薄，配不上您，可是我家贫穷欠下了三十千钱的债务。如果您不抛弃我们，她就愿意侍奉于您的身边。”李黄很高兴，到女郎姨娘的身边行礼表示谢意，答应了她的要求想娶到白衣女郎。

李黄有个交易场所，原在附近，于是派去仆人去取来三十千钱，片刻就送到。而后堂屋西面房间的门“哗”的一声被打开了，西面屋里面饭菜都布置好了，姨娘就邀请李黄入座。李黄四下打量，见屋子色彩鲜明夺目。白衣女郎随即过来，让她坐下，她朝姨娘行礼后就坐下了。六七个仆人备办吃食，吃完后，姨娘又让仆人拿来酒一同欢畅地喝起来。李黄在此一住就是三天，喝酒玩乐均快乐到极点。第四天，姨娘说：“李郎君暂且先回家，尚书大人恐怕会怪你回家迟了，之后再往来又有什么难处呢？”李黄也有回家的想法，就应了姨娘的话告别后离去。上马时，仆人发觉李黄的身上有一股特殊的腥臊气味。李黄回到了家里，家里人问他到什么地方去了，这么多天不见人？李黄用别的话应对。这时，李黄觉得身子骨沉重，脑袋眩晕，让人拿来被子便睡觉了。李黄的妻子郑氏，在他的身旁说：“夫君已办成调官的事，昨天拜官，寻你没成，我的二哥便代替你拜官了，已经结束。”李黄就回了些表达惭愧佩服的话。不一会，郑氏的哥哥来了，责问前几天他到哪去了。李黄这时已经逐渐感觉自己恍恍惚惚的，回答语无伦次，对他的妻子说：“我起不来了。”口里虽然还说话，但感觉自己被里的身体慢慢地没了，揭开被子看，就只有一汪水，只头还在。家人们非常地惊慌害怕，就叫来跟着李黄出去的仆人复一说，元和中，凤翔节度李听，从子琯，任金吾参军。自永宁里出游，及安化门外，乃遇一车子，通以银装，颇极鲜丽。驾以白牛，从二女奴，皆乘白马，衣服皆素，而姿容婉媚。琯贵家子，不知检束，即随之。将暮焉，二女奴曰："郎君贵人，所见莫非丽质，某皆贱质，又粗陋，不敢当公子厚意。然车中幸有姝丽，诚可留意也。"琯遂求女奴，乃驰马傍车，笑而回曰："郎君但随行，勿舍去。某适已言矣。"琯既随之，闻其异香盈路。日暮，及奉诚园，二女奴曰："娘子住此之东，今先去矣。郎君且此回翔，某即出奉迎耳。"车子既入，琯乃驻马于路侧。良久，见一婢出门招手。琯乃下马。入座于厅中，但闻名香入鼻，似非人世所有。琯遂令人马入安邑里寄宿。黄昏后，方见一女子，素衣，年十六七，姿艳若神仙。琯自喜之心，所不能谕。及出，已见人马在门外。遂别而归。才及家，便觉脑疼，斯须益甚，至辰巳间，脑裂而卒。其家询问奴仆，昨夜所历之处，从者具述其事，云："郎君颇闻异香，某辈所闻，但蛇臊不可近。"举家冤骇，遽命仆人，于昨夜所止之处覆验之，但见枯槐树中，有大蛇蟠屈之迹。乃伐其树，发掘，已失大蛇，但有小蛇数条，尽白，皆杀之而归。（出《博异志》）

仔细询问。仆人把事情经过全说了。等到寻找到那所旧住宅时，发现竟然是个空园子，里面有一棵皂荚树，皂荚树上不仅挂着十五千钱，皂荚树下还堆着十五千钱，除此之外没看见其他的东西。询问那个地方住着的人，说："经常看见有一条巨大的白蛇待在树下，就没有别的东西了。说白蛇姓袁，大概是使用空园子当作自己的姓了。

还有一种说法是，元和年间，李听是凤翔节度，李琯是他的侄儿，他担任金吾参军。从永宁里出去游玩，到安化门外时，遇见一辆车子。车子全使用银子装饰，非常鲜艳华丽，是一头白牛驾车，还跟着两个女仆，全身骑白马，身穿白衣，而且姿态面貌温柔美丽。李琯是富贵人家的子女，不知检点约束自己，就跟着她们的车子走。天快黑时，两个女仆说："您是贵人，看见的女子都是天生丽质的，而我们都是些低贱的人，又粗俗见识简陋，承担不起公子你的深厚情意，然而，还好车子里有美女，你确实应当上心呀。"李琯就恳求女仆，于是骑马跟着车旁。女仆笑着回头对他说："你只要跟着走，不弃我们独自离开就好了。我刚刚已经说过一遍了。"李琯随着他们一起走，就闻到那车中有奇香在路上弥漫。等天黑了，他们就到了奉诚园，两个女仆说："娘子就住在这个园庭的东侧，现在就先过去了，您先在这里来回走一走，我马上就出来迎接你。"车子进园子门后，李琯就在路边停下马。过了好长时间，他才见一个女仆出了园门向他招手。李琯才下马，进去坐在园厅中，只闻香气扑入鼻内，不像人世间所能有。李琯就让随人牵马去安邑寄宿。黄昏后，他才看见一个女子，身着素白衣服，年芳十六七，像神仙一样姿容艳丽。李琯内心喜悦之情，无法用言语说出来。到他出门之时，他就见到随人和马已经在门外等着他。他便告别女郎们回家了。他才到家，就感觉脑袋疼，过一会儿却越发激烈，到辰巳间之时，脑袋就裂开死去了。李琯家里人就去询问奴仆，昨天夜里他们经过的地方，仆人仔细述说这事，并且说："公子昨晚说闻到了奇特的香味，但我们所闻到的，只是蛇臊味让人不敢接近。"全家人都觉得这事李琯很冤枉而且害怕这件事，急忙对仆人下令，再去昨天夜里所到之处查看一下。只看见在枯死的槐树里，有着大蛇盘屈过的痕迹。仆人就砍倒了槐树，挖

开树干，已失去了大蛇的踪迹，只余几条小蛇，全为白色。他们便把小蛇全部杀死就回去了。（出《博异志》）

# 卷第四百五十九　蛇四



## 僧令因

僧令因者，于子午谷过山，往金州。见一竹舆先行，有女仆服缞而从之。数日，终不见其人，令因乃急引帘窥之。乃一妇，人首而蛇身甚伟，令因甚惊。妇人曰："不幸业重，身忽变化，上人何乃窥之？"问其仆曰："欲送秦岭之上。"令因遂与诵功德，送及秦岭，亦不见妇人之首，而入林中矣。（出《闻奇录》）

## 卫中丞姊

御史中丞卫公有姊，为性刚戾毒恶，婢仆鞭笞多死。忽得热疾六七日，自云："不复见人。"常独闭室，而欲至者，必嗔喝呵怒。经十余日，忽闻屋中窸窣有声，潜来窥之，升堂，便觉腥臊毒气，开牖，已见变为一大蛇，长丈余，作赤斑色，衣服爪发，散在床褥。其蛇怒目逐人，一家惊骇。众共送之于野，盖性暴虐所致也。（出《原化记》）

## 蒲州人

蒲州人穿地作井，坎深丈余，遇一方石而不及泉。欲去石更

## 僧令因

令因和尚，打算从子午谷过山到金州去。看见有一个竹轿在前面先行，有个穿着丧服的女仆跟着。有好几天，都始终看不见轿中的人。于是令因急忙掀起帘子暗中观察那轿子，里面有个妇女，她长着人的头却又有着很是雄伟的蛇的身子。令因十分吃惊，那妇女说："我很不幸，由于自己罪孽深重，身体突然发生变化，僧人你为什么要这样偷看呢？"问她的仆人，仆人回答说："准备送她到秦岭上去。"令因便给她诵念功德经，送至秦岭，也没有再看见那妇女露面，而是进到树林中了。（出《闻奇录》）

## 卫中丞姊

御史中丞卫公有个姐姐，平时为人性格刚烈乖戾恶毒，有不少仆人被她用鞭子和木杖打死。她突然得了热病，持续了六七天，就自己说："不必再见人了。"此后常常关着屋子一人待着。想来看望她的那些人，一定会受到她的呵斥怒骂。十多天后，忽然听见屋子里有窸窸窣窣的声音，有人暗中偷偷来看，一走上堂屋的台阶，就觉得有腥气臊气毒气，打开窗户，就看见她已经成了一条大蛇，长一丈多，身上有红色的斑斑点点，衣服和四肢头发，都散放在床褥上。那条蛇生气地瞪着眼睛追赶人，一家人又惊又怕，于是大家一起将蛇送到了野外。这应该是她性情暴虐导致的结果。（出《原化记》）

## 蒲州人

蒲州有一人开凿土地成井，凿的坎深得有一丈多，还没凿到泉水凿，忽堕深坑。蛰蛇如覆舟，小者与凡蛇等。其人初甚惊惧，久之稍熟。饥无所食，其蛇吸气，因亦效之，遂不复饥。积累月，闻雷声。初一声，蛇乃起首，须臾悉动，顷之散去，大者前去，相次出复入。人知不害己，乃前抱其项，蛇遂径去。缘上白道，如行十里，前有烽火，乃致人于地而去。人往借问烽者，云是平州也。（出《广异记》）

## 相魏贫民

相魏有贫民，劚园荒地，见一大蛇，镬而杀之。寻见一大穴，穴中十余小蛇，又复杀而埋之，既毕归家。明日，有人持状诉论云："被杀一家大小，埋在园中。"官捕获此人讯问，了然不伏。于园中验之，得一坑者，共十余人。但言"昨打杀者十余条蛇，埋之于此，并不杀人，不知此祸何来。若为就决，实为大枉"。官疑之，勘本告者，寻觅无人，又令重就园，检验昨所埋之处，但见十余死蛇，不复见人，乃得免焉。（出《原化记》）

## 番禺书生

有书生游番禺，历诸郡。经山中，见有气高丈余，如烟。乡人曰："此冈子蛇吞象也。"遂告乡里，振鼓叫噪，而蛇退入一岩谷中。经宵，乡里人各持瓴瓮往，见一象尚立，而肌骨皆化为水。遂针破，取其水。里人云，此过海置舟中，辟去蛟龙。又有官人于南中见一大蛇，长数丈，径可一尺五寸。腹内有物，如椽橛之类，沿一就遇到一块方形石头。准备丢掉石头再凿，突然坠入深坑。冬眠于坑中的蛇好似颠倒的船一样大，小一点的蛇也和一般的蛇一样大。起初那人十分恐惧，过了一段时间就有点适应了。饥饿的时候没有东西吃。那个人看到那些蛇吸气，所以也学它们，就不饿了。过了几个月，听到雷响。打第一声雷，蛇都把头抬起，片刻一起动了，没过好久都散开走了，先离开的是大蛇，依次跟着离开。那人明白蛇不会伤害自己，于是往前抱上蛇的颈部，蛇于是离开。沿着上了白道，行了大概十里，前方见了烽火，于是蛇把那人放在地上走了。那人上去向守烽火的人打听这里，回答说这在平州。（出《广异记》）

## 相魏贫民

在相魏有一贫民，在园中挖荒地时，看见了一条大蛇，就用锄头把它打死了，不久后又看见一个大洞穴，这洞穴中有十多条小蛇，他就又将这些蛇杀死并埋了起来，之后就回家了。第二天，有人握着状子上诉说："被杀的一家大小，都埋在园子里。"官府捉来那个贫民询问情况，他直接明白地说自己不服气，到园中去检验，找到了一个坑，共有十多人埋在坑里面。那个贫民说自己昨天只打死了十多条蛇，就埋在这个地方，但并没有杀人，不知这个灾祸是从何而来。如果因此就判他死刑，实在太冤枉。官府里对此事有所怀疑，打算核对一下原告人，找了半天没找到原告人，就又命令重新到园里去，检验一下昨天埋人处，只见有十多条死蛇，不是人，贫民便免了刑罚。（出《原化记》）

## 番禺书生

一书生到番禺游玩，走遍了各个郡。他经过山中的时候，见有股气柱像烟一样高达一丈多。当地有人说："这是冈子上的蛇在吞吃大象。"于是就遍告乡里，大家边打鼓边叫喊着，蛇因此退到了一个山谷中去了。过了一晚，乡里的每个人都带着缶和瓮前去，就见一只象立着，可它的肌肉骨头全化成了水，于是用针扎破它的皮肤，取树食其叶，腹中之物，渐消无所有。而里人云："此蛇吞鹿，此木叶能消之。"遂令从者采其叶收之，归后，或食不消，腹胀，乃取其叶作汤饮之。经宵，及午不报。及撤被视之，唯残枯骸，余化为水矣。（出《闻奇录》）

## 郫县民

郫县有民于南郭渠边得一小蛇，长尺余，刳剔五脏，盘而串之，置于火，焙之数日。民家孩子数岁，忽遍身肿赤，皮肤炮破，因自语曰："汝家无状杀我，刳剔腹中胃，置于火上。且令汝儿知此痛苦。"民家闻之惊异，取蛇拔去划竹，以水洒之，焚香祈谢，送于旧所。良久，蜿蜒而去，儿亦平愈焉。（出《录异记》）

## 游 邵

汝州鲁山县所治，即元魏时西广州也。今子城东南有妖神祠，其前庭广袤数百步，古老云，当时大毬场也。正门左右双槐各二十围，枝干扶疏，亦云当时植焉。至中和初岁，衅起东夏，郡邑骚然。刺史游邵，许将也，令属县伐木为栅以自固，虽桑柘梓檟，靡有孑遗。将伐双槐，其夕，有巨蟒蟠于上，声若震霆，目若飞星。镇将李璠主其事，璠武人也，闻之以为妖，且率徒亲斩之，下斧而流血雨迸，腥气薄人，亦心动而止。双槐至今尚存。（原缺出处，明出里面的水。乡里人说："在渡海的时候把这种水放在船里，能够躲避蛟龙。"又有一做官的人在南中时看见一条大蛇，长有好几丈，直径大概有一尺五寸，它的肚子里有个东西，像是木桩之类的。大蛇顺着一棵树去吃树叶，而肚子里的东西，却渐渐地消化没了。乡里人说："大蛇吞吃了鹿，这种树叶可助消化。"就命令跟随来的人采下那树的叶子收集起来。回家以后，那人有一次吃饭后消化不好，肚子胀气，就拿出了那树叶熬汤来喝。过了一晚，那人到中午也没有反应，等到掀开被子去看他，就只剩下枯骨而身体其他的都成水了。（出《闻奇录》）

## 郫县民

郫县城南边的水渠里，有一农民抓住了一条小蛇，蛇长一尺多，他剖开蛇腹取出内脏，然后把蛇盘起串上竹签，将蛇放在火上，烤了好几天。农民家有一个孩子才几岁，突然就浑身红肿，皮肤还生泡破裂了，并且自言自语地说："你家无缘由地杀了我，剖开我的肚子并剔掉我的胃脏，还把我放到火上烘烤，那我就暂且让你的儿子经受这种痛苦。"农民家听到这些话后很惊异，就把蛇拿过来拔掉它身上的竹签，往小蛇身上洒水，并烧香祈祷还向蛇道歉，送它回之前抓住蛇的地方。很久之后，蛇弯弯曲曲地爬走，而农民儿子的病也痊愈了。（出《录异记》）

## 游　邵

汝州是由鲁山县治理的地方，就是古代元魏时期的西广州。今天在鲁山县的东南有个妖神祠，妖神祠前面庭院有方正几百步的面积。远古传说，现在妖神祠所在地方是那时的大球场。祠庙的正门左右有一对二十围粗的槐树，枝干粗壮有力，树叶高下疏密有致，也说是那个时代栽种的。到了中和初年，东夏掀起事端，郡县里一片混乱。刺史游邵，是一个备受赞许的将军，他对属于他的县城下令，砍树做成栅栏用来加固县城，哪怕是桑、柘、梓、槚这样的珍贵树木

抄本作出《三水小牍》)

## 成 汭

荆州节度使成汭领蔡州军，戍江陵，为节度使张瓌谋害之，遂弃本都，奔于秭归。一夜为巨蛇绕身，几至于殒，乃曰："苟有所负，死生唯命。"逡巡，蛇亦亡去。迩后招缉户口，训练士卒，移镇渚宫。寻受节旄，抚绥凋残，励精为理。初年，居民唯一十七家，末年至万户，勤王奉国，通商务农，有足称焉。朝廷号北韩南郭。韩即华州韩建。成初姓郭，后归本姓。(出《北梦琐言》)

## 孙光宪

孙光宪曾行次叙谷，宿于神山，见岭上板屋中，以木根为巨虺，前列香灯。因诘店叟："彼何神也？"叟曰："光化中，杨守亮镇褒日，有一蛇横此岭路，高七八尺，莫知其首尾，四面小蛇翼之无数。每一拖身，即林木摧折，殆旬半方过尽，阻绝行旅。因聚草焚燎路隅，虑其遗毒，然后方行。明年，杨伏诛。"(出《北梦琐言》)

也全部砍掉，不得有遗留下来的。当时人们也要砍伐这对槐树，当天晚上，一条巨蟒盘绕在树上，发出的声音好似雷霆，双眼就像星辰一样闪耀。镇守于此的将军李播主办此事，李播是个武将，听闻之后认为巨蟒是个妖怪，亲自带了人去杀蟒，挥斧砍向蟒，蟒蛇流出血就像大雨一样迸溅出来，腥气让人难以忍受，李播也因心悸而停手，而那对槐树到如今还活着。（原缺出处，明抄本作出《三水小牍》）

## 成汭

荆州节度使成汭率领蔡州军，驻守江陵，被江陵的节度使张瓃谋害，就放弃了自己的军营，奔向秭旧。一日夜晚被一条巨蛇缠住身体，几乎要死亡了。成汭就说："假设哪日我做的事有负于你，那我的死活全听从你的想法。"过了一会儿，蛇就走开了。此后成汭召集了一批人口，训练士兵，移到另一个地方去镇守渚宫，不久后受到朝廷承认，成汭安抚好残余百民，振奋他们的精神，治理百姓。第一年，居于此地的人只有十七家，后面人口达一万户。成汭为朝廷尽力，供奉国家，沟通商人和从事农耕的人，这是很值得称道的。朝廷上称他为北韩南郭。韩是华州的韩建。而成汭最开始姓郭，后来才用回本姓。（出《北梦琐言》）

## 孙光宪

孙光宪曾经走路经过叙谷，在神山上住过一段时间，看见山岭上的木屋中间，有一个由树根雕成的一条大蛇，蛇前排列放置香和灯火。因此他向开店的老头询问说："这是什么神呢？"老头说："光化年间，杨守亮还镇守在褒地的时候，曾有一条蛇横于山岭小道上，高有七八尺，不知道从头到尾有多长，四面簇拥着无数小蛇。它每一次挪动，林中树木就要被摧毁折断一些，大概用了十五天蛇才过完路，其间阻挡断绝了行人的路。接着杨守亮收集了些干草，燎烧路面和角落，因为他担心会有蛇留下的毒气。然后才让这条路通行。第二年，杨守亮便被诛杀。"（出《北梦琐言》）

## 朱汉宾

梁贞明中，朱汉宾镇安禄之初，忽一日，曙色才辨，有大蛇见于城之西南。首枕大城，尾拖于壕南岸土地庙中，其魁可大如五斗器，双目如电，呀巨吻，以瞰于城。其身不翅百尺，粗可数围，跨于羊马之堞，兼壕池之上。其余尚蟠于庙垣之内。有宿城军校，卒然遇之，大呼一声，失魂而逝。一州恼惧，莫知其由。来年，淮寇非时而至，围城攻讨，数日不破而返。岂神祇之先告欤？（出《玉堂闲话》）

## 牛存节

梁牛存节镇郓州，于子城西南角大兴一第。因板筑穿地，得蛇一穴，大小无数。存节命杀之，载于野外，十数车载之方尽。时有人云："此蛇薮也。"是岁，存节疽背而薨。（出《玉堂闲话》）

## 水清池

太原属邑有水清池，本府祈祷雨泽及投龙之所也。后唐庄宗未过河南时，就郡捕猎，就池卓帐，为憩宿之所。忽见巨蛇数头自洞穴中出，皆入池中。良久，有一蛇红白色，遥见可围四尺以来，其长称是。猎卒齐彀弩连发，射之而毙。四山火光，池中鱼鳖咸死，浮在水上。猎夫辈共刲剥食之，其肉甚美。庄宗寻知之，于时谄事者，以为克梁之兆，有五台僧曰："吾王宜速过河决战，将来梁祚，其能久乎？"此亦断白蛇之类也。（出《北梦琐言》）

## 朱汉宾

五代梁贞明年间，在朱汉宾镇守安禄初始时期，忽然有一日，天刚刚变亮时，有一条大蛇出现在城市的西南方向。蛇头枕在大城城墙上，蛇尾拖在城壕南岸土地庙里，蛇头大得像可盛五斗米的器具，一双眼睛像雷电一样闪亮，张开巨口，看向城里。蛇没有长翅膀，身长足有一百尺，蛇身有树木几圈那么粗，横于羊马城堞与城壕之上。而蛇的其余部分还盘踞在土地庙内。有一个住在城中的士兵，突然就遇到了蛇，大叫一声，最后失魂死去。一整个州的人都很惊恐，不知道蛇的由来。下一年，淮地盗匪提前到来，包围城市攻打城防。盗匪几日都没攻入城内就返回了。难道这些就是上神提前发出的警告吗？（出《玉堂闲话》）

## 牛存节

梁代牛存节镇守郓州时，在小城的西南角修建了一座大宅第。因为工人用板筑法来修建，地面被穿透，发现底下有个蛇洞，大蛇小蛇无数。牛存节命人把蛇全杀了，运去野外，用了好十几辆车才把蛇装运完。当时有人曾说："这是蛇的聚居地。"当年，牛存节背生疽疮而死。（出《玉堂闲话》）

## 水清池

太原属城有个叫水清池的地方，是本府祈祷降雨，敬拜龙神的地方。后来在唐庄宗还没有打过河南的时候，唐庄宗在郡县不远处打猎，就在水清池旁搭建帐篷，以此作为他睡觉休息的地方。忽然看见几条大蛇从洞中爬出，进了水清池里。过了好长时间，又有一条红白色的大蛇，远远看着约有四尺粗，蛇的长度与粗细正合适。打猎的士兵们一起连发弓箭，射死了大蛇。城四周的山上出现火光，水清池中鱼鳖也全死掉了，浮在水面上。猎卒们便一起动手剥蛇皮割蛇肉去吃，蛇肉味道很美味。不久庄宗就知道此事了。当时有些爱献媚讨好庄宗的人，认为这是击败梁国的预告。一个五台山僧人却说：

## 王思同

后唐少帝朝，清泰王起于岐阳，朝廷诏西京留守王思同统禁旅征之。王师西出之后，寻闻剷垒，雍京僚属日登西楼，望其捷书。忽一日，官僚凭槛西向，见羊马城上有二大蛇，东西以首相向，为从者辈遥掷弹丸以警之。于时一人掷中东蛇之脑，蜿蜒然堕于墙下，挺然不动。使人视之，已卒矣。其西蛇徐徐入于穴巢之间。识者窃议之曰："潞王乙巳生，统帅王公亦乙巳生，俱为蛇相，今东蛇中脑而卒，岂非王师不利乎？"未逾旬日，群帅叛归潞王，思同腹心都将王彦晖已下，并投岐城纳款。同单马而遁，竟没于王事焉。蛇亡之兆，得不明乎？（出《王氏见闻》）

## 徐 坦

清泰末，有徐坦应进士举，下第，南游渚宫，因之峡州，寻访故旧，旅次富堆山下。有古店，是夜憩琴书讫，忽见一樵夫形貌枯瘠，似有哀惨之容。坦遂诘其由，樵夫濡腮而答曰："某比是此山居人，姓李名孤竹。有妻先遘沉痾，历年不愈。昨因入山采木，经再宿未返，其妻身形忽变，恐人惊悸，谓邻母曰：'我之身已变矣，请为报夫知之。'及归语曰：'我已弗堪也，唯尸在焉，请君托邻人舁我，置在山口为幸。'如其言，迁至于彼。逡巡，忽闻如大风雨声，众人皆惧之。又言曰：'至时速回，慎勿返顾。'遂叙诀别之

"大王您该快点渡河过去与梁国决战。等将来梁国强大了，您还能打败梁国吗？"这和汉高祖斩白蛇是一类事啊。（出《北梦琐言》）

## 王思同

后唐少帝当政时，清泰王在岐阳反叛少帝，朝廷就下令让留守西京的王思同统领皇帝亲兵去讨伐他。王师西征后，朝廷不久就听说他们已经逼近了叛军的营垒。而留守在京城的官僚们则每天登上西边城门，盼望王思同传来胜利消息。突然有一日，官僚们扶栏向西看时，看见羊马城上出现两条大蛇，两只蛇头东西相对，有随员向蛇扔弹丸警告两蛇。当时有个人打中了东边蛇的脑袋，那条蛇就屈着身体掉到羊马墙下，蛇身挺直不动弹。派人去看，东边的蛇已经死了。西面的蛇却缓缓进了洞穴。有明白此事的人私下议论："潞王是乙巳年出生的，统帅王思同同样也是乙巳年出生的，他们都是蛇的象征，今天东边的蛇被打中脑袋死亡，这难道不是对王师不利吗？"没过十天，王师中有大批将军都背叛了朝廷归依了潞王。王思同作为心腹的王彦晖及他手下的人，一起投靠去了岐阳城里。王思同单骑逃走，最后竟然死在了朝廷事业里。蛇死的预兆，还让人不明白吗？（出《王氏见闻》）

## 徐坦

后唐清泰末年，有个叫徐坦的人去参加进士试，落榜，向南游玩到江陵，接着去了峡州，寻访故友。旅行时暂住于富堆山下。山下有一家古店，晚上刚弹完琴要写字，忽然看见了一个形貌枯瘦的樵夫，脸色愁苦好像有什么悲惨之事。于是徐坦询问樵夫面色愁苦的原因。樵夫流着泪说，"我是在这山里居住的人，姓李名为孤竹。我有一个妻子之前得了重病，一年多过去了也没好。我昨天因为进山砍树，过去两个晚上没有回家，我妻子的身形忽然变化，害怕惊吓到其他人，就对邻居大娘说：'我的身体已经变了，请替我告知我丈夫。'等到我回家，我妻子又对我说：'我已经无法忍受了，唯有尸体还存恨。俄见群山中，有大蛇无数，竞凑其妻。妻遂下床，伸而复屈，化为一蟒，与群蛇相接而去。仍于大石上捽其首，迸碎在地。”至今有蛇种李氏在焉。（出《玉堂闲话》）

## 张氏

王蜀时，杜判官妻张氏，士流之子。与杜齐体数十年，诞育一子，寿过六旬而殂殁。洎殡于家，累旬后，方窆于外，启攒之际，觉其秘器摇动，谓其还魂。剖而视之，见化作大蛇，蟠蜿屈曲，骨肉奔散，俄顷，徐徐入林莽而去。

## 又

兴元静明寺尼曰王三姑，亦于棺中化为大蛇。其杜妻，即晚年不敬其夫，老病视听步履，皆不任持，张氏顾之若犬彘，冻馁而卒。人以为化蛇其应也。（出《玉堂闲话》）

## 顾遂

郎中顾遂尝密话，其先人尝宰公安，罢秩后，侨寄于县侧荆江之壖。四面多林木芦荻，月夜未寝，徐步出门，见一条物，巨如椽，横于地。谓是门关，举足踢之，其物应足而起，自胸背至于腰下，缠缴数十匝，仆于地，懵无所知。其家讶其深夜不归，使人看在，请你请求邻居家的人抬我，把我放在山口处，这就是我的幸运了。’我照她说的话做了，把她送到山口处。不一会儿，忽然就听见声音就像是大风大雨，大家都很害怕。我妻子说：‘到时你们赶紧回去，千万不要返回或回头看。’于是我俩彼此倾诉诀别的遗憾。不久我就看见在群山中，有无数条大蛇，争相凑到我妻子旁边。于是妻子下床了，她伸展一下身体又弯曲一下，变作一条大蟒，与群蛇会合后走掉了。她还在一块大石头上撞了一下头，人的头骨就碎了掉落在地上。”到了现在民间还有蛇种李氏的传说。（出《玉堂闲话》）

## 张氏

王氏于蜀地称帝之时，有一个人是杜判官的妻子，她是读书人的女儿，和杜判官在一起几十年，生下一个儿子，到了六十岁后死去了。等到家里收殓好她的丧事，过了几十天后才葬在野外。在家里人要启动棺材的时候，就发现棺材动摇了，以为张氏还了魂，打开棺材一看，张氏变成了大蛇，现在正盘绕弯曲着身体，浑身骨肉迸散。一会儿，蛇就缓缓地爬进了密林中。

## 又

兴元的静明寺里有一个尼姑叫作王三姑，也在棺材里变成了大蛇。那杜判官之妻，变成蛇是因为她在晚年时不敬重她的丈夫，丈夫年老了生病了，视物的眼力、听力、说话以及走路，都无法自己照料，张氏对待他就像在对待猪狗一样，最后她的丈夫因受冻挨饿死去。人们则认为变成蛇就是她的报应。（出《玉堂闲话》）

## 顾遂

有个郎中名为顾遂，曾经秘密说过，他的先辈曾经主管公安县，辞官后，就客居在公安县边旁边的荆江边。住处四周有许多树木和芦荻，在某月的一夜他没睡下，慢慢走出门外，看见有一个条状东西，如同一个大椽子，横于地面，还以为是门的横闩。先人抬脚踢之，见腰间皎皛而明，来往碾于地上。逼而视之，见大蛇缠其身，解之不可。于是取利刃断其蛇，一段段置于地，弯弯然不展，缴勒闷绝，因而失喑，旬日而卒。（出《玉堂闲话》）

## 瞿塘峡

有人游于瞿塘峡，时冬月，草木干枯，有野火燎其峰峦，连山跨谷，红焰照天。忽闻岩崖之间，若大石崩坠，輷磕然有声。遂驻足伺之，见一物圆如大囷，碾至平地，莫知其何物也。细而看之，乃是一蛇也。遂剖而验之，乃蛇吞一鹿，在于腹内。野火烧然，堕于山下。所谓巴蛇吞象，信而有之。（出《玉堂闲话》）

## 靳老

恒州井陉县丰隆山西北长谷中，有毒蛇据之，能伤人，里民莫敢至其所。采药人靳四翁入北山，忽闻风雨声，乃上一孤石望之，见一条白蛇从东而来，可长三丈，急上一树，蟠在西南枝上，垂头而歇。须臾，有一物如盘许大，似虾蟆，色如烟熏，褐土色，四足而跳，至蛇蟠树下，仰视，蛇垂头而死。自是蛇妖不作。前澧州有鹍鸡雏，为蛇所吞。有物如虾蟆，吐白气直冲，坠而致死，得非靳老所见之物乎？凡毒物必有能制者，殆天意也。（出《北梦琐言》）

它，那个东西便顺着脚弹起，从胸背直绕至腰下面，缠绕了好几十圈，他扑倒在地上，就昏顿过去什么也不知道了。他的家人讶然于他深夜了还不回来，便派了人去看他，只见他的腰间如晶石般皎亮。他就在地上来回滚动。走近了去看，只看见一条大蛇缠绕在他的身体上，无法解开。于是家人拿来利刀将蛇砍断，在地上一块块放下，首先人身体弯曲伸展不开，被蛇缠着勒得气闷后昏死过去，然后就说不出话，十天后他就死了。（出《玉堂闲话》）

## 瞿塘峡

有人曾在瞿塘峡游玩，当时正是冬月，草木全部干枯，有野火燃在山峰上，连山过去烧到山谷一带，红焰把天空都照亮了。那人忽然听见了在岩石山崖中间有声音，就像是大石落在地上崩裂开来，有东西轰隆隆互相碰撞发出的声音。于是他停下脚步去查看，只见一物浑圆像个大谷仓，滚落到了平地之上，不知道那是个什么东西。细细观察它，原来是一条蛇。于是他剖开蛇肚检验它，乃是蛇吞下了一只鹿正在肚子里。野火燃烧，蛇掉在山下。人们说过巴蛇吞象的故事，确实会发生这样的事呀。（出《玉堂闲话》）

## 靳老

恒州井陉县丰隆山的西北方向一个昂长的山谷里，有毒蛇盘踞于此地，能够伤人，平日乡里百姓无人敢去那个地方。一个叫靳四翁采药翁进了北山，忽然听见风刮雨落的声音，于是登上一块孤石向远处望去，看见一条白蛇从东边爬过来，大约有三丈那么长，急急爬上了一棵树，盘在树西南方的枝干上，垂头歇息。不一会，有一个像盘子那么大的东西过来，看样子像是一只大蛤蟆，颜色是烟熏后的土褐色，四脚跳动，跳到了大蛇所盘的树的下面，抬头看蛇，大蛇就垂着头死去了。自此蛇妖之事再无发生。以前沣州有着鹍鸫的幼鸟，被蛇吃掉了。有一个东西像是蛤蟆，冲着蛇直吐白气，蛇便掉下树来死掉了。这怕就是靳老看见的东西吧！凡是有毒物就会有克制它的东西，这都是上天的意思啊。（出《北梦琐言》）

## 景 焕

景焕为壁州白石县令，行陟巴岭，峻险万仞。约七八程，达玉女庙，或有巨虺横亘其前，径可七八尺，鳞甲不啻开扇许大，头尾垂在山下，唯闻折木，震响山谷。童仆辈尽股栗惊骇，莫能前进。于是且驻山穴，因登高望之，竟目方见其尾。欲谓之龙，龙之行动，必有风雨随之，其日晴明，方见是蛇也。因知吞舟之鱼，翳天之鸟，虫禽之绝大者，信有之焉。（出《野人闲话》）

## 舒州人

舒州有人入灊山，见大蛇，击杀之。视之有足，甚以为异，因负之出。将以示人，遇县吏数人于路，因告之曰："我杀此蛇而有四足。"吏皆不见，曰："尔何在？"曰："在尔前，何故不见。"即弃蛇于地，乃见之。于是负此蛇者皆不见，人以为怪，乃弃之。案此蛇生不自隐其形，死乃能隐人之形。此理有不可穷者。（出《稽神录》）

## 贾 潭

伪吴兵部尚书贾潭，言其所知为岭南节度使，获一橘，其大如升。将表上之，监军中使以为非常物，不可轻进。因取针微刺其蒂下，乃蠕而动，命破之，中有小赤蛇长数寸。（出《稽神录》）

## 景 焕

景焕到壁州白石县上任县令一职，步行登上巴岭山，山岭险峻有万仞之高。行走了七八里的路程，就走到了玉女庙，这时却有一巨蛇横置道路，蛇身直径七八尺宽，身上鳞甲如全部展开的扇子一样大，头尾都垂在山下，只能听见树木折断的声音，震响于山谷中。僮仆们都吓得两腿发抖哆嗦，无法向前行动。由此他们白天住在山洞里休息，然后登高望向巨蛇，在目光尽头才能看见蛇尾。想要称它为龙，可龙的行动，必伴随有风雨，这天天气晴朗，所见的是蛇。由此便知，能吞船的鱼，翅膀大到能遮住天的鸟，爬虫飞禽里长得巨大的动物，确实存在。（出《野人闲话》）

## 舒州人

舒州有个人进了灊山，看见一条大蛇，便打死了它。看那蛇还长着脚，他觉得这事很奇怪，因此就把蛇背出了山。他打算把蛇带去给大家看，路上碰上了几个县吏，便告诉他们：“被我杀掉的这条蛇有四足。”县吏都看不见他，说：“你在何处？”他回答：“我就在你们面前，为什么你们看不见我？”于是他把蛇扔到地上，县吏们才看见他。所以有人只要背着这条蛇，那么谁都看不见他，人们认为这实在奇怪，于是扔掉了蛇。据考查：这一条蛇活着时候并不能隐藏自己，死了后却能够隐藏人的身形。这种道理是无法厘清的。（出《稽神录》）

## 贾 潭

非正统的吴国兵部尚书贾潭，曾说他有一个做岭南节度使的朋友，获得了一个橘子，有一升那么大。朋友准备写表给皇上并把橘子献给他，监军中使则认为此物不平常，不能轻易地献给皇上。因此拿针轻轻刺了下橘子蒂，蒂部竟蠕动起来，让人破开橘子，里面竟有条几寸长的小红蛇。（出《稽神录》）

## 姚景

伪吴寿州节度使姚景，为儿时，事濠州节度使刘金，给使厩中。金尝卒行至厩，见景方寝，有二小赤蛇戏于景面，出入两鼻中。良久景寤，蛇乃不见。金由是骤加宠擢，妻之以女，卒至大官。（出《稽神录》）

## 王稔

伪吴寿州节度使王稔，罢归扬都，为统军。坐厅事，与客语，忽有小赤蛇自屋坠地，向稔而蟠。稔令以器覆之，良久发视，唯一蝙蝠飞去。其年，稔加平章事。（出《稽神录》）

## 安陆人

安陆人姓毛，善食毒蛇，以酒吞之。尝游齐安，遂至豫章。恒弄蛇于市，以乞丐为事。积十年余，有卖薪者，自鄱阳来，宿黄倍山下，梦老父云："为我寄一蛇与江西弄蛇毛生也。"乃至豫章观步门卖薪将尽，有蛇苍白色，盘于船中，触之不动。薪者方省向梦，即携之至市，访毛生，因以与之。毛始欲振拨，应手啮其乳，毛失声颠仆，遂卒，食久即腐坏，蛇亦不知所在焉。（出《稽神录》）

## 姚景

非法的吴国寿州节度使姚景，他还小的时候，曾经侍奉濠州的节度使刘金，在刘金的马厩中干活。刘金曾突然走至马厩，见姚景刚睡下，就有两小只红蛇在姚景脸上游戏，在他的两个鼻孔中进出。许久后姚景醒了，小蛇便不见了。于是刘金从此宠信姚景并提拔他，还把女儿嫁给他为妻，而姚景最后也当了大官。（出《稽神录》）

## 王稔

非法的吴国寿州节度使王稔，被免官后回了扬州，任职统军官。一日王稔正坐在厅堂里，和客人们说话。忽然一只小红蛇从屋顶落到地上，向王稔盘踞着。王稔让人用器皿罩住小蛇，很久之后打开再看，唯有一只蝙蝠飞走。那一年，王稔兼任平章一职。（出《稽神录》）

## 安陆人

有一个姓毛的安陆县人喜欢吃毒蛇，和着酒把蛇吞下。曾经游玩到齐安，后又到了豫章。经常到集市上玩弄蛇，以当乞丐来过日子。就这样过了十多年，有个卖烧柴的人，自鄱阳县来现在住在黄倍山下，梦中见到一个老人对他说："请帮我送一条蛇给江西喜好玩弄蛇的毛生吧。"直到有一天他在豫章观步门卖的柴快要卖完，有一条苍白色的蛇盘踞船上，碰蛇，蛇不动。卖柴的人这才想起以前的梦，便带上蛇到了集市上，寻访毛生，然后把蛇送给毛生。毛生刚要开始玩弄蛇，蛇便顺着他的手咬中乳房，毛生失声跌下扑倒于地，由此死亡。尸体在一顿饭的时间内就腐烂变坏，蛇亦是不知道去了哪里。（出《稽神录》）

# 卷第四百六十　禽鸟一



## 凤鸾附

### 旃涂国

周时，旃涂国献凤雏，载以瑶华之车，以五色玉为饰，驾以赤象。至京师，育于灵禽之苑，饮以琼浆，饴以云实。二物皆出《上元经方》。凤初至之时，毛色未彪发。及成王封泰山，禅社首之后，文彩炳耀，中国飞走之类，不复喧鸣，咸服神禽之远至。及成王崩，冲天而去。（出《拾遗录》）

### 凤凰台

凤骨黑，雄雌旦夕鸣各异。皇帝使伶伦制十二籥写之，其雄声，其雌音。乐有《凤凰台》。此凤脚下物如白石者，凤有时来仪，

# 凤鸾附

## 旃涂国

周朝时，旃涂国进贡了一只幼凤。人们把它装载到用五色玉石装饰着的华贵车子里，用红色的大象拉车。到了京城，把凤雏放养在饲养珍禽的园林中，根据上元医药书上记载的秘方每天给它喝特制的美酒和吃特制的云石。雏凤刚到的时候，羽毛颜色不太鲜明，等到周成王去泰山祭天，到社首山祭拜山川以后，凤的毛色变得十分光彩鲜亮。中国本土的飞禽走兽都不再鸣叫，臣服在远方而来的神鸟凤之下。等到周成王逝去，凤直冲云霄飞走了。（出《拾遗录》）

## 凤凰台

凤凰的骨头是黑的，雄性和雌性凤凰早晨和夜晚的叫声各有不同。皇帝让乐官造了一支有十二个孔的乐器“龠”来效仿雄雌凤凰的鸣叫，于是就有了《凤凰台》这支曲子。凤凰的脚下有种特殊的东

候其所止处，掘深三尺，有圆石如卵，正白，服之安心神。（出《酉阳杂俎》）

## 元庭坚

唐翰林学士陈王友元庭坚者，昔罢遂州参军，于州界居山读书。忽有人身而鸟首，来造庭坚，衣冠甚伟，众鸟随之数千，而言曰："吾众鸟之王也，闻君子好音律，故来见君。"因留数夕，教庭坚音律清浊，文字音义，兼教之以百鸟语。如是来往岁余。庭坚由是晓音律，善文字，当时莫及。阴阳术数，无不通达。在翰林，撰《韵英》十卷，未施行，而西京陷胡庭，坚亦卒焉。（出《纪闻》）

## 睢阳凤

贞元十四年秋，有异鸟，其色青，状类鸠鹊，翔于睢阳之郊，止丛木中。有群鸟千类，俱率其类，列于左右前后，而又朝夕各衔蜚虫稻粱以献焉。是鸟每飞，则群鸟咸噪而导其前，咸翼其旁，咸拥其后，若传唤警卫之状。止则环而向焉，虽人臣侍天子之礼，无以加矣。睢阳人咸适野纵观，以为羽族之灵者。然其状不类鸾凤，由是益奇之。时李翱客于睢阳，翱曰："此真凤鸟也。"于是作《知凤》一章，备书其事。（出《宣室志》）

西，好像是白色的石头。凤凰出现之时，找到它站立过的位置，挖掘三尺之深，就能找到一块纯白色的圆石，像卵石一样，吃了它可以使人心神安定。（出《酉阳杂俎》）

## 元庭坚

唐代翰林学士陈王的好友元庭坚，被罢免遂州参军的官职后，就住在州界的山上读书。忽然有一天，一位身体是人而头是鸟的人来拜访元庭坚。这人身材魁梧，衣着华贵，有几千只鸟跟随于他。他说："我是鸟类的大王，听说你喜爱钻研诗文声韵规律，所以来拜访你。"他用了数天夜晚的时间，把音律的清与浊、文字的音与义教给元庭坚，同时教授元庭坚百鸟的语言。他们这样来往了一年多时间。元庭坚因此通晓了韵律，擅长文章写作。当时的人没有谁能比得上他。而天文、阴阳、术数等学问，也没有他不通晓的。后来在翰林院，元庭坚编撰了《韵英》一书，一共十卷，然而没等推广发行，匈奴人就占领了西京，不久元庭坚也死去了。（出《纪闻》）

## 睢阳凤

唐朝贞元十四年秋，有一只奇异的鸟，它的羽毛是绿色，长相与斑鸠或喜鹊相像，在睢阳城郊外飞翔，有时落在树丛中。这时有一大群鸟，有一千多个品种，由各自种类的头领带头排列在那只鸟的四周，这些鸟每天都把各自找来的虫子和谷粒献给这只鸟吃。这只鸟每次起飞，群鸟都鸣叫着，有的鸟飞在它的前面充当向导，有的鸟飞在它的两旁，有的鸟跟在它的后面，全像随从和警卫一样拥护在它的周围。这只鸟落地的时候，群鸟的头都朝它围成圆圈，就是臣子侍奉君王的礼节，也不能超越这群鸟啊。睢阳城的百姓都到野外去观赏，认为这只奇异的鸟是鸟类中有灵性的鸟，可是它的模样与鸾鸟和凤凰不同，因此大家更加对它感到惊奇。当时李翱在睢阳城游玩，他称道："这才是真正的凤鸟啊。"然后他撰写了《知凤》这篇文章，详尽地记载了这件事。（出《宣室志》）

## 鸾

尧在位七年，有鸾鹊岁岁来集，麒麟游于泽薮，鸱枭逃于绝漠。有折支之国，献重明之鸟，一名重睛。言双睛在目，状如鸡，鸣似凤，时解落毛羽，以肉翮而飞。能搏逐猛虎，使妖灾不能为害，饴以琼膏。或一岁数来，或数岁不至。国人莫不扫洒门户，以留重明之集。国人或刻木，或铸金，为此鸟之状，置于户牖之间，则魑魅丑类，自然退伏。今人每岁元日，刻画为鸡于户牖之上，此遗像也。（出《拾遗录》）

## 鹤

### 徐奭鹄

晋怀帝永嘉中，徐奭出行田，见一女子，姿色鲜白，就奭言调。女因吟曰："畴昔聆好音，日月心延伫。如何遇良人，中怀邈无绪。"奭情既谐，欣然延至一屋。女施设饮食而多鱼，遂经日不返。兄弟追觅，至湖边，见与女相对坐。兄以藤杖击女，即化成白鹤，翻然高飞。奭恍惚年余乃差。（出刘敬叔《异苑》）

### 乌程采捕者

隋炀帝大业三年，初造羽仪，毛氅多出江南，为之略尽。时湖州乌程县人身被科毛，入山捕采，见一大树高百尺，其上有鹤巢养子。人欲取之，其下无柯，高不可上，因操斧伐树。鹤知人必取，

## 鸾

尧在位的七年时间内，有鸾鸟和一种叫鹘鸼的鸟年年来集会，麒麟在沼泽中游戏，鸱枭等凶恶的鸟在大漠的深处逃亡。折支国献上了一种叫“重明”又名“重睛”的鸟。（他们）说这类鸟的一只眼睛当中有两个眼仁，重明的样子如同鸡，叫声好像凤，时常脱落羽毛，凭肉翅飞翔。它能很快地追杀猛虎，让妖魔鬼怪和各种灾祸不能成为人类灾害。要给它喝美酒。重明鸟有的时候一年来好多次，有时多年也不到一次。都城没有人不清理干净门户，来表达对重明到来的重视。有的人做木雕，有的铸造金属，打造成这种鸟的样子，安放在大门和窗户之间，那就能够让各种鬼怪自然而然地退避隐藏起来。如今人们每年元旦时候，门窗之上都有刻鸡或画鸡，这就是当时遗留传下来的重明的模像。（出《拾遗录》）

## 鹤

### 徐奭鹄

晋怀帝永嘉年间，徐奭出去狩猎，看到一个女子，姿色鲜亮，皮肤白净。（女子过来）和徐奭靠近着说话嬉笑。女子接着吟诗道：“畴昔聆好音，日月心延伫。如何遇良人，中怀邈无绪。”徐奭同她情投意合，欣然和她一起来到一所房子里。女子给（他）端上来的吃的东西大部分是鱼，于是徐奭过了一天也没有回家。他的哥哥找他来到湖边，看到他和一个女子面对面坐着。他哥哥拿藤杖击打那个女子，女子变为一只白鹤，迅速向高空飞去。之后徐奭神志不清恍惚了一年多才好。（出刘敬叔《异苑》）

### 乌程采捕者

隋炀帝大业三年，下令制作仪仗队中以羽毛装饰的旗帜。制旗用的羽毛大部分出产自江南，因此几乎将鸟羽搜罗光了。当时湖州乌程县有人身披羽毛当作伪装，进山去捕鸟。他看见一棵大树高百尺，

恐其杀子，遂以口拔其毛放下，人收得之，皆合时用，乃不伐树。（出《五行记》）

## 户部令史妻

唐开元中，户部令史妻有色，得魅疾，而不能知之。家有骏马，恒倍刍秣，而瘦劣愈甚。以问邻舍胡人，胡亦术士，笑云：“马行百里犹倦，今反行千里余，宁不瘦耶？”令史言：“初不出入，家又无人，曷由至是？”胡云：“君每入直，君妻夜出，君自不知。若不信，至入直时，试还察之，当知耳。”令史依其言，夜还，隐他所。一更，妻起靓妆，令婢鞍马，临阶御之。婢骑扫帚随后，冉冉乘空，不复见。令史大骇，明往见胡，瞿然曰：“魅信之矣，为之奈何？”胡令更一夕伺之。其夜，令史归堂前幕中，妻顷复还，问婢何以有生人气，令婢以扫帚烛火，遍然堂庑，令史狼狈入堂大瓮中。须臾，乘马复往，适已烧扫帚，无复可骑，妻云：“随有即骑，何必扫帚。”婢仓卒，遂骑大瓮随行。令史在瓮中，惧不敢动。须臾，至一处，是山顶林间，供帐帘幕，筵席甚盛。群饮者七八辈，各有匹偶，座上宴饮，合昵备至，数更后方散。妇人上马，令婢骑向瓮，婢惊云：“瓮中有人。”妇人乘醉，令推著山下，婢亦醉，推令史出，令史不敢言，乃骑瓮而去。令史及明，都不见人，但有余烟烬而已，乃寻径路，崎岖可数十里方至山口。问其所，云是阆州，去京师千余里。行乞辛勤，月余，仅得至舍。妻见惊问之久何所来，令史以他答。复往问胡，求其料理，胡云：“魅已成，伺其复去，可遽缚取，火以焚之。”闻空中乞命，顷之，有苍鹤堕火中，焚死，妻疾遂愈。（出《广异记》）

树上有大鹤在鹤巢中抚养小鹤。这个人要抓鹤取得羽毛，但是树的下部没有枝叉，树高不能够上，于是（他）拿起斧子砍伐高树。鹤明白这人一定要捉到它拔毛，唯恐幼鹤被他杀害，就用嘴拔下身体上的羽毛抛下来。人捡起羽毛，（一看）都合乎时用所需，于是不再伐树了。（出《五行记》）

## 户部令史妻

唐朝开元年间，户部令史的妻子很有姿色。（她）被妖精附体，而户部令史却不知道。家中有匹骏马，他一直用加倍的草料喂养，然而马越来越瘦弱。他拿这个问题去请教邻居住的一个胡人，这个胡人也是个占卜术士，胡人笑笑说："马走百里都会疲倦，何况现在行了一千多里，难道会不瘦弱吗？"令史说："从来就很少骑它，家中又没有别人，怎么会这个样子？"胡人说："你每次去衙门办公的时候，你妻子晚上就出去了，你自己不知道。如果你不信的话，就等你再去衙门的时候，尝试返回家看察一下，就知晓了。"令史按照胡人说的话，晚上偷偷回到家里，躲藏在别的屋里。到一更的时候，妻子起身为自己化上靓丽的妆，让婢女给马安上马鞍，走上台阶骑上马，婢女骑扫帚跟随在马后，慢慢地升空而去，消失在夜色中。令史十分害怕，天亮之后去见胡人，震惊地说："妖精的事情我信，（可该）怎么办呢？"胡人让他再观察一个晚上。这天夜晚，令史到家后就待在堂屋前的幕布后。不久妻子再次回到堂屋，问婢女怎么会有生人的气味。她命令女仆把扫帚拿烛火点燃，把堂里四周的房间都照一遍。令史窘迫地进入堂上的大坛子之中。不一会，他妻子乘马再次出去，由于刚才把扫帚烧了，婢女不再有可骑的（东西）了，妻子说："随意拿个什么就可以骑，何必一定要扫帚。"女仆仓忙急促，于是骑上大坛子就跟着走了。令史待在坛子中，吓得不敢动。不一会儿，来到了一处山顶林间，地上搭设着帐幕，摆放的酒席十分丰盛。同喝酒的有七八个人，各个都带有一个同伴，在宴饮中彼此亲昵到了极点，喝了几个更次他们才散席。令史的妻子骑上马，让婢女去骑坛子。女仆惊讶地说："大坛子里有人！"妇人已经醉了，命令婢女把人

## 裴沆

同州司马裴沆尝说，再从伯自洛中，将往郑州，在路数日，晓程偶下马，觉道左有人呻吟声，因披蒿莱寻之。荆丛下见一病鹤，垂翼俯咮，翅下疮坏无毛。且异其声，忽有老人白衣曳杖，数十步而至，谓曰："郎君少年，岂解哀此鹤邪？若得人血一涂，则能飞矣。"裴颇知道，性甚高逸，遽曰："某请刺此臂血，不难。"老人笑曰："君此志甚劲，然须三世是人，其血方中。郎君前生非人，唯洛中胡卢生，三世人矣。郎君此行，非有急切，岂能至洛中，干胡卢生乎？"裴欣然而返，未信宿，至洛，乃访胡卢生，具陈其事，且拜祈之。胡卢生初无难易，开襆，取一石合，大若两指，授针刺臂，滴血下满合，授裴曰："无多言也。"及至鹤处，老人已至，喜曰："固是信士。"乃令尽涂其鹤，复邀裴云："我所居去此不远，可少留也。"裴觉非常人，以丈人呼之，因随行。才数里，至一庄，竹落草舍，庭芜狼藉。裴渴甚，求浆，老人指一土龛："此中有少浆，可就取。"裴视龛中，有一杏核，一扇如笠，满中有浆，浆色正推下山去，女仆也喝醉了，就把令史从坛子里面推出来，令史没有胆量说话，女仆于是骑着坛子走了。令史等到第二天天亮，一个人也不见了，只有余留下来的冒着烟的灰烬，令史寻觅下山的路径，山路崎岖走几十里才来到山口。令史问路人这里是什么地方，回答说是阆州，距离京城一千多里。令史一路上如同乞丐一样辛劳勤苦地走了一个多月才到家。妻子看见（他这样），感到震惊地问他怎么离家这么久，是从哪里回来的？令史说了别的理由来回复她。令史又去胡人那里，寻求他帮助解决这个问题。胡人说："妖精已经与你的妻子成为一体了，等它下次又外出的时候，就可以猛地用绳子捆上它，用火去把它烧死。"令史依照着他的话做了，于是在空中听到一个乞求饶命的声音。片刻后，有只苍鹤掉落在火中被烧死了。妻子的病也随之痊愈了。（出《广异记》）

## 裴沆

同州司马裴沆曾经说，（他）第二次跟他伯父从洛中到郑州去，在路上的时间有好几天，一天早晨在路上偶然下马歇息，觉察到路旁有人在呻吟，于是拨开蒿草寻找，就看见一只病鹤在荆棘丛间，垂下翅膀低着嘴，翅膀底下生疮腐烂，毛已脱落，并且叫声很奇特。这时突然有个身穿白衣的老人，拖着拐杖走了几十步过来。他对裴沆说："郎君是少年人，怎么能解救同情这只鹤呢？假如能取得人的血给鹤涂上，那么它就可以飞了。"裴沆很懂得事理，品性高雅脱俗。他连忙说："我请求刺臂上的血，（这）不是难事。"老人笑笑说："你的这种精神很了不起，但必须是三世为人的人，这类人的血才能用。你前生不是人，仅有洛中的胡卢生，三世都是人。你这次出行，不是有急事吗？怎能再到洛中去见胡卢生呢？"裴沆决然地踏上了返回洛中的道路，不到第二宿，来到洛中。（到达之后）他就去拜访胡卢生，仔细地讲述了事情经过，诚恳地请他帮助。胡卢生一点也没有感到为难的意思，打开包袱，拿出一个石头盒子，约二个指头大。裴沆递给他针，他就用针刺破手臂，让血滴满一盒，递交给裴沆说："不用多说了。"裴沆返回到遇见鹤的地方，老人已经到那里了，十分喜悦白，乃力举饮之，不复饥渴，浆味如杏酪。裴知隐者，拜请为奴仆，老人曰："君有世间微禄，纵住亦不终其志。贤叔真有所得，吾久与之游，君自不知。今有一信，凭君必达。"因裹一幞物，大如合，戒无窃开。复引裴视鹤，鹤损处毛已生矣。又谓裴曰："君向饮杏浆，当哭九族亲情，且以酒色诫也。"裴复还洛中，路阅其所持，将发之，幞四角各有赤蛇出头，裴乃止。其叔得信，即开之，有物如干大麦饭升余。其叔后因游王屋，不知其终。裴寿至九十七。（出《酉阳杂俎》）

## 又

李相公游嵩山，见病鹤，亦曰须人血。李公解衣即刺血。鹤曰："世间人至少，公不是。"乃令拔眼睫，持往东都，但映眼照之，即知矣。李公中路自视，乃马头也。至东洛，所遇非少，悉非全人，皆犬彘驴马，一老翁是人。李公言病鹤之意，老翁笑，下驴袒臂刺血。李公得之，以涂鹤，即愈，鹤谢曰："公即为明时宰相，复当上升。相见非遥，慎无懈惰。"李公谢，鹤遂冲天而去。（出《逸史》）

地对他说："（你）果真是个讲信用的人。"接着就让他把血全涂抹于鹤的伤口上，又约请裴沆说："我住所离这里不远，可以去稍稍停留一会。"裴沆认为这老人不是个平常的人，称呼他为老伯，跟随着他去了。几里路后，走到一个庄园前。竹篱茅屋，庭院盖满荒草。裴沆觉得很口渴，问老人要水喝，老人手指着一个用土制成的神龛说："这当中有一点水，可以取出来喝。"裴沆向那神龛里看：有一颗杏核，一把好像斗笠的扇子，神龛当中有水，水的颜色是奶白色的。裴沆于是用力把神龛举起来喝水了，（感到）不再饥渴，水的味道好像杏酪。裴沆知晓老人是个归隐的高人，行拜礼恳求老人收他作奴仆。老人说："你在世间还有微小的官禄，纵使跟着我隐居也不会忠于自己的志向到底。你的叔叔是个真正得道的大师，我很久之前就与他结交，这些你自己不会知道。如今我有一封信，就依靠给你一定要送到。"于是包装好了一个包裹，（所以这封信）大小形状如同盒子。老人还告诫他不要偷偷地打开看，又带着裴沆看那只鹤，鹤受伤的地方已经长出新毛。他再次对裴沆说："你刚刚喝了杏浆，应当同情于九族的血缘亲情，并且要戒酒戒色。"裴沆返回洛中，一路上看着小包裹准备打开看看，小包各个角落有一条小红蛇头露出来，裴沆于是停下手没有打开。他的叔叔接过包裹打开一看，里面好像是大麦饭粒的东西有一升多。他的叔叔之后去王屋山了，不清楚最后如何了。裴沆活了九十七岁。（出《酉阳杂俎》）

## 又

李丞相到嵩山游玩时，见到一只病鹤，也（听）说需要人血来治疗，李丞相脱开衣服就要刺血。鹤说："世上是真正人十分少，李公不是真人。"然后让他扯下自己的眼睫毛，让他手拿睫毛往东都去。只要把它放到别人眼前一看，那么就知道（谁是真正的人）了。李丞相半路中自己看自己，竟然是个马头。来到东都洛阳，碰见的人不少（但）都不是人，全是些猪狗驴马。有一个老头是人。李公向他讲述了病鹤的故事，老人笑了笑，从驴背上下来露出手臂刺血交给他，他获得老人的血。把血涂在鹤的伤处，鹤马上就好了。鹤向他表示感

## 鹄

鹄生百年而红，五百年而黄，又五百年而苍，又五百年为白，寿三千岁矣。（出《述异记》）

## 苏 琼

晋安帝元兴中，一人年出二十，未婚对，然目不干色，曾无秽行。尝行田，见一女甚丽，谓少年曰："闻君自以柳季之俦，亦复有桑中之欢耶？"女便歌，少年微有动色，后复重见之，少年问姓，云："姓苏名琼，家在涂中。"遂要还尽欢，从弟便突入，以杖打女，即化成雌白鹄。（出刘义庆《幽冥录》）

## 鹦鹉

鹦鹉能飞，众鸟趾，前三后一，唯鹦鹉四趾齐分。凡鸟下睑向上，独此鸟两睑俱动，似人目。（出《酉阳杂俎》）

## 张 华

张华有白鹦鹉，华行还，鸟辄说僮仆善恶。后寂无言，华问其故，鸟云："见藏瓮中，何由得知？"公时在外，令唤鹦鹉，鹦鹉曰：

谢说："你就是未来的宰相，（死后）也将羽化飞升进入天界，我们相见的日子不会遥远，谨慎不要变得懈怠懒惰啊。"李丞相向它表示感谢，鹤就飞走了。（出《逸史》）

## 鹄

天鹅长到一百年之后羽毛是红色的，五百年以后毛色变成黄色，又过五百年是灰白色，再过五百年是白色。此生寿命是三千岁。（出《述异记》）

## 苏 琼

晋安帝元兴年间，有一个二十多岁的人，还未婚配。但是他仍然眼睛不关心女色，也不曾有过淫秽的行为。一天，他去打猎，见到一个很俏丽的女子。女子对他说："听说你把自己与柳下惠归为同类，但你又怎么明白私奔幽会的乐趣呢？"说完女子便唱歌，少年微微有点动容。后来再一次见到这个女子，他就询问女子的姓名。女子说："小女姓苏名琼，家住路边。"于是约请少年回家极尽欢乐。少年的堂弟忽然过来，用木杖击打那女子，女子变为一只雌性白天鹅。（出刘义庆《幽冥录》）

## 鹦鹉

鹦鹉有飞翔的能力。大部分鸟类的脚趾，三只在前，一只在后只有鹦鹉四个脚趾齐平分开。普通的鸟类都是下眼皮向上动，唯独鹦鹉能上下眼皮都一起动，如同人的眼睛一样。（出《酉阳杂俎》）

## 张 华

张华拥有一只白色的鹦鹉。他每次外出返回，鹦鹉就跟他说僮仆的好与坏，后来又安静下来不说话了。张华问它是什么原因，鹦

“昨夜梦恶，不宜出户。”强之至庭，为鸱所攫，教其啄鸱喙，仅而获免。(出《异苑》)

## 鹦鹉救火

有鹦鹉飞集他山，山中禽兽辄相贵重。鹦鹉自念，虽乐不可久也，便去。后数日，山中大火，鹦鹉遥见，便入水濡羽，飞而洒之。天神言：“汝虽有志，意何足云也？”对曰：“虽知不能，然尝侨居是山，禽兽行善，皆为兄弟，不忍见耳。”天神嘉感，即为灭火。(出《异苑》)

## 雪衣女

天宝中，岭南献白鹦鹉，养之宫中。岁久，颇甚聪慧，洞晓言词。上及贵妃，皆呼为雪衣女。性既驯扰，常纵其饮啄飞鸣，然不离屏帏间。上命以近代词臣篇咏授之，数遍便可讽诵。上每与嫔妃及诸王博戏，上稍不胜，左右呼雪衣女，必飞局中，鼓翼以乱之。或啄嫔御及诸王手，使不能争道。一旦，飞于贵妃镜台上，语曰：“雪衣女昨夜梦为鸷所搏，将尽于此乎？”上令贵妃授以《多心经》，自后授记精熟，昼夜不息，若惧祸难，有祈禳者。上与贵妃出游别殿，贵妃置鹦鹉于步辇上，与之同去。既至，命从官校猎于前，鹦鹉方嬉戏殿槛上。瞥有鹰至，搏之而毙，上与贵妃，叹息久之，遂命瘗于苑中，立鹦鹉冢。开元中，宫中有五色鹦鹉，能言而惠。上令左右试牵御衣，辄瞋目叱之。岐王文学熊延景，因献《鹦鹉说:“被扔在大坛子里,怎么能够知道(这些)呢?”张华有一次正在屋外,命令人去叫鹦鹉出来。鹦鹉说:“昨晚做了个可怕的梦,不适宜到门外去。”强制把它拉到庭院,就被鸱鸟抓住,(张华)赶忙教鹦鹉啄鸱鸟的嘴来对付,才免除死亡。(出《异苑》)

## 鹦鹉救火

有一只鹦鹉飞到了别的山上,山里的飞禽走兽们都十分地尊重它。这只鹦鹉心里在想,虽然这里快乐但是却不能长久地居住,于是它就离开了。过了几天之后,突然山上起了大火。鹦鹉远远地就看到了,于是它就跳到水里把羽毛沾湿,然后飞向大火把水洒下去。天神说:“虽然你有救火的好意。可是你认为这样的做法值得一提吗?”于是鹦鹉回答道:“虽然我知道这没有用,但是我曾经在这座山上住过,而且山上的禽兽都十分善良,都如同我的兄弟姐妹一般,实在不忍心看着它们被大火烧死。”天神非常赞美鹦鹉的举动,并且被深深感动,然后替它将山火都扑灭了。(出《谭宾录》)

## 雪衣女

唐玄宗天宝年间,岭南进贡了只白鹦鹉,养在皇宫之中。时间长了,鹦鹉就显得十分聪明,它能够理解人说的话。在宫里的人,一直到贵妃,都称这只鹦鹉为“雪衣女”。因为它的性情已经被驯服得很温顺了,所以经常把它放开任由它吃喝飞鸣,但是它也总是待在屏风和帐幕之间不离开。皇上就让人将近代词臣的文章都念给它听来教给它,几遍过后它就都能背诵了。皇上经常和嫔妃还有各位王爷们一起下棋玩耍,皇上的棋稍稍呈现出败势,左右两旁的人就呼唤雪衣女,那它就一定会飞到棋盘上去,然后鼓动翅膀以此搅乱棋局。有时候还会啄嫔妃和诸王爷的手,让他们不能够抢到好的棋路。有一天早晨,雪衣女就飞到了贵妃的镜台上,它说道:“雪衣女昨天在夜里还梦见被老鹰给捉住了,难道我的性命就要因此结束了吗?”皇上就让贵妃教它念《多心经》,从此以后它就记得十分熟练,然

鹉篇》，上以示群臣焉。（出《谭宾录》）

## 刘潜女

陇右百姓刘潜家大富，唯有一女，初笄，美姿质。继有求聘者，其父未许。家养一鹦鹉，能言无比，此女每日与之言话。后得佛经一卷，鹦鹉念之，或有差误，女必证之。每念此经，女必焚香。忽一日，鹦鹉谓女曰："开我笼，尔自居之，我当飞去。"女怪而问之："何此言邪？"鹦鹉曰："尔本与我身同，偶托化刘潜之家，今须却复本族，无怪我言。人不识尔，我固识尔。"其女惊，白其父母，父母遂开笼，放鹦鹉飞去，晓夕监守其女。后三日，女无故而死，父母惊哭不已。方欲葬之，其尸忽为一白鹦鹉飞去，不知所之。（出《大唐奇事》）

后就昼夜不停地念，很像是害怕会遭受到灾祸，所以进行祈祷以求免灾。皇上和贵妃去到别的宫殿去游玩，贵妃就将鹦鹉放在了辇车上，与她一同前去。到了之后，皇上就命令随行的将士进行围猎。这时鹦鹉正在宫殿的栏杆上飞，突然一瞬间就有一只鹰飞了过来，将鹦鹉捕杀了。皇上和贵妃便长久地为鹦鹉叹息，然后命令人将鹦鹉埋在了御花园中，然后立了一座鹦鹉的坟墓。在开元年间，皇宫中有只五色鹦鹉，它能够说话而且十分聪明。皇上让身边的人尝试着牵扯自己的衣服，然后那只鹦鹉就瞪着双眼斥责他们。岐王府的文学侍从叫熊延景，他因此献上了一篇文章叫《鹦鹉篇》，皇上就把文章交给群臣去欣赏。（出《谭宾录》）

## 刘潜女

陇右人刘潜的家中十分富有，只有一个女儿，刚刚成年，长得很漂亮。相继不断地有人向刘家求婚，她父亲都没有答应他们。在家里养了只鹦鹉，它擅长说话，刘潜的女儿每天都和鹦鹉说话。后来她得到了一本佛经，鹦鹉就念佛经，有时候念错了，这个女孩就一定会纠正它。每当它念佛经时，女孩就一定要烧香。突然有一天，鹦鹉对女孩说："打开我的笼子，你自己进来住，我应当要飞走了。"女孩很奇怪地问它："你为什么要这么说呢？"鹦鹉就说："你和我本来就是一类，只是偶然你托生到了刘潜的家里，如今却要回到原来的种族当中了。你不要怪我这样说话，别人都不认识你，但是我却认识你。"女孩十分吃惊，告诉了父亲这件事，于是父母就把笼子打开了，把鹦鹉放飞走了。父母便从早上开始一直守着女儿到晚上。又过了三天，女孩无缘无故地就死了。父母很吃惊，哭泣不止，正当要埋葬女儿时，女儿的尸体突然就变成一只白鹦鹉飞走了，不知道飞到哪里去了。（出《大唐奇事》）

# 鹰

## 楚文王

楚文王好猎，有人献一鹰。王见其殊常，故为猎于云梦。毛群羽族，争噬共搏，此鹰瞪目，远瞻云际。俄有一物鲜白，不辨其形。鹰便竦羽而升，矗若飞电。须臾，羽堕如雪，血下如雨，有大鸟堕地。度其羽翅，广数十里，时有博物君子曰："此大鹏雏也。"（出《幽明录》）

## 刘 聿

唐永徽中，莱州人刘聿性好鹰，遂于之罘山悬崖，自缒以取鹰雏。欲至巢而绳绝，落于树歧间，上下皆壁立，进退无据。大鹰见人，衔肉不敢至巢所，遥放肉下，聿接取肉喂鹰雏，以外即自食之。经五六十日，雏能飞，乃裂裳而系鹰足，一臂上系三联，透身而下，鹰飞，掣其两臂，比至涧底，一无所伤，仍系鹰而归。

## 邺郡人

薛嵩镇魏时，邺郡人有好育鹰隼者。一日，有人持鹰来告于邺人，人遂市之。其鹰甚神俊，邺人家所育鹰隼极多，皆莫能比，常臂以玩，不去手。后有东夷人见者，请以缯百余段为直，曰："吾方

# 鹰

## 楚文王

楚文王喜欢去打猎，有个人将一只鹰献给了他。他看见这只鹰和普通的鹰不同，所以就带它到云梦那一带去打猎。一般的猎鹰、猎狗都是争着捕捉猎物，但是只有这一只鹰是瞪大双眼远远地望向天边的云。不久后在天空出现了一个东西，辨别不出它的形状。于是这只鹰就扇动它的翅膀飞上了天空，像闪电一样快。不一会儿，它的羽毛就像下雪一样落下来，而血就像下雨一样洒了下来，有一只大鸟掉到了地上。推测这只大鸟的翅膀，若是展开应该会有几十里宽。而当时有那些见识广博的人就说："这就是大鹏的雏鸟啊！"（出《幽明录》）

## 刘聿

唐高宗永徽年间，一位莱州人名叫刘聿，他喜欢饲养猎鹰，于是就到之罘山的悬崖上去，他将绳子拴好坠下山崖然后去捉雏鹰。当他快要到达雏鹰的鹰巢时绳子断了，他掉到了树枝上。那里上下都是直立的石壁，根本没有办法往上爬或往下爬。大鹰看见了人，衔着肉不敢进到巢里面去，只好远远地把肉放下。刘聿把肉取了过来喂雏鹰，其余剩下的就自己把它吃了。过了五六十天后，那只雏鹰就能飞翔了，刘聿把衣服撕开系在鹰的脚上，他的一只胳膊系了三根绳子，然后就举着雏鹰跳下了悬崖。雏鹰飞了起来，将他的两臂提了起来，于是人和鹰就一起落到了山涧底下，没有受一点伤。他依旧系着鹰回家了。

## 邺郡人

薛嵩在镇守魏州时，在邺郡有一个喜欢养鹰隼的人。一天，有一个人带了一只鹰给这个邺郡人看，这个邺郡人就把这只鹰买了下来。这只鹰十分威武英俊，这个邺城人的家中虽然饲养了很多的鹰隼，但念此，不知其所用。”其人曰：“此海鹞也，善辟蛟螭患，君宜于邺城南放之，可以见其用矣。”先是邺城南陂蛟常为人患，郡民苦之有年矣。邺人遂持往，海鹞忽投陂水中，顷之乃出，得一小蛟，既出，食之且尽，自是邺民免其患。有告于嵩，乃命邺人讯其事，邺人遂以海鹞献焉。（出《宣室志》）

## 鹞

### 魏公子

魏公子无忌曾在室中，读书之际，有一鸠飞入案下，鹞逐而杀之。忌忿其鸷戾，因令国内捕鹞，遂得二百余头。忌按剑至笼曰：“昨杀鸠者，当低头伏罪；不是者，可奋翼。”有一鹞俯伏不动。（出《列异传》）

## 鹘

### 宝观寺

沧州东光县宝观寺，常有苍鹘集重阁，每有鸽数千。鹘冬中每夕，即取一鸽以暖足，至晓，放之而不杀。自余鹰鹘，不敢侵之。（出《朝野佥载》）

是没有一只能够比得上它。他经常把这只鹰放在胳膊上玩。后来就有一个东方少数民族的人看到了这只鹰，那个人愿意用一百多缎的丝织品去换这只鹰。那个邺州人就说："我刚刚不久得到的这只鹰，不知道它有什么特殊之处。"那个人就说："这是只海鹘，擅长抵御蛟和螭的危害，你应当要到邺城的南面把它放开，这样就能够看到它的用处了。在很早之前在邺城南面的池塘里面就有一只蛟，它经常给人们带来灾难。在邺郡的老百姓们受到那只蛟的祸害已经有好多年了。于是邺郡人就将这只海鹘带去了那里，海鹘突然投身进到了塘水之中，不久把一只小蛟捉出来了，然后就把这只蛟给吃了。从此之后邺郡的百姓就免除了蛟患。于是就有人告诉了薛嵩这件事，薛嵩就找来了邺城人询问他这件事，邺郡人就将那只海鹘献给了薛嵩。（出《宣室志》）

# 鹞

## 魏公子

魏国公子魏无忌在屋子里读书的时候，有一只斑鸠飞到了他的书案下，而一只雀鹰随后追了进来并捕杀了它。魏无忌对雀鹰的凶残很是忿恨，因此下令让国内的百姓捕捉雀鹰，最终捕捉到了二百多只。魏无忌手握长剑走到关押雀鹰的笼边，说道："之前曾经猎杀过斑鸠的，应当低头认罪，没有猎杀过的，可以扇动一下翅膀。"说完后有一只雀鹰趴在笼子里一动不动。（出《列异传》）

# 鹘

## 宝观寺

在沧州东光县宝观寺，经常会有鹘鸟在重叠的殿阁上聚集着。同时在殿阁上也时常有几千只鸽子聚集着。鹘鸟一到了冬天，它每天晚上，就会捉一只鸽子。把它放在自己脚下来暖脚，到了天亮，再把

## 落雁殿

唐太宗养一白鹘，号曰将军，取鸟，常驱至于殿前，然后击杀，故名落雁殿。上恒令送书，从京至东都与魏王，仍取报，日往返数回，亦陆机黄耳之徒欤？（出《朝野佥载》）

鸽子放走但是不杀死它。而其余的鹰鹘，也都不敢来侵害它们。（出《朝野佥载》）

## 落雁殿

唐太宗养了只白鹘，他将它称作将军。当它在捉鸟的时候，它经常（把鸟）驱赶到宫殿的前面，接着再攻击将鸟杀死，所以就把这处宫殿叫作“落雁殿”。皇上经常让它送信，从京城送至在东都洛阳的魏王，然后再将信取回，一天就能往返好几次呢，难道它也是像陆机的俊犬黄耳那一类动物吗？（出《朝野佥载》）

# 卷第四百六十一　禽鸟二



## 孔雀

### 交　趾

交趾郡人多养孔雀，或遗人以充口腹，或杀之以为脯腊。人又养其雏为媒，旁施网罟，捕野孔雀。伺其飞下，则牵网横掩之，采其金翠毛，装为扇拂。或全株，生截其尾，以为方物。云，生取则金翠之色不减耳。（出《岭表录异》）

### 罗　州

罗州山中多孔雀，群飞者数十为偶。雌者尾短，无金翠。雄者生三年，有小尾，五年成大尾。始春而生，三四月后复凋，与花萼相荣衰。然自喜其尾而甚妒，凡欲山栖，必先择有置尾之地，

## 孔雀

### 交 趾

交趾郡人大多饲养孔雀，有的是送给别人吃用以果腹，有的是杀了做成肉脯腊肉。还有的人喂养小孔雀来做诱饵，在旁边安装好网，捕捉野生的孔雀。等野生的孔雀飞下落地时就拉动网的绳子将孔雀罩住，再拔孔雀身上金翠色羽毛，制作成拂尘的扇子。有时需要完整的羽毛，就截断活着的孔雀的尾巴，把它作为土特产品。还说，活着取下的羽毛，金翠色一点也不会褪去。（出《岭表录异》）

### 罗 州

罗州的山里面有很多的孔雀，几十只为一群一起飞翔。雌孔雀尾巴短，也没有金翠的颜色。雄的孔雀出生三年，长出小尾巴，五年会长成大尾巴。立春时尾巴的羽毛开始生长，三四个月之后又凋落，和花朵同一时间繁盛和凋谢。孔雀自己喜爱自己的尾巴羽毛并且非然后止焉。南人生捕者，候甚雨，往擒之，尾沾而重，不能高翔。人虽至，且爱其尾，恐人所伤，不复骞翔也。虽驯养颇久，见美妇人好衣裳与童子丝服者，必逐而啄之。芳时媚景，闻管弦笙歌，必舒张翅尾，盼睇而舞，若有意焉。山谷夷民烹而食之，味如鹅，解百毒。人食其肉，饮药不能愈病。其血与其首，解大毒。南人得其卵，使鸡伏之即成。其脚稍屈，其鸣若曰“都护”。土人取其尾者，持刀于丛篁可隐之处自蔽，伺过，急断其尾，若不即断，回首一顾，金翠无复光彩。（出《纪闻》）

## 王轩

卢肇住在京南海，见从事王轩有孔雀。一日奴来告曰：“蛇盘孔雀，且毒死矣。”轩令救之，其走卒笑而不救，轩怒，卒云：“蛇与孔雀偶。”（出《纪闻》）

# 燕

## 汉燕

蓴泥为窠，声多稍小者汉燕。陶胜力注《本草》云，紫胸轻小者是越燕，胸斑黑声大者是胡燕。其作巢喜长，越燕不入药用。越与汉，亦小差耳。（出《世说》）

常嫉妒，但凡是想在山林里面休息，必须要先选好放尾巴的地方，这样之后才栖息在那个地方。南方人想要捕捉活的孔雀，需要等到落很大雨的时候去，这时候孔雀的尾巴毛上沾上了雨水而变得很重，不能够高飞。即使有人靠近，因为它太喜爱自己的尾巴了，害怕被人损伤，就不再展翅飞翔了。孔雀即使是训练喂养了很久，但如果看见了漂亮的女人穿好看的衣服和穿鲜艳的丝绸衣服的小孩，一定要追上前去啄他们。若是遇到明媚的天气，美好的景致，听到了管弦乐器演奏的曲子，一定会舒展翅膀打开尾巴，目光流转地舞蹈，好像很有感情的样子。居住在山谷里面的少数民族人把孔雀煮了吃，味道像鹅肉一样，可以解百毒。人要是吃了这孔雀的肉，喝药就没有治病的效果了。孔雀的血液和头，能解巨毒。南方的人得到孔雀的蛋，让鸡去孵化就行了。孔雀的脚稍微地弯曲，它的叫声像是在说“都护”。当地的土著人想要得到孔雀尾巴羽毛，就拿着刀在竹林里隐蔽，等孔雀经过的时候，赶紧斩断它的尾巴，若是不能立即砍断尾巴，孔雀回头看了一眼，尾巴羽毛就会失去金翠的色彩和光芒。（出《纪闻》）

## 王轩

卢肇居住在京城的南海，看见从事王轩有一只孔雀。一天，仆人过来告诉说：“蛇盘住了孔雀，就快要毒死这只孔雀了。”王轩让人赶快去救孔雀，但他的手下笑着却不去救孔雀，王轩就生气了，手下人说：“蛇和孔雀在交配呢。”（出《纪闻》）

# 燕

## 汉燕

用草跟泥做巢，叫声频繁一些体形较为小的燕子叫汉燕。陶胜力所注的《本草》说，胸前颜色是紫色，重量较轻体形较小的叫作越燕，胸前有黑色的斑点，叫声较为宏亮的叫作胡燕。胡燕做巢穴喜欢

## 胡 燕

凡狐白貂鼠之类，燕见之则毛脱，或燕蛰于水底。旧说燕不入室，取桐为男女各一，投井中，燕必来。胸斑黑声大，名胡燕，其窠有容匹素者。（出《酉阳杂俎》）

## 千岁燕

齐鲁之间，谓燕为乙，作巢避戊己。《玄中记》云，千岁之燕户北向。《述异要》云，五百岁燕生胡髯。（出《酉阳杂俎》）

## 晋 瑞

魏禅晋岁，北阙下有白光如鸟雀之状，时有飞翔去来。有司即闻奏，帝使罗者张之，得一白燕，以为神物，以金为笼，致于宫内，旬日不知所在。论者云："金德之瑞。"昔师旷时，有白燕来巢，检瑞应图，果如所论。师旷，晋人也，古今之议相符焉。（出《拾遗录》）

## 元道康

后魏元道康字景怡，居林虑山，云栖幽谷，静掩衡茅，不下人间，逾二十载。服饵芝木，以娱其志。高欢为丞相，前后三辟不就。道康以时方乱，不欲应之。至高洋，又征，亦不起。道康书斋常有双燕为巢，岁岁未尝不至。道康以连征不去，又惧见祸，不

做长形状的，越燕不可以作为药用。越燕跟汉燕，只不过是稍微有一点差别罢了。（出《世说》）

## 胡燕

凡是狐狸跟白貂鼠这一类的动物们，燕子看见了它们羽毛就会脱落，藏匿潜伏在多水的泥洞之中。传说燕子若是不进到屋里，取来桐木雕刻为男和女各一人再扔到井里去，燕子一定会进到屋里。胸口前有黑斑点且叫声宏亮的叫胡燕，它的巢穴有的可以放下一匹生绢。（出《酉阳杂俎》）

## 千岁燕

齐鲁这个地方的人们把燕叫成乙，燕子建巢穴躲避戊日和己日。《玄中记》里说，千年的燕子的巢口朝向北。《述异要》里说，那些五百年的燕子会长胡须。（出《酉阳杂俎》）

## 晋瑞

魏把帝王之位禅让给晋的那年，京城的北面城楼之下有白光像是鸟雀的形状一样，经常飞过来飞过去。官署将这个事报告上呈给皇帝，皇帝派人用网去捕捉，结果捕捉到一只白燕，皇上认为是神物，以金丝做成笼子，放置在皇宫里，十天以后白燕不知道去哪里了。有人说："这是繁盛的好预兆。"以前师旷之时，有白燕来筑巢穴，考察这祥瑞的现象，正应验了这图谶上面的话，果然就像这个人所说的。师旷，是晋人，古代和现在的议论是相符的。（出《拾遗录》）

## 元道康

后魏有个人叫元道康，字景怡，在林虑山里隐居，云雾笼罩着这幽而深的山谷，静静地关闭着用横木做门的茅草屋，他从没有下山到尘世中去，一直这样过了二十来年。他食用灵芝仙草，以此来陶冶自己的情趣和志气。高欢成了丞相，前前后后三次来邀请他出山当官觉嗟咨。是夕，秋月朗然，清风飒至。道康向月微思，忽闻燕呼康字云：“景怡，卿本澹然为乐，今何愁思之深耶？”道康惊异，乃知是燕。又曰：“景怡景怡，乐以终身。”康曰：“尔为禽而语，何巢我屋？”燕曰：“我为上帝所罪，暂为禽耳。以卿盛德，故来相依。”道康曰：“我忘利，不售人间，所以闭关服道，宁昌其德，为卿所谓？”燕曰：“海内栖隐，尽名誉耳。独卿知道，卓然嚣外，所以神祇敬属，万灵归德。”燕曰：“我来日昼时，往前溪相报。”道康乃策杖南溪，以伺其至。及昼，见二燕自北岭飞来而投涧下，一化为青衣童子，一化为青衣女子。前来谓道康曰：“今我便归，以卿相命，故来此化。然无以留别，卿有隐志，幽阴见嘉，卿之寿更四十岁，以此相报。”言讫，复为双燕飞去，不知所往。时道康已年四十，后果终八十一。

## 范质

汉户部侍郎范质言，尝有燕巢于舍下，育数雏，已哺食矣。其雌者为猫所搏，食之，雄者啁啾，久之方去。即时又与一燕为匹而至，哺雏如故。不数日，诸雏相次堕地，宛转而僵。儿童剖腹视他都没去。元道康认为那时正要发生动乱，不想答应他出山。等到高洋成为丞相，又来邀请他出山，他仍是不去。元道康书房中有一对燕子，每年都来筑巢。元道康因朝廷连年的征召自己都没有去，害怕会引来祸端，不觉地暗暗叹气。这一天晚上，秋天的月亮朗朗地照着，清爽的风一阵阵地吹来。元道康面向着明月思考，突然听到燕子喊元道康的字："景怡，你本来是心情淡泊，自得其乐的，现在为什么有这么多的忧虑和愁苦呢？"元道康很是惊奇，这才知道说话的是燕子。燕子又道："景怡景怡，要快乐一辈子。"元道康说："你是鸟却能说话，为什么要在我的屋里面筑巢？"燕子道："我被上帝惩罚，暂时做禽鸟。因为你的道德高尚，所以我才来依附于你。"元道康道："我忘却了名利，不愿意步入尘世之中，所以才关上门来学习道家的学说，发扬光大道家的学说，就像你说的那样？"燕子道："天下隐居的人，都是沽名钓誉之人。只有你真正地懂得道法，卓然地独立于尘世之外。因此神灵会尊敬你、关注你，千万种生灵都佩服你的德行。"燕子接着说："我明天天亮的时候，到前面的溪水旁边有些话要对你说。"元道康就拄着木头的拐杖到南面的溪水旁边等待燕子。等到了天亮，看见了两只燕子从北边的山岭飞下来落到了山涧下面。一只变成了一个穿着黑衣服的男孩子，一只变成了一个穿着黑衣服的少女。走上前来和元道康说道："今天我们要回天上去，为了给你预测未来命运，所以这才到这里来将你点化。否则将没有什么可以留作当纪念的了。你有这隐居的志向，神灵们都给予了好评，所以你的寿命还会有四十岁，就用这个来作为给你的报答吧。"说完后，就又变成一对燕子飞走了，不知道去了哪里。这时元道康已经有四十岁了，到后来果然到八十一岁才过世。

## 范质

汉代的户部侍郎范质说，曾经有一对燕子在他家屋子下筑巢，养育了好几只雏燕，已经进入了哺育喂食的阶段。那只雌燕被猫捉到然后吃了，雄燕鸣叫了很久才飞离开。不久又和另一只雌燕配成一对回到这来，还像从前那样哺育雏燕。没过几天，所有的雏燕一个接

之，则有蒺藜子在嗉中，盖为继偶者所害。（出《玉堂闲话》）

## 鹧鸪

### 飞 数

鹧鸪飞数逐月，如正月，一飞而止于窠中，不复起矣。十二月十二起，最难采，南人设网取之。（出《酉阳杂俎》）

### 飞南向

鹧鸪似雌雉，飞但南，不向北。杨孚《交州异物志》云：“鸟像雌雉，名鹧鸪，其志怀南，不思北徂。”（出《旷志》）

### 吴楚鹧鸪

鹧鸪，吴楚之野悉有。岭南偏多此鸟。肉白而脆，远胜鸡雉。能解冶葛并菌毒，臆前有白圆点，背上间紫赤毛。其大如野鸡，多对啼。《南越志》云：“鹧鸪虽东西回翔，然开翅之始，必先南翥。其鸣自呼‘社薄州。’”又《本草》云：“自呼‘钩辀格磔。’”李群玉《山行闻鹧鸪》诗云：“方穿诘曲崎岖路，又听钩辀格磔声。”（出《岭南录异》）

着一个地掉到地上，辗转着死去。儿童剖开了雏燕的肚子，发现有蒺藜子在雏燕的胃中，大概是被雄燕子后来的那个配偶给害死的。（出《玉堂闲话》）

## 鹧鸪

### 飞 数

鹧鸪飞的次数会随着月份的变化而变化，若是正月，飞翔一次之后就待在巢里，不再飞。十二月十二日开始，是最难以捕捉的，南方人就张开网捕捉鹧鸪。（出《酉阳杂俎》）

### 飞南向

鹧鸪的样貌像雌野鸡一样，只向着南飞，不向北方飞。杨孚在《交州异物志》里说道："有一种鸟像雌的野鸡，叫鹧鸪。它心里只想着南方，不愿朝着北方走。"（出《旷志》）

### 吴楚鹧鸪

鹧鸪这种鸟，吴楚一带都有。然而在岭南最多。这鹧鸪的肉是白的而且还脆嫩，远远超过了家鸡和野鸡肉的味道。并且能够解开和治疗葛草跟菌类的毒，鹧鸪的胸前有白颜色的圆点，背上间隔长着紫色和红颜色的毛。它的大小像野鸡一样，大多数喜欢对面鸣叫。《南越志》中说："鹧鸪虽然在东西来回地飞，可是刚展翅起飞之时，一定会先向着南飞。鹧鸪叫的声音像是在呼唤着'社薄州'。"另外《本草》中说："鹧鸪常常自己叫'钩辀格磔'。"李群玉《山行闻鹧鸪》的诗里说："刚刚穿过了艰难而又曲折的山路，又听到了鹧鸪'钩辀格磔'的叫喊声。"（出《岭南录异》）

# 鹊

## 知太岁

鹊知太岁之所在，《博物志》云："鹊窠背太岁。"此非才智，任自然尔。《淮南子》曰："鹊识岁多风，去乔木，巢傍枝。"（出《说文》）

## 又

鹊构窠，取在树杪枝，不取堕地者，又缠枝受卵。端午日午时，焚其巢，灸病者，疾立愈。（出《酉阳杂俎》）

## 张　颢

常山张颢为梁相，天新雨后，有鸟如山鹊，稍下堕地，民拾取，即化为一圆石。颢椎破之，得一金印，文曰"忠孝侯印"。颢以上闻。藏之秘府。颢后官至太尉，后议郎汝南樊行夷校书东观，上表言："尧舜之时，尝有此官，今天降印，宜应复。"

## 条支国

章帝永宁元年，条支国有来进异瑞，有鸟名鳷鹊，形高七尺，解人言。其国太平，鳷鹊群翔。昔汉武时，四夷宾服，有致此鹊，驯善。有吉乐事，则鼓翼翔鸣。按庄周云："雕陵之鹊，盖其类也。"（出《拾遗记》）

# 鹊

## 知太岁

喜鹊是知道太岁星的方向的，《博物志》上面说：“鹊巢背对着太岁星。”不是因为喜鹊是智慧的，而是靠着喜鹊天生自然的本能。《淮南子》里说：“喜鹊会知道哪一年的风大，就会离开高大的乔木，而去到傍出的木枝上面筑巢。”（出《说文》）

## 又

喜鹊筑巢，常常取用树梢上面的细树枝，不选取落在地面上的干枝，这样之后缠起树枝筑巢下蛋。端午节这天中午，用火烧喜鹊的巢，以此来给病人们烧炙治病，病立刻就全好了。（出《酉阳杂俎》）

## 张 颢

常山张颢是梁国的宰相，有一天雨后天晴，有一只像山鹊的鸟儿坠落到了地下，被一个百姓捡起来后变成了一块圆的石头。张颢砸破石头，得到一个金印，上面写的字是“忠孝侯印。”张颢将这件事情报告给了皇帝。金印被收藏到宫内的册府中。张颢后来升官到了太尉，然后议郎汝南人樊行夷到东观书府去校对书稿，给皇帝上书道：“尧舜那时候，曾经设置过忠孝侯这个官职，如今上天降下这个金印，应该重新设置这个官职。”

## 条支国

东汉的章帝永宁元年，这条支国派遣人来进献不寻常的吉祥物，里面有一只鸟叫鵕鹊，高有七尺，能够听懂人话。哪个国家是太平的，就会有鵕鹊鸟成群飞翔。从前汉武帝的时候，四周的少数民族归顺，有一些国家就奉献过这个鵕鹊，驯练喂养得很好。若是有了这吉祥快乐的事情，它就振动着双翅一边飞一边叫。按庄子所说：“雕陵之鹊，指的就是这种鸟。”（出《拾遗记》）

## 黎景逸

唐贞观末，南康黎景逸居于空青山，常有鹊巢其侧，每饭食喂之。后邻近失布者，诬景逸盗之，系南康狱。月余，劾不承，欲讯之。其鹊止于狱楼，向景逸欢喜，以传语之状。其日传有赦，官司诘其来，云："路逢玄衣素衿人所说。"三日而赦果至，景逸还山，乃知玄衣素衿者，鹊之所传。（出《朝野佥载》）

## 张昌期

汝州刺史张昌期，易之弟也，恃宠骄贵，酷暴群僚。梁县有人白云，有白鹊见。昌期令司户杨楚玉捕之，部人有鹞子七十笼矣，以蜡涂爪。至林见白鹊，有群鹊随之，见鹞迸散，唯白者存焉。鹞竦身取之，一无损伤，而笼送之。昌期笑曰："此鹊赎君命也。"玉叩头曰："此天活玉，不然，投河赴海，不敢见公。"拜谢而去。（出《朝野佥载》）

## 崔圆妻

鹊窠中必有栋。崔圆相公妻在家时，与姊妹于后园见一鹊构窠，共衔一木，大如笔管，长尺余，安窠中，众悉不见。俗言见鹊上梁必贵。（出《酉阳杂俎》）

## 黎景逸

唐太宗贞观末年，南康黎景逸居住在空青山之上，有喜鹊于他住的地方的附近建巢，他每天都用饭来喂喜鹊。之后，他的邻居里有个人丢了布，诬陷上诉黎景逸偷了布，黎景逸被关在了南康的监狱之中。一个多月的时间，黎景逸始终没有承认自己偷布，官府正准备要刑讯他，那只喜鹊就停在了狱楼之上，朝着黎景逸表示出很开心的样子，像是在向他传话。当天就有人传来消息说要大赦，官府问人消息从哪里来，回答："路上遇到的一个穿着黑衣服白领子的人说的。"三日之后大赦的公文果然就传到了，黎景逸被放归山，这之后才知道黑衣服白色领子的人，就是这喜鹊去传的话。（出《朝野佥载》）

## 张昌期

汝州的刺史张昌期，是这张易之的弟弟，他倚仗哥哥的权力和势力而骄蛮自大，而且对待同事残酷又暴虐。梁县有人和他说，有白喜鹊会出现。张昌期就让司户杨楚玉去捉，杨楚玉部下有着七十笼的雀鹰，他们用这蜡涂到了雀鹰的爪子之上。到树林里之后，看到有一只白色喜鹊在前面飞，还有着一群喜鹊跟在这个喜鹊后面飞，看见鹞子之后都飞散开了，只有白喜鹊还在这。鹞子去捉捕白喜鹊，白鹊一点儿也没有受到损伤，用一个笼子装着这个白喜鹊赠送给张昌期。张昌期笑道："这个白喜鹊赎了你的一条命呀。"杨楚玉磕头道："这是天让我活，不是这样，就是投河跳海，我也不敢来拜见您。"作礼谢恩就离开了。（出《朝野佥载》）

## 崔圆妻

喜鹊的巢穴里一定有根"栋梁"。崔圆宰相的妻子在家里的时候，和姐妹在后园里看见了一对喜鹊在建巢，两只喜鹊一起衔着一根木棍，粗细程度像笔管一样，长有一尺多，放置到巢穴中，而别人都没看见。俗话说，看见了喜鹊上梁之人一定会尊贵。（出《酉阳杂俎》）

## 乾 陵

大历八年，乾陵上仙观之尊殿，有双鹊衔柴及泥，补葺隙壤十五处。宰臣表贺之。（出《酉阳杂俎》）

## 鸽 信

大理丞郑复礼言，波斯舶上多养鸽，鸽能飞行数千里，辄放一只至家，以为平安信。（出《酉阳杂俎》）

# 鸡

## 陈仓宝鸡

秦穆公时，陈仓人掘地得物，若羊非羊，若猪非猪，牵以献穆公。道逢二童子曰：“此为媪述，常在地中，食死人脑。若欲杀之，以柏插其首。”媪曰：“此二童子名为鸡宝，得雄者王，得雌者伯。”陈仓人舍之，逐二童子，二童化为雉，飞入于林。陈仓人告穆公，发徒大猎，果得其雌，又化为石，置之汧渭之间。至文公立祠，名陈宝。雄者飞南集，今南阳雉飞县，即其地也。（出《列异传》）

## 楚 鸡

楚人有担山鸡者，路人问曰：“何鸟也？”担者欺之曰：“凤皇也。”路人曰：“我闻有凤皇久矣，今真见之。汝卖之乎？”曰：

## 乾陵

唐朝大历八年，乾陵上仙观的殿楼上，有一对喜鹊嘴里衔着木柴棍和泥巴，修补殿楼上的裂缝和损坏的地方十五处。辅政大臣们给皇上上书庆贺这件事。（出《酉阳杂俎》）

## 鸽信

大理丞郑复礼道，波斯人的船上面大多都喂养着鸽子，鸽子可以飞行数千里，过了一段时间就放只鸽子飞回家，把它当作一封平安的家信。（出《酉阳杂俎》）

# 鸡

## 陈仓宝鸡

秦穆公之时，陈仓人挖掘土地得到了一个动物，像羊却又不是羊，像猪却又不是猪，就牵着它准备要去献给秦穆公。在路上遇到了两个童子对他说道："这动物叫作媪述，经常生活在地底下，吃死了人的脑子。若是想要杀了它，可用柏树枝去插进它的脑袋里。"媪述就说："面前这两个童子名字叫鸡宝，若是捉到雄的，就能够做国王，如果捉到雌的，就能够做伯爵。"陈仓人就舍弃掉媪述，去追两个童子了，两个童子就变成野鸡，飞进了树林。陈仓人把这个事情告诉秦穆公，秦穆公派人进行了大规模的捕猎，果然抓到了那只雌的童子，雌的又变成了石头，就被放到了汧山和渭水的中间。待到秦文公之时为它建了祠堂，将那块石头叫"陈宝"。那只雄野鸡飞到了南集，现在在南阳这个地方的雉飞县，就是那一只雄野鸡的停留之地。（出《列异传》）

## 楚鸡

楚国有一个人挑着山鸡，在路上有人问他："这是啥鸟？"他骗那个人说："这是凤凰。"那个人说："我听说凤凰已经很久了，如今

“然。”乃酬千金，弗与。请加倍，乃与之。方将献楚王，经宿而鸟死。路人不遑惜其金，惟恨不得以献耳。国人传之，咸以为真凤而贵，宜欲献之。遂闻于楚王，王感其欲献己也，召而厚赐之，过买凤之直十倍矣。（出《笑林》）

## 卫女

《雉朝飞操》者，卫女傅母所作也。卫侯女嫁于齐太子，中道闻太子死，问傅母曰：“何如？”傅母曰：“且往赴丧。”丧毕，不肯归，终之以死。傅母悔之，取女所自操琴，于冢上鼓之。忽有二雉俱出墓中，傅母抚雌雉曰：“女果为雉耶？”言未卒，俱飞而起，忽然不见。傅母悲痛，授琴作操，故曰《雉朝飞》。（出扬雄《琴清英》）

## 长鸣鸡

汉成帝时，交趾越巂献长鸣鸡伺晨鸡，即下漏验之，晷刻无差。长鸣一食顷不绝，长距善斗。（出《西京杂记》）

## 沉鸣鸡

建安三年，胥图献沉鸣石鸡，色如丹，大如燕。常在地中，应时而鸣，声能远彻。其国闻其鸣，乃杀牲以祀之。当声处掘地，才算真正见到了。你卖它吗？”回答道：“卖。”于是这个路人出价到千金，挑担人却不同意。要求出加倍的钱，这才将山鸡卖给了这个路人。路人正要准备把它进献给楚王的时候，过了一宿鸟却死了。路人没有去可惜花掉的钱，只遗憾不能够把鸟进献给楚王。人们传递谈论着这事，全部认为那是一只真的凤凰所以很贵，因此路人才要将它进献给楚王。这件事情传到了楚王的耳朵里面，楚王被路人想把凤凰进献给自己的行为所感动，就把路人叫来重重地赏赐了，赏金是买鸟时花的钱的十倍。（出《笑林》）

## 卫女

《雉朝飞》这首琴曲，是卫女师傅所创作的。卫侯女儿要嫁给齐国的太子了，走到半路之上时听说太子去世了，就问她师傅说：“怎么办呢？”她师傅说：“暂且先去参加他的丧礼。”丧礼结束之后，卫女却不肯再回娘家了，一直到死。师傅后来后悔这件事，拿过卫女生前用的琴，在她的坟前弹奏了起来。突然有两个野雉一同从坟墓中飞出来，师傅抚摸雌雉道：“你果然变为了雉鸟吗？”话没有说完，两个雉鸟一起飞起来，没一会儿就都不见了。师傅非常悲痛，弹着琴就创作了一支曲子，所以这曲子叫《雉朝飞》。（出杨雄《琴清英》）

## 长鸣鸡

汉成帝之时，交趾的越隽进献了一只可以长久鸣叫的司晨鸡，成帝立刻让人以滴漏计时器来做验证，司晨鸡叫的时刻与计时器刻度一点也不差。司晨鸡叫起来可以连续一顿饭的时间不停，这种鸡的爪子很长也善于搏斗。（出《西京杂记》）

## 沉鸣鸡

建安三年，胥图国进献了沉鸣石鸡，是红色的，大小像燕子。石鸡常常生活在地底下，按时叫，叫声可以清楚地传递到很遥远的地得此鸡。若天下平，翔飞颉颃，以为嘉瑞，亦谓宝鸡。其国无鸡，人听地中，以候晷刻。道师云："昔仙人相君采石，入穴数里，得丹石鸡，舂碎为药。服者令人有声气，后天而死。"昔汉武宝鼎元年，四方贡珍怪，有琥珀燕，置之静室，自然鸣翔，此之类也。《洛书》云："胥图之宝，土德之征。大魏嘉瑞焉。"（出《王子年拾遗记》）

## 孙休

孙休好射雉，至其时，则晨往夕返。群臣莫不上谏曰："此小物，何足甚耽？"答曰："虽为小物，耿介过人，朕之所以好也。"（出《语林》）

## 吴清

徐州民吴清，以太元五年被差为征。民杀鸡求福，煮鸡头在盘中，忽然而鸣，其声甚长。后破贼帅邵宝，宝临阵战死。其时僵尸狼籍，莫之能识。清见一人著白袍，疑是主帅，遂取以闻。推校之，乃是宝首。清以功拜清河太守，越自什伍，遽升荣位。鸡之妖，更为吉祥。（出《甄异记》）

方。胥图国人听到了这个石鸡的叫声，就会杀牲畜来祭祀它。在这个石鸡发出鸣叫声的地方挖开地，就得到了这只鸡。若是天下太平，石鸡就会上下翻飞，人们将这种现象看成祥瑞，所以把这种鸡叫成宝鸡。胥图国没有一只普通的鸡，人们只能听地下石鸡的叫声，来计算时间。有一个道士说道："从前仙人相君开采石料，入洞穴好几里深，得到了一只红色石鸡，捣碎了去做药，吃了能强化人的声音和气息，使人在先天的岁数之后才会死去。"从前的汉武帝宝鼎元年，四方的国家都来进献珍奇宝物，其中有一个琥珀燕，把它放在一个安静的室内，会自然而然地鸣叫和飞翔，这就是沉鸣石鸡这类珍奇的宝物。《洛书》里说："胥图国里的宝物，有土德的象征。这正是大魏国的祥瑞征兆。"（出《王子年拾遗记》）

## 孙 休

孙休喜欢射击狩猎雉鸡，到了合适狩猎的季节时，他就早上出去夜晚才返回。大臣们都在提意见劝阻，他们说："这是小的动物，为什么那么喜爱呢？"孙休却回答说："虽然它只是小动物呀，耿直刚正的品德却超过了人，因此我才喜欢它。"（出《语林》）

## 吴 清

徐州百姓叫吴清的，在吴国太元五年时被派去出征。吴清杀鸡来祈求上天赐福，煮熟的这个鸡头在盘子里面，突然鸣叫起来，叫声很悠长。后来贼兵主帅邵宝被打败了，邵宝战死在了沙场之上。沙场之上许多僵硬的尸体乱七八糟地摆放，没有人可以识别出来。吴清看见了一具尸体穿白色的袍，怀疑他是主帅，就将尸体搬来仔细看。仔细推理后，那鸡头也正是邵宝首级之征。吴清也因此被任命成清河太守，从士兵这个等级越级提拔，一下就登上了这么高贵荣耀的位子。鸡显现出妖异的现象，也更是吉祥之兆。（出《甄异记》）

## 广州刺史

广州刺史丧还，其大儿安吉，元嘉三年病死，第二儿，四年复病死。或教以一雄鸡置棺中，此鸡每至天欲晓，辄在棺里鸣三声，甚悲彻，不异栖中鸣，一月日后，不复闻声。（出《齐谐记》）

## 祝鸡公

祝鸡公者，洛阳人也。居尸乡北山下，养鸡百余年，鸡皆有名字，千余头。暮栖树下，昼放散之。欲取呼名，即种别而至。卖鸡及子，得千余万，辄置钱去。之吴，作养池鱼。后登吴山，鸡雀数百，常出其旁。（出《列仙传》）

## 朱 综

临淮朱综遭母难，恒外处住。内有病，因见前妇。妇曰："丧礼之重，不烦数还。"综曰："自荼毒已来，何时至内？"妇云："君来多矣。"综知是魅，敕妇婢，候来，便即闭户执之。及来，登往赴视，此物不得去，遽变老白雄鸡。推问是家鸡，杀之遂绝。（出刘义庆《幽明录》）

## 代郡亭

代郡界中一亭，作怪不可止。有诸生壮勇者，暮行，欲止亭宿，亭吏止之。诸生曰："我自能消此。"乃住宿食。夜诸生前坐，出一手，吹五孔笛，诸生笑谓鬼曰："汝止有一手，那得遍笛，我为

## 广州刺史

广州刺史去世后被运回了故乡，他叫安吉的大儿子在南朝元嘉三年染病去世了，二儿子元嘉四年也染病去世了。有人让把一只公鸡放置在棺材里面避灾，这鸡每日天要亮的时候，都在棺材里面叫三声，叫得非常悲惨，和在鸡窝里面叫的声音没什么不一样的地方，一个月之后，再也没听到这只鸡叫出声了。(出《齐谐记》)

## 祝鸡公

祝鸡公，是洛阳人。居住在尸乡北山之下，他喂养了一百多年的鸡，喂养的鸡都有名字，共有一千多只。到晚上鸡就在树下睡觉，白天就散放着。他只要呼唤一只鸡的名字，那只鸡就会自动来到他身边。他卖鸡与鸡蛋，得到了一千多万贯的钱，就放置好钱离开这里。来了吴国，又开始用池塘养鱼了。后来他攀登上吴山，常常有几百只的鸡和雀出现在他身边。(出《列仙传》)

## 朱　综

临淮朱综他的母亲逝去了，他就长期住在外面守丧。听说他的妻子生病了，于是回来看望妻子。妻子就说："丧礼是件大事，不要常常回来了。"朱综又说："自从母亲逝世后，我何时到内室去过了？"妻子说："你过来的次数非常多啊。"朱综知道这是妖魅在作怪，就让妻子的侍女等到那妖物来之时，就立刻关上门窗去捉拿。等到装扮成他的这个怪物来了，朱综立即前去探视和捉拿，这个怪物无法离开这里，就马上变成一只白色的老公鸡了。一追问原来它是家养的公鸡，杀了公鸡以后再也没有怪事发生。(出刘义庆《幽明录》)

## 代郡亭

代郡边界处之地有一个供行人住宿吃饭的亭站，常常有妖精来作怪。有一姓诸的书生很强壮、很勇敢，傍晚行路，想要在亭站里住宿，官吏制止了他。他却说："我自己可以消除灾难祸事。"于是住

汝吹来。”鬼云：“卿为我少指耶？”乃复引手，即有数十指出。诸生知其可击，因拔剑砍之，得老雄鸡。（出《幽明录》）

## 高嶷

唐渤海高嶷巨富，忽患月余日，帖然而卒，心上仍暖，经日而苏。云，有一白衣人，眇目，把牒冥司，讼杀其妻子。嶷对元不识此老人，冥官云：“君命未尽，且放归。”遂悟白衣人乃是家中老瞎麻鸡也，令射杀，魅遂绝。

## 天后

唐文明已后，天下诸州，进雌鸡变为雄者甚多，或半已化，半未化，乃则天正位之兆。

## 卫镐

卫镐为县官，下县，至里人王幸在家，方假寐，梦一乌衣妇人引十数小儿，著黄衣，咸言乞命，叩头再三，斯须又至。镐甚恶其事，遂催食欲前。适镐所亲者报曰：“王幸在家穷，无物设馔，有一鸡，见抱儿，已得十余日，将欲杀之。”镐方悟，乌衣妇人果乌鸡也，遂命解放。是夜复梦，感欣然而去。（并出《朝野佥载》）

下来吃饭和休息。夜晚书生坐在这前厅，这时候，出现了一个手，吹奏着一支有五个孔的笛子，书生笑对鬼道："你只有这一只手，怎么可以按住所有的笛孔呢，我来替你吹吧。"鬼又说："你以为我的手指少吗？"于是又伸出它的手来，竟然有几十根手指，书生知道这时可以攻击这个鬼了，于是拔剑砍去，结果砍死了一只老雄鸡。（出《幽明录》）

## 高嶷

唐代渤海叫高嶷的一个人非常富有，突然生了一个多月病就安然地去世了，但他死后的心口上还温暖着，几天后又苏醒过来。他说，有一穿白衣服还瞎了一只眼睛的人，他拿着状子到阴司去告状，告我杀了他的妻儿。高嶷为自己申辩说从来不认识这位老人，冥府官员就说："你的寿命还未尽，就放你回到阳间去吧。"之后他明白了那白衣老人就是家里瞎了一只眼的白色公鸡，就让人杀了这只鸡，之后怪异的事也就没有发生了。

## 天后

唐代中宗的文明年代后，天下各州进献的母鸡变为公鸡的有很多，有的已变化了一半了，还有一半没有变，这就是武则要正式登基称帝的预兆。

## 卫镐

卫镐当县令时，到乡下去体察民情，来到里人王幸的家，他就打了个小盹儿，梦见了一个穿着黑衣服的妇人领了十多个穿着黄衣裳的小孩子，都在说请饶命，再三地磕头，过一会儿又来一次。卫镐睡醒了之后心里很烦躁，就催着要快点儿吃饭。和卫镐关系较好的人来报告说："王幸在家里很穷，没有什么可以吃的菜，喂养了一只鸡还正在孵蛋，已经有十几天了，王幸在想把这鸡杀了吃。卫镐这才明白过来，那个黑衣妇人就是这黑母鸡，就让他不要杀鸡。这天晚

## 合肥富人

合肥有富人刘某，好食鸡，每杀鸡，必先刖双足，置木柜中，血沥尽力，乃烹，以为去腥气。某后病，生疮于鬓，既愈，复生小鸡足于疮瘢中。每巾栉，必伤其足，伤即流血被面，痛楚竟日。如是积岁，无日不伤，竟以是卒。（出《稽神录》）

上他又做了个梦，黑母鸡非常感谢他，然后开心地走了。（并出《朝野佥载》）

## 合肥富人

合肥有个富有的人姓刘，爱好吃鸡，每一次杀鸡的时候，必须要先砍了鸡的两个脚，放置在木柜子里面，等到血流完了，力气没有了，这样才煮着吃它，认为这样做能去除腥气。刘某到后来生了病，在鬓角处这地方生了一个疮，疮治好之后，则又在长疮瘢地方长出了一只小鸡爪。每次要洗脸梳头，必定会碰伤这只鸡爪而导致血流满面，痛苦一整天。像这样过去了一年，无一天不受伤流血的，他竟然因此死去了。（出《稽神录》）

# 卷第四百六十二　禽鸟三



## 鹅

### 史　悝

晋太元中，章安郡史悝家有驳雄鹅，善鸣。悝女常养饲之，鹅非女不食，荀佥苦求之，鹅辄不食，乃以还悝。又数日，晨起，失女及鹅。邻家闻鹅向西，追至一水，唯见女衣及鹅毛在水边。今名此水为鹅溪。（出《广古今五行记》）

# 鹅

## 史悝

晋代的太元年间，章安郡史悝家里有只杂色公鹅，喜爱鸣叫。史悝女儿经常喂鹅吃东西，如果不是史悝女儿喂的东西鹅就不会吃。荀佥苦苦问史悝要来这只鹅，鹅却不吃食物，只好又把鹅送还给史悝家。过了几天，早上起来后，女儿和鹅一同不见了。邻居家听到鹅向西面走的脚步声，便追到一条河边，只看见史悝女儿的衣服和鹅的毛堆积在河边。现在这条河就叫作“鹅溪”。（出《广古今五行记》）

## 姚 略

义熙中，羌主姚略坏洛阳沟，取砖，得一双雄鹅，并金色，交颈长鸣，声闻九皋，养之此沟。（出《幽明录》）

## 鹅 沟

济南郡张公城西北有鹅沟，南燕世，有渔人居水侧，常听鹅声。而众鹅中有铃声甚清亮，候之，见一鹅咽颈极长，因罗得之，项上有铜铃，缀以银鏁，有隐起元鼎元年字。（出《酉阳杂俎》）

## 祖录事

久视年中，越州有祖录事，不得名，早出，见担鹅向市中者。鹅见录事，频顾而鸣，祖乃以钱赎之。至僧寺，令放为长生。鹅竟不肯入寺，但走逐祖后，经坊历市，稠人广众之处，一步不放，祖收养之。左丞张锡亲见说。（出《朝野佥载》）

## 周氏子

汝南周氏子，吴郡人也，亡其名，家于昆山县。元和中，以明经上第，调选，得尉昆山。既之官，未至邑数十里，舍于逆旅中。夜梦一丈夫，衣白衣仪状甚秀，而血濡衣襟，若伤其臆者。既拜而泣谓周生曰："吾家于林泉者也，以不尚尘俗，故得安其所有年矣。今以偶行田野间，不幸值君之家僮，有系吾者。吾本逸人也，

## 姚略

在东晋文帝义熙年时，羌族首领姚略损毁了洛阳城中的护城河，取砖时，得到了一对金颜色雄鹅，脖子依在一起高声地鸣叫，声音传递得很远，姚略便把这两只雄鹅放养在这一条护城河里面。（出《幽明录》）

## 鹅沟

济南郡的张公城西北方向有一个鹅沟，南燕之时，有一个打渔的人居住在水边，常常可以听到鹅的叫声。而且还在许多鹅的叫声中传出了非常清亮的铃声，待到这群鹅游过来之后，他看见了有一只鹅的脖子特别长，于是就用网扣住这只鹅，接着发现这鹅的脖颈上有一只铜铃，是用银锁锁在脖子上的，铜铃上隐约有凸起来的“元鼎元年”字样。（出《酉阳杂俎》）

## 祖录事

在唐武则天久视年间，越州有一个姓祖的录事，也不知道他的名字，早上出门，看见一个人挑着鹅向着市集走去。鹅见了这祖录事，就频频回头和鸣叫，祖录事就买下了这只鹅。到了一座寺庙，他让和尚放了这鹅做善事来祈求长寿。鹅居然不肯进入这个寺庙，而是跑着跟在了祖录事的身后，经过作坊与集市这些许多人集聚的地点，一步也不肯放松，祖录事也就收养了这一只鹅。后来左丞相张锡说这是自己亲眼见到的事。（出《朝野佥载》）

## 周氏子

这汝南周生呀，是吴郡人，不知道他的名字，只知道他家在昆山县。元和年间，他考中明经，被选拔担任了昆山尉。去昆山县途中，距离县城几十里的地方，在一个旅店里住下。夜里他梦到一个穿着白衣服且仪表俊秀的男人，这男人的衣襟上染满了血迹，像是胸部受伤了。这男人行过礼后哭着对周生说道：“我是住在这树林泉水间既为所系，心甚不乐，又纵狂犬噬吾臆，不胜其愤。愿君子悯而宥之，不然，则死在朝夕矣。”周生曰：“谨受教，不敢忘。”言讫忽寤，心窃异之。明日，至其家。是夕，又梦白衣来曰：“吾前以事诉君，幸君怜而诺之，然今尚为所系，顾君不易仁人之心，疾为我解其缚，使不为君家囚，幸矣。”周即问曰：“然则尔之名氏，可得闻乎？”其人曰：“我鸟也。”言已遂去。又明日，周生乃以梦语家僮，且以事讯之，乃家人因适野，遂获一鹅，乃笼归，前夕，有犬伤其臆，周生即命放之。是夕，又梦白衣人辞谢而去。（出《宣室志》）

## 平固人

处州平固人访其亲家，因留宿。夜分，闻寝室中有人语声，徐起听之，乃群鹅语曰：“明旦主人将杀我，善视诸儿。”言之甚悉。既明，客辞去，主人曰：“我有鹅甚肥，将以食子。”客具告之，主人于是举家不复食鹅。顷之，举乡不食矣。（出《稽神录》）

## 海陵斗鹅

乙卯岁，海陵郡西村中有二鹅斗于空中，久乃堕地，其大可的一个人，由于不喜欢尘世的搔扰，因此在树林泉水间安然度过了许多年。今天偶尔在这田野之间散步，不幸被你家的僮仆把我抓住用绳子拴住了。我本来就只是个隐居之人，被抓住之后，心中很不开心，家僮还放恶狗咬伤我的胸口，我气愤得快要忍受不了了。只希望你可以可怜并且放了我，否则的话，我不久之后就会死去了。”周县尉说道：“我同意接受你的要求了，不敢轻易忘记。”说完突然醒了，心里觉得这件事很奇怪。到第二天，他回到了自己家里面。这一天晚上，他又一次梦见白衣人来梦里说：“我上一次把这件事情告诉你，庆幸你怜悯并且答应了我的要求，可我现在还是被捆绑着，我想你不会改变你的仁爱之心，请快些替我解开这绳子，让我不再被这样囚禁在你的家里，那就是万幸了。”周县尉问他：“然而你的姓名，是否可以告诉我？”那个人道：“我是一只鸟儿。”说完就马上离开了。到第二天，周县尉就把这个梦中的事与僮仆说了，并问僮仆这件事，原来他的家人到野外去了，捉到一只鹅，就拿笼子装着带回家来，前一天晚上，有一只狗伤了鹅胸，周县尉立刻命令把鹅放生。这天夜晚，梦中又出现了白衣人来向他告辞和道谢，然后就离开了。（出《宣室志》）

## 平固人

处州平固这地方有个人去拜访了他的亲家，后被留下住宿。半夜之时，他听见了寝室里有人在说话，便缓慢地起身去仔细听，原来是一群鹅在那说话，接着一只鹅说：“明天早上主人要杀了我，你们要好好地照看这群孩子啊。”说得很是清楚。天亮了以后，客人打算要走，主人说：“我有只很肥的鹅，准备杀了它做给你吃。”客人于是把听到的鹅说的话全告诉了这个主人，主人全家就从此不再吃鹅了。没多久，这里全乡的人也就都不再吃鹅了。（出《稽神录》）

## 海陵斗鹅

乙卯年，在海陵郡的西村中有两只鹅飞在空中相互争斗，斗了

五六尺，双足如驴蹄，村人杀而食之者皆卒。明年，兵陷海陵。（出《稽神录》）

## 鸭

晋周昉少时与商人溯江俱行，夕止宫亭庙下。同侣相语："谁能入庙中宿？"昉性胆果决，因上庙宿。竟夕晏然，晨起，庙中见有白头老翁，昉遂擒之，化为雄鸭。昉捉还船，欲烹之，因而飞去，后竟无他。（出《述异记》）

## 鹭

### 冯法

晋建武中，剡县冯法作贾，夕宿荻塘，见一女子，著缞服，白皙，形状短小，求寄载。明旦，船欲发，云："暂上取行资。"既去，法失绢一匹，女抱二束刍置船中。如此十上，失十绢。法疑非人，乃缚两足，女云："君绢在前草中。"化形作大白鹭，烹食之，肉不甚美。（出《幽明录》）

### 钱塘士人

钱塘士人姓杜，船行。时大雪日暮，有女子素衣来，杜曰："何不入船？"遂相调戏。杜阖船载之，后成白鹭去。杜恶之，便病死也。（出《续搜神记》）

很长时间之后坠落到地面上，它们有五六尺长，双脚像驴的蹄子那么大，村子里面杀了这两只鹅而且吃了这鹅肉的人都死掉了。到第二年，军队就攻陷了海陵。(出《稽神录》)

## 鸭

晋代的周昉在少年之时与商人一起逆江而行，于傍晚来到宫亭庙之外。同行的人说道："谁敢进到庙里去睡上一宿？"周昉胆子大而且又果断，就单独到庙里去睡了。一宿都是很平安的，早上起来之时，他看见这庙里面有一个白头发老翁，周昉就去捉捕他，白头翁就变成了一个雄鸭。周昉捉住了鸭子回到了船上，准备煮熟它吃肉，这雄鸭却又飞走了，到后来也没有发生点别的什么怪事。(出《述异记》)

## 鹭

### 冯法

在晋代建武年间，剡县的冯法做买卖，在晚上船停在荻塘里，他看见了一个身穿丧服的女人，她皮肤白皙，而且身形矮小，向他请求搭船。到第二天的早晨，他的船正要出发了，女人却说："我要上岸去取我出门要用的钱物。"她离开船后，冯法却丢了一匹绢布，这时那个女人抱了两捆草回来放置在船里。像这样来回上下了十次，他就丢了十匹绢布。冯法怀疑这女人不是人，就捆绑住她的双脚，那女人说："你的绢在前面的草丛中。"说完变成了一只白鹭。将这大白鹭煮熟吃了，肉味并不是很好吃。(出《幽冥录》)

### 钱塘士人

钱塘有一个姓杜的书生，这天他坐船出门。当时下大雪并且已进黄昏，有个穿白衣服的女人走来，这书生说："你为何不进到这船舱里面来？"然后便调戏她。这书生关上了船舱门想将那个女人载

## 黎州白鹭

黎州通望县，每岁孟夏，有白鹭鹚一双坠地。古老传云，众鸟避瘴。临去，留一鹭祭山神。又每郡主将有除替，一日前，须有白鹭鹚一对，从大渡河飞往州城，盘旋栖泊，三五日却回。军州号为先至鸟。便迎新送故，更无误焉。（出《黎州图经》）

# 雁

## 南人捕雁

雁宿于江湖之岸，沙渚之中，动计千百，大者居其中，令雁奴围而警察。南人有采捕者，俟其天色阴暗，或无月时，于瓦罐中藏烛，持棒者数人，屏气潜行。将欲及之，则略举烛，便藏之。雁奴惊叫，大者亦惊，顷之复定。又欲前举烛，雁奴又惊。如是数四，大者怒啄雁奴，秉烛者徐徐逼之，更举烛，则雁奴惧啄，不复动矣。乃高举其烛，持棒者齐入群中，乱击之，所获甚多。昔有淮南人张凝评事话之，此人亲曾采捕。（出《玉堂闲话》）

走，却没想到那女子人后来变成了一只白鹭飞走了。姓杜的这个书生厌恶极了这件事，生病死去了。（出《续搜神记》）

## 黎州白鹭

黎州通望县，在每年初夏，都会有一双白鹭鹚落在地上。在古老的传说里，这是鸟在躲避瘴毒的行为。临离开之时，留下一对鹭鹚来祭祀山神。又传说，每个郡的主将若是有了升迁替换之事，一天以前，一定有一对白鹭鹚，会从大渡河飞去州城，盘旋飞翔，且栖息在水边，然后三五天又飞回去。他们黎州的军人叫这种鸟为“先至鸟”。见到这先至鸟，人们就准备迎接新的上司并且送走老上司，一直没有出过差错。（出《黎州图经》）

## 雁

## 南人捕雁

雁夜里栖息在江河和湖的岸旁边，还有水中的沙洲之上，它们往往都是千百只成一群，它们之中大的雁睡中间，让它们的雁奴围在外围并担任警戒的角色。南方有捉大雁的猎人，专门等那天色阴暗了，或是没有月光的夜晚，在瓦罐里藏好蜡烛，许多人拿着他们的棒子，屏住呼吸轻轻地行走。到快接近雁群之时，就略微地举起一下蜡烛，然后立刻藏起来。雁奴看见了火光会惊叫起来，雁群也就被惊醒了，然后一会之后又安定下来。这时再次举起蜡烛，雁奴又会惊叫起来。就像这样反复几次，让大雁生气，就会去啄雁奴，拿蜡烛之人慢慢地向前靠进，再次举起蜡烛，到这时雁奴由于害怕被大雁啄，就不再骚动鸣叫。于是那个人高高举起他的蜡烛，然后拿棒子的人就一起冲进雁群里，乱打一顿，这样就能捕获很多的雁。以前有一个淮南人叫张凝的评事讲述过这件事，张评事也曾经亲自去参加捕雁。（出《玉堂闲话》）

### 海陵人

海陵县东居人多以捕雁为业。恒养一雁，去其六翮以为媒。一日群雁回塞时，雁媒忽人语谓主人曰：“我偿尔钱足，放我回去。”因腾空而去，此人遂不复捕雁。（出《稽神录》）

## 鸜鹆

### 勾 足

鸜鹆交时，以足相勾，促鸣鼓翼如斗状，往往坠地。俗取其勾足为魅药。（出《酉阳杂俎》）

### 能 言

鸜鹆，旧言可使取火，效人言胜鹦鹉。取其目精，和人乳研，滴眼中，能见烟霄外物。（出《酉阳杂俎》）

### 桓 豁

晋司空桓豁之在荆州也，有参军，五月五日，剪鸜鹆舌教语，无所不名。后于大会，悉效人语声，无不相类。时有参佐齆鼻，因内头瓮中效之，有主典盗牛肉，乃白参军：“以新荷裹置屏风后。”搜得，罚盗者。（出刘义庆《幽明录》）

## 海陵人

海陵县东边居住的人，大多数以捕雁来维持生活。每家常年都喂养着一只雁，拔去雁的六根大羽毛来作雁媒。但有一天，雁群回到栖息地之时，雁媒却忽然说人话，对它的主人说道："我给你赚的钱已经够多了，就放我回去吧。"然后趁机腾空飞走了，于是这个人就不再捕雁了。(出《稽神录》)

# 鸜鹆

## 勾足

八哥交配的时候，用脚互相地勾着，而且它们会短促地叫，扇动它们的翅膀像是在争斗一样，然后往往坠落到地面上。民间的习俗是取八哥的勾足来做魅药。(出《酉阳杂俎》)

## 能言

八哥，在传说中说可以让它去取火，它模仿人说话可以胜过鹦鹉鸟。取出它眼睛中的眼仁，和人的乳液研在一起，再滴到眼睛里面，能看见云霄之外的东西。(出《酉阳杂俎》)

## 桓豁

晋代的司空桓豁待在荆州之时，有个参军在五月五日这天，剪八哥的舌头来教它说话，它没有什么学不会的话。之后在一次大型聚会之上，让八哥学一个人说话，没有一个不像的。正好那时有一个参佐患了鼻道阻塞导致发音不清的病症，然后八哥就把它的头放进瓮中效仿他的声音，有一个主典他偷盗牛肉，八哥就去告诉参军："他将牛肉拿新鲜荷叶裹着放置在屏风之后。"果然搜查出来牛肉，后来惩罚了这个偷肉的人。(出刘义庆《幽明录》)

### 广陵少年

广陵有少年畜一鸜鸽，甚爱之。笼槛八十日死，以小棺贮之，将瘞于野。至城门，阍吏发视之，乃人之一手也，执而拘诸吏。凡八十日，复为死鸜鸽，乃获免。（出《稽神录》）

## 雀

### 雀目夕昏

雀皆至夕而不见物，人有至夕昏不见物者，谓雀盲是也。鸺鹠夜察毫末，昼瞑目不见丘山，殊性也。（出《感应经》）

### 吊乌山

蜀吊乌山，至雉雀来吊，最悲。百姓夜燃火，伺取之，其无嗉不食，似特悲者。以为义则不杀。（出《酉阳杂俎》）

### 杨　宣

杨宣为河内太守，行县，有群雀鸣桑树上，宣谓吏曰："前有覆车粟。"（出《益都耆旧传》）

## 广陵少年

在广陵有个少年自己养了一只八哥，他非常喜欢它。但在笼子里面关着养了八十天之后就死了，他就用一个小小的棺材装着它的尸体，然后准备埋葬到野外。走到城门，守门官吏打开小棺材一看，却发现是一只人手，于是把这个少年捉住并且交给了有关官吏。关押了八十天后，那只人手才又再次变成八哥，这少年才能获免。（出《稽神录》）

# 雀

## 雀目夕昏

麻雀们都是到晚上就会看不见东西了，人里面也有到了晚上看不清东西的，而这种病被叫作雀盲。而鸺鹠夜间可以看清毫微的东西，白天却是目昏以至于看不见山丘，而这些情况都是因为有着不同的天性啊。（出《感应经》）

## 吊乌山

在蜀地的吊乌山这个地方，待到雉雀们都来吊唁的情景，是最令人悲伤的。百姓都在夜晚点上火，然后找机会抓雉雀，其中有一些雉雀的嗉子空空的没有吃食，像是非常悲伤的鸟儿。百姓们认为是有义气的雀而不杀它。（出《酉阳杂俎》）

## 杨　宣

杨宣当河内太守之时，有次到县里去，遇到一群雀在桑树上面叫，杨宣就对随行官吏说道：“前面有一辆运输谷子的车翻车了。”（出《益都耆旧传》）

# 乌

## 越乌台

越王入国，丹乌夹王而飞，故勾践得入国也。起望乌台，言乌之异也。（出《王子年耆旧传》）

## 何潜之

晋时营道县令何潜之于县界得乌，大如白鹭，膝上髀下，自然有铜环贯之。（出《酉阳杂俎》）

## 乌君山

乌君山者，建安之名山也，在县西一百里。近世有道士徐仲山者，少求神仙，专一为志，贫居苦节，年久弥励。与人遇于道，修礼，无少长皆让之。或果谷新熟，辄祭，先献虚空，次均宿老。乡人有偷者坐罪当死。仲山诣官，承其偷罪，白偷者不死，无辜而诛，情所未忍。乃免冠解带，抵承严法，所司疑而赦之。

仲山又尝山行，遇暴雨，苦风雷，迷失道径。忽于电光之中，见一舍宅，有类府州，因投以避雨。至门，见一锦衣人，顾仲山，乃称此乡道士徐仲山拜。其锦衣人称监门使者萧衡，亦拜。因叙风雨之故，深相延引。仲山问曰："自有乡，无此府舍。"监门曰："此神仙之所处，仆即监门官也。"俄有一女郎，梳绾双鬟，衣绛赭裙青文罗衫，左手执金柄麈尾幢旄，传呼曰："使者外与何人交

# 乌

## 越乌台

越王回到自己国家的时候，丹乌鸟来围绕着越王飞，因此勾践才可以回到国内。他建筑了一个望乌台，以此纪念丹乌鸟之奇异功绩。（出《王子年耆旧传》）

## 何潜之

晋代营道县令叫何潜之的在县界里捉到了一只乌鸦，它的大小与白鹭一样，而这只鸟的膝盖的上面、大腿的下面，有着天然的铜环贯穿着。（出《酉阳杂俎》）

## 乌君山

乌君山，是这建安县的一个名山，位置在县城西面一百里之地。近代有一个道士叫作徐仲山，自少年时期就开始想追求得道成仙，而且特别专心虔诚，他的生活俭朴而且坚守节操，并且时间越长就越坚定。他和别人在路上面遇见，会自觉地遵守礼节，并且无论老少都会让其他人先行。每当瓜果粮食才刚成熟的时候，他就会进行祭祀，第一次祭祀献给上天，而第二次献给德高望重的老人。这乡里有一个小偷应按罪处死。但徐仲山却去面见审理这个案件的官员，还承认自己是有罪的小偷，还说这个小偷不应该判死罪，不应被处死却被杀了，在感情上也忍受不了。于是他摘掉了帽子脱下了衣服，自愿替小偷抵罪并且承受制裁，这审案的官署就怀疑自己判断错了就赦免了这个小偷。

有一次徐仲山在山路上走，却遇上了很大的暴雨，因为无法抵挡这大风雷电，竟然迷了路。突然在闪电中，他看见了一处住宅，这住宅有点像州府官员们的住宅，所以走过去想让自己避雨。到了门口，他看见一个穿着华丽衣服的人，那人看见了他，他就自称本乡道士徐仲山施礼拜见。而那个穿着华丽的衣服的人自称他是监门使者叫萧衡，并且向他回礼。那个人和他谈起了这场风雨，并且真诚邀请他通，而不报也？”答云：“此乡道士徐仲山。”须臾，又传呼云：“仙官召徐仲山入。”向所见女郎，引仲山自廊进。至堂南小庭，见一丈夫，年可五十余，肤体须发尽白，戴纱搭脑冠，白罗银镂帔，而谓仲山曰：“知卿精修多年，超越凡俗。吾有小女颇闲道教，以其夙业，合与卿为妻，今当吉辰耳。”仲山降阶称谢拜起，而复请谒夫人，乃止之曰：“吾丧偶已七年，吾有九子，三男六女，为卿妻者，最小女也。”乃命后堂备吉礼。既而陈酒殽，与仲山对食讫，渐夜闻环佩之声，异香芬郁，荧煌灯烛，引去别室。

礼毕三日，仲山悦其所居，巡行屋室，西向厂舍，见衣竿上悬皮羽十四枚，是翠碧皮，余悉乌皮耳。乌皮之中，有一枚是白乌皮。又至西南，有一厂舍，衣竿之上，见皮羽四十九枚，皆鸺鹠。仲山私怪之，却至室中，其妻问其夫曰：“子适游行，有何所见，乃沉悴至此？”仲山未之应，其妻曰：“夫神仙轻举，皆假羽翼。不尔，何以倏忽而致万里乎？”因问曰：“乌皮羽为谁？”曰：“此大人之衣也。”又问曰：“翠碧皮羽为谁？”曰：“此常使通引婢之衣也。”“又余乌皮羽为谁？”曰：“新妇兄弟姊妹之衣也。”又问：“鸺鹠皮羽为谁？”曰：“司更巡夜者衣，即监门萧衡之伦也。”语未毕，忽然举宅惊惧，问其故，妻谓之曰：“村人将猎，纵火烧进这个住宅。徐仲山问道："从有了这个山乡开始，我从未看见有这样一处住宅。"这监门说："这个地方是神仙的居住之处，我就是这儿的监门官。"不久有一女郎，梳了一对环形发髻，身上穿着紫红色裙子和青色花纹绸衫，她左手拿着金柄的牛尾拂尘，传呼道："你这使者自己在外面和什么人说话呢，怎么不报告我呢？"萧衡回答她说："他是这个乡的道士叫徐仲山。"没一会，那个女子招呼他说："仙官邀请徐仲山进里面去。"刚刚见过的女郎，就领着徐仲山沿着走廊进去，走到堂屋南侧小庭院，他看见一个男子，年龄有五十多岁，他的皮肤、胡须还有头发都是白色的，还戴着纱巾做成的帽子，身上穿着白绸布还绣着银花纹的披肩，这个男子对着徐仲山说道："我了解到你诚心地修炼了很多年，可以超越凡俗的人。我有一个小女儿熟悉修道的方法，而根据她的愿望以及命运，应该与你结成夫妻，而今天正是个好时辰。"徐仲山马上走下台阶去拜谢男子，接着请求去拜见老夫人，但是男子阻止他说道："我妻子去世已经有七年了，我一共有九个孩子，分别是三个男孩和六个女儿，而做你妻子的，正是我最小的女儿呀。"然后他就命令在后堂准备他们的婚礼。随后摆上酒菜，和徐仲山一同吃喝完毕。夜慢慢地深了，徐仲山听到妇女身上的环佩之声，异香浓郁，而且灯烛辉煌照耀，然后有人把他领到了另外的房间里。

在婚礼结束的第三天，徐仲山开心地观赏他们居住的房子，逐一参观每个房间，走到一间朝西的棚屋，他看到竹竿上挂着十四件羽毛皮衣，其中一件是翠碧鸟皮羽，其他的全是乌鸦皮羽。乌鸦皮里，有件是白色乌鸦的皮毛。他又走到西南方向去看，看见一个棚屋，衣竿上有四十九件皮羽，全是鸺鹠皮羽。徐仲山暗暗觉得这件事很是怪异，在回到自己居室后，他的妻子问他："你刚刚出去了一趟，是看见什么了，居然情绪低落地走回来了？"而徐仲山却没有回答，他的妻子又说道："神仙们能够轻飘飘地飞到天上，全部是凭借着这翅膀的作用。不然，怎么可以在片刻之间就能到万里之外的地方呢？"徐仲山就问："那个乌鸦的皮羽衣是谁的？"他的妻子回答说道："那件是父亲的。"他又问道："那件翠碧鸟的羽衣又是谁的？"

山。”须臾皆云：“竟未与徐郎造得衣。今日之别，可谓邂逅矣。”乃悉取皮羽，随方飞去。即向所见舍屋，一无其处。因号其地为乌君山。（出《建安记》）

## 魏伶

唐魏伶为西市丞，养一赤嘴乌，每于人众中乞钱，人取一文，而衔以送伶处，日收数百，时人号为魏丞乌。（出《朝野佥载》）

## 三足乌

天后时，有献三足乌，左右或言：“一足伪耳。”天后笑曰：“但令史册书之，安用察其真伪？”《唐书》云：“天授元年，有进三足乌，天后以为周室之瑞。”睿宗云：“乌前足伪。”天后不悦。须臾，一足坠地。（出《酉阳杂俎》）

## 李纳

贞元十四年，郑汴二州群乌飞入田绪、李纳境内，衔木为城。高至二三尺，方十余里。绪、纳恶而命焚之，信宿如旧，乌口皆流血。（出《酉阳杂俎》）

他的妻子回答："那件是常常派去通话领路的女仆人的羽衣。""那其余乌鸦的皮羽衣是谁的呢？"妻子回答他说："那是我兄弟姐妹的羽衣。"他又问："那件鸺鹠皮羽衣又是谁的。"妻子回答说："这是负责打更的人与巡夜人的羽衣，也就是这监门官萧衡那一类人的羽衣。"话还没有说完，突然整个住宅的人都惊慌失措，徐仲山便问是为什么，妻子回答他："村里面的人准备打猎，要放火烧山。"没一会儿大家说："居然没来得及为徐郎做一件羽衣。在今日分离之后，我们就当是萍水相逢吧。"于是众人都取来他们的羽衣，四散着飞去。原来能看见的一片住宅，都不见了。而自此以后那地方就被叫作"乌君山"。(出《建安记》)

## 魏伶

唐代魏伶做了长安西市丞，而他喂养了一只红嘴的乌鸦，常常在人多的地方问人要钱，若是有人给它一文钱，它就会衔着钱送到魏伶的屋子里，每天可以收几百文钱，人们管它叫魏丞乌。(出《朝野佥载》)

## 三足乌

唐朝武则天在当政之时，有个人献上了一只三足的乌鸦，左右侍奉的人说："有一只脚是假的。"但武则天却笑着说："让史官将这件事情记录在史书上，又何必考察它是真是假呢？"《唐书》上说："在天授元年，有一人进献了三足乌，而武则天把它看作是大周王朝的吉祥之兆。"睿宗说道："乌的前足是假造的。"武则天就不高兴了。没一会儿，这乌鸦的一只足掉在了地上。(出《酉阳杂俎》)

## 李纳

唐朝贞元十四年，在郑州和汴州有群乌鸦飞翔到田绪和李纳的辖区里，衔来了树枝木块垒成了城墙。它高有两三尺，周长十多里。而田绪和李纳讨厌这件事而派人烧毁了"城墙"，过了两个晚上，乌

## 吕生妻

东平吕生，鲁国人，家于郑。其妻黄氏病将死，告于姑曰："妾病且死，然闻人死当为鬼。妾常恨人鬼不相通，使存者益哀。今姑念妾深，妾死，必能以梦告于姑矣。"及其死，姑梦见黄氏来，泣而言曰："妾平生时无状，今为异类，生于郑之东野丛木中，顚其翼，噭其鸣者，当是也。后七日，当来谒姑，愿姑念平生时，无以异类见阻。"言讫遂去。后七日，果一乌自东来，至吕氏家，止于庭树，哀鸣久之，其姑泣而言曰："果吾之梦矣，汝无昧平素，直来吾之居也。"其乌即飞入堂中，回翔哀唳，仅食顷，方东向而去。（出《宣室志》）

## 梁 祖

梁祖亲征郓州，军次卫南。时筑新垒工毕，因登眺其上，见飞乌止于峻坂之间而噪，其声甚厉。副使李璠曰："是乌鸣也，将不利乎？"其前军朱友裕为朱瑄所掩，拔军南去，我军不知，因北行。遇朱瑄军至，梁祖策马南走，入村落间为贼所追。前有沟坑，颇极深广，匆遽之际，忽见沟内蜀黍秆积以为道，正在马前，遂腾跃而过。副使李璠、郡将高行思为贼所杀。张归宇为殿骑，援戈力战，仅得生还，身被十五箭。乃知卫南之乌，先见之验也。（出《北梦琐言》）

鸦们又把城墙恢复成了之前的样子，而乌鸦的嘴都出了血。（出《酉阳杂俎》）

## 吕生妻

东平县吕生，是鲁国人，家住在郑城里。他妻子黄氏得病快死了，而告诉她的婆婆："我生病快死了，但是听说人死去后要变成鬼。我却常常遗憾人和鬼不可以相互沟通，因此使活着的人会更加悲哀。而婆婆你和我感情很深厚，我死后必定要在梦中告诉婆婆。"在等到黄氏去世后，婆婆梦见这黄氏回来，还哭着对她说道："我生前做了一些不该做的事情，现在成了不同族类，我出生于郑城东面荒野丛林里面，那翅膀为黑色的，嗷嗷叫的鸟，就是我。七天之后，我来拜见婆婆你，期望婆婆念着我活着时的事情，而不要因为我变成了不同的族类而阻挠我。"它说完就飞走了。七天后，果然有一只乌鸦自东面飞过来，飞到了吕家庭院树上，它悲哀地鸣叫了很长时间，她婆婆哭着说道："果然和我的梦境一样，你也像活的时候，直接进来我的居住之处吧。"那乌鸦就飞入屋子中，它来回飞着，悲哀地鸣叫着，而仅仅待了一顿饭的时间，就向着东方飞去了。（出《宣室志》）

## 梁祖

后梁太祖亲自征伐郓州，把军队驻扎于卫南。新的工事修筑完成了，他们登上这工事向远处望去，看见乌鸦飞过来停在陡坡上面叫，叫声很凄厉。副使李璠说道："是乌鸦在叫，怕将对我们会不利吧？"而军队前锋朱友裕的队伍受朱瑄的袭击而转向南去，可是后梁太祖不知道这事，却向着北走。中途路上遇上了朱瑄的队伍，后梁太祖马上打马向南走，后来进入村落中，又被贼军所追赶。在前面有一条壕沟，深而宽，在荒乱之际，突然沟内的蜀黍秸秆自动堆积成了一条通路，正好在马前面，于是这后梁太祖让马腾跳了过去。副使李璠与郡将高行思都被贼兵杀害。张归宇作为后卫骑士，手里拿着武器拼尽全力战斗，仅仅使梁太祖可以活着回去，而他身上中了十五支箭。于

# 枭

## 鸣枭

夏至阴气动为残杀，盖贼害之候，故恶鸟鸣于人家，则有死亡之征。又云："鸱枭食母眼精，乃能飞。"郭璞云："伏土为枭。"《汉书·郊祀志》云："古昔天子，尝以春祠黄帝，用一枭破镜。"（出曹植《恶鸟论》）

## 鸱 附

鸱，相传鹘生三子一为鸱。肃宗张皇后专权，每进酒，常以鸱脑和酒，令人久醉健忘。（出《酉阳杂俎》）

## 又

世俗相传，鸱不饮泉及井水，唯遇雨濡翮，方得水饮。（并出《酉阳杂俎》）

## 鸺鹠目夜明

鸺鹠即鸱也，为圝，由。可以聚诸鸟。鸺鹠昼日，目无所见。夜则飞撮蚊虻。鸺鹠乃鬼车之属也，皆夜飞昼藏。或好食人爪甲，则知吉凶，凶者辄鸣于屋上，其将有咎耳。故人除指甲，埋之户内，盖忌此也。亦名夜游女，好与婴儿作祟，故婴孩之衣，不可置星露下，畏其祟耳。又名鬼车，春夏之间，稍遇阴晦，则飞鸣而过，岭外尤多，爱入人家，烁人魂气。或云，九首，曾为犬啮其一，

是知道在卫南的乌鸦，是这件事发生的预兆。（出《北梦琐言》）

## 枭

### 鸣枭

夏至之时阴气开始发动了，就是快要到肃杀季节了，因此说有恶鸟在家里鸣叫，就是这家里有人要去世的征兆。还有人说道："鸱枭吃了它母亲眼睛里的眼仁，才能够飞翔。"郭璞说道："藏在人的住处的叫枭鸟。"《汉书·郊祀志》上面说道："以前的天子，会在春天的时候祭祀黄帝，使用一只枭鸟与一只破镜。"（出曹植《恶鸟论》）

### 鸱 附

鸱鸟，相传鹘鸟所生的三个雏鸟里其中一个就是鸱。而肃宗的张皇后很是专权，每一次送酒上来，经常用这鸱鸟的脑子混和在酒里，喝了会让人长时间的醉酒并健忘。（出《酉阳杂俎》）

### 又

有民间传说，鸱鸟它们不喝泉水与井水，只有遇上了下雨沾湿羽毛，才能够饮到水。（并出《酉阳杂俎》）

### 鸺鹠目夜明

鸺鹠就是鸱鸟，用它作圝，由。可以把各种鸟聚集在一起。鸺鹠在白昼什么也看不到，夜间飞着却能捕捉到蚊虫。鸺鹠是鬼车鸟这一类的鸟，都是夜间活动白天躲藏起来的。而有一些鸺鹠它们喜欢吃人们的指甲，就可以知道人们的吉凶，而有凶信的人它就会在他们家的屋子上鸣叫，那一家就会有灾祸。因此人们剪下指甲，把指甲埋藏在屋里，大概就是害怕鸺鹠。有的人叫鸺鹠夜游女，它喜欢和婴儿作怪，因此婴孩的衣物，不可以放在星光之下露天的场所，就是害常滴血，血滴之家，则有凶咎。《荆楚岁时记》云：“闻之，当唤犬耳。”又曰：“鸮大如鸠，恶声，飞入人家不祥。”其肉美，堪为炙，故《庄子》云：“见弹思鸮炙。”又云：“古人重鸮炙。”尚肥美也。《说文》：“枭不孝鸟，食母而后能飞。”《汉书》曰：“五月五日作枭羹，以赐百官。”以其恶鸟，故以五日食之。古者重鸮炙及枭羹，盖欲灭其族类也。（出《岭表录异》）

## 又

或云，鸺鹠食人遗爪，非也，盖鸺鹠夜能拾蚤虱耳，爪蚤声相近，故误云也。（出《感应经》）

## 夜行游女

又云，夜行游女，一曰天帝女，一名钓星，夜飞昼隐，如鬼神。衣毛为飞鸟，脱毛为妇人，无子，喜取人子，胸前有乳。凡人饴小儿，不可露。小儿衣亦不可露晒，毛落衣中，当为鸟祟，或以血点其衣为志，或言产死者所化。（出《酉阳杂俎》）

怕这鸺鹠来作怪。也有人叫它为“鬼车鸟”，在春夏之间，如果稍微遇到了阴晦天气，它就会飞着叫着来掠过天空，而这种鸟在岭外特别多，它们喜欢到人们的住宅里，迷惑人们的精气和魂魄。还有的人说，这鸺鹠鸟的九个头被狗咬去了一个，伤口常会滴血，它的血滴到谁家里，就会有灾祸降临。《荆楚岁时记》里说：“听到了鸺鹠的叫喊声，就应该把狗唤来。”而又说：“鸮鸟大小像鸠鸟，声音很是难听，如果飞进人家里就代表不吉祥。”但是它的肉质很鲜美，很适合来烤着吃，因此《庄子》里说：“看见了弹弓就会想烤鸮肉吃。”又说：“古时的人喜欢烧烤。”是因为喜欢它肉的肥美。《说文》里说：“枭是种不孝之鸟，在吃了母亲后才能够飞翔。”《汉书》里说：“在五月五日这一天用枭鸟来做汤，赏赐给满朝文武百官们吃。”由于枭是恶鸟，所以在五月五日这天吃它熬成的肉汤。古代人们会看重鸮和枭汤，是想要消灭掉这种鸟。（出《岭表录异》）

## 又

又有人说，鸺鹠会吃人们的指甲，是不对的，这是因为鸺鹠在夜间能抓起跳蚤和虱子然后吃掉，而蚤与爪这两个字的声音相近，因此产生了误传。（出《感应经》）

## 夜行游女

又说，夜行游女，一个叫作天帝女，另外一个叫作钓星，在夜里飞翔而白天隐藏起来，和鬼神一样。而它长上毛了就是飞鸟，如果脱下毛就是一个妇女，它们没有子女，就喜欢偷别人的小孩子，它们胸前长了乳房。人们在喂小孩子时，不可以露出乳房来。而且小孩子的衣服也不能够在露天之地晾晒，夜行游女身上的毛如果落到小孩子的衣服里面就会被鸺鹠鸟伤害，这夜行游女有的时候用血来点人的衣服作为标志，而有的人说这种鸟是一些难产的妇人于死后变成的。（出《酉阳杂俎》）

## 禳枭

常骞为齐景公以周礼之法禳枭，枭乃布翼伏于地死。（出《感应经》）

## 张率更

有枭晨鸣于张率更庭树，其妻以为不祥，连唾之，张云："急洒扫，吾当改官。"言未毕，贺客已在门矣。（出《朝野佥载》）

## 雍州人

贞观初，雍州有人夜行，闻枭鸣甚急，仍往来拂其头。此人恶之，以鞭击之，枭死，以土覆之而去。可行数里，逢捕贼者，见其衣上有血，问其何血，遂具告之。诸人不信，将至埋枭之所。先是有贼杀人，断其头，瘗之而去，又寻不得。及拨土取枭，遂得人头。咸以为贼，执而讯之，大受艰苦。（出《异闻录》）

## 韦颛

大中岁，韦颛举进士，词学赡而贫窭滋甚。岁暮饥寒，无以自给。有韦光者，待以宗党，辍所居外舍馆之。放榜之夕，风雪凝冱，报光成事者，络绎而至，颛略无登第之耗。光延之于堂际小阁，备设酒馔慰安。见女仆料数衣装，仆者排比车马。颛夜分归所止，拥炉愁叹而坐。候光成名，将修贺礼，颛坐逼于坏牖，以横竹挂席蔽之。檐际忽有鸣枭，顷之集于竹上。颛神魂惊骇，持策出户逐

## 禳 枭

常骞帮齐景公使用周礼中的方法祭礼祷告来消除这枭鸟对他的危害，这个枭鸟就展开它的翅膀趴地上死去了。（出《感应经》）

## 张率更

有一只枭鸟早晨时在张率更家中庭院里的树上叫，而他的妻子却认为不吉利，接连对那枭鸟吐唾沫，张率更说道："赶紧打扫一下，我马上就要升官了。"而话还未说完，来祝贺他的客人都已经到了门口。（出《朝野佥载》）

## 雍州人

唐朝贞观初年，雍州有一个人在夜里走路，他听到枭叫声很是急促，而且还飞过来用它的翅膀来来回回地拍他的头。这个人感到很厌恶，于是就用鞭子抽死了这只枭，用土盖上之后就离开了。他又走了好几里路，遇到了捉贼的人，他们看见他身上有血迹，就问他那是什么血，他就详细地把这个事情告诉了这些人。但是大家不信他，就把他带到了埋枭的位置。而在这之前有一个贼人杀了人，砍下了人头，就埋上后逃走了，后来就找不到了。待到他们拨开土去找枭的时候，却找到了这个人头。所有人都认为他这个人就是贼，把他捆绑起来审讯，让他吃尽了苦头。（出《异闻录》）

## 韦 颛

在唐宣宗大中年间的时候，韦颛考进士，而他学问很渊博但很贫穷。到了年底他饥寒交迫，没有任何东西吃。有一个叫作韦光的人，他把他当作同一个宗族的人看待，将自己外院屋子收拾出来让他住。在放榜那天晚上，冷到风雪都凝结了，而报告韦光考中的人，一个接一个地到来，但韦颛却没有一点可能考中进士的消息。韦光就邀请他到他堂屋边上的小屋里去，设置了一桌酒席来安慰他。只看见女仆在料理他们的衣服和行装，仆人在准备安排上路的车马。

之,飞起复还,久而方去。谓候者曰:“我失意,亦无所恨,妖禽作怪如此,兼恐横罹祸患。”俄而禁鼓忽鸣,榜放,颛已登第,光服用车马,悉将遗焉。(出《剧谈录》)

韦颛在半夜回到了他住的地方，然后围着炉子坐着在那里发愁得叹气。他思索着韦光成名了，打算为他准备一份贺礼，而韦颛坐的地方和一个破窗户靠得很近，在上面横着一根竹子挂了张席子用来遮挡风雨。而屋檐上突然有了枭鸣的声音，它们没一会来到了竹竿上。韦颛的心里十分的惊骇，就拿着鞭子走出门赶走枭鸟，这枭飞起来没一会之后又回来了，很久之后才离去。韦颛对着等候他的人说：“我这样不如意，也没有什么可遗憾的，而这些像妖怪一样的鸟如此作怪，恐怕还会要遭受横祸。”但不久后皇宫中的鼓突然敲响，要开始放榜了，韦颛也已经考中进士了，韦光把穿的用的和车马，全部送给韦颛。（出《剧谈录》）

# 卷第四百六十三　禽鸟四



## 飞涎鸟

南海去会稽三千里，有狗国，国中有飞涎鸟似鼠，两翼如鸟而脚赤。每至晓，诸栖禽未散之前，各各占一树，口中有涎如胶，绕树飞，涎如雨沾洒众枝叶。有他禽之至而如网也，然乃食之。如竟午不获，即空中逐而涎惹之，无不中焉。人若捕得脯，治渴。其涎每布后半日即干，自落，落即布之。(出《外荒记》)

## 精　卫

有鸟如乌，文首白喙赤足，名曰精卫。昔赤帝之女名女娃，往游于东海，溺死而不返，其神化为精卫。故精卫常取西山之木石，以填东海。(出《博物志》)

## 仁　鸟

晋文公焚林以求介推，有白鸦绕烟而噪，或集介子之侧，火

## 飞涎鸟

南海距离会稽郡三千里，那里有一个狗国，在狗国中有种飞涎鸟像老鼠一样，它的两翅像鸟但爪是红色的。每天天亮之时，各类飞禽还栖息在树上面没有飞散之前，飞涎鸟就各自占据一棵树，它们口中的涎水就像胶一样，绕着树飞，涎水像雨一般洒下来，沾在树枝和叶上。如果有其他的禽鸟飞过来，就会被涎水黏住，像网一样，这时飞涎鸟就可以吃被网住的鸟了。如果到了中午没有捉到鸟，就会在空中追逐鸟并用它的涎水往鸟儿身上洒，这样没有不中的。如果人捉住这种鸟，把它的肉做成脯，可以治渴病。这种鸟的涎水洒了之后半天后就干，而干后就会从枝叶上面落下来，然后马上再洒。（出《外荒记》）

## 精　卫

有种鸟长得像乌鸦，它头上长有花纹，有白色的嘴和红色的爪子，它的名字叫作精卫。昔日赤帝之女名叫女娃，她到东海去玩，却被淹死了没能回家，所以她的灵魂化为了精卫鸟。因此精卫经常会衔西山的木块和石头，拿这些来填东海。（出《博物志》）

## 仁　鸟

春秋时期，晋文公烧树林以寻找介子推的时候，有一只白鸦围不能焚。晋人嘉之，起一高台，名曰思烟台。种仁寿之木，木似柏而枝长软，其花堪食。故《吕氏春秋》云："木之美者，有寿木之华。"即此是。或云，此鸦有识，于焚介之山，数百里不复识罗网。呼之曰仁鸟。俗亦谓仁鸟白臆为慈乌，则此类也。（出《王子年拾遗记》）

## 鸐

幽州之墟，羽山之北，有善鸣禽。人面鸟喙，八翼一足，毛色如雉，行不践地，名曰鸐，其声似钟磬笙竽也。《世语》曰："青鸐鸣，时太平。"乃盛明之世，翔鸣薮泽，音中律吕，飞而不行。禹平水土，栖于川岳，所集之地，必有圣人出焉。自上古铸诸鼎器，皆图像其形。铭赞至今不绝。（出《拾遗录》）

## 韩朋

韩朋鸟者，乃凫鹭之类。此鸟为双飞，泛溪浦。水禽中鸂鶒、鸳鸯、鸡鶄，岭北皆有之，唯韩朋鸟未之见也。案干宝《搜神记》云："大夫韩朋，其妻美，宋康王夺之。朋怨，王囚之，朋遂自杀。妻乃阴腐其衣，王与之登台，自投台下，左右提衣，衣不胜手。遗书于带曰：'愿以尸还韩氏而合葬。'王怒，令埋之，以冢相望。经宿，忽见有梓木生二冢之上，根交于下，枝连其上。又有鸟如鸳鸯，恒栖其树。朝暮悲鸣。"南人谓此禽即韩朋夫妇之精魂，故以韩氏名之。（出《岭表录异》）

绕着烟叫，它有时候停在介子推的身旁，这火就烧不到介子推。而晋国人非常赞美它，为它修建了一座高台，为之起名叫作思烟台。栽种了象征着仁爱、长寿树木，而这树像柏树，枝长而柔软，树上开的花可以吃。因此《吕氏春秋》里说：“树木是最美的，有着寿木之华彩的树。”说的就是这种树。有的人还说，白鸦有很强的识辨能力，所以人们在这座烧死介子推的山上面，几百里之内不设置罗网捕鸟。而且称这种鸟为“仁鸟”。人们也称仁鸟白臆为慈鸟，说的就是这一类鸟。（出《王子年拾遗记》）

## 鸐

在幽州一带，羽山的北面，有种长于鸣叫的鸟。它长着人面和鸟嘴，有八只翅膀和一只爪，它的毛像野雉，走路时不踩地，叫鸐，这个鸟的叫声像乐器演奏发出的声音。《世语》里说道：“青鸐鸣，天下太平。”这就是昌盛与繁荣的时代，这鸟在沼泽上面鸣叫，它的叫声合乎音律，它飞却不行走。在大禹治水后，它就栖息在高山和大地上，在它们聚集之地，一定能出圣人。自上古时代开始，铸造鼎器，就都会用鸐鸟的样子做图案。这鼎器上铭文里的赞美言语流传到现在。（出《拾遗录》）

## 韩朋

韩朋这种鸟，本来是野鸭水鸟这一类。这种鸟是一种雌雄双飞鸟，生活在溪水和湖泊之中。在水禽里的瀥鶒、鸳鸯、鵁鶄这些鸟，在岭北都有，只是没见过韩朋鸟。据干宝《搜神记》里所记载的：“大夫韩朋，他的妻子很美丽，宋康王就将他妻子强夺到手。这让韩朋很是怨恨，宋康王就囚禁了他，韩朋便自杀了。而他的妻子私下偷偷把衣服搞得很糟烂，宋康王与她一起登上高台时，她就从高台上跳下去了，康王的手下人想要扯她的衣服，可是衣服一扯就烂，因此没拉住。她在她的衣带里留下遗书：‘希望可以把我的尸体送还给韩朋并与他合葬。’这让康王很是生气，让人埋葬，却把她埋葬在韩朋

## 带箭

带箭鸟，鸣如野鹊，翅羽黄绿间错，尾生两枝，长二尺余。直而不枭，唯尾稍有毛，宛如箭羽，因目之为带箭鸟。（同上）

## 细鸟

汉元封五年，勒毕国贡细鸟，以方尺玉笼盛数百头，大如蝇。其状如鹦鹉，闻声数里，如黄鹄之音。国人常以此鸟候时，亦名曰候虫。上得之，放于宫内，旬日之间，不知所止，惜甚，求不复得。明年，此鸟复来集于帷幄之上，或入衣袖，因更名曰蝉鸟。宫人婕妤等皆悦之，但有此鸟集于衣上者，辄蒙爱幸。武帝末，稍稍自死，人尤爱其皮，服其皮者，多为男子媚也。（出《洞冥记》）

## 王母使者

齐郡函山有鸟足青嘴赤，素翼绛颡，名王母使者。昔汉武帝登此山，得玉函，长五寸，帝下山，玉函忽化为白鸟飞去。世传山上有王母药函，常令鸟守之。（出《酉阳杂俎》）

的对面了，让他们互相对望。这样之后过了一夜，突然看见梓树从这二人的坟头上长出，这树的树根在地下相交在一起，而树枝也在地上相连接。而且还有像鸳鸯鸟一样的鸟，常栖息在树上面。从早上到晚上悲切地鸣叫。”南方的人说这两只鸟就是韩朋夫妻二人的灵魂，因此用韩朋的名字来给这鸟命名。（出《岭表录异》）

## 带箭

带箭鸟，它的叫声像野鹊雀的叫声一样，且翅膀上的羽毛黄和绿交错，而且它们的尾巴上会长出两根长枝，有二尺多长，还挺直有弹性，只在尾梢才会长毛，非常像箭羽，所以人们称它为带箭鸟。（同上）

## 细鸟

在汉武帝元封五年，勒毕国进贡来一种细鸟，只用一尺见方的玉石笼子却装了几百只，它们的大小像蝇子一样。它的形状像鹦鹉一样，而且叫声可以传出数里远，和黄鹄的叫声相同。勒毕国人经常用这个鸟来判断时间，也叫它候虫。皇上得到它们后放在了宫内，在十天之间，它们就不知飞到哪里去了，皇上很是惋惜，可再想要也得不到了。第二年了，这些小鸟又回到了宫中聚集在帷幔之上，有些钻入宫中人衣袖里，所以又给它起名叫作蝉鸟。宫中女官都喜爱这种鸟，只要这鸟落到了谁的衣服上，那么谁就会得到皇帝的宠幸。到汉武帝末年，它们就默默地死去了，人们特别喜欢它的皮，但凡是身上装饰着这种鸟皮的女人，大多数会得到男人的喜欢。（出《洞冥记》）

## 王母使者

齐郡函山上有一种鸟，它是青爪，红色的嘴，白色的翅，紫色的脑门，它的名字叫作王母使者。以前，汉武帝登上了这座山，得到了一只玉匣子，五寸长，在武帝下山时，这玉匣忽然变成了一只白鸟飞去了。人们就传说山上有着一只王母娘娘的药匣子，让鸟儿常年守着这

## 鸳 鸯

汉时，鄮县南门两扇，忽一声称“鸳”，一声称“鸯”，晨夕开闭，声闻京师。汉末恶之，令毁其门，两扇化为鸳鸯，相随飞去，后遂改鄮为晏城县。（出《朝野佥载》）

## 五色鸟

杨震卒，未葬，有大鸟五色高丈余，从天飞下，到震棺前，举头悲鸣，泪出沾地。至葬日，冲天上升。（出谢丞《后汉书》）

## 新喻男子

豫章新喻县男子见田中有六七女，皆衣毛衣。不知是鸟，匍匐往，得其一女所解毛衣，取藏之。即往就诸鸟，诸鸟各飞去，一鸟独不得去。男子取以为妇，生三女，其母后使女问父，知衣在积稻下，得之，衣而飞去。后复以衣迎三儿，亦得飞去。（出《搜神记》）

## 张 氏

京兆有张氏独处一室，有鸠自外入，止于床。张氏祝曰：“鸠为祸也，飞上承尘；为福也，即入我怀。”以手探之，而得一金钩。是后子孙渐盛，资财万倍。蜀贾客至长安，闻之，乃厚赂婢，婢窃钩以与客。张氏既失钩，渐渐衰耗，而蜀客亦罹穷厄，于是赍钩以

匣子。（出《酉阳杂俎》）

## 鸳　鸯

在汉代之时，鄮县城南的两扇大门，突然其中的一扇发出了“鸳”的声响，还有一扇发出“鸯”的声响，在早晚开闭城门的时候，京城里都可以听到这种声音。在汉代末年之时，人们讨厌这种声音，因此皇上就命令人毁掉了这两扇门，这两扇门就变成鸳鸯，相互追随着飞走了，之后就把鄮县改为晏城县。（出《朝野佥载》）

## 五色鸟

杨震去世，在没埋葬之时，有只一丈多的五色大鸟，于天上飞下，飞到了杨震的棺材前，抬头悲鸣，泪水都沾湿了地面。直到安葬那一日，这大鸟冲天飞走了。（出谢丞《后汉书》）

## 新喻男子

在豫章郡新喻县里有一个男子看见在田野中有着六七个女人，全部穿了羽毛做成的衣服。他不知这些女人是鸟儿，匍匐着慢慢靠近她们，他拿到了其中的一个女子脱下来的羽衣并且藏起来了。他就走出去自己靠近那一些鸟，而那些鸟儿都各自飞离了，唯有一只鸟不可以飞去。他就迎娶了这一只鸟做妻子，后来他们生了三个女儿，而她们的母亲让女儿去问父亲，从而知道了她的羽衣被藏在稻谷的下面，便取出来，将它穿在身上而飞走了。到后来，她又一次拿来羽衣接她的三个女儿，一起飞走了。（出《搜神记》）

## 张　氏

京城中有一张氏独自居住在一室，突然有只鸠自外面飞进了室内，落在了床上。张氏就祷告说道：“鸠如果带来祸事，就会飞到帐幕之上去；若是能带来福气，就会飞到我的怀中。”果然飞到了她的怀中，用她的手去抚摸这只鸠鸟，竟然得到了一个金钩子。自此之后

反张氏，张氏复昌。（出《搜神记》）

## 漱金鸟

魏时，昆明国贡漱金鸟。国人云：“其地去然州九千里，出此鸟，形如雀，色黄，毛羽柔密，常翾翔海上，罗者得之，以为至祥。闻大魏之德，被于荒远，乃越山航海，来献大国。”帝得此鸟，蓄于灵禽之圃，饴以真珠，饮以龟脑。鸟常吐金屑如粟，铸之可以为器。昔汉武时，有献大雀，此之类也。此鸟畏霜雪，乃起小室以处之，名曰辟寒台。皆用水晶为户牖，使内外通光，而常隔于风雨尘雾。宫人争以鸟所吐之金饰钗佩，谓之辟寒金，故宫人相嘲言曰：“不服辟寒金，那得君王心；不服辟寒钿，那得君王怜。”于是媚惑争以宝为身饰，及行卧皆怀挟以要宠也。魏代丧灭，珍宝池台，鞠为茂草，漱金之鸟，亦自高翔。（出《拾遗录》）

## 鹜

晋永嘉二年，有鹜集于始安县，木矢贯之，铁镞，其长六寸有半，以箭计之，其射者当身长丈五六尺。

她的子孙们也逐渐地发达兴盛了起来，财产也增加了万倍。有一个蜀地商人来到长安听到了这件事，就花重金收买了张氏的婢女，婢女就偷出了金钩送给商人。张氏失去钩子后，家境就逐渐衰落，而蜀地的商人也遭受到了厄运的折磨，因此又把金钩子还给了张氏，而张氏家族又一次昌盛了起来。（出《搜神记》）

## 漱金鸟

在魏之时，昆明国进献了漱金鸟儿。昆明国的人说道："产此鸟之地离然州有九千里，而这种鸟，形状像雀，是黄色的，它的羽毛柔软而浓密，经常在海上短时间飞翔，用网去捕捉，认为这种鸟是吉祥的鸟。听说大魏之德政，使偏远的地区也可以受到恩惠，因此才越山渡海来进献给大魏国。"皇帝得到此鸟之后畜放养在灵禽园里，喂它珍珠吃，让它喝龟脑。这鸟经常吐出米粒般大小的金粒，这金粒可以用来制作器物。以前汉武帝刘彻之时，有来进献大雀的，也是这类鸟。这鸟害怕霜雪，就做了个小屋让鸟儿住，名字叫作避寒台。使用水晶石做的门窗，内外可以通光，也能挡住风雨和尘雾。宫女争着用这鸟吐出来的金粒以装饰钗和珮等装饰物，并且叫作避寒金，因此宫女们相互取笑："不戴这避寒金，怎么得到君王的心；不戴这避寒钿，怎么得君王的怜爱。"于是想要取得君王怜爱的人，就争着用避寒金来做饰物，竟然连行走坐卧也不离身，以此用来取宠。魏国灭亡之后，当年的珍贵池台，也荒草茂密，而吐金的鸟儿，也远走高飞。（出《拾遗录》）

## 鹙

在西晋永嘉二年的时候，有鹙鸟儿聚集在始安县，后来被木箭射穿了，这铁箭头有六寸半长，用箭头推算，这射猎的人的身高可以有五六尺。

## 营道令

晋太元中，营道令何偕之去职，于县界山中得一鸟，大如白鹭，青色赤目，膝上髀下，自然有铜环形，大小刻画转辗如揽子，绝妙人功，于是京邑皆传观之。营道经今属道州。（原缺出处，许本、黄本作出《酉阳杂俎》）

## 纸鸢化鸟

梁武太清三年，侯景围台城，远不通问，简文作纸鸢飞空，告急于外。侯景谋臣王伟谓景曰："此纸鸢所至，即以事达外。"令左右善射者射之，及堕，皆化为鸟，飞入云中，不知所往。（出《独异志》）

## 鹑

安定原土筑时，奠祭以觚爵，忽有一鹑飞于觚上，因名鹑觚城。后魏文帝大统中，立为鹑觚县。（出《穷神秘苑》）

## 戴文谋

有戴文谋者，隐居阳城山中。曾于客堂食际，忽闻有呼曰："我天帝使者，欲下凭君，可乎？"文谋闻甚惊，又曰："君疑我也？"文谋乃跪曰："居贫，恐不足降下耳。"既而洒扫设位，朝夕进食甚谨。后谋于室内窃言之，其妇曰："此恐是狐魅依凭耳。"文谋曰："我亦疑之。"乃祠飨之时，神乃言曰："吾相从，方欲相利，不意有疑心异议。"文谋辞谢之际，忽堂上如数十人呼声，出视之，见一大鸟，五色，白鸠数十随之，东北入云而去。（出《穷神秘苑》）

## 营道令

在东晋孝武帝太元年之时，营道的县令何偕之在离任的时候，在县界山里得到了一只鸟儿，像白鹭鸟那么大，它有青羽毛，红眼睛，它膝上大腿之下自然长着一个铜环形，这上面刻着图案，取下来仔细去观赏，真的是巧夺天工，因此，全京城的人都会来观看。这营道令现在属道州管辖。（原缺出处，许本、黄本作出《酉阳杂俎》）

## 纸鸢化鸟

在梁武帝萧衍太清三年之时，侯景带兵围了台城，城里面与外面不能够通消息，简文就制作了一只纸鸢去放到空中，来向外面的人们告急。而侯景的谋臣王跟他说道：“这纸鸢一落下，就可以把城内被围困的消息传递到外面。”侯景就命令射箭能手来射纸鸢，射落以后，那纸鸢就都变成了鸟，它们飞到了云中，也不知要飞到哪里去。（出《独异志》）

## 鹑

安定原在用土筑城之时，祭奠之时曾用这觚和爵盛酒来举行仪式，突然有一只鹑鸟儿飞落在觚上面，因此起名叫作鹑觚城。到后来魏文帝曹丕在称帝之时立为鹑觚县。（出《穷神秘苑》）

## 戴文谋

有一个叫作戴文谋的人，常年隐居在这阳城山里。以前在客堂吃饭的时候，突然听见有呼唤的声音说：“我是天帝使者，我准备到人间去依靠你，你觉得可以吗？”文谋听后很是吃惊，然后又听到他说：“你是不是怀疑我呢？”然后戴文谋跪下来说：“我的居住之处很是贫困，这恐怕不足以来迎接您降临我的寒舍。”他接着就进行打扫，去设置神位，在一早一晚，很是恭谨地进献饮食。在后来，这戴文谋在内室里悄悄地向他的妻子说了这件事，他的妻子说道：“恐怕这是鬼狐附位。”而文谋说道：“我也很是疑惑。”等到再一

## 瑞鸟

炀帝征辽回，次于柳城郡之望海镇。步出观望，有大鸟二，素羽丹嘴，状同鹤鹭，出自霄汉，翻翔双下，高一丈四五尺，长八九尺，徘徊驯扰，翔舞御营。敕著作佐郎虞绰制《瑞鸟铭》以进，上命镌于其所，仍敕殿内丞阎毗图写其状，秘书郎虞世南上《瑞鸟颂》，敕令写于图首。（出《大业拾遗记》）

## 报春鸟

顾渚山中有鸟如鸲鹆而小，苍黄色，每至正月二月，作声云："春起也！"至三月四月，作声云："春去也！"采茶人呼为报春鸟。（出《顾渚山记》）

## 冠凫

石首鱼，至秋化为冠凫，冠凫头中有石也。（出《海陆碎事》）

## 秦吉了

秦吉了，容、管、廉、白州产此鸟，大约似鹦鹉，嘴脚皆红，两眼后夹脑，有黄肉冠，善效人言，语音雄大，分明于鹦鹉。以熟鸡子和饭如枣饲之。或云，容州有纯赤、纯白色者，俱未之见也。（出次进奉食物时，那神就说："我来到你这儿，正想要给你些好处，却没想到你会疑心我，还有另外一些想法。"而文谋在道歉之时，突然堂上发出像几十人的喊叫声，他出来一看发现是一只大鸟儿，而身上有着五色，随着几十只白鸠，去往东北的方向飞入了云霄。（出《穷神秘苑》）

## 瑞鸟

隋炀帝杨广在征辽东回来之时，居住在柳城郡的望海镇休息。走出去观望的时候，看见了两只大鸟儿，白色毛红色嘴，它的样子像白鹤跟鹭鸶，自云中飞出，翅膀翻飞，又双双落下来，高有一丈四五尺，长有八九尺，很是驯服地在地面上徘徊，或是在这御营前面飞舞。隋炀帝就让著作佐郎虞绰写这本《瑞鸟铭》上呈给了他，而皇上又命令他将铭文刻碑立在这瑞鸟飞的地方，而且又让殿内丞阎毗画下鸟儿的图像，让秘书郎虞世南奉上《瑞鸟颂》，还命令将这本《瑞鸟颂》写在了画像上面。（出《大业拾遗记》）

## 报春鸟

顾渚山里有一种鸟儿像鸲鹆但是体形小，且是青黄色，每每到了正月二月之时，它发出的声像："春起也！"而到了三四月，它的叫声又是："春去也！"所以采茶的人叫它为报春鸟。（出《顾渚山记》）

## 冠凫

石首鱼，一到秋天就会变成冠凫鸟，而冠凫鸟头里有石头。（出《海陆碎事》）

## 秦吉了

秦吉了，在容州、管州、廉州和白州都会产这种鸟儿，它的大小和鹦鹉一样，嘴和爪都是红色的，它两眼后还夹着头，而且长着黄色肉冠，它擅长模仿人说话，它语声高且厚重，比鹦鹉声音还要清

《岭表录异》）

## 韦氏子

汧阳郡有张女郎庙。上元中，有韦氏子客于汧阳，途至其庙。遂解鞍以憩。忽见庙宇中有二屐子在地上，生视之，乃结草成者，文理甚细，色白而制度极妙。韦生乃收贮于橐中，既而别去。及至郡，郡守舍韦生于馆亭中。是夕，生以所得屐，致于前而寐。明日已亡所在，莫穷其处。仅食顷，乃于馆亭瓦屋上得焉。仆者惊愕，告于韦生，生即命升屋而取之。既得，又致于前，明日又失其所，复于瓦屋上得之。如是者三，韦生窃谓仆曰："此其怪乎？可潜伺之。"是夕，其仆乃窃于隙中伺之，夜将半，其屐忽化为白鸟，飞于屋上。韦生命取焚之，乃飞去。（出《宣室志》）

## 鸟 贼

李靖弟客师官至右武卫将军，四时从禽，无暂止息。京师之西南际澧水，鸟兽皆识之，每出，鸟鹊竞逐噪之，人谓之鸟贼。（出《谭宾录》）

## 鸟 省

冯兖给事，亲仁坊有宅，南有山亭院，多养鹅鸭及杂禽之类极多，常遣一家人掌之，时人谓之鸟省。（出《卢氏杂说》）

晰。用熟的鸡蛋和饭，然后做成枣的大小的饭团去喂它。有的人说，在容州有纯红色、纯白色的秦吉了，可是都没看见过。（出《岭表录异》）

## 韦氏子

汧阳郡有一个张女郎庙。在唐高宗的上元年间，有一个韦姓的男人去汧阳做客，他路过这一座庙。就下了马解开鞍去休息。突然看见庙里有两只木底屐被放在地面上，韦先看到那木底屐，那是用草来编成的，条纹很是细密，是白色的，编制的方法很是巧妙。韦生就这样把这一双木底屐收起来放在口袋里，不久之后就离开了这里。到了汧阳郡后，郡守就让韦先居住在馆亭里面。这一天的晚上，韦生将木底屐放在自己身边睡着了。天亮之后却找不见了，无论什么地方也没有找到。仅仅是吃顿饭的工夫，就在馆亭的瓦房之上找见了。仆人很是惊奇，就告诉韦生，韦生就叫人上房去取下来。得到后，他睡觉时又放在了身边，到第二天又找不见了，然后又在瓦房上得到了。像这样反复了好几次，韦生就偷偷地和仆人说道："这事儿很怪，可以暗中观察一下。"在这一天的晚上，他的仆人们在暗处查看，快到半夜之时，这木底屐突然变成了白色的鸟，飞到了瓦房上面。韦生叫人取下了木底屐烧掉，却变成了鸟飞走了。（出《宣室志》）

## 鸟贼

李靖弟弟李客师官做到了右武卫将军，他一年四季都去捕猎禽鸟，没有一天停止的时候。在京城西南澧水那一带，那些鸟兽都认识了他，他每次一出来，鸟鹊就纷纷追逐而且对他鸣叫，人们称他为鸟贼。（出《谭宾录》）

## 鸟省

冯宄给事，在亲仁坊有个住宅，住宅的南面有一个山亭院，喂养了许多鹅鸭与杂禽，经常派一家人来管理这事，人们就称这个地方为

## 刘景阳

天后时，左卫兵曹刘景阳使岭南，得吉了鸟，雄雌各一只，解人语。至都进之，留其雌者，雄烦怨不食，则天问曰："何乃无聊也？"鸟为言曰："其配为使者所得，今颇思之。"乃呼景阳曰："卿何故藏一鸟不进？"景阳叩头谢罪，乃进之，则天不罪也。（出《朝野佥载》）

## 食蝗鸟

开元中，贝州蝗虫食禾，有大白鸟数千，小白鸟数万，尽食其虫。（出《酉阳杂俎》）

## 卢 融

开元初，范阳卢融病中独卧，忽见大鸟自远飞来，俄止庭树，高四五尺，状类鹗，目大如杯，嘴长尺余。下地上阶，顷之，入房登床，举两翅，翅有手，持小枪，欲以击融，融伏惧流汗。忽复有人从后门入，谓鸟云："此是善人，慎勿伤也。"鸟遂飞去，人亦随出，融疾自尔永差。（出《广异记》）

## 张 氏

濮州刺史李全璋妻张，牛肃之姨也，开元二十五年，卒于伊阙庄。张寝疾，有鸟止于庭树，白首赤足，黄腹丹翅。其鸣但云："懊恨也母兮。"如是昼夜不绝声。十余日，张殂，鸟遂不见。（出《纪闻》）

鸟省。（出《卢氏杂说》）

## 刘景阳

在武则天执政之时，这左卫兵曹刘景阳去出使岭南，而得到吉了鸟，有雌、雄各一只鸟，能够听懂人的话。到了京城进献之时，却留下雌鸟，这雄鸟烦躁不安还不吃食，武则天问：“为何这样地无聊？”这鸟说：“配偶被使者拿去了，现在很想它的配偶。”武则天就传呼刘景阳，说：“你为何藏一只鸟却不进献呢？”这时景阳就叩头谢罪，便把鸟献了上来，武则天就没有怪罪他。（出《朝野佥载》）

## 食蝗鸟

在唐玄宗开元年间时，贝州蝗虫吞食禾苗，有数千只大白鸟和数万只小白鸟，把蝗虫全吃完了。（出《酉阳杂俎》）

## 卢　融

在唐玄宗开元初年时，范阳人卢融有疾病，独自躺着，突然看见有一只大鸟从远处飞过来，过了一会儿，它落在了院中的树上面，有四五尺高，它的形状很是像鸮，眼睛大如酒杯，而且嘴长一尺多。落在地上，走上了台阶，又一会儿，竟然入房里上了床，举起两翅，翅膀上面长着手，手上面拿小枪，它想刺卢融，但卢融趴在了床上，被吓得流下一身汗。突然有人从后门进来了，对鸟说：“这个人是一个好人，你千万不要伤着他了。”大鸟就飞走了，而人也随着它出去了，卢融的病从此也永远好了。（出《广异记》）

## 张　氏

濮州刺史李全璋妻子张氏，是牛肃姨母，唐玄宗开元二十五年，死在伊阙庄。而张氏卧病不起之时，就有只白色的鸟落在了庭院树上，白色的头，红色的爪，黄色腹部，红色翅膀。它在鸣叫时只说道：“悔恨呀妈妈。”它就这样昼夜不停地叫喊。十多天之后，张氏就死

## 王 绪

天宝末，台州录事参军王绪病将死，有大鸟飞入绪房，行至床所，引嘴向绪声云："取取。"绪遂卒。（出《广异记》）

## 武功大鸟

大历八年，大鸟见武功，群噪之。行营将张日芬射获之，肉翅狐首，四足，足有爪，广四尺，状类蝙蝠。（出《酉阳杂俎》）

## 鸛 鸰

鸛鸰，一名堕羿，形似鹊。人射之，则衔矢反射人。（出《酉阳杂俎》）

## 吐绶鸟

鱼复县南山有鸟大如雊鹆，羽色多黑，杂以黄白，头颇似雉。有时吐物长数寸，丹采彪炳，形色类绶，因名为吐绶鸟。又食必蓄嗉，臆前大如斗，虑触其嗉，行每远草木，故一名避株鸟。（出《酉阳杂俎》）

## 杜 鹃

杜鹃，始阳相推而鸣，先鸣者吐血死。尝有人出行，见一群寂然，聊学其声，即死。初鸣，先听者主离别。厕上听其声，不祥。厌之之法，当为犬声应之。（出《酉阳杂俎》）

去，鸟儿也不见了。（出《纪闻》）

## 王绪

唐玄宗天宝末年，台州的录事参军王绪得病将要死之时，有只大鸟飞入了王绪的房中，走到了床前面，伸嘴向王绪叫："取，取。"王绪就死了。（出《广异记》）

## 武功大鸟

唐代宗大历八年，有一只大鸟在武功出现了，人们对着大鸟乱叫。行营将官张日芬射下大鸟，它是肉翅膀，狐狸头，有四只脚，脚上有爪，宽四尺，形状和蝙蝠一样。（出《酉阳杂俎》）

## 鹳鹆

鹳鹆，它另一个名字叫堕羿，形状像鹊一样。人们用箭去射它，它就叼住箭然后反过来射人。（出《酉阳杂俎》）

## 吐绶鸟

在鱼复县的南山有一种鸟有鸲鹆这么大，它羽毛大部分为黑色，夹杂着黄色和白色，头和野鸡一样。有时候吐出有数寸长的东西，这东西大红色很鲜艳，它形状像绶带一样，因此叫它吐绶鸟。而且，吃食之后必存在嗉子中，前胸大得像酒斗一样，为了防止触碰它的嗉子，飞行的时候都远避树林草木，所以，另外一个名字叫避株鸟。（出《酉阳杂俎》）

## 杜鹃

杜鹃鸟，在阳气上升之时就一个接着一个地鸣叫，先叫的就吐血死去。以前有个人在外出行走时看见了一群杜鹃静静地站那儿，就学杜鹃鸟的叫声，就死去了。如果听见了杜鹃鸟的初叫声音主别离。于厕所听到了叫声，就不吉祥。要避免这种不祥征兆的方法是学狗的

## 蚊母鸟

蚊母鸟，形如鹢，嘴大而长，池塘捕鱼而食。每叫一声，则有蚊蚋飞出其口。俗云，采其翎为扇，可辟蚊子。亦呼为吐蚊鸟。（出《岭表录异》）

## 桐花鸟

剑南彭蜀间，有鸟大如指，五色毕具，有冠似凤。食桐花，每桐结花即来，桐花落即去，不知何之，俗谓之桐花鸟。极驯善，止于妇人钗上，客终席不飞。人爱之，无所害也。（出《朝野佥载》）

## 真腊国大鸟

真腊国有葛浪山，高万丈，半腹有洞。先有浪鸟，状似老鸱，大如骆驼。人过，即攫而食之，腾空而去，百姓苦之。真腊王取大牛肉。中安小剑子，两头尖利，令人载行，鸟攫而吞之，乃死，无复种矣。（出《朝野佥载》）

## 百 舌

百舌春啭，夏至唯食蚯蚓。正月后冻开，蚓出而来。十月后，蚓藏而往。盖物之相感也。（出《朝野佥载》）

叫声回应它。(出《酉阳杂俎》)

## 蚊母鸟

蚊母鸟,它的形状像鹢一样(一种和鹭鸶一样的小鸟),它嘴大还长,在鱼塘里捕鱼吃。每次叫一声,就会有蚊、蚋自它口中飞出来。而人们传言,以它的翎毛来做扇子,可以避蚊子。所以也叫它为吐蚊鸟。(出《岭表录异》)

## 桐花鸟

剑南彭水蜀郡间,有种和手指一样大的鸟,它身上颜色五颜六色,有和凤凰一样的冠。这鸟吃桐树花,在桐树开花之时就飞过来,花落就会飞走,不知到去了哪儿,而人们把它叫作桐花鸟。而这鸟很是驯服和善良,经常落在妇女们的钗上,客走席散也不飞走。所以人们很喜欢它,它对于人们没有什么害处。(出《朝野佥载》)

## 真腊国大鸟

真腊国有一座葛浪山,这山高万丈,半山腰有一个洞。洞里面先前有一只浪鸟,它的样子像老鸱一样,像骆驼一样大。有人若是经过,就被抓去吃掉,然后又腾空飞去,这让老百姓很是苦恼。真腊国王就拿出大块的牛肉。肉里面放上两头有尖的小剑,然后让人背着走路,大鸟抓来就吃,于是便死了,从此以后就绝了种。(出《朝野佥载》)

## 百　舌

百舌鸟到了春天时候便婉转鸣叫,夏天到了之后它就只吃蚯蚓。而正月以后解冻了,蚯蚓一出来百舌就飞来。在十月以后,这些蚯蚓都进入土中了,百舌就会飞走。这就是由于物与物之间相互感应的关系。(出《朝野佥载》)

## 鹳

江淮谓群鹳旋飞为鹳井，鹳亦好旋飞，必有风雨。人探巢取鹳子，六十里旱。能群飞，薄霄激雨，雨为之散。（出《酉阳杂俎》）

又南方有鹳食蛇，每遇巨石，知其下有蛇，即于石前，如道士禹步，其石阞然而转，因得而啖。里人学其法者，伺其养雏，缘树，以蔑絙缚其巢，鹳必作法而解之，乃铺沙树底，俾足迹所印而仿学之。（出《北梦琐言》）

## 甘虫

大中末，舒州奏众鸟成巢，阔七尺，高一丈，而燕雀鹰鹯，水禽山鸟，无不驯狎如一。更有鸟，人面绿毛，嘴爪皆绀。其声曰“甘虫”，因谓之甘虫。时人画图，鬻于坊市。（出《杜阳编》）

## 戴胜

王蜀刑部侍郎李仁表寓居许州，将入贡于春官。时薛能尚书为镇，先缮所业诗五十篇以为贽，濡翰成轴，于小亭凭几阅之。未三五首，有戴胜自檐飞入，立于案几之上，驯狎。良久，伸颈鞞翼而舞，向人若将语。久之，又转又舞。如是者三，超然飞去。心异之，不以告人，翌日投诗，薛大加礼待。居数日，以其子妻之。（出《录异记》）

## 鹳

江淮的人说有一群鹳鸟会旋转着飞升的就是鹳井，而鹳鸟喜旋转飞翔，它要是一旋飞便会刮风下雨。人如果到巢中捉它的幼鹳，六十里之内必然天旱。如果鹳鸟能够成群飞翔，它飞到云中会搅动云雨，这云雨就被搅散了。（出《酉阳杂俎》）

另外，在南方那边有一种鹳会吃蛇，而鹳鸟每次遇到了大石头，它知道石头下有蛇，就在这石附近，和道士一样漫步，石头也随着它转动，因此就能捉着蛇去吃掉。乡里人想要学鹳的步法，就趁鹳鸟育雏之时，去上树，用蔑网扣它的巢，而鹳鸟一定用法解开这蔑网，他们就在树下面铺沙子，让鹳鸟在沙上面印上足迹，这样以便于模仿学习。（出《北梦琐言》）

## 甘虫

在唐懿宗末年时，舒州向皇上上奏说有一群鸟建立了一个鸟巢，宽有七尺，高有一丈，并且燕、雀、鹰、鹳和水禽山鸟等，全部驯服亲近得像一种鸟儿一样。还有种鸟，它长着人面和绿毛，嘴和爪都是深青和透红的颜色。而且它鸣叫的声音为“甘虫”，因此就叫它甘虫。那时有人将它画成图，放在集市里出卖。（出《杜阳编》）

## 戴胜

王建前蜀刑部侍郎李仁表客居许州，他准备进入礼部去参加举试。那时是薛能尚书在镇守许州，李仁表他抄写自己写了的五十首诗来作为礼品，他将诗书写在了轴书上，他在小亭子里靠着在桌子上阅读。还没有看完三五首，就有一只戴胜鸟儿飞进亭子里，站在桌子上，很是驯服和亲近的样子。过了很久，它又伸着脖子还垂着翅膀跳舞，对着他似乎是要说话。而且很久之后，它又旋转跳舞。就这样反复地做了三次，之后就轻轻飞走了。李仁表觉得很奇怪，他也没把这件事告诉别人。在第二天去投递他的诗稿时，薛能很是礼貌地去接待了他。而过了几天之后，便把自己的女儿嫁给了李仁表做妻子。（出《录异记》）

## 北海大鸟

北海有大鸟，其高千里，头文曰“天”，胸文曰“候”，左翼文曰“鹥”，右翼文曰“勒”，头向东正，海中央捕鱼。或时举翼飞，而其羽相切，如雷风也。（出《神异录》）

## 鸦

温璋为京兆尹，勇于杀戮，京邑惮之。一日，闻挽铃而不见有人，如此者三，乃一鸦也。尹曰：“是必有人探其雏而来诉耳。”命吏随鸦所在而捕之，其鸦盘旋，引吏至城外树间，果有人探其雏，尚憩树下。吏执送之，府尹以事异于常，乃毙捕雏者。（出《北梦琐言》）

## 仙居山异鸟

王蜀永平二年，得北邙山章弘道所留瑞文于什邡之仙居山，遂出缗钱，委汉州马步使赵弘约，缔构观宇。洎创天尊殿，材石宏博，功用甚多。是日，将架巨梁，工巧丁役三百余人缚拽鼓噪，震动远近。忽有异鸟三只，一红赤色，二皆洁白，尾如曳练，各长二尺余，栖于梁上，随緪索上下，在众人中，略无惊怖。工人抚搦戏玩之，如所驯养者。梁既上毕，鸟亦飞去。（出《录异记》）

## 莺

顷年，有人取得黄莺雏，养于竹笼中。其雌雄接翼，晓夜哀鸣于笼外，绝不饮啄。乃取雏置于笼外，则更来哺之。人或在前，略

## 北海大鸟

北海有只大鸟，它身高有一千里，而且头上有一个“天”字，胸口前有一个“候”字，他的左膀子有一个“鹥”字，右膀子有一个“勒”字，它的头朝正东方，到海的中央去捕鱼吃。有时候展翅飞翔，羽毛互相会磨擦，像打雷和刮大风一样。（出《神异录》）

## 鸦

温璋在任京兆尹之时，经常杀人，全京城的人都怕他。有一天，他听到了拉铃声却还看不见人，而就这样子连续了三次，竟然是只鸦鸟。这京兆尹说道：“必定是有人捉它的雏鸟儿而来这投诉的。”于是让人随着鸟儿去的地方抓人，那个鸦鸟盘旋和飞翔，就把差吏引到了城外树林间，果然是有人抓了雏鸟，尚且在树下面休息。差吏就把他抓送了官府，府尹认为这事很特殊，于是就处死了这个捉雏鸟的人。（出《北梦琐言》）

## 仙居山异鸟

王建前蜀于永平二年，就得到北邛山人章弘道于什邡县仙居山上留下来的瑞文，就出钱委托这汉州马步使赵弘约去建造一个道观。到了建筑天尊殿之时，许多的木料和石头，用很多人工。而这一天，本来准备架起这大梁之时，能工巧匠与工人三百多个人，又绑又拽着大声地喊叫，声音传递出很远。突然有三只奇特的鸟，有一只是大红色，其他两只是纯白色，它们尾巴像拖着了一条彩带，每个都有二尺多长，它们落在大梁上，还随着拉拽大梁绳子而上上下下，在人群里面一点也不害怕。一些工人们去抚摸它，与它戏耍，就像好多年驯养的一样。在大梁上完之后，鸟儿也飞去了。（出《录异记》）

## 莺

近年，有一个人抓到了黄莺鸟幼雏，喂养在了竹笼中。而那一双雌雄的大鸟连着翅膀，白天黑夜在竹笼外哀鸣，不吃东西，也不饮

无所畏。忽一日，不放出笼，其雄雌缭绕飞鸣，无从而入。一投火中，一触笼而死。剖腹视之，其肠寸断。（出《玉堂闲话》）

水。于是他取出了雏鸟放在了笼外，而这一对雌雄鸟就会来喂养幼雏。人们在旁边也不会怕。突然有一天，没有放雏鸟出笼子，那一双大鸟就这样围绕着笼子边飞边叫，它们没办法进笼子去育雏。就一只投入火中，一只撞死在了笼子上。剖开它们的腹部一看，它们的肠子早已寸断。（出《玉堂闲话》）

# 卷第四百六十四　水族一



## 东海大鱼

东方之大者，东海鱼焉。行海者，一日逢鱼头，七日逢鱼尾。鱼产则百里水为血。（出《玄中记》）

## 鼍　鱼

《博物志》云："南海有鼍鱼，斩其首，干之，椓去其齿，而更复生者，三乃已。"《南州志》亦云然。又闻广州人说，鳄鱼能陆追牛马，水中覆舟杀人，值网则不敢触，有如此畏慎。其一孕，生卵数百于陆地，及其成形，则有蛇，有龟，有鳖，有鱼，有鼍，有为蛟者，凡十数类。及其被人捕取宰杀之，其灵能为雷电风雨，比殆神物龙类。（出《感应经》）

## 南海大鱼

岭南节度使何履光者，朱崖人也。所居傍大海，云，亲见大异者有三：其一曰，海中有二山，相去六七百里，晴朝远望，青翠如近。开元末，海中大雷雨，雨泥，状如吹沫，天地晦黑者七日。人从山边来者云，有大鱼，乘流入二山，进退不得。久之，其鳃挂一崖上，七日而山拆，鱼因尔得去。雷，鱼声也；雨泥，是口中吹沫

## 东海大鱼

东方的最大动物，叫东海鱼。要出海的人，第一天会遇见鱼头，直到第七天才会遇见鱼尾巴。东海鱼在生产之时方圆百里的海水都会是血红色的。（出《玄中记》）

## 鼍 鱼

《博物志》上面说："南海里有一种鱼叫鼍鱼，将它的头砍下，晒干，敲掉它的牙，之后又再长出来，再长三次才会停止生长。"在《南州志》中也是这样说的。而且听广州人说，鳄鱼能在陆地上面追逐牛马，可以在水里把舟船颠覆后吃人，但遇到鱼网就不敢触碰了，它害怕这一类东西。鳄鱼要是怀一次孕，会在陆地上产下几百枚卵，待到卵成形之时，就会生出来蛇、龟、鳖、鱼、鼍、以及蛟，一共十几种。等它们被人抓住宰杀之时，它们的神灵可以制造雷电和风雨，这大约就是龙这类的神物。（出《感应经》）

## 南海大鱼

岭南节度使何履光，是朱崖人。居住的地方靠近大海，他说，他亲眼看见了三件特别奇异的事情，其中之一就是：海里有两座山，它们相距六七百里，在晴朗的早上远远望去，在山上一片的青翠，好像就在眼前一样。在唐玄宗开元末年，海里出现大雷雨，而且雨中有泥，这样子像吹出的泡沫一样，天地之间是暗黑色，一直持续了七天。有一个从山里来的人说，有一条大鱼，它顺着水流进入了海中也；天地黑者，是吐气也。其二曰，海中有洲，从广数千里，洲上有物，状如蟾蜍数枚。大者周回四五百里，小者或百余里。每至望夜，口吐白气，上属于月，与月争光。其三曰，海中有山，周回数十里。每夏初，则有大蛇如百仞山，长不知几百里。开元末，蛇饮其海，而水减者十余日。意如渴甚，以身绕一山数十匝，然后低头饮水。久之，为海中大物所吞。半日许，其山遂拆，蛇及山被吞俱尽，亦不知吞者是何物也。（出《广异记》）

## 鲸 鱼

开元末，雷州有雷公与鲸斗，身出水上，雷公数十在空中上下，或纵火，或诟击，七日方罢。海边居人往看，不知二者何胜，但见海水正赤。（出《广异记》）

## 鲤 鱼

开元中，台州临海，大蛇与鲤鱼斗。其蛇大如屋，长绕孤岛数匝，引头向水。其鱼如小山，鬐目皆赤，往来五六里，作势交击。鱼用鳞鬐上触蛇，蛇以口下咋鱼。如是斗者三日，蛇竟为鱼触死。（出《广异记》）

的两座大山的中间，不能够进退。这时间一长，它的鱼鳃挂在了一个山崖上，在七天以后，这山崖裂了，鱼也因此才能够离开。而雷声就是这鱼的叫声，这雨泥是鱼的口中吹出的水沫，天地变黑了，这是鱼吐的水汽造成的。而其中之二就是：海中有一块陆地，它的长和宽有几千里，在陆地上有东西，样子像数只蟾蜍。其中大的周长足足有四五百里，而小的周长也有一百多里。而每当到十五这一天夜里，它口中吐出白气，气向上和月亮相连，与月亮相争辉。其中之三就是：大海里有一座山，周长足足有几十里。在每年初夏之时，就会有一条大蛇像很高的山一样，就是不知道有几百里长。在唐玄宗开元末年，这蛇在大海里饮水，这海的海面降低了十几天。样子像很渴，它用身子绕那一座山共绕了有几十圈，然后低下头喝水。她喝了很久，被海里的大动物吃了。大概半天的时间，那一座山就崩裂了，而蛇和山都被吞下去了，不知是什么动物吃了它们。（出《广异记》）

## 鲸　鱼

在唐玄宗开元末年，雷州有雷公和鲸鱼打斗。这鲸鱼身子露出了水面，有几十个雷公于空中忽上又忽下，有的是放火烧，有的是边骂边打，斗了有七天才停下。海边居民去看，不知道双方谁最终胜利，只看见了海水一片红色。（出《广异记》）

## 鲤　鱼

唐玄宗开元年间，台州面临着大海，有一大蛇与鲤鱼在争斗。那条蛇大得像间屋子，它的身可以绕一座孤岛好几圈，它伸着头向水面。那条鱼像一座小山，它的鱼脊鳍与眼睛都是红色的，身子长度有五六里，它们做出要相互攻击的样子。鲤鱼用鳞与脊鳍向上去撞蛇，蛇就用口向下去咬鲤鱼。像这样斗三天之后，蛇竟然被鲤鱼撞死了。（出《广异记》）

## 海人鱼

海人鱼，东海有之，大者长五六尺，状如人，眉目、口鼻、手爪、头皆为美丽女子，无不具足。皮肉自如玉，无鳞，有细毛，五色轻软，长一二寸。发如马尾，长五六尺。阴形与丈夫女子无异，临海鳏寡多取得，养之于池沼。交合之际，与人无异，亦不伤人。（出《洽闻记》）

## 南海大蟹

近世有波斯常云，乘舶泛海，往天竺国者已六七度。其最后，舶漂入大海，不知几千里，至一海岛。岛中见胡人衣草叶，惧而问之，胡云，昔与同行侣数十人漂没，唯己随流，得至于此。因尔采木实草根食之，得以不死。其众哀焉，遂舶载之，胡乃说，岛上大山悉是车渠、玛瑙、玻璃等诸宝，不可胜数，舟人莫不弃己贱货取之。既满船，胡令速发，山神若至，必当怀惜。于是随风挂帆，行可四十余里，遥见峰上有赤物如蛇形，久之渐大。胡曰："此山神惜宝，来逐我也，为之奈何？"舟人莫不战惧。俄见两山从海中出，高数百丈，胡喜曰："此两山者，大蟹螯也。其蟹常好与山神斗，神多不胜，甚惧之。今其螯出，无忧矣。"大蛇寻至蟹许，盘斗良久，蟹夹蛇头，死于水上，如连山。船人因是得济也。（出《广异记》）

## 海人鱼

海人鱼，在东海里面就有。大的海人鱼长五六尺，样子和人一样，眉目、口鼻、手脚和头都像美丽的女人一样，没有缺少的。皮肉像玉石一样白，身上无鳞，有细毛，毛也分五色，又轻又软，毛长有一二寸。头发和马尾一样，长五六尺。阴部形状和男人与女人的一样，靠近海的鳏夫和寡妇大多捉海人鱼，放在池沼里养育。交合之时，与人没有什么两样，它们不伤人。（出《洽闻记》）

## 南海大蟹

在近代，有一个波斯人常常说，坐着大海船去渡海，前往天竺国已经有六七次。最后一次，大海船漂进了大海，不知漂流了几千里远，漂到了一个海岛上。于岛上看见了一个胡人身着用草与树叶编的衣服，很诧异地问他。胡人就说，从前与自己一起的有几十个同伴漂在海上后沉没了，仅有自己随水流，才可以到达这个地方。所以就采树上的水果与草根吃，这样才能够活下来。而船上的人们都可怜他，然后就让他乘海船，胡人这才说，这一岛上的山全部是车渠、玛瑙和玻璃等各种的宝贝，多得数都数不过来，而船上的人们都扔掉了自己的贱货取宝贝。在装满船后，那胡人让他们快开船，若是山神来了，他一定会痛惜他丢失的宝贝们。于是就顺着风去挂上船帆。他们走了有四十多里，然后远远地看见山峰上面有一个红东西像蛇一样，而时间一长就渐渐地变得大了。然后胡人说："这是这山神痛惜他的宝贝，来追我们了，这该怎么办呢？"船上之人都非常害怕。没一会儿，就见两座山从海里长出来，山高几百丈，这胡人开心地说："这两座大山，是大蟹的螯。而那个大蟹经常喜欢和山神打斗，而山神大多没有取胜，很是惧怕大蟹。而现在，这大蟹的螯出来了，这下不用担心了。"这条大蛇很快就到了大蟹的跟前，然后它们翻动着斗了许久，蟹就夹断了蛇的头，蛇就死在水上了，像连绵的大山。船上面的人因此就得救了。（出《广异记》）

## 海鰌

海鰌鱼，即海上最伟者也，小者亦千余尺。吞舟之说，固非谬矣。每岁，广州常发铜船过南安货易，北人有偶求此行，往复一年，便成斑白。云，路经调黎地名。海心有山，阻东海涛，险而急，亦黄河之三门也。深阔处，又见十余山，或出或没，初甚讶之。篙工曰："非山，海鰌鱼背也。"果见双目闪烁，鬐鬣若簸米箕。危沮之际，日中忽雨霡霂。舟子曰："此鰌鱼喷气，水散于空，风势吹来若雨耳。"及近鱼，即鼓船而噪，倏尔而没去。"鱼畏鼓"，物类相伏耳。交趾回，乃舍舟，取雷州缘岸而归，不惮苦辛，盖避海鰌之难也。乃静思曰："设使老鰌瞋目张喙，我舟若一叶之坠眢井耳，宁得不为人皓首乎？"（出《岭表录异》）

## 鳄鱼

鳄鱼，其身土黄色，有四足，修尾，形状如鼍，而举止趫疾。口森锯齿，往往害人。南中鹿多，最惧此物。鹿走崖岸之上，群鳄嗥叫其下，鹿必怖惧落崖，多为鳄鱼所得，亦物之相摄伏也。故太尉相国李德裕贬官潮州，经鳄鱼滩，损坏舟船，平生宝玩，古书图画，一时沉失。遂召舶上昆仑取之，见鳄鱼极多，不敢辄近，乃是鳄鱼之窟宅也。（出《岭表录异》）

## 海鳝

海鳝鱼，这是海上的最大动物，小的海鳝鱼也有一千多尺。所以吞舟的说法，也并不是什么荒谬的事。每一年，广州经常开铜船到南安进行贸易，有时有个北方人要求走一趟，而只是往来一年，头发就斑白了。他就说："有一天，船经过调黎地名。海心有山，阻隔东海的浪涛，非常险急，也是黄河三门。又深又宽的地方，就看见了十几座山，有时会露出来，有时又沉没下去，开始是很惊讶的。撑篙工人说："这不是大山，而是海鳝鱼的脊背。"果然他看见有双眼在闪烁，海鱼脊鬐像簸箕一样的。正在他危险沮丧之时，大晴天忽然下了小雨，舟子就说："这是海鳝鱼在喷气，水珠散在了空中，顺风吹来就像雨一样罢了。"等到靠近海鳝鱼了，而人们就敲着船然后大声地乱叫，这鱼一下子就沉下去了。"鱼很怕鼓声"，各种物类之间相互制伏。从交趾回来后，就扔掉了船，顺雷州海岸边上然后回到广州，他们不怕苦和累，为了躲避海鳝鱼的灾祸。于是静心思考说："如果老海鳝鱼睁开它的眼睛张开它的嘴巴，我们坐的船儿就会像一片树叶子掉到枯井里面一样，怎能够使人不会变成白头发呢？"（出《岭表录异》）

## 鳄鱼

鳄鱼身体的颜色是土黄的，它有四只脚，是长尾巴，形态像鼍。可动作矫健快捷。嘴巴里阴森森地长着像锯一样的牙，经常害人。南中一带的鹿有很多，鹿最怕的是鳄鱼。鹿如果走到山崖上，有一群鳄鱼在山崖下叫，这鹿会因为害怕而掉下山崖，大多都被鳄鱼捉住吃了，而这也是动物之间的互相克制。昔日太尉宰相李德裕，被贬到潮州，然后路过鳄鱼滩，接着船损坏了，导致他平生所积蓄的宝贝、珍玩、古书和图画，立刻都沉没不见了。于是就叫来大船上面的黑人下水去捞取，看见鳄鱼很多，所以不敢靠近，而这是鳄鱼的洞穴。（出《岭表录异》）

## 吴余鲙鱼

吴王孙权曾江行，食鲙有余，因弃之中流，化而为鱼。今有鱼犹名吴余鲙者，长数寸，大如箸，尚类鲙形也。（出《博物志》）

## 石头鱼

石头鱼，状如鳝鱼，随其大小，脑中有二石子，如乔麦。莹自如玉。有好奇者，多市鱼之小者，贮于竹器，任其坏烂，即淘之，取其鱼脑石子，以植酒筹，颇脱俗。（出《岭表录异》）

## 黄腊鱼

黄腊鱼，即江湖之横鱼。头嘴长，鳞皆金色，脔为炙，虽美而毒。或煎熺干，夜即有光如笼烛。北人有寓南海者，市此鱼食之，弃其头于粪筐。中夜后，忽有光明，近视之，益恐惧，以烛照之，但鱼头耳，去烛复明。以为不祥，各启食奁，窥其余脔，亦如萤光。达明，遍询土人，乃此鱼之常也，忧疑顿释。同上。

## 乌贼鱼

乌贼，旧说名河伯从事。小者遇大鱼，辄放墨方数尺以混身，江东人或取其墨书契，以脱人财物。书迹如淡墨，逾年字消，唯空纸耳。海人言，昔秦王东游，弃算袋于海，化为此鱼，形如算袋，两带极长。一说，乌贼有矴，遇风则前一须下矴。（出《酉阳杂俎》）

## 吴余鲙鱼

吴王孙权昔日在江上泛舟，他吃完鲙鱼，就把剩下的鱼肉扔到江中，变化成了鱼。所以现在有一种鱼儿还叫吴余鲙，它长几寸，粗细和筷子一样，而且形状类似鲙鱼。（出《博物志》）

## 石头鱼

石头鱼，它样子和鳍鱼长得一样，无论大鱼还是小鱼，它脑中都会有两个石子，长得像荞麦粒一样。而且晶莹洁白像玉石一样。于是就有好奇的人，买了很多的小石头鱼，然后装在竹器里，又任凭它腐败，最后就用水淘，取出鱼脑中的石子，他把这些用来做喝酒计数工具，非常的与众不同。（出《岭表录异》）

## 黄腊鱼

黄腊鱼，是江河潮水里面的横鱼。头和嘴都很长，鳞片全是金色，将鱼肉烤来吃，虽然美味却有毒。或煎炒，或晒干，到了夜里就会像灯笼里的蜡烛似的放光。有一个暂时居住于南海的北方人，他买了这鱼吃，然后把鱼头扔到了他的粪筐里。半夜之后，突然有了亮光，他走近一看，更害怕了，然后点蜡烛照，发现只是个鱼头，拿开蜡烛之后又放出光亮。随后他认为这是不祥的事情，就把所有的食具都打开看了，看那条吃剩的鱼儿，也闪着莹光。到第二天，问了很多的当地人，都告诉他这是正常的事情。他的忧虑和担心就没有了。（出《岭表录异》）

## 乌贼鱼

乌贼，旧传说里名叫作“河伯从事”。小乌贼如果遇到大鱼了，就会放出墨水然后染黑它的方圆好几尺，以此藏身。有江东人取它的墨水来写契约书，以便去诈骗别人的钱财。写出来的字迹和淡墨一样，过一年后字就会消失了，只剩下一张空白的纸。海人们说，昔日秦王东游，将一个算袋扔到了海里，变成这种鱼，所以这种鱼外形和

## 横公鱼

北方荒中有石湖，方千里，岸深五丈余，恒冰，唯夏至左右五六十日解耳。有横公鱼，长七八尺，形如鲤而赤，昼在水中，夜化为人。刺之不入，煮之不死，以乌梅二枚煮之则死，食之可止邪病。（出《神异录》）

## 骨 雷

扶南国出鳄鱼，大者二三丈，四足，似守宫状。常生吞人，扶南王令人捕此鱼，置于堑中，以罪人投之。若合死，鳄鱼乃食之；无罪者，嗅而不食。鳄鱼别号忽雷，熊能制之。握其嘴至岸，裂擘食之。一名骨雷，秋化为虎，三爪，出南海思雷二州，临海英潘村多有之。（出《洽闻记》）

## 彭 蚏

蟹属名彭蚏，以螯取土作丸，从潮来至潮去，或三百丸，因名三百丸大彭蚏。（出《感应经》）

## 鲮 鱼

鲮鱼吐舌，蚁附之，因吞之。又开鳞甲，使蚁入其中，乃奋迅，则舐取之。（出《异物志》）

算袋一样，它的两根带子非常长。另外的说法是，乌贼的身上有个石碇，若是遇到了大风它的前一根须就卷住石碇。（出《酉阳杂俎》）

## 横公鱼

北方荒野里面有一个石湖，它方圆千里，湖岸足足五丈多深，常年结冰，只有在夏至前后的五六十天才会解冻。湖里有一种横公鱼，身长七八尺，样子和鲤鱼一样，红色的，白天它生活在水里面，夜里面变成人类，用尖锐物刺它无法刺进去，用开水去煮它也煮不死，而用两个乌梅果煮就可以煮死它，吃了它可以治邪病。（出《神异录》）

## 骨雷

扶南国产鳄鱼，大的鳄鱼有两三丈长，有四只脚，样子和守宫一样。经常吃人，扶南的国王派人抓这种鱼，然后将之放在壕沟里，接着把犯了罪的人扔进壕沟里。若是该死，鳄鱼就会吃了他；无罪的人，闻一闻它却不吃。鳄鱼有另外的一个称呼叫作忽雷，熊可以制住鳄鱼。熊抓住鳄鱼的嘴巴拖到岸上，撕开吃。鳄鱼另一个名字叫骨雷，秋天它变化为老虎，三只爪子，产在南海思州和雷州，在近海的英潘村有很多。（出《洽闻记》）

## 彭蚏

蟹一类里有一种名字叫彭蚏，用螯取土做成土丸，要是从涨潮做到退潮，约可以做三百个土丸，因此给它起名叫作三百丸大彭蚏。（出《感应经》）

## 鲮鱼

鲮鱼吐出它的舌头，蚂蚁就会爬到舌头上面，就吃了蚂蚁。鲮鱼还张开它的鳞甲，让蚂蚁爬进去，然后很快地合上鳞甲，用它的舌头舐吃蚂蚁。（出《异物志》）

## 鲵 鱼

全义岭之西南，有盘龙山，山有乳洞，斜贯一溪，号为灵水溪。溪内有鱼，皆修尾四足，丹其腹，游泳自若，渔人不敢捕之。《尔雅》云：“鲵似鲇，四足，声如小儿。”今高州溪内亦有此鱼，谓之魶鱼。（出《岭表录异》）

## 比目鱼

比目鱼，南人谓之鞋底鱼，江淮谓之拖沙鱼。《尔雅》云：“东方有比目鱼焉，不比不行，其名谓之鲽。”状如牛脾，细鳞紫色，一面一目，两片相合乃行。（出《岭表录异》）

## 鹿子鱼

鹿子鱼，赪色，其尾鬣皆有鹿斑，赤黄色。《罗州图经》云：“州南海中有洲，每春夏，此鱼跳出洲，化而为鹿。”曾有人拾得一鱼，头已化鹿，尾犹是鱼。南人云：“鱼化为鹿，肉腥，不堪食。”（出《岭表录异》）

## 子归母

杨孚《交州异物志》云：“鲛之为鱼，其子既育，惊必归母，还其腹。小则如之，大则不复。”《潘州记》云：“鲭鱼长二丈，大数围。初生子，子小，随母觅食，暮惊则还入母腹。”《吴录》云：“鲭鱼子，朝出索食，暮入母腹。”《南越志》云：“暮从脐入，旦从口出也。”（出《感应经》）

## 鲵 鱼

在金义岭西南方，有一座盘龙山，这山上有一个钟乳石的山洞，洞里面斜着贯穿了一条溪水，人们叫它灵水溪。溪里有鱼，都是长尾巴还有四只脚，它腹部是红的，自由自在地游泳，渔人也不敢捉它。《尔雅》里面说：“鲵鱼和鲇鱼一样，有四只脚，叫声和小孩一样。”现在高州的溪水里面也有这种鱼儿，把这种鱼儿叫魶鱼。（出《岭表录异》）

## 比目鱼

比目鱼，南方的人叫它为鞋底鱼，而江淮一带的人将它叫拖沙鱼。《尔雅》上面说：东方有一比目鱼，如果不是一对就不能行走，名字叫鲽。样子和牛的脾脏一样，有细鳞，紫色，一面有一只眼睛，两条鱼相合才可以行走。（出《岭表录异》）

## 鹿子鱼

鹿子鱼，红色，它的尾巴还有鳍都有着梅花鹿一般的斑点，斑点是红黄色的。《罗州图经》里面说：“罗州的南面海里有一块陆地，每到春夏之时，这鱼跳上陆地，变成了鹿。”以前有人捡到一条这样的鱼，头已经变成了鹿，尾巴还是鱼的尾巴。南方的人说：“鱼如果变成了鹿，肉就有腥气，不可以吃。”（出《岭表录异》）

## 子归母

杨孚写的《交州异物志》里面说：“鲛这钟鱼，幼鱼长成以后，受惊了便回到它的母亲的身边，然后回到母亲的腹里面去。小时候如此，大时候就不这样。”《潘州记》里说：“鱼昔鱼长有二丈，大好几围。刚生下的幼鱼，鱼会很小，跟着妈妈找食吃，忽然受惊就会回到妈妈的肚子里面。”《吴录》里说：“鱼錯幼鱼，早上出去找吃的，晚上就回到母亲肚子里面。”《南越志》里说：“（鱼昔鱼幼鱼）夜晚从（母亲）肚脐里进去，早上从（母亲）口里出来。”（出《感应经》）

## 鯸鮧鱼

鯸鮧鱼，文斑如虎。俗云，煮之不熟，食者必死。相传以为常矣。饶州有吴生者，家甚丰足，妻家亦富。夫妇和睦，曾无隙间。一旦，吴生醉归，投身床上，妻为整衣解履，扶舁其足。醉者运动，误中妻之心胸，其妻蹶然而死，醉者不知也。遽为妻族所凌执，云殴击致毙。狱讼经年，州郡不能理，以事上闻。吴生亲族，惧敕命到而必有明刑，为举族之辱，因饷狱生鯸鮧。如此数四，竟不能害，益加充悦，俄而会赦获免。还家之后，胤嗣繁盛，年洎八十，竟以寿终。且烹之不熟，尚能杀人，生陷数四，不能为害，此其命与？（出《录异记》）

## 鲫 鱼

东南海中有祖州，鲫鱼出焉。长八尺，食之宜暑而避风，此鱼状，即与江湖小鲫鱼相类耳。浔阳有青林湖，鲫鱼大者二尺余，小者满尺，食之肥美，亦可止寒热也。

## 鲤 鱼

鲤鱼，济南郡东北有鲤坑，传云，魏景明中，有人穿井得鱼，大如镜。其夜，河水溢入此坑，坑中居人，皆为鲤鱼焉。

## 鯸鮧鱼

鯸鮧鱼，它身上的纹理和斑点和老虎一样。俗话说，煮不熟的鯸鮧鱼，吃了一定死。传说里认为这是很普遍的现象。饶州有一个吴生，家里很是富裕，妻子家里也富足。他们夫妻之间很是和睦，从来就没有过隔阂。有天，吴生喝醉了酒回到家里面，横身躺在了床上，妻子就帮他脱下衣服还有鞋子，抬起了他的腿脚。吴生脚就乱动了一下，无意中踢了妻子心胸的地方，他的妻子跌在地上就死了去了，吴生喝醉了所以一点也不知道这件事。他很快就被妻族的人凌辱还被捆绑起来，说他的妻子是被吴生殴打死的。关到狱里打了一年官司。州、郡都不能够处理，就把事情报到了朝廷。吴生亲族，害怕如果皇上的命令一下来一定会有刑罚，成为全族的耻辱，所以给关在监狱中的吴生吃鯸鮧鱼。他一共吃了四次，竟然没有害死他，而且吴生显得更有精神，不久后遇到了大赦被免罪了。回家了以后，他的子孙非常昌盛，活到了八十岁，在家里安然地死去。所有人都说煮不熟的鯸鮧鱼，吃了会死人，吴生吃了整整四次，没有受伤害，或许这是他的命数吧。（出《录异记》）

## 鲫　鱼

东南海中有一个祖州，鲫鱼就产在那个地方。身长八尺，吃它可以解暑避风，这鱼的样子，就和江河湖泊里的小鲫鱼类似。浔阳有一个青林湖。里面的鲫鱼大的有二尺多，小的有一尺，吃这种鱼，味道非常肥美，也可以治寒热病。

## 鲑　鱼

鲑鱼，济南郡东北有一个鲑坑。传说：在北魏景明年，有一人挖井挖到了一条鱼，它大小像个镜子。那一天夜里面，河水上涨流入了这个坑，坑里的居民，都变为了鲑鱼。

## 黄魟鱼

黄魟音烘。鱼，色黄无鳞，头尖，身似大槲叶，口在颔下，眼后有耳，窍通于脑，尾长一尺，末三刺，甚毒。（并出《酉阳杂俎》）

## 蠵 蠵

蠵蠵者，俗谓之兹夷，乃山龟之巨者。人立其背，可负而行。产潮循山中，乡人采之，取壳以货。要全其壳，须以木楔出肉。龟吼如牛，声响山谷。广州有巧匠，取其甲黄明无日脚者，甲上有散黑晕为日脚矣。煮而拍之，陷黑玳瑁花，以为梳篦杯器之属，状甚明媚。（出《岭表录异》）

## 海 燕

齐监官县石浦有海鱼，乘潮来去，长三十余丈，黑色无鳞，其声如牛，土人呼为海燕。（出《广古今五行记》）

## 鲛 鱼

鲛鱼出合浦，长三丈，背上有甲，珠文坚强，可以饰刀口，又可以鑢物。（出《交州记》）

## 黄魟鱼

黄魟音烘。鱼，是黄颜色的而且不长鳞，头是尖尖的，身子似大槲树的叶子，它的嘴在下巴下面，眼睛后有耳朵，耳和眼通到脑子里面，尾巴足长一尺，尾巴的尖有三根儿尖刺，有剧毒。（并出《酉阳杂俎》）

## 蠵 蠵

蠵蠵，人们都叫它兹夷，它是山龟里体形最大的。人若是站在它的背上，它能够驮着你走。产在潮循山里，乡里人抓到它，把它的壳拿去卖。想要它完完整的壳，一定要用木楔插入然后弄出里面的肉。龟的吼叫和牛叫是一样的，叫声可以响遍山谷。在广州有一巧匠，取龟甲里面的黄色润泽而且没有黑晕的，龟甲上有散黑晕为日脚。他用水煮再拍打，然后嵌上黑色玳瑁花，用这些来制梳子、篦子、酒杯这一类器具，样子很是好看。（出《岭表录异》）

## 海 燕

齐地的监官县石浦有一种海鱼，这种鱼趁涨潮落潮之时来去，长有三十多丈，黑色的不长鳞。而且它的叫声和牛叫一样，当地的人叫它为海燕。（出《广古五行记》）

## 鲛 鱼

鲛鱼产在合浦，身长三丈，背上长着甲皮，花纹坚硬，能用来装饰刀口，还可以用来磨东西。（出《交州记》）